NOBODY SHOULD KNOW

Biographie

Sonia Eska a une plume magique : suspense, émotion, rebondissements, amour fou et passionné… Elle sait tout écrire, avec brio. Laissez-vous emporter par ses romans addictifs et bouleversants !

De la même autrice aux éditions Addictives

Ne me tente pas
Survivante. Campus Killer Story

SONIA ESKA

NOBODY SHOULD KNOW

addictives

À toi, chère lectrice, cher lecteur,
qui espérais retrouver mon univers.
Ce roman est pour toi !

« L'amour est le seul jeu auquel, quand on refuse d'y jouer,
on risque de tout perdre. »
Davie E. Kelley

NOTE DE L'AUTRICE

Bonjour chère lectrice, cher lecteur de mon cœur,

Quel plaisir de te retrouver pour ce nouveau roman ! Je t'écris ces quelques lignes pour deux choses : la première, pour te remercier de t'être laissé tenter. Que ce soit par une copine, une chronique, un catalogue SP ou ma propagande sur Insta ! Je me sens hyper chanceuse de te savoir à deux ou trois pages de commencer cette nouvelle aventure littéraire avec moi. J'espère sincèrement que ce voyage au cœur de New York et d'une cohabitation forcée trouvera grâce à ton âme de lectrice ou de lecteur.

La seconde : sache que chaque chapitre de ce roman s'accompagne d'une chanson. La playlist se trouve en fin de roman. Tu es libre d'écouter les titres au fil des pages, ou de ne pas les écouter ! Quand bien même j'ai adoré choisir une ambiance musicale à chaque chapitre, lire en chanson est absolument optionnel. Je te propose, tu disposes.

1

Nora Jean

Les premiers mots sont toujours les plus difficiles à poser. Je le sais, pourtant, je rejoue le même scénario chaque fois. Les doigts inertes suspendus au-dessus de mon clavier, je m'agace, je souffle, j'insulte mentalement le dieu de l'inspiration, en fixant l'insolente page blanche sur mon écran. Cette partie du processus d'écriture peut durer des heures, c'est un fait, or, je parviens habituellement à l'enrayer sans trop de peine. Étape par étape, mais pas aujourd'hui. Je suppose que l'enjeu est trop important, le sujet trop… énorme ! Scandaleux, accrocheur, périlleux et séduisant à la fois.

Les Townstend. Une famille influente qu'on ne présente plus, un empire construit sur plusieurs générations, un patrimoine évalué à presque trois milliards de dollars. Une vie de démesure, d'excès et de paillettes.

Pourtant…

J'inspire un peu plus fort, puis tends un bras jusqu'au tiroir de mon bureau. Sans quitter des yeux mon ordinateur, j'ôte la protection plastique de mon ultime parade anti-panne sèche et la cale dans ma bouche. Mes papilles s'activent aussitôt et vivifient mes neurones. Pomme, mon parfum préféré, une merveille.

« Du succès au scandale… »

– Retire cette sucette de ta bouche, le chariot à courrier est en approche…

Je m'exécute et soupire alors que Bernice fait rouler son fauteuil jusqu'à retrouver son poste de travail, mitoyen du mien. Un discret coup d'œil par-dessus mon MacBook me confirme que Murphy Hemsworth, alias le commis au courrier le plus tenace de tout New York, s'avance dans l'allée centrale de l'open space, un sourire folâtre fiché entre les deux joues. Je précise qu'il n'y a aucun lien de parenté avec Chris ou Liam, seulement un dénominateur commun de plusieurs lettres dont Murphy raffole et se sert à outrance pour ramener la couverture à lui. Personne n'est dupe, il n'empêche que le gars roule des mécaniques en pensant que nous, journalistes et rédacteurs d'un hebdo prestigieux dont le métier est de creuser la vie des gens, n'avons pas déterré la supercherie. Grotesque.

– Hey, bien le bonjour ! Savez quoi ? J'ai du courrier pour vous !

– Sans blague, ironise Lewis dans mon dos.

– Trois pour toi, McCarty, poursuit-il en entamant sa distribution. Seulement un pour Williams, quatre pour Poppleton et… deux pour la plus belle.

Je crois que je viens de me vomir dans la bouche… Malgré ma répulsion, je ne m'écarte pas du rôle que j'endosse et polis chaque jour depuis ma naissance. Je lui souris, courtoisement, et récupère les plis qu'il me tend.

– Merci, ponctué-je alors qu'il s'amuse à garder mon courrier en main.

– Et sinon, quoi de prévu ce soir ? Un ciné, ça te dirait ?

J'entends Lewis tousser pour camoufler le rire qui lui a échappé. Murphy travaille pour la rédaction depuis bientôt six mois et il ne se passe pas une semaine sans qu'il me propose, ouvertement, un rencard. Rencard que je décline avec politesse grâce à divers prétextes. D'où le côté comique de la chose. Ce gars est d'une persévérance sans égale !

– C'est gentil, mais je suis…

En réunion édito exceptionnelle ? Déjà utilisé le mois dernier.

Invitée à dîner chez mon grand-oncle ? Ça, c'était mon excuse de la semaine passée.

Malade ? Il est prétentieux, mais pas idiot.

Allergique à tout rendez-vous amoureux depuis ma dernière relation piteuse ? Véridique, mais plutôt perdre ma carte de presse que l'avouer à Murphy.

– … prise.

Quelle excuse pitoyable… Et tellement peu digne des études de journalisme que j'ai à mon actif.

– C'est con, tu ne peux pas décaler ?

– Absolument pas, excuse-moi.

– Bon, très bien, laisse-t-il échapper, déçu. Une autre fois ?

Je hoche tout juste la tête et reviens faire face à mes écrans en espérant qu'il comprenne que cette action clôt la discussion. C'est à peine si je respire les dix secondes suivantes. J'attends, en pleine communion avec les quatre mots sur ma page, pressée d'entendre le léger grincement des roues de son chariot. Quand, enfin, il s'éloigne, j'ose un regard usé à Bernice qui glousse en décachetant son enveloppe.

– Ce jeune freluquet te trouverait de l'eau en plein désert.

– Par chance, je n'ai pas soif du tout.

– Il n'est pas méchant, tente-t-elle de défendre Murphy.

– Non, juste un peu…

Poussif ? Encombrant ? Sans gêne ni perspicacité ?

– Il est lourd ! déclame Lewis en pianotant sur son clavier.

– Merci, approuvé-je.

Herman fait glisser son fauteuil jusque dans mon dos et pose une main compatissante sur mon épaule.

– Arrête donc de chercher à la caser avec quelqu'un, s'adresse-t-il à Bernice. Une jolie plante comme Nora Jean n'a pas besoin d'une entremetteuse sexagénaire pour mener sa vie à bien.

En guise de remerciement, j'offre un tendre sourire à mon collègue pas beaucoup plus jeune que l'entremetteuse.

– Mais je ne voudrais pas qu'elle fane avant l'heure ! C'est quand même important de faire des rencontres à son âge, non ? Ça va faire deux ans qu'elle a été embauchée à la rédaction, est-ce qu'elle nous a présenté un jeune homme depuis ? Non ! Ou une jeune femme d'ailleurs !

– Qu'est-ce que tu sais de sa vie privée, vieille folle ? lance Herman en éclatant de rire. Elle n'a peut-être tout simplement pas envie de partager ça avec nous !

– Bien sûr qu'elle partagerait sa *love story* avec nous !

S'ensuit une joute verbale qui leur est propre et pour laquelle je ne prête déjà plus attention. Ce sujet de chamaillerie revient régulièrement sur le tapis. Chaque fois, le scénario est identique : Bernice veut me voir trouver l'âme sœur quand Herman, en adorable père de substitution, prend ma défense. Au-delà des mots bien sentis que l'un et l'autre se destinent la plupart du temps, ils s'adorent autant qu'ils se manqueront, j'en suis persuadée.

Donc, je reprends : Les Townstend. Je replace la sucette entre mes lèvres, prends une profonde inspiration avant de reposer les doigts sur mon clavier et laisser les mots affluer. Enfin plongée dans ma bulle créatrice, je ne vois plus les minutes défiler. Je démarre mon récit dès l'après-guerre, je raconte la vie trépidante de Dwight Townstend, le patriarche de cette dynastie. Je retrace les faits, j'efface, je frissonne en évoquant la naissance de l'enseigne *Town.S*, entreprise devenue incontournable dans le monde de la mode aujourd'hui. Je reformule, j'explique combien de portes il lui a fallu enfoncer pour parvenir à s'imposer face à ses confrères. Je prends le temps de parler du deuil qu'il a porté après que sa femme, la très respectée Diana – sa muse –, n'a pas survécu à son accouchement. J'insiste sur la force exemplaire dont il a fait preuve pour garder son business à flot tout en étant un père dévoué pour son fils unique, Karson. Et, bon sang, je me délecte…

– Ton téléphone vibre, miss De Grassi.

Ma bulle explose sur ces quelques mots. En dépit du sentiment d'inconfort qui m'étreint d'avoir été coupée dans un si bel élan, je remercie Bernice d'un signe de tête et découvre un message de Clay.

T'es déjà partie ?

Partie ? Ahurie, je baisse machinalement les yeux sur moi qui ne suis pas du tout partie où que ce soit. Mais qu'est-ce qu'il raconte ? Une poignée de secondes et deux mots tapés plus tard, les Townstend s'échappent de mon cerveau pour laisser place à la mission que mon frère m'a confiée la semaine dernière. J'avise illico l'immense horloge digitale qui trône au mur et… Nom d'un chien !

Je me lève d'un bond en tapant une réponse évasive et attrape mon sac à la volée. Jamais je n'arriverai à l'heure, c'est mathématiquement impossible. Personne n'arrive jamais à l'heure à New York à moins de se déplacer en hélico ! Je n'ai pas ouvert la bouche pour avertir mes collègues de mon départ anticipé qu'un claquement de porte résonne dans l'open space et…

– De Grassi, dans mon bureau !

Misère…

Dans un univers parallèle, j'aurais ignoré la voix caverneuse de mon patron et me serais mise à courir pour tenter d'amoindrir mon retard. Mais dans celui-là, je me lamente intérieurement en pressant le pas vers l'antre du dragon. Hannibal Wagner, directeur de la rédaction d'*US Today* depuis bientôt dix ans, n'est pas ordinairement désagréable. Pourtant, mes antennes me soufflent que, aujourd'hui, à exactement seize heures dix-sept, il risque de faire défaut à ce trait de sa personnalité.

– Monsieur, m'annoncé-je en refermant la porte derrière moi.

– Où en est ton article ? grogne-t-il en se pinçant l'arête du nez, visiblement excédé.

– Il en est…

– Combien de mots ?

– Environ deux mille, monsieur.

Jusqu'ici appuyé contre son bureau face à moi, il le contourne et s'échoue dans son fauteuil. Sa mine hautement contrariée me pousse à me justifier dans un débit rapide :

– Je n'ai pu commencer qu'aujourd'hui. Rassurez-vous, je sais exactement comment va s'organiser l'édito. J'ai prévu de réserver une double page à l'interview de Dawn Townstend, j'attends que son avocat me propose une date. J'ai encore des recherches à faire évidemment, je m'absenterai quelques jours pour investiguer sur le terrain, mais la liste des personnes susceptibles de m'en apprendre davantage s'affûte de plus en plus. J'ai conscience de l'opportunité incroyable qui m'est donnée, croyez-moi, je ne vous décevrai pas. À partir de maintenant, je vais manger Townstend, dormir Townstend, respirer Townstend…

Il me coupe d'un geste moins virulent que ne l'était son ton précédent.

– Ne te rate pas.

Sa voix sonne maintenant comme une supplique, laquelle s'accorde à la soudaine fatigue qui se peint sur ses traits.

– Non, monsieur.

– C'est le reportage le plus attendu de cette année, pense-t-il important de préciser alors que nous l'avons tous bien compris. Le sujet Townstend était déjà au programme de toutes les rédactions du pays après qu'on a appris le décès de Karson, mais la donne a changé depuis que Dawn t'a donné l'exclusivité pour retranscrire sa version de l'histoire. Quand bien même son process de sélection est discutable et largement discuté par la profession, c'est toi qui as eu le job et…

Il soupire longuement, le temps pour moi de fermer les yeux de dépit. Je sais qu'il dit vrai, je n'ai pas été choisie au mérite ni au talent par cette héritière on ne peut plus singulière, mais seulement parce que Dawn m'a trouvée à son goût dans le trombinoscope de journalistes qu'elle avait préalablement réclamé. Ce qui pouvait être le reflet de sa superficialité s'est finalement avéré d'une fantaisie presque grotesque dès lors qu'il nous a été exigé de mentionner notre signe astrologique sous la photo.

Que dire… J'aurais préféré être retenue pour la finesse de mes articles, la richesse de mon vocabulaire ou la qualité de mes photos, mais voilà, Dawn Townstend en a décidé autrement. Donc, oui, c'est une victoire, mais une victoire sacrément perturbante, à un cheveu d'être dégradante.

– Bref, le conseil me met la pression pour que ton reportage soit sur les planches d'imprimerie courant juin.

– D'accord, m'entends-je répondre laconiquement.

Un calcul mental plus tard, une moiteur désagréable prend mes mains en otage.

Juin. Nous sommes en février, le 15 pour être précise. J'ai donc trois mois et demi. Soit quatorze semaines pour : écrire l'édito, réaliser autant de recherches qu'il est humainement possible de faire pour combler mes lacunes, interviewer l'héritière incarcérée, choisir des clichés, prendre contact avec ceux qui pourraient étayer mon récit d'informations sérieuses, passer sous les yeux intransigeants des correcteurs, crever de stress en attendant la validation d'une armada de supérieurs hiérarchiques…

Je ne mentais pas, je vais devoir vivre Townstend H24. Pour un éditorial de qualité, les plus grands journalistes peuvent s'octroyer jusqu'à un an d'investigation et d'écriture. Je n'aurai pas ce luxe. Je devrai sprinter quand les autres courent plutôt un marathon. Mais qu'importe, se voir attribuer l'écriture de ce genre d'article est une opportunité monumentale en plus d'être un rêve. Ce même genre d'édito qui propulse une carrière, qui marque des générations de lecteurs et suscite l'admiration de notre profession.

C'est ce que j'espérais, un cadeau « presque » tombé du ciel. Une revanche après que ce pourri de Wallace Gordon m'a volé mon sujet il y a maintenant dix-huit mois ! Ce même sujet, signé de sa main méprisable, aujourd'hui adapté en mini-série sous sa supervision.

Alors oui, les Townstend sont ma chance ! Ma chance de leur prouver à tous ma valeur.

Et qui sait, peut-être qu' elle *le verra aussi…*

2

Nora Jean

Je slalome au pas de course entre les âmes pressées qui noircissent le sol de cet aéroport sans fin. Perdue devant l'interminable tableau d'affichage, je me crispe d'irritation. Je déteste me sentir faillible. Et fautive ! Je ne culpabilise pas pour *lui*, mais pour Clay. Parce que j'ai promis, parce qu'à l'inverse il serait arrivé en avance, parce qu'il aurait achevé sa mission d'une main de maître.

Parce qu'il est parfait. Tout le temps. En toute occasion. Et doublement quand il est question de me rendre service.

Alors que moi, je ne suis jamais que « celle d'après », celle qui ne brille pas assez. Celle qui est née une semaine trop tôt.

– Excusez-moi ! Monsieur, pardon, pouvez-vous me dire à quelle porte a débarqué le vol… commencé-je devant un jeune homme habillé aux couleurs du staff.

Je récupère à la hâte mon portable avant de trouver l'information qu'il me manque et lis :

– EF-2549-BG.

– D'où venait-il ?

– Je… grimacé-je. En vérité, je… je ne sais pas.

J'ai presque honte. Pour ma défense, Clay ne s'est pas épanché sur les détails. Les consignes étaient brèves : aéroport JFK, vol EF-2549-BG, arrivée à seize heures trente.

Je ne suis pas loin d'enlever mes escarpins pour aller plus vite après que l'employé m'a renseignée, et trottine jusqu'au point indiqué sur le plan. Immobile devant les portes fatalement closes, je scanne l'espace autour de moi, checke mon téléphone, refais le point sur les voyageurs qui m'entourent, puis exhale un lourd soupir de défaite.

Il n'est pas là, du moins il ne l'est plus. Une main fermement agrippée à la lanière de mon sac, je tourne sur moi-même dans un sursaut d'espoir. *OK, Nora Jean, tu te concentres.*

Homme brun. Cheveux plus ou moins longs. Grand ? Oui, dans

mes souvenirs il était plutôt grand. Type caucasien. 28 ans. Mince et… et c'est tout. C'est tout ce que j'ai en ma possession pour tenter de le géolocaliser dans cette marée humaine, laquelle me malmène à coups de coude et de valise. C'est tellement peu d'informations que la moitié de la gent masculine pourrait lui correspondre…

Je suis consternante. Et si peu digne de confiance que j'en ai envie de jurer à voix haute.

Cette fois, je ferme les yeux un long moment, accusant lourdement mon échec. Je n'ai plus le choix : je dois appeler Clay, me confondre en excuses et espérer qu'il m'aimera toujours après ça…

D'une main mollasse, je vais pour fouiller dans mon sac à la recherche de mon portable – et d'un vieux reste de courage –, quand une poigne se referme autour de mon biceps.

– Officier Goodwin, brigade anti-drogue, gronde la voix sévère de l'homme qui m'impose un franc demi-tour. Suivez-moi, s'il vous plaît.

– Pardon, mais…

Subitement pétrifiée par la force avec laquelle l'officier en civil m'entraîne au travers de la foule, je ne parviens qu'à bredouiller des mots décousus dans son dos. Je devrais riposter, argumenter, lui interdire même de me toucher, sauf qu'une peur panique me prend douloureusement à la gorge en plus de me piétiner l'estomac. Mes yeux furètent autour de moi sans vraiment parvenir à se raccrocher au monde qui m'entoure. Les mots piquants que mon assaillant a prononcés résonnent bien trop fort entre mes tempes. Pourtant, c'est absurde, je sais n'avoir rien à me reprocher, je suis tout ce qu'il y a de plus intègre et honnête dans ce monde déviant !

– Mettez-vous là !

Jetée contre une sorte de desserte à quelques mètres, non loin de ce que je crois être la porte des toilettes, j'observe, sidérée et à bout de souffle, l'officier s'emparer de mon sac sans ma permission et en violer l'intérieur de sa main robuste. Mon rythme cardiaque semble freiner sa course folle un instant dès lors que la partie encore lucide de mon cerveau recense les effets personnels accumulés dans mon sac à main. Un portefeuille, une paire de solaires, un jeu de clés, deux ou trois carnets de notes, dix crayons au moins et…

– Regardez-moi ça ! claironne l'officier en délogeant un petit sachet de… poudre blanche.

Comme de la cocaïne, par exemple ?

– Ah non, non, non, non, non. Monsieur l'officier, je ne sais pas du tout ce que…

– Fermez-la, bordel ! me coupe-t-il en ouvrant le sachet pour y tremper le bout de son doigt qu'il introduit dans sa bouche.

Je secoue la tête, percutée par une flambée surréaliste de ma température corporelle. Clairement, je prends feu sous son regard sardonique alors que ce sont maintenant des coulées de sueur froide qui dégringolent le long de mon dos. Sans me quitter des yeux, il dégaine son portable.

– C'est bon, je l'ai trouvée… indique-t-il à son interlocuteur en me toisant avec un mépris épouvantable. Parfait, je vous rejoins à la voiture, préparez les menottes.

Il raccroche devant mon visage blême.

– Connaissez-vous les peines encourues pour détention de drogue ? Un paquet de fric et jusqu'à dix ans d'emprisonnement, se vante-t-il.

Une partie de mon monde se fracasse dans une cacophonie exécrable, laquelle paraît n'affecter que ma propre audition puisque les centaines de voyageurs continuent de déambuler à côté de nous sans même nous voir.

– Votre nom ?

– No… Nora Jean De Grassi… Mais…

– Profession ?

– Je veux un avocat, tenté-je avec l'énergie du désespoir.

L'officier ricane en haussant les sourcils d'incrédulité et je me ratatine un peu plus.

Mon Dieu, c'est un cauchemar. Le pire de tous. Une paume sur mon front en vaine tentative de chasser la violente migraine qui me torpille le crâne, je me maintiens à la desserte de l'autre pour ne pas m'écrouler par terre. Je n'ai plus de jambes, plus de souffle, plus de dignité, plus rien.

Ça ne peut pas être en train d'arriver. Je ne suis pas là, je ne suis pas celle qu'on accuse à tort ni celle sur le point d'être enfermée derrière des barreaux. Bon sang, non… C'est juste insensé. Pas moi, pas une De Grassi.

Ma carrière. Ma… ma mère va…

– Profession, j'ai dit !

– Celle que j'avais encore ce matin et que vous allez ruiner, à l'instar de ma vie, pour un sachet de je-ne-sais-quoi qui n'est même pas à moi ?

J'ai débité ces quelques mots dans un soupir d'agonie, les larmes à présent au bord des cils.

– Journaliste… me résigné-je.

– Eh bien, je ne vous félicite pas. Ne vous devez-vous pas d'être ponctuelle dans votre métier ?

Je mets une poignée de secondes avant de noter l'agressivité moindre dans son ton de voix. En apnée, je le jauge maintenant. Ses traits se font de moins en moins rêches à présent qu'il amorce un pas en retrait en relâchant peu à peu le gainage de ses muscles.

Qu'est-ce que… ?

Une once de perspicacité retrouvée, j'ouvre la bouche en vue de l'interroger sur la pertinence de sa question quand un souffle chaud s'abat derrière mon oreille. Si chaud qu'il me brûle la peau comme un coup de soleil meurtrier. Raide comme la justice, je sais que quelqu'un se tient derrière moi, et ma conviction se confirme dès lors qu'une chaleur envahissante prend d'assaut mon dos tout entier.

– Quoi qu'ils en disent, Lolli, le Fou reste le roi…

Je déglutis cette fois…

Cette voix.

Ce surnom qu'un seul m'a jamais donné.

Et cette phrase…

Le mélange de ces trois informations m'aspire dans une faille temporelle jusqu'à me propulser huit ans dans le passé. Hérissée par tout un tas de sentiments contraires, je précipite un demi-tour.

Il est toujours là. Il a attendu.

Je recule d'une enjambée pour faire face à celui qui maintient devant son torse une pièce de jeu d'échecs et l'agite devant mes yeux à présent écarquillés. Pas n'importe quelle pièce bien entendu, LA pièce. Le Fou. Aussi noir et symbolique qu'à l'époque…

Deamon Cosgrove, messieurs dames !

Toute trace de peur panique s'évapore de mon corps, remplacée par une boule de colère menaçante. Elle gonfle si fort et si vite dans ma poitrine qu'elle m'empêche presque de respirer lorsque je dévisage trois secondes le soi-disant officier, lequel esquisse un sourire d'excuse.

– C'était un canular ? grincé-je.

Goodwin – ou quel que soit son véritable patronyme – hoche tout juste le bout du nez, contrit. En quelques secondes à peine, il n'a plus rien de l'officier teigneux qui me tenait en joue de son regard fielleux. Je le scanne de haut en bas sans scrupule, pointant avec aigreur ce que j'aurais dû noter plus tôt : une paire de rangers absolument pas réglementaire, aucune ceinture pour maintenir son jean ni supporter un quelconque holster. Un polo basique sur lequel se devine une tache de sauce tomate à l'orée du col. Un rasage approximatif…

Bon sang, comment ai-je pu être aveugle aux signes flagrants de cette supercherie ?

Les joues brûlantes de fureur, je reviens sur l'air satisfait de Deamon.

– Qui est-ce ? sifflé-je après un bref mouvement de menton vers le faux flic.

– Juste un gars que j'ai rencontré au kiosque et qui avait du temps à perdre.

Je me mords l'intérieur de la joue lorsqu'un flot d'injures se loge dans ma gorge.

– Une heure trente, Lolli, tu m'as largement laissé le temps d'écrire le synopsis et de peaufiner les détails.

Donc, je récapitule : si je suis trempée de sueur d'avoir imaginé que ma vie et ma réputation étaient fichues, c'est ma faute ? J'en rirais, très fort même, si je me l'autorisais ! Au lieu de ça, je réajuste mon port de tête, inspire profondément et récupère froidement mon sac jusqu'alors abandonné sur la desserte.

– Le sachet ? parviens-je à demander entre mes dents serrées.

La commissure de ses lèvres s'étire d'un sourire furtif.

– De l'aspartame que j'ai glissé dans ton sac.

Les éclairs assassins que mes yeux lui destinent ne semblent pas l'atteindre, rien d'étonnant puisque rien n'atteint Deamon Cosgrove ! Certains ont la chance de mûrir avec les années, de se tempérer, de se poser, voire de se bonifier, manifestement, pas lui. Certes, il a changé, il n'est plus le jeune adulte de soixante kilos aux cheveux mi-longs – j'aurais d'ailleurs pu ne pas le reconnaître –, disons qu'il est plus… développé. Mais en ce qui concerne sa jauge de sagesse, rien n'a bougé !

Nous nous toisons, mutiques. Lui espérant me voir sortir de mes gonds, moi toujours fidèle à ce rôle de femme droite et raisonnable qui fait mon quotidien. Pourtant, je jure que je bous sévèrement ! Je crois même pouvoir dire que, à l'instant où il s'empare de ma main pour y loger la pièce d'échecs, je le déteste comme jamais je n'ai détesté personne. Et au-delà de ça, je répugne cette vulgaire passation de pouvoirs.

Je ne jouerai pas. Hors de question.

3

Deamon

Est-ce que j'y suis allé trop fort ? Probablement.

Est-ce que je m'en veux ? Tellement pas.

Est-ce qu'elle pourrait m'ignorer pendant des lustres après ça ? J'en sais trop rien, en tout cas, elle tient le cap depuis qu'on a quitté le hall des arrivées.

Pas un mot, pas un regard, rien qui ne pourrait laisser penser que j'occupe la même banquette arrière d'un taxi qu'elle. Le dos droit contre le dossier, les mains jointes et calées entre ses genoux d'où dépasse le sommet du Fou, elle n'a pas quitté le paysage urbain des yeux.

Elle a toujours été tenace, le genre de gamine qui se tient à ses objectifs, qui s'obstine, qui aurait même accepté un éventuel suicide social si seulement ça lui permettait d'atteindre les buts qu'elle s'était fixés. Une teigne hyper endurante en quête constante d'accomplissement ! Et en même temps, si je dois être complètement honnête, la Nora Jean d'avant était plutôt sympa, assez drôle quand elle sortait la tête de ses bouquins et presque… attachante.

À l'évidence, cette gamine n'existe plus et j'avoue que ça me saoule. Sans déconner, revenir après tout ça et me cogner son attitude austère, merci, mais non merci. Ma mâchoire se resserre violemment quand ma conscience me siffle que je n'ai pas le choix. Clairement, elle est ma seule alternative. Elle est même la clé de tout ce bordel… J'aspire une épaisse bouffée d'air, vaincu, et me fais entendre le premier :

– On arrive bientôt ?

La force de mon regard braqué sur sa silhouette rigide ne suffit pas à lui faire bouger un muscle. Après une trentaine de secondes d'un silence écrasant, un rire sidéré m'échappe. Je secoue la tête, ahuri qu'elle soit à ce point vexée de s'être fait piéger, mais un chouia amusé quand même. Son attitude est digne d'une petite nana capricieuse ! Je me renfonce dans mon siège, forcé et contraint de reconnaître qu'elle ne me répondra pas. Le chauffeur, lui, doit me prendre en pitié, car il finit par répondre à la place de ma voisine :

– D'ici dix minutes, si tout va bien.

Dix minutes d'enfer…

La suite de mon séjour va vite être intenable si mademoiselle la teigne ne se déride pas un peu. Et moi qui pensais que la revoir m'apporterait un soupçon de légèreté… C'est mal barré.

– Merci, gardez la monnaie, prononce-t-elle enfin en payant la course une fois le taxi stationné dans ce qui doit être sa rue.

Je salue le chauffeur d'un rapide signe de tête avant de m'extraire à mon tour du véhicule. Sauf que je n'ai pas récupéré mon sac dans le coffre que Nora Jean ouvre en grand la porte d'un immeuble pour s'y engouffrer. Est-ce qu'elle va vraiment me faire courir ? Gagné par une irritation en pleine montée, je crache :

– Sans déconner, Lolli, stop !

Elle se fige. Enfin une réaction ! Si je n'étais pas franchement gavé par son attitude, je me serais insulté de ne pas avoir haussé le ton plus tôt. En moins de six enjambées tendues, je la rejoins et pousse sur son épaule sans la ménager pour lui imposer le face-à-face.

– La blague anti-drogue ne t'a pas plu, c'est bon, j'ai compris, grincé-je avec condescendance, mais je te garantis que la coloc sera invivable si tu continues de faire la gueule. Ne me fais pas devenir le pire des connards, OK ?

Sa bouche s'entrouvre lentement et s'accorde à la stupeur qui mange soudain la totalité de ses iris châtains. Putain, que n'a-t-elle pas compris au juste ? Que je peux être tellement con qu'elle finira par déménager de son propre appartement après deux petits jours de cohabitation ? Ou que le coup de l'aéroport n'était qu'un jeu à vocation divertissante ?

– La quoi ? couine-t-elle. La… coloc ?

Je reste perplexe devant sa question jusqu'à ce que son expression se transforme littéralement sous mes yeux. D'abord sceptique, elle semble trouver le nœud du problème et revêt une expression à la fois choquée et apeurée tout en remuant vivement la tête.

– Qu'est-ce que t'a dit Clay ? s'enquiert-elle en fouillant dans son sac comme une aliénée.

– Qu'est-ce que Clay m'a dit ? répété-je, paumé et agacé. Sois plus précise, Lolli !

– T'a-t-il dit que tu…

Elle grimace durement en déverrouillant son téléphone, puis le colle à son oreille.

– Est-ce qu'il m'a dit quoi, putain ?

Ma parole, je ne suis pas loin de la secouer sur le trottoir pour la forcer à terminer ses foutues phrases ! Rien à carrer que les passants me voient, je ne comprends rien et ça me met grave les nerfs ! Plus encore que lorsqu'elle agissait comme si je n'existais pas, c'est dire !

– Clay, coucou, c'est Nora Jean…

Bluffé par la vitesse à laquelle son sourire se dessine, j'oublie un instant que cette brune d'un mètre soixante-dix vient de détraquer mon organisme jusqu'à faire circuler mon sang à l'envers. Clay a toujours été le rayon de soleil de Nora Jean, force est de constater que ça n'a pas changé. Voire son amour s'est mué en vénération aujourd'hui. La preuve en est : son ton de voix s'est fait tout de suite plus doux, presque mielleux, les traits de son visage se sont lissés, même sa gestuelle paraît moins crispée. Seul son regard transpire toujours d'une angoisse à laquelle elle ne semblait pas préparée. Ce regard qu'elle braque sur moi à intervalles réguliers tandis que son frère monologue de l'autre côté du combiné.

– Techniquement, c'est possible, mais… parvient-elle à répondre avant d'être de nouveau coupée.

S'écoule une bonne grosse minute au cours de laquelle je n'ai d'autres occupations que celle d'observer Nora Jean serrer les dents derrière son sourire à plusieurs reprises. Quoi qu'il lui dise ou demande, elle choisira d'aller dans son sens. C'est en tout cas à ça qu'elle m'avait habitué avant mon départ il y a huit ans, et à ça que ça ressemble encore aujourd'hui. La voir plier contre sa volonté m'arrache un sourire furtif. Cela me rappelle le temps où tout était bancal et en sursis, mais un temps où, avec du recul, tout était finalement plus simple. Alors ouais, j'aimais bien davantage la Nora Jean de 17 piges que sa version actuelle, mais ça me plaît de voir qu'il reste quelques bribes de cette fille dans le package escarpins, veste de tailleur chic et sac Valentino qui me fait face.

– Tiens, m'indique-t-elle en me tendant son portable.

Je le récupère sans manquer un détail de sa mine à présent désabusée. Avant même de me voir plaquer le téléphone contre mon oreille, Nora Jean rouvre le battant vitré et m'invite à entrer d'un geste un poil exagéré.

– Oh, putain… percuté-je soudain.

Le puzzle des précédentes minutes vient de prendre forme en une demi-seconde et ce qu'il me dévoile me donne autant envie de rire que de soupirer d'aise. Sans chercher à me retenir de faire l'un ou l'autre, j'emboîte le pas de Nora Jean qui s'engage dans la cage d'escalier sans se retourner.

– T'as pas osé, si ? m'adressé-je à Clay avec un sourire satisfait.

– Si je lui en avais parlé, elle se serait pollué la tête avec ça jour et nuit. Et comme je l'aime, j'ai préféré lui donner un peu de répit.

– C'est sûr que c'est vachement mieux de la mettre devant le fait accompli.

J'ai beau l'avoir eu un long moment au téléphone il y a quinze jours, je ne peux pas nier me sentir moins oppressé par le brouillard qui m'enveloppe depuis des mois, maintenant que son timbre réjoui ricoche contre mon tympan. J'aime ce type comme un frère et je déteste avoir eu à m'éloigner de lui tout ce temps. Pourtant, c'était nécessaire, ça faisait partie du projet. Je devais le faire seul, sans lui, sans sa malice et ses poches pleines de fric. Sans nos défis et notre quotidien décalé. Au bout du compte, pas sûr que c'était la bonne décision…

– Elle va te mettre dans la chambre d'amis, c'est pas hyper grand, mais tu seras bien, tu verras. On fait comme on a dit : tu la sors de sa zone de confort, tu la fais rire et tu lui fais voir que le monde ne tourne pas qu'autour du journal et de son appart. Vas-y doucement au début quand même, il ne faudrait pas qu'elle se braque direct. À moi, elle ne me refusera rien, à toi, en revanche…

– Ouais, alors, j'ai peut-être déjà mis la barre haut tout à l'heure, le préviens-je.

Nous atteignons tout juste le palier du quatrième étage quand le rire de Clay éclate dans le téléphone.

– Fais-moi le plaisir de descendre ta foutue barre de quelques crans. Crescendo, on a dit !

– Sinon quoi ? Tu débarques et tu me mets une trempe ?

Il grogne dans le téléphone, conscient que son planning de développeur confirmé ne le lui permettra pas.

– Pas avant avril, je le crains. Et puis, Maude a décidé de se lancer dans un projet de rénovation pour la chambre d'amis, j'ai peur de ne pas pouvoir me défiler. N'empêche que je te botte le cul quand je veux !

C'est à moi de laisser un rire franc emplir le palier de l'étage. Il botterait le cul du Deamon de l'époque, sans nul doute, mais celui d'aujourd'hui lui mettrait une sacrée branlée !

– Je te laisse, ta sœur vient de sortir ses clés.

Je raccroche après la formule d'usage et pénètre dans l'appartement à la suite de Nora Jean. Cette dernière a toujours l'air dépitée, malgré tout je salue l'effort quand elle m'offre un sourire presque sincère après avoir refermé la porte derrière moi. Sans attendre son autorisation, j'avance dans la pièce de vie et découvre son intérieur d'un œil confus. J'ai posé mon bagage dans un paquet d'endroits ces dernières années, la plupart n'étaient pas rutilants, certains frôlaient même l'insalubrité, mais tous, sans exception, dégageaient quelque chose.

Ici, rien. Aucune âme, aucune émotion. *Nada*. Tout est propre, épuré, sans couleur, rangé. Pas même une plante verte ou un chat !

– L'appartement t'appartient ?

– Non, c'est une location.

– Ça explique l'absence totale de déco…

– Ta chambre est par là, élude-t-elle en s'enfonçant dans un petit couloir.

Eh bien… La découverte de ce qui sera ma piaule est épique. Un lit deux places paré de draps blancs, une chaise et… c'est tout.

– C'est pire que la taule. Rappelle-moi ce que tu fais comme job pour être si peu équipée ?

– Demande à l'officier Goodwin, il saura te renseigner.

Oooohhhh, une pointe de sarcasme ! Je me retourne vers elle sans camoufler la satisfaction que ce trait d'humour façonne sur mon visage. Alors, trait d'humour, c'est peut-être vite dit au vu du regard assassin qu'elle plante sur moi malgré son sourire cette fois totalement factice.

– Tu finiras par trouver ça drôle, Lolli, lui assuré-je avec un clin d'œil.

– Ne sois pas si sûr de toi, Deamon. La salle de bains est ici, se dépêche-t-elle de couper court, et ma chambre juste là. Les toilettes, eux, sont dans l'entrée. Maintenant, si tu veux bien m'excuser, j'ai du boulot.

– Il est déjà dix-neuf heures ! crié-je presque alors qu'elle a déjà disparu.

Sa réponse sera le claquement sec de sa porte de chambre. Trop sec. Si sec qu'une nuée de frissons gelés sillonne ma colonne vertébrale jusqu'à me glacer les os. Ma déglutition se fait plus pénible aussitôt que les souvenirs affluent à vitesse rapide. Dans un soubresaut de survie, je déloge mon téléphone et mes écouteurs de ma veste, puis m'enferme dans une bulle musicale. Je reste là, assis sur le coin du lit, à balancer ma tête au rythme des mélodies, chassant du mieux que je peux les images qui s'impriment sur les murs trop blancs de mon nouveau chez-moi. Incapable d'aller fermer la porte. Incapable de desserrer les dents. Incapable de dénouer mes poings.

Foutu. Coincé. En ruine…

4

Nora Jean

Comme chaque soir depuis bientôt sept jours, je me retrouve à jouer avec mes clés, immobile sur le seuil de ma propre porte. La journée, alors que je suis en osmose avec les Townstend, je ne garde de l'intrusion de Deamon qu'une sensation d'inconfort, à l'instar d'un petit caillou dans ma chaussure. Mais dès lors que je réinvestis mes murs, c'est toute une carrière de granit qui se déverse sur mes semelles.

Deamon n'est pourtant pas encombrant. Lui et son unique sac de voyage ne prennent que peu de place. C'est à peine s'il m'a adressé la parole les premiers jours, ce qui peut paraître étrange au vu du boucan dans lequel il a surgi dans mon quotidien. J'ai beau détester cette cohabitation forcée, j'apprécie qu'il ne cherche pas à envahir tout mon oxygène. Je ne me leurre pas, ça ne durera pas, c'est Deamon. Il prépare certainement un autre coup, un autre canular, une autre blague indigeste. Et cette perspective qui plane ne m'aide pas à rentrer chez moi d'un pas serein.

Dire que Clay était au courant… Lui vouer un amour sans bornes ne m'aura jamais autant coûté. Il aurait pu me demander d'escalader l'Everest ou de me scier les deux mains que ça m'aurait moins fait grimacer. Je ferais n'importe quoi pour lui, c'est un fait, un besoin et une folle évidence. Aussi, devoir loger son meilleur ami d'adolescence pour un temps indéfini devrait être une promenade de santé, pourtant, je le vis comme un calvaire.

Deamon Cosgrove est un personnage à part et ce depuis notre toute première rencontre. Il n'était pas « beau garçon », en revanche, il dégageait quelque chose. Tout se jouait dans son attitude, sa posture ; dans sa façon de vous analyser d'un regard acéré, dans le choix de ses mots, toujours incisifs ; et indéniablement dans ses traits d'humour bien pensés. Deamon n'irradiait pas d'une beauté exacerbée, mais à l'instant où il entrait dans une pièce, chaque paire d'yeux convergeait vers lui. Il était l'aimant, et nous les petites particules de chrome condamnées à obéir à son champ magnétique impérieux. C'est sans nul doute ce qui a conquis Clay ce premier soir, dans la salle de cinéma à peine remplie qui nous accueillait. Alors que je buvais les paroles du couple d'acteurs français sur le grand écran, Clay et Deamon s'étaient trouvés sans véritablement se parler. Un unique sourire complice et leur amitié détonante était née.

Je faisais partie de leur duo atypique sans vraiment en être, pourtant, je savais tout de lui. Si Clay et moi évoluions au milieu de la bourgeoisie industrielle new-yorkaise, Deamon, lui, était issu d'une classe plus modeste sortie tout droit du Bronx. Nous étions les fils et fille de, quand il n'était personne, ou alors l'archétype du gosse d'ouvrier insolent. Deamon ne cachait pas son histoire, hermétique aux opinions importunes de nos pairs, quels qu'ils soient. Il n'était pas le gendre idéal et il s'en moquait. Il n'était pas né Cosgrove et il s'en moquait. Adopté par Donald et Sophie Cosgrove un an après sa naissance, il avait grandi dans un foyer aimant, et ce malgré l'accident de la route qui a fauché sa mère adoptive à l'aube de ses 12 ans. Je suppose que cette perte aura eu plus d'incidence sur sa construction qu'il ne voudra jamais l'admettre. Il n'empêche que le Deamon que j'ai connu n'était pas tel que se plaisait à le décrire Donald. Je n'ai vu de lui qu'un adolescent réfléchi, mais en quête constante de découverte et de défis à relever. Il avait besoin de sentir l'adrénaline exploser en lui. Sa substance addictive n'était pas chimique comme elle peut l'être pour d'autres, non, elle était physiologique. À mon sens, il n'était question que de combler un vide que le manque de Sophie avait initié, ce qu'il nierait probablement. En vérité, il ne parlait jamais de sa mère. Tout ce que je sais de cette femme tient dans les souvenirs qu'avait évoqués Donald un soir de Thanksgiving.

Le Deamon qui a élu domicile dans mon appartement semble être resté dans ce schéma d'adolescent aux mœurs très discutables. Me faire accuser de possession de drogue, sans blague…

Sortie de mes pensées par le silence absolu qui règne derrière le battant, je tends l'oreille, puis me hâte de déverrouiller la porte. Je pénètre chez moi sur la pointe des pieds et scrute stratégiquement la pièce de vie. Personne devant la télé ni dans la cuisine. J'avance un peu plus, personne sur le balcon. J'atteins sans bruit la porte fermée de sa chambre. Pas un son de l'autre côté. En dernier recours, je me tords le cou pour aviser l'entrée où devraient être entreposées sa veste et ses chaussures. Rien… Le poids qui obstrue ma poitrine depuis son emménagement se désagrège et un sourire coupable chatouille mes lèvres.

Je suis une affreuse amie – si tant est que je puisse me qualifier ainsi après nos retrouvailles chaotiques. Serait-il parti ? Parti définitivement ou seulement pour la fin de journée ? Qu'importe, je suis seule et c'est parfait !

D'une démarche légère, je récupère la tenue sur cintre que j'ai pris soin de préparer hier soir et rejoins la salle de bains. En sortant de la douche, je prends un court instant pour apprécier le silence qui emplit toujours mon appart. Un bonheur pur se dilue dans mes veines, animant une fois encore mon sourire.

– Lolli, tu…

Jusqu'alors accroupi près de la baie vitrée, Deamon abandonne la plante verte qu'il positionnait à côté du canapé et hausse les sourcils en scannant furtivement ma mise en beauté.

Bon… il n'était pas parti. Il s'était seulement absenté pour… acheter une plante ?

Je fronce le nez devant ce constat, consciente qu'il sera nécessaire d'abreuver cette fichue plante au risque de la voir rendre l'âme trop vite.

– Est-ce qu'on sort ?

On ? Mon double intérieur émet un petit rire moqueur. Non, « on » ne sort pas, je propose qu'il reste avec Plante, tant que c'est loin de moi. Je remonte les épaules, assume un port de tête altier, et amorce quelques pas en direction de la console de l'entrée, où patientent mon sac à main et mon jeu de clés.

– Je suis effectivement invitée au pot de départ en retraite d'une collègue, déclaré-je d'un ton sans chaleur.

– Nickel, donne-moi juste une minute et…

J'effectue un urgent demi-tour et le stoppe dans sa progression jusqu'à sa chambre d'un doigt levé.

– « Je » suis invitée, Deamon, insisté-je.

– Et « je » serai ravi de t'accompagner.

Son obstination met mes nerfs en ébullition. Paupières closes, je force une profonde respiration nasale, tout en maltraitant mon trousseau entre mes doigts. D'ordinaire, je plie, résolue à être une femme courtoise et sans histoire, loin de tout conflit, mais avec Deamon, je déraille… Je ne sais pas vraiment l'expliquer, j'imagine que c'est viscéral, ou bien simplement le résultat de son imposture à JFK.

– Sauf ton respect, Deamon, tu n'y auras pas ta place.

– Parce que ? riposte-t-il. Je ne fais pas assez « journaliste » pour la grande Nora Jean Elisabeth De Grassi ? Peut-être que je te fais honte ? Mes poches ne sont pas assez pleines, c'est ça ?

Sidérée, je me sens rougir de colère. D'une, il a utilisé l'intégralité de mon nom de naissance, ce qui m'a toujours indisposée, et je suis persuadée qu'il l'a fait sciemment. De deux, je ne l'ai jamais déprécié au regard de son statut social et il le sait également !

Pourtant, c'est plus ou moins ce qu'il devait comprendre avec ma précédente pique…

Bon sang, ce gars me fait devenir la pire des pestes !

Sous son regard mordant, je me pince l'arête du nez en grimaçant et consens à jouer la carte de l'honnêteté :

– Je te demande de m'excuser, j'ai menti en espérant que tu renonces à venir avec moi. Je veux… J'aimerais m'y rendre seule.

Deamon incruste son regard sombre dans le mien et ne le lâche plus. L'intensité avec laquelle il me tient en joue avait l'habitude de me faire battre en retraite il y a huit ans, parce qu'il me sonde, il fouille et me déstabilise par la seule force de sa détermination. Toutefois, je tiens bon, je ne baisserai pas les yeux devant lui. Je suis une adulte à présent, je n'ai plus à me prosterner devant son aura, peu importe qu'elle me perturbe toujours.

– On est partis du mauvais pied, toi et moi, me surprend-il à annoncer en se décrispant un peu. Je te le répète, je suis désolé que le coup de l'aéroport ne t'ait pas fait marrer. Mais je t'assure que je voudrais que ça se passe mieux entre nous. Je vais chercher un autre endroit où crécher, sauf qu'en attendant, tu es bloquée avec moi. Contrairement à ce que tu penses, ça me plairait d'apprendre à connaître le monde que tu t'es bâti ces dernières années, et je suis sûr que Clay approuverait…

Mais… quelle pourriture ! D'un discours plein de pseudo-gentillesses, Deamon vient de passer au chantage. Et la main qu'il faufile dans son dos pour récupérer son portable me le confirme. S'il appelle Clay, je ne pourrai que céder, et il en est fichtrement conscient !

– C'est moche, grincé-je.

– Je sais, mais…

Faussement navré, Deamon déverrouille son écran de veille en vue de trouver le nom de son meilleur ami dans son répertoire.

Je le déteste…

J'opère un quart de tour en ravalant la tonne d'injures que je voudrais lui vomir et m'appuie, bras tendus, contre la console.

– Tu as deux minutes, sifflé-je.

– Cinq, c'est mieux.

– Dépêche-toi, bon sang !

Malgré la distance qu'il parcourt pour rejoindre sa chambre, son rire étouffé me parvient et fait se hérisser mes poils dans une vague d'écœurement absolu. Dès demain, je téléphone aux agences immobilières pour le mettre dehors au plus vite ! J'ai l'impression de n'être qu'une marionnette que lui et Clay s'amusent à faire danser et ça m'agace prodigieusement.

Une main impatiente sur la poignée, je m'apprête à le héler une dixième fois après que son temps est écoulé quand, enfin, il apparaît. Je jure que tout mon monde s'est assombri sous l'intensité de mon irritation, même le brouhaha de la circulation, dans lequel je baigne depuis toujours, m'agresse les tympans ce soir. Il ne nous reste plus que deux kilomètres de route lorsque mon téléphone m'alerte d'un message. Fourrageant dans mon sac à l'aveugle, je rencontre d'abord la fameuse pièce du Fou – que je vais me faire un plaisir de brûler dès notre retour – puis attrape mon portable.

Détends-toi, N.J.

Un petit cœur rouge ponctue le texte de Clay et m'arrache un soupir vaincu. J'ose un regard oblique à celui qui a prévenu mon frère de mon exaspération et… calé contre l'assise du taxi, Deamon m'analyse sans s'en cacher. Ni fier ni mécontent. Indéchiffrable à l'exception de cette flamme obscure qui habite son regard. Je me détourne la première et grommelle en agitant mon téléphone :

– Était-ce nécessaire ?

– Pas nécessaire, mais important. Réponds-lui.

Un petit rire ironique s'extrait de ma gorge. Comme s'il m'était déjà arrivé de ne pas répondre à Clay…

C'est... compliqué.

D. n'est pas là pour te rendre la vie impossible. Il a seulement besoin d'apprivoiser celle que tu es devenue avant de trouver ses marques.

Clay… sa présence bouscule beaucoup de choses. Il… il me déconcentre ! Je ne suis pas à l'aise avec ça.

Quelques secondes s'écoulent avant que les ellipses ne s'affichent en bas de notre conversation. De trop longues secondes, de quoi me laisser suffisamment de temps pour cuire sous le poids du regard que Deamon bloque toujours sur ma tempe.

Appelle-moi dès que tu sors du taxi.

Je soupire, les doigts emprisonnant mon portable avec fermeté, puis choisis de regarder la rue animée qui défile à faible allure derrière la vitre. Est-ce que tous mes faits et gestes seront dorénavant transmis à Clay ? Habituellement, je n'en ai que faire, ma vie est loin d'être un scénario croustillant, d'autant que je ne cache rien à Clay. Mais depuis Deamon… Oui, depuis lui, rien ne se passe normalement. Je ne suis plus « normale » !

Je vais pour payer la course une fois notre taxi stationné en double file sous l'enseigne lumineuse du Rooftop quand le mouchard me devance. Je ne me bats pas, qu'il paie après tout, ça m'est bien égal. Je n'ai pas un pied sur le trottoir que je lance déjà l'appel.

– Salut, toi, commence Clay d'une voix moins directive qu'une semaine plus tôt.

– Salut.

– N.J., ne lui en veux pas, OK ? C'est moi qui lui ai demandé de te changer les idées…

Sa confession me cloue sur place en plus de me couper la respiration une seconde. Il a… quoi ?

– Mais pourquoi ? couiné-je, médusée.

– Parce que tu ne vis pas, ou seulement pour ton boulot. Et ce n'est pas ce que je veux pour toi. Tu es jeune, jolie, dynamique, géné…

– Mais j'aime ma vie, Clay, le coupé-je.

– Et tu l'aimeras encore plus une fois que tu auras ouvert les yeux sur le monde qui gravite tout autour de toi. Je ne te demande pas de démissionner ni de sortir tous les soirs, je te demande juste de laisser Deamon mettre un peu de couleur dans ton quotidien.

Alors c'était ça, la plante ? La cohabitation forcée ? Oui, eh bien : fausse bonne idée ! Qu'il s'agisse de la couleur, de Deamon Cosgrove ou de la plante !

– Tu veux bien essayer, s'il te plaît ?

– Clay… gémis-je de désespoir.

– Pour moi ?

Je pourrais en pleurer. Le constat est affligeant : en sept jours, je suis victime d'un deuxième coup monté, lequel est cette fois fomenté par mon frère. Ma chair, nom de nom ! Mon sang, ma référence absolue !

– C'est D., Nora Jean, pense-t-il utile d'ajouter d'un ton affectueux. Je ne t'ai pas mis n'importe qui dans les pattes, juste Deamon…

Je lâche mes escarpins des yeux pour venir trouver l'homme dont il est question. Posté près de la porte du Rooftop, il m'épie, les mains plongées dans les poches de son jean. Habillé d'un tee-shirt à manches longues qu'il a retroussées jusqu'aux coudes. Bâti comme une armoire à glace en devenir… Il n'est pas « juste Deamon », il est tout et son contraire, aussi magnétique que repoussant, aussi taciturne qu'insolent. En réalité, je ne sais plus qui il est. Bien trop d'années sont passées, pourtant, il fut un temps où j'avais confiance en lui, où j'admirais sa capacité à faire fi des conventions, où je me plaisais à imaginer un avenir teinté de l'insouciance qui régentait sa vie. Un temps révolu, qui, malgré ma réticence maximale, tend à animer un petit quelque chose en moi. C'est fugace, vite balayé par le sentiment de trahison qui noue ma gorge alors que je me sais sur le point de répondre :

– D'accord.

– Parfait ! déclare-t-il dans une expiration soulagée. Je suis sûr que tu sauras tirer avantage de la situation. Profite de lui laisser la corvée de vaisselle, de ménage et de tout ce que tu trouves chiant !

Ah, mais j'y compte bien ! Première tâche ingrate tout en haut de sa liste : s'occuper de sa fichue plante !

5

Deamon

Clay est un magicien. Nora Jean n'a pas encore raccroché, pourtant, je devine qu'il a déjà gagné. Je n'exclus d'ailleurs pas la possibilité de lui demander le mode d'emploi de sa frangine si je n'arrive pas à adoucir la bête. En bonne perdante, Nora Jean me jauge, désabusée. Ou elle me maudit sur plusieurs générations, je n'arrive pas à savoir. Ceci dit, mieux vaut qu'elle ne se fatigue pas, le destin s'est déjà chargé de maudire ceux qui partagent mon sang…

– Bonne soirée… bredouille-t-elle à l'attention de Clay en amorçant quelques pas dans ma direction. Oui, moi aussi… Promis.

Son téléphone déposé dans son sac, Nora Jean s'immobilise devant moi et exhale un soupir déçu. Sans un mot, elle verrouille son regard au mien et ébauche ce qui n'a jamais autant ressemblé à un sourire véritable.

– « Nous » ne rentrerons pas tard si c'est bon pour toi.

– C'est bon pour moi.

– Alors, allons-y.

J'acquiesce sans parvenir à lui rendre son sourire. Parce qu'il pue la tristesse… Elle a l'air tellement abattue que j'en ai soudainement le bide qui convulse.

Un peu comme elle ce soir-là, sans l'horreur et la souffrance.

D'une détente, j'attrape la poignée du Rooftop et la maintiens ouverte pour laisser Nora Jean pénétrer dans le bar. Le volume de la musique qui s'extrait du battant n'atténue qu'à peine le grondement qui brutalise trop vite ma poitrine.

Sans déconner…

Malgré la raideur de mes muscles, je m'efforce de blinder mon armure, accroché comme un damné au rythme du morceau pour m'éviter le black-out. Alors que je me glisse derrière Nora Jean qui se faufile entre les clients enjoués, un vertige menace de me faire chanceler.

Fait chier, pas maintenant…

Mon souffle brûlant dans ses cheveux l'alerte sûrement, car Nora Jean ralentit sa course avant de jeter un coup d'œil par-dessus son épaule et tomber sur mes traits durcis d'une putain de crise d'angoisse en pleine montée !

– Est-ce que tout va bien ?

Non, je déguste, mais… Sans vraiment comprendre comment, je trouve la force de puiser tout au fond de ma noirceur et renfile le masque qu'elle connaît, celui d'un type fier et arrogant. Mon acharnement paie, en tout cas le hochement de tête que j'exécute avec un semblant de sourire semble la convaincre.

– Attends, s'amuse-t-elle tout à coup, est-ce que l'inébranlable Deamon Cosgrove serait inquiet à l'idée de rencontrer les journalistes d'un des magazines les plus réputés de New York ?

Son timide éclat de rire pourrait me foutre en boule si seulement je ne me battais pas déjà pour retrouver un pouls correct. À cet instant, deux solutions s'offrent à moi : soit je réplique comme je l'ai fait chaque fois avec elle jusqu'ici en usant de sarcasme pour reprendre le pouvoir, soit j'abonde dans son sens et lui donne la possibilité d'avoir l'ascendant. Dans les deux cas, je suis cuit, elle a pigé qu'un truc ne tournait pas rond, je le vois au regard qu'elle punaise sur moi. Elle tente de voir par-delà mon foutu mutisme… Au risque de devenir un sujet de recherche que son cerveau d'enquêtrice s'entêtera à approfondir, je choisis de lui laisser croire qu'elle a visé juste…

– Peut-être bien.

Ma réponse la surprend, jusqu'à détendre son expression amusée. Elle n'a pas le temps de rebondir qu'un type au pas approximatif s'avance vers nous, les yeux suppurant d'alcool.

– Nora Jean ! T'es làààà !

– Oh, mon Dieu, Lewis, marmonne Nora Jean.

– Que t'es belle…

– Que tu es saoul, lui répond-elle en se laissant emporter par le bras que mon sauveur enroule autour de son cou.

Cloué sur place, entouré par la foule grisée de ce vendredi soir, je les regarde s'éloigner. Je dois seulement… J'ai juste besoin d'une minute pour dégager l'oppression sournoise qui grignote ma poitrine.

Ne plus penser à rien. Respirer. Accorder mon pouls sur la mélodie. Respirer encore…

L'électricité qui durcit mes muscles peine à se tempérer, aussi je choisis de délaisser quelques-unes de mes chaînes au milieu de la salle et mets le cap sur le comptoir. Un grand blond peroxydé m'apporte les deux verres de chardonnay que je lui commande et pousse vers moi un shot de ce qui pourrait être de la tequila.

– Cadeau de la maison, joli cœur, m'annonce-t-il derrière son sourire hyper intéressé.

J'avale d'une traite le liquide translucide. C'est exactement ce qu'il me fallait pour commencer à anesthésier mon putain de cerveau en vrac, je peux presque entendre deux ou trois de mes chaînes se fracasser au sol au moment où l'alcool atterrit dans mon estomac. Ça devrait suffire. Les deux verres de chardonnay en main, je rebrousse chemin et pars à la recherche d'une brune de mon adolescence que je n'imaginais pas devenir si… timorée ! Un vin français va forcément coller à ses standards de jeune femme guindée, issue de l'élite new-yorkaise. Je joue des coudes sur quelques mètres avant de repérer un attroupement moins enflammé. Évidemment, Nora Jean en fait partie, droite comme un I, tellement loin de transpirer la joie de vivre. Le plus dingue, c'est qu'elle fait illusion. Elle sourit, polie, gracieuse aussi, mélangée à ce groupe dont la moyenne d'âge frôle la cinquantaine…

Ma parole, on va s'éclater !

Avant même de m'annoncer, je me glisse à côté d'elle jusqu'à initier un contact physique que ses bonnes manières ne refuseront pas, puis lui propose un des deux verres. Son regard surpris oscille un court moment entre le chardonnay et nos épaules collées l'une à l'autre. Comme je le présageais, elle a la politesse de ne pas s'écarter et accepte le vin blanc.

– J'ai naïvement pensé que tu avais renoncé, marmonne-t-elle sur son verre.

– Et te laisser avec tous ces junkies prépubères ? Jamais de la vie…

Mon ironie quant à l'âge avancé de ses collègues lui arrache un sourire qu'elle se hâte de dissiper en avalant une gorgée de vin.

– Tu nous présentes ? s'impatiente une voix féminine.

Trop concentré à apprécier l'étincelle de malice qui ne s'était pas encore éteinte dans l'œil de Nora Jean, je n'ai pas prêté attention au cercle restreint d'amis qui, maintenant que je les découvre, me dévisagent avec une curiosité évidente.

– Oui, toutes mes excuses. Bernice, Herman, Josie, je vous présente Deamon. Il…

Nora Jean s'interrompt subitement pendant ma tournée de serrages de mains.

– Il… s'arrête-t-elle une nouvelle fois.

– Je suis le colocataire.

Sans transition, celle pour qui nous sommes tous réunis ce soir écarquille la bouche et les yeux de surprise, tandis que son voisin glousse en explosant son coude dans les côtes de la récente retraitée.

– Tu vois ! Tu ne sais rien de sa vie privée, vieille folle !

– Oh, la ferme, lui assène-t-elle. Espèce de fossile grincheux et désagréable. Je ne sais même pas ce que tu fiches ici à me polluer avec tes bêtises !

– Je voulais seulement te voir une dernière fois avant tes obsèques, mamie. Tu préfères une couronne de fleurs ou une plaque ?

– C'est un enfoiré, nous prévient-elle avant de refaire face à ce Herman. T'es un enfoiré, tu le sais ça ?! Et je te rassure, tu sens le sapin autant que moi !

C'est moi ou ils vont se foutre sur la gueule ? Au-delà du comique de la situation, j'avoue qu'une certaine tension plane entre eux, et pas une tension sexuelle, hein ! Un truc un chouia plus criminel.

– Bienvenue dans mon monde, m'informe Nora Jean à mi-voix.

– Eh bien, c'est flippant…

Nous restons là, à les regarder se jeter tout un tas de vacheries, pendant une bonne dizaine de minutes. J'en suis même à me demander s'ils sont conscients qu'une phrase après l'autre, ils ont fini par se retirer du cercle. Je dois bien avouer que le spectacle est divertissant, on est loin du blockbuster, mais franchement ça se regarde.

Nora Jean et moi finissons notre chardonnay quasiment en même temps. Sans lui demander son aval, je kidnappe son verre et vire jusqu'au comptoir.

– Je savais que tu reviendrais, m'accueille le blond peroxydé.

Cette fois, je le remercie après qu'il a remis nos verres à niveau. Ses intentions sont limpides, il ne s'en cache pas une seule seconde : je lui plais. Dans une autre vie, je ne dis pas, j'aurais pu envisager ce mec comme une option, mais pas dans celle-ci.

– Est-ce qu'il y a une petite chance pour que tu patientes jusqu'à la fin de mon service ?

– Impossible, lui souris-je avec un clin d'œil avant de pointer Nora Jean du doigt. C'est avec elle que je rentre, ce soir.

– Joliiiiie ! évalue-t-il en hochant exagérément la tête. Je ne peux pas lutter, c'est bon, va faire ton affaire, ma douce.

À mesure que je progresse vers Nora Jean, le qualificatif dont le barman l'a affublée rebondit dans mon crâne. Est-ce que Nora Jean est jolie ? Je dirais que oui, c'est en tout cas ce que mon scan rapide en conclut. De longs cheveux bruns, lissés et remontés en une queue de cheval stricte. Une peau sans une imperfection. Une bouche suffisamment bombée pour plaire, mais pas assez pour être vulgaire. Des cils allongés. Une silhouette svelte, sans réel défaut…

OK, elle est jolie.

J'en suis à me demander pourquoi ce constat ne me saute aux yeux qu'après qu'un autre me l'a fait remarquer quand Nora Jean se crispe soudainement. Le regard tendu qu'elle rive à la foule de clients est sans équivoque, et il s'accorde à merveille avec son attitude embarrassée maintenant qu'elle danse d'un pied sur l'autre d'un malaise flagrant. Je n'ai pas entièrement freiné ma course à ses côtés qu'elle s'empresse de récupérer son verre pour en boire deux belles gorgées.

– Qui te donne envie de te noyer dans ton vin ?

– Tu n'as pas idée…

Si je suis plutôt amusé de la voir mal à l'aise, Nora Jean, elle, ne s'éclate pas du tout. Elle éparpille son regard partout sauf dans la direction que je me dépêche de mater, évidemment ! Un type salue un à un la quinzaine de journalistes. Un type banal, mais un type qui se la raconte grave et décoche à qui veut bien le voir son sourire exubérant. Un frimeur d'une petite vingtaine d'années, je dirais…

– Ça ? C'est ça qui te met dans tous tes états ?

Je choisis volontairement de le réduire à un « ça » – un « lui » lui donnerait fatalement trop d'importance – alors que Nora Jean se ratatine d'inconfort près de moi.

– Murphy Hemsworth, oui.

– Est-ce qu'il y a un lien avec…

– Mais non ! s'énerve-t-elle. C'est juste le coursier du journal et…

Son lourd soupir sera sa fin de phrase. Je reluque encore le Murphy en question. Franchement, je m'étonne qu'il puisse faire à ce point surréagir ma coloc du moment. Il n'a pas l'air bien méchant, peut-être un poil lourd à distribuer des sourires frimeurs, mais de là à la sortir de sa zone de confort… Ou alors il lui plaît sans qu'elle ose se l'avouer ? En bref, j'en sais rien, n'empêche qu'il vient de l'apercevoir et il faudrait être myope pour ne pas piger qu'à l'inverse, Nora Jean le fascine… Il se lèche carrément les lèvres maintenant ! Aucune subtilité…

Ma voisine gigote de stress à côté de moi quand, brusquement, mon verre de vin disparaît d'entre mes doigts. J'arque un sourcil vers Nora Jean qui, son verre lui aussi volatilisé, plonge son regard de détresse dans l'incompréhension du mien.

– Embrasse-moi.

– Attends… Quoi ?

– Deamon, embrasse-moi. Maintenant !

Putain, qu'est-ce que le peroxydé a foutu dans son chardonnay pour qu'elle débite cette connerie ?

Devant ma paralysie subite, Nora Jean fulmine en silence, puis s'attelle à fouiller précipitamment dans son sac à main après qu'un éclair lui traverse les yeux. Spectateur de cette scène surréaliste, je ne sais pas dire ce qu'elle en sort jusqu'à en sentir les aspérités contre ma paume. Presque aussitôt, une décharge sillonne ma colonne, explose dans ma nuque et électrise chacune de mes synapses.

Le Fou. Nora Jean vient de déposer le Fou au creux de ma main…

– Quoi qu'ils en disent, Deamon, tu n'oseras pas m'embrasser !

Elle l'a dit…

Ses doigts capturent mon poing qu'elle maintient fermé avec vigueur autour du Fou. Hormis un rapprochement mesuré, Nora Jean ne me contraint à rien, pas encore du moins, aucun contact physique autre que sa main. Elle attend, elle désespère et s'impatiente, certaine d'avoir trouvé dans ce jeu une porte de sortie.

Enlisée dans la détermination de mon regard, elle me supplie en silence de relever le défi. Elle qui a pourtant toujours répugné ces gages que nous nous lancions avec Clay. Elle qui nourrit plus de sentiments négatifs à mon égard que je ne l'aurais même pensé.

Elle qui ignore combien j'exulte de pouvoir rejouer. De me sentir entier. Vivant. Anesthésié de tout, sauf du bien-être indécent qui sature mes veines à cet instant.

– Ton frère va me tuer… déclaré-je en chopant sa nuque pour l'attirer à moi.

Sans même qu'elle ait le temps de répliquer, je loge le Fou dans ma poche et écrase ma bouche sur la sienne. Lorsque je réduis à néant la distance entre nos deux corps, l'adrénaline sillonne chaque recoin de mon anatomie dynamisée. Pourtant, je ne la dévore pas. Ma langue brave la rigidité de ses lèvres et vient taquiner le bout de la sienne, timide, dans une paresse jouissive. Je l'envahis doucement, par petites touches, sans précipitation. Je joue le jeu. Mué dans un état d'extase que ce pari charnel a déclenché. Brûlant de voir la soudaine lourdeur de ses paupières maintenant qu'elle me donne la réplique… Nora Jean se calque sur le rythme langoureux du baiser que j'impose, elle accepte, elle se laisse faire, elle me surprend même à porter ses doigts à l'orée de mon cou pour s'y accrocher…

Et quand elle laisse échapper un gémissement d'aise dans ma bouche, un sourire prétentieux flotte sur mes lèvres. Défi relevé, putain !

6

Nora Jean

Oh. Mon. Dieu…

Un flash effrayant me réveille en sursaut jusqu'à me couper net la respiration.

Non…

Mon estomac rugit du fond de vin qui le berce encore, mon cerveau bataille avec la brume dense qui s'étend de part et d'autre de mes tempes, pourtant, je ne les sens qu'à peine. Je ne vois que ça. Que lui. Que…

Ça ne peut pas être vraiment arrivé, si ?

Redressée, bras tendus derrière moi, je déglutis de toutes mes forces, aveuglée par les images poussiéreuses de la soirée d'hier. J'ai la gueule de bois, ce qui ne m'était pas arrivé depuis des années, et… j'ai… *Est-ce que j'aurais… ? Nom d'un chien, je crois que…*

Dans un râle d'agonie, je capitule et retombe de tout mon poids sur l'oreiller, les paumes aplaties contre mon visage et le pouls totalement affolé. Je l'ai embrassé… Enfin, il m'a embrassée… Misère, Deamon et moi nous sommes… Je ne sais pas dire si le jet de bile qui chemine le long de mon œsophage est le résultat de mon taux d'alcool encore haut ou s'il n'est question que de honte et de remords écœurants. La somme des deux sûrement.

Quand bien même mes souvenirs sont décousus, je me revois nettement lui mettre sa fichue pièce d'échecs dans la main et le supplier de m'embrasser !

Pathétique…

Murphy était là et… Le simple fait d'y repenser me file une poussée d'urticaire. Je suppose que c'était trop pour moi. D'abord Deamon qui m'astreint à supporter sa présence, ensuite la machination de Clay, sans oublier la pression massive de l'édito Townstend ! Le commis au courrier m'a fait vriller. Je me rappelle m'être sentie incapable d'endurer une de ses perpétuelles et déplaisantes séances de drague, il fallait qu'il me pense indisponible. Et puis j'avais déjà un verre de chardonnay au compteur, quasiment deux !

Que dire du reste de la soirée… J'aimerais que certaines séquences ne me reviennent pas en tête, je préférerais même l'amnésie totale. Je me revois rire, tituber après un septième verre, parler pour ne rien dire d'intéressant…

Une honte.

Je ne suis même pas sûre d'être parvenue jusqu'à mon lit sans aide. Et qui d'autre que Deamon aurait pu tenir ce rôle ? Personne, nom de Dieu !

Que quelqu'un m'achève, vite…

Et cette migraine qui me torpille le cerveau… D'une main mollasse, je récupère un comprimé d'antalgique dans le petit tiroir de ma table de chevet, l'avale en une gorgée pénible et m'ensevelis sous la couette. Je jure de rester prostrée dans ce lit jusqu'à la fin des temps, d'ailleurs je remercie mentalement Bernice d'avoir choisi de fêter son départ en retraite la veille d'un jour chômé. Pourtant, il était prévu que je bosse sur ma future interview ce week-end, que je commence à sélectionner des clichés, que je contacte l'inspecteur en charge de l'affaire, et tout un tas d'autres trucs en lien avec les Townstend !

Je me hais profondément… D'une situation compliquée, nous sommes passés à une situation intenable. Je couine d'humiliation en m'imaginant recroiser son regard.

Tu n'auras pas à le faire puisque tu vas rester dans ce lit jusqu'à la fin des temps !

C'est bien ça, la fin des temps…

Sauf que la fin des temps est supposée durer une éternité, et pas seulement quelques heures de sommeil supplémentaires avant qu'une vessie trop pleine et un estomac affamé ne se manifestent… Après une courte évaluation des risques, j'opte pour une échappée sur la pointe des pieds. Sur mes gardes, je me sens respirer moins brutalement en découvrant la porte de sa chambre close. Ne me reste plus qu'à espérer qu'il s'y soit enfermé, parce qu'il me faut maintenant traverser la pièce de vie. Personne, Dieu merci !

Cette fois, je sprinte comme une imbécile, les cuisses serrées pour ne pas laisser échapper une goutte avant la ligne d'arrivée. Par chance, je sors indemne des toilettes. Malgré tout sur le qui-vive, je bifurque rapidement en cuisine pour m'équiper de rations de survie. J'ai déjà rassemblé deux bouteilles d'eau et une boîte de muesli lorsqu'un de mes mouvements hâtifs fait voleter la première page de mon bloc-notes sur le comptoir. Une seconde me suffit pour constater que les mots qui y sont écrits ne sont pas les miens.

Soirée surprenante ! Je m'absente pour la journée, appelle si t'as besoin de quelque chose (aspirine, chardonnay ou encore des pommes, va savoir).

Un brasier s'empare brutalement de mes joues alors que j'arrache le feuillet pour le martyriser dans mon poing. Je n'apprécie pas du tout qu'il se moque de mon… de mon… moment d'égarement ! Ne pourrait-il pas faire comme s'il ne s'était rien passé ? Mieux : il fiche le camp et on ne se revoit jamais !

Je marmonne, renfrognée, en investissant le salon avec mon butin alimentaire. Il m'énerve ! Sincèrement, je ne suis pas loin de tout lui mettre sur le dos, parce qu'à la base, s'il n'avait pas été là, rien de tout ce cirque ne se serait passé ! Et puis, j'aurais très bien pu embrasser Herman. Oui, alors, non, pas Herman. Mais Lewis ! Il était lui-même tellement ivre qu'il n'en aurait gardé aucun souvenir, et mon honneur aurait été sauf !

Ça, ça aurait été envisageable si tout le Rooftop n'avait pas assisté, aux premières loges, à ton baiser avec ton colocataire…

Je m'affale dans le canapé, dépitée, à un cheveu de me défenestrer plutôt que d'accuser les regards lourds et grivois de mes collègues, à mon retour au journal lundi… Ils seront au rendez-vous, sans aucun doute possible. Eux qui ne connaissent de moi que la façade polie et lisse. J'ai tellement honte… Décidée à chasser la nausée qui m'assiège, j'allume la télé pour bénéficier d'un fond sonore, m'enroule dans un plaid et ouvre mon ordinateur portable pour me perdre dans la vie mouvementée des Townstend. La nuit est déjà tombée sur la ville lorsque je relève les yeux de mon écran, fière d'être arrivée au bout des questions que je poserai à l'héritière dès que son avocat m'aura communiqué une première date.

À présent hypnotisée par un épisode de *Desperate Housewives*, je n'entends que trop tard la porte de mon appartement se refermer. En un battement de cils, le malaise cuisant qui m'a réveillée ce matin revient me tourmenter et tous mes muscles givrent sous le bruit de ses pas en approche. Je n'ose plus bouger. C'est à peine si je respire, lucide quant à mes chances nulles de passer inaperçue si je choisis de fuir vers ma chambre. Oui, je me sens sale, honteuse, coupable, mais je refuse de passer pour une nana immature, qu'importent les conséquences…

– Salut, lâche-t-il en se laissant tomber dans le canapé, les yeux rivés sur l'écran plat.

– Salut.

J'aurais voulu mon timbre plus glacial que ça n'aurait pas été possible. La faute à ma gêne démultipliée par sa présence et par les bribes de souvenirs de la soirée. Les joues cramoisies, j'avise furtivement l'heure qu'affiche la pendule au-dessus du meuble télé quand Deamon dépose un sac sur mes cuisses. Paralysée par mon rythme cardiaque déconnant, je baisse seulement les yeux et devine ce que contient le sac sans trop de mal. Les couleurs m'y aident grandement, le petit logo de la marque aussi.

– Merci, grommelé-je en me détendant un peu.

– De rien.

J'ouvre le paquet et récupère une des sucettes qu'il contient. Uniquement des parfums pomme… Savoir qu'il s'en souvient brinquebale quelque chose en moi. Je ne dirais pas que cette attention me touche, d'autant qu'il a sûrement dans l'idée de m'amadouer en prévision de la vacherie qu'il me balancera tôt ou tard. Bien sûr qu'il n'avait pas oublié mon amour passionné pour ces sucreries – c'est d'ailleurs de cette gourmandise que je tiens ce surnom de « Lolli » avec lequel il m'a rebaptisée il y a dix ans –, mais de là à se rappeler que cette saveur était ma préférée… Disons que c'est sympa, c'est tout, et ce n'est en aucun cas gage de paix.

Une petite demi-heure plus tard, le générique de fin apparaît. J'ai toujours le goût acidulé de la pomme sur la langue en constatant qu'un nouvel épisode commence. Je ne suis pas vraiment fatiguée, pourtant, je devrais retourner me terrer dans ma chambre. Et puis…

– Tu veux qu'on en parle ? me demande-t-il le plus calmement du monde.

– Pas vraiment.

– OK.

Sa main plonge dans le paquet toujours sur mes cuisses. Sans comprendre pourquoi, je suis des yeux son mouvement et reste à le regarder de biais tandis qu'il enlève le plastique du bâtonnet et enfourne la sucette entre ses lèvres. Alors que j'avais mis toute mon énergie à ne pas lui accorder de crédit, je me retrouve à étudier sa bouche pleine. Au sens propre comme au figuré… J'ai peine à croire qu'il y a vingt-quatre heures, elle m'embrassait. Avec finesse et dextérité, le tout mélangé à un soupçon de domination… Sur cette pensée hautement perturbante, je me décolle aussi sec de son profil et m'accroche au gros plan de Mike Delfino.

– Clay ne doit pas savoir, m'entends-je ordonner.

– On est d'accord.

Ravie que nous soyons sur la même longueur d'onde. Autant Clay espère me voir sortir des limites que je me suis fixées, autant il exécrerait savoir que sa sœur et son meilleur ami… Un frisson secoue violemment mon échine. Je suis une horrible personne et une horrible sœur. Je jure que je nierai tout en bloc si Clay venait à l'apprendre. Je ne mettrai même pas cette sortie de route sur le compte du vin. De toute façon, il ne saura rien ! Il en va de son amour pour moi, de l'admiration que je distingue dans ses yeux parfois lorsqu'il me regarde, et inévitablement il en va de ma santé mentale. Si je le perds, si par malheur je lui inspirais un quelconque sentiment de dégoût, j'en dépérirais jusqu'à en oublier le sens de mon existence. Le monde entier pourrait sombrer dans le chaos que ça ne m'importerait pas tant que Clay m'aime. Tant que je compte pour lui.

– Est-ce que j'ai quand même le droit de savoir ce que « ça » t'a fait pour que tu perdes les pédales ?

– « Ça » ?

– Le frère Hemsworth.

– Murphy n'est pas parent avec cette famille, m'agacé-je en le foudroyant du regard. Je ne l'aime pas, c'est tout.

– Est-ce qu'il te fait chier au boulot ?

J'ouvre la bouche pour répondre, puis la referme séance tenante. Plus de sourire ni de malice sur son visage. Je le trouve même plutôt concerné si j'en crois le soudain sérieux qui modèle ses traits tandis qu'il conserve sa sucette immobile à quelques centimètres de ses lèvres.

– Non. Enfin… disons qu'il aimerait que notre relation soit moins professionnelle.

– Il te cherche ?

– Lourdement. Et tous les jours.

– Tu lui as dit ?

– Lui dire quoi ?

– Que tu ne veux pas d'une relation « moins professionnelle » avec lui, mime-t-il les guillemets avec une exagération irritante.

– Non. Et je n'aurai pas à le faire. Grâce au Fou, je suis devenue inaccessible, et ça me convient parfaitement.

Deamon m'analyse plusieurs secondes. J'ai la sensation de ne pas l'avoir convaincu, et allez savoir pourquoi, ça m'énerve. IL m'énerve !

– Quoi ? le brusqué-je.

– Rien, finit-il par laisser filtrer avant de remettre la sucette dans sa bouche.

Je l'imite quand il se tourne vers la télé, pourtant, c'est à peine si je comprends les dialogues de la scène. Je me sens bouillir. C'est quand même fou cette facilité aberrante avec laquelle Deamon Cosgrove me fait sortir de mes gonds ! En une profonde inspiration, je tente de réguler mon pouls bondissant. Une technique approuvée par le passé, mais pas aujourd'hui visiblement ! Si je n'étais pas façonnée telle que je suis, je l'aurais insulté, là, maintenant.

– Tu te prends trop la tête, Lolli, souffle-t-il avec nonchalance.

Non, c'est juste toi qui me prends la tête, D. ! Nuance.

– Je vais me coucher, annoncé-je en sautant dignement du canapé, le paquet de sucettes sous le bras. Bonne nuit.

– À d'main.

Si seulement il pouvait être foudroyé par un petit infarctus cette nuit…

7

Nora Jean

– Nora Jean De Grassi, *US Today*, bonjour.

– Mademoiselle De Grassi, bonjour. Maître Locke, je reviens vers vous comme convenu. Nous avons une date à vous proposer, je vous laisse accéder à votre agenda…

J'attendais ce coup de téléphone avec tant d'impatience… Je ne perds pas une seconde à vérifier mes disponibilités des prochains jours, qu'importe sa proposition, j'y serai !

– Je vous écoute, Maître.

– Les autorités de Bedford Hills ont été prévenues, l'entrevue avec Mlle Townstend pourrait avoir lieu le jeudi 21 mars…

– Quelle heure ? le coupé-je presque d'impatience.

– Disons onze heures.

– C'est parfait.

– Bien. Veillez à vérifier votre messagerie électronique dès demain, je vous transférerai les documents à me retourner complétés avant la date prévue.

– Ce sera fait, je vous remercie, Maître.

Mon portable en main après que l'avocat a raccroché, je laisse mon regard errer dans l'open space sans réellement voir les dizaines de journalistes qui s'y éparpillent. Je ne saurais dire si je prends la mesure de ce qu'il vient de se produire, sous le choc je crois. Pourtant, nous y sommes: une date a enfin été fixée pour l'interview de Dawn Townstend. Élégamment appuyée contre le dossier de mon fauteuil, je ne parviens pas à retenir le sourire de satisfaction qui me pique peu à peu les joues.

Dans trois semaines, jour pour jour, je serai au centre pénitentiaire haute sécurité de Bedford Hills, assise tout juste en face de cette héritière tristement célèbre pour avoir assassiné son père, le notable Karson Townstend.

Malgré les questions que j'ai rédigées le week-end dernier, un millier d'autres me viennent en tête.

Y a-t-il eu des tensions ou conflits particuliers entre vous et votre père avant l'incident tragique ?

Quelles sont vos opinions sur les accusations portées contre vous concernant la mort de votre père ?

Y avait-il des témoins de l'incident ou des preuves matérielles qui pourraient étayer votre version des faits ?

Comment vivez-vous votre incarcération ?

Pouvez-vous me parler de vos projets et de vos perspectives pour l'avenir ?

J'ai bien peur qu'un seul entretien avec Dawn ne soit pas suffisant… Je vais inévitablement manquer de temps.

Je grimace sur ce constat, puis me reprends aussitôt en secouant la tête. Peu importe, je trouverai une solution. Je m'interdis d'y penser aujourd'hui, je refuse même que quoi que ce soit vienne polluer cette journée alors que j'ai enfin la sensation de toucher du doigt mon moment d'accomplissement. Oui, je me sens bien. Fière et à ma place. Rien ne pourrait me saper le moral après ça, pas même les clins d'œil insistants et moqueurs de mes collègues présents vendredi soir, ni les plaisanteries douteuses de certains.

– Je me réjouis pour toi, jeune fille, murmure Herman dans mon dos. Envoie un texto à la vieille bique, elle détesterait ne pas être au courant.

J'acquiesce, à deux mouvements de déverrouiller mon téléphone, lorsque Hannibal Wagner s'avance vers notre box. À ses côtés, une femme s'émerveille en détaillant l'open space de long en large. Mon sens de l'observation s'aiguise en une seconde et quadrille de haut en bas ce que j'imagine être sa nouvelle assistante. Blonde vénitienne, les cheveux un peu en bataille, maintenus par une grosse pince. De petite taille, fine. Une épaisse paire de lunettes qu'elle ne cesse de remonter sur l'arête de son nez plat. Des sourcils fournis. Une petite trentaine d'années. Peu de moyens si j'en juge par la couleur usée de son pantalon et l'absence d'éclat sur le cuir de ses bottines. Un chemisier trop grand, pas de bijoux ni de manucure…

– Bonjour, je vous présente Sasha Clark, nous informe notre directeur en s'arrêtant à hauteur du bureau vide à côté de moi. Sasha a travaillé trois ans pour le *Tribune Chronicle* et rejoint notre équipe dès aujourd'hui. Sasha, voici Lewis, Herman et Nora Jean. Ils sont en charge des pages 22 à 25. N'hésite pas à les solliciter au besoin, ils seront de très bon conseil…

Sasha n'est pas sa nouvelle assistante, elle est…

En dépit du masque accueillant que je fonds sur mes traits, je n'aime absolument pas l'idée d'avoir affaire à une nouvelle recrue.

– Nora Jean, me vise-t-il avec une solennité déconcertante, Sasha va t'assister pour l'édito Townstend, il n'y aura pas meilleure entrée en matière pour elle. De plus, la quantité de travail à abattre pour ce projet est telle que votre binôme m'est apparu évident.

Alors là, je bous. Ses lèvres continuent de bouger, mais je ne perçois aucun son. Est-il sérieux ? Depuis Wallace, ma jauge de méfiance a explosé. Seuls Lewis, Herman et Bernice ont toute ma confiance. Hannibal est au courant du litige qui m'oppose à son ancien journaliste, comment peut-il me demander de partager l'affiche avec… elle ? Quand bien même elle aurait un C.V. long comme mon bras d'expériences journalistiques, je n'en voudrais pas. Cet édito est à moi, cette histoire me revient de droit et pour tout un tas de raisons plus que valables ! Pourtant, la gravité dans le ton et sur le faciès de mon patron m'indique clairement qu'aucun refus de ma part ne sera accepté, voire entendu !

– Sommes-nous d'accord ? me demande-t-il par principe.

Je n'esquisse qu'un faux sourire pour toute réponse avant son hochement de tête final. Je reviens faire face à mon ordinateur, chacun de mes muscles grinçant sous le poids de cette révélation aberrante. L'open space semble s'assombrir en accord avec le revirement de mes émotions, même Herman et Lewis restent muets, contraints au silence par l'atmosphère soudain électrique dont ils me savent à l'origine. À l'inverse, Sasha ne paraît pas se laisser atteindre, trop heureuse de fouler l'étage de la rédaction et de se voir attribuer un bureau sur lequel elle dispose déjà ses effets.

– Je suis ravie, s'extasie-t-elle. Et quel honneur de pouvoir travailler avec toi. J'ose à peine imaginer à quel point tu as été sidérée de bonheur quand tu as su ! Je pense que j'en aurais fait quelques AVC, parce que… Dawn Townstend !

Ses mains viennent mimer une explosion pour appuyer son visage béat. J'insiste sur mon sourire et ravale tant bien que mal un soupir affligé. En plus de me voler mon édito, Sasha est un fichu moulin à paroles…

– En quoi puis-je t'aider ? enchaîne-t-elle en calant vivement son bloc sur un genou, la mine de son stylo encrant déjà la première ligne.

En mauvaise perdante avérée, je fais ce que tout journaliste vexé aurait fait : lui donner de la basse besogne.

– Tu peux commencer par creuser le passé de Dwight et Diana si tu le souhaites.

– À ton service ! Je me mets de suite à fouiller le passé des grands-parents !

J'ai déjà fait tout ce travail de recherche, en vérité mon brouillon concernant cette partie introductive est écrit depuis bientôt dix jours. J'ai simplement besoin de temps pour encaisser la punition que m'inflige Hannibal « Lecter ». Je dois mûrir cette idée absurde et voir comment m'en dépêtrer. Je ne sais pas de quelle façon j'y arriverai, mais je trouverai le moyen de bosser seule sur cet édito. En attendant, je composerai avec le plus de dignité possible.

Les deux heures qui suivent sont bousculées par les interventions volubiles de Sasha et par mes soupirs intérieurs. J'ai été incapable d'écrire deux lignes, si bien que je ne tergiverse pas lorsque dix-huit heures arrivent. Je m'éclipse après une formule de politesse standard et manque de geindre en passant la porte tambour du bâtiment. Il pleut… Il pleut des trombes d'eau évidemment ! Est-ce que les éléments eux-mêmes ont décidé de se liguer contre moi ? Nan, mais je rêve !

Après mes quarante minutes de trajet habituel en taxi, je traverse le trottoir au pas de course et m'engouffre dans mon immeuble avec une envie profonde de m'immerger dans un bain brûlant. Je suis trempée et hautement contrariée, j'estime mériter ce petit moment de réconfort ! Quoique, en y réfléchissant, je doute qu'un bain suffise à me déraidir. Dans ce genre de moment de tension, Bernice dirait qu'elle rêve d'une croisière, Herman réclamerait une heure de golf, Lewis, lui, prierait pour que ses beaux-parents kidnappent ses trois enfants le temps d'un week-end. Moi, je ne veux qu'un bain, suivi d'une salade grecque, d'un tête-à-tête avec mon MacBook, le tout bercé par la chaîne info.

L'esprit encore chargé du fléau « binôme de l'enfer », je pénètre chez moi et m'autorise enfin à soupirer bruyamment une fois la porte refermée. Alors que je m'attelle à enlever ma veste humide, mon regard accroche la plante verte près de la baie et fait se hérisser mes poils de concert.

Deamon… J'en avais oublié Deamon !

– Deamon ?

Pas de réponse. Un mini souffle de soulagement m'échappe. S'il avait été là, il aurait assurément titillé mon humeur déjà bancale et je doute que ça nous aurait été bénéfique. J'ai fait de mon mieux pour l'éviter cette semaine, j'ai décalé mes heures de dîner, je me suis enfermée dans ma chambre dès que possible, j'ai même avancé mon alarme matinale d'une heure pour ne pas avoir à lui faire face au petit déjeuner. Cette stratégie est assez concluante, c'est à peine si nous nous sommes croisés.

À l'évidence, il ne cherche pas ma compagnie non plus. Certes, je suis au journal en journée, mais il n'est que rarement à l'appartement lorsque je passe la porte. Je ne dis pas que ça n'a pas soulevé quelques questions dans mon esprit. Deamon est plutôt secret, il n'est pas de ces personnes qui parlent encore et encore sans but précis et, contrairement à mon besoin de tout comprendre, je ne lui pose aucune question. Et la réciproque est vraie. L'épisode du baiser nous a refroidis, en tout cas, c'est l'effet irréversible qu'il a eu sur moi. Je n'en veux pas à Deamon, je savais qu'il ne refuserait pas le défi. Jamais il n'a refusé lorsque Clay et lui faisaient du Fou leur passe-temps favori. Je ne saurais pas dire combien de fois Clay et Deamon se sont échangé cette phrase et cette pièce d'échecs. Dès lors que l'un dégainait le Fou en personnalisant ce « Quoi qu'ils en disent... », l'autre relevait le défi lancé et devenait à son tour le maître du jeu. Le nouveau détenteur du pouvoir presque absolu...

Alors non, je n'en veux pas à Deamon d'avoir accepté de m'embrasser sur les commandements du Fou. Disons seulement que je lui en veux d'être énervant, d'étirer ce sourire insolent parfois et d'avoir élu domicile dans mon appartement !

Une fois sortie de la baignoire et enveloppée d'un survêtement confortable, je me dirige vers la pièce de vie quand l'entrebâillement de sa porte de chambre freine mon pas. Jusqu'ici, le battant était toujours fermé. Je m'étonne même de ne pas l'avoir remarqué en passant devant tout à l'heure.

– Deamon ?

Aucun bruit à l'exception du souffle de la ventilation et des quelques ronronnements de moteurs quatre étages plus bas, lesquels traversent péniblement les vitres de mon appartement.

Pas de Deamon.

Je pousse la porte du bout des ongles, piquée par une curiosité pas vraiment saine. Déformation professionnelle oblige... En un temps record, j'inventorie tout ce qui ne m'appartient pas, c'est-à-dire pas grand-chose : son sac de voyage et un large cabas en papier kraft. Le lit est fait – mal fait –, la chaise a été déplacée et le chargeur de son téléphone gît sur le sol près de la prise de courant. Rien d'inquiétant, rien qui ne me dévoile quoi que ce soit sur son occupant non plus. Je ne devrais pas entrer, je ne supporterais pas qu'il se le permette d'ailleurs.

Pourtant, j'ai déjà un pied sur son parquet.

D'un pas prudent, je progresse jusqu'au cabas et y jette un œil. Quelques livres et un mince tas de vêtements neufs. Des tee-shirts, je présume. Toujours rien de très intéressant. J'opère un demi-tour insonore et me retrouve devant son bagage, lequel n'est pas zippé sur toute la longueur. Ce même sac qu'il portait à l'épaule le jour où je l'ai récupéré à l'aéroport, semblable à ceux dont disposent les militaires en permission.

Mes genoux fléchissent lentement à mesure que j'ébauche une grimace coupable. Si je touche à cette fermeture Éclair, je viole son intimité. Mais… n'ai-je pas le droit de savoir qui j'héberge gracieusement ? D'accord, je loge Deamon Cosgrove, le meilleur ami de mon frère. Certes, je le connaissais il y a huit ans, mais aujourd'hui, qui est-il devenu ? Qui me dit qu'il n'a pas tout un arsenal dans son sac ? Que sa présence ici, à New York, n'est pas seulement pour… pour… Bref, pour attenter à ma vie, par exemple ? Alors, à défaut de parvenir à instaurer un dialogue constructif avec lui, je me dois de vérifier, il en va peut-être de ma survie !

C'est absurde, je le sais, pourtant, je feins de croire le contraire dans une moue déterminée et fais doucement coulisser la glissière sur une dizaine de centimètres. L'obscurité encore dense à l'intérieur me convainc d'ouvrir davantage, puis rapidement ma main se faufile sous la limite. Des fringues en surface, jeans, chaussettes, un pull…

– Pose-moi tes questions, Lolli.

Chiotte…

Tétanisée par son timbre grave, je retiens ma respiration. Bon sang… J'ai joué, j'ai perdu. Et quelque chose me dit qu'il me le fera payer à la hauteur de l'affront…

– Je suis sérieux, enchérit-il d'une voix implacable.

Austère et implacable.

Je me redresse sur mes jambes cotonneuses, pétrie de honte. J'ai beau m'afficher devant lui sans un remords, la tête haute et les épaules droites, en réalité je n'en mène pas large. Appuyé contre le chambranle, les bras contractés et croisés sur son torse, Deamon plante un regard de colère sur moi. S'il avait été en possession de son arsenal, c'est maintenant qu'il me tuerait d'une balle nette et précise entre les deux yeux.

– Excuse-moi, m'entends-je souffler. Je n'aurais pas dû.

– Clairement. Toujours est-il que j'attends.

– Je ne comprends pas.

– T'as le nez dans mon sac pour une bonne raison, Lolli. Assume et pose-moi tes questions franchement.

– Où étais-tu ?

8

Deamon

Sans déconner…

Je me casse le cul depuis des jours à essayer de ne pas trop encombrer le quotidien de Madame Parfaite. Je me plie en quatre, je la laisse respirer, je m'applique à ne pas la foutre en boule, je l'embrasse même quand elle me défie de le faire, et voilà qu'elle me flique ! Qu'est-ce qu'elle croit, franchement ? Que je suis assez con pour laisser quoi que ce soit traîner ici ? Elle me prend vraiment pour un abruti !

J'ai la rage. Une putain de rage ! Pourtant, je vais devoir calmer la tempête qui sévit sous mes côtes au risque de me retrouver coincé. Je savais qu'elle n'allait pas me rendre la tâche facile, mais merde, je ne suis pas un foutu psychopathe qu'elle aurait ramassé dans une ruelle sombre !

– J'étais au supermarché…

Je n'avais plus de… « Qu'est-ce que ça peut te foutre ? »

– Je suis allé acheter de quoi bouffer. Autre question ?

Le débit rapide de mes mots sifflés entre mes mâchoires comprimées fait se rehausser son menton un peu plus. C'est dingue comme elle peut être arrogante chaque fois qu'elle se sent en danger. Ou coupable !

– Où étais-tu ces huit dernières années ?

Droite comme une tour, Nora Jean me dévisage durement. Elle cherche déjà, avide de vérité, en plissant sensiblement les yeux. Je doute qu'elle trouve quoi que ce soit, ou alors un puits sans fond de noirceur dans lequel elle ne distinguera rien.

– Un peu partout

– C'est plutôt vague.

– Si je détaille, ça va te coûter ta soirée, la mets-je en garde.

Nora Jean se mord l'intérieur des joues. Elle hésite, prête à renoncer en dépit de l'éclair de besoin qui traverse son regard châtain.

– Ça me convient, déclare-t-elle en bombant la poitrine de conviction.

C'était à prévoir…

– OK, mais je vais avoir besoin d'un verre.

Sans l'inviter à me suivre, je tourne les talons en direction de la cuisine où m'attend le sac de courses. J'ai beau m'être préparé à ce moment, mon crâne fume à mesure que je serre et desserre vigoureusement les poings pour faire dégager le fourmillement corrosif qui les prend en otage. Nora Jean me talonne à une distance raisonnable, je le sais, car les effluves de son shampooing m'arrivent aux narines sans peine. Son déterminisme prévaudra sur tout le reste, comme dans le passé. Quand elle veut, elle obtient, sauf si Clay fait partie de l'équation. Clay et peut-être sa mère. Ils sont les seules données qui pourraient faire vaciller sa témérité, il n'empêche que je n'abuserai d'aucun de ces deux jokers aujourd'hui.

Hermétique à toute bienséance, je m'empare de la bouteille d'alcool dans le cabas, fais sauter son bouchon et me verse un grand verre sous son regard attentif. Nora Jean ne perd pas une miette de ce que je lui laisse voir, elle passe tout au crible, de mes mouvements rapides à la contraction des muscles de mon cou maintenant que je porte le verre à mes lèvres pour en avaler la moitié en une grosse gorgée.

– Je voulais comprendre, lâché-je alors que le claquement de mon verre résonne encore dans l'appartement. Je devais essayer. Plus mon père déclinait, plus ça devenait évident. Alors je suis parti…

Impassible, Nora Jean me sonde. Mais lorsqu'un voile de compassion lui tombe peu à peu sur les yeux, je devine qu'elle n'est pas aussi insensible qu'elle voudrait me le laisser croire.

– As-tu pu remonter jusqu'à tes parents biologiques ?

L'indifférence avec laquelle elle a énoncé sa question raffermit ma prise autour de mon verre. Elle est cash, qu'importe ce que ça pourrait soulever en moi. Et, putain, ça soulève une montagne de trucs dont la plupart me filent la nausée ! Incapable de répondre sur l'instant, je vide le reste de mon scotch et fuis son regard inquisiteur.

Si elle savait…

– J'ai vadrouillé une année avant d'obtenir un semblant de piste. Tout ce que j'avais tenait dans mon portefeuille, une photo un peu floue, style carte postale ancienne, d'un paysage perdu en pleine nature sauvage et d'un bout de bâtiment en pierres.

– Tu as retrouvé l'édifice ?

– Au fin fond du Canada. Une abbaye en ruine près d'un lac.

– Et après ?

– Je me suis posé, j'ai essayé de comprendre, j'ai enchaîné les petits boulots, les faux espoirs… Rien de concluant n'en est sorti.

Nora Jean entrouvre les lèvres, le crâne probablement saturé d'un million de questions. Toutefois, elle n'en verbalise aucune. Ses yeux vont et viennent partout autour de moi, m'indiquant le degré d'intensité de sa réflexion. Je grimace dans le verre que je viens de remettre à niveau et m'anesthésie la trachée d'une nouvelle gorgée de whisky.

– Et c'est tout ? se réveille-t-elle. As-tu questionné les habitants ? T'es-tu intéressé aux registres de la municipalité ? Dans quelle ville étais-tu ? As-tu pensé à aller te renseigner dans les hôpitaux du coin ? Et le cliché ? Y avait-il une inscription quelconque au dos ? As-tu bien regardé ?

– Lolli... soupiré-je en me pinçant cette fois le sommet du nez. J'ai cherché huit ans. Huit putains d'années à suivre un foutu fil rouge qui s'est trouvé n'être qu'une chimère. Je suis allé jusqu'à rencontrer les descendants des anciens proprios de l'abbaye. Rien, je te dis !

– Mais ça ne peut pas...

– Je veux tourner la page, la coupé-je. C'est fini. J'arrête de chercher.

– Tu sais que je pourrais...

– Ma parole, éclaté-je d'un rire excédé, une main empoignant furieusement mes cheveux. T'es pire qu'une gosse !

Vexée, Nora Jean se rembrunit, non sans cesser de tapoter le plan de travail du bout de ses ongles à un rythme soutenu. J'ose à peine imaginer la force avec laquelle elle se bat pour ne pas continuer d'argumenter.

– C'est ma décision, Lolli. Fin de la discussion.

Les yeux brûlants d'une contestation féroce, Nora Jean recule d'un pas, se fige, puis revient se coller au comptoir avant de couiner d'exaspération, les paumes plaquées brutalement sur le panneau de marbre.

– Deamon Cosgrove qui jette l'éponge ! Comment peux-tu même songer à abandonner ? Tu choisis d'enterrer ton histoire et tes origines parce que tu es fatigué de chercher ? Il y aura toujours des pistes à suivre, des contacts à trouver, des lieux à ratisser !

– Stop, grincé-je, à deux doigts de perdre le contrôle. Tu penses savoir qui tu as devant toi sous prétexte que tu me connaissais il y a huit ans ?

J'écorche un rire amer.

– Tu ne sais rien de ce que cette quête d'identité a bousillé en moi ! Tu ne sais rien du bordel qu'a été ma vie ces dernières années ! Et chercher pour qui ? Pour quoi ? Pour trouver pires parents que ceux qui m'ont aimé jusqu'ici ? Foutaises ! Fais-moi plaisir : garde ton cynisme et tes opinions étriquées pour toi ! J'abandonne ! Fin. De. La. Discussion.

– Mais je…

– Putain ! fulminé-je en fouillant précipitamment dans ma poche.

Nora Jean se glace d'effroi sous mon grondement, une main propulsée sur sa poitrine pour retenir l'élancement vif de son cœur. Rien à foutre ! D'un mouvement sec, j'abats le Fou entre nous et déclare :

– Quoi qu'ils en disent, Lolli, tu n'oseras pas te contenter de ça et arrêter de m'emmerder !

Toujours pétrifiée sur place, Nora Jean avise la pièce d'échecs sur l'îlot avant de revenir planter son regard dans l'intransigeance du mien. Elle refuse de plier, même avec la sentence du Fou. Je le vois au brasier d'objection qui danse dans ses prunelles quand elle se met à secouer la tête négativement.

– Tu n'as pas le choix, Lolli. Je te défie.

– Bien sûr que je l'ai, ose-t-elle d'une voix plate.

– Non, tu ne l'as plus depuis que tu m'as défié le week-end dernier, et tu le sais.

Sa jolie bouche forme un rond parfait en vue de rétorquer, mais se referme aussitôt. Ses yeux voyagent entre nous à mesure qu'elle se repasse certainement la scène de l'unique fois où Clay a refusé un défi par le passé. Personne ne peut se dérober, ça fait partie du jeu. Si tu déclines, tu en paies les conséquences. Clay ne m'avait pas laissé le choix, et clairement ça ne m'avait pris que quelques heures pour construire cette accusation anonyme et planquer les fausses preuves dans sa piaule. La descente de flics m'a filé un paquet de frissons, sa garde à vue encore plus…

Nora Jean est exactement le genre de candidate qui cherchera par tous les moyens à préserver sa réputation, c'est tellement évident. La seule solution pour qu'elle se désengage serait de détruire le Fou une fois qu'il se trouve en sa possession. Elle est au courant, c'était une clause du contrat tacite que son frère et moi avions instauré il y a plus de dix ans. Toujours est-il qu'elle n'en fera rien. Au-delà de ses agissements de chieuse et de ses airs condescendants, Nora Jean Elisabeth De Grassi a un cœur. Détruire le Fou reviendrait à détruire le seul bien précieux qu'il me reste de ma mère. Quand bien même elle se sent bouillir d'être mise face au choix désespéré qui l'a conduite à participer à ce débat houleux, elle devra accepter la sentence et relever ce foutu pari !

Flirtant avec des tendances masochistes, j'étire un sourire satisfait lorsque Nora Jean capitule dans un excès d'exaspération et s'empare du Fou. Je suis toujours rongé par une colère sourde, par des flashs d'une nuit rouge et par le visage flou de ma mère, mais tout tend à s'atténuer doucement maintenant que mon adversaire recule de quelques pas.

Son index, derrière lequel ses autres doigts emprisonnent le Fou, me pointe avec virulence avant qu'elle n'expire bruyamment. Je m'attends à l'entendre me jeter un paquet de vacheries, mais rien. Nora Jean reste les dents serrées et me fusille furieusement.

– Je t'écoute, Lolli, la motivé-je avec mon sourire de connard.

– Tu es tellement… pénible ! grogne-t-elle avant de faire volte-face en direction de sa chambre. Étouffe-toi avec ton dîner !

Bras tendus, les deux paumes aplaties contre le bois vernis de l'îlot, je ferme les yeux et ravale mon sourire quand le bruit du verrou rebondit dans l'appartement. En une seconde, le silence envahit l'espace et m'aide, je crois, à désengorger ma poitrine de la pression qui s'y est accumulée.

Fait chier…

Rien ne s'est passé comme je l'avais prévu. Sur le papier, c'était d'une simplicité déconcertante : elle éprouverait fatalement un peu de compassion pour moi et se serait contentée de ma demi-vérité. Comme l'aurait fait tout être humain, non ? Mais non, cette nana est tellement obstinée que mon discours a eu l'exact effet inverse. À l'heure qu'il est, je dois même être le type qu'elle déteste le plus au monde. La défier avec le Fou en plus de la priver de réponses n'a fait qu'attiser ses ressentiments envers moi…

J'attrape mes tempes et m'astreins à les masser quand un mal de crâne cuisant m'assomme presque. J'aurais dû prévoir le désastre, j'aurais dû repousser cette discussion. Il était clair que mon état de nerfs après que je l'ai trouvée en train de fouiner dans mes fringues allait être bancal… Sans trop hésiter, je chope mon portable et tape :

Je viens probablement de passer en pole position sur l'échelle de sa haine.

Sa réponse ne tarde pas à s'afficher, c'est ce que j'aime chez Morgan : toujours sur le qui-vive !

Tu vas arranger ça.

C'est une foutue teigne !

Alors contrôle-toi.

On a parlé du Canada...

Sujet dangereux.
Tu veux qu'on se voie ?

Non, ça va le faire. Il me reste la bouteille de scotch, c'est de loin le programme le plus prudent.

Effectivement, je ne fais pas le poids.

Un rire fragile s'extrait de ma gorge sans prévenir. Au vu de son C.V., Morgan ferait le poids face à n'importe qui, d'où le comique de sa réponse.

À demain. Et merci encore pour... ça.

De rien. À demain !

Je cale mon téléphone dans ma poche et, le litre d'alcool sous le bras, traîne le pas jusqu'au salon où je m'étale dans le canapé. Je zappe de chaîne en chaîne, m'imbibant d'une rasade de whisky régulièrement, jusqu'à tomber sur cette émission ultra populaire qui retrace des crimes et homicides plus atroces les uns que les autres. Je ne zappe pas, le pouce figé au-dessus du bouton. Je devrais pourtant… Mon bide est pris d'assaut par une tonne de clous invisibles.

Putain, Morgan a raison, il faut que j'arrange ça.

9

Nora Jean

Deux sacs de courses à mes pieds, je guette l'arrivée de mon Uber en ne cessant d'actualiser l'application de mes doigts gelés. Les fragiles rayons de soleil se sont éclipsés depuis un moment derrière un rideau de nuages, lesquels surplombent maintenant les toits de New York. Je ne serais pas étonnée que la météo change radicalement les prochains jours. Avec un peu de chance, il neigera demain et cela rendra la circulation difficilement praticable… Les deux petits degrés dehors finissent par me faire grelotter lorsqu'une berline noire ralentit enfin à ma hauteur et active ses warnings. Dieu soit loué… Je me penche le plus dignement possible pour récupérer mes cabas, les charge dans le coffre ouvert et m'engouffre dans l'habitacle chauffé.

– Où va-t-on ?

– 52, Hamilton Terrace, s'il vous plaît.

Les rues de New York s'enchaînent à travers la fenêtre, m'offrant un spectacle de lumières, de mouvements et de bruits. Un spectacle dans lequel je baigne depuis toujours et qui, je dois bien l'avouer, n'a plus rien d'exaltant. Contrairement aux centaines de touristes qui s'émerveillent sur le pavé, je suis chahutée par une pointe de lassitude ce soir. Je dois être fatiguée, épuisée par mes nuits courtes parsemées des membres de la famille Townstend. Certainement anxieuse aussi…

Je soupire discrètement sur cette forte probabilité. Ces derniers temps, trop de paramètres bousculent mon quotidien. D'abord Deamon et son insupportable présence, ensuite Sasha Clark avec qui je suis forcée et contrainte de collaborer, et enfin la visite bimensuelle de ma mère demain. Trois personnes qui, chacune à sa façon, me malmènent jusqu'à faire se former une boule d'appréhension au creux de mon ventre. En toute honnêteté, je ne voudrais avoir affaire à aucune des trois ces jours-ci, pourtant, je suis tenue de composer avec. J'ai l'impression que mon château de cartes s'effondre jour après jour depuis deux semaines. Pour cause : ce qui m'est d'ordinaire inné devient brutalement douloureux. Je sais être affable et avenante, mais tout a fiché le camp dès lors que Clay m'a demandé d'héberger Deamon…

Il est le problème en définitive. Lui seul ! Soudainement étreinte par une bouffée d'évidence, j'inspire largement et me fais la promesse de tout entreprendre pour qu'il déguerpisse. Dorénavant, je place cette tâche au moins au même niveau que l'écriture de mon édito. Tout rentrera dans l'ordre après ça, c'est certain ! Je dois néanmoins être subtile, pour ne pas éveiller les soupçons du concerné, ni ceux de Clay d'ailleurs. C'est possible, je le sais, j'en suis absolument capable. Je n'œuvrerai peut-être pas dès ce soir, mais d'ici quelques semaines, j'aurai retrouvé la quiétude de ma solitude.

Alors que la berline se stationne en double file dans le récent crépuscule, je jugule l'élan de mon chauffeur qui se détache en vue de sortir :

– Ouvrez-moi simplement le coffre, ce sera parfait. Merci pour la course, dis-je en rangeant mon portable après lui avoir attribué la note maximale sur l'application.

– Je vous en prie, très belle soirée !

Une vague de froid me paralyse une fois mon talon sur le macadam, puis précipite mon pas jusqu'au coffre entrouvert. Appliquée à atteindre la porte de l'immeuble au plus vite, je manque de trébucher lorsqu'une main chaude s'empare d'un de mes cabas. Le pouls affolé, j'avise urgemment celui qui se tient à ma hauteur et…

– Donne-moi l'autre.

Je n'hésite qu'un court instant et lui tends le deuxième sac. Sa voix n'a plus rien de colérique en comparaison de notre dernière discussion. Bien que ce changement de ton ne dénature en rien ma nouvelle mission secrète, je préfère nettement que nos rapports soient cordiaux. Sans un mot, je reprends la direction de l'immeuble et grimpe les quatre étages. Toujours dans un silence absolu, nous pénétrons dans mon appartement. J'ai beau sentir Deamon plus docile qu'il y a deux soirs, je ne me sens pas à l'aise avec l'atmosphère pesante qui sature la pièce de vie maintenant que nous partageons le même espace. À dire vrai, nous ne nous sommes pas revus depuis notre échange musclé. Depuis qu'il m'a imposé le Fou.

Je ne comprends pas qu'il abandonne les recherches. L'idée même qu'il puisse se cantonner à des questions sans réponses me laisse perplexe. Et m'insupporte ! Mais j'ai promis, du moins j'ai accepté le défi, par la force des choses… J'ai conscience de ne plus vraiment connaître l'homme qui loge chez moi, néanmoins, je sais combien il peut être tenace et risque-tout. La preuve : son canular à l'aéroport aurait pu me coûter ma carte de presse et des années de rétention s'il avait poussé le vice jusqu'à mettre de la vraie drogue dans mon sac.

Clay en a fait l'expérience lui aussi. Le défi était d'emprunter la fourgonnette d'un livreur restée en double file dans un des quartiers de l'Upper East side où ils avaient l'habitude de traîner. Il n'était pas question de la voler, seulement de l'abandonner deux blocks plus loin. Mon frère avait refusé le défi du Fou, trop reconnaissable, trop flagrant aux yeux des passants et habitants. Résultat des courses : il s'était retrouvé en garde à vue pour trafic de faux papiers. Si ma mère n'avait pas fait jouer ses relations, Clay n'aurait plus de casier vierge.

On pourrait penser que cet épisode aurait refroidi mon frère, ou en tout cas mis un terme à leur amitié. Pas du tout. Je dirais même que cette fausse accusation a nourri quelque chose en Clay en plus de renforcer ses liens avec Deamon. Après ça, les défis ont pris une autre mesure. Encore plus de risques, encore plus d'adrénaline… Ce n'est pas ce que je ressens en détenant cette pièce d'échecs, je ne me sens pas toute-puissante ni invincible. Au contraire, je me sens presque… fragilisée par l'impérialisme du Fou, par sa valeur et ce qu'il implique. Une petite voix en moi me souffle que je ne m'étais pas sentie amoindrie il y a quinze jours, au Rooftop, pourtant, je m'en étais servie sans même tergiverser une microseconde.

Les images trop nettes de notre baiser factice me provoquent un frisson que je m'empresse de réprimer. Une main dans un des sacs posés sur l'îlot, je m'étonne de voir Deamon s'atteler à vider le second à côté de moi. Sans un regard pour moi. Muet. Presque trop serviable ou… concerné ?

– J'ai trouvé du taf.

– Parce que tu en cherchais ? m'entends-je répondre sans trop de chaleur en sortant les trois poivrons.

– Ouais. J'ai besoin de liquidités si je veux pouvoir te rendre ta liberté.

Cette fois, j'opère un quart de tour pour lui faire face. Mince, c'était bien plus facile que je me l'étais imaginé. Trop facile ? Je plisse les yeux, incrédule.

– Ce n'est pas ce que tu voulais, Lolli ?

– Pas toi, peut-être ?

– J'en sais trop rien, l'ambiance est plutôt sympa entre nous.

Son ironie m'arrache un petit rire sincère. Deamon reste muet, mais je peux apercevoir un pétillement dans ses prunelles sombres. Presque aussitôt, l'atmosphère se dégorge d'un peu de la tension qui l'obstruait. Rien d'agréable, mais l'air tend à être plus respirable.

– Et pour Clay ? hasardé-je.

– Il n'a pas besoin de savoir que cette décision est commune.

Deamon a prononcé ces quelques mots sans plus une once de malice dans les yeux. Une fois encore, un petit quelque chose oscille en moi. C'est chaud, ça fourmille… jusque dans mon estomac. C'est sûrement la faim, c'est en tout cas ce dont je préfère me persuader pour m'éviter d'admettre que sa réponse me trouble. Pourquoi chercherait-il à me préserver du jugement de Clay alors que rien ne nous lie avec Deamon ? Rien si ce n'est un passé plus ou moins commun qui n'est plus qu'un vieux souvenir.

Perturbée par mon ressenti, je me remets face à mon cabas et continue d'en sortir les légumes que je dépose devant nous quand ma bouche s'autorise à formuler :

– Quel emploi as-tu trouvé ?

– Je commence comme livreur pour *Postmates*, lundi.

– C'est une bonne entreprise, toujours réactive. Le journal fait souvent appel à elle, dis-je en virant de bord jusqu'à l'évier derrière lui pour laver les légumes.

– Donc on risque de se voir en dehors de l'appartement ? J'ai peur que tu ne tiennes pas le coup.

Les mains sous l'eau, je bride un sourire qu'il ne peut pas voir. Cet échange où s'entremêlent futilités et dérision est déroutant. Jusqu'ici, nous n'avions jamais véritablement « discuté ». Je ne perds pas de vue qu'il est désobligeant 99 % du temps, de la même façon que je n'oublie pas combien il m'a froissée ces deux dernières semaines. Toutefois, je mentirais si je déclarais ne pas apprécier la légèreté de notre discussion.

– Tu prévois de bosser comme chef étoilé dans un resto gastro ou quoi ? Je ne connais pas la moitié des trucs que t'as achetés !

– Je reçois ma mère à déjeuner demain, soufflé-je.

– Sans déconner ?

Statufié devant le frigo ouvert, Deamon me coule un regard effaré.

– Ce n'est pas une blague. Chaque mois, nous déjeunons ensemble en alternant les adresses. Ce mois-ci, c'est mon tour.

– Je vois que ça t'emballe autant que moi.

– À ce propos, poursuis-je en m'essuyant les mains, il serait plus prudent que tu ne sois pas à l'appartement.

Son éclat de rire résonne si fort dans la pièce de vie que ma voisine de palier a certainement dû l'entendre.

– Putain, c'est tellement pas dans mes projets de me retrouver dans la même pièce que ta daronne ! Je suis sûr que Madame La-reine-mère-De-Grassi n'a pas changé d'un iota.

– Pas pire, pas mieux, mens-je en me détournant sûrement trop vite.

Pas de surenchère de sa part. Je suppose que c'est mieux ainsi. Le sujet était déjà particulièrement délicat avant son départ pour le Canada. Deamon sait de quel bois est faite ma mère. Cette grande dame rigide au cœur de pierre ne leurre pas grand monde en vérité et nous ne sommes que peu à l'aimer d'ailleurs. Au-delà de son incapacité à être maternante, compatissante et bienveillante, Victoria Elinor De Grassi est une P.-D.G. exceptionnelle, portant sur ses épaules une entreprise iconique et prospère, laquelle enregistre un chiffre d'affaires annuel de plusieurs millions de dollars.

Mon héritage, c'est elle. Elle, Clay et l'enseigne *LuxeLocks*.

– T'as faim ? me coupe Deamon dans mon cheminement de pensées tourmentées. Je peux tenter de cuisiner un truc…

– Non merci.

Je décline en dépit de la pointe de gentillesse qui suinte de son timbre grave. Je n'ai assurément plus d'appétit, c'est l'effet incontestable qu'a ma mère sur moi. Néanmoins, je salue l'attention d'un fragile hochement de tête et vais pour faire volte-face en direction de ma chambre quand il enchaîne :

– Plutôt un verre de vin ? T'inquiète, on n'a pas de chardonnay.

10

Nora Jean

Je replace une mèche égarée de mes cheveux du dos de la main en contrôlant une fois de plus l'heure sur le cadran. Bon sang, l'étau se resserre et le stress me grignote de plus en plus. Ce qui explique pourquoi je peine autant à exécuter le dressage de mon tiramisu mangue-passion ! Le plus comique dans tout ça, c'est que je n'ai jamais vraiment aimé la mangue…

Alors qu'il ne me reste qu'une vingtaine de minutes avant le temps imparti, je déclare forfait, place les verrines avec précaution au réfrigérateur et cours littéralement jusqu'à ma chambre. Ma tenue est prête depuis mon réveil matinal : un slim noir et un chemisier blanc signé Gucci. Sobre et distingué, elle devrait apprécier, ou du moins ne pas avoir quoi que ce soit à redire. Je retouche mon maquillage avec le plus de précision possible et enfile quelques bijoux dorés. Je n'ai pas terminé d'évaluer le résultat dans le miroir qu'une série de coups ricochent dans l'appartement.

Plus ponctuelle que jamais…

Mon souffle s'emballe dans la seconde tandis qu'une pression détestable prolifère sous ma cage thoracique.

– J'arrive ! coassé-je en pressant mes enjambées vers la porte.

Un tour de clé plus tard, j'étire un sourire élégant, le dos droit et le cou déployé. Victoria ne s'embarrasse pas à me rendre la pareille et me scanne de haut en bas sur le seuil. Comme chaque fois, j'attends l'éclat nouveau dans ses yeux, j'espère un rictus moins rêche, j'imagine un semblant d'approbation dans son attitude, mais rien.

– Bonjour, Victoria, as-tu fait bonne route ?

– Plutôt.

Bref et concis… J'ai beau être habituée à sa froideur, je ne peux nier me sentir perdre le peu d'optimisme qu'il me restait. Ma mère soupire furtivement avant de me dépasser pour décortiquer l'appartement. Alors que tout est propre et rangé, je me mets à suivre d'un œil craintif son observation méticuleuse, à inspecter les endroits qu'elle évalue plus longuement que d'autres, à chercher le faux pas… Je suis pathétique, c'est affligeant, mais tellement impossible à dompter. Victoria m'a toujours intimidée, j'ai vécu l'intégralité de mes vingt-cinq années d'existence à tenter de faire naître un soupçon de reconnaissance dans son regard dur, sans succès.

Je ne serai jamais à la hauteur de ses attentes. Je le sais. Elle le sait.

Que pouvais-je bien espérer après être venue au monde le jour du décès de son mari ? L'homme de sa vie, son cher et tendre, son tout. Celui qu'elle n'a jamais remplacé, ni dans son lit, ni dans sa vie. Mon père.

– Une plante ? Un *Yucca elephantipes* si je ne m'abuse, déclare-t-elle sans daigner me regarder. Ce choix est d'un vulgaire…

– C'est temporaire, me justifié-je à la hâte. Elle appartient à ma collègue qui s'est absentée pour…

– Qu'est-ce donc que cette odeur ? De la cardamome ? Et la couleur de ce parquet est absolument déplorable. N'avait-on pas parlé d'en changer ?

Je récupère sa parka Burberry qu'elle fait glisser dans son dos et me pince les lèvres en me réfugiant un court instant dans l'entrée pour l'y suspendre. Victoria n'attend pas de réponse de ma part, aussi je reste aphone, obéissante et consciente du rôle que j'ai à tenir.

– Je me suis rendue chez les Beaumont dimanche dernier, se vante-t-elle en prenant place à table, laissant claquer ses bracelets sur le bois vernis. Leur véranda est divine, le travail de rénovation est d'une finesse invraisemblable, tu saurais t'en inspirer. À l'occasion, il serait bon de…

Un sourire artificiel sur les lèvres, je ne l'écoute déjà plus et regagne la cuisine pour disposer nos entrées dans deux assiettes étincelantes. Ma mère ne s'offusque pas de ne pas m'entendre lui donner la réplique. En vérité, s'entendre parler lui suffit. Je suppose que cela nous convient à toutes les deux, de cette façon, je ne me mets pas face à son viseur scrupuleux et elle n'a pas à m'accorder une quelconque importance.

– Un tartare saumon-avocat, identifie-t-elle en détaillant son assiette. Oserais-je penser qu'il est assaisonné d'un zeste de combava ? Quoi qu'il en soit, il n'en a pas l'odeur…

– Effectivement, j'ai préféré le yuzu.

– Le yuzu, grimace-t-elle en anéantissant mon dressage du bout de sa fourchette. Tu devrais t'inscrire à des cours de cuisine, Nora Jean, ton palais t'en remercierait. Pourquoi ne pas contacter le chef Oswald ? Son restaurant sur Madison avenue fait sensation…

J'acquiesce, faussement intéressée par son discours pompeux, et picore mon entrée au même rythme qu'elle. J'écoute sans écouter, les épaules toujours droites et le menton haut. J'aimerais dire que ce déjeuner est un supplice, pourtant, je me l'interdis. Je le ressens comme une lourde croix à porter, c'est vrai, mais au milieu de tous ces reproches, ces monologues autocentrés et ces jugements blessants, se cache celle qui m'a donné naissance. Une partie de moi éprouvera toujours de la tendresse pour elle. De la tendresse et une forme de culpabilité, sans que je n'y puisse rien. J'ai la sensation absurde de lui devoir d'être irréprochable, quand bien même rien n'est jamais bien à ses yeux. D'ailleurs, mon mille-feuille de poissons marinés au carvi n'obtient pas davantage ses faveurs, trop salé pour ses papilles…

– As-tu appris pour l'épouse de Rodolphe Ashford ?

Je secoue la tête dignement. Rodolphe est son bras droit au sein de *LuxeLocks*, et quand la plupart compatiraient du drame de ce quadragénaire, veuf du jour au lendemain, ma mère s'inquiète de son absence les semaines qui viennent. L'empathie ne fait pas partie de son système… Alors qu'elle étaye son laïus au sujet des tâches qu'elle va devoir supporter sans lui, je me surprends à chercher ce qu'elle et moi partageons. Je détaille les traits graciles de son visage, la forme amande de ses yeux bruns, l'ourlet de ses lèvres et l'arrondi de ses pommettes. Je pense que nous nous ressemblons, à la différence que Victoria Elinor De Grassi porte l'élégance et le raffinement avec davantage de légitimité. Tout est réfléchi, tout est calculé, tout est savamment choisi. Ma mère s'impose la même rigueur, si ce n'est plus encore, que celle qu'elle exige de ses proches. Clay ne supporte ce trait de sa personnalité qu'à petites doses, d'où son exil à l'autre bout du pays. Quant à moi, j'admire cette opiniâtreté au moins autant qu'elle m'use.

J'en suis à analyser la minceur de son cou lorsque ma mère approche sa main de ma joue, une moue confuse habillant son visage. Tétanisée de stupeur, le cœur battant à tout rompre, j'oublie de respirer en sentant ses doigts s'entortiller autour de mes cheveux. Mon sourire tremble presque jusqu'à s'évanouir entièrement lorsque ma mère s'applique à faire retomber la mèche sur mon oreille.

– Je n'aime pas que tu attaches tes cheveux, marmonne-t-elle. Et ces boucles d'oreilles ne te mettent définitivement pas en valeur, mieux vaut les cacher.

La vague d'espoir qui m'étouffait presque se fracasse sur mon cœur et le fendille. Encore. Plus douloureusement, je suppose. Parce que l'écume me pique soudain le nez et fait naître l'humidité dans mes yeux. Je me lève aussitôt en attrapant maladroitement nos assiettes et m'échappe en cuisine. Victoria exècre la faiblesse, il est inconcevable qu'elle tolère un semblant de tristesse dans ma réaction. Pleurer serait inadmissible. Pleurer reviendrait à lui inspirer du dégoût… J'essaie de bloquer le sanglot qui gonfle ma gorge, je le contiens de toutes mes forces, et j'y parviens, pour autant je m'effondre intérieurement…

Je sais que c'est idiot, et Dieu que je m'en veux de me laisser submerger par un geste que mon esprit a interprété de travers, par des mots qui ne devraient plus avoir d'impact sur moi tant ils font écho à ce qu'est notre relation mère-fille.

– Tu sembles avoir de la visite, Nora Jean. Quelqu'un frappe.

Je déglutis avec exigence et redresse le nez en rejoignant l'entrée. Les larmes brouillent ma vision que je tente d'éclaircir en happant un maximum d'air. Une main sur la poignée, je vide mes poumons d'une traite et ouvre enfin la porte.

Deamon se trouve sur le paillasson… Les mains nonchalamment logées dans ses poches, il me décoche son sourire insolent, lequel s'estompe en un claquement de doigts. Sa mine s'assombrit dès lors qu'il perçoit la ligne humide sur mes cils, celle que je m'interdis de laisser couler.

– Qu'est-ce que tu fais là ? coassé-je à voix basse.

– Un truc à récupérer. Qu'est-ce qui se passe ?

– Rien. Reviens plus tard.

Je referme le battant sur mon point final, mais c'est compter sans la paume indomptable de Deamon. D'un plat sec, il retient la porte entrouverte, puis force dessus jusqu'à me faire reculer trop facilement.

– Qui est-ce ? questionne ma mère, toujours à table, irritée.

Deamon pénètre dans l'entrée et s'applique à fermer la porte derrière lui sans me lâcher de ses yeux sombres. La colère qui émane de lui à cet instant ne m'est pas destinée, j'en suis profondément convaincue, pourtant, son attitude ne me rassure pas.

Alors qu'il amorce un pas de côté pour investir le séjour, je l'arrête d'une main sur sa poitrine. Il entrera, que je sois d'accord ou non… Je dois seulement tenter de limiter les dégâts qu'il pourrait causer, aussi je murmure, vaincue :

– N'empire rien, s'il te plaît.

Pas de réponse ou simplement ses doigts qui s'emparent des miens pour lui libérer le passage. À croire que ce déjeuner n'était pas assez chaotique… J'inspire un grand coup, puis fais demi-tour en redressant les épaules de mon mieux.

– Bonjour, Vicky.

La voix glaciale de Deamon accentue l'atmosphère polaire que son arrivée dans l'appartement a générée. Ma mère, en plus d'avoir toujours détesté Deamon, ne supporte pas les diminutifs…

Ne lui ai-je pas demandé de ne rien empirer ?

Des restes de stupeur perdurent sur les traits de ma mère, au regard consterné, lorsque je reviens m'asseoir. Mon colocataire s'est glissé en cuisine, les reins calés contre l'évier, et nous scrute vertement.

Je pourrais m'en exploser le front dans mon assiette tant le malaise ambiant atteint son paroxysme à l'instant où il récupère une pomme et croque dedans bruyamment.

– Deamon Cosgrove ? me fusille ma mère, pas loin de craqueler son armure à un million de dollars pour laisser sa fureur se déverser sur moi.

– C'est une demande de Clay, je n'y suis pour rien.

– Clay n'aurait jamais fait ça ! proteste-t-elle.

Le rire guttural de Deamon se fraie un chemin jusqu'à notre table et me fait fermer lourdement les yeux. Cet homme est incontrôlable, nom d'un chien ! Pour autant, une partie de moi pourrait aussi se gausser. Ma mère est tellement persuadée que Clay est parfait qu'elle n'imagine pas un seul instant que je puisse dire la vérité.

– Je te propose de l'appeler, il confirmera, osé-je en souriant timidement.

– C'est exactement ce que je vais faire. Vous m'excuserez, je n'ai plus d'appétit.

Victoria se débarrasse de sa serviette avec une dignité glaçante, puis se lève pour gagner l'entrée. Je marche dans ses pas, attrape sa parka, la lui passe et la regarde disparaître dans le couloir. Sans plus un regard pour moi. Sans même un au revoir. Sans finalement un soupçon de respect…

– Ta mère est une connasse, vomit Deamon lorsque je réinvestis la pièce de vie.

Vidée, je dois me dépêcher de retrouver ma place sur la chaise tant mes jambes flageolent. Cette fois, j'oublie mon costume de fille de bonne famille et grimace dans un lourd soupir.

– Et puis quoi ? soufflé-je, éreintée.

– T'es sérieuse ?

– Oui, Deamon… Très sérieuse. Que voudrais-tu que je fasse ? Que je la renie ? C'est ma mère… Je l'aime, avec ses défauts et ses qualités…

– Putain, cite-moi une seule de ses soi-disant qualités et je te fous la paix !

J'ose un regard de biais vers lui, incrédule. Appuyé contre l'îlot, bras tendus, Deamon est contracté de bout en bout. Il bouillonne, sidéré. Jamais il ne me fichera la paix, qu'importe la liste de qualités que je lui dresserai, mais soit !

– Elle est obstinée.

– C'est clairement un défaut. *Next* !

– Elle est… ambitieuse.

– Une connasse ambitieuse, défaut aussi !

– Elle est…

Je peine à en trouver d'autres, la fatigue sûrement… Devant la lenteur de ma réflexion, Deamon s'impatiente :

– Ta mère est une connasse narcissique, insensible, égocentrique et sadique ! Alors je te pose la question, Lolli : pourquoi tu t'infliges tout ce merdier ?

Ses mots me heurtent plus que je ne le voudrais et, soudain, un nouveau vent de tristesse souffle sur mon cœur. Je sais qu'elle est infecte ; j'aimerais dire qu'un jour, elle s'adoucira, ou encore que je parviendrai à m'affranchir de cette dépendance affective destructrice, sauf que…

J'ai choisi de mettre de la distance, c'est vrai. J'ai quitté la maison familiale, je ne touche plus à un sou de sa fortune, mais il reste ce lien, cette chaîne infrangible qui me relie à elle et que je doute de savoir briser. Je veux qu'elle me considère, qu'elle me prenne dans ses bras, qu'elle m'estime, qu'elle me regarde enfin avec tendresse.

Comme une mère regarde son enfant.

Comme elle a toujours regardé Clay.

– Un jour, elle m'aimera, tu verras…

Un nœud se forme dans ma gorge et accompagne les larmes que je sens poindre sous mes paupières à présent closes d'épuisement. Oui, un jour, elle m'aimera…

11

Deamon

Pas loin de soupirer d'ennui dans le dos de mon formateur attitré, j'avise une fois de plus mon portable. Encore une heure à tirer, la blague… Ce taf, en tout cas, ce qu'il m'en est montré depuis hier, est d'un ennui mortel ! « Tu accuses réception du mail. Tu contactes le restaurateur, le fournisseur le cas échéant. Tu programmes l'enlèvement. Tu confirmes la livraison au client et tu bloques le créneau sur l'agenda. Tu récupères la commande que tu livres. Tu reviens à l'entrepôt et tu recommences. » Je ne suis qu'un foutu chiot à qui on fait bouffer de la théorie jusqu'à écœurement. Je veux de l'action, bordel !

– On peut traiter une demande ensemble si tu veux, me propose Rowan en s'assurant d'un coup d'œil que je continue de fixer l'écran.

Enfin !

J'acquiesce et me rapproche jusqu'à voir s'afficher la dizaine de lignes de commandes récentes.

– Alors… hésite-t-il en scrollant d'un doigt les différents clients. Voilà ! *Winnie Child Care*, c'est parfait. Un pot de départ si tu veux mon avis…

Non, je ne le voulais pas, mais te le dire me condamnerait à refoutre mon nez dans les petites annonces, alors bon…

– La quantité est idéale, pas trop ni pas assez, et ce n'est qu'à quelques blocks d'ici. Tu devrais t'en sortir sans problème.

– Celle-là ! le coupé-je à brûle-pourpoint, les yeux scintillants sûrement d'épatement devant l'ordi.

– Sauf ton respect, Deamon, je ne crois pas que…

– Rowan, j'ai pigé le process : tu cliques, tu commandes, tu livres.

– C'est un peu plus compliqué que ça, me considère-t-il avec dédain.

– Oui, OK, j'ai sauté des étapes, mais franchement, il n'y aura pas plus formateur qu'une course de ce genre !

– Je ne sais pas, ce n'est pas du tout le type de commande qu'on confie aux nouvelles recrues. La quantité est trop importante et ce client fait définitivement partie de notre portefeuille de réguliers, il est hors de question de se louper !

Je m'impose d'allonger mon inspiration quand mes poings se mettent à me démanger. Il me gave, c'est ouf, et si je ne prends pas sur moi, je crains de lui dévisser la tête d'ici, genre, trois secondes et demie ! Hormis sa prétention avérée, Rowan semble être un mec à peu près normal, quoiqu'un poil influençable dès qu'on le brosse dans le sens du poil.

– Comment veux-tu que ça tourne mal ? Tu vas être avec moi du début à la fin, non ? feins-je de m'inquiéter. Clairement, sans toi, je ne serais pas capable d'assumer une commande comme celle-là, mais avec ton expertise et ton expérience, c'est du tout cuit !

– C'est évident que je ne te laisse pas t'en occuper tout seul.

Je me force à esquisser un sourire motivant – pour ne pas dire suppliant – et pousse mentalement un cri de victoire quand il abdique :

– Très bien, allons-y, mais ne prends aucune liberté !

– Ça tombe sous le sens.

C'est qui le petit chiot, maintenant ?

Dix minutes plus tard, je suis sapé comme un livreur *Postmates*. C'est loin d'être glamour, mais qu'importe, en vérité je me fous d'à peu près tout sauf de cette course inespérée ! Après une halte au Bondi Sushi pour récupérer la commande, nous bifurquons dans la Sixième Avenue. L'énergie de cette ville et l'agitation constante dans les rues bousculent probablement le cours du temps, tout va si vite ici que mon impatience est décuplée. L'occasion est tellement parfaite que je voudrais déjà y être. Je jure que je la sens jusque sous ma peau, cette espèce d'effervescence qui grignote mes terminaisons nerveuses, le débit plus rapide de mon sang, l'accélération indéniable de mon pouls dès lors que nous descendons enfin du SUV.

– Tu déplies le diable… Voilà, maintenant, tu entreposes les deux caisses de champagne…

Je dirais que ce type me prend pour un abruti, pourtant, j'exécute ses ordres un par un. Nous passons le barrage de sécurité et investissons l'ascenseur. Le diable entre nous, je reste muet pendant la montée des neuf étages. Rowan, lui, n'attend pas que le carillon nous annonce notre arrivée avant de m'avertir :

– Selon la personne qui nous accueillera, il faudra peut-être sortir les plats des boîtes et les disposer proprement sur les tables. Reste près de moi, souris et…

– … ne prends aucune liberté, terminé-je pour lui devant les battants à présent ouverts.

Le fumet des sushis qui sature la cage d'ascenseur s'exfiltre et se perd dans l'immense open space qui s'étale devant moi. Je n'arrive qu'à scanner furtivement l'espace déserté, neutralisé par l'apparition d'une femme.

– C'est par ici, nous indique-t-elle d'un sourire chaleureux.

J'emboîte le pas de Rowan en direction de la large salle de réunion cloisonnée par de hauts murs vitrés quand une tête brune, esseulée derrière une des demi-cloisons, fait ruer le sang dans mes artères. J'inventorie à vitesse grand V les portes de l'étage, trouve celle qui sera ma plus belle fausse excuse et agrippe le bras de mon coéquipier pour freiner sa course.

– Faut que j'aille aux chiottes, lâché-je en lui collant le diable entre les mains.

– Retiens-toi.

– Impossible.

– Deamon, j'ai dit « pas de libertés ».

– C'est ça ou je me fais dessus.

Je recule déjà de quelques pas dans l'open space, pas du tout inquiété par la fureur qui tapisse son regard. Tant pis pour le job, parce qu'il est clair qu'il me taillera un sacré short auprès du responsable RH dès notre retour. Je trouverai autre chose, de toute façon je n'ai pas besoin de ce fric, juste d'une excuse. C'est ça, j'ai besoin de crédibilité.

Avant même que Rowan ne prononce une quelconque menace, le brouhaha derrière les panneaux de verre, duquel s'entend l'enthousiasme des salariés à l'arrivée de leur casse-croûte japonais, me sauve. Il s'éclipse en arborant un sourire complaisant, me laissant immédiatement opérer un demi-tour. Je ralentis mes enjambées, détaillant cette fois avec plus de minutie l'antre de ce magazine, référence incontournable de l'actualité people.

Ce soir, alors que la nuit commence à tomber derrière les hautes fenêtres, seul le bruit d'un clavier brise le calme troublant de ces quelques centaines de mètres carrés. Son clavier. Sans vraiment trop de surprise finalement…

Un bâton de sucette débordant d'entre ses lèvres, Nora Jean se tient droite sur son fauteuil à cinq cents dollars, imperméable à tout ce qui l'entoure. Elle ne voit que son écran et les mots qu'elle aligne les uns à la suite des autres. Elle n'entend rien, absorbée par sa rédaction, le regard affûté. Elle bosse, encore et toujours… Je secoue la tête devant cet état des lieux navrant quand un hymne de

« Joyeux anniversaire » outrepasse les vitres de la salle de réunion et rebondit dans l'open space.

– Lolli, Lolli, Lolli… soupiré-je suffisamment fort pour attirer son attention.

Ses doigts se figent net.

Surprise !

– Qu'est-ce que… s'estomaque-t-elle après avoir délogé sa sucette.

– … je fais là ? finis-je à sa place en m'affalant sur le siège voisin. Je bosse, comme tu vois.

Les traits tirés de stupeur, Nora Jean épluche rapidement ma tenue parsemée de touches vert citron, puis revient vers moi.

– Tu vas te faire renvoyer.

– Ne t'inquiète pas pour moi.

– Je ne suis pas inquiète, seulement factuelle.

– Sur quoi tu bosses ? tenté-je. Ça doit être tellement plus intéressant que de profiter d'un apéro sushi…

Avant même de produire un son, Nora Jean se rue sur le bouton d'alimentation de ses deux écrans et les éteint. Noir total. Je grimace intérieurement, mais plaque un insolent sourire sur ma face pour toute réponse.

– C'est simplement un projet qui requiert tout mon temps et toute mon attention.

– Un projet secret-défense ? Dans le monde clinquant des célébrités ? m'enquiers-je avec ironie. J'ai foutrement hâte de lire ça !

– Tu es mesquin.

– Et toi asociale.

Le grognement qu'elle tente de coincer dans sa gorge s'accorde aux nuances marbrées d'agacement qui colorent ses joues. La petite chose fébrile qui m'est apparue dimanche n'est plus de ce monde, j'en suis presque à me demander si je ne l'ai pas rêvée ! Pourtant, le simple fait de me représenter la scène me remue le bide. J'ai tellement détesté ça, la voir affectée, la savoir émotionnellement bancale à cause de la garce qu'elle appelle sa « mère ». Putain, je ne me l'explique pas, n'empêche que ça m'a retourné le crâne !

– Écoute, Deamon, commence-t-elle, contrariée, je me fiche pas mal de…

Nora Jean n'a pas le temps de finir sa phrase que son prénom rebondit jusqu'à nous dans une suite de syllabes stridentes. Ses yeux s'écarquillent d'effroi devant moi alors qu'elle se rapetisse de quelques centimètres. Sans même me permettre d'analyser son brusque changement d'humeur, Nora Jean se jette sur mon fauteuil pour en attraper l'accoudoir et l'attirer jusqu'à elle. Des bruits de pas se rapprochent, motivant dans un temps record les gestes décousus de ma coloc qui agrippe maintenant mon polo jusqu'à me contraindre de venir à elle.

Cette nana a une force cachée, ma parole !

– Si t'as flingué ma tenue de boulot, je…

– Bon sang, joue le jeu, débite-t-elle dans un murmure angoissé.

– Jamais sans le Fou.

– Je te le donnerai à l'appartement…

– Dis-le.

– Quoi qu'ils en disent, tu n'oseras pas te faire passer pour mon petit ami. Maintenant, tais-toi…

Ses genoux calés entre les miens, Nora Jean reprend son souffle après son ordre proféré sans pause, tout en couvrant mes lèvres de son index tremblant qu'elle fait patiner jusqu'à mon menton pour accompagner ses précédents mots. Elle me maintient face à elle, face à sa bouche, son nez à une poignée de millimètres du mien. Ses yeux grands ouverts, mangés d'affolement, me harponnent avec force. Ses expirations saccadées claquent sur mon visage, et bizarrement, un truc se passe. Un truc surprenant, un truc qui me rend stoïque et… Merde, c'est presque flippant. Certes, elle me défie, pourtant, ce truc ne ressemble pas vraiment à la frénésie qui s'était mise à sinuer dans mes veines la dernière fois. L'adrénaline est là, mais elle monte plus progressivement, freinée par ce goût de trop peu qui me tiraille le bide. Une tension étrange flotte autour de nous – ou seulement autour de moi – lorsque Nora Jean précipite ma main jusque sur sa nuque. Sans déconner, j'en sais rien… Et c'est chiant !

– T'es là ? beugle la voix masculine en approche.

Une petite dizaine de secondes s'écoulent avant que la présence du type se matérialise près de nous. Je braque sur le commis au courrier un regard noir, lequel lui fait perdre sa jovialité en plus de le pousser à s'écarter du box.

– Désolé, les amoureux, mais faudrait voir à trouver une chambre !

Son ton n'a rien d'amusé ou d'amical, le type est juste vexé. Et dégoûté ! Ça pourrait me faire marrer. Ce Murphy a une telle assurance que le voir décamper, humilié, est risible. Mais je ne ris pas, je reste là, le pouls curieusement rapide, à scruter les paupières closes de Nora Jean maintenant qu'elle s'autorise à demander :

– Il est parti ?

– Il est parti.

Rassurée, Nora Jean me repousse vivement, le visage tordu d'exaspération.

– Je fais n'importe quoi, gémit-elle à présent face aux écrans de son ordi. Excuse-moi, c'est… Je n'ai pas réfléchi et ça me met hors de moi.

– Pas de souci.

– Si, c'est un souci, c'est ridicule ! Je nous mets tous les deux dans une situation extrêmement inconfortable et…

– Pas de souci, j'ai dit.

J'insiste pour je ne sais quelle raison, prostré dans mon fauteuil et mal à l'aise. Cette fois, c'est moi qui déraille. Pourquoi devrais-je me sentir mal à l'aise ? Tout est allé hyper vite, je n'ai fait qu'accepter de lui servir d'alibi. En clair, j'ai subi la situation, et c'est tout. Je me lève brusquement sur cette pensée, pas moins perturbé, mais convaincu de n'avoir rien à me reprocher dans tout ce cirque, à l'exception peut-être d'avoir accédé à sa demande sans que le Fou m'ait réellement été transmis. Mais soit ! Elle veut être responsable, grand bien lui fasse !

– Sur ce, je t'abandonne à ton triste sort. Bonne soirée !

Elle ne répond pas et ça me va. Là, tout de suite, je me fous bien de savoir combien de fois elle s'autoflagellera les prochaines heures. J'ai d'autres projets, me faire virer pour commencer !

12

Nora Jean

Il est vingt et une heures trente lorsque je referme la porte de mon appartement accompagnée d'une timide boule au ventre. Je sais que Deamon est là, quand bien même l'appartement est silencieux. La lumière de la pièce de vie est allumée et son parfum flotte çà et là. Un parfum qui, je dois bien l'admettre, ne m'incommode plus autant qu'avant, mais peu importe… J'ai passé les quelques kilomètres sur la banquette arrière du taxi pour mon trajet retour à faire défiler les annonces de location. Le problème est que je n'ai aucune idée de sa capacité financière, de ses attentes ni de la zone géographique qu'il envisage pour son pied-à-terre. En définitive, je suis dans une impasse.

J'ôte mes escarpins en soupirant discrètement, puis avise le séjour, le salon et la cuisine. Personne. Deamon doit être retranché dans la chambre d'amis ; avec un peu de chance, il y restera jusqu'à demain et nous n'aurons pas à nous refaire face ce soir…

En dépit de tout ce que je suis, j'ai pris la douloureuse décision de parler à Murphy. En tout cas de décliner correctement ses avances, et de manière définitive, la prochaine fois qu'il s'y essaiera ou du moins s'il s'y essaie à nouveau. Je n'aurai donc plus à utiliser Deamon comme bouclier, et ainsi je pourrai me regarder à nouveau dans le miroir sans me sentir coupable !

Une tomate noire et des billes de mozzarella dans mon assiette, je m'applique à découper le tout quand la porte de la salle de bains s'ouvre dans un bref grincement. Une fois qu'il aura plié bagage, je penserai à huiler les gonds. En attendant, ce bruit me permet de reprendre une posture plus digne et relever le menton en direction du couloir. J'aimerais ne pas avoir à assumer, mais bon…

– Lolli.

Vêtu d'un bas de jogging gris qui révèle l'élastique de son boxer caché dessous, Deamon traverse le salon pour atteindre la cuisine. Torse nu. Les cheveux humides de sa récente douche. Une musculature saillante et… intimidante. Je baisse les yeux aussitôt lorsque j'atteins son regard braqué sur moi, lequel s'accorde parfaitement au ton qu'il a utilisé pour articuler mon surnom. Malgré le vent polaire qui a envahi la pièce de vie à son entrée, j'ai soudain l'impression de subir une brève augmentation de ma température corporelle. À n'y rien comprendre…

– Deamon, réponds-je en tentant d'user de la même intonation que lui.

Deamon passe derrière moi pour récupérer une assiette, puis se poste à mes côtés. Je n'ose aucun coup d'œil vers lui, concentrée à découper ma tomate quand lui en attrape une dans le panier au centre de l'îlot. C'est maintenant que je devrais lui présenter mes excuses pour le cafouillage dans l'open space. Or, le simple fait d'y penser me chahute. En vérité, je suis fatiguée de tout ça, de lui, de moi, de ce « nous » qui ne rime à rien. Nous serions bien mieux l'un sans l'autre, c'est évident.

– Quel budget prévois-tu pour ta future location ? laissé-je filtrer d'une voix moins rude.

Sa réponse traîne à arriver. Deamon me sonde, paupières sensiblement plissées, visage incliné de côté. L'intensité de cette attaque visuelle est telle que mon souffle accuse une accélération. Deamon est plus grand que moi, plus massif aussi et bien plus impressionnant, notamment lorsqu'il ne porte rien au-dessus de la ceinture. J'ai beau me sentir diminuée, je m'agrippe un peu plus à mon couteau et rehausse le menton.

– Est-ce indiscret ? osé-je.

– Pas vraiment.

– Combien ?

– Mille, max.

– C'est peu.

– C'est tout ce que j'ai.

Impossible de retenir un rictus ennuyé. S'il veut rester dans les environs, il ne trouvera rien à ce tarif-là. À moins de tomber sur une annonce de colocation ? Quoi qu'il en soit, ça me semble compromis. Ce n'est qu'en posant cette conclusion mentale que je prends conscience de son regard toujours fixé sur moi, et cet état de fait tend à faire naître un semblant de frisson sur ma peau.

– Arrête de me regarder comme ça, marmonné-je, mal à l'aise.

Comme s'il lui avait fallu m'entendre le lui demander, Deamon se reprend en un claquement de doigts et commence à couper la tomate dans son assiette.

– J'ai peur que tu ne sois obligé de t'éloigner un peu de Manhattan, continué-je. Peut-être pourrais-tu voir avec ton père pour loger chez lui quelques semaines, le temps de réunir plus d'argent…

Ses mains se figent net. C'est à mon tour de l'examiner, incertaine. Son attitude jusqu'ici confiante a mué, son échine s'est courbée et sa mâchoire s'est serrée.

– Vous êtes fâchés ? hasardé-je.

Deamon laisse un rire bref et navré quitter sa gorge, avant de me considérer à nouveau. Plus d'intensité dans ses prunelles sombres, seulement de la culpabilité altérée par une pointe de chagrin.

– Lolli, mon père est décédé, l'année dernière.

Mon Dieu, Donald… Cette annonce m'arrache une inspiration choquée que je tente d'absorber par mes doigts plaqués vivement sur ma bouche. Ma poitrine se comprime de peine si vite que je ne me vois pas déposer une paume compatissante sur la main de Deamon.

– Je suis désolée, Deamon. Sincèrement.

– J'en suis sûr, formule-t-il avant d'aviser furtivement ma main. C'est derrière moi maintenant. Je dois juste boucler deux trois trucs avec l'avocat et terminer de vider la maison avant que les nouveaux proprios ne prennent leur quartier le mois prochain.

– D'accord…

Ma réponse est pitoyable, mais… quoi dire d'autre ? C'est tellement soudain et triste que je me sens prise de court et tout à coup bien morose. Je survole l'appartement des yeux, propulsée dans un passé pas si lointain finalement.

– Je peux récupérer ma main ?

J'arque un sourcil dubitatif vers Deamon, lequel me désigne du menton sa main capturée par la mienne. Nom de… Je romps le contact physique immédiatement, contrite. Il n'y avait rien d'anormal dans mon geste empathique, pourtant, il me fait l'effet d'avoir dépassé les limites de la bienséance. Sans plus regarder Deamon, je me dépêche de terminer l'agencement de mon dîner, les joues brusquement chauffées de gêne.

– On mange ensemble ?

– Bien entendu, bredouillé-je, le nez sur ma salade improvisée.

– Ouais, enfin, c'est pas comme si c'était déjà arrivé. Salon ou cuisine ?

– Salon !

Salon signifie programme télé. J'ai peur de ne pas savoir quoi dire ou faire si nous dînons en tête-à-tête après qu'il m'a appris la mort de son père. Qu'importe ce que nous mettrons en fond sonore, cela aura le mérite de nous occuper. Deux minutes plus tard, nous investissons chacun un coin du canapé, nos assiettes sur nos cuisses. Je le laisse piloter la télécommande, tourmentée par notre précédente conversation, quand après deux bouchées, je m'autorise à demander :

– Clay est au courant ?

– Il l'est, oui. Pourquoi ?

– Parce qu'il ne m'en a rien dit, avoué-je.

– Ça t'emmerde ?

– Un peu.

– Développe, Lolli.

Je me mords la joue d'hésitation, simulant de ne m'intéresser qu'au morceau de tomate planté au bout de mon couvert. En vérité, je ne sais pas ce qui me contrarie le plus : la possibilité que Clay ait oublié de m'en parler ou qu'il ait sciemment choisi de me le cacher.

– Ça m'ennuie de ne pas avoir pu assister aux obsèques, c'est tout. Donald était un homme bon, j'aurais aimé le remercier une dernière fois pour ses égards.

Oui, j'aurais aimé être là, sans m'imposer, pour apporter à Deamon mon soutien muet. Comme ça, sans attente, par respect et parce que, au fond, l'homme à côté de moi a marqué ma vie d'adolescente. Ça aurait été la moindre des choses.

Une petite minute s'égrène tandis que Jimmy Kimmel fait ce pour quoi il est doué derrière le petit écran. Je feins d'être captivée, pourtant, je suis incapable de suivre son monologue. Le poids du regard de Deamon sur moi me déstabilise, je le sens sans le voir, comme une chape de plomb chaud qui s'étalerait sur ma peau. Ce n'est désagréable que parce que je ne sais pas gérer cette sensation ; je suppose que notre pseudo-amitié me déboussole, sa proximité aussi. Sans oublier la teneur de sa récente révélation qui, fatalement, me perturbe.

– Tu sais quoi, Lolli ?

Cette fois, je me fais violence pour le regarder, puis secoue la tête à la négative.

– Derrière cet attirail guindé, l'appart, le masque hautain, la surdose de convenance et tout le reste, t'es une nana sympa. Un chouia têtue ceci dit, mais sympa.

Un autre soir que celui-ci, j'aurais bondi du canapé et regagné ma chambre, vexée au possible. Pourtant, je reste là, sans bouger, à contenir un rire amusé de toutes mes forces. Je suppose que son sourire canaille m'aide à prendre sa déclaration avec frivolité, du moins à ne pas m'en offusquer. Je roule des yeux exagérément et retourne au visionnage de notre émission. Malgré la séquence assez drôle pour laquelle le présentateur fait participer son public, je me surprends à proposer :

– As-tu besoin d'aide pour la maison ?

Je ne détourne pas le regard cette fois, résolue à ne pas trop déborder du cadre que je me suis construit avec les années, quand bien même Deamon est le seul qui jusqu'ici est parvenu à m'en faire sortir.

– C'est possible, mais ça ferait de toi une nana beaucoup trop sympa et ça risque de faire tache dans ton C.V. Maintenant, si tu insistes…

– Je ne vais pas te supplier, rétorqué-je, moins divertie qu'un peu plus tôt. Si tu veux de l'aide, je pourrai éventuellement me rendre disponible une ou deux heures à l'occasion.

– Tu sens ça ?

– Quoi ? bougonné-je.

– Le retour en puissance de la mauvaise ambiance.

– T'as qu'à être moins lourd.

– Et toi moins susceptible. Détends-toi, OK ?

– Je suis détendue, mens-je en le braquant d'un œil faussement indifférent.

– Qu'est-ce que ça doit être quand t'es hypra tendue alors…

– Bon, tu le veux ce coup de main ou pas ?

Mutique, Deamon me toise avec une violence déstabilisante. Si je n'étais pas convaincue qu'il ne me ferait aucun mal, j'aurais pu imaginer qu'il soit en train de planifier un assassinat sur mesure. Tout pourrait le laisser croire ; son regard et la contraction sévère des muscles de son cou, sans oublier la crispation de sa mâchoire, laquelle creuse ses joues aujourd'hui recouvertes d'une fine barbe.

– Alors ? m'obstiné-je.

– Je veux bien.

– Parfait.

– Dimanche ? À moins que ton planning de célèbre journaliste joue en ma défaveur ?

– Deamon ! m'agacé-je.

Il ne peut pas s'en empêcher, c'est effarant ! Il enfonce le clou, comme s'il éprouvait un plaisir insolent à jouer avec mes nerfs. Pourtant, pas une trace dudit plaisir sur ses traits, il a revêtu son faciès dur et arrogant, celui que personne ne sait dompter ni même assouplir.

– Dimanche ? insiste-t-il.

– OK. Dimanche.

– Bien. Et tu penseras à me filer le Fou avant d'aller te coucher.

Je ne note plus d'agressivité dans son timbre, mais un soupçon de perversion. C'est ça, Deamon prend son pied à me faire souffrir. Pourtant, l'énervement qui me contaminait vient de se transformer en lassitude. Une écrasante lassitude. Avec tout ça, j'avais oublié son fichu Fou…

– Est-ce qu'on peut arrêter ce jeu idiot ? soufflé-je en obliquant vers lui.

– Jamais de la vie, Lolli…

Son sourire satisfait n'étire qu'un coin de sa bouche tandis qu'il m'enveloppe de son regard mordant. Convaincu et pénétrant…

– Je vais tout avouer à Murphy, tu n'auras plus à me servir d'excuse, je te le promets, plaidé-je en désespoir de cause.

– Le truc, c'est que j'aime beaucoup trop jouer à ça avec toi.

Son soudain sérieux me réduit au silence un bref moment. J'ai bien compris que cette pièce d'échecs, et tout ce qu'elle implique, fait partie de lui, de son mode de fonctionnement, de sa faculté à ressentir puissamment la vie et que sais-je… Mais contrairement à lui, je déteste me sentir redevable et vivre au quotidien avec une épée de Damoclès au-dessus de la tête.

– Rien de préjudiciable, s'il te plaît.

– Je ne peux rien promettre.

– Ma réputation ne doit pas en souffrir.

– Ne me tente pas.

– Deamon, geins-je, consternée.

– Lève ton petit cul de ce canapé, Lolli, et va me le chercher.

– Tu sais, je pourrais bien mettre ta tête à prix la prochaine fois ! m'énervé-je en me levant, un doigt fâché pointé sur lui.

– Ce serait ton plus beau coup !

Un rapide aller-retour jusqu'à ma chambre et je lui jette la pièce sculptée en pleine poitrine.

– J'imagine que tu vas te coucher ? hasarde-t-il, insolent.

– Exactement.

Sans laisser mon exaspération jaillir, je fais volte-face et fuis en direction de ma pièce de survie. Quoique toute pièce où ne se trouverait pas Deamon serait considérée comme ma pièce de survie à cet instant. Je devrais en parler à Clay. Certes, il a demandé à son meilleur ami de mettre de la couleur dans ma vie, mais je doute fortement qu'il cautionnerait que Deamon s'amuse à mettre en péril mon honneur ou ma dignité. Je suis sa sœur, et pas une simple connaissance. Non,

Clay n'approuverait pas ! Je n'ai pas atteint le couloir lorsque je pivote pour jeter cette menace au visage de Deamon. Sauf que la zone que ce dernier s'appliquait à détailler il y a une seconde me muselle sur-le-champ. Et pas n'importe quelle zone. LA zone vallonnée, sous mes reins, ce soir moulée dans une paire de jeans beige.

En rien dérouté par mes yeux ronds de stupeur, Deamon me décoche un clin d'œil d'une neutralité effarante et repart s'imprégner des images qui dansent sur l'écran devant lui, le Fou roulant sous ses doigts. *Qu'est-ce que…*

Abasourdie, je refais cap vers ma chambre, le pas moins franc qu'un peu plus tôt, mais une chaleur troublante déclarée sur ma peau.

13

Deamon

Je n'ai pas posé une semelle hors du taxi que déjà l'odeur de viande grillée m'arrive aux narines. Jamal doit être aux fourneaux, manipulant pince et spatule comme un chef devant son barbecue de compétition. J'avais presque oublié le mélange des senteurs qui saturent l'air les dimanches après-midi à Wakefield. Je reconnais sans mal les effluves épicés de la marinade de Jasmine, celles du parterre de lilas des Flores, les émanations de bois brûlé aussi… Je ne pensais pas que ces multiples associations auraient marqué mes souvenirs à ce point, pourtant, mon bide se tord de nostalgie. Ce quartier, c'est toute ma vie d'avant ou presque.

J'ai grandi ici, dans cette rue où sont alignées une vingtaine de baraques plutôt modestes, tantôt bien entretenues, tantôt dans un état franchement douteux. J'ai zoné dans le parc pas loin, j'ai fait mille conneries près du Bronx Deli, cette épicerie recouverte d'un immense graffiti artistique. J'ai vécu là, bercé par la diversité ethnique, la tolérance et les klaxons répétés… Pas heureux, mais pas malheureux non plus.

– C'est assez propre, marmonne Nora Jean derrière moi quand j'emprunte la mince allée de dalles.

Je cesse ma progression pour envisager ma maison d'enfance dans sa globalité. Je n'aurais pas dit propre. La peinture en façade s'écaille, les mauvaises herbes ont envahi le jardin et les fenêtres sont dégueulasses. Et encore, Jamal, Jasmine et les Flores se sont relayés ces dernières années pour tenter de limiter les dégâts.

– Dois-tu prévoir de faire intervenir des prestataires ? Peinture, tonte et autres ?

Je secoue la tête, toujours sans laisser un son quitter ma gorge. Les nouveaux proprios ont acheté en l'état, c'est d'ailleurs ce qui leur a permis de négocier le prix de vente. Mon job est de vider la maison, pas plus, pas moins. Pour le ravalement et l'entretien, ce sera à leurs frais !

Nora Jean sursaute quand le clocher de la chapelle carillonne. Je pourrais en rire si je n'étais pas absorbé par la contemplation des murs de ce qui était mon foyer il y a bientôt une décennie. Jusqu'ici, je n'étais venu qu'en semaine et par temps de chien. Aujourd'hui, quelques rayons de soleil transpercent le feuillage des arbres et parsèment la façade de petites taches dorées. L'ambiance qui résonnait dans le quartier n'était pas non plus la même ou alors… En fait, j'en sais rien, n'empêche que j'ai l'impression de voir la maison autrement. De la ressentir autrement.

En bref, je suis crevé.

Je ferme les yeux sur cette évidence et contiens un soupir blasé. Je dors mal et ça me saoule. J'avance à rien et ça me saoule. Je n'ai même pas été viré de *Postmates* et ça me saoule !

– Est-ce que… Deamon, on entre ?

Nora Jean s'est postée à côté de moi, les mains jointes devant son ventre. Elle conserve un port de tête fier, pourtant, le regard qu'elle coule sur moi contredit sa contenance. Pas d'arrogance à cet instant, pas d'empressement ou d'agacement non plus. Elle compatit seulement. Et putain, ça fait du bien ! Je choisis malgré tout de réchauffer l'atmosphère en ébauchant mon demi-sourire de sale gosse, auquel elle répond instantanément en roulant des yeux. Je sors le mince trousseau de ma poche et joue avec en amorçant un pas vers la porte d'entrée.

– Je vais rentrer, mais tu me seras plus utile dans le jardin ! Tu peux commencer par désherber le chemin…

– Bien sûr, raille-t-elle en subtilisant les clés.

– T'as dit que tu me donnerais un coup de main, non ?

– J'ai dit pour la maison, pas pour les extérieurs, cingle-t-elle par-dessus son épaule alors qu'elle est sur le point d'insérer la clé dans la serrure.

Cette fois, mon sourire est entier. Deux pas en retrait, les poings logés dans les poches de mon survêt, je peux presque ressentir l'exaspération qui suinte de chacun de ses pores maintenant qu'elle se bat pour déverrouiller. Je crois que je kiffe ça, ce truc entre nous, ce jeu perpétuel du chat et de la souris. Ouais, j'aime la faire enrager et ça me plaît qu'elle me tienne tête la plupart du temps.

Nora Jean peste face à la porte. Je ne bouge pas le petit doigt, je devrais sûrement, sinon elle risque de péter la clé dans le barillet. Sauf que je suis hypnotisé par sa silhouette gainée d'énervement. Une fois encore. Une fois de plus… Merde, ça aussi je kiffe et ça me saoule ! Il y a un truc chez elle qui aiguise tous mes sens ces derniers jours, et je n'arrive pas à saisir ce que c'est. C'est différent du plaisir malsain que me procurent nos prises de tête, c'est plus dense, plus insaisissable, plus… épidermique !

– Deamon ! s'insurge-t-elle en faisant demi-tour, les joues rouges d'une colère en pleine montée.

– J'arrive, petite chose fragile. Quand je pense que t'es pas capable d'ouvrir une porte…

Je lui arrache le trousseau, enfonce la clé en butée dans la serrure, soulève la poignée en coulant sur Nora Jean un regard prétentieux et tourne la clé avec facilité sous son haussement de sourcils effaré. J'ouvre le battant et m'efface un chouia pour la laisser passer.

– C'était tellement simple.

– J'ai envie de te gifler… marmonne-t-elle, à présent sur le paillasson.

– Carrément ? éclaté-je de rire.

– Oui.

Sa réponse aussi sincère qu'incisive n'efface pas mon sourire. Pourtant, elle a envie de me frapper, ça devrait me suffire pour lui balancer qu'elle et son caractère de merde me mettent aussi les nerfs à vif parfois. Sauf qu'en la voyant évoluer tout doucement dans le séjour et considérer chaque recoin de la pièce avec mélancolie, je choisis de la fermer. À petits pas, Nora Jean investit la pièce, évite gracieusement les cartons au sol et s'immobilise près du mur qui porte la marque du bahut, lequel l'habillait encore la semaine passée.

– Le choix de cette peinture a toujours été très discutable, s'amuse-t-elle en laissant errer le bout de ses doigts sur le jaune maïs qui le recouvre.

– Faut croire que ça leur plaisait.

À mesure qu'elle progresse vers la fenêtre côté jardin et se perd à contempler l'anarchie qui y règne, je me surprends à glisser sur elle un œil intéressé. De sa paire de baskets d'une blancheur virginale à la haute queue de cheval qu'elle a réalisée avec brio. Je sais, ça saoule… D'autant que sa tenue n'est pas racoleuse. Un jean boyfriend dont l'ourlet flirte avec la finesse de sa cheville nue, un simple tee-shirt blanc qu'elle a coincé sous sa ceinture – et qui moule ses atouts avec justesse –, le tout accompagné d'une veste classique, sobre. Normalement pas bandant. Bandant ? Merde, qu'est-ce que je raconte…

D'une détente, je me décolle de l'embrasure contre laquelle j'étais appuyé et claque dans mes mains. Nora Jean sursaute et me fusille tandis que j'erre dans le séjour en quête d'un plan d'action.

– Je m'occupe de vider la bibliothèque et démonter les meubles du rez-de-chaussée. Je te laisse désencombrer l'étage.

– D'accord, répond-elle dans une lenteur perplexe.

– Au besoin, tu trouveras des cartons dans la salle de bains.

– OK.

– Hurle si tu veux de l'aide.

Je ne m'autorise à vider lourdement mes poumons qu'une fois ses pas résonnant sur le palier du premier. D'où je suis mal à l'aise, sans déconner ? C'est à peine si j'arrivais à la regarder dans les yeux avant qu'elle ne monte les escaliers. Il faut que je dorme, ça devient urgent… Plus les jours passent, pire c'est. Le plan était parfaitement huilé sur le papier, mais en pratique, rien ne se déroule comme prévu ! Et ça, c'est sûrement ce qui me saoule le plus.

Mécaniquement, je chope un carton vide et commence à le remplir des bouquins et bibelots qui surchargent les étagères de la bibliothèque. J'en suis à scotcher le premier quand une mélodie s'échappe de l'étage et descend voleter dans la pièce de vie. Alors que je me sentais tendu comme un arc, les notes soul, vieilles de plusieurs décennies, apaisent la raideur de mes muscles. Nora Jean bosse en musique visiblement et, sans le savoir, vient de me ramener quelques années en arrière. Cette fois, j'exhale un soupir d'aise et souris en attrapant un second carton. Bill Withers était l'un des chanteurs que maman préférait pour les soirs de pluie…

Les titres s'enchaînent, les albums aussi, si bien que la chapelle de Willow Lane annonce dix-huit heures lorsque je jette enfin le tournevis dans la caisse à outils, examinant avec satisfaction le volume de taf abattu en un après-midi. J'ai beau être crevé, je ne crois pas avoir été aussi productif lors de mes derniers passages ici.

Sans trop de surprise, une série de coups frappés à la porte retentit et précède l'ouverture du battant. Le teint chaud de Jamal apparaît et me tire un sourire. Ce Pakistanais de naissance frôle la cinquantaine, pourtant, il rayonne comme un type qui viendrait seulement de souffler ses 35 bougies. Je suis fan de ce gars !

– Un coup de main ? hasarde-t-il en progressant jusqu'à moi.

J'acquiesce et lui rends son accolade. Son frangin débarque la seconde qui suit, ses deux fils aussi, tous me saluent avec respect avant de récupérer meubles en kit et cartons. J'enfile ma casquette de chef de chantier et les oriente. Les cartons vont dans le garage, le mobilier sur le trottoir où s'amasse déjà une petite foule d'intéressés. Pour l'instant, je garde les effets personnels de mes parents, tout ce qui est dans des cartons sera placé dans un container étanche. Mais pour le reste, qui veut prend !

– T'as le temps de boire une bière, hein ! s'assure Jamal.

– Avec toi, toujours.

J'accueille son bras qu'il enroule sur mes épaules, puis freine net notre progression jusqu'à son jardin quand la brune qui s'occupe de désengorger l'étage me revient en mémoire.

– Deux minutes, je dois récupérer quelqu'un.

– Je décapsule les bières ! déclare-t-il en reculant vers son allée.

Je lui lance un pouce levé et trottine en direction de ma maison d'enfance. La musique qui émane toujours du portable de Nora Jean accompagne mon ascension tandis que je grimpe les marches deux par deux. Je n'ai pas à chercher longtemps avant de la trouver, à vrai dire le premier étage n'est pas ce qu'on peut qualifier de vaste. Comme la baraque en définitive. « Petit, mais douillet », aimait répéter ma mère.

Agenouillée dans ce qui servait de bureau-débarras-buanderie, entourée par une barricade de cartons, Nora Jean admire sa paume ouverte sur laquelle se promène une araignée… Je ne crains pas ces bestioles, mais celle-ci me fait grimacer une microseconde. Elle fait la taille d'une balle de ping-pong quand même !

Quand la plupart des nanas auraient bondi et braillé en l'apercevant, Nora Jean s'émerveille et s'amuse à onduler la main pour suivre les mouvements de l'araignée. Imperméable à ma présence, elle ressemble plus que jamais à la gamine qu'elle était il y a dix ans : atypique, étonnante, dans son monde, et tellement loin de la femme précieuse qu'elle incarne aujourd'hui.

– T'attends qu'elle te réponde ou bien ?

Je suis vache. Elle vient de tressaillir si fort de surprise que sa nouvelle amie s'est volatilisée, mais impossible de ne pas la taquiner alors qu'elle babillait des trucs à l'arachnide.

– Absolument pas, rougit-elle en se relevant, l'air d'épousseter son jean.

– Tu sais que t'es mignonne dans ton genre ?

Cette fois, ses yeux s'arrondissent d'incrédulité. J'en ferais autant si je n'étais pas sur le cul d'avoir usé d'un ton aussi mielleux… Je ravale l'espèce de sourire attendri qui flottait sur mes lèvres, pas franchement en phase avec la rébellion de mes réactions ces derniers jours…

– Je n'aime pas que tu sois trop sympa, se méfie-t-elle. Ça me déstabilise.

– Je peux être un connard si tu préfères.

– Entre les deux, c'est mieux.

– Arf, ça ne va pas être facile, grimacé-je exagérément.

Nora Jean lève les yeux au plafond avant de revenir sur moi, armée du plus factice de tous les sourires à l'échelle planétaire. Celui qui traduit un « Je t'emmerde du plus profond de mon cœur ».

– Bref… Comme tu peux le constater, j'ai tout mis dans des cartons, il ne reste plus qu'à les scotcher et les descendre. J'ai également vidé et nettoyé la salle de bains, ainsi que la chambre de tes parents.

– Hyper productive.

– En revanche, élude-t-elle, je me suis abstenue d'attaquer la tienne, j'ai imaginé que tu voudrais préserver ton intimité…

– Tu aurais pu. Je n'ai rien à cacher.

Deamon Cosgrove avant son départ n'avait rien à cacher, celui d'aujourd'hui voudrait que ce soit toujours le cas. Ma mâchoire se comprime sans préavis, motivée par le flot de souvenirs tachés de sang et d'ignominie. Ulcérés d'horreur. Imprégnés dans chaque cellule de mon corps…

– Je te paie une bière ? lâché-je précipitamment pour neutraliser la contraction violente de mon estomac.

– Ce n'est pas la peine, Deamon, si tu n'as plus besoin de moi, je…

– Lolli, je te paie une bière !

Mon timbre sonne à la fois comme un ordre et une supplication, pourtant, la rudesse de mon regard me permet de ne pas perdre la face devant elle. Je veux juste boire une bière, ce n'est quand même pas compliqué, merde !

14

Nora Jean

Tout est une histoire de maîtrise, d'analyse et d'adaptabilité. Je sais faire. J'ai appris à faire.

Jusqu'à mes 19 ans, la définition même de relation sociale se résumait aux réceptions mondaines que ma mère organisait, aux galas de charité auxquels j'étais exhibée, aux dîners professionnels où il était plus stratégique de se montrer en famille… Je présente bien, j'écoute, je souris, j'use de tact et de subtilité, je vante, je peux même rire si la situation le nécessite. En définitive, les bains de foule de la bourgeoisie américaine n'ont plus de secret pour moi. En revanche, les réunions de quartier du Bronx, un dimanche en fin d'après-midi, je ne pratique pas. C'est même diamétralement opposé. Pas de mesure, pas de tenues strictes ni de faciès rigides. Un tout autre monde…

Rassemblés dans le jardin voisin des Cosgrove, nous sommes une bonne vingtaine d'hommes et femmes, tout âge et origine ethnique confondus. C'est coloré, bruyant et… léger. Une bouteille de bière à laquelle je n'ai qu'à peine goûté en main, je suis prise dans le tourbillon de discussions qui anime Ebony et Malik sous les yeux rieurs de Kellen. Le cercle restreint que nous formons tous les quatre m'a été imposé sans que j'y puisse grand-chose. Je n'avais pas un pied sur la propriété des Khalid qu'on me proposait déjà un rafraîchissement et me demandait mon avis sur les nouveaux plans de l'école du quartier. J'imagine que ça aurait pu être pire, ces trois-là se situent plus ou moins dans ma tranche d'âge et, contrairement à certains autres invités, ils n'ondulent pas sur les notes latines qui s'élèvent d'une petite enceinte.

– Je suis désolée, proteste Ebony, Richard Price est un incontournable !

– Je comprends que tu kiffes le bonhomme, il est scénariste en plus d'être écrivain, mais Angie Cruz a été acclamée par la critique littéraire ! soulève Malik. Et, je te jure, c'est une femme extra…

– Vous ne serez jamais d'accord, éclate de rire Kellen.

– Dis que j'ai raison, N.J. !

J'étire un sourire pacifique en allant et venant entre leurs deux paires d'yeux impatients. Ebony espère me rallier à son avis quand Malik refuse même d'envisager cette possibilité. Ils camperont sur leur position, qu'importe mon point de vue, et j'aime autant ne pas m'attirer les foudres de l'un ou l'autre. J'opte donc pour une réponse fédératrice juste après que Kellen s'éclipse pour répondre à un appel :

– Je dirais que chacun d'eux a sa propre façon de décrire les réalités de la vie urbaine. Toutefois, tous deux ont contribué à enrichir la compréhension de New York et de ses habitants. Dans la même veine, vous pourriez lire le roman d'Attica Locke, *Black Water Rising*. À l'instar de Richard Price, cette auteure de talent s'intéresse à la manière dont les forces sociales, économiques et politiques peuvent façonner la vie de ses personnages. Elle a également écrit *Bluebird, Bluebird* que je vous recommande et dans lequel elle aborde prodigieusement l'injustice sociale. À mon sens, elle rejoint la vision et la perspective qu'Angie Cruz développe dans *Dominicana*.

Malik et Ebony me scrutent de longues secondes après ça, immobiles, presque sans souffle, les yeux ronds comme des soucoupes, ce qui n'a d'autre effet que de me mettre mal à l'aise. Je pensais pourtant avoir visé juste avec un laïus neutre, mais inspirant. Ou alors je me suis totalement trompée ? Maintenant qu'une pointe de stress me grignote l'estomac, celle qui exigeait mon soutien balance brusquement son poing dans l'épaule de son adversaire et assène :

– Tu vois ! Elle est d'accord avec moi !

– Est-ce qu'au moins t'as écouté ce qu'elle a dit ?

– Bien sûr ! Elle dit que Richard Price est un dieu !

J'aspire une gorgée d'air dans l'idée de reformuler sa conclusion quand Malik jauge le cul de la bouteille de bière vide d'Ebony, l'air soupçonneux.

– T'as trop bu, ma pauvre !

– Certainement pas assez si je dois écouter tes conneries. Tu en veux une autre… se retourne-t-elle vivement vers moi. T'as ce qu'il faut, impec' !

– Fais pas attention, elle n'a pas la lumière à tous les étages ! se marre Malik avant d'emboîter le pas d'Ebony qui fonce jusqu'à la maison.

Les semelles engluées au gazon fraîchement tondu, je reste à les regarder se chamailler sur le chemin qui mène à la terrasse. C'était… déroutant ? Disons surprenant, et comique au bout du compte. C'est en tout cas ce que mon mince sourire tend à prouver maintenant que les deux acteurs de cette scène incisive disparaissent derrière la baie vitrée. À mieux y réfléchir, ils ont un petit quelque chose de Bernice et Herman, ce petit quelque chose qui sonne comme « On s'aime, mais on est incapables de ne pas se détester. » Leurs joutes verbales me manquent, je crois ; non pas que ça m'empêche de m'accomplir au quotidien. Sans trop hésiter, je cale la bière à mes pieds et tape un court message à mon… amie ?

Un café, cette semaine ?

Sa réponse est immédiate et, curieusement, un micro-soupir d'aise m'échappe.

Dix heures, après la réunion édito de mercredi ? À la cafet' ? Ces imbéciles n'ont toujours pas récupéré mon badge.

Ça me semble parfait.

À mercredi, jolie plante.

Délestée de mon inconfort, accompagnée d'une solitude que j'apprécie, je récupère ma boisson et considère les convives dispersés en bandes dans le jardin clos. Sans trop de surprise, mon regard s'attarde sur Deamon, pris en étau par deux femmes aux tignasses grisonnantes, dont le teint est aussi chaud et sombre qu'une nuit d'été. En dépit de cette aura d'obscurité que Deamon promène depuis son retour à New York, je ne doute pas une seconde qu'il passe un moment agréable en leur compagnie. D'ailleurs, il me le confirme l'instant qui suit lorsque l'une des deux doyennes lui coule un regard flatteur sans équivoque. Le rire de Deamon est si sonore qu'il m'extirpe un gloussement amusé. Il est devenu bel homme, c'est un fait irréfutable, et force est de constater que sa beauté brute fait l'unanimité. Même celle qui pourrait être sa grand-mère est séduite !

Je le scrute sans m'en cacher. Deamon me dissimule quelque chose, c'est évident, il est même probable que ce secret soit verrouillé pour le reste du monde également. Clay y compris ? Je n'en sais rien.

Certainement… Je dépose le goulot de ma bière sur mes lèvres et laisse le houblon parfumer ma langue, mon cerveau s'appliquant déjà à refaire le film de nos années passées. Les images restent néanmoins floues, la faute au temps qui a filé. Deamon a toujours été à part.

Une dizaine de mètres nous séparent à cet instant. Parfois – souvent, pour ne pas dire tout le temps depuis son emménagement –, j'ai l'impression qu'un gouffre s'est creusé entre nous, que plus rien ne nous relie si ce n'est quelques bribes d'une autre vie. Puis, occasionnellement, comme maintenant, j'en viens à appréhender la distance à parcourir sans avoir peur de ses réactions ou des miennes. Il sourit si fort, son regard pétille tant devant cette femme mature que c'en est agréable. Avec un petit côté contaminant si j'en crois l'ébauche de mon propre sourire…

Happée par ma contemplation minutieuse, je suis incapable de détourner les yeux lorsque son regard s'évade dans le jardin et se fige sur moi. Je voudrais m'en détacher que je ne le pourrais pas. L'éclat dans ses prunelles est si intense que mon pouls marque une timide envolée. Sa posture, droite et assurée, lui confère une confiance tranquille. Ses cheveux bruns, légèrement en bataille ce soir, parachèvent sa désinvolture, de même que son sourire en coin. Deamon dans toute sa splendeur… J'ai beau être devenue celle que je suis, plus indépendante et déterminée que jamais, je me sens redevenir l'adolescente de 15 ans fascinée par cet homme, lequel me tient en otage par la seule force de son magnétisme inné. À la différence qu'aujourd'hui, une chaleur inédite prend naissance sous mon nombril et se diffuse tout autour. Je suis tout ce qu'il y a de plus rationnelle, pourtant, j'ai la sensation que des forces invisibles m'enveloppent jusqu'à faire réagir chaque centimètre de ma peau.

Ridicule…

Consciente de l'absurdité de ce phénomène, je m'oblige à briser le contact et me concentre sur le parterre de fleurs à proximité. J'en suis à réguler mon pouls lorsqu'une mélodie rythmée retentit plus fort de l'enceinte. S'ensuivent des sifflets, des paroles chantées en chœur et un mouvement de foule que je choisis d'observer en retrait. La plupart dansent en couple à présent, inspirés par le rythme à la fois langoureux et dynamique du titre. Ebony a enlacé Malik, Jamal a délaissé son barbecue pour attirer sa femme au centre du jardin, Kellen tangue dans les bras d'un des fils de notre hôte… Certains murmurent les paroles et…

Un rire soudain éclate dans ma gorge en découvrant Deamon,

forcé et contraint de donner le change à celle qui le draguait ouvertement un peu plus tôt. Tandis que tous s'enivrent des notes de guitare flamenco et d'un rapprochement physique avec son autre, Deamon arbore un sourire crispé, lequel trahit son malaise maintenant que la vieille dame, joue plaquée contre son torse, descend lascivement ses mains baladeuses sur la chute de reins de son cavalier.

Je devrais immortaliser la scène et ressortir cette carte joker au moment opportun, pourtant, je reste là, à me moquer en silence de la raideur de ses mouvements. S'il pouvait disparaître dans un nuage de fumée, il le ferait sans aucun doute ! C'est que sa prétendante s'accroche, sa prise est si forte autour du bassin de Deamon que ce dernier manque même de trébucher. Cette fois, je ris sincèrement. Aucune sensualité, c'est hilarant !

En ultime tentative de sauvetage, Deamon me cherche des yeux et articule un « Sauve-moi » désespéré. Je feins de regarder par-dessus mon épaule avant de me pointer innocemment du doigt. Bien entendu, il s'agace. Je ris encore sous son regard noir, puis mime : jamais sans le Fou.

Un éclair insolent traverse ses pupilles dès lors qu'il décrypte mes mots. Son visage se fend d'un sourire de défi, lequel me fait perdre un peu de ma superbe. Je comprends que l'idée était mauvaise quand Deamon fouille dans sa poche, récupère sa pièce d'échecs fétiche et me la lance. Je la rattrape au vol, hésite un court instant, dévisage Deamon, reviens sur le Fou, le manipule sous mes doigts…

Si je conserve le Fou en refusant de lui lancer un quelconque challenge, le jeu prendra fin par la force des choses… Lucide quant au pouvoir qui vient de m'atterrir entre les mains, je dépose la bouteille sur une pierre, puis progresse vers ce duo dépareillé en inhalant une belle bouffée d'air. Aucun soulagement dans les traits de Deamon, aucun remerciement non plus à présent que j'arrive à leur hauteur. Tout ce qu'il semble attendre est de me voir relever le défi. Je le devine dans la flamme de plaisir sauvage qui mange ses iris bruns. Elle est si dense qu'elle me décontenance une seconde.

– Excusez-moi, madame ?

Sans desserrer son emprise, la femme-koala ouvre seulement les yeux sur moi, une moue à la fois extatique et indisposée.

– Puis-je vous emprunter Deamon ?

– Non.

Je me retiens d'éclater de rire devant son refus et m'arme d'un faciès résolu en décollant une de ses mains de la fesse de Deamon.

– C'est important. Peut-être pouvez-vous aller vous rafraîchir avant la prochaine danse ?

Mon ton est sans appel, toutefois cette dame résiste encore un peu avant de lâcher prise dans un grand et faux sourire. Je la regarde nous dépasser, sortir du cercle improvisé de danseurs, puis amorce une volte-face en vue de retrouver ma bière.

– Reste là…

Deamon n'a pas terminé sa phrase qu'il chope mon poignet et me plaque contre lui. En apnée, les ongles enfoncés dans ses biceps pour parer cette intrusion de mon espace vital, je fronce les sourcils.

– Hors de question, rétorqué-je avec moins d'aplomb que je ne l'aurais espéré.

– Tu as accepté le Fou, Lolli…

Sa paume revendique mon dos un peu plus à l'instant où son bassin s'anime lascivement pour répondre à la musique. Mon corps est entièrement moulé au sien, un souffle ne passerait pas, et pour la seconde fois aujourd'hui, mon bas-ventre se comble d'une chaleur nouvelle. J'ai l'impression que mes organes baignent dans une eau tropicale tant ma température augmente. C'est absolument insensé, mais véritable : j'ai chaud !

– Je n'ai accepté que pour te sauver des griffes de la cougar, balbutié-je en suivant malgré moi le balancement sensuel entrepris par Deamon. Tu n'as plus le Fou, Deamon…

– Je ne t'ai pas défiée de me sauver.

– Tu m'as...

– Je ne t'ai rien demandé, tu es venue de ton propre gré, susurre-t-il. Écoute-moi te défier, maintenant : quoi qu'ils en disent, Lolli, tu n'oseras pas danser avec moi...

Son front s'approche dangereusement du mien, ne laissant qu'une faible distance entre nos deux bouches. Sans répondre, incapable même de le faire maintenant que son regard exigeant m'avale tout entière, je porte une paume dans sa nuque et m'y accroche. Je ne lutte plus, mutique, transmuée dans un état que je ne contrôle pas. Mon pouls bat plus fort à chaque pas traînant, mon souffle se saccade presque. Je ne suis plus vraiment moi, pourtant, je peux sentir chaque pore de ma peau se gorger d'une tension palpable. Je me laisse guider, enivrée par cette chorégraphie décousue, étourdie par l'homme contre moi. Pourtant, c'est Deamon, LE Deamon pour qui je ne ressens que de l'irritation au quotidien. Ce même Deamon qui se plaît à présent à lorgner mes lèvres timidement entrouvertes…

Je crains de ne plus avoir toute ma tête, parce qu'une pensée insidieuse vient subitement se loger entre mes tempes en surchauffe. Une pensée envahissante et bien trop effrayante pour celle que je suis. Je crois que… Non, me mens-je à moi-même alors que mon bassin sinue avec le sien dans un mouvement d'une sensualité proche de l'indécence. Le sourire de Deamon a disparu, le mien s'est désagrégé il y a un moment.

Le brasier s'attise sous mes chairs jusqu'à m'empêcher d'aspirer l'air qui m'est vital lorsque sa langue humidifie ses lèvres à seulement deux petits centimètres de ma bouche. Le corps de Deamon m'absorbe, c'est si asphyxiant que j'ai la sensation d'être un morceau de lui. La continuité de son être, de sa chair…

– On arrête, m'étranglé-je de trouille.

Les os de sa mâchoire saillent d'objection, sa prise dans mon dos se raffermit. Mes seins moulés à son torse me font presque souffrir maintenant, je les sens lourds, frémissants… Bon sang, mais qu'est-ce qui se passe ?

– Je veux rentrer. Toute seule.

– Lolli… grogne-t-il.

– Maintenant.

15

Nora Jean

– Merci à tous, et j'insiste : doublez vos envois de mail aux correcteurs !

La réunion se termine enfin ! Je m'applique à rassembler mes notes sans grimacer. Tous quittent la salle de réunion dans un vacarme invraisemblable, ce matin. D'ordinaire, les faits et gestes des uns et des autres ne m'impactent pas, mais aujourd'hui… Je manque de sommeil, c'est à peine si je suis parvenue à fermer l'œil ces trois dernières nuits alors que je n'aspirais qu'à plonger dans un profond coma.

Chaque soir, après que je me suis appliquée à éviter de respirer le même oxygène que lui, Deamon était là, visible et invisible à la fois, niché dans mon esprit comme une idée fixe qui s'accroche et s'installe sans autorisation. Les images de notre danse tournaient en boucle dans ma tête jusqu'à faire s'animer mon corps et rougir ma peau. Mon Dieu, j'ai… Oui, je crois que j'ai aimé ça, ce frisson mordant, insaisissable qui voguait sur mes chairs lors de notre corps-à-corps, hier. C'était si nouveau, si intense que je n'arrivais qu'à réfléchir en pointillé. Je me suis sentie vulnérable, bien trop vulnérable.

– T'as reçu un texto.

Je détache mon regard flou jusqu'ici posé sur le brouillon de mon édito. Ma voisine pointe mon portable de son crayon papier en lorgnant avec culot l'écran. Je m'empresse de récupérer l'objet de sa subite convoitise et la remercie d'un faux sourire. Aucun collègue n'est parfait, j'en suis consciente, mais Sasha Clark sera à tout jamais ma bête noire. Elle mâche du chewing-gum à longueur de temps, chantonne dès qu'elle en a l'occasion et se mêle de tout sous couvert d'être mon binôme – non désiré, je le rappelle.

Je suis en bas, je t'attends ! Et si Herman veut venir, surtout tu lui dis d'aller se faire voir !

Mince, Bernice ! D'un geste, je verrouille mon ordinateur, attrape mon sac, puis me lève.

– Tu t'en vas ? s'étonne la jeune recrue à mes côtés.

– Je m'absente seulement pour un café.

– Je viens avec toi !

Sasha n'a pas complètement quitté son siège que je freine son élan d'une paume ouverte. La semaine dernière, je l'aurais laissée m'accompagner à contrecœur, et seulement du fait de mon éducation, mais ce matin, ma jauge de tolérance frôle le zéro.

– Reste, je te ramène ton café, déclaré-je en sortant du box.

– Ah, mais ça ne me dérange pas du tout…

– Sasha, la coupé-je d'un ton assurément trop sec, je voudrais y aller seule. S'il te plaît.

– Euh, d'accord. Un allongé alors. Sans sucre et, euh… avec un peu de crème !

Je souris sans joie sous les regards perplexes de Lewis et Herman, puis fais cap vers les ascenseurs. Qu'importe qu'elle soit compétente, la familiarité de Sasha m'insupporte. Bernice, elle, savait qu'il ne fallait pas déborder. Oui, Bernice était une voisine de bureau idéale. Travailleuse, amusante, mais presque pas intrusive.

– Nora Jean ! Quel plaisir !

Son sourire m'accueille à la cafétéria et accompagne son long monologue, lequel retrace ses nouvelles journées de retraitée. Jardinage, Netflix, pâtisserie, balades au parc et…

– Une croisière ! J'ai craqué, tant pis pour le porte-monnaie, je vais lézarder au soleil jusqu'aux Caraïbes avec toute une équipe de jeunes matelots à mon service. Si ça, ce n'est pas le paradis, je ne sais pas ce que c'est !

– C'est une idée fabuleuse.

– Je veux, oui, vu que c'est la mienne ! s'esclaffe-t-elle.

Son clin d'œil taquin me tire un sourire. Elle me manque, je crois ; cette grande dame à l'humour potache et à la gestuelle intempérante, trop bavarde sûrement, mais, dans le fond, tellement attachante. Et il est évident que l'irruption de Sasha dans notre box renforce férocement mon sentiment…

– Bon, tu vas te décider à me dire ce qui te contrarie ? s'enquiert Bernice sans transition, les coudes à présent bien ancrés sur l'étroite table haute.

– Il n'y a rien, tout va bien.

– Deux cafés ? pointe-t-elle du menton.

– Le second n'est pas pour moi.

– Pour Herman, je suis sûre ! Laisse-moi cracher dedans…

L'espace d'une seconde, je m'imagine la laisser faire, non sans ressentir un plaisir coupable et malsain. Je ne suis pourtant pas ce genre de femme, fourbe et malhonnête, mais ces derniers jours, tout fiche le camp… Je me sens différente, mon masque se fendille, mes réactions se détraquent, je m'impatiente, je me déconcentre sans cesse. Un vrai trouble de dépersonnalisation !

– Non, ce café est pour ta remplaçante, avoué-je en l'empêchant d'attraper le gobelet.

– Est-ce qu'elle mériterait le même traitement de faveur ?

Je suis honnête. Je suis respectueuse. Répète après moi, Nora Jean.

– C'est elle qui te met dans cet état ? poursuit-elle devant mon mutisme.

– Disons qu'elle n'est pas toi.

– Manquerait plus que ça !

Je camoufle un sourire amusé derrière mon café et en bois une gorgée.

– Quoi d'autre ?

– Concernant Sasha ?

– Qu'est-ce qui t'asticote ? Je vois bien que ça ne va pas, tu ne m'aurais d'ailleurs pas appelée à l'aide si ça allait, ma douce.

J'ai fait ça ?

– Un texto, Nora Jean ! me fait-elle remarquer dans un rire. De ton initiative en plus ! C'est comme voir Hugh Grant débarquer à New York sur une licorne, c'est improbable. Ceci dit, tu me fais mentir puisque tu m'as envoyé un message, mais soit ! Alors, c'est quoi ? s'adoucit-elle. Un souci de santé ? Ton édito ? Ton bonhomme ?

– Nous ne sommes pas ensemble, rétorqué-je à brûle-pourpoint.

– Il est donc là, le nœud du problème…

Je ne remue pas un muscle face à son sourire nuancé de fierté. Seuls mes cils papillonnent plus vite qu'à l'accoutumée. Bon sang, comment ai-je pu user de si peu de contrôle ?

– Explique-moi…

Sa voix d'une douceur immense m'enveloppe comme un manteau chaud et réconfortant. L'effet est quasi immédiat et s'accentue lorsque son regard me montre un puits de tendresse sans fond. Un soupçon d'évidence s'éveille en moi à cet instant, comme une certitude embrumée, mais rassurante, laquelle me souffle que ce regard, cette sincérité, cette femme ne me veut que du bien. Je lutte malgré tout une poignée de secondes supplémentaires, puis abdique dans un mince soupir.

– Je suis un peu perdue, bredouillé-je en baissant les yeux.

– À propos de tes sentiments ?

– Non, non, de ce point de vue là, c'est plutôt clair, je le trouve exaspérant la plupart du temps. C'est… c'est autre chose. C'est…

Incapable de trouver le terme adéquat, je la considère dans une grimace ennuyée et survole les flancs de mes paumes.

– Physique ?

– Je ne suis pas certaine.

– Vestimentaire ? hasarde Bernice en haussant les sourcils d'incompréhension.

– Non, pas du tout, gloussé-je.

Un soulagement fugace m'étreint, parce qu'en trois mots, Bernice a dédramatisé ce moment révélation. Un éclat de canaillerie scintille maintenant dans ses prunelles noisette et me pousse à confesser faiblement :

– Magnétique…

– Magnétique ?

Je hoche simplement la tête. Bernice, elle, reste perplexe une seconde avant de froncer le nez, confuse.

– Attends, c'est ton bonhomme ou pas ? Non, parce que tu lui as quand même roulé une sacrée galoche au Rooftop et ça avait l'air d'être très plaisant pour les deux camps. Alors, franchement…

– Nous ne sommes absolument pas ensemble. Deamon est le meilleur ami de mon frère, débité-je en grimaçant. Je l'héberge sur demande de Clay. Le baiser était un faux-fuyant pour refroidir Murphy. C'était ridicule, je le sais. Et puis il y a le Fou, et la danse, et…

Alors que Bernice boit mes paroles tout en cherchant à en comprendre le sens, son regard dévie subitement et se fige au-dessus de mon épaule.

– Te voilà ! Mon café, ça devenait urgent ! Tu as pensé à demander de la crème ?

– La remplaçante ? articule Bernice en pointant Sasha du doigt qui se perd déjà au fond de son gobelet.

– Sasha, je te présente Bernice. Bernice, Sasha.

– Bernice Poppleton ? Je suis fan ! Quel honneur d'être assise à votre bureau…

Sous le regard mi-satisfait, mi-arrogant de Bernice, Sasha s'émerveille en serrant vigoureusement la main de mon ancienne collègue. Et moi ? Moi, j'attends que le temps passe – ou qu'elle trépasse.

– Hannibal te demande, m'informe Sasha en s'effaçant déjà pour me suivre jusqu'aux ascenseurs.

– Le devoir t'appelle, ma douce. Un conseil avant ça : parles-en avec le concerné, ça me semble la meilleure option.

De nouveau droite dans mes escarpins, le menton fier et les épaules hautes, je la remercie d'un sourire et attrape au vol son clin d'œil, puis me dirige vers les ascenseurs. En parler avec le concerné, pensé-je avec ironie. Au vu de la difficulté avec laquelle je me suis confiée à Bernice, je sais qu'aucune conversation de cet ordre n'aura lieu avec ledit concerné. Dans le fond, ai-je vraiment besoin d'approfondir la question ? Je préfère encore nier ces sensations nébuleuses et les subir en silence plutôt que vivre l'humiliation d'un aveu embarrassant. D'autant que ce « chamboulement » physique et sensoriel n'est pas régulier, en tout cas, je ne ressens pas tout ça chaque fois qu'il est près de moi. Ça ne s'est même produit que deux ou trois fois si mes souvenirs sont bons…

– Hey ! Dis à Herman que je lui souhaite une belle mycose anale !

Je balaie sa bêtise d'un geste de la main et presse le pas vers les cabines, Sasha sur mes talons. Le semblant d'apaisement que ma pause avec Bernice m'avait apporté s'évapore peu à peu jusqu'à disparaître entièrement une fois les portes de la cage d'ascenseur closes. Sasha reste muette à mes côtés en dépit des regards discrets qu'elle porte sur moi. En toute honnêteté, je n'ai rien à lui dire, je n'ai même aucune envie de me forcer. Je reste à ma place, qu'elle en fasse autant.

– Bernice t'embrasse, préviens-je Herman une fois arrivée au box.

– Si seulement c'était vrai, l'entends-je rire.

Sans un mot de plus, j'attrape mon bloc, puis rebrousse chemin. Je suis sur le point de m'annoncer à la porte vitrée du bureau de notre rédacteur en chef lorsque ce dernier, l'oreille collée à son téléphone, me fait signe d'y renoncer. Ses traits sont durcis d'une contrariété certaine, aussi je n'insiste pas et reprends place derrière mes écrans.

Une trentaine de minutes s'écoulent avant qu'une vibration répétée de mon portable ne me contraigne à quitter mon édito des yeux. D'abord rembrunie, je me sens colonisée par un sentiment grisant en découvrant les quelques lignes de Bernice.

Derek S., de la Division des homicides. Il accepte de t'accorder dix minutes informelles à propos du dossier Townstend dès son retour de vacances dans quinze jours. Il te contactera.

Tu es fantastique !

Je le sais, voyons 😉
Efface tout.

Je supprime notre échange dans la seconde, puis me laisse aller à jouir de cette avancée, paupières closes et mince sourire aux lèvres. Cette journée n'est pas complètement à jeter au bout du compte ! J'avais besoin de ça, besoin d'un nouveau souffle pour mon édito. D'une autre perspective aussi. Je tourne en rond ces derniers temps, probablement chahutée par tout ce qui parasite mon quotidien. La Division criminelle, c'est… c'est une folle opportunité. D'ordinaire, la NYPD est impénétrable avant les procès. Mon cerveau se met à imaginer la quantité d'informations que je pourrai récolter quand soudain, un murmure étrange envahit nos bureaux. Les conversations autour de moi s'atténuent, remplacées par un silence inquiétant, lequel me fait aussitôt rouvrir les yeux.

Devant moi, une marée humaine d'agents investit notre étage. Dix, puis quinze, jusqu'à ne plus pouvoir les compter.

– Vous devez évacuer. Maintenant ! Opération de sécurité en cours. Monsieur ! Laissez vos affaires et quittez le bâtiment.

Des hommes en combinaisons noires, casques, visières, gants, gilets pare-balles, armes au poing, tous déferlent dans l'étage dans une coordination impressionnante.

Qu'est-ce que…

En apnée, le pouls au galop, j'ose un coup d'œil éclair à Sasha avant de voir chaque box devant moi se vider un par un sur les rudes commandements des hommes en noir.

– Allez, on évacue !

Les ordres retentissent, autoritaires et percutants. Les journalistes obtempèrent. Chaque visage que je connais se fend d'angoisse tandis que les agents pressent le mouvement dans une fluidité millimétrée.

– Nora Jean, lève-toi… m'ordonne Lewis à voix basse.

Comme s'il m'avait fallu l'entendre pour sortir de ma torpeur, je me lève, la boule au ventre. Mon souffle est décousu lorsqu'un policier atteint notre box pour accélérer notre départ. Je précipite mon téléphone et mon ordinateur portable dans mon sac tout juste avant qu'une poigne m'enserre fermement le bras. Bon sang, mes enjambées vacillent presque autant que mon cœur paniqué.

– On évacue, madame !

– Que… que se passe-t-il ?

Aucune réponse. La scène est surréaliste, digne d'un film à gros budget, sauf que nous ne sommes ni acteurs ni derrière des caméras. Tout va si vite que penser ne m'est dorénavant plus permis. Tout est horriblement oppressant, et tout… tout me glace le sang jusqu'à me priver de mon libre arbitre. J'obéis, à peine capable de marcher sans trébucher sur cette moquette que je connais pourtant par cœur.

Entraînée de force jusqu'aux escaliers par le policier, je sens un vertige me dominer en décryptant « déminage » sur sa combinaison. Cette fois, mon crâne tressaute et s'emplit de quelques mots : bombe. Explosion. Terrorisme. Mes jambes flageolent si fort que je n'ai d'autre choix que de m'agripper au pull d'Herman devant moi pour rester debout lorsqu'une cascade d'images sature mes pensées. La pellicule défile à grande vitesse, pourtant, chaque diapositive est d'une netteté terrifiante, chacune me prive d'un peu plus d'oxygène. Elles me montrent les tours jumelles, les crashs, la fumée, les départs de feu, l'effondrement des bâtiments, la douleur des rescapés, l'horreur de leur témoignage, le décompte incessant des morts… Les pleurs, la terreur, l'indicible, l'impuissance.

Une chape de plomb m'écrase. Une chape aux relents de soufre et de sueur, une chape noire comme la suie… Ce 11-Septembre, je n'étais qu'une enfant, incapable de comprendre la cruauté de ces attaques, naïve et innocente face aux effroyables retransmissions télévisées, pourtant, le chaos de ce jour et des suivants est inscrit dans mon code génétique. Nous nous sommes tous construits ou reconstruits sur ce drame, nous avons tous pleuré, nous en avons tous fait des cauchemars. Beaucoup ont perdu un proche, le mari de Bernice a péri ce 11-Septembre, la sœur d'Hannibal aussi, et tellement d'autres… Beaucoup ne s'en sont pas relevés. Beaucoup trop d'âmes se sont éteintes. Ce jour-là, le monde entier a changé… Nous avons changé.

Je ne veux pas mourir…

Dans un ballet décousu, nous amorçons notre descente. Une peur incontrôlable me gangrène si fort qu'elle en devient étouffante. En vérité, elle nous taillade tous, je le vois sur les visages qui m'entourent, blêmes, tordus d'affolement. L'angoisse collective est palpable, si prégnante qu'un amas de larmes obstrue à présent ma gorge. Nous ne sommes plus vraiment nous-mêmes, nous sommes devenus les proies d'un prédateur invisible, un prédateur contre qui nous ne pouvons rien. *Contre qui ils ne pouvaient rien…*

Sasha est livide à mes côtés. Elle non plus ne veut pas mourir. Personne ne veut mourir, pourtant, la mort nous tourne autour, vicieuse, invisible, prête à ôter notre dernier souffle. Je l'entends alors qu'elle résonne dans nos pas précipités. Je la sens… Je cale ma main dans celle de ma collègue et l'enserre fermement. Je ne saurais dire qui de nous deux réconforte l'autre, nous sommes l'une et l'autre totalement rongées par l'horreur. Qu'importe qu'elle fredonne sans cesse, qu'importe qu'elle ose mettre de la crème dans son café, j'écrirais douze éditos avec elle si seulement ça nous permettait de rester en vie.

À chaque marche interminable, les murs vibrent un peu plus sous le poids de notre effroi commun et silencieux, comme s'ils résistaient à la déflagration par anticipation. Comme s'ils se préparaient à l'impact… Chaque seconde macabre s'étire comme un élastique sur le point de se rompre.

Par pitié, je ne veux pas mourir…

16

Deamon

Les coudes enracinés dans mes genoux, je scrute l'écran de mon portable comme si ma vie en dépendait. Si on y réfléchit bien, c'est un peu le cas. Je dois faire avancer les choses, ça fait un mois que je suis là et je n'ai réussi à choper aucune info ! Aux grands maux, les grands remèdes, hein…

CNN continue de diffuser les gros titres du jour, mais rien en ce qui concerne Park Avenue. Je ne tiens plus, tant pis ! Je déverrouille mon téléphone et prends la température :

Toujours rien ?

Les minutes qui s'égrènent avant que Morgan ne réponde me paraissent durer une putain d'éternité. Je suis à cran et fatalement en manque de sommeil ! L'épisode de dimanche a fini de m'achever en vérité. Pour le coup, rien n'était calculé et c'est bien le problème ! Mes doigts s'enfoncent dans mes cheveux et les malmènent une énième fois. Trois jours que je me prends la tête, que je retourne le truc, que j'envisage toutes les options, mais une seule foutue conclusion possible : Nora Jean me rend complètement dingue… Et dans tous les sens du terme, bordel !

À partir d'aujourd'hui, j'arrête de me mentir. Oui, j'ai envie d'elle, de son corps humide et bouillant sous le mien – sur le mien, ça marche aussi ; mais non, je ne céderai pas. Je ne tenterai rien pour une raison bien simple : dès que je l'envisage, même une microseconde, mes neurones se déconnectent et je perds de vue mon objectif. C'est exactement ce qui s'est passé dans le jardin de Jamal, sur le titre de Rosalía que je décide de rebaptiser « frustration ultime ». Nora Jean avait accepté le Fou, c'est sûrement ce qui m'a fait vriller au départ, et puis… et puis, son corps fusionné au mien, sa bouche tentante à portée de la mienne, la chaleur de sa peau, la brûlure dans ma poitrine… Chacune de mes cellules la vénérait, l'implorait et s'enflammait. J'aurais pu tuer pour elle à cet instant. Je la voulais. Je la voulais, elle. Elle et pas une autre. Fait chier, c'était bon, trop bon et trop peu, trop douloureux, trop insensé… Trop tout !

Je devrais la remercier d'avoir foutu le camp, sans quoi j'aurais fini par la bouffer. Entièrement… Par chance, depuis, elle me fuit comme la peste. Autant dire que ça m'a permis de remettre mon cerveau à l'endroit. Coucher avec la frangine de mon meilleur pote est à proscrire, d'abord parce que je l'ai presque vue naître, ensuite parce que ça ruinerait ma concentration et ce pour quoi je suis revenu. Donc maintenant, l'affect passe au second plan. Action-réaction !

L'immeuble vient d'être évacué.

Une bouffée de soulagement dilate ma poitrine illico. Je m'affale aussitôt dans le canapé, ferme les yeux et écoute le flash info révéler ce que je sais déjà.

« … vous annoncer une nouvelle urgente. Nous avons reçu une menace crédible indiquant qu'un engin explosif a été placé dans un bâtiment de Park Avenue. Nous tenons à souligner la gravité de la situation, des actions immédiates doivent être entreprises. La priorité absolue est la sécurité et le bien-être de tous dans les environs. Avant tout, restez calmes et sereins. Veuillez suivre les instructions fournies par les autorités… »

Fini de jouer, on passe aux choses sérieuses !

Je suppose que Morphée profite de ma pseudo-délivrance pour me prendre dans ses bras, car je n'émerge qu'une heure trente après que mes concitoyens ont été prévenus de l'alerte à la bombe. C'est en tout cas ce que m'apprend la pendule nichée au-dessus du téléviseur. Les images de Park Avenue assiégée par les forces de l'ordre colorent toujours l'écran ; le jour a décliné, remplacé par des dizaines de gyrophares qui enluminent la rue à intervalles désordonnés. L'atmosphère lugubre qui se dégage de la retransmission me file presque un frisson. Je sais que tout ce bordel ne mènera à aucun déminage, pourtant, l'agitation des autorités dispersées aux alentours du bâtiment fait froid dans le dos…

La nuque soudainement raide, je vais pour la masser quand le poids qui entrave ma main m'alerte. Je tourne la tête de quelques degrés et… mon souffle se coupe net. Enroulée dans un plaid près de moi dans le canapé, Nora Jean est absorbée par le direct, le teint d'une pâleur excessive et les genoux remontés sous son menton. La terreur marque ses traits habituellement satinés tandis qu'elle se mordille l'intérieur de la lèvre…

– Est-ce que ça va ? déglutis-je.

– Ça va.

Nora Jean ne décroche pas de l'écran et, en définitive, elle n'en a pas besoin, son « ça va » chevrotant suffit à me retourner le bide.

– Lolli, qu'est-ce qu'il y a ?

Elle secoue la tête vivement, décidée à conserver le masque insensible que son éducation l'a condamnée à porter. Pourtant, il faudrait être sacrément limité pour ne pas piger qu'elle est tourmentée ! Ses mains tremblent, sa respiration déconne…

– Est-ce que…

Impossible d'aller au bout de ma question, parce qu'une larme orpheline dégringole sur sa joue à ce même moment et me file le coup de grâce. D'abord tétanisé par l'amas de colère qui se dissout dans mes veines, je déloge mon bras, mâchoire serrée, et l'attire contre moi. Nora Jean ne se débat pas, de toute façon, je ne l'aurais pas laissée faire. La rage qui me déglingue le bide face à sa détresse pilote mes gestes.

– Raconte-moi, grogné-je.

Son nez se niche dans mon cou, puis un premier sanglot éclate dans sa gorge. En dépit du bourdonnement sourd qui cisaille mes tympans, je l'entends répéter qu'elle va bien, continuer de se mentir à elle-même entre deux pleurs et tenter désespérément de se planquer derrière des mots vides de sens. Putain, elle ne va pas bien du tout et ça me bousille !

Je ne sais pas dire combien de temps je reste cramponné à elle, bouffé par une rage sourde. Je sais seulement que mon monde s'éteint lorsqu'elle marmonne, à bout de forces :

– Je me suis vue mourir, Deamon…

Ses cinq mots me font l'effet d'une balle de gros calibre, direct en pleine tempe. Plus de son, plus d'images, seulement la sensation effroyable d'être lacéré de l'intérieur. De ne ressentir que ça, une douleur indescriptible que j'ai moi-même créée. Tout est noir et irrespirable. Tout me fait mal comme ce soir-là ou presque. La culpabilité devient mon pouls, mon souffle, le sang dans mes veines. Elle m'avale en une bouchée sadique, elle se fracasse dans mon estomac et me file un haut-le-cœur. Si… si Nora Jean est terrorisée, c'est… c'est à cause de moi. À cause de cette décision que j'ai prise sans penser une seule seconde aux conséquences.

Encore une fois…

Je me dégoûte.

– J'ai eu tellement peur… pleure-t-elle dans mon cou.

Je ferme les yeux en sentant chaque fibre de mon être crever dans d'atroces souffrances. Putain, je… je suis anéanti, écœuré, mutilé jusque dans mon âme. Sans vraiment savoir qui je cherche à soigner, je solidifie mon emprise autour de son corps fragile. Elle hoquette, elle tremble, et la bile s'invite dans ma gorge. Elle ne mérite pas ça. Putain, elle ne méritait pas de vivre ça… Je m'en veux, je m'en veux au point de m'imaginer une seconde tout lui dire, n'omettre aucun détail et la laisser me mener au bûcher. Mon instinct de survie achève de m'en dissuader, mais plus aucun plan d'attaque ne se dessine dans mon crâne quand, après d'innombrables minutes déchirantes, son souffle s'apaise dans mon cou. Un souffle d'une cadence plus tranquille, amorti par le sommeil.

Je ne suis vraiment qu'un gros connard…

À mesure que le temps défile, le goût de bile dans ma bouche perdure. Mon rythme cardiaque déjoue les lois de la médecine, tantôt fulgurant, tantôt si lent que je pourrais croire que ma dernière heure a sonné. Quand bien même je devrais dégager, je suis incapable de remuer un muscle. J'ai mal à la simple idée de bouger, de revenir à la réalité, de me dégager de son corps chaud, de me priver de l'odeur qu'elle diffuse tout autour de moi. Je suis un enfoiré, le pire de tous…

L'appartement est plongé dans l'obscurité à présent. Le téléviseur a basculé en veille. La circulation urbaine s'est étouffée. Nora Jean dort toujours. Pas moi. Une main agrippée à mes cheveux que je maltraite à intervalles réguliers, j'essaie de toutes mes forces de ne penser à rien, au risque de sombrer dans une crise d'angoisse. Je l'écoute respirer, couiner de temps à autre et j'essaie de m'en contenter. Je me déteste aussi, je me déteste parce que au milieu de cet enfer, sa main ensuquée s'arrime à mon tee-shirt. Au-delà du dégoût que je me voue, je ne peux pas nier qu'un sentiment d'aise m'étreint. Fait chier, je crois que ça me plaît d'être celui qui lui sert de réconfort. Et je crois que je ne me pardonnerai jamais d'être à l'origine de son traumatisme…

Quand les premiers rayons du soleil traversent la fenêtre, je prends conscience que le sommeil m'a emporté moi aussi. C'était pourtant tellement mal barré… Nous ne sommes plus assis, mais allongés, moi sur le dos et la tête reposée sur l'accoudoir du canapé, Nora Jean calée entre le dossier et mon flanc, la joue nichée sur ma poitrine. Je ne l'ai pas lâchée et je jure que je dois me faire violence pour ne pas resserrer ma prise autour d'elle. Ces quelques minutes ont un goût d'irréel et d'inattendu, rien que je ne mérite en tout cas. Le calme règne, nos respirations sont posées, et… Et, dans ce désastre, je ne suis pas seul. Alors que mon esprit se met à dessiner des images d'un avenir fantasmé où tout pourrait être plus simple, où je n'aurais pas traumatisé cette femme pour mieux la manipuler, Nora Jean remue doucement contre mon torse. Puis, plus rien. Sans bouger ni respirer, je baisse les yeux sur elle et découvre ses paupières soulevées, figées, en pause. Elle fixe le mur et…

– Je suis désolée.

À peine a-t-elle bredouillé ces trois mots que Nora Jean se redresse précipitamment. Le manque de sa chaleur me file un coup au bide redoutable. Pourtant, elle ne me doit rien, elle n'a même pas conscience d'avoir été mon analgésique le temps d'une courte nuit.

Et elle refuserait tout futur rapprochement si elle apprenait que tu es responsable de son calvaire émotionnel…

Retranchée à l'autre bout du canapé, elle fuit le contact visuel, me laissant malgré tout voir ses traits tirés, marqués par l'empreinte froissée de mon tee-shirt.

– C'est rien, t'inquiète, me forcé-je à répondre en me rasseyant laborieusement.

– D'accord.

Elle esquive toujours mon regard, le sien caressant à présent ses cuisses. Au-delà de sa souffrance invisible, elle se sent honteuse d'avoir passé la nuit contre moi. Même si mon ego geint une seconde, je ne peux pas lui en vouloir. Nora Jean a toujours mis un point d'honneur à ne pas se montrer vulnérable, alors forcément, se souvenir qu'elle a pleuré et dormi dans mes bras la trouble un peu plus.

– Juste « d'accord » ?

– Oui. Je n'ai pas envie de me battre aujourd'hui…

Tant mieux, parce que moi non plus. Je me bats déjà contre mes mauvais choix, j'ai peur de ne pas avoir la force de faire les deux aujourd'hui…

Elle non plus n'en a pas la force. La nuit n'a rien effacé du bouleversement émotionnel et psychologique que l'alerte à la bombe a provoqué chez elle. Elle en a même perdu toute envie de me détester, c'est dire si ses quelques heures de sommeil n'ont rien guéri…

Quel fils de pute je fais…

Les gravats de ma culpabilité s'animent violemment dans ma poitrine, et m'aident à bondir lorsque Nora Jean tente d'attraper la télécommande.

– Lolli, ne fais pas ça, la freiné-je en chopant son poignet.

Si d'ordinaire elle m'aurait affublé de son regard noir, celui qu'elle pose pour la première fois sur moi ce matin est d'une usure abyssale. Pas de haine, pas d'ardeur, pas d'acidité dans son expression. Rien de tout ça… Rien de ce qui devrait m'être destiné.

– Très bien, capitule-t-elle, lassée, en se rencognant dans le canapé. Peux-tu regarder où ça en est, s'il te plaît ?

J'acquiesce simplement et chope mon portable, non sans me sentir aspiré par un gouffre de répugnance. En trois mots tapés dans la barre de recherche, j'ai sa réponse et le résumé de la merde que j'ai créée.

– L'immeuble est toujours interdit d'accès. Ils cherchent encore, déclaré-je, la gorge serrée.

Ses yeux me quittent et s'égarent à travers la baie vitrée, puis elle referme ses bras autour de ses jambes remontées contre sa poitrine. Putain, j'ai une féroce envie de m'éclater la tête contre un mur.

– T'as besoin de quelque chose ?

Elle hausse les épaules brièvement.

– Je voudrais que Clay soit là.

J'esquisse une grimace qu'elle ne peut pas voir et me frotte les yeux. Clay serait le meilleur anxiolytique pour Nora Jean, je le sais, ce n'est même pas étonnant, pourtant, j'ai le ventre qui grogne.

– Je l'ai eu au téléphone hier, se confie-t-elle d'une voix traînante. Il voulait se libérer, mais son emploi du temps ne le lui permet pas. Parfois, les kilomètres qui nous séparent sont un réel supplice…

Je ne réponds rien. Il n'y a pas grand-chose à dire de toute façon. Elle veut son frère, sauf qu'il est à plus de quatre mille bornes de Manhattan. Compliqué… Mon cerveau embrumé se met pourtant à turbiner. Est-ce que je ne devrais pas tout mettre en œuvre pour apaiser ses douleurs ? Ce serait la moindre des choses, non ? Je suis sur le point de lui proposer de réserver un vol pour qu'elle rejoigne son frère quand elle m'y soustrait :

– Je vais me doucher…

Sans entrain, Nora Jean se lève et prend la direction de sa chambre. Je ravale ma proposition et la regarde disparaître dans l'obscurité du couloir, immobile. Ce n'est qu'une fois sa porte fermée que je me laisse aller à exorciser cette putain de haine que je me voue ! Dans un geignement muet, j'agrippe mes cheveux, prêt à en arracher la moitié si seulement ça pouvait m'absoudre. Mieux : si ça pouvait me permettre de remonter le temps ! J'ai déconné, sérieux… Tellement déconné ! À la base, j'espérais seulement instaurer un climat tranquille entre nous, c'est pour cette raison que je nous voulais confinés dans le même espace quelques jours. Il y avait fatalement des alternatives à toute cette merde. Comment est-ce que j'ai pu imaginer un seul foutu instant qu'elle serait plus encline à dévoiler ses secrets ?

C'est à ce même moment de mon raisonnement que j'aperçois son téléphone esseulé sur la table basse. Et, au pied de celle-ci, son sac duquel dépasse son ordi portable… Instantanément, mon pouls accélère davantage. Une dualité nouvelle prend mes neurones en otage. Je suis son tortionnaire, du moins celui qui l'a plongée dans un enfer quelques heures, mais elle est celle qui pourrait me sauver. Jusqu'ici, Nora Jean s'est toujours appliquée à garder ces deux appareils sous surveillance, sauf aujourd'hui. En dépit de cette ombre coupable qui plane autour de moi, je tends l'oreille, soudain raide de la tête aux pieds. J'attends, sans souffle, en espérant entendre l'eau ruisseler depuis la salle de bains. Putain, rien…

Je me redresse. Les yeux rivés alternativement sur le couloir et son sac, je glisse jusqu'au bord du canapé. Je réduis la distance qui me sépare des informations cruciales sur la progression de son enquête. Le temps m'est compté, je le sais, alors pourquoi est-ce que c'est si dur ? Je desserre les doigts, tends le bras, puis me ravise, la mâchoire comprimée…

Bordel ! Je me retiens de gueuler devant mon incapacité à faire exactement ce pour quoi je suis ici, chez elle, et… ses pas résonnent dans le couloir. D'un bond, je me propulse dans le fond du canapé et ferme les yeux en calant l'arrière de mon crâne sur le dossier. Genre je dors…

De mieux en mieux, abruti !

– Deamon ?

Faussement désinvolte, je rouvre les yeux sur elle, le cœur pulsant tambour battant. Debout dans l'encadrement, Nora Jean me fixe, l'air aussi usée que plus tôt. Seules ses mains bougent. Ses mains, et le Fou, qu'elle fait tourner sous ses doigts fins.

– J'ai besoin d'air…

Eh merde, on y est. Tout ça pour ça. Fait chier… Je sais que c'est mérité, c'était presque inévitable après l'épisode d'hier. Sans remuer un cil, j'accuse le coup, l'estomac soulevé d'un haut-le-cœur de défaite, quand elle poursuit :

– Un coin calme et reposant où je pourrais ne plus penser à rien d'autre qu'à mon édito.

Ce coup-ci, je penche sensiblement la tête sur elle, incertain. Comment ça, elle ne me vire pas ? J'étais persuadé qu'elle… Nora Jean ne me laisse pas aller au bout de ma réflexion et me jette le Fou avant d'énoncer :

– Quoi qu'ils en disent, Deamon, tu n'oseras pas m'éloigner d'ici quelques jours.

L'agonie qui emprisonnait ma poitrine s'envole presque entièrement dès lors qu'un mince sourire joueur flirte sur mes lèvres. Nora Jean semble se satisfaire de ça pour toute réponse et rebrousse chemin. Les yeux arrimés au Fou, percuté par une chaleur reconnaissable entre toutes, j'attends que ma colocataire ouvre l'eau dans la salle de bains avant d'attraper mon portable.

Il me faut une voiture.

Quel délai ?

Hier.

La clé sera dans la boîte aux lettres dans une demi-heure.

17

Nora Jean

À l'horizon, le soleil glisse et teinte le ciel de nuances chaudes. Ce spectacle est beau… Pourtant, il ne parvient pas à chasser l'ombre qui plane tout autour de moi. Une forme de fatigue m'étreint aujourd'hui, elle engourdit mon esprit, mes muscles, ma langue… Peut-être ai-je laissé tout ou partie de mon énergie là-bas, dans ce bâtiment, dans cette cage d'escalier saturée de sanglots terrifiés… Une profonde respiration plus tard, j'ose un regard vers Deamon alors que je n'ai cessé de contempler le paysage à travers la vitre ces quatre dernières heures. Concentré sur l'itinéraire secret qu'il a façonné pour moi, il n'a pas prononcé un mot depuis que nous sommes partis. Sans que j'aie eu à le verbaliser, il a compris qu'il me fallait du temps.

– On arrive bientôt, m'informe-t-il sans quitter l'asphalte des yeux.

Son timbre grave, à la limite d'être dénué d'affect, ne m'arrache pas un son. Pas une pique, pas même un soupçon d'agacement. En vérité, je ne lui demande rien d'autre que d'être mon chauffeur. L'état dans lequel je me trouve n'a pas à l'impacter outre mesure, c'est un combat que je dois mener seule. Je vais y arriver, j'ai seulement besoin d'un peu de temps, quelques heures, tout au plus.

Nous n'avons pas dépassé le panneau annonçant notre entrée à Montgomery depuis cinq minutes que Deamon vire dans une rue sur la droite. Au vu de la végétation abondante qui nous enveloppe, je doute que nous soyons proches de notre destination, pourtant, la berline ralentit à mesure que la rue se change en joli chemin gravillonné. Loin de l'agitation de la ville, nous pénétrons dans la cour intérieure d'une propriété encadrée par une enceinte de hauts chênes, à présent noyés dans le crépuscule.

De toute beauté… Cette fois, un picotement s'éveille le long de mes doigts, comme une étincelle de vie qui se rappellerait à moi, et l'intensité du frisson s'amplifie dès lors que je détaille la bâtisse devant nous.

– C'est une auberge ? hasardé-je.

– C'est ce qui était écrit, oui.

Dressée majestueusement au milieu d'un cadre naturel enchanteur, la vaste maison dégage un charme fou. Les yeux brillants d'admiration, j'attends patiemment que Deamon immobilise la voiture, puis m'en extrais. Aussitôt, une douce brise embaumée du parfum des fleurs environnantes m'enveloppe et fait s'aérer ma poitrine. C'est doux, avec un soupçon de délivrance. J'aime… Comme un écho lointain, je perçois le bruit du coffre, incapable de me détourner de l'auberge. Un porche, bordé de guirlandes lumineuses, m'invite à en franchir le seuil.

– C'est splendide, murmuré-je une fois à l'intérieur.

Les murs de pierre se marient parfaitement avec un mobilier aux lignes contemporaines, tout comme les nuances de bois clair et de métal qui apportent une touche de modernité indéniable à l'endroit. Dans le hall d'accueil, des chaises en cuir vieilli côtoient des tables basses au design épuré, offrant un coin lounge propice à la détente. Tout simplement parfait…

– Madame, monsieur, bonsoir, nous sourit la jeune femme derrière son haut bureau.

Deamon me dépasse devant la lenteur de mon pas. Je ne m'en offusque absolument pas, je n'en ai même pas le temps tant je suis absorbée par le lieu et l'atmosphère qui y règne. Je pensais être adepte des villas et grands hôtels, Dieu que je me fourvoyais…

– Suivez-moi, je vous accompagne à votre chambre.

Je suis le mouvement jusqu'au couloir dans lequel s'engouffrent Deamon et notre hôte. Je suis absorbée par la collection de tableaux au mur, quand le choix du singulier qu'a employé l'hôtesse ravive quelques-uns de mes neurones. Comment ça « votre chambre » ? N'aurait-elle pas dû préciser « vos chambres » ? J'accélère le pas, accroche la manche de Deamon pour en avoir le cœur net, mais il n'a qu'à peine le temps de froncer les sourcils que l'hôtesse ouvre en grand un battant et annonce :

– Votre havre de paix. Je vous en prie, entrez ! Un lit *king size*, un coin salon, un écran plat ; dans la salle de bains, vous trouverez une baignoire sur pieds, une douche à l'italienne et, enfin, un accès terrasse avec une vue imprenable sur le parc.

Deamon s'efface pour me laisser passer. Je peine à enjamber le seuil en dépit de la beauté de cette pièce. Sur la défensive, j'investis malgré tout l'espace baigné d'une lumière chaude et inventorie ce qu'il contient. Tout ici est aussi fabuleux que le reste, mais, sauf erreur de ma part, cette chambre est prévue pour un couple, et non pour deux… deux colocataires ! Je pivote face à la jeune femme, le pouls plus rapide.

– Il n'y a qu'un seul lit ?

– Toutes mes excuses, vous…

– Je vais prendre le canapé, la coupe Deamon en jetant sa veste sur l'accoudoir.

– Je suis navrée du quiproquo, balbutie celle qui porte un badge au nom d'Elowen. Au regard de l'heure tardive de votre réservation, nous ne pouvons vous proposer qu'une chambre, toutes les autres sont occupées. Mais monsieur a raison, le sofa est convertible et assurera le couchage pour l'un de vous. Je vous apporte les draps et oreillers tout de suite.

Je soupire discrètement en la regardant s'enfuir, gênée, dans le couloir. La quiétude qui chassait doucement ma morosité s'évapore. J'évite soigneusement de croiser le regard de Deamon, tout à coup bien lasse, et m'assieds sur le lit. Au fond de moi, je nourrissais l'espoir que la suite de ce séjour se déroule aussi bien qu'il n'a commencé. Ça me paraissait tombé sous le sens. Un panorama superbe, un logement chaleureux et apaisant, une ambiance sereine et calme… Mais me voilà contrainte de partager non plus un appartement, mais une chambre avec Deamon. Certes, trente mètres carrés au bas mot, néanmoins, une même pièce. Quelle sera la prochaine étape ? Coucher dans le même lit, c'est ça ?

Une barre d'acier se loge entre mes tempes et met un terme à mes élucubrations. Deux doigts en étau de part et d'autre de mes yeux, je m'impose de détendre mon souffle quand l'hôtesse réinvestit la chambre.

– Voici, monsieur. Avez-vous besoin d'aide pour faire le lit ?

– Je devrais m'en sortir.

– Ce n'était que pure politesse, je ne doutais pas de vos capacités.

Jusqu'alors plongée dans l'obscurité de mes paupières closes, je rouvre un œil douteux sur Elowen. Les joues bien plus colorées qu'à notre arrivée, cette jeune blonde coule un regard suggestif à Deamon, lequel lui répond par un sourire. Ça ne devrait pas me gêner outre mesure, or, un amas de chaleur brute semble gonfler dans ma poitrine.

Si je dérange surtout, n'hésitez pas !

Sans transition ni cérémonie, je récupère mon bagage et m'isole dans la salle de bains. Une dose de paracétamol et une douche brûlante n'ont visiblement pas suffi à détendre le nœud qui dorénavant pèse dans mon estomac. Peut-être ai-je seulement faim ? Je n'ai qu'à peine mangé aujourd'hui...

Les cheveux humides, je vérifie le boutonnage de mon haut de pyjama, puis abaisse la poignée en vidant l'air de mes poumons d'une traite. Je n'ai pas envie de ça, de dormir dans le même espace que lui, par pudeur je crois, quand bien même j'ai passé la nuit précédente avec lui. Alors que je n'avais été mal à l'aise avec cette idée qu'à mon réveil, je me retrouve à devoir camoufler mon inconfort en pénétrant dans notre chambre. Trop bousculée pour maintenir un menton haut, je baisse les yeux en traversant la pièce jusqu'au lit *king size*. Je sais son lit déjà fait, de la même façon que je l'ai deviné assis sur le bord de son lit, coudes plantés dans les genoux, lorsque je suis passée devant le périmètre qu'il s'est attribué.

– Tu te couches déjà ?

Pas d'amertume ou de reproches dans sa voix après que je me suis glissée sous les draps. Un simple ton monocorde, ni soulagé ni déçu.

– J'en ai bien l'impression, réponds-je en m'enfonçant confortablement dans l'énorme oreiller.

– Ça ne te dit pas de manger un truc ? Je peux aller voir ce qu'ils proposent en cas de fringale.

– Non, je...

Mon refus est anéanti par un grognement retentissant de mon ventre. *Traître...*

Je grimace et oriente cette fois mon regard vers Deamon. À présent debout, le meilleur ami de mon frère étire ses lèvres d'un sourire de sale gosse victorieux.

– D'accord, capitulé-je, j'ai peut-être besoin de me nourrir.

– Je te ramène un truc.

Deamon se rapproche aussitôt de la porte, mais oblique avant d'ouvrir le battant.

– Ton téléphone a sonné. Deux fois.

Je m'extirpe laborieusement du lit pour fouiller ma veste et constate à haute voix :

– C'est... ma mère.

Un pied hors de notre suite, Deamon se fige et arrime ses deux billes brunes aux miennes. L'espace d'un instant, je ne respire plus, j'attends que mon âme de petite fille insouciante mette à terre la jeune femme lucide assise sur le lit. Je tente de puiser un peu de force et d'espoir dans le regard de Deamon, pourtant, je n'y entrevois qu'obscurité et méfiance.

– Je te souhaite bon courage.

La porte se referme sur ses mots. Seule face à l'écran, j'oscille un moment entre deux options : la rappeler et m'éviter un blâme, ou patienter jusqu'à demain pour m'épargner une autre source de contrariété ce soir. Mon pouce flotte au-dessus de son prénom, lui aussi incertain quant à la meilleure alternative. Je suis encore éprouvée par l'alerte à la bombe. J'aperçois la lumière, c'est certain, toutefois, je me sais toujours fragile et…

Mais oui, c'est ça ! Si ma mère a cherché à me joindre, ça ne peut être que pour se rassurer. Elle sait que les bureaux d'*US Today* se trouvent dans l'immeuble de Park Avenue, forcément elle se sera inquiétée. Il est vrai qu'une mère dite classique se serait ruée sur son téléphone à la minute où les chaînes info ont retransmis la nouvelle, mais Victoria reste Victoria, son agenda devait être saturé de rendez-vous professionnels et elle pourrait n'avoir eu vent de l'alerte qu'aujourd'hui.

Galvanisée par un vent de soulagement, je lance l'appel et souris un peu plus dès lors que sa voix traverse le combiné.

– Nora Jean.

– Victoria, bonsoir. Tu as tenté de…

– Oui, oui, m'interrompt-elle. Je suis occupée, j'aurais nettement préféré que tu décroches tout à l'heure. Qu'importe, je vais me presser. J'organise un gala dans six semaines pour promouvoir l'ouverture du salon à Hanover, ta présence est évidemment exigée. Les investisseurs doivent…

La fin de son monologue n'est plus qu'une suite de mots sans grand sens après qu'une pointe de flèche se loge dans mon cœur une fois encore maltraité. Je ne souris plus, les yeux brouillés par un voile humide que je suis incapable de chasser. Et lorsqu'elle coupe la communication sans même avoir fait allusion à l'incident de Park Avenue, je me décompose. Je n'ai pas la force de me battre, je refuse même de retenir mes pleurs. La désillusion est trop brutale pour que je m'y essaie ce soir.

Défaite, je suis recroquevillée sous mes couvertures quand le claquement d'ouverture de la porte ricoche dans la chambre. Mon portable gît près de moi, aussi inerte que je ne le suis. Accablée par un trop-plein de tout, je ne vois qu'une ombre approcher de moi, une masse poussiéreuse sans forme, mais qui sent son odeur.

– Putain, siffle-t-il. Quand est-ce que tu comprendras que ta mère est un foutu poison ?

Je ferme les yeux en réprimant un nouveau sanglot. Quand comprendrai-je ? Probablement jamais… Le schéma se répète, pourtant, je ne cesse d'imaginer une fin salutaire. Jour après jour. Revers après revers.

Le bord du lit s'affaisse sous le poids de Deamon que je devine avachi, face à la grande baie vitrée de notre pied-à-terre. Je sais ce qu'il meurt d'envie de cracher, pourtant, il n'ajoute rien durant un long moment. Il reste là, à attendre que la colère qui gonfle ses veines s'atténue, je présume.

– Je suis désolé, finit-il par marmonner.

18

Deamon

Installé à une des tables sur l'espace terrasse, j'avise une fois de plus Nora Jean par-dessus mon téléphone. À quelques centimètres près, elle n'a pas bougé, droite sur sa chaise moyennement confortable, les doigts suspendus à son clavier qu'elle ne touche pas. Elle a passé la matinée dans cette même position, à guetter je ne sais quoi sur son écran, comme s'il allait se remplir de lignes par magie. Je pensais que la pause déj allait lui redonner un coup de fouet, mais sa moue tendue et lasse traduit l'inverse.

Je ne sais pas dire si son absence d'inspiration vient du coup de téléphone de sa mère, de l'épisode « évacuation tonitruante de la rédaction » ou du manque d'infos qu'elle aurait dû récolter pour son article. Le mélange de tout ça, je suppose…

Elle a l'air moins fatiguée aujourd'hui. Il faut croire que le super lit dans lequel elle a dormi lui a été profitable. Je ne peux pas en dire autant du canapé, j'ai encore l'impression d'avoir deux ou trois ressorts dans le dos. Pourtant, je n'ai rien dit, rien sous-entendu. Je suis resté distant sans être invisible, à ravaler les vagues de remords qui se fracassent dans mon ventre chaque fois qu'elle soupire, qu'elle perd le fil ou qu'elle grimace. Je jure que j'essaie de me raccrocher à ma mission suicide, sauf que… j'en sais rien, ça devient compliqué. Ce que je ressens devient compliqué. La culpabilité a beau faire partie de ma vie à compter de ce jour-là, c'est pire encore depuis que Nora Jean s'est délitée il y a deux soirs.

Les dommages collatéraux étaient inévitables, je le savais, mais plus les semaines défilent et moins je me crois capable de tout bousiller dans le simple but de me sauver de l'enfer. Je suis peut-être un enfoiré, mais je déteste devenir cet enfoiré-là.

Alors que je jette un nouveau coup d'œil à Nora Jean, mon téléphone se met à vibrer sous mes doigts. Morgan… Mutique, je m'échappe dans le parc en quelques enjambées et ne décroche qu'une fois à bonne distance.

– Salut ! Comment tu vas ? exagéré-je en souriant pour donner le change.

– Tu veux que je rappelle plus tard ?

– C'est bon, je me suis éloigné.

J'opère un demi-tour tranquille pour tourner le dos à Nora Jean et relâche l'expression joyeuse qui me faisait presque mal.

– Comment ça avance ?

– Ça n'avance pas. Elle galère encore, elle a dormi quasi toute la journée hier, et depuis ce matin elle fixe son ordi sans pondre un mot.

– T'as pu fouiller dedans ?

– J'ai besoin de son code. Impossible de voir quand elle le tape, elle assure toujours ses arrières.

– J'ai vu ça. Je vais essayer de contacter Laz, mais sans l'ordi, il ne pourra rien faire. Et son téléphone ?

– Déverrouillage par empreinte…

– L'horloge tourne, D.

– Je le sais ! grogné-je. Qu'est-ce que tu veux que je fasse ? Que je la drogue pour utiliser son empreinte ? Ou, mieux, que je l'attache et la menace pour qu'elle déverrouille son putain d'ordi ?

– On a dit plus subtil.

– Sans déconner ?

Une bonne trentaine de secondes s'écoulent dans un silence criant de défaite. Si Morgan ne joue pas sa vie dans cette histoire, moi, je suis carrément en mode survie, et chaque jour qui passe me rapproche d'une condamnation à perpétuité si je ne la fais pas parler…

– Tu la sens fragile ?

– Évidemment…

– Faut profiter de cette faille.

– On a merdé avec l'alerte à la bombe, ça l'a flinguée…

– Elle s'en remettra. Quel est ton plan d'attaque ?

– J'en sais foutrement rien, marmonné-je en massant mes paupières closes.

– Pourquoi pas une bouteille de chardonnay ? T'as exploré cette piste ?

– Quelle piste ?

– Merde, D., je te parle de potentielles confidences sur l'oreiller !

Je ne réponds rien et aimante mon visage au nuage. Bien sûr que j'ai pensé à me rapprocher d'elle de cette façon, mais à aucun moment je n'ai imaginé que ça me permette de lui extorquer des infos. Non, je ne l'ai jamais envisagé comme ça, mais oui, j'ai déjà imaginé la scène. Un paquet de fois…

– Je détesterais ça, murmuré-je en dessinant des yeux la journaliste abîmée une cinquantaine de mètres plus loin.

– Coucher avec elle ou te servir d'elle par ce biais ?

– À ton avis ?

Je l'entends râler à l'autre bout du fil.

– Tu fais chier, Deamon ! Trouve une solution et vite.

– Ne rappelle pas, je te tiens au courant si j'ai du nouveau.

Je coupe la communication avant de reprendre la direction de notre table. J'ai le crâne torturé et le bide bouffé de regrets en me réinstallant face à Nora Jean.

– Une conquête ? lance-t-elle.

Je pourrais en sourire de surprise si ma précédente conversation ne m'avait pas retourné la tête. Pour l'heure, je dois seulement donner le change et la première repartie qui me vient est :

– Jalouse ?

Nora Jean roule des yeux une microseconde, puis s'applique à faire comme si je n'existais pas. Son passe-temps favori la moitié du temps… Quand tout à coup, elle se lève d'un bond, lâche un soupir bref et resserre les pans de sa veste.

– Je vais me chercher une tisane, tu veux quelque chose ?

– Ça dépend, est-ce qu'on va passer l'après-midi en tête-à-tête avec ton ordi ou tu as d'autres envies ?

Je me retiens de grimacer, d'autant que Nora Jean semble accuser mon timbre grinçant comme une attaque à peine camouflée. À juste titre, je dois dire.

– Un café, c'est très bien, enchaîné-je, moins virulent.

Debout face à moi, la sœur de mon meilleur pote me fusille sans remuer un muscle et fait, cette fois, se dessiner un fin sourire sur mes lèvres. Parce qu'elle va mieux. En tout cas, son accès de colère, même s'il ne déborde pas de ses yeux, me soulage un peu. Je crois qu'elle commence à retrouver un peu de ses repères. Mais alors qu'elle m'a habitué à bouder après ce type d'échange, elle s'enfonce dans sa chaise, referme son ordi d'un geste franc, puis s'accoude de part et d'autre, tête baissée.

– Pas de café, alors ?

– Non, pas de café. Ni de tisane. Ça ne changerait rien, je ne suis absolument pas productive aujourd'hui…

– Tu veux qu'on fasse un truc ?

Nora Jean relève tout juste les cils pour me scruter, incrédule.

– Comme quoi ?

– J'en sais rien. Qu'est-ce que t'aimes faire quand t'es pas au boulot ?

Ma question semble lui demander un effort de réflexion considérable. Le temps s'étire jusqu'à ce qu'elle bredouille enfin :

– Écrire. Lire. Regarder les chaînes info.

– Et avec des êtres humains ?

Elle hésite encore, à la fois sincèrement en recherche et déçue de ne pas savoir répondre spontanément.

– Marcher ?

– C'est toi qui es supposée savoir, Lolli ! me moqué-je dans un rire fugace.

– Faire des photos !

Ses yeux pétillent à présent, de fierté je crois. Je m'accoude à la table pour réduire la distance entre nous et souris sans me freiner maintenant que l'étincelle de vie contamine le reste de son visage.

– Nature morte ou vivante ?

– Vivante, je dirais.

– T'as un appareil photo ?

Nora Jean secoue la tête à la négative, le nez froncé.

– Non, tu n'en as pas ? Ou, non, tu ne l'as pas pris avec toi ?

– Non, je ne l'ai pas pris. En réalité, il est certainement peu performant en comparaison des nouveaux appareils sur le marché.

Je déloge mon portable pour une recherche Google et conclus la minute qui suit :

– Il y a un magasin d'électronique à Montgomery. On y fait un saut pour t'acheter un nouvel appareil photo et on « marche » dans le centre-ville.

Cette fois, l'étincelle dans ses prunelles a déserté, remplacée par un voile soupçonneux. La jeune femme fauchée par un choc traumatique récent vient de laisser sa place à la journaliste aguerrie, et ça risque de piquer…

– Pourquoi fais-tu tout ça pour moi, Deamon ?

– Pourquoi pas ?

– Je m'interroge, c'est tout. Le défi que je t'ai lancé ne concernait que la fuite hors de New York, il n'impliquait pas que tu me tiennes compagnie ou m'aides à…

– Je le fais pour ton frère.

Je lui mens avec aplomb en dépit de la boule de culpabilité qui pèse dans mon bide. Je fais tout ça pour elle, pas forcément pour les bonnes raisons, mais pour elle. Pour qu'elle conserve un semblant de quiétude. Parce que j'en ai besoin. Égoïstement, j'ai besoin qu'elle se relève, qu'elle se retrouve. J'ai besoin que l'alerte à la bombe ne soit plus qu'un souvenir, un insignifiant point de détail parmi tous mes mauvais choix. Nora Jean me sonde encore un moment, persuadée de pouvoir lire en moi ce que j'enfouis profondément dans mes tripes. Puis, après une expiration plus longue, elle se contente de ma réponse et se lève.

– Très bien.

Une heure plus tard, Nora Jean sort la première du magasin, son nouveau jouet entre les mains. Je sais qu'elle espère doser son enthousiasme, pourtant, je souris aussi, contaminé par le bonheur éphémère qui détend ses traits fins. C'est naturellement que Nora Jean prend la direction du parc niché en plein cœur de cette ville historique. En retrait, je la regarde évoluer dans ce décor, choisir un cobaye en mouvement, le capturer sur sa pellicule numérique, et se ravir en retenue du soleil qui chasse doucement les nuages.

Elle ne m'accorde qu'une attention relative, captivée par sa bulle créative et l'essence fugace des scènes qu'elle immortalise. Ce n'est qu'après avoir fait le tour du lac artificiel que la photographe en herbe s'installe sur un banc. Son appareil photo repose sur ses cuisses maintenant qu'elle communie, paupières closes, avec les derniers rayons du soleil. Sans un mot, je me pose à côté d'elle et me surprends à la détailler comme je ne l'ai jamais vraiment fait. À chercher l'erreur dans cette beauté simple et, à cet instant précis, subjuguante. À subir en silence l'accélération de mon pouls dès lors que je m'attarde sur sa bouche tout juste entrouverte…

Eh merde… J'ai envie de l'embrasser… Pas pour le jeu ou pour m'assurer la vie sauve. Non, j'en ai envie avec douleur, comme s'il me fallait combler un manque, satisfaire un besoin et m'apaiser. C'est à mon tour de fermer les yeux, abruti par cette source de chaleur qui pique ma poitrine. Je dois dépasser ça, je vais dépasser ça…

– On rentre quand tu veux, lâché-je pour couper court à la représentation mentale de ses lèvres qui fusionnent avec les miennes.

Pas sûr que me retrouver enfermé avec elle dans une chambre soit l'idée du siècle en revanche.

– Sinon on peut aussi rester ! me corrigé-je aussitôt.

– Qu'importe, je te laisse choisir.

Je rouvre les yeux sur elle et suis surpris de voir ses iris châtains me scruter avec intensité. Avec curiosité ? Je suppose que mon air dubitatif l'alerte, car elle poursuit :

– Tout va bien ?

Très franchement j'ai envie de loger ma langue si profondément dans ta bouche que tu pourrais finir en détresse respiratoire, mais à part ça, tout baigne.

– Ça va.

– Tu as les traits soucieux. La maison de ton père ?

– Exactement. Personne ne s'est occupé des extérieurs, du coup, je cherche une volontaire.

Nora Jean se mord l'intérieur des joues pour ne pas rire, puis refait face au plan d'eau devant nous.

– Je me souviens qu'une femme d'un certain âge aurait été prête à te donner n'importe quel coup de main. Peut-être devrais-tu lui demander ?

– Si seulement tu ne l'avais pas fait fuir…

Son visage oblique vers moi tandis qu'elle revêt une expression faussement choquée. Et puis, sans que je l'aie vue venir, une brume électrique prend possession de ce moment. Une flamme rare se met à crépiter dans ses yeux et attise celle que je sens s'épanouir sous ma ceinture. Il ne me faut qu'une seconde pour revenir quelques après-midi en arrière, dans le jardin de mon voisin, où s'envolaient les mots de Rosalía. Un instant d'exception, trois minutes max d'une symbiose à couper le souffle. Je suppose que Nora Jean repart elle aussi dans ses souvenirs. Parce que la cadence de sa respiration s'est altérée. Sa bouche n'esquisse plus aucun sourire. Sa déglutition paraît plus prononcée…

– J'ai faim, déclame-t-elle soudain en se soulevant du banc.

Putain, moi aussi, tellement…

– Ici ou à l'auberge ?

– Je veux bien rentrer, je me sens fatiguée tout à coup. Tu peux me ramener ? Bien entendu, je te libère de toute obligation me concernant après ça, Clay ne t'en voudra pas de faire ce que tu as à faire une fois la nuit tombée.

Je rêve ou elle me vire ? Donc, je la ramène et surtout, si je peux dégager ensuite, ça l'arrange ? Cette nana est quand même gonflée… Je lui emboîte le pas qu'elle accélère en direction de la rue qui nous a menés ici.

– Et qu'est-ce que tu crois que je fais la nuit tombée ?

– Eh bien, je ne sais pas, certaines activités masculines !

Elle est tellement mal à l'aise avec le sujet que ça en devient risible. Et comme je suis limite vexé, j'enfonce un peu plus le clou.

– Comme… ?

– Aller boire des verres, rire fort, séduire des femmes, rentrer à des heures indécentes.

Mon pas ralentit alors que je prends conscience de son manque total de connaissance en matière d'activités masculines. Et peut-être aussi parce que je suis sidéré qu'elle me pense être ce genre de gars. C'est évident que je ne crache pas sur un plan cul, mais je ne pars pas à la chasse, putain ! Je n'ai même jamais eu à le faire, ce qui, je dois bien l'avouer, fait gonfler mon ego un instant. Mais OK, si miss De Grassi préfère s'imaginer que j'irais traîner, bourré, entre les cuisses d'une demi-douzaine de femmes cette nuit, donnons-lui ce plaisir !

– Alors faisons ça ! Je suis presque pressé maintenant.

19

Nora Jean

Assise en tailleur sur le lit, mon MacBook en veille sur les genoux, je fixe l'enceinte arborée qui clôture l'immense jardin extérieur depuis bientôt une heure. Cet endroit est définitivement magnifique, je ne m'en lasse pas. La chambre était vide à mon réveil, mais le lit de Deamon était en désordre, signe qu'il y avait passé la nuit, du moins un bout de nuit. Je ne l'ai pas vu depuis. Pour autant, il fait exactement ce que je lui ai proposé de faire, soit vaquer à ses occupations. Toujours est-il que son absence me travaille. Dès lors que j'ai ouvert les yeux, il a été ma première pensée. Pas l'alerte à la bombe, ni Clay ou ma mère, non, lui.

Je suppose qu'il a passé sa soirée en charmante et scandaleuse compagnie… Étrangement, dès que j'imagine la teneur de son absence, un bourdonnement résonne dans ma poitrine. C'est très désagréable et ça tend à ternir mon humeur. Il est pourtant libre de faire ce qu'il veut avec qui il veut, je refuse même d'envisager qu'une once de jalousie me malmène. À peine terminé-je cette pensée qu'une silhouette s'extrait du mur d'arbres au loin. Une silhouette masculine et massive que je crois reconnaître entre mes paupières plissées.

C'est lui. Cheveux humides. Torse nu, luisant de sueur et, mon Dieu, délicieusement contracté… À l'instar de notre tête-à-tête au parc, hier, un feu se déclenche en moi, comme un tapis de braises que lui seul sait faire rougir. Je m'assure d'avoir l'air indifférente à mesure qu'il approche de la baie vitrée, pourtant, je me sens vibrer de l'intérieur. C'est là, au creux de mon ventre, imprimé au plus profond de mes chairs. C'est dur, bon sang, et clairement je ne sais pas expliquer pourquoi ça l'est autant. Le plus prudent serait de me concentrer sur mon écran, mais une force surnaturelle m'empêche de détourner le regard.

– De Grassi, lance-t-il en pénétrant dans la chambre, la mine sombre.

– Cosgrove.

Sans plus me gratifier de son attention, Deamon récupère une tenue dans son bagage et file s'enfermer dans la salle de bains. L'ambiance n'est donc pas au beau fixe… Qu'importe, tenté-je de me seriner en éclairant de nouveau mon écran pour laisser apparaître une page vide. Pas un mot, je n'ai réussi à écrire aucune ligne depuis des jours. Que m'arrive-t-il enfin ? Le sujet me passionne, l'interview approche à grands pas, Bernice m'a décroché un face-à-face avec un agent de la Division criminelle, je me sens mieux… Je me force à rouvrir la liste des personnes susceptibles d'étoffer mon édito et y reste jusqu'à la réapparition de Deamon.

Pas beaucoup plus vêtu, Deamon s'assoit sur son lit tout en passant une serviette-éponge dans ses cheveux. La scène me happe, contre mon gré. Deamon est définitivement un homme attirant et si bien affûté que je ne peux rien contre le chemin que mes yeux empruntent à présent. La ligne robuste de son cou, l'arrondi de ses deltoïdes, la presque symétrie de ses biceps…

– Ça va comme tu veux ?

Je rejoins son regard séance tenante, ordonnant à mes joues de ne pas prendre feu de honte.

– Très bien. Et toi ?

– Mieux.

Je m'apprête à lui demander d'approfondir, mais suis stoppée net par la bienveillance du bref sourire qu'il m'offre. Un sourire qui dit : « On signe le traité de paix, OK ? » Je choisis de le lui rendre, consciente que nos chamailleries me desservent. Deamon a fatalement à voir avec mon manque d'inspiration, et ce pour tout un tas de raisons, aussi je veux bien essayer de rendre les choses moins épineuses entre nous. Qui sait ? Peut-être que je finirai par y trouver mon compte, d'autant qu'il a promis qu'il me rendrait ma liberté dès que la vente du bien immobilier familial sera effective.

Alors que Deamon attrape un des magazines mis à disposition des clients et s'installe contre sa pseudo-tête de lit, je repars à mon édito. J'essaie de faire abstraction de sa présence, je jure sur ce que j'ai de plus cher que je donne tout pour poursuivre mon texte, mais, après vingt minutes de torture, j'abdique dans un soupir sonore.

– T'es toujours sur ton article secret-défense ?

– Oui.

– Est-ce que tu veux un coup de main ?

Sa voix détachée au possible colle parfaitement avec le flegme de son attitude tandis qu'il tourne quelques pages dans une lenteur aberrante, les yeux rivés sur les encarts de texte qu'il survole.

– Je ne te savais pas journaliste.

– Je ne le suis pas, sourit-il sans me regarder. Je te propose juste une discussion ouverte. Parfois, ça aide.

– Je ne suis pas sûre…

– Tu sais que je sais de qui il est question dans ton article ?

– Tout le monde le sait, donc je présume que oui.

Cette fois, il se détache du magazine et me scrute longuement. Prise au piège, je soutiens son regard et m'y perds une seconde.

– Tu ne m'en diras pas plus ?

– Je suis partagée, avoué-je.

– Parce que ?

– Professionnellement, je ne fais pas confiance à grand monde.

– Heureusement que je ne bosse pas avec toi alors.

– C'est sûr. Malgré tout, je ne suis pas certaine de pouvoir te faire confiance non plus.

OK. C'est rude, mais ce n'est que la stricte vérité.

– Je joue ma carrière avec cet article, du moins je joue la pérennité de ma carrière, la reconnaissance du monde journalistique. Je ne peux pas me permettre de voir une info fuiter. Sasha est d'ailleurs la première à en faire les frais…

– De quoi as-tu peur ?

– Que mes informations soient partagées à mon insu et reprises pour le compte d'un autre.

– Ça sent le vécu, développe…

Je marque une longue pause, puis prends la décision de lui raconter. Certes, je suis sur le point de lui livrer un bout de mes failles, mais j'ai bon espoir que ça l'aide à comprendre certaines de mes réactions. Je dresse le portrait de mon ancien collègue, Wallace Gordon, ce journaliste opportuniste sans valeurs ni scrupules ; je lui explique les semaines d'investigation, le partage inégal des tâches, puis le vol, la suppression de mon nom en bas de page. Je termine, le cœur en guerre, en lui racontant le succès, l'adaptation audiovisuelle revendue à la célèbre plateforme de streaming, l'ascension de Wallace dans les plus hautes sphères éditoriales. Cet homme pourrait bien croupir dans le fond d'un puits que je ne lui lancerais pas même le seau ! Il a volé ma mise en lumière, ma sueur et ma création. Si seulement je n'avais pas été si naïve… Si seulement j'avais assuré mes arrières…

– Putain, quel enfoiré…

Sortie de mes souvenirs par l'apparition d'une tasse fumante devant moi, je ne constate qu'à cet instant que la distance s'est rétrécie entre nous. Deamon n'envahit pas mon espace. Il s'est réinstallé sur son lit, au pied cette fois, l'œil attentif, concerné et assombri par la colère que je sais destinée à Wallace. Nous restons silencieux plusieurs minutes, à souffler sur nos boissons chaudes et en boire quelques gorgées, jusqu'à ce qu'il rouvre le dialogue.

– Sinon, tout roule niveau vie privée ?

Impossible de retenir mon rire. Un rire las, mais sonore.

– Peux-tu préciser le sens de « vie privée », Deamon ?

– Allez, Lolli, t'as compris ce que je voulais dire.

Je le sonde, amusée, mais tout à coup troublée par la tension que je sens émaner de lui. Je ne suis pas certaine de savoir décoder l'altération infime de son attitude, néanmoins, elle m'interpelle. Quoi qu'il en soit, je n'ai rien à cacher puisqu'il ne se passe rien à ce niveau-là !

– Promets que tu ne diras rien à Clay, feins-je sur le ton de la confidence.

Les yeux de Deamon s'arrondissent de stupéfaction, toutefois, j'obtiens son accord d'un hochement de tête et me moque :

– Deamon, tu loges chez moi, tu vois bien que je n'ai pas de vie privée, ris-je, un brin amère. Je me lève pour aller bosser, je rentre après le coucher du soleil, je dîne, je bosse encore un peu, je me couche et je recommence le lendemain. Attention, j'aime ma non-vie-privée, c'est bien pour ça que t'avoir dans les pattes m'a franchement contrariée au début.

– Parce que ce n'est plus le cas ?

– Je ne sais pas trop. Disons que c'est comme tout, on s'habitue. Si tu as un caillou dans la chaussure, tu l'enlèves, mais si c'est un défaut de semelle, tu fais avec.

– Ou tu changes de chaussures.

– Je n'ai tellement pas envie de changer de chaussures. Ça te demande un effort d'adaptation considérable en plus de te coûter du temps et l'estime de ta propre personne. Tu finis par penser que tu ne mérites pas une paire plus appropriée et au bout du compte, tu ne peux plus marcher comme tu l'entends.

Nom d'un chien, ai-je vraiment fait de ma dernière relation une analogie douteuse ? Soufflée par la facilité avec laquelle j'ai dévoilé une autre partie de mon histoire, je porte un regard inquiet sur mon thé. Y aurait-il glissé une substance ? Une sorte de sérum de vérité qui délierait ma langue ?

– Et comment s'appelle cette chaussure qui t'a fait tirer un trait sur une quelconque relation ?

– On emprunte un chemin plus « intime », tu t'en rends compte ? Est-ce vraiment pertinent ?

– Je t'ai déjà embrassée et on a presque baisé en musique dimanche dernier, je pense qu'on n'est plus à ça près.

Sainte Marie, Mère de Dieu, priez pour moi… Insinue-t-il que nous avons… que notre danse était une sorte de rapport charnel ?

– Nous avons seulement dansé, Deamon, marmonné-je après une paralysie de plusieurs secondes.

– Oui, bref, c'est qui ce type ?

– Maxwell Whitaker.

– Pas la bonne pointure ?

– Disons qu'il aimait beaucoup collectionner les chaussures tout en s'assurant que je reste sa paire officielle, la seule, quitte à en élimer le vernis…

– Merde, je… Putain, Lolli, je suis désolé…

– Pas moi, soufflé-je, pas totalement guérie. Je n'étais jamais assez bien, assez jolie, assez intéressante, assez demandeuse. Pour autant, il ne fallait pas que je brille plus que lui.

– Un connard de pervers narcissique, grince-t-il.

– Peut-être bien.

Je le fuis du regard à présent, honteuse d'avoir été si malléable, si… si instrumentalisée par un homme. Clay m'a tirée de cet enfer. Sans lui, je serais probablement encore avec Maxwell, en miettes. Je regrette tant d'avoir sacrifié mon bien-être et ma santé mentale pour lui, de ne pas avoir identifié les signes plus tôt, de ne pas avoir écouté ma petite voix intérieure. Mais voilà, Maxwell était fils de bonne famille, il plaisait à ma mère et à la communauté bourgeoise dans laquelle nous évoluions. Nous formions le couple parfait en public, mais en privé, l'étau se resserrait, jour après jour.

– Et toi ? me reprends-je dans un faux sourire.

– Moi quoi ?

– Quelqu'un partage ta vie ?

– Non, personne.

J'acquiesce devant la dureté de ses traits. Deamon paraît toujours sous le coup de ma révélation, aussi je n'insiste pas.

– C'est compliqué, me surprend-il à poursuivre.

– Pourquoi ?

– Parce que la vie est compliquée…

Il inhale une épaisse bouffée d'air avant de baisser les yeux. Lorsqu'il les incruste de nouveau aux miens, j'y entrevois un rideau de douleur que je n'explique pas. Ma compassion vient faire battre mon cœur plus fort, mais je refoule mon envie évidente de le prendre dans mes bras.

– Moi non plus je n'ai pas envie d'une paire de pompes, précise-t-il. C'est trop de galères et de compromis.

L'atmosphère de la pièce s'est peu à peu chargée de tension. Malgré ça, malgré la brume étouffante qui sature l'espace, je le vois, lui. Abîmé, sûrement entaillé par son passé, esclave des blessures qu'il peine à panser. Et ça me touche, ça me tourmente, ça me brusque.

– Hey, osé-je d'une petite voix, trinquons à notre premier point commun.

20

Nora Jean

Un autre jour à Montgomery. Un jour plus calme, sans un souffle de vent dehors, sans un pépiement d'oiseau. J'imagine que l'univers s'est accordé à la mélancolie qui semble m'étreindre aujourd'hui.

Park Avenue a été vidée de toute brigade policière dans la nuit. Chaque centimètre carré de l'immeuble a été fouillé et scanné sans qu'aucun engin explosif ait été découvert. Je peux donc retourner au journal à la première heure demain matin. Je devrais me réjouir que tout n'ait été qu'une sombre mascarade, pourtant, je n'ai aucune envie de partir. J'aime ce coin tranquille et la quiétude qu'il m'a apportée. Et, sans vraiment me l'avouer, j'ai aimé être ici avec Deamon. Il n'a pas été envahissant, il a même souvent été à l'initiative de nos silences. Je le sais tourmenté, je l'ai compris à chaque regard qu'il a détourné en contractant ses maxillaires, à chaque voile ombrageux qui passait sur son visage alors qu'il se perdait dans ses pensées…

Mon bagage est prêt, abandonné au pied du lit. Il n'attend que le retour de mon chauffeur pour être rangé dans le coffre de la berline. Deamon dormait encore lorsque je me suis réveillée ce matin. Je me suis faite aussi silencieuse que possible pour lui laisser quelques minutes supplémentaires de sommeil. Peut-être que je me suis attardée, que j'ai épié de mon lit les parcelles de peau qu'il me dévoilait sans le savoir. J'essaie de me convaincre que mon observation minutieuse n'était qu'une tentative pragmatique de comprendre ce que je ressens à certains moments en sa présence. Parce qu'à l'évidence, c'est un doux mensonge. Un chemin de fourmillements, aujourd'hui reconnaissable, s'était naturellement déclaré sur mon épiderme jusqu'à faire s'animer mon souffle. Dans la pénombre de notre chambre, je pouvais me laisser aller à éprouver chaque sursaut de mon pouls, chaque picotement chaud, sans avoir peur d'être découverte. Après ma douche, tout avait disparu : le frisson, Deamon et la berline.

Malgré notre conversation sans barrière hier, Deamon n'est que peu resté à l'auberge. Je sais seulement que nous prendrons la route en fin d'après-midi, soit d'ici deux heures. C'est plus ou moins le seul échange que nous avons eu aujourd'hui.

Je l'attends, assise sur mon lit. Je pourrais rouvrir mon bagage et en sortir le roman de Rebecca Yarros que j'ai commencé en début de semaine, peut-être cela le ferait-il revenir plus vite. Ou du moins, lire m'occuperait l'esprit ! Je ne suis pas loin de tendre un bras fainéant jusqu'au Zip de mon sac de voyage lorsque Deamon apparaît à l'orée du bois. Même tenue réduite de moitié que la veille. Même pellicule de sueur sur son torse musclé. Et à mesure qu'il réduit la distance qui le sépare de la baie vitrée, je peux dire qu'il arbore la même mine taciturne…

– Salut, grommelle-t-il une fois dans la chambre.

– Salut.

Après m'avoir à peine accordé son attention, Deamon fouille dans son sac pour en récupérer des vêtements propres. Impulsivement, mes yeux s'égarent sur son dos et en tracent les reliefs. Chacun de ses muscles, ciselé avec précision, se contracte et se détend avec une grâce féline, comme s'il était prêt à bondir à tout instant. Chaque centimètre de cette toile musculaire est drapé dans une texture soyeuse, semblable à de la soie délicate qu'une paume de main se dévouerait à caresser. La mienne picote à ce même moment. À moins que ce ne soit qu'une réaction secondaire face à l'envolée de mon pouls…

– Te serais-tu découvert une soudaine passion pour la course à pied ? hasardé-je en vue de couper court à l'effervescence sensorielle qui m'assiège brutalement.

– Je cours souvent pourtant. Principalement quand t'es au boulot. C'est assez efficace pour évacuer tout type de tension.

Deamon me fait face à présent. Je m'efforce de garder ses yeux en ligne de mire, pourtant, son torse m'appelle, je l'entends comme un écho indécent et fourbe. Ou alors je suis juste folle, et la plume invisible qui se met à sinuer un peu partout sur moi n'est qu'un symptôme de ma toute nouvelle maladie mentale.

– Tout va comme tu veux ? s'inquiète-t-il, sourcils froncés.

– Ça va.

Après une poignée de secondes muettes au cours desquelles Deamon analyse méticuleusement le trouble dans mes yeux, il capitule et fait cap vers la salle de bains. Une douleur lancinante me perfore le ventre sur-le-champ et se couple à l'accélération fulgurante des battements de mon cœur.

– Deamon ? le retiens-je.

Ce dernier, une main sur l'encadrement de la porte, effectue un mince pas en arrière et soupire en m'accordant son attention.

– Quoi ?

– Est-ce que… est-ce qu'on peut se parler sans filtre ?

– Je t'écoute.

– Sans jugement ni moquerie ?

– Crache le morceau, Lolli.

J'inspire une large bouffée d'air sans jamais le lâcher du regard. Je sais où je vais, je sais pourquoi je le fais. Je risque de passer pour une cruche de premier ordre et, sur l'instant, ça n'a pas d'importance. J'ai cruellement besoin de comprendre.

– Depuis que tu es revenu à New York, commencé-je, moins bousculée que je ne me le serais imaginé, je ne t'apprends rien, ma vie est chahutée. Tu me tapes sur les nerfs assez souvent, là non plus tu ne découvres rien. Et puis… je ne sais pas vraiment dire comment ni pourquoi, mais ces derniers jours, il se passe des choses étranges en moi. J'ai d'abord pensé que mon exaspération générait ces changements, mais je t'avoue que je ne suis plus sûre. Plus depuis dimanche en réalité, et ça semble se confirmer ici, à Montgomery.

Je reprends ma respiration après ce monologue déclamé de façon académique. Dans l'absolu, je lui expose simplement les faits, je n'ai donc pas à y mettre les formes ou à y injecter une quelconque émotion. D'abord perdu, Deamon s'attelle à plonger plus loin dans mon regard, ce qui n'a d'effet que de me pousser à rehausser mon port de tête.

– On est d'accord qu'il est impensable que toi et moi ayons une relation d'ordre intime ? continué-je.

Cette fois, un voile traverse ses prunelles. S'ensuit l'ébauche d'un sourire en coin, lequel n'est que le reflet du chemin qu'empruntent ses pensées. Il a compris, parfait !

– Deamon, est-on d'accord ?

– Va droit au but, élude-t-il.

– Très bien. Que suis-je supposée ressentir lorsque je désire charnellement quelqu'un ?

Deamon me sonde avec une telle violence que ma température corporelle flambe. Puis, dans une lenteur intenable, il pivote d'un quart de tour jusqu'à me faire face. Se dégage de lui un magnétisme si puissant à cet instant que je dois me battre intérieurement pour conserver mon expression résolue.

– J'ai conscience que cette conversation est peu orthodoxe, poursuis-je, mais tu sembles être l'interlocuteur le plus approprié pour ce cas de figure.

– Donc, tu me désires ? se plaît-il à demander dans une langueur agaçante.

– Justement, c'est assez flou…

La pièce se charge de tension, si bien que mes respirations s'en trouvent entravées. La tête inclinée, Deamon contracte à présent les muscles de ses joues, comme s'il cherchait à contrôler ses mots à venir ou ses actes.

– J'essaie simplement de comprendre, c'est tout, plaidé-je.

– Compare avec ta précédente relation, Lolli…

– Pour être franche, je n'ai jamais ressenti cette chose, ces choses, pour un autre homme. C'est de l'ordre de l'inédit, tu vois.

– Tu n'es pas vierge, si ? s'alarme-t-il soudain, les yeux ronds.

– Non, non, j'ai déjà… Enfin, seulement avec Maxwell, mais plus d'hymen.

Sur mes mots, Deamon fait craquer sa nuque avant de fermer les yeux.

– Tu sais quoi ? Laisse tomber, me résigné-je devant la raideur de ses traits.

Deamon secoue aussitôt la tête et grogne :

– Non, attends, laisse-moi juste encaisser deux secondes.

Deamon opère un demi-tour vers la baie vitrée et s'en approche, les deux mains à présent croisées dans sa nuque. Ses muscles roulent de tension sous sa peau chaque fois qu'il resserre sa prise autour de son cou, et fatalement mon anatomie vibre à nouveau. Son dos, bon sang… Une œuvre d'art qui pourrait avoir été taillée dans le plus précieux des bois.

– Est-ce que cet enfoiré te faisait jouir ?

– Je ne sais pas…

« Jouir »… Les braises qui tapissent mon bas-ventre rougissent sur ce mot et déclenchent une bouffée de chaleur que je suis bien incapable de maîtriser.

– Fait chaud, nan ? grince Deamon en ouvrant d'un geste franc la baie.

Oui, il fait définitivement trop chaud… Je ferme les yeux avec force, cherchant à canaliser l'emportement de mes cellules. Certaines zones de mon corps me brûlent presque à présent, c'est à la limite d'être douloureux…

– Et donc ? bredouillé-je.

– Qu'est-ce que tu veux que je te dise ? soupire-t-il.

Je n'ai pas de réponse à cette question. Il est évident que je navigue à vue en abordant ce sujet avec lui. J'imaginais qu'il m'aiderait à interpréter les signes. Dans le fond, j'espérais presque qu'il me rie au nez et mette un terme à mes divagations. Je ne suis même pas certaine d'être rationnelle dans cette histoire. Parce que c'est lui, nom de nom, Deamon ! Le Deamon de Clay ! Le Deamon qui a envahi mon appartement et mis mon inspiration sens dessus dessous. Le Deamon que j'ai découvert autrement ces derniers jours, mais le Deamon exaspérant. Arrogant parfois. Et souvent plus sombre que la nuit elle-même.

– Est-ce que tu te touches, Lolli ?

– Comment ça ? m'étranglé-je. Maintenant ?

– Oh, putain, non, pas maintenant ! Tu veux que je finisse en syncope ou quoi ? rit-il, la gorge serrée. Je te demande simplement si tu t'es déjà fait jouir toute seule ?

– Jamais, révélé-je cette fois sans aucune gêne.

Seules les expirations franches de Deamon résonnent lorsqu'un lourd silence s'étend dans la chambre. Je remonte mes genoux jusque sous mon menton, déçue d'admettre que nous arrivons au bout de cette conversation.

– Est-ce que tu me désirais dimanche ? hasardé-je, projetant sur l'écran de mes paupières closes les réminiscences de ces quelques minutes d'interdit.

– Comme un foutu damné…

Son murmure rauque fait fleurir un mince sourire sur mes lèvres, lequel s'accorde à l'agitation qui pulse plus fort dans mon ventre. Il me désirait… Ce qui explique qu'il ait mentionné « baisé en musique » hier. Pour autant, il aurait pu ne rien ressentir ou n'être que le pantin d'un style musical où le rapprochement physique est roi, quand bien même notre danse était d'une sensualité folle.

– Je suis désolée pour… pour tout ça. Une fois de plus, je nous mets dans une situation bancale. Je t'ai imposé d'endosser un rôle qui ne t'incombait pas. Excuse-moi. Mais je pensais sincèrement que tu aurais les réponses. Oublie ça, d'accord ?

– Impossible…

Son filet de voix grave, presque enroué, me fait me raidir d'une tension nouvelle. Parce qu'il est plus audible que précédemment. Plus proche. Délicieusement plus percutant… Je rouvre les yeux et les relève sur sa hauteur massive, l'estomac atrophié par la panique qui y voyage allègrement. Il est là. Juste là, debout, les genoux en butée contre le lit. À cinq ou six centimètres de ma peau hérissée. Le regard dévoré par une flamme impétueuse.

– Dis-moi ce que tu ressens quand je te frôle ?

Deamon dégage délicatement ma nuque des cheveux qui la cachaient et dessine lentement de ses doigts une ligne imaginaire le long de mes épaules. Les paupières lourdes d'un bien-être que je redécouvre, je retiens un soupir et décris :

– C'est comme un souffle chaud sur une bande de peau humide. Ça pétille. Mon cœur bat plus vite.

– Est-ce que j'arrête ?

– Non…

Sa paume s'approprie ensuite davantage de terrain en glissant subtilement dans mon cou. Le bout de ses ongles s'infiltre sous le col de mon pull, puis, sans chercher à en revendiquer davantage, Deamon promène ses empreintes un petit centimètre au-dessus de la naissance de ma poitrine.

– Et là ? chuchote-t-il près de mon oreille, un bras tendu enfoncé dans le matelas.

– Ça pétille plus fort. C'est presque… presque trop peu. Ma respiration vient d'accélérer et une sorte de courant électrique se diffuse juste sous tes doigts.

Le râle qu'il tente de retenir, sans succès, ricoche contre mon tympan et vient polariser toutes mes cellules dans cette zone. Plongée dans l'obscurité de mes paupières closes, je sens mes forces s'amenuiser. Pourtant, je suis habitée de tension, lourde de cette chose qui grandit en moi. Lorsque son contact cesse, une boule de frustration se loge dans ma trachée et se fend jusqu'à contaminer le reste de mon anatomie. C'est une sensation terrifiante, parce que trop intense, trop douloureuse. Le manque est déjà là et me fait rouvrir les yeux d'un coup.

Deamon étudie voracement chaque ligne de mon visage jusqu'à s'arrêter sur mes lèvres. Ses maxillaires s'encastrent l'un dans l'autre avec une telle force que ses joues se creusent par à-coups.

– Cette bouche, putain…

Ses mots, quand bien même ils ne m'étaient pas directement destinés, me foudroient sans mesure. Immédiatement, notre baiser au Rooftop revient me hanter et démultiplie mon envie viscérale de recommencer. Sans le Fou, seulement parce que je le veux…

Deamon ne répond pas à ma supplique muette, mais me surprend à grimper sur le lit. Lorsqu'il s'immobilise enfin à mes pieds, je retrouve le chemin de ses yeux. Ce que j'y entrevois me fauche… La flamme est toujours là, plus vertigineuse encore. Si ardente qu'elle attise le bataillon de fourmillements en moi. C'est insensé… Je brûle sans qu'il me touche. Sidérée, je le regarde déposer ses mains viriles sur mes genoux et les astreindre à s'écarter. D'instinct, je déplie les jambes, haletante. À cet instant précis, je ne suis plus celle qui décide, seul mon corps obéit, esclave et soumis.

– Je ne vais pas t'enlever tes vêtements, se résigne-t-il en refermant pourtant ses poings rudement sur le tissu de mon pantalon. Je veux seulement que tu ressentes, Lolli…

J'acquiesce, tiraillée entre la trouille et le besoin de vibrer sous ses caresses. La partie encore lucide de mon cerveau alangui me murmure que cette découverte sensorielle n'a plus lieu d'être, car il est évident que Deamon est l'origine même de la métamorphose récente de mes sens. Jamais je n'avais frémi d'un contact avant lui, c'est tellement clair et limpide. Jamais je n'avais même ressenti la douleur de l'attente ni l'envie de recevoir encore. Toutefois, je n'envisage pas une seconde d'y mettre un terme et déglutis péniblement lorsque Deamon s'empare de mes hanches d'une poigne ferme jusqu'à me faire chuter sur le dos.

Je ne m'intéresse pas à ses mains qu'il remonte maintenant sur mes flancs, je ne m'accroche qu'à son regard cadenassé au mien. L'incendie contenu dans ses prunelles obscures m'hypnotise en plus d'exacerber l'amas de bulles qui éclatent au creux de mon ventre… Le découvrir en proie à un désir certain me rend plus réceptive encore, c'est à peine croyable. Ses paumes chaudes à même ma peau glissent lascivement sous mon top, puis atteignent les arceaux de mon soutien-gorge qu'il caresse de ses pouces. Je me cambre sans même l'avoir décidé, incapable de retenir la frénésie qui s'empare des terminaisons nerveuses situées dans mes seins.

– Et maintenant ? laisse-t-il filtrer, penché sur moi.

– Je… j'aime. J'ai… j'ai du mal à respirer et… et ça me fait peur, pourtant, je détesterais que tu arrêtes. J'ai… j'ai l'impression qu'un orage se concentre sous mes seins, qu'il se propage partout… Jusque sous mon nombril…

– Lolli, sérieux…

Deamon se mord la lèvre avec une telle violence que je m'inquiète une seconde de la marque qu'il pourrait y laisser. Il lutte, je le vois, et c'est excitant. Follement excitant, bon sang ! Rapidement, Deamon délaisse ma lingerie et descend jusqu'à la ceinture élastique de mon pantalon qu'il détend en grognant férocement. L'écho de ce son se répercute brutalement dans mes chairs, si bien qu'un gémissement m'échappe. Plus que l'air que je peine à inhaler, je veux qu'il continue, je veux qu'il décuple ces sensations indicibles, je veux…

J'arrime d'urgence mes doigts aux siens en lui intimant d'un regard de mettre à nu ce qui bout dessous. Au lieu de ça, Deamon récupère une de ses mains pour crocheter mon pull et m'enjoint de le rejoindre.

La seconde qui suit, je suis assise à califourchon sur ses cuisses et plaque mon buste contre le sien, tentant d'apaiser la tempête qui sévit en moi. Je m'accroche à sa nuque et exhale un geignement incontrôlé, à fleur de ses lèvres, avant de bloquer ma respiration dès lors que sa main habile sinue sous mon pantalon.

– C'était censé être la leçon numéro deux.

– Leçon numéro un… assimilée… N'arrête pas…

– Dis-moi ce que tu ressens maintenant.

Sans outrepasser la barrière de tissu doux qui enveloppe mon sexe, Deamon entreprend de sillonner mon entrecuisse. Chacun de ses tracés semble réfléchi, comme s'il en connaissait toutes les courbes, tous les creux, tous les points sensibles. Et lorsque le balancement de ses hanches se révèle entre mes jambes, je me sens toucher du doigt un bout de paradis…

– C'est… parfait.

– C'est tout ? me nargue-t-il dans un rire bref.

– Je n'ai pas les mots, ahané-je en lorgnant sa bouche. Est-ce que je peux t'embrasser ?

Deamon m'offre un regard qui dit : « Tu oses poser la question ? » Puis il fond sur mes lèvres entrouvertes. À l'instant où nos langues se percutent, la portée de cette leçon prend une autre dimension. Tout devient naturel et nécessaire : mes mains sur sa peau, la sienne qui s'applique à couler le long de ma fente, la pression de son érection sur mon intimité, la voracité de notre baiser, la poigne qu'il verrouille sur ma fesse. Les détonations s'amplifient entre mes cuisses et m'étourdissent à mesure que le volcan de plaisir rugit dans mon bas-ventre.

– Attends, attends, le stoppé-je en immobilisant ses doigts.

Deamon se fige net, pourtant, il se consume, massivement contracté, le souffle erratique, les lèvres gonflées et humides. Je me force à retrouver une respiration moins chaotique, subitement terrorisée par ce que je m'apprête à vivre et ressentir grâce à lui. J'avale ma salive en aplatissant mon front contre le sien. Aussi essoufflée qu'après avoir couru cinq kilomètres sur un tapis.

– Ça devient trop… intense.
– C'est le but de l'exercice.
– Mon cœur bat déjà si vite…
Son sourire pervers pointe et réquisitionne ma bouche pour un baiser lent et fiévreux. Je geins sur sa langue et me surprends à exécuter un mouvement de balancier contre ses doigts jusqu'ici inertes.
– Et je ne t'ai pourtant enlevé aucune fringue… se targue-t-il avant de mordiller ma lèvre inférieure.
Sur cette note pleine de promesse, je délivre sa main, prête à laisser mon tout premier orgasme me dévaster. Je sais qu'il est question d'orgasme, je l'ai compris sans trop de peine, pour la simple et bonne raison que rien de similaire ne m'est jamais arrivé. Jamais ça n'a été aussi féroce, aussi pesant et irrépressible. Aussi précieux et vorace… Seulement, la sonnerie de mon portable retentit jusqu'à me faire l'effet du plus violent des retours à la réalité. Ma tête tourne à l'instant où je reconnais les notes musicales qui s'envolent de mon téléphone. Ça m'assomme autant que ça me tétanise de panique et, le temps d'une seconde, je songe à ne pas décrocher.
– C'est Clay, annoncé-je d'un ton défait.
– Il rappellera.
– Deamon, je dois décrocher…
En dépit du regard assassin que Deamon harponne au mien, je m'écarte dès la deuxième sonnerie. Je sais qu'il a saisi, parce que c'est Clay, le seul qui passera à jamais avant quiconque, et bien loin avant mon désir, quel qu'il soit. Celui qui, sans le savoir, d'une façon barbare, vient nous remettre face à cet interdit entre nous. Il est mon frère et son meilleur ami, l'association est impossible.
– C'est toi qui vois, me lance Deamon d'une voix gorgée d'amertume.
Les cendres de mon excitation s'évaporent lorsque je décroche à la troisième sonnerie, de retour sur la place que j'occupais avant ce dérapage incontrôlé. Deamon me tient en joue encore quelques secondes, puis descend du lit avant de disparaître, bandé de la tête aux pieds.
Le sourire que je façonne à l'excès pour Clay ne se désagrège qu'une milliseconde lorsque la porte de la salle de bains claque. Je chasse au plus vite le pincement vif qui maltraite ma poitrine et me concentre sur la voix de mon frère. Curieusement, elle ne m'apporte pas autant de réconfort aujourd'hui. Et je déteste ça.
Oui, je me déteste pour ça.

21

Deamon

Je voudrais pouvoir revenir en arrière. Quelques jours. Non, quelques mois. Allez, huit ans. Revenir au jour où tout a basculé. Je me revois, face au petit miroir qui surplombe la vasque chez mes parents. Une main agrippée à la céramique froide. L'autre empoignant le Fou. Je me rappelle jusqu'aux fringues que je portais. Un jean dégueulasse et un tee-shirt noir charbon. Je me souviens le vide abyssal, la sensation inexplicable de ne plus me reconnaître. Les larmes qui roulaient dans ma gorge alors qu'une rage folle me dégommait la poitrine. Et tout ça sans que je sache pourquoi. Ça me percutait sans raison, de plus en plus souvent, et chaque fois plus fort. Ce jour-là, mon père entrait dans un protocole de soins plus lourd, son état empirait et…

J'avais 19 ans, et jamais je n'avais réussi à lui dire que je l'aimais. Que j'exécrais sa maladie, que la simple idée d'être impuissant me révulsait. Dans l'absolu, je savais parler, mais je ne savais pas « dire ». J'avais déjà perdu ma mère et je me retrouvais à perdre mon père plus vicieusement encore.

Alors cette phrase insidieuse est sortie de ma gorge, celle que je ne m'étais jamais imposée, faute d'en avoir eu besoin : « Quoi qu'ils en disent, Deamon, tu n'oseras pas foutre le camp. » Et j'ai fui, parce que, putain, je suis tellement doué pour ça ! Je n'avais pas de plan, ou seulement celui de retrouver celle qui m'a mis au monde. C'était la solution. Une sorte de réponse évidente à tout ce foutu carnage en moi. Je voulais qu'elle répare ce qui était cassé. Je voulais voir ce que j'avais manqué toutes ces années. Je voulais comprendre…

Cette quête d'identité a été un désastre. Elle aussi était décédée, à croire que j'étais sur cette terre pour voir le schéma se répéter inlassablement. Si seulement je m'étais arrêté là… Si seulement je n'avais pas continué à remuer la merde…

– D., sérieusement !

En dépit du grondement qui ricoche dans l'appartement, je ne lâche pas l'écran de mon téléphone. Pourquoi le faire alors que je sais pertinemment que Morgan me crucifie sur place de son regard saoulé ? Je préfère nettement fixer le petit point esseulé sur le plan des rues de Manhattan, celui qui m'indique en direct le moindre déplacement de Nora Jean.

– Tu y retournes !

Son ordre me fait fermer les yeux une seconde, de lassitude je crois. De culpabilité aussi. C'est allé trop loin, et si je refous un pied chez elle, ce sera pire. Je vais devoir mentir, encore, la manipuler, la piéger, et le simple fait d'y penser me soulève le bide. Parce que… merde, elle aussi est abîmée. L'entendre me raconter ses blessures ce week-end m'a donné des envies de sang. Je jure que si je survis à toute cette merde, je briserai les os de Whitaker un par un. Lentement. Très lentement. Je veux que ce type en bave, je veux qu'il regrette chaque nana qu'il a sautée durant sa relation avec Nora Jean, je veux qu'il pleure sa mère chaque fois que j'ébrécherai son squelette dans une douleur insoutenable.

Je veux qu'il souffre, longtemps ! Peut-être même que je ferai un tir groupé en invitant la sorcière Victoria et l'autre enfoiré de Wallace. Tous méritent le même châtiment, sérieux !

– Deamon, tu te lèves et t'y retournes ! Chaque seconde que tu passes ici risque de griller ma couverture, et ça fait trois jours que ça dure ! Tu sais que je n'aime pas ça.

– Je sais, grogné-je.

– C'est demain, D., l'interview ! Rien que ça, ça devrait être ton foutu électrochoc !

– Et je fais quoi ? Je lui pète les deux jambes pour qu'elle reste coincée à l'hosto ? m'énervé-je. Fais pas chier, c'est déjà foutu…

– Alors va limiter la casse !

Un rire sarcastique s'expulse bruyamment de ma gorge. Qu'est-ce qui n'était pas clair dans « C'est déjà foutu » ? Morgan me sonde, sur le point de me déloger une droite. Certains ne verraient pas les signes, moi si. Je suis capable de déceler sa fureur même quand elle est contenue sous une armure en béton armé. Les ongles de ses pouces poinçonnent ses index. Ça, par exemple, c'est hyper révélateur ! Et l'espace d'une seconde, je voudrais recevoir cette droite, peut-être que ça me remettrait les idées en place.

– Tu veux sauver ton cul, oui ou non ?

– Évidemment !

– Alors dégage d'ici, va pieuter dans sa chambre d'amis, baise-la s'il le faut, mais empêche-la de creuser ! cingle Morgan. On a déjà un cul monstrueux que les fédéraux n'aient rien trouvé, fais en sorte que ça dure, merde !

Une migraine éclair me traverse les tempes et me fait grincer des dents. Je voudrais tellement que Morgan se plante, qu'on soit arrivé au gong final et qu'il n'y ait plus rien à faire que d'attendre d'être conduits à la potence. Alors pourquoi est-ce que j'hésite, assis à même le sol comme un connard dépressif, à deux tremblements de me refoutre sur mes jambes ?

– Je vais prendre une douche. Si t'es encore là quand je ressors, je te garantis que je m'occuperai de régler ça. À ma façon, Deamon ! Et je doute franchement que l'issue te convienne…

Finalement, il est là, mon électrochoc. Morgan est capable du pire, c'est d'ailleurs pour cette raison que la CIA ne fait plus appel à son expertise et ses pratiques discutables… Je me lève d'un bond, piloté par les images qui saignent dans mon crâne.

Je l'emmerde, bordel !

Tendu comme un arc, j'atteins la porte de sortie avant même que ses pas foulent le parquet usé de sa minuscule salle de bains. Les neurones anesthésiés par la rage sourde qui sillonne mes veines, je trace dans les rues d'un pas raide. J'ai déserté trois jours, Nora Jean aura à peine eu le temps de retrouver sa vie de solitaire qu'elle aime tant ; aucun doute, elle va adorer me revoir !

Ma pointe d'ironie mentale ne me fait pas sourire une seconde. Voire elle intensifie le mal qui me ronge de l'intérieur comme une gangrène vicieuse… D'un côté, cette mission kamikaze, de l'autre Nora Jean qui, il y a trois jours, explorait ma bouche comme si elle recelait le plus convoité des trésors. Si encore elle n'avait pas été si réceptive, si franche, si… avide. C'était inattendu, mais d'une puissance telle que je ne pouvais que céder. Elle était là, offerte, prête à me laisser bousiller chaque centimètre de tissu sur son corps gracile. J'étais à sa merci, corrompu et en phase avec la méchante érection qu'elle avait fait naître.

Clay a dû le sentir. Sans déconner, quatre mille bornes et les antennes du frangin clignotent ! Qu'est-ce que je l'ai détesté ! Et qu'est-ce que je l'ai détestée, elle, d'avoir choisi ce coup de téléphone, de m'avoir frustré, et plus que tout, de m'avoir laissé la goûter autrement… Ça n'avait rien à voir avec son défi du Rooftop, putain, c'était tellement plus que ça ! Elle transpirait d'envie, électrisée, surprise et demandeuse. Elle me voulait, moi. Et Dieu que je la voulais, elle, à m'en faire fumer quelques neurones…

Lorsque je suis sorti du sanitaire, elle n'était pas dans la chambre, son bagage non plus. Tous les deux patientaient près de la voiture de loc'. Lui, au pied du coffre. Elle, avec son attitude chiante de nana hautaine que rien n'atteint. Alors, après quatre heures de route pesantes d'un silence total, je l'ai lâchée devant son immeuble sans un mot et je me suis tiré. Encore une fois.

C'était ce qu'il y avait de mieux à faire. Elle aurait fini par s'enfermer à double tour dans sa piaule. L'épisode « Je crois que je te désire » aurait été enterré dans les limbes de son cerveau lobotomisé par une vie entière de conformité et de décence. Et en admettant que j'ouvre le dialogue à ce sujet, elle m'aurait ressorti son argument favori qui dit qu'elle s'excuse de nous avoir mis dans une situation délicate, que ça ne se reproduira plus, et bla-bla-bla. Tellement prévisible… Et son activité de ce soir l'est aussi.

Je ferme l'application de géolocalisation en ralentissant sur la Cinquième Avenue, un œil affûté sur l'enseigne *Bergdorf Goodman*. Elle y est depuis une vingtaine de minutes. Ma main au feu qu'elle cherche une nouvelle fringue, histoire de faire bonne impression demain. Qu'elle se rassure, l'héritière a d'autres préoccupations… Presque aussitôt, un spasme violent me défonce l'estomac et les prémices d'une respiration difficile me prennent à la gorge. J'inspire plus fort, expire plus longuement, et prie pour encaisser sans broncher.

Par chance, j'arrive à rester stable et quadrille le magasin de prêt-à-porter de luxe après avoir salué le vigile à l'entrée. Je sais que Nora Jean est ici, le traceur que j'ai glissé dans son sac me l'a indiqué, mais même sans ça, je reconnaîtrais son parfum n'importe où. Malgré la rage sous-jacente qui gronde dans ma poitrine en permanence depuis dimanche, un soupçon d'effluves acidulés tend à maîtriser la cadence de mon pouls à mesure que je slalome entre les portants. Je refuse d'admettre que la retrouver me file des frissons. Pourtant, c'est le cas, ma peau réagit, mon poil se dresse et, merde, j'ai soudain les mains moites.

Et lorsque je l'aperçois, en retrait d'une cabine d'essayage dont le rideau est tiré, face au haut miroir, une chape d'évidence me tombe dessus. Nora Jean De Grassi fout le bordel dans mon système sensoriel sans forcer. Je n'ai qu'à poser les yeux sur elle pour dysfonctionner, c'est ahurissant. Mon cerveau se met à faire abstraction de tout, sauf de la pellicule du film dont nous étions les acteurs principaux dimanche. Dans cette chambre. Sur ce foutu lit…

Elle. Sur mes cuisses. Sa langue exigeante. Ses pupilles dilatées. Sa gourmandise avérée. Les tétons de ses seins durcis contre mes pecs…

Moi. À l'endroit exact où je crevais de me trouver. Contre sa bouche. Esclave de son besoin. Focalisé sur la moindre de ses réactions. Les veines saturées de désir…

Immobile à trois mètres derrière elle, j'inhale une épaisse bouffée d'air et la détaille tandis qu'elle jauge son allure. Elle a cette moue concentrée qui lui confère un air renfrogné, je me tenterais même à dire qu'elle n'est pas convaincue par le rendu. Pourtant, elle est divine. Un jean taille haute, agrémentée d'une ceinture élégante sous laquelle elle a coincé un chemisier en satin émeraude. Le col, ouvert sur quelques boutons, révèle la naissance d'une poitrine délicieusement galbée. Ma parole, une bombe…

Ce n'est qu'en prenant conscience du degré de désir qui saille sous ma peau à cet instant que je sens monter en moi une colère sourde. Je lui en veux, putain ! Je lui en veux d'être celle qui fout en l'air mon pouls, mon souffle, mes pensées, mes objectifs. Je lui en veux de m'avoir touché avec ses confessions et ses états d'âme, d'être la sœur de Clay et la foutue journaliste tirée au sort par Dawn Townstend. Et l'espace d'une seconde inavouable, je lui en veux d'exister. Tout aurait été plus simple si ça n'avait pas été elle.

Percuté par une vague de fureur, je reprends mon ascension. Son regard surpris dans le miroir ne me freine pas, ni même le demi-tour express qu'elle effectue pour me faire face. Une main plongée dans ma poche, j'ébauche un sourire d'une froideur éloquente, lequel doit fatalement dénoter avec le feu qui embrase mes pupilles.

– Est-ce que tu me suis ? me jette Nora Jean maintenant que je me fige devant elle.

– Ne rêve pas, Lolli, tu n'es pas le centre de mon monde.

– Que fais-tu ici dans ce cas ?

Toutes mes émotions négatives s'impriment sur ses traits par mimétisme. À moins qu'elle nourrisse les mêmes sentiments orageux à mon égard ? Ce serait gonflé, non ? Sans déconner, de quel droit ?

– Je prenais un café de l'autre côté de la rue et je t'ai aperçue. Je suis juste venu voir comment tu t'en sors. Visiblement, tu n'as besoin de l'aide de personne.

Sur ma dernière syllabe, je m'empare de ses épaules et lui ordonne une volte-face brutale. En dépit de sa résistance, je la remets devant le miroir et me moule à la raideur de son dos. Mon menton flirte avec la courbe délectable de son épaule, laquelle se soulève plus franchement à présent que sa respiration s'anime. Puis, d'une voix râpeuse, gorgée d'envie et d'une rage contenue, je déclare :

– Ce chemisier est parfait, Lolli. Il met en relief chaque détail de ta silhouette délicate. Le tissu satiné caresse ta peau avec sensualité dès que tu bouges, en plus de jouer avec la lumière. Ça te donne un côté mystérieux et sexy, j'adore…

Ma fin de phrase n'est plus qu'un murmure salace, savamment calculé. Plus que jamais, je veux qu'elle regrette son choix, qu'elle comprenne combien elle m'a frustré. Et tout au fond de mon âme pervertie par la luxure, je veux qu'elle souffre de me désirer, qu'elle en tremble. S'ensuivent sa déglutition périlleuse puis la timide chair de poule qui se dessine à l'orée de son décolleté. Une violente bouffée de satisfaction fait enfler ma poitrine et je souris, encore, cette fois avec une once de triomphe dans le regard. Sans me laisser le temps de perdre le contrôle, je déplace ma bouche à fleur de son oreille et lui glisse en découpant chaque mot de ma détermination :

– Quoi qu'ils en disent, Lolli, tu n'oseras pas voler ce chemisier…

Durant une longue seconde, ses paupières s'affaissent d'une indignation manifeste. Pourtant, la chaleur qui inonde sa paume, dès lors que j'y dépose le Fou, m'indique qu'elle n'est pas seulement baignée de mépris. Sa température corporelle frôle l'indécence. Le rose tenace sur ses pommettes aussi. Comme c'était le cas dimanche avant que nos préliminaires ne soient avortés…

– Je peux me l'offrir, se reprend-elle en me fusillant d'un regard noir.

– C'est justement ce qui est excitant. Tu peux te payer tout un portant si tu veux, mais moi, je te demande de voler ce vêtement-là…

D'un doigt paresseux, je glisse le long de son bras, m'attarde sur le creux de son coude, comme je le ferais entre ses cuisses, puis atteins lascivement son cou. Bloqué dans ses prunelles noisette, j'enroule une de ses mèches brunes autour de mon index. Alors qu'elle exhale plus fort, je me surprends à sentir mon estomac se serrer sous l'effet du manque. Ce manque que j'ai tenté d'oublier ces trois derniers jours. Celui-là même qui me fait plonger le nez dans sa masse de cheveux et la respirer largement. J'ai dit que j'adorais son parfum ?

– Je refuse, balbutie-t-elle sans se détacher de mon contact.

– Tu ne peux pas, Lolli. Tu sais ce que tu risques…

Tout se mélange en moi à l'instant où elle s'arrache à mon contact, m'atomise d'un regard furieux et s'isole dans la cabine. Ma pression artérielle est à son paroxysme, pulvérisée par l'adrénaline qui galope dans mes veines. Le rythme sauvage des battements de mon cœur, dicté par la collision de mes émotions contradictoires, me file presque un vertige. Et tout est décuplé lorsqu'elle cède à l'appel du Fou, quand bien même elle cède sous la menace.

Je plane en effectuant quelques pas dans la boutique, un œil absent sur les fringues que je caresse du bout des doigts. Ce que je ressens est tellement grisant, putain ! Aucun des regards curieux posés sur moi n'obtient mon attention, conseillère, clientes manucurées, stagiaire... Et puis, un corps chaud – et raide d'inconfort – épouse mon dos. J'ai à peine le temps de redescendre de mon nuage que sa voix murmure contre mon tympan :

– Je te déteste, Deamon Cosgrove. Mais j'ai ton fichu Fou, sois certain que je saurai en faire bon usage.

22

Nora Jean

Faire semblant en société, jouer un rôle, je sais faire. Mais simuler en présence de Deamon s'avère être un challenge de tous les instants. Aussi je m'empresse de désolidariser mon corps du sien et le contourne, droite sur mes jambes, épaules et menton hauts, en dépit de la vitesse affolante de mon pouls. J'affiche une confiance à la hauteur de mon rang, pourtant, je me sens la pire citoyenne du continent. Je déteste ce Fou ! Je déteste l'arrogance de Deamon ! Plus pénible à admettre encore, je déteste m'être sentie fondre de besoin devant ce miroir... Ses mots, son souffle, l'obscénité dans ses iris bruns... Pourtant, au-delà de son aura impitoyable, un éclat de châtiment ricochait dans son regard, comme s'il cherchait à condamner mon attitude par le biais de ce défi. Comme s'il désirait me punir...

C'était Clay, évidemment que j'allais décrocher ! Certes, ce que nous vivions sur ce lit méritait une fin plus éruptive, mais que pouvais-je faire d'autre ? J'aime mon frère plus que quiconque, et l'entendre s'inquiéter de mon état m'a remise face à ce lien fraternel et inaltérable qui nous connecte. J'ai aimé chaque seconde de mon rapprochement charnel avec Deamon, trop, certainement, mais ça n'avait plus d'importance dès lors que Clay entrait en jeu. En tout cas, c'est ce dont j'étais convaincue jusqu'à l'apparition de Deamon, il y a dix petites minutes...

Les vêtements de mon essayage sous le bras – tous, à l'exception d'un seul, lequel me démange atrocement –, j'ébauche un sourire courtois en approchant du comptoir. Je n'ose aucun regard vers le serpent resté près du corner Dolce & Gabbana. Si je veux conserver mon masque de mondaine, c'est un risque que je refuse de prendre.

– Vos pièces sont incroyables, gratifié-je l'hôtesse de caisse à mesure qu'elle scanne mes articles un à un.

– Nous avons beaucoup de chance, c'est vrai, et nous sommes ravies que vous ayez trouvé votre bonheur.

La jeune femme ponctue sa phrase d'un sourire poli, puis passe la blouse Versace aux motifs douteux sous son laser. Quand je pense que je me paie cette pièce… Je ravale la coulée d'irritation qui sinue dans ma gorge et sors ma carte bancaire.

– Trois mille cent quarante-sept dollars, madame.

Je consens d'un hochement de tête entendu, non sans déglutir douloureusement, puis coulisse ma carte dans le lecteur. Ce n'est qu'en récupérant mon sac estampillé au nom de l'enseigne que la présence de Deamon dans mon dos me fait tressaillir. Je jette un rapide coup d'œil au trottoir, dix mètres derrière l'agent de sécurité qui surveille les portiques antivol. Mon Uber est là, stationné en double file.

– En vous remerciant pour votre accueil, salué-je l'hôtesse avant d'amorcer une première enjambée vers la sortie.

C'est maintenant que tout se joue. J'opère un rapide demi-tour vers Deamon, le cloue sur place d'un regard polaire, et pointe ses arrières du menton.

– Tu as laissé tomber quelque chose.

Je n'attends pas de le voir aviser le papier qui gît au sol derrière lui. Je progresse, je souris au vigile. Mon rythme cardiaque s'envole à présent. Mètre après mètre. Je prie pour ne pas entendre le meilleur ami de mon frère raccourcir la distance entre nous. J'ai besoin d'un peu d'avance sur lui.

Pitié, qu'il me laisse un peu d'avance…

Je perle de stress sous mes vêtements, j'en ai même du mal à respirer en foulant enfin le trottoir. Pourtant, je suis dehors, ça y est. Mon allure augmente, je ne suis plus capable de me freiner, ulcérée par le délit que je viens de commettre.

En quelques secondes à peine, j'attrape la poignée de la berline noire, mais sursaute dans un hoquet nerveux lorsqu'une sirène retentit derrière moi. Puis la voix sévère du vigile achève de me paralyser…

– Monsieur, s'il vous plaît !

Cette fois, je pivote sur moi-même. Deamon est aux portes de la boutique, passé au crible par le vigile pour une fouille en règle. À ce moment précis, une sensation jusqu'ici inconnue se met à galoper en moi, un mélange puissant d'un soulagement intense et d'une satisfaction perverse. Ce jeu entre nous m'a empoisonnée, il m'a corrompue, et le sourire réjoui qui retrousse mes lèvres à l'attention de Deamon le confirme. Je ne le contrôle même pas, je le vis, je le ressens à outrance. C'est chaud, galvanisant… Presque irréel.

Deamon ne me lâche pas des yeux un seul instant, sidéré à mesure qu'il comprend l'exercice auquel je me suis prêtée pour le piéger. J'ai glissé les étiquettes, savamment découpées, du chemisier dans la poche arrière de son jean un peu plus tôt. À l'instant même où je lui soufflais de se méfier du Fou dorénavant en ma possession. Mon cœur bat plus vite, la cadence de ma respiration ne faiblit pas, mais je ne souffre plus. Je ne suis plus inquiète ou nauséeuse. Je jubile en silence, dopée par la surdose d'adrénaline que ma vengeance a générée.

– 52, Hamilton Terrace, informé-je mon chauffeur en me glissant cette fois à l'arrière.

L'homme actionne son clignotant, prêt à s'immerger dans la circulation dense de cette fin d'après-midi. Poussée par je ne sais quelle force invisible, j'ondule les doigts derrière la vitre en guise d'au revoir. Le destinataire, immobile aux côtés de l'agent, me dévisage toujours, suintant d'une impertinence flagrante. Celle qui signifie qu'il adore autant qu'il répugne ma manœuvre mesquine et déloyale. Celle qui promet une revanche à la hauteur de la trahison… Et j'ai honte d'admettre que cette perspective, pourtant exécrable, tapisse subitement ma peau d'un frisson brûlant.

Alors que la voiture se fraie un chemin sur l'avenue, je me détourne enfin et l'abandonne à son triste sort. Deamon ne sera pas retenu bien longtemps, à l'évidence il ne sera pas inquiété puisqu'il ne détenait que les antivols du chemisier. Bon sang, je suis parvenue à mettre à mal l'illustre Deamon Cosgrove, sans l'avoir prémédité des jours à l'avance qui plus est ! Je ne suis qu'euphorie et excitation sur le chemin du retour.

C'est le pas léger que j'atteins le quatrième étage de mon immeuble. À dire vrai, un semblant de sourire n'a cessé d'étirer mes lèvres depuis que mon chauffeur m'a éloignée de *Bergdorf Goodman*. Aujourd'hui, je ne me hâte pas de déverrouiller ma porte, bercée par les cendres d'une ivresse inédite. Mais à peine ai-je ouvert le battant que la pleine lumière qui inonde mon T3 me dégrise sans délai. Je ne laisse jamais les luminaires allumés et…

– Surprise !

La bourrasque d'effroi qui me brutalisait s'évapore dès lors que ce timbre de voix affectueux ricoche contre mon cœur.

– Clay ? Mais…

Un bonheur sans mesure se dilue dans chaque recoin de mon anatomie. Clay est là, Clay s'avance vers moi, Clay ouvre ses bras pour moi ! Prise à la gorge par une vive émotion, j'abandonne lâchement mes sacs dans l'entrée et cours presque jusqu'à son sourire enchanteur.

Je l'étreins. Un long moment. Trop longtemps probablement, mais qu'importe.

– Il fallait que je te voie, l'entends-je dire après qu'il a déposé un tendre baiser sur le haut de ma tête. Comment tu vas ?

– Bien ! Je suis si contente de te voir ! Tu avais mentionné avril et je…

– Je me suis arrangé pour avancer mes congés dès que j'ai su pour l'alerte à la bombe. Je ne t'ai rien dit pour éviter les faux espoirs. J'avais besoin de voir que tout allait bien pour toi, même si tu me le confirmais au téléphone. Donc je te repose la question, N.J. : est-ce que tu vas bien ?

Alors que je ne pensais pas être en mesure de l'aimer davantage, ses mots me prouvent le contraire et manquent de me tirer une larme. Il s'inquiète pour moi…

– Est-ce que tu repartiras si je te dis que je vais bien ? hasardé-je.

– Je reste jusqu'à dimanche, peu importe ta réponse. Mais si tu me dis que tu galères, je t'embarque dans ma valise et tu deviendras la locataire officielle de notre chambre d'amis. Pour une durée indéterminée, bien entendu !

Un rire d'aise m'échappe. J'aime qu'il évoque la possibilité de me traîner jusqu'à la Silicon Valley si toutefois mon état lui paraissait alarmant. Le rejoindre n'a jamais été une option et il le sait. Ma vie professionnelle est ici, à New York. La sienne en Californie. C'est ainsi. C'est un crève-cœur quotidien, mais c'est ainsi.

D'autant que je ne me sens plus bousculée par l'épisode dramatique de la semaine dernière. En vérité, j'ai la sensation qu'un mois entier s'est écoulé depuis. J'imagine que la réintégration de nos locaux dès lundi a joué, de même que mon inspiration retrouvée à l'approche de l'interview. Et peut-être aussi mon rapprochement avec Deamon… L'éclat de mon sourire menace de se ternir sur cette dernière pensée que je choisis d'enterrer au plus profond de mon coffre-fort intérieur.

– Je vais mieux, rassure-toi. Nous avons pu retrouver notre étage après la mise en place d'une cellule d'écoute, et mon édito m'a permis de penser à autre chose. Mais toi, comment vas-tu ?

– Je n'ai pas été évacué d'un immeuble sur le point d'exploser, donc tout roule ! rit-il. Est-ce que tu as pu échanger avec des… conseillers ? Ce sont des conseillers pour ce genre de dispositifs, non ? Ou des psys ?

– Trois psychothérapeutes sur l'ensemble du bâtiment, ils ont l'air très compétents, mais je ne les ai que salués. Je vais bien, promis. M'éloigner de New York a été la meilleure des thérapies.

– Je suis content, laisse-t-il échapper dans un soupir soulagé. Mais jure-moi que tu iras consulter si jamais…

– En quelle langue faut-il que je te le dise ? gloussé-je. Je vais bien, et encore mieux maintenant que tu es là !

– OK, j'arrête, s'amuse-t-il en m'entraînant dans l'espace cuisine. Tu me paies un verre ?

– Avec plaisir !

Je m'attelle à sortir deux de mes plus beaux verres et la bouteille de vin blanc tandis que Clay fouille déjà dans le placard qui contient quelques paquets de biscuits apéritifs. La minute qui suit, nous sommes installés autour de l'îlot. Je me noie dans ses yeux, dans ses mimiques que j'adore détailler, et plus que jamais je me sens légitime à la place que j'occupe près de lui.

– Comment va Maude ? Toujours overbookée ?

– Elle n'arrête pas ! J'ai beau lui dire de lever le pied, elle aime trop son job pour même envisager de refuser des contrats.

– Elle a tellement de talent, je comprends aisément qu'elle soit à ce point sollicitée.

– Sauf qu'à ce rythme-là, on n'est pas près de rafraîchir la chambre d'amis.

Je l'écoute tendrement me retracer ses derniers mois en tant que conjoint, puis en tant que développeur. Je bois ses paroles, puis mon vin, admirative et fière de l'homme qu'il est devenu. Clay a réussi, il a réalisé son rêve en s'implantant dans plusieurs entreprises technologiques et jouit d'une indépendance financière depuis qu'il a claqué la porte de Victoria Elinor De Grassi il y a maintenant six ans. C'est une valeur que nous partageons, celle de ne pas souhaiter bénéficier d'un centime de la fortune familiale.

– D'ailleurs, qu'est-ce qui t'a retenue ? Je m'attendais à te voir rentrer directement après le boulot ?

– Je me suis arrêtée à *Bergdorf Goodman*, l'interview est demain…

– Mais oui ! Et ça va ? Tu ne stresses pas trop ?

– Étrangement, non. Je suis plutôt pressée d'y être.

– Et avec ta collègue, le courant passe mieux ?

– Pas mieux, mais pas pire. Disons qu'après l'épisode de l'alerte à la bombe, quelque chose a changé. Il se pourrait que je l'aie jugée un peu vite, je n'en sais rien…

– Les êtres humains ne sont pas tous mauvais, la plupart sont même plutôt chouettes.

– Tu as certainement raison, c'est seulement que…

Je marque une pause alors qu'un homme de mon passé s'invite dans le fil de mes pensées et les souille. Clay reste silencieux lui aussi, un regard vague posé sur son verre. Je sais que nous pensons au même individu. Clay a eu la chance de ne pas souffrir de ses relations, quelles qu'elles soient. À l'inverse, j'ai eu affaire à un homme à la fois menteur, manipulateur, oppresseur…

– Comment ça va de ce côté-là ? hasarde mon frère avant d'avaler une gorgée de son vin.

– C'est-à-dire ?

– Est-ce que tu envisages de faire une « rencontre » dans un futur proche ?

J'étire un sourire en demi-teinte.

– Ce n'est pas encore prévu à mon agenda.

– Ça me plairait de te savoir sentimentalement heureuse.

– Mais, je le suis.

– Personne ne te fait de l'œil ? Même pas au boulot ? Quelqu'un avec qui tu t'imaginerais passer des moments sympas ?

– Grand Dieu, non, ris-je sur mon verre.

– Ou des moments plus torrides !

Son jeu de sourcils canaille ponctue sa phrase. J'en avale ma gorgée de travers et finis en quinte de toux. Mon frère est fou !

– Sois sérieux, toussé-je dans un rire.

– Et avec Deamon ?

Un grésillement me laboure les tympans, même tonalité qu'un tracé plat sur un électrocardiographe. Peut-être que mon cœur a cessé de battre en définitive…

– Pardon ? m'étranglé-je, les joues brûlantes.

– Est-ce que ça roule avec lui ? Il ne te ramène pas ses conquêtes à l'appartement, j'espère ?

Oh, misère… Sans trop m'avancer, je dirais que je suis réellement morte quelques secondes. J'imagine que mon soulagement intense se remarque sur mes traits et dans ma longue expiration, car Clay enchaîne :

– Attends, tu pensais que…

Mon frère éclate d'un rire bruyant avant de plonger ses doigts dans le bol de gâteaux.

– Tu pensais que je cherchais à te caser avec Deamon ? T'es dingue, rit-il encore. Mea-culpa, j'ai mal géré la transition. Franchement, t'imagines le tableau ? Toi et D. ?

Visiblement, cette éventualité le fait se tordre de rire. Quant à moi, c'est tout juste si je parviens à donner le change devant son hilarité tant la nausée me titille. Je me doutais de sa réaction. Néanmoins, c'est Clay, il n'a toujours voulu que le meilleur pour moi, la preuve avec cette conversation sur mon hypothétique futur couple. S'il savait, bon sang… La honte m'inonde, celle qui appelle une culpabilité dévorante. Je me suis abandonnée à la bouche de Deamon, j'ai aimé que ses mains habiles me touchent, même son désir m'a enivrée…

– Je ne suis pas inquiet, tu sais, se reprend-il sans se départir de son expression divertie. Vous deux, c'est de l'ordre de l'impossible. Je sais que ce n'est pas ton genre de gars, et lui sait parfaitement qu'il ne pourrait rien se passer entre vous, donc…

– C'est sûr.

– Du coup, il découche souvent ?

Traduction : a-t-il une vie sexuellement active ?

Pitié…

– C'est arrivé, oui…

Le bruit de la porte d'entrée me sauve d'une argumentation mensongère, et me condamne en même temps. Un tourbillon d'émotions contradictoires s'élève dans mon organisme. Deamon est là, son meilleur ami, la moitié de notre duo improbable et interdit…

Mon colocataire. Tentateur, professeur, confident, déserteur, génie du mal et j'en passe…

Je m'efforce de répondre malgré tout au large sourire de Clay. Mon frère se réjouit de revoir son ami, aussi je dois lui faire comprendre qu'il en est de même pour moi. En réalité, une peur incontrôlée me triture le ventre.

Si Clay descend de sa chaise haute pour aller à la rencontre de Deamon, je ne bouge pas d'un iota. Je ne pourrais pas même si je le voulais très fort, tétanisée par l'explication de Clay. En ultime recours, je tente une prière païenne. Pourvu qu'aucune remarque ou anecdote de Deamon ne vienne ternir l'amour que Clay éprouve pour moi. Pourvu qu'il se tienne… C'est le cœur battant que j'ose un regard vers le vestibule d'où retentit l'accueil de Clay à mon colocataire imposé.

– Cosgrove ! Quel putain de plaisir de te revoir ! jure Clay pendant son accolade virile. Je suis désolé de ne pas avoir été là pour les obsèques, j'ai tenté, mais on était sous l'eau et…

– Ne te prends pas la tête, c'est oublié. Je suis content de te voir !

– Allez, viens, on boit un coup ! T'aimes toujours les blondes ?

Je comprends que Clay s'informe quant aux goûts de Deamon en matière de bières, pourtant, la réponse du concerné me remue un peu plus. Ça et le regard sauvage qu'il braque sur moi en approchant…

– Je crois que je préfère nettement les brunes maintenant.

Achevez-moi…

Je déglutis vainement en vue de chasser le nœud qui forcit dans ma gorge et rend soudainement mon souffle chaotique. Chaud et chaotique.

– Ah, OK, s'étonne brièvement mon frère. N.J., t'as des bières ? Brunes de préférence.

– Non, plus aucune, réponds-je à la hâte.

– Aucun problème, je vais prendre du vin, esquive Deamon en passant son bras musclé devant moi pour attraper une poignée de gâteaux salés. C'est du chardonnay ?

Peut-on mourir de panique ? De panique et de honte ?

J'encaisse l'accroissement de ma température corporelle en avalant deux gorgées d'affilée. Nom d'un chien, il le fait exprès ! Si je me décompose intérieurement, je suis persuadée que Deamon se délecte de la situation. Cet homme est insupportable…

– Non, un… puligny, répond Clay à ma place.

– Vendu !

Raide sur mon siège, je laisse mon frère emplir le verre vide que Deamon dépose sur l'îlot. Je m'applique à regarder droit devant, soit Clay et l'allégresse qui danse dans ses yeux. Évidemment, je refuse d'accorder une quelconque attention à celui qui, à présent, s'accoude sur le plan de travail tout à côté de moi. J'essaie de paraître sereine et, bon sang, c'est atrocement difficile, car un milliard d'images se bousculent dans ma tête. Celles du Rooftop, celles de l'auberge, celles du magasin un peu plus tôt… Et puis, sans prévenir, l'odeur de Deamon s'accroche à mes narines. Son magnétisme me happe. Sa chaleur semble m'envahir. Mon cerveau hurle à mon corps de se tenir, de rester calme et paisible, de rejeter chaque frisson qui se déclare sur ma peau… Sans succès.

– Je vous laisse rattraper le temps perdu, bondis-je soudain de mon siège. Je file prendre une douche.

Clay n'objecte pas, trop heureux de pouvoir profiter de son meilleur ami après huit ans d'absence. Deamon ne me retient pas non plus, pour autant son silence sonne différemment. Un silence lourd, criant de tout ce qu'il tait en vue de mieux m'achever par la suite…

Après un rapide détour par ma chambre, je referme la porte de la salle de bains en inhalant une bouffée d'air nécessaire à ma survie. J'ai la sensation d'avoir retenu ma respiration depuis la seconde où Deamon est entré dans l'appartement. Voire depuis que Clay m'a confrontée à un rapprochement impossible entre Deamon et moi. S'il y avait bien un soir où j'aurais apprécié que Deamon s'exile, ça aurait été celui-là ! La situation est trop bancale. Je me sens prise au piège et je déteste ça…

Deux bras tendus contre la vasque, je tente d'alléger mon souffle grâce au souvenir d'un vieux cours de sophrologie, en vain. J'ai peur de ne pas même réussir à tempérer mes angoisses avec une longue douche. Tant que Clay et Deamon partageront le même espace, je suis condamnée à être sur le qui-vive, en proie à une peur profonde d'être démasquée par mon frère. Et de sentir la honte voyager dans mes veines…

Clay ne doit pas savoir, c'est… c'est tout simplement inimaginable. Si encore il était question d'une relation sincère, d'une véritable connexion émotionnelle et sentimentale entre Deamon et moi, mais il ne s'agit que d'avidité, de concupiscence, d'initiation… Rien de flatteur ou de glorieux. Le simple fait d'imaginer que mon frère puisse découvrir ce qui s'est passé me soulève l'estomac. Force est de constater qu'il désapprouverait. Et je refuse de le perdre pour ça… Je refuse même de voir mon reflet se ternir dans ses yeux. Ça me serait… fatal.

Alors que ma nuque ploie en avant, une chaleur se diffuse outrageusement dans mon dos. Un corps massif vient de se mouler contre moi… Le hoquet de terreur qui menaçait de m'échapper se transforme en un soupir défait. Bon sang, je n'ai pas verrouillé la porte… Je relève le visage aussitôt et découvre, sans surprise, le regard obscur de Deamon dans le miroir qui nous fait face.

– Sors d'ici, parviens-je seulement à articuler.

– Il est sur le balcon. Un appel avec sa chère et tendre…

Nous nous dévisageons de longues secondes. J'évalue la rudesse de mes réactions tandis qu'il jauge la dilatation de mes pupilles. Nos souffles deviennent plus rapides à mesure que la pièce se charge d'une atmosphère crépitante. C'est interdit, pourtant, c'est d'une telle évidence depuis Montgomery… Je désire cet homme, et l'intensité avec laquelle mon corps gémit de besoin me fait presque peur ce soir. Chaque atome de mon organisme s'agite, exige l'abandon, pleure de frustration… J'inspire en saccade sur cet état des lieux, déclenchant le sourire insolent de mon colocataire.

– Est-ce que tu le portes ?

J'ai beau être troublée par la puissance de mon attirance pour lui, je comprends sans peine ce à quoi il fait allusion. Il parle du chemisier qu'il m'a demandé de voler plus tôt… Une brume cuisante s'étoffe autour de moi à l'instant où Deamon mord sa lèvre inférieure. Il veut le voir. Il veut le voir sur moi…

D'instinct, mes bras se soulèvent, lui intimant d'ôter le pull qui dissimule l'objet de mon délit. Deamon n'attend pas davantage et s'en empare. Mon dos rejoint son torse après ça, à mon initiative, et l'impact est délectable. Les muscles bandés de son torse me laissent découvrir l'ardeur de son pouls. Puis sa paume sur mon ventre manque de m'arracher un gémissement. Elle remonte lascivement sur le satin émeraude. Elle en revendique chaque centimètre. Je voudrais être capable de résister, et ce pour tout un tas de raisons. Il m'a obligée à voler pour son Fou de malheur mais, plus dangereux encore, Clay est là, à seulement quelques murs de nous. Or, je plie, le cœur au bord de la rupture. Ce jeu est pervers, je le sais, et en même temps je meurs d'envie qu'il me touche encore. Terriblement envie. Avec ou sans barrière de tissu… Et cette sensation brûlante se décuple à présent que Deamon me dévore littéralement du regard.

– Tu sais, commence-t-il près de mon oreille, si tu ne m'avais pas missionné pour t'initier à la jouissance, je serais déjà en toi. Ici. Maintenant. Sans retenir mes coups de reins…

Sa bouche longe l'angle de ma mâchoire, laissant errer le bout de sa langue sur ma peau en fusion. Je halète, submergée par une armada de fourmillements presque douloureux tant ils sont puissants. D'une impulsion, mes doigts viennent agripper les siens qu'il aventure autour de mes seins.

– Je ne t'aurais laissé que ton chemisier.

Ma poitrine se soulève de façon anarchique, rythmée par ma respiration décousue. Deamon s'en imprègne en coulant sur moi le plus salace des regards. Puis, une de ses paumes trouve le chemin de ma gorge, englobe ma joue et y fait pression. J'ai peur de perdre la tête, car plus rien ne m'atteint à l'exception de ses intentions et du désir que je sens se dilater voracement partout en moi. Nos bouches se font face maintenant et mon souffle perd les pédales.

– T'as pas idée de ce que j'ai ressenti, grogne-t-il en jouant avec mes lèvres sans s'y poser. En pensée, je t'ai baisée pas loin de dix fois depuis que tu m'as piégé… Et c'était sale, crois-moi.

Son choix de vocabulaire me consume davantage, à moins que ce ne soit le tout qui m'enfièvre. L'homme, l'érection solide sur mes fesses, la frustration, l'accès à sa bouche qu'il me refuse chaque fois que j'essaie de m'en emparer…

– Tu as été parfaite aujourd'hui, bandante comme jamais. Mais voilà, j'ai un verre de vin à terminer…

Un vertige me prend à l'instant où son corps tout en contraction me quitte. Je jure que je pourrais en pleurer tellement ce revirement me fait un mal de chien. Pourtant, je le laisse me décocher un clin d'œil, asseoir sa domination sensorielle dans un sourire d'une perversité arrogante, et disparaître discrètement dans le couloir.

Seule dans cet espace gorgé d'une brume de désir, je me sens manquer d'air comme s'il m'avait été demandé de courir un marathon. Comment vais-je survivre ? Qu'il me frustre ou qu'il honore ses promesses, je crains d'être fichue, absolument réceptive, et dépendante de tout ce que Deamon Cosgrove fait se rebeller en moi.

Oui, fichue…

23

Nora Jean

Ai-je assez dormi ? Absolument pas… Pourtant, je me tiens droite et solide, en retrait devant les lourdes portes du pénitencier de Bedford Hills. C'est aujourd'hui. L'interview se déroulera d'ici peu. Un curieux mélange d'émotions me submerge depuis mon réveil, de l'excitation à laquelle se greffent mon impatience et une nervosité contenue. Je ne touche pas au but, je ne suis pas même arrivée au bout de mon investigation, mais quelque part, j'ai la sensation que tout se jouera dans l'heure qui suit. Peut-être est-ce utopique de le croire, toutefois, j'ai besoin de me raccrocher à cette idée. Tout est tellement bousculé autour de moi, en moi, ces derniers temps, qu'il est impératif pour ma santé mentale de laisser place au concret. En l'occurrence, mon édito ! Il me faut du rationnel pour parvenir à annihiler le tsunami fiévreux que Deamon fait se soulever en moi. Mais pas seulement. Je veux verrouiller ma culpabilité et la nausée qui me prend à la gorge dès lors que je reçois un sourire complice ou un geste affectueux de mon frère.

Elle est là ma constante, mon guide, mon absolu.

Deamon, lui, n'est qu'une distraction, rien d'autre, qu'importe ce qu'en pense mon corps indiscipliné.

Convaincue, j'avise une fois de plus ma montre, inspire une profonde bouffée d'air, puis m'avance jusqu'aux battants en acier noir. Le ciel encombré de nuages gris les rend plus austères encore. Au-delà de mon masque professionnel, je ne peux pas nier me sentir fébrile maintenant qu'une boule d'appréhension se forme dans mon estomac. J'ai beau avoir travaillé cette interview, savoir que Dawn Townstend m'attend à l'intérieur de ces murs me trouble. Contrairement à sa famille fortunée, cette jeune femme est devenue le centre d'une affaire criminelle, laquelle tient en haleine le public depuis des semaines. Et je suis l'élue, celle qui aura l'opportunité de relater cette sombre, mais fascinante version de l'histoire.

Avant même que je n'aie à m'annoncer à l'Interphone, un garde en uniforme ouvre un des battants. Son faciès sévère n'enlève absolument rien à l'ambiance lugubre de l'endroit, bien au contraire, il se fond idéalement au paysage…

– Carte d'identification et permis de visite.

J'obtempère et lui transmets les documents que Maître Locke m'a mailés. Après une brève série de questions, l'officier m'attribue un badge de visiteur et m'invite à entrer avec autant de chaleur qu'un bloc de glace. Pour autant, son aura polaire n'est pas ce qui tend à faire trembler mes jambes à mesure que je progresse dans le premier corridor. Le regard impitoyable des murs et l'atmosphère oppressante qui y règne en sont la raison. Si certains de mes confrères ont déjà vécu une pareille situation, je découvre l'univers carcéral haute sécurité pour la toute première fois et, bien entendu, j'en ai froid dans le dos.

Tout au sein de cette enceinte barricadée semble être le témoin silencieux de trop de secrets, de trop de vies brisées. Le cliquetis des clés et le bourdonnement distant de l'activité pénitentiaire sont les seuls bruits, ou presque, qui percent le silence. Porte après porte, je marche dans les pas de l'officier, lesquels résonnent avec autorité dans ce dédale de béton et d'acier.

– Vous y êtes, prévient mon guide devant une porte ajourée d'une mince vitre.

– Très bien, merci.

Sans d'autre choix que celui de cogner contre la petite lucarne pour informer les occupants de mon arrivée, j'approche mon poing, mais suis stoppée par le timbre bourru de l'officier.

– Vous êtes une habituée, hein ?

– Habituée de ? hasardé-je après avoir analysé son expression sans qu'aucun indicateur me soit donné.

– Des prisons. Vous semblez franchement à l'aise. Les débutants sont souvent tendus comme des strings, mais pas vous…

Ça, mon cher monsieur, c'est parce que j'ai appris à faire illusion depuis ma naissance.

Honnêtement, j'en suis à espérer qu'un verre d'eau m'attendra à l'intérieur de la salle tant j'ai la bouche affreusement sèche de la trouille qui m'a accompagnée jusqu'ici !

Je consens d'un hochement de tête, ce qui semble lui suffire, du moins il s'éloigne après ça, me laissant seule face à ce rempart blindé derrière lequel m'attendent Dawn et son avocat. On y est.

Rappelle-toi : écoute attentivement, écris avec précision, partage avec intégrité.

Après une vaine déglutition, je frappe trois brèves fois. Je n'ai pas à patienter plus de trois secondes avant que le grincement d'ouverture retentisse. Une petite pièce sommairement meublée se révèle et…

– La voilààààà !

Maître Locke n'est pas celui qui a chanté ces trois syllabes, mais celle qui est menottée à la table. L'héritière toute vêtue d'orange… Un genou replié contre sa poitrine, Dawn Townstend affiche une décontraction qui frôle l'arrogance. L'angle de son corps trahit une sorte de nonchalance, comme si l'endroit dans lequel elle se trouve n'avait aucune importance, aucune emprise sur elle…

– Bonjour, Nora Jean. Je vous en prie, entrez, m'invite l'avocat.

Sans parvenir à me détacher du sourire truculent de Dawn, j'amorce une enjambée et pénètre dignement dans la pièce. Je devine la chaise que m'indique Maître Locke et m'y installe, hypnotisée par la jeune femme qui me fait face. Tous connaissent Dawn Townstend pour son excentricité, ses frasques dans les soirées mondaines, ses dépenses indécentes et ses conquêtes sulfureuses. Mais, à cet instant, elle n'est plus rien de tout ça, qu'importe ce qu'elle tente de prouver avec un maquillage excessif.

Ses yeux cernés de khôl me fixent avec une intensité dérangeante. J'ai même la sensation qu'elle s'évertue à créer le malaise, comme une sorte de test qu'elle aimerait, ou pas, me voir réussir… Dans l'éclairage cru de la salle, sa grossière mise en beauté ressort avec une netteté saisissante. Ses lèvres écarlates contrastent avec la froideur de son regard. Ses cheveux bruns, à peine peignés, encadrent son visage pâle et accentuent l'éclat de ses yeux sombres, des yeux qui semblent contenir un tourbillon d'émotions contradictoires. Quelque chose en elle me trouble d'une manière que je n'aurais pu anticiper, une aura de mystère, de douleur profonde…

Ce n'est qu'en détectant son haussement de sourcils perplexe que je me remets en état de marche.

Reste ancrée dans le moment, Nora Jean…

– Bonjour, Miss Townste…

– Dawn. Juste Dawn.

– Bonjour, Dawn, rectifié-je avec un sourire aimable. Je vous remercie de m'avoir choisie, je suis honorée de pouvoir relater votre histoire.

– Vous départager a été très distrayant ! s'exclame-t-elle dans un rire.

Humiliant également, pensé-je en récupérant mon téléphone, mon bloc et un stylo.

– Mais je dois dire que tu m'as plu dès le début, me surprend-elle à continuer sous le sceau de la confidence. Quelque chose dans ton regard éteint m'a captivée.

Je relève aussitôt les yeux sur elle, incertaine. Je ne suis pas férue du tutoiement qu'elle a choisi d'employer, pourtant, ce n'est pas sa familiarité qui me perturbe, mais davantage le choix de ses mots. Mon regard éteint ? Qu'entend-elle par là ? Éteint comme fade ? Dépourvu d'humanité ? Ou plutôt fatigué ? Une bonne douzaine de questions me piquent la langue tandis que Dawn s'emploie à étudier mon attitude en réaction à sa confession. Une fois encore, j'ajuste mon port de tête, puis pousse mon portable au centre de la table et active l'enregistrement.

– Pouvons-nous commencer ?

Dawn hausse une épaule désinvolte avant de se rencogner contre le dossier de son siège. Par respect, je demande l'autorisation à Maître Locke, qu'il approuve d'un mouvement de menton. Nous y sommes. Je m'apprête à plonger dans les ténèbres de Bedford Hills, à écouter et à comprendre l'histoire de Dawn Townstend, laquelle pourrait changer la manière dont le monde perçoit cette femme fantasque et tourmentée ; et, pour la première fois aujourd'hui, je ne ressens aucun désagrément émotionnel, pas de nervosité, pas d'inquiétude. Je me sens simplement prête, confiante et déterminée.

– Très bien. J'aimerais que nous revenions quelques années dans le passé ; racontez-moi votre enfance, dans quel contexte avez-vous grandi ?

Dawn reste impassible un long moment. Puis sa langue claque plusieurs fois contre son palais alors qu'elle secoue la tête théâtralement. J'ouvre la bouche pour argumenter, mais suis muselée par le bruit métallique des menottes. Dawn s'accoude sur la table, s'y allonge presque, mains jointes sous son menton.

– On va jouer toutes les deux. Pour chaque question que tu veux me poser, tu devras d'abord y répondre. Et vice versa. Tu m'excuseras, je n'ai pas prévu de liste, mais je sais être spontanée !

Je précipite un œil sceptique à l'avocat. Sa seule réponse sera de rouler des yeux. Locke est probablement réduit au silence par les zéros qui décorent le chèque de ses honoraires. Lui, comme moi, n'a pas la main. Dawn fixe les règles alors même qu'elle est enfermée dans le seul endroit où l'être humain n'est plus décisionnaire de ses envies.

– Je t'écoute, Nora Jean. Raconte-moi ton enfance, dans quel contexte as-tu grandi ? me singe-t-elle à l'excès. Ne me mens pas, sinon j'en ferai autant. Allez, j'attends.

J'hésite sans vraiment hésiter, muette devant ce visage à la fois diverti et marqué par les tourments de son existence. Dire que nous avons quasiment le même âge… Les rides naissantes autour de ses yeux témoignent d'une multitude d'émotions ressenties bien au-delà de ce que l'on attendrait d'une personne de 24 ans. Dawn me sonde, impatiente, victorieuse par anticipation. Et c'est à cet instant de notre face-à-face silencieux que la noirceur de son regard achève de me convaincre. Elle porte en elle les traces d'innombrables nuits d'insomnie, de luttes internes et de pensées insondables que je jure de décoder.

– Je suis née à New York, démarré-je d'une voix sans chaleur. J'ai grandi au sein d'une famille aisée, la bourgeoisie industrielle n'a donc aucun secret pour moi. À l'évidence, je n'évoluais pas dans les mêmes sphères que vous, mais j'ai bénéficié d'un enseignement de qualité à la Dalton School, ainsi que…

– OK pour le contexte, mais raconte-moi le reste, je veux que ça croustille.

– Je n'ai pas grand-chose de captivant à vous dévoiler, je…

– Nora Jean, me coupe-t-elle en s'enfonçant plus loin dans mon regard. Tu veux connaître mon traumatisme ? Alors, livre-moi le tien.

Le clin d'œil qu'elle ébauche à mon attention a beau être teinté de son sourire faramineux, la lueur obscure qui irradie de ses deux billes brunes me prouve que son âme est modelée d'une tout autre façon. Chacun de ses sourires, chacun de ses gestes extravagants est une sorte de masque qu'elle porte pour dissimuler une partie plus sombre d'elle-même. Je le vois, je le ressens et je ne comprends qu'à cet instant qu'elle l'a vu et ressenti en moi elle aussi.

– Très bien, soupiré-je en reposant mon stylo. Mon père est décédé à ma naissance, une rupture d'anévrisme alors qu'il était au volant pour rejoindre la maternité. Depuis ce jour, ma mère m'a fait porter le lourd fardeau de la culpabilité. J'avais une semaine d'avance sur la date prévue d'accouchement, je ne pouvais qu'être responsable de ce drame… En définitive, j'ai grandi sans père et sans mère, sans amour parental, sans tendresse. Certes, je vivais confortablement, j'ai pu profiter d'une éducation de choix, mais…

– Mais ça ne fait pas tout.

C'est exact. Ça ne permet pas l'insouciance, la jovialité, l'épanouissement personnel, l'indépendance affective… Nos regards s'emmêlent et, aussi confondant que cela puisse paraître, j'ai la sensation qu'ils se reflètent. Derrière ce maquillage aux teintes criardes, Dawn comprend. Dawn compatit.

Encore une fois, si je ne lui savais pas l'âge qu'elle a, la sagesse abîmée qui flotte dans ses yeux m'aurait définitivement induite en erreur. Qu'a-t-elle donc traversé pour qu'une dizaine de vies semblent hanter son âme ?

– À votre tour.

– Mon enfance à moi… fait-elle mine de réfléchir, ses ongles vernis de noir tapotant en rythme la table tandis qu'elle s'accroche à un point imaginaire au mur. Une ode à la destruction massive. Massive, mais subtile. Comme tu le sais puisque c'est de notoriété publique, Marilyn, ma très chère mère, a choisi la facilité, ou la lâcheté, en se donnant la mort alors que je n'avais pas 2 mois. Dépressions répétées, addictions, mauvais choix du passé, et que sais-je ? Le cocktail a été explosif. Mon grand-père – qu'il repose en paix – a pris le relais un temps. J'aurais préféré que ça dure toujours…

Dawn n'a cessé d'être expansive depuis le début de notre entrevue, à l'exception de cette toute dernière phrase. Juste quelques mots qu'elle a ponctués d'un rictus de dégoût. C'était bref, à la limite d'être perceptible, or il ne m'a pas échappé.

– Et votre père ?

– Karson Townstend, raille-t-elle en se murant cette fois dans une obscurité éloquente. Qu'il pourrisse en enfer.

Une poignée de secondes s'écoulent sans que Dawn ne remonte à la surface, noyée dans une mer déchaînée de souvenirs plus sombres que sa manucure. Puis, sans transition, elle me refait face en élargissant un sourire à l'excès. Le masque et l'armure sont de retour…

– J'aimerais comprendre, osé-je. Pouvez-vous développer ?

Dawn repousse ma question en secouant vivement la tête.

– Pas aujourd'hui ! vocalise-t-elle dans une mélodie enfantine.

Comment ça « Pas aujourd'hui » ? Je n'ai qu'un entretien, une unique heure en tête-à-tête avec elle. Comment veut-elle que j'expose sa vérité si elle refuse de me la dévoiler ?

– Écoutez, Dawn, je conçois que l'exercice soit éprouvant, mais…

– Non, pas aujourd'hui, répète-t-elle. Quand dois-tu rendre ton papier ?

Séchée par le lourd poing qu'elle vient d'abattre sur la table, je ne parviens qu'à hoqueter. Puis la lueur lointaine dans ses prunelles met en exergue la tempête émotionnelle qui fait rage en elle. Cette femme est d'une complexité profonde, et tout à coup, j'ai peur de ne pas en avoir suffisamment considéré l'ampleur. Elle exige, mais récuse. Elle pose les bases, puis les transgresse. En vérité, je suis un peu perdue. Dawn me perd…

– Quand, Nora Jean ?

– Juin, bredouillé-je enfin.

– C'est parfaiiiiit ! Tu peux revenir tous les jours si ça te chante.

J'oblique vers Maître Locke, perplexe. Est-ce vraiment possible ? Je veux dire, légalement ? L'avocat hausse les épaules dans une grimace désabusée que je traduis par « C'est elle qui paie, au besoin vous pouvez même dormir en cellule avec elle ».

– Dans ce cas, je reviendrai.

– Et je vais adorer ça ! piaille Dawn dans un sursaut d'excitation. La prochaine fois, on se fera apporter du café. Allez, on continue de jouer. Pose une autre question ! Moins chiante !

Le paradoxe avec Dawn est tel qu'à cet instant précis, je ne lui donnerais pas plus d'une douzaine d'années. Je veux percer les mystères qui entourent cette femme aussi originale qu'esquintée, je veux comprendre, et je me fais la promesse d'y parvenir, qu'importe le nombre d'entrevues que je cumulerai.

Mon exclusivité. Mon édito. Mon nom. Ma lumière.

24

Deamon

Un spasme plus fort que les précédents me dégomme lorsque la porte de l'appartement claque. Étendu comme une merde sur mon lit, j'abats mon bras sur mes yeux. Ça doit faire deux heures que je suis là, sans bouger, sans même en avoir la force.

J'attends. Impuissant. Bouffé de l'intérieur…

Mon bagage est fait, dans le cas où il me faudrait foutre le camp en urgence. C'est d'ailleurs la seule chose que je suis parvenu à mener à bien aujourd'hui. Ça, et vomir mes tripes dans les chiottes dix petites minutes après que Nora Jean a quitté l'appart ce matin. Clay soupçonne une indigestion. En réalité, me vider a été l'unique parade que mon corps a trouvée pour évacuer la panique mordante qui assaillait chaque fragment de mon ADN. Putain de mutinerie… Quoique, en y réfléchissant, c'était ça ou le malaise vagal. J'aurais voulu rester digne devant lui. Clairement, j'aurais préféré encaisser la terreur qui enflait vicieusement en moi sans rien laisser paraître, sauf que mon cerveau s'est mis en pilotage automatique. Des dizaines de scénarios dans lesquels je terminais ma vie en taule tournaient en boucle et…

C'était ce que je devais faire. Je n'ai même pas hésité. Elle ou lui. Je l'ai choisi, lui…

– D. ? me hèle Clay du couloir.

Je grimace, saisi d'un énième spasme.

– Ouais.

– N.J. vient de rentrer, elle t'a acheté des bières. Des brunes ! On boit un coup, ton estomac tiendra le coup ?

Pas sûr, pourtant, pour la première fois aujourd'hui, un élan d'espoir me traverse. Je me redresse sur les coudes et absorbe une grosse goulée d'air. Je crois que rien n'a fuité. Putain, je n'en suis pas certain, mais… pourquoi m'acheter à boire sinon ? Si Nora Jean avait eu vent de quoi que ce soit, les flics me passeraient déjà les menottes. Ou alors c'est une sorte de faveur qu'elle me fait, comme le dernier repas du condamné ? Je soupire en retombant sur le matelas et souffle, la gorge à présent piquée d'un amas d'épines :

– Est-ce que ça s'est bien passé ?

– Ça a l'air, en tout cas, son sourire est éclatant ! Allez, bouge-toi, on t'attend dans la cuisine.

Alors que ses pas s'éloignent, la vibration de mon portable me file un frisson gelé. Je m'assieds péniblement sur le bord du lit, chope mon téléphone et ouvre le message. Sans surprise, c'est Morgan.

Pas de nouvelles ?

Elle rentre à l'instant.

Tu me tiens au courant.

Si la conclusion de cette histoire pourrait m'être fatale, Morgan ne serait accusée que de complicité, de non-dénonciation et d'obstruction à la justice.

Si peu…

Et au vu de son passé, je doute que la sentence lui épargne de passer par la case prison.

Tout ça fait chier, putain… Le visage enseveli dans mes paumes que je frotte férocement sur ma peau, j'accuse le coup. Encore.

– Deamon ! Ramène-toi !

Je me lève par je ne sais quel miracle et force sur mes inspirations. J'ai l'impression de peser deux tonnes tant mes enjambées sont lourdes et pénibles. Et puis l'écho de leur voix me parvient… Elle rit. Son timbre à lui est espiègle. La main sur la poignée, je me sens accablé d'une nouvelle culpabilité. Ces deux De Grassi sont à peu près tout ce qui perdure du Deamon d'avant. S'ils venaient à comprendre, je… je perdrais ça pour toujours en plus d'anéantir le peu d'humanité qu'il me reste. Il y a encore deux mois, l'éventualité de les manipuler ne m'avait posé aucun foutu problème tant que ça me sauvait. Ce soir, quelque chose fausse la donne.

Je m'enfonce dans le couloir, une boule de démolition dans le bide tant je flippe. En dépit de la nausée qui titille mon œsophage, je fais craquer ma nuque et m'astreins à renfiler le costume du type nonchalant, un brin chiant, qu'ils connaissent. Du moins, celui avec qui elle vit. L'ambiance plutôt festive qui règne dans la pièce de vie pourrait me délester de la tension que j'ai accumulée, pourtant, seul son regard à elle me permettra de souffler véritablement. En un échange, je saurai…

– D. ! Content que t'aies soulevé ta dépouille jusqu'ici, s'amuse Clay en venant à ma rencontre avant de se figer net. T'as pas l'air super en forme ceci dit. T'es sûr que c'est pas contagieux ?

– Je suis juste crevé, t'inquiète, c'est passé.

Une fois à sa hauteur, j'accueille sa paume virile dans mon dos sans ciller, sans même cesser de progresser vers la cuisine. C'est à peine si j'entends le son de ses paroles alors que je le sais en pleine tirade. Je ne vois qu'elle. Nora Jean nous tourne le dos, les mains dans le bac de l'évier. La voix dans mon crâne lui hurle de se retourner et d'abréger mon putain de calvaire. Je suis un gars bancal, je le sais, c'est même devenu hypra concret avec les Townstend, et le besoin féroce qui bousille mon pouls le confirme. J'ai une chance sur deux pour qu'elle m'achève, comme ça, sans même avoir à prononcer un mot. Pourtant, j'ai besoin qu'elle fasse demi-tour, qu'elle signe – ou pas – le point de non-retour. Qu'elle me montre quel éclat habille ses yeux lorsqu'ils se posent sur moi ce soir.

Le compte à rebours s'enclenche dès qu'elle coupe l'arrivée d'eau et attrape l'essuie-mains.

Trois…

Je m'arrime à l'îlot, prêt à m'en servir de béquille en cas de vertige.
Deux…

Un bourdonnement sourd me pille les tympans maintenant. Et mon cœur, putain, il galope comme un forcené.

Un…

– Salut.

Son timbre poli a à peine fendu l'air que j'encastre mon regard dans le sien. C'est presque trop brutal, je le sais, mais c'est comme une bouffée d'oxygène nécessaire à ma survie. Pas de mépris, pas de rancœur, seulement de l'inquiétude à laquelle se mêle une étincelle enjouée. Serait-elle douée à ce point ? Pourrait-elle déguiser son aversion ultime pour moi sans que j'en décèle même un soupçon ? Merde, j'en sais rien !

– En effet, tu n'as pas bonne mine, convient-elle en se postant de l'autre côté du plan de travail.

Je suis au bout de ma vie, Lolli…

– J'ai dégusté, mais ça va mieux.

J'accepte la bière qu'elle fait glisser jusqu'à moi et m'assieds en renforçant mon observation. Je… je crois qu'elle ne sait rien. Et lorsqu'elle ébauche un micro sourire à mon attention, ma torpeur se mue en soulagement libérateur. Un poids colossal me quitte dans l'instant, c'est tellement intense que je me sens décoller du sol. Je plane presque, si bien que je ne remarque Clay installé sur l'assise près de moi qu'une fois qu'elle lui tend une bière à son tour. Pourtant, je ne parviens pas à me décrocher d'elle. Une force occulte m'en empêche. Je passe chaque trait de son visage au crible, comme s'il me fallait m'assurer que je ne me suis pas trompé. Elle n'a pas la tête d'une nana qui serait prête à me dégoupiller une grenade. Non, elle ne sait rien. À mesure que cette conclusion s'installe dans mon esprit, mes muscles se dénouent un à un. Je respire de mieux en mieux, le feu dans ma gorge meurt doucement…

Putain, merci…

– Santé ! scande Clay en brandissant sa bière.

– On trinque à ton interview, c'est ça ?

Est-ce que je suis con ou bien ? D'où je sors ça sans réfléchir, sérieux ? Je suppose que mon côté obscur veut des détails, quand bien même il sait que cette nana est une tombe. Merde, est-ce que je veux vraiment qu'on aborde Dawn Townstend ? Ici ? Maintenant ? Au risque d'exhumer des trucs qui, visiblement et par chance, pourrissent toujours six pieds sous terre ?

– Exactement ! se ravit Clay. Maintenant que D. est là, raconte ! Comment c'était, Bedford Hills ?

Je les scrute tour à tour en tentant de paraître le moins impacté possible. Nora Jean, elle, se retient d'ouvrir la bouche, manifestant un inconfort flagrant. Ma main à couper qu'elle reste muette justement parce que je suis là ! Elle sait son frère fiable à douze mille pour cent, en revanche, elle doute de moi. Elle ne s'en est pas cachée à Montgomery, elle avait même été plutôt limpide à ce sujet.

– N.J., c'est D., tu peux lui faire confiance, il ne dira rien, devine Clay en passant son bras autour de mes épaules.

Pas sûr que ça fonctionne, mon pote. Ta frangine est aussi tenace que ta sorcière de mère, surtout quand il s'agit de parler de ses projets professionnels. C'est pas faute d'avoir essayé de lui soutirer des infos…

Nora Jean accuse le poids de nos deux regards en détournant le sien un court moment, mais lorsqu'il revient s'abattre sur moi, je comprends qu'une barrière est sur le point de céder et, bordel, j'en ai des frissons !

– Jure que tu ne révéleras rien de ce que je vais vous raconter, Deamon.

J'aime ce genre de demande dans sa bouche, ça sonnerait presque comme un défi. Elle aurait très bien pu commencer par un « Quoi qu'ils en disent » et brandir le Fou, mais ça l'aurait contrainte à expliquer à Clay par quel genre de défis nous sommes passés, elle et moi. Très clairement, elle ne l'envisage pas une seconde et ça me convient. Tout ce qui compte est qu'elle me livre enfin des bouts de son puzzle. Devant l'insistance qui bouffe ses prunelles noisette, je peine à retenir mon sourire satisfait. Je le devrais pourtant, parce qu'elle fronce les sourcils maintenant, à deux doigts de revenir sur ses mots.

– Je te le jure.

Je dessine une croix sur mon pec pour sceller cette demi-promesse. J'ai tout à perdre en dispersant les informations qu'elle me communiquera. Qu'elle se rassure, j'emporterai ses révélations sur mon lit de mort, à une exception près : Morgan. Sur le coup, lui en parler me paraît évident. Pourtant, taire certains détails de l'avancée de l'enquête de Nora Jean pourrait me permettre de garder Morgan dans un état de nerfs moins critique. J'ai besoin que mon binôme de galère reste tranquille. Ouais, je verrai, j'aviserai en fonction de ce que j'apprends.

– Tu sais que c'est important, renchérit-elle.

– Lolli, je le sais. Je ne dirai rien.

Nora Jean me tient en joue le temps de quelques battements de cils, puis capitule dans un long soupir. Son sourire sincère, celui que je lui préfère parce que si rare, fleurit sur ses lèvres maintenant qu'elle nous considère successivement.

– J'ai eu la pétoche...

– Arrête, se marre Clay.

– J'aurais voulu t'y voir. Cet endroit, c'est quelque chose. Tout était sombre, l'air que je respirais comme l'écho de mes pas. Les murs transpiraient la désolation et l'horreur de ce qu'ils renferment, les couloirs étaient étroits, l'agent lui-même était déconcertant, c'était...

À ce souvenir, Nora Jean frissonne sans se retenir. À mesure qu'elle développe sa description de la prison, sa beauté naturelle me happe jusqu'à assourdir le son de sa voix. La lumière qui auréole son visage me plaît, je la sens libérée du cadre dans lequel elle s'engonce de par son éducation au quotidien. J'aime qu'elle se laisse aller à ressentir le bien-être évident que son lâcher-prise génère. Clay en est le déclencheur, c'est certain, mais je me sens putain de chanceux d'être aux premières loges. Elle pétille, elle... elle s'embellit divinement. Nora Jean est une femme superbe tous les jours, mais ce soir, elle irradie.

– Et l'héritière ? s'intéresse Clay en remettant chacun de mes sens au garde-à-vous.

– Dawn est un personnage unique. Je dirais qu'elle n'a pas d'âge, elle est tout simplement perdue dans sa propre temporalité. Ses traumatismes l'ont aspirée dans une dimension que personne d'autre ne peut atteindre. Elle est fantasque, pleine de caprices et de fantaisie, mais tout ça n'est qu'un leurre. Sa douleur immense, d'une profondeur abyssale, était palpable, même lorsqu'elle tentait de la dissimuler derrière son sourire de Joker…

Mon cœur manque un battement et menace de me soutirer un rictus consterné. Je me dépêche de porter le goulot de ma bière à mes lèvres et en avale deux grosses gorgées. J'ai connu ce sourire. Moi aussi, il m'a troublé, mais ça a été pire quand j'ai compris ce qu'il cachait.

– Est-ce que tu as su pourquoi elle a tiré sur son père ? s'impatiente Clay, à fond dans le récit de sa sœur.

– Non, Dawn est singulière, elle ne m'a livré que des bribes de son histoire.

Ma poitrine s'aère d'un nouveau souffle de soulagement.

– Ça fait suer, non ?

– J'essaierai d'être plus persuasive la prochaine fois. Je dois y retourner dans quinze jours, j'ai seulement besoin de refaire signer quelques autorisations à Hannibal.

– Tu y retournes ? m'étranglé-je presque.

– Oui, je peux même y aller tous les jours si je le souhaite, tant que son avocat me l'accorde. Par chance, il est grassement payé, donc : ce que Dawn veut, Dawn a.

Sans déconner, Locke… J'étais pas loin de toucher du doigt un bout de victoire avec cette interview ratée, et ce con fait tout foirer. Moi qui pensais que le plus rude était derrière moi, je vais devoir revivre cette journée une fois encore.

– Je me demande à combien s'élève son patrimoine, balance Clay.

– Quelques milliards, soufflé-je sur ma bière, le crâne en proie à un début de migraine.

– Tu es bien renseigné, consent Nora Jean. Il s'élève à trois milliards, sans compter les placements internationaux.

– Eh bien, Victoria peut aller se rhabiller ! raille mon pote.

Nora Jean émet un rire qui, fatalement, me sort de mes pensées embourbées. D'instinct, je reporte mon attention sur elle. Sur cette mine radieuse. Sur le voile délicieux qui illumine ses prunelles. La teinte rosée qui colore ses joues. Le satin de sa peau qui scintille un peu plus sous la lumière du plafonnier… Après un détour machinal jusqu'à son décolleté léger, je remonte sur son visage, mais me fais surprendre par le regard qu'elle glisse sur moi. Un regard fuyant, pudique, mais troublant. Différent. Tendre ?

OK, je capitule, cette journée m'a cassé en deux, je ne suis plus capable de réfléchir ou d'interpréter les signes. Signes de quoi d'abord ? Peut-être qu'elle jaugeait seulement mes réactions, ou alors elle sait ! Non, impossible, Nora Jean est trop intègre. Si elle me savait impliqué dans cette histoire, elle m'aurait déjà fait enfermer. Il n'y a que le Fou qui puisse la faire passer du côté obscur de la force et encore, elle s'arrange pour me faire porter le chapeau.

Le Fou… Le chemisier… J'ai à peine visualiser de nouveau mentalement la scène que je m'embrase sans mesure. Putain, je les sens partout sur moi, ces traînées de poudre qui flambent jusqu'à terminer leur course entre mes cuisses. Sans prêter une seule seconde attention à Clay qui pianote sur son portable, je m'accoude à l'îlot et braque Nora Jean. Je veux continuer de jouer avec elle, parce que, merde, c'était juste grandiose.

Alors que Nora Jean se laisse piéger par la force de mon avidité, j'humidifie ma lèvre inférieure avant de la mordre. Ses joues rosissent un peu plus. Elle pourrait se détourner, m'astreindre en esquivant cet échange visuel, pourtant, elle reste là, le souffle délicieusement saccadé. La faim me tenaille et j'ai furieusement envie de la bouffer, elle.

Maintenant qu'elle s'autorise à me parler de son projet secret-défense, tout peut changer. Tout peut m'être profitable. Je pourrais avoir la main sur ses infos. Et je pourrais l'avoir, elle.

Sans déconner, je veux tout. La fille et la liberté.

25

Nora Jean

– Est-ce que je te manque ? Quand tu es là-bas, est-ce…

– Tu me manques tous les jours, N.J., souffle-t-il dans mes cheveux après un baiser sur ma tempe. Et moi, je te manque quand je suis là-bas ?

Son ton de voix se veut mutin, une façon pour lui d'alléger la peine qui berce mon cœur cet après-midi. Je n'ai jamais aimé dire au revoir à Clay, et cette vérité se confirme aujourd'hui. Bien sûr qu'il me manque, sa bienveillance me manque, ses attentions aussi, son rire encore plus. Pourtant, je mentirais si j'affirmais qu'il m'a terriblement manqué les semaines passées. Disons que mon esprit a été occupé autrement que par Clay et le journal. J'ai simplement eu moins le temps de penser à lui… Et j'ai presque honte d'en prendre conscience.

– Tu connais la réponse, feins-je de bouder.

Clay s'écarte pour me laisser voir son sourire et son jeu de sourcils crâneur. Cette moue taquine n'a d'effet que de me faire glousser tendrement.

– Je suis fier de toi, m'assomme-t-il soudain sans plus une once de prétention. Fier de ton parcours pro, de ta générosité, et tellement fier de la femme que tu es devenue après ce connard… Tu es une belle personne, trop belle sûrement…

Clay a beau simuler d'être agacé sur cette fin de phrase, ses mots coulent sur mon cœur comme du miel. Dans un instant si simple, il réussit à dissiper les zones d'ombre tapies dans mon âme. Il n'y a guère que lui qui y parvient. Je me sens forte sous son regard, méritante et valeureuse.

– Il y a juste un truc qui me chiffonne…

– Ah oui ? m'inquiété-je.

Il hoche la tête, puis repart explorer des yeux les pistes derrière l'enceinte vitrée.

– Clay, qu'est-ce que c'est ? le bousculé-je, saisie par un stress grandissant.

– Rien que tu ne sauras surmonter.

Cette fois, il m'envoie un clin d'œil. Mais son silence perdure… Nom d'un chien, qu'il développe !

– C'est pas sympa, va au bout de ta pensée.

Il laisse échapper un rire facétieux. Si je ne l'aimais pas autant, je crois que je le secouerais ! J'imagine qu'il note l'irritation dans mes prunelles, car il pivote vers moi et dégoupille :

– Je veux que tu t'entendes avec D. L'ambiance est franchement tendue entre vous…

Mon frère interprète l'accélération subite de ma respiration comme une révolte silencieuse, aussi il me fait signe de ne pas l'interrompre. Bon sang, s'il savait…

– J'ai compris que c'était compliqué pour toi, il fout un peu le bordel dans ta vie millimétrée. Mais je te promets que ça t'ouvrira plein de portes. Faites des trucs ensemble, force-toi un peu, vois cette opportunité comme un exercice. Tu n'as pas à porter le poids de notre éducation hyper cloisonnée avec lui… Sois juste toi-même, comme tu le fais avec moi ! Réapprends à faire confiance, brise quelques-unes des règles que tu t'imposes, ne te limite pas à ce que les autres attendent de toi par peur du jugement, et ouvre-toi. D. sera le meilleur des profs, tu verras.

Dans un monde idéal, je choisirais de lui avouer que l'apprentissage a déjà débuté. Pourtant, je n'en fais rien, rattrapée par son discours d'il y a quelques jours. « Vous deux, c'est de l'ordre de l'impossible. » Je me détourne dès lors qu'un vent d'indignation s'abat sur moi. J'ai beau essayer de me concentrer sur l'aspect plus humain de son discours, celui qui est plus social également, c'est peine perdue. Des images qui dansent dans ma tête à présent, celles qui retracent chaque étape de ma relation singulière avec le meilleur ami d'enfance de mon frère pour terminer par notre épisode brûlant dans la salle de bains, alors même que Clay se trouvait à deux murs de nous…

– Je lui ai dit la même chose, tu sais, et il est d'accord pour t'aider si tu le laisses faire.

Doux Jésus…

Bien sûr qu'il est partant dans la mesure où Deamon n'a pas attendu l'aval de mon frère pour se positionner en maître de stage. Et je dois dire qu'il manie parfaitement l'art de captiver son élève. Je resserre deux de mes doigts sur l'arête de mon nez en espérant chasser les flashs qui se placardent sur l'écran de mes paupières. J'ai dit que j'étais fichue, non ?

– Fais-le pour moi, s'il te plaît, l'entends-je murmurer près de mon oreille. Épanouis-toi, Nora Jean. Libère-toi.

J'ose enfin le regarder, partagée entre culpabilité et abattement. Je prie pour qu'il ne décèle pas la consternation dans mes iris semblables aux siens. Si d'ordinaire, je lui souris naturellement, à cet instant je n'ai d'autre choix que de me forcer. Clay a été un parfait rempart ces derniers jours, il ne permettait que de furtifs jeux de regards entre Deamon et moi, il muselait de façon éphémère cette attirance surréaliste que mon corps nourrit pour son ami. Il était mon catalyseur, et ça me convenait. Il gardait Deamon à bonne distance, et ça me convenait. Tout était fatalement plus soutenable.

Maintenant qu'il repart, maintenant qu'il me demande de mollir face à Deamon, je me sens tout à coup bien seule. Seule et indigne. Malgré cela, j'accentue mon sourire lorsque sa moue insistante me presse, puis finis par consentir d'un hochement de tête.

Ai-je vraiment le choix de toute façon ?

Sa réaction ne se fait pas attendre. Clay s'illumine de contentement devant moi et fait s'animer mon pouls une seconde. Une toute petite seconde. Car un mal de ventre me fauche séance tenante.

– T'es fabuleuse ! C'est mon vol, m'apprend-il après qu'une voix a résonné dans le haut-parleur. Faut que j'y aille…

Je lui emboîte le pas, mutique, dépitée, mais trouve la force de lui souhaiter bon vol en l'enlaçant fermement une fois que nous arrivons devant les portes battantes que je ne peux pas franchir. Alors qu'il me tourne le dos le premier pour disparaître dans les méandres de l'aéroport, une bulle de morosité s'érige tout autour de moi. Les annonces continuent, les gens s'embrassent, les rires fusent, mais tout me semble lointain, comme un bruit de fond dans mon univers parallèle. J'accuse le coup du départ de Clay, mais pas seulement… Le visage flou de Deamon voltige dans mes pensées et m'accable un peu plus. Immobile, sans plus un sourire sur mes lèvres, je tente désespérément de mettre de l'ordre dans ma tête, de compartimenter, voire de hiérarchiser les priorités. La vérité, c'est que je suis complètement paumée, tiraillée entre mensonge et besoin.

Dans une ample inspiration, je redresse l'échine et opère enfin une volte-face. Je quitte le hall. Je rejoins la ligne de taxis. Je prends place sur une banquette. Et, bon sang, je me déteste…

– Vous avez l'air bien préoccupée, miss.

Arrachée au paysage qui défile derrière la vitre depuis plusieurs minutes, j'oblique vers l'étroit miroir du rétroviseur. Mon chauffeur, une cinquantaine d'années, les tempes grisonnantes, me guette d'un œil concerné.

– Plutôt confuse.

– Un homme ?

– Deux…

– Les choix du cœur sont les plus délicats, déclare-t-il.

Je me sais sur le point de répondre qu'il fait fausse route quand, enfin, je reprends les rênes de cet échange inopiné et me renfonce dans l'assise matelassée, le nez sur la circulation. Il n'est pas question de cœur pour Deamon, c'est bien plus scientifique que ça. Deamon n'est qu'un fantasme, une expérience chimique qui brouille les frontières de la rationalité et du désir. Une alchimie mystérieuse entre son charme magnétique et mon propre désir. Dès qu'il me sonde, me frôle ou même s'humidifie les lèvres devant moi, mon rythme cardiaque accélère, à croire que mon corps entier devient le réceptacle d'une réaction chimique en ébullition. En conclusion, ce que je ressens en sa présence n'est autre qu'une attraction prédéterminée par la biologie.

Ce que je partage avec Clay va bien au-delà d'un simple lien de sang. C'est une connexion profonde, forgée par des années de complicité, de drames, de rires et de larmes. Notre relation est une toile tissée de souvenirs et d'émotions, bien plus solide que n'importe quel jeu chimique. Rien ne vaut la peine si ce n'est l'amour et la confiance sans limite que nous nous vouons. Ma curiosité, mon appétence, l'éveil de mes sens, tout ça est secondaire.

Je me répète inlassablement cette vérité sur l'heure de trajet qui me ramène jusque chez moi. J'en suis même arrivée à y croire avec ferveur en payant la course au *taxi driver*. Le sourire de ce dernier, maintenant que je referme la portière, me laisse même penser que mon teint a repris quelques couleurs. Or, une sensation étrange me coupe les jambes à chaque étage que je grimpe pour retrouver mon appartement. À chaque étage qui me rapproche fatalement de Deamon… Comme s'il était déjà écrit que mes résistances et croyances s'éventeraient à la seconde où je passerais le seuil.

Une main sur la poignée, ma clé à l'entrée de la serrure, je m'imagine faire demi-tour, rebrousser chemin et m'exiler dans un des nombreux hôtels alentour. Le temps d'une nuit, deux peut-être, suffisamment en tout cas pour consolider ma détermination. Aussi fou que cela puisse paraître, j'ai l'impression que son magnétisme traverse le panneau de bois jusqu'à venir faire s'emballer mon pouls. À moins que ce ne soit seulement une anticipation vicieuse de mon être, car à présent que les dents de ma clé s'enfoncent une à une dans le verrou, une tension douloureuse s'étoffe dans mon ventre. Mince, j'en ai les mains qui tremblent…

Si Clay n'avait pas fait irruption sans prévenir, je me serais abandonnée à Deamon dès son retour de *Bergdorf Goodman*. C'est d'une telle évidence que le simple fait d'y penser concentre un bataillon de frissons sous mon nombril.

Le souffle abîmé, je pose mon front sur la porte et ferme les yeux un instant. Je le désire… Je le désire depuis notre danse dans le Bronx. Plus encore depuis Montgomery. Et ces derniers jours, je l'ai désiré à distance, entre deux conversations, deux frôlements, douloureusement, avec confusion, mais avec tant d'effervescence. Oui, flirter avec l'interdit m'a grisée en secret. Si encore Deamon ne me voulait pas lui aussi. Or, j'ai noté ses intentions silencieuses dans chacun de ses regards, qu'il se focalise sur mes yeux ou sur certaines zones de mon corps. C'était sans équivoque. Absolument limpide… Et j'ai aimé ça autant que ça m'a rongée de culpabilité. Clay était là, Clay aurait pu comprendre, c'était inconsidéré…

L'esprit plus torturé que jamais, je commande à mes doigts d'effectuer le tour décisif dans la serrure. J'inspire une belle bouffée de dignité, puis pénètre enfin chez moi, dans ce cocon qui, jusqu'à il y a peu, m'inspirait du réconfort. Aujourd'hui, il sent son parfum. Même l'intensité de la lumière qui l'inonde me paraît moindre, atténuée par sa seule présence. Deamon n'a pas fait que poser son bagage ici, son aura virile a imprégné les peintures, le mobilier, les tissus… Était-ce aussi marquant à son arrivée ? Peut-être a-t-il toujours envahi mon monde de cette façon, mais je ne m'en étais pas aperçue avant. Quelque chose a changé, en moi, en lui sûrement aussi…

Je m'efforce de redresser les épaules, ôte mes chaussures et ma veste, puis frotte mes paumes moites sur mon pantalon avant d'avancer dans la pièce de vie d'un pas incertain.

– Salut.

Son timbre rauque oriente mon regard aussitôt. Jusqu'ici à peu près solide, je me sens perdre de ma contenance en le découvrant accoudé sur l'îlot de la cuisine, le visage sensiblement remonté vers moi, une sucette entamée à quelques centimètres de ses lèvres. Il ne porte qu'un débardeur ample, lequel dévoile chaque muscle saillant de ses bras, et ce que je devine être un bas de survêtement noir. Il s'est douché, si j'en crois son changement de tenue et les restes d'humidité dans ses cheveux bruns.

Si séduisant...

J'enterre un soupir loin dans ma gorge, puis amorce un pas dans sa direction en simulant de ne pas être fauchée par la véhémence avec laquelle il me reluque. Brutalisée par le fourmillement presque violent qui prend d'assaut mon ventre.

Que Dieu me vienne en aide...

Son téléphone gît sur le plan de travail et joue une vidéo-reportage, pourtant, il ne lui accorde plus aucun crédit, inclinant la tête de quelques degrés lorsque j'atteins l'autre côté de l'îlot.

– Quelles sont les nouvelles ?

Je hausse subrepticement les épaules, incapable de mouvoir mon corps autrement tant je me sens raide d'une tension frustrante.

– Clay a bien pris son avion si c'est ta question.

Mon ton est sec, je suppose qu'une partie de moi, celle qu'il n'a pas encore corrompue, essaie d'instaurer une certaine distance entre nous. Sa réaction est immédiate, mais ne colle absolument pas à l'idée que je m'en faisais. Deamon brode un sourire sur le coin de ses lèvres. Un sourire joueur. Sombre. Presque suffisant... Puis, sans me lâcher des yeux, mon colocataire se redresse lentement, si doucement que je suis happée par le spectacle que sa musculature m'offre en se dénouant. Ce n'est qu'en retrouvant ses iris noirs que je constate qu'il a de nouveau logé la sucette dans sa bouche. Il prend son temps, s'applique à enrouler sa langue sur la boule de sucre avec sensualité... J'en suis même à saliver abondamment lorsqu'il la retire enfin et se lèche les lèvres lascivement.

Fichue...

– Quel est le programme ?

– J'imagine qu'on ne va pas tarder à dîner, me forcé-je à répondre en avisant ma montre.

– Lolli... se navre-t-il dans un rire bref.

Clouée sur place par la flamme qui embrase à présent son regard, je ne peux que subir l'envolée surréaliste de mon pouls maintenant que Deamon contourne l'obstacle entre nous dans une lenteur épouvantable. Il me sonde, je crois... Ou alors il joue, il assoit son ascendant en laissant s'étirer les secondes silencieuses. Mes poumons ne fonctionnent plus, paralysés par ce que je sais être sur le point d'arriver.

Que je sais ou que j'espère ?

Qu'importe, je n'ai déjà plus toute ma tête, enveloppée par le brouillard épais et saturé d'électricité qui s'étend tout autour de moi.

Sans un mot, Deamon atteint son objectif – moi – et m'impose un demi-tour jusqu'à caler mes reins contre la tranche de l'îlot. Je peine à conserver mon aplomb, le souffle à présent haché, quand bien même je tuerais pour ne pas lui apparaître si vulnérable. L'effet qu'il produit sur moi est incontestable, et il s'accentue de façon exponentielle dès lors que ses mains me soulèvent. Déposée sur le plan de travail la seconde qui suit, j'attends, muée dans un état second, lorsqu'il commande à mes jambes de s'écarter. Sans aucune résistance, je le laisse se nicher entre, se mouler scrupuleusement à mon entrecuisse, combler le vide entre nous, revendiquer un contact nécessaire, et je me sens m'émietter… La cadence de mon souffle ne répond plus à aucune logique, je suis déjà ferrée, captivée par chaque étincelle avide qui assombrit ses prunelles alors que ses paumes rampent sur mes cuisses avec exigence.

– J'avais un autre programme en tête, grogne-t-il en s'agrippant à mes hanches.

– Ah oui ? balbutié-je.

– Je dois te sortir de ta zone de confort, tu te rappelles ? Te faire découvrir des trucs…

Deamon feint de plonger sur ma bouche avant de reculer, un sourire de prédateur sur les lèvres. Et moi, je meurs doucement, cruellement, privée du besoin indécent de me perdre sur sa langue.

– Te punir aussi. Me faire accuser à ta place…

Ses doigts remontent sous mon top, griffant presque mes flancs. Je ne grimace pas un instant et avance vers sa bouche. Victorieux, Deamon me la refuse en enfouissant son nez dans mes cheveux.

– Tu m'as tué, râle-t-il. J'ai tellement aimé ça que, depuis, je ne sais plus respirer sans m'imaginer m'enfoncer en toi. Tu comprends ?

Sa question n'attend pas de réponse, pourtant, j'acquiesce par réflexe, envoûtée par l'onde de choc qui me parcourt violemment. Ma conscience pourrait bien être en train de me sermonner maintenant que mes mains serpentent le long de ses bras, je ne l'entendrais pas. Mon cerveau ne sait plus fonctionner, ou seulement en projetant sur le mur de mes pensées des images d'une portée érotique jamais égalée.

– Défie-moi, Lolli… me surprend-il à dire en revenant à hauteur de ma bouche qu'il s'évertue à attiser sans s'y poser.

Avant même que je n'aie le temps d'anticiper ses gestes, Deamon s'empare habilement de mon top et m'en déleste. Ses doigts s'égarent dans mon dos jusqu'à défaire l'attache de mon soutien-gorge en un claquement. Transie d'une chair de poule démesurée, je me sens frémir de plus belle lorsque le tentateur logé entre mes jambes se dépêche de dénuder ma poitrine.

– Je veux t'enlever chacune de tes fringues, ce soir, alors dis-le…

– Quoi qu'ils en disent, Deamon…

Voilà tout ce que je parviens à bredouiller maintenant qu'un feu se déclare sous mes tétons. Deamon les cajole du pouce, exacerbant mon besoin d'ouvrir enfin la porte à un univers de luxure que je n'ai fait qu'envisager. Je le voudrais déjà sur ma bouche, à enrouler rageusement sa langue à la mienne, à m'interdire un souffle s'il n'est pas pour lui, à aviver les braises qui tapissent mon intimité… Or, il me l'interdit, encore, en esquivant mon approche.

– Continue.

Je ne saisis pas son envie féroce de m'entendre le supplier, toutefois, ça n'a pas ou plus d'importance à cet instant précis. C'est à peine si je me souviens de qui je suis de toute façon ; la seule chose dont je suis convaincue, c'est que rien ne pourrait me soustraire à lui, à ses mains qui chutent sur les boutons de mon pantalon et les font céder brusquement, à la hargne obscure qui mange ses pupilles dilatées. Alors je plie, résolue et consentante :

– Tu n'oseras pas me faire jouir.

26

Deamon

Ses mots me font l'effet d'un arrêt dans le temps. Elle est là, offerte, fragilisée par l'attente, demandeuse, pourtant, j'attends... J'attends avant de l'embrasser, avant même de relever le défi. Parce qu'à l'instant où l'onde d'adrénaline se déverse dans mes veines, la cascade de sensations et d'émotions est telle que j'en ai le souffle scié. Excitation, palpitations, tension, pic d'attention, geyser d'endorphine...

Je me sens putain de vivant et j'adore ça !

« Quoi qu'ils en disent, Deamon, tu n'oseras pas me faire jouir. »

Je réintègre notre réalité en un sourire pervers. C'est partout en moi, sur moi, jusque dans chaque fibre de mon organisme euphorisé. Je bouffe la courte distance entre nous et lui accorde ce qu'elle mendie en silence. Ma bouche. Je connais la sienne, je l'ai même goûtée par deux fois, mais à ce moment précis, elle a une saveur particulière, un mélange rare de soulagement et d'extase... Une main ferme sur sa joue, l'autre sur son sein que je jure de découvrir autrement qu'avec mes doigts, je gémis littéralement sur ses lèvres dès que nos langues se heurtent. Je sais ce que j'ai à faire, j'ai même déjà tout prévu, mais vocaliser ma délivrance sur sa langue n'était absolument pas calculé. Après tout, je m'en fous, je me régale, les sens aiguisés à l'extrême. J'impose la cadence, le jeu, les secondes de frustration avant de revenir aspirer son oxygène. Je fouille chaque centimètre de sa bouche pour ne rien manquer et la température grimpe autour de nous. Comme un voile diaphane qui viendrait de s'abattre sur le quatrième étage de cet immeuble new-yorkais et nous envelopperait d'une putain de canicule.

Lorsque son sac se met à claironner près de nous, je le balaie d'un revers brusque de la main. Son Valentino s'écrase au sol sans attendre, le bruit sec me tire un nouveau sourire, peut-être plus dépravé que le précédent. Hors de question que son foutu portable nous coupe dans notre élan ce coup-ci. Elle m'a défié de la faire monter au septième ciel, et, bordel, je compte bien lui faire toucher les étoiles ! Nora Jean ne cille pas une seconde, absorbée par l'instant, par sa reddition, et referme même ses bras rudement sur ma nuque. Un tapis fiévreux glisse sur mes abdos, passe la ceinture élastique de mon fute et alimente mon érection déjà fièrement dressée. J'aime tellement qu'elle s'abandonne…

Alors que je quitte son téton durci de plaisir pour longer le satin de son ventre en vue d'atteindre la chaleur humide sous sa lingerie, Nora Jean marque une pause, suspendue à mes lèvres. Ses paupières lourdes se soulèvent un peu plus. Ce que j'entrevois dans le chocolat de ses prunelles manque de me freiner. Quelque part, derrière ce visage libéré et le bien-être impudique qui lisse ses traits, par-delà les frissons qui recouvrent sa peau, elle flippe… Je devrais ralentir, c'est ce qu'un type bien ferait, pourtant, je dépasse la limite et m'immerge dans sa culotte.

– Qu'est-ce que tu ressens ? soufflé-je sur sa bouche ébahie.

Deux de mes doigts s'insèrent entre ses lèvres et coulissent sur son petit dôme de chair… Nora Jean inspire par saccades pour toute réponse, son regard médusé fermement arrimé au mien. Sans déconner, elle me tue… Je frôle des ongles l'entrée de son intimité, bridé par le Stretch de son jean, puis remonte lascivement. Mon cœur galope comme un dingue à mesure que j'enregistre ses réactions, ce mix savoureux de trouille et d'embrasement. Je redescends, puis remonte encore…

– Lolli ?

– Ça brûle presque, s'étrangle-t-elle.

– J'arrête ? grogné-je en figeant malgré tout mes va-et-vient.

Nora Jean multiplie les mouvements de tête qu'elle dirige de gauche à droite en signe de désaccord.

– Tant mieux.

Sur ces deux mots, je reviens conquérir sa bouche, mais y ajoute plus de douceur, plus de profondeur. J'aimerais que ça dure, que son excitation enfle lentement, qu'elle ne puisse plus même remuer sa langue pourtant exquise, qu'elle s'échauffe et s'enivre, mais n'explose pas… Pas encore. Motivé par ce dessein luxurieux, je tempère mes allers-retours, je m'applique à sillonner chaque pli mouillé en détaillant sa moue, je modifie le rythme, les tracés, puis finis par alterner mes assauts en regagnant ses seins. Cette femme me fascine, elle est d'une beauté aberrante en plus d'être vierge de jouissance et… Merde, je bande comme un Turc. Pas sûr que faire autant traîner les choses soit judicieux pour la mise en pratique de l'exercice final.

– J'ai… très chaud…

Je ne réprime pas mon rire réjoui et récupère mes mains pour ceinturer ses jambes dans mon dos.

– Ce n'est que le début, murmuré-je sur ses lèvres. Ta chambre ou la mienne ?

Je n'attends pas sa réponse et la tracte vers moi pour la hisser sur mon bassin. Sa respiration vacille lorsque je mordille l'angle de sa mâchoire tout en m'engouffrant dans le couloir. Putain, elle a raison, sa peau a atteint un pic de température délectable, et je vais adorer lui faire prendre feu ! Soumis à cette attraction corrosive entre nous, je sniffe son cou sur toute sa hauteur et y fais patiner ma langue. Nora Jean exhale cette fois un geignement de plaisir et un nouveau shoot d'adrénaline se déverse dans mes veines…

– Ta chambre, convient-elle, les doigts à présent emmêlés dans mes cheveux.

– Tout ce que tu voudras…

J'ouvre la porte d'un coup de pied, transcendé d'impatience et de ce parfum qui suinte de ses pores dilatés. Le lit contre mes genoux, je la dépose presque tranquillement sur le matelas et attrape la ceinture de son jean pour le lui enlever sans délicatesse. Son hoquet contenté me file une décharge extatique, laquelle me dépouille de mon souffle lorsque l'éclat de trouille dans ses iris se transforme en trac avide…

Dans la pleine lumière de ma piaule, j'opère un pas en arrière en gardant Nora Jean dans ma visée. Je la détaille méthodiquement, passant au crible chaque ligne de son corps. Un trésor de féminité… Sa peau scintille comme de la soie, avec une teinte dorée qui rappelle le sable des plages désertes. Ses cheveux, noir de jais, étalés sur la blancheur du drap, contrastent comme une cascade d'obsidiennes noyées dans une mer de diamants. Et ses courbes, ma parole… Gracieuses, harmonieuses, sculptées à la perfection. Quant à ses seins, ils sont renversants, telles deux poires fermes et galbées, titillées par des tétons cernés d'une ligne brune.

Une merveille. Une bombe…

– Qu'est-ce que tu fais ? hasarde-t-elle.

Je sors de ma tétanie subite lorsque ses pouces sinuent délicatement le long de ses flancs jusqu'à passer et se figer sous l'élastique de sa culotte, seule et unique pièce de tissu qui la couvre encore. Je vais la bouffer entièrement, ma parole… Je récupère une capote dans la boîte neuve qui gît au fond de mon sac et la lui montre.

– Je m'équipe, grogné-je avant de maintenir le préservatif entre mes dents.

Sans plus perdre de temps, j'empoigne le dos de mon débardeur et le passe au-dessus de ma tête. Ses yeux ne manquent rien, arrondis d'une gourmandise qu'elle cherche à temporiser. Elle a tellement tort de se brider, d'autant que le chemin qu'emprunte son regard maintenant que je laisse mon pantalon s'échouer à mes pieds est éloquent. Tout pile sur ma queue bandée…

Dans un sourire de sale gosse vaniteux, j'approche, jette le latex sur le lit, remplace ses pouces de mes doigts et fais disparaître sa culotte dans un coin de la pièce. Nos souffles appuyés se répondent à présent que je m'agenouille entre ses cuisses ouvertes ; le mien s'emballe devant cette partie intime de son corps que je rêve d'envahir depuis des semaines. Le sien s'enraille maintenant que je déroule la capote sur mon érection indomptable, le dos droit et les abdos gainés.

– Combien de fois ?

Je relève le nez sur sa moue tranquille une fois le latex déroulé et fronce les sourcils, incertain. Nora Jean aspire une faible bouffée d'air et reformule :

– Combien de fois, en pensée, m'as-tu fait l'amour ces derniers jours ?

Je souris largement, dynamisé par la lueur salace qui brave la tempérance dans ses yeux quand le reste de son visage reste impassible, à l'exception de la jolie teinte rosée sur ses joues.

– Je suis incapable de compter. Beaucoup trop de fois, lui avoué-je en basculant au-dessus d'elle, les coudes plantés de part et d'autre de son cou.

Mon gland se place instinctivement à la lisière de son vagin et la taquine, pressé de s'y perdre. Nora Jean se cambre dans la seconde, gorge déployée du délice que ce frottement lui provoque.

– Est-ce que… ahane-t-elle en coulant une main entre nous. Est-ce que je finissais par jouir ?

Ses doigts s'enroulent autour de ma queue par surprise.

Putain…

Ma mâchoire se crispe illico, de même que chaque muscle de mon anatomie. Si je l'imaginais en petite fleur fragile, elle fout cette éventualité au tapis en deux mouvements précis. Une descente, une remontée…

– Deamon ?

– Chaque fois, réponds-je, tendu comme un arc.

Nouvelle chute de ses doigts serrés. Nouvelle ascension maîtrisée…

Foudroyé par les sensations d'un plaisir vorace, je bloque sur ses lèvres entrouvertes et frémissantes.

– Ai-je quelque chose à faire pour…

Nora Jean laisse sa question en suspens, mais ne détourne pas les yeux en effectuant un nouvel aller-retour sur mon érection. Je lutte pour ne pas gémir tant l'onde de fourmillements qui s'étend sur la zone qu'elle chérit est succulente. J'adore qu'elle soit si pragmatique et se préoccupe du rôle qu'elle aura à jouer les prochaines minutes. Sans qu'elle ait à le verbaliser jusqu'au bout, j'ai pigé de quoi il retournait.

– Non, rien, marmonné-je sur ses lèvres. Ou seulement si ça te donne plus de plaisir…

Je pousse sur ses barrières humides d'un coup de reins docile et m'enfonce en elle. J'opte pour une invasion progressive, je veux qu'elle ressente chaque stimulation, chaque frottement… Je veux qu'elle découvre combien le sexe peut être démentiel jusqu'à occulter tout ce qu'elle a pu vivre avant moi. Et depuis lui. Le simple fait de penser à ce qu'elle a enduré dans ses bras à lui – contrainte, sexe unilatéral, humiliation – me dégomme d'une nouvelle envie de sang que je soulage en m'écrasant sur sa bouche.

Alors que Nora Jean peine à me rendre l'ardeur de mon baiser, je soulève un de ses genoux et cale sa jambe sur mes reins d'une poigne ferme. L'angle de pénétration est idéal, putain… Mécaniquement, j'approfondis ma poussée, laquelle accélère nos pouls coordonnés. Eh merde ! Elle me griffe presque maintenant que je m'enfonce jusqu'à la garde. Je crois que je grogne pour toute réponse, béat d'admiration devant sa gorge déployée, ses paupières lourdes et la cadence de sa respiration.

Le son de nos peaux moites résonne dans la pièce jusqu'à alourdir la tension qui nous surcharge. Le feu dévore mes cellules à une vitesse fulgurante, si bien que je tente de freiner le rythme. Je ne peux pas jouir avant elle, impossible !

– Tu veux que j'aille plus vite ? la nargué-je en diminuant encore le tempo.

– Oui, tu… Deamon, tu as…

Sa voix s'étrangle sur ses derniers mots. Je la sens frustrée, à mi-chemin d'une jouissance qu'elle crève de vivre pour la première fois. Et quand elle empoigne ma fesse pour m'intimer de précipiter mes mouvements, une vague d'endorphine se fracasse dans mon système nerveux jusqu'à me faire oublier le sens même du mot modération. L'élan qui motive mes coups de reins transpire d'un besoin qu'elle a fait naître en moi et je me perds, inspiré par la contraction de son abdomen, submergé par les déflagrations qui prennent d'assaut mon anatomie tout entière.

Alors qu'elle referme douloureusement ses doigts sur mon bassin, une brume épaisse et brûlante tombe sur la chambre. Elle halète, plus fort, plus vite maintenant. Ses parois chaudes convulsent autour de ma queue et… elle jouit. Si je ne me faisais pas piétiner par un orgasme déclenché par le sien, je me vanterais d'être le premier, d'avoir remporté le défi, d'être putain de doué, sauf que c'est à peine si je parviens à garder les yeux ouverts pour photographier chaque étape de son exultation. Je ne peux qu'encaisser la démesure de cette effusion, raide de la tête aux pieds, incapable de respirer au risque d'écourter sa jouissance ou la mienne.

Nos lèvres entrouvertes se soutiennent, j'avale son souffle erratique quand elle aspire la délivrance du mien. Les étincelles qui crépitent en moi se dissipent doucement, en revanche, son rythme cardiaque ne s'adoucit pas, et… elle tremble, ses bras à présent ballants le long de ses flancs. Les yeux accrochés au plafond, Nora Jean déglutit avec peine, hors d'haleine.

– Est-ce que ça va ? m'inquiété-je soudain.

Son faible hochement de tête suffit à me rassurer et j'échoue mon visage dans son cou. Je suis vidé, dans tous les sens du terme, pillé de mes forces physiques et peut-être de quelques-uns de mes neurones. Franchement, c'était court, pas novateur niveau position, mais je jure que c'était phénoménal… Nora Jean, elle, reste immobile, toujours malmenée par le séisme de sensations qu'elle apprend à gérer pendant la descente.

– Encore…

Ces deux syllabes ne font sens dans mon esprit qu'après qu'elle les répète d'une voix plus audible :

– Deamon, encore…

Je me redresse cette fois-ci, un sourire à la fois amusé et prétentieux sur la face.

– Donc, c'était bon ?

Un rire repu s'extrait de sa gorge. Plus aucune pudeur dans son regard, plus rien de cette armure bourgeoise condescendante et insensible qu'elle enfile chaque matin. Elle pétille, certes, les traits anémiés, mais elle resplendit. Tellement belle… Sans vraiment m'en rendre compte, je porte la main sur son visage et en caresse les angles du bout des doigts.

– Je voudrais recommencer…

– J'ai peur de devoir te frustrer, l'informé-je dans un rire bref.

– Pourquoi ?

– Parce que je ne suis qu'un homme, Lolli, pas une machine.

– Combien de temps ?

Sa question est presque innocente, pourtant, la main qu'elle emmêle à mes cheveux pour m'enjoindre de pulvériser la distance entre nos deux bouches me dit tout le contraire. Nora Jean m'embrasse avec une presque violence, et fait se réveiller chacun de mes soldats décimés par l'orgasme. Une sorte de rage érotique se dilue dans mes veines, un truc un peu sale, mais tellement excitant que je réponds à sa virulence en empoignant sa fesse.

– Laisse-moi quinze minutes, grommelé-je.

– Ai-je le choix de refuser ?

– Tu peux, me marré-je, mais ça ne changera rien, je dois recharger…

Elle recule en vue de se décoller de mes lèvres et me faire face, l'air sceptique.

– C'est long quinze minutes.

– Terriblement long…

Ses paupières sont déjà closes, les traits fins de son visage sont détendus à l'extrême, même son ventre paraît se soulever d'une cadence tranquille. Et je souris, comme un con, attendri, je crois.

Elle dort. Elle qui voulait remettre le couvert s'est éteinte en trois secondes et demie. Je souris encore, conscient que le nouveau feu dans ma poitrine n'a plus rien d'érotique. C'est différent, peut-être que ce n'est que le produit du Fou et de notre passage à l'acte. Peut-être que c'est seulement parce que je n'avais pas baisé depuis des mois. Ou parce qu'elle est d'une beauté pure.

Peut-être que j'en sais rien, en définitive. Mais je me sens bien, ici, maintenant, sans parasites tout autour, sans culpabilité, sans rien qui pourrait venir ternir cet instant suspendu dans le temps. La seule chose dont je suis certain, c'est que je veux tout d'elle, tout ressentir, tout lui donner, tout lui reprendre aussi. Tout…

27

Nora Jean

– Je peux me déplacer quand vous le souhaitez, nous pouvons même nous retrouver dans un lieu public, vous…

– N'insistez pas ! Au revoir.

La tonalité de fin retentit. Je soupire lourdement et ferme les yeux, les doigts enroulés d'agacement autour de mon portable. Douze… Douze vaines tentatives de contact téléphonique et toutes se sont soldées de la même façon : ils me raccrochent au nez. Plus j'avance dans ma liste de témoins potentiels, plus je mesure l'ampleur du mystère qui plane autour de la vie privée de cette illustre famille. Tous sont sur la défensive, tous s'opposent à l'idée même d'être associés à quoi que ce soit concernant Dawn ou Karson. Pourtant, chaque personne que j'ai appelée aujourd'hui a soit travaillé pour eux, soit gravité dans leur cercle social à un moment donné. Ils ont fatalement des choses à raconter ! Les refus sont polis mais catégoriques, comme s'ils craignaient que le simple fait de prononcer ces noms puisse invoquer des forces occultes.

L'ancienne secrétaire de Karson m'a accueillie par des réponses évasives et des excuses. « Ils étaient très à cheval sur la confidentialité », m'a soufflé le jardinier avant de couper court. Quant aux amis plus ou moins proches de la famille Townstend, ils ont évité mes questions comme s'ils avaient reçu un avertissement silencieux. Ne me reste plus que le comptable en chef du cabinet employé par la société de Karson… Autant dire que je n'apprendrai rien de palpitant.

J'avais conscience qu'il me faudrait essuyer quelques échecs, mais je n'imaginais pas faire un tel flop. Je vais devoir reprendre mon ancienne liste et me contenter de certains témoins jugés jusqu'ici sans pertinence. Qui sait ? J'en tirerai peut-être quelque chose, du moins ce sera mieux que rien…

– Tout va comme tu veux ?

Je rouvre les yeux sur Sasha et esquisse un sourire bancal. Je sais sa mine compatissante sincère, en tout cas j'apprends à assouplir mon jugement depuis l'alerte à la bombe. Je suppose qu'être confrontée à la peur corrosive d'une fin de vie prématurée m'a permis de voir les choses autrement. Je suis moins incisive avec elle depuis cet épisode, depuis que nous avons descendu les neuf étages, main dans la main, en larmes et en proie à l'horreur. Elle n'est pas mon amie. La seule qui pourrait prétendre à ce titre reste Bernice. Mais je dois bien admettre que je suis moins hostile à son égard.

– Je n'ai fait aucune touche.

– Mince, grimace-t-elle. On reprend ta liste ?

Je lui souris plus franchement, ravie de voir que nous sommes sur la même longueur d'onde. Alors que je fouille mon bureau en vue de remettre la main sur ladite liste, le silence qui enveloppe la rédaction me fait lever le nez sur l'étage. Pas âme qui vive si ce n'est Sasha et moi. Même le bureau d'Hannibal est plongé dans l'obscurité, lui qui pourtant est un des derniers à quitter les lieux. J'avise rapidement l'horloge digitale en bas de mon écran et… 19h57 ! Certes, je me suis sentie pleine d'énergie aujourd'hui, mais je n'imaginais pas pouvoir tenir jusqu'à cette heure !

– Sasha, il est tard, tu devrais rentrer.

– Je peux rester, ça ne me dérange pas.

– Personne ne t'attend ?

– Où ça ?

Un rire m'échappe.

– Chez toi, précisé-je alors.

– Seulement Peanuts, mais il est habitué.

J'accueille son clin d'œil amical et me laisse peser contre le dossier de mon assise. Je ne sais pas grand-chose de Sasha Clark. Seulement qu'elle a travaillé pour le *Tribune Chronicle*, qu'elle aime son café avec une pointe de crème, qu'elle s'adonne à fredonner les titres pop du moment et, depuis trente secondes, qu'elle vit avec son chien. Chat ?

– Personne ne partage ta vie ? osé-je, pas encore certaine du chemin plus personnel que j'emprunte avec elle.

– Non, enfin si, Peanuts, mais pas d'être humain. En tout cas rien de sérieux, sourit-elle largement. Tu sais que tu ne m'as jamais posé de questions d'ordre privé ? C'est une grande première ! Je suis presque fière, on devrait sortir fêter ça.

Je grimace, dubitative.

– Trop tôt pour un verre de l'amitié ? s'empresse-t-elle d'ajouter.

– Effectivement trop tôt, ris-je brièvement.

– OK, je patienterai. Mais toi, N.J. ? As-tu quelqu'un dans ta vie ?

Immédiatement, le visage de Deamon s'imprime devant moi. Il n'est pas ce « quelqu'un » dans le sens où Sasha l'entend, pourtant, il reste ce qui s'en rapproche le plus. Je vis avec lui et, il y a moins de vingt-quatre heures, nous franchissions un cap, lequel a brouillé davantage la définition de notre relation. Dire que je regrette d'avoir mordu la ligne avec lui serait mentir. J'aime Clay, plus que quiconque, mais me perdre, m'abandonner à Deamon, c'était…

– Tu traînes à répondre, donc : oui, tu as quelqu'un !

Je happe l'air en vue d'argumenter qu'elle se trompe, puis me ravise en la sondant avec insistance. Je ne parle pas de ma vie privée, jamais, à personne d'autre que mon frère. Je n'ai pas été conçue ainsi, l'influence de mon éducation bourgeoise m'a toujours enseigné la discrétion. Partager ses préoccupations, ses émotions, est un signe de vulnérabilité selon Victoria Elinor De Grassi, et la vulnérabilité est perçue comme une faiblesse.

Pourtant, en cet instant, alors que nous nous retrouvons seules, Sasha et moi, isolées au milieu de la rédaction déserte, une part de moi aspire à une connexion sincère. Ma collègue me semble bienveillante, c'est vrai, aussi ne devrais-je pas me fier à cette intuition et tenter de lui faire confiance ? Ma voix intérieure, celle qui résonne avec l'autorité de ma mère, me met en garde contre cette idée, toutefois je la bâillonne, peu sûre de ma décision, et marmonne :

– Il y a un homme.

– Un « homme » ? répète-t-elle, de la curiosité plein les yeux.

– Oui, gloussé-je, un homme. Grand, singulièrement beau, exaspérant parfois…

– Est-ce que vous vivez ensemble ?

– Par la force des choses, oui.

– Et il t'attend, là ?

Je hausse les épaules, incapable de répondre à sa question. J'ai bien compris que Deamon a été viré de chez *Postmates*, mais je ne sais pas dire s'il a retrouvé du boulot. Il dormait profondément ce matin lorsque je me suis échappée de sa chambre sur la pointe des pieds et jusqu'alors, il a toujours plus ou moins été à l'appartement avant moi, après ma journée au *US Today*…

– Tu sais quoi ? me sort Sasha de mon raisonnement. Je vais rentrer, et tu vas en faire autant. On a bien bossé, demain on reprend ta liste et on te décroche des entretiens ! Mais pour l'heure, tu lèves tes fesses et files retrouver l'homme grand, singulièrement beau et exaspérant qui vit chez toi par la force des choses.

Étrangement, un bien-être se diffuse dans mon ventre et anime mon sourire sincère. Je l'observe une poignée de secondes tandis qu'elle rassemble ses affaires. J'imagine qu'elle a raison, il est temps de raccrocher pour aujourd'hui. Je l'imite alors et réponds à sa moue taquine d'un pouce en l'air lorsque nous montons chacune dans un taxi pour des directions opposées.

Sasha s'évade de mes pensées dès lors que mon chauffeur s'engouffre dans les rues animées de ce début de soirée. Presque aussitôt, Deamon la remplace et le film de notre corps-à-corps prend forme sur la vitre. J'exhale un soupir d'aise en sentant mon entrejambe se contracter au souvenir de cette première fois. J'ai aimé chaque instant de cette expérience, c'était charnel, sensuel, profond… Absolument symbiotique. Et ma jouissance, au-delà d'être sans comparaison, était à couper le souffle tant elle était envahissante et déchaînée. D'une concentration sur ma zone sensible, mon orgasme s'était répandu en un millier de décharges électriques… Je n'ai pas vraiment les mots, toujours est-il que je me suis sentie comme une nuit du 4-Juillet constellée d'un feu d'artifice aux mille couleurs.

Me réveiller dans son lit, après une nuit curieusement réparatrice, a été autant une punition qu'un délice. Sans que je m'en sois aperçue, Deamon m'avait recouverte de la couette. L'attention m'avait surprise, mais je ne peux pas nier qu'elle m'avait fait ébaucher un sourire. Il était à mes côtés, endormi sur le ventre, un bras leste entravant mon abdomen. Nu… Totalement nu. Le drap ne recouvrait qu'une partie de son fessier musclé, et, sans même avoir envie de me réfréner, j'ai laissé mon regard voyager sur son corps parfait. Sur la rondeur de ses épaules qui descendaient en pente douce vers une taille fine et puissante. Sur le relief savoureux de ses hanches. Sur ce dos qui, par endroits, portait les marques de mon passage… Le jeu de la lumière et de l'ombre dans la chambre mettait en évidence chaque détail, chaque pli, chaque grain de beauté sur sa peau. Même endormi, Deamon respirait une sensualité naturelle, un érotisme qui lui est propre et agite mes sens.

Alors que mon immeuble se dessine sous les halos des réverbères au loin, la sonnerie de mon portable m'annonce l'arrivée d'un message. Je me hâte de payer la course, puis rejoins les escaliers en déverrouillant mon écran.

Je peux vous parler des Townstend. Ramenez votre contrat de confidentialité. 60 Jared Road, Binghamton. Demain, quatorze heures.

Mon pouls s'élance si vite que je m'immobilise entre deux étages. Je relis trois fois ces quelques lignes, mais toujours la même promesse… Une bombe de satisfaction explose dans ma poitrine et fait fleurir un sourire ravi sur mes lèvres. En quelques clics, je copie-colle l'adresse dans mon appli de géolocalisation et… Ross Park Zoo. Un lieu public, parfait !

J'y serai. À quel nom dois-je rédiger le contrat ?

Laissez un blanc, je le remplirai à la main.

Comment vais-je vous trouver ?

C'est moi qui vous trouverai. Attendez près de l'enclos des paons.

C'est noté, à demain !

Je presse mon portable contre mon cœur et expire un long filet d'air, emportée par un sentiment grisant. Je ne sais pas encore qui est à l'origine de ce revirement, mais pour l'heure, ça n'a pas d'importance. Mon acharnement a payé ! Dès que j'arriverai à l'appartement, je comparerai le numéro des textos avec les témoins potentiels que j'ai contactés, et je saurai qui est prêt à briser le silence autour des Townstend. L'excitation m'envahit à mesure que je monte jusqu'au quatrième. Je regrette presque de ne pas avoir le numéro de Sasha dans mon répertoire pour l'informer de cette percée inattendue ! Elle adhérerait sans aucun doute à mon enthousiasme… La clé enfoncée dans la serrure, je me tétanise sur cette dernière pensée. Voilà des mois que je m'interdis de partager mes découvertes et mes succès avec quiconque ne serait pas Clay. Depuis Gordon « le traître » en vérité. J'ai beau me rapprocher doucement de ma collègue, il ne faudrait pas que la lumière de ce lien précoce qui se tisse entre nous m'aveugle.

Je dois rester prudente. C'est une question de survie professionnelle.

À peine ai-je dépassé le seuil de mon appartement que le parfum masculin de Deamon ramène tous mes neurones au garde-à-vous. Une avalanche d'émotions contraires m'asphyxie sur-le-champ. Envie, gêne, crainte, impatience… Je quadrille fébrilement la pièce de vie. Personne. D'une main hésitante, j'ôte mes escarpins et progresse à petits pas jusqu'au salon.

Toujours pas d'homme grand, singulièrement beau et exaspérant à l'horizon. Seulement une boîte de pizza en cuisine, deux bières, le Fou et le bruit étouffé de l'eau en provenance de la salle de bains.

Sans que je sois capable de freiner son élan, mon cerveau se met à tisser un patchwork d'images dont Deamon est le principal acteur. Un acteur ruisselant, dont chaque centimètre carré de peau serait tendu sous la rudesse de ses muscles contractés… Bon sang, il devient évident que l'épisode de la veille a fissuré quelque chose en moi, sinon pourquoi en serais-je rendue à fantasmer sur… sur une représentation mentale ?

Probablement parce que tout était bel et bien réel, hier. Si réel que tu t'étais appliquée à enregistrer chaque mouvement, chaque nuance dorée sur sa peau, chaque courbe sublime de son anatomie…

Une paume dans mon cou pour tenter de chasser les fourmillements qui l'assiègent, je regagne la cuisine, mal à l'aise. Clairement, j'ai autant envie de le voir apparaître du couloir que de m'enfuir à toutes jambes pour nous éviter le silence désagréable de notre prochain face-à-face. Pourtant, je ne bats pas en retraite. J'imagine que je n'en ai plus le droit, plus après qu'il a accepté de me faire découvrir le plaisir à l'état pur. Je me laisse peser sur la chaise haute, une fois de plus envahie par un pêle-mêle de souvenirs et de sensations.

Il faut que je m'occupe, que je mange peut-être, que j'entame une des bières qu'il a préparées pour nous, que je bouquine, que… Tout sauf rester là, grignotée d'inconfort, à attendre qu'il sorte de sa douche ! Un aller-retour plus tard, j'ouvre mon ordi et accède à mon agenda. Je commence tout juste à recouper les numéros de téléphone lorsqu'une porte couine dans le coin nuit.

Nous y sommes…

Le dos plus droit que précédemment, je perçois ses pas derrière moi à mesure qu'il se rapproche et entraîne avec lui les effluves boisés de son gel douche.

– J'avais fini par penser que tu découcherais, laisse-t-il filtrer par-dessus mon épaule avant de déposer un baiser sur ma tempe.

En apnée, je l'observe de biais tandis qu'il me contourne et prend place de l'autre côté de l'îlot. Torse nu. Désinvolte. *Superbe…* Et totalement sûr de son effet !

Exaspérant, je disais…

Mon sentiment se confirme dès que Deamon m'offre son sourire impertinent, puis s'installe, ouvre la boîte de pizza et en revendique un morceau. D'une, jamais il n'a posé sa bouche sur moi ainsi, avec un soupçon de tendresse, et c'est affreusement déstabilisant. De deux, il ne transpire d'aucun malaise, à croire que rien n'a changé entre nous. Pourtant, c'est le cas, non ?

– Journée productive ? me questionne-t-il en me décapsulant une bière qu'il pousse ensuite dans ma direction.

– Je préfère un verre d'eau.

Impassible, Deamon me scrute une poignée de secondes au cours desquelles je me sens vaciller. Puis il rapatrie la bouteille vers lui et me pointe le placard du menton. Traduction : si Miss De Grassi veut de l'eau, elle se lève.

Charmant…

Je m'exécute, redynamisée par le picotement d'irritation qu'il fait naître dans ma poitrine.

– Et toi, Deamon ? Journée productive ? le piqué-je en revenant à ma place.

– Absolument ! Je suis le nouveau rédac' Web d'une start-up en plein essor.

– Ah oui ? soulevé-je, incrédule.

J'attrape une part de pizza à mon tour et mords dedans. Deamon aurait des compétences rédactionnelles dont j'ignore l'existence ? Certes, il est loin d'être idiot, mais de là à se faire rémunérer pour un tel job, je suis sceptique.

– GreenGrouth Farming. Ils sont spécialisés dans l'agriculture urbaine durable. C'est hyper intéressant et ça paye correctement : trente cents le mot.

J'en ai arrêté de mâcher tant je suis séchée. Deamon, rédacteur Web pour une entreprise… Son haussement de sourcil déconcerté par mon apathie soudaine me remet en état de marche.

– Décidément, tu es plein de surprise, marmonné-je sur mon verre.

Un silence s'étire entre nous jusqu'à alourdir l'atmosphère. Son regard s'est altéré, passant d'une étincelle vaniteuse à un éclat plus sombre, plus… plus sulfureux. Aussitôt, mon bas-ventre rugit, pris d'assaut par la vague chaude et impétueuse qui vogue entre mes reins. Si je n'ai pas réfléchi à la double portée de mes mots, Deamon, lui, semble ne vouloir conserver que leur sens équivoque, lequel nous propulse bientôt vingt-quatre heures dans le passé, là où tout était follement délectable…

– Et encore, Lolli, rebondit-il dans un murmure rauque, je ne t'ai montré qu'une infime partie de mes qualités…

Il n'est plus question de vague à cet instant, mais d'un raz de marée. Je me sens fébrile, brûlante de fièvre, dans l'impossibilité même de déglutir tant une idée fixe me martèle le crâne maintenant qu'il humidifie ses lèvres avec paresse.

J'ai envie de lui. Encore. Peut-être même avec davantage d'ardeur…

Je sais qu'il perçoit mon trouble. Comment pourrait-il ne rien voir dans la mesure où je suis statufiée devant lui, appâtée par l'homme et la carrure massive qu'il déplie jusqu'à se dresser sur ses jambes.

– Demande-moi.

– Te… te demander quoi ?

– Demande-moi combien de fois je t'ai fait jouir en pensée aujourd'hui.

Une tempête tropicale s'abat sur l'appartement et fait s'embraser chaque fibre de mon être. Deamon me défie, me tient captive sous son regard incandescent et je me liquéfie. Un bon mètre nous sépare, pourtant, j'ai la sensation qu'il rampe déjà sous mes vêtements et sinue comme un rapace sur ma peau. Je ne saurais dire par quel procédé ésotérique Deamon parvient à me maintenir hors d'haleine, réceptive à l'excès, proche du malaise vagal tant je me sens frustrée et étourdie en même temps…

– Combien de fois, Deamon ? ahané-je.

– Chaque seconde depuis que j'ai ouvert les yeux.

Mon souffle est saccadé. Je suis acculée contre le dossier de la chaise. Deamon ne remue pas un muscle à l'exception des poings qu'il referme sur le plan de travail.

– Demande-moi comment je te faisais jouir.

– Comment ? balbutié-je en pressant une paume moite sur la naissance de mon cou.

Satisfait, Deamon incline tout juste la tête, un sourire de luxure imprimé sur ses lèvres.

– Ici. Sur l'îlot. Ton corps nu étendu. Tes jambes sur mes épaules. Ma langue entre tes cuisses. Tes doigts vengeurs dans mes cheveux…

Seigneur…

– … Et ton « encore » en divine mélodie d'entracte.

Je frémis, tout en retenant un gémissement d'excitation. Pourtant, il m'a cueillie dès l'instant où il a mentionné ses qualités insoupçonnées. Ce jeu de questions n'est qu'une danse de préliminaires pour lui, une façon de m'assujettir, de me préparer à l'inexorable. Et j'aime ça, cette tension entre nous, son timbre glissant et grave, sa franchise dévorante, mais plus encore, j'aime voir ses yeux mangés d'un désir vorace inapaisable.

Transie d'un besoin indicible, je considère une seconde le Fou, isolé à quelques centimètres seulement sur la table, près de mon ordi, puis reviens sur Deamon. Si sa pièce d'échecs avait été en ma possession, j'aurais déjà prononcé la formule magique ; la perspective de goûter à cette jouissance égoïste me ferait presque regretter d'avoir utilisé mon souhait hier.

– C'est tentant, soufflé-je.

– Lolli ?

– Deamon…

– Quoi qu'ils en disent, tu n'oseras pas me laisser te faire jouir avec ma langue.

Mon sourire fragile lui répond et s'accorde à mon hochement du menton. D'une détente, Deamon s'empare de sa bière pour en boire deux belles gorgées, puis amorce ses enjambées dans ma direction. Je suis déjà debout lorsqu'il attrape mon cou de ses deux mains pour m'attirer à lui. Sa bouche s'aplatit sur la mienne et en devient le prolongement jusqu'à absorber les restes de décence qui perduraient en moi. Je ne respire que par à-coups, concentrée à assouvir une urgence presque animale maintenant qu'il me coince contre la tranche de l'îlot et libère l'espace derrière moi pour ce qui va suivre.

Mes mains tremblantes se précipitent pour déboutonner mon chemisier lorsque les siennes se démènent sur mon pantalon.

– Pense à mettre une robe demain, râle-t-il.

Mon top à nos pieds, j'acquiesce avec hâte, dégrafe mon soutien-gorge et m'attaque à son jean. Sa main ferme bloque mon initiative dans la seconde à présent qu'il recule et me prive de sa chaleur.

– Non, toi d'abord, Lolli.

Son ton déterminé n'attend aucune protestation. Aussi je lâche prise et le contemple, le pouls bondissant, tandis qu'il me déleste de mon slim. La minute qui suit, mon dos rencontre le marbre froid et se hérisse du contraste de température. Ça n'a que peu d'impact sur mon état d'excitation, rien ne le pourrait en vérité. Je tressaille, allongée sous son regard dominant, le ventre creusé d'une attente insupportable. Deamon me scanne, ses doigts fermement cramponnés à mes cuisses. Il démarre sur mes lèvres frémissantes, détaille mes seins gonflés du désir qui prolifère dessous et dont il est le seul générateur, puis il dévale la ligne médiane de mon abdomen jusqu'à stopper sa course gourmande sur mon intimité. Une décharge électrique me pille à cet endroit à l'instant où Deamon fait craquer sa nuque, comme s'il lui fallait briser la tension épaisse qui s'y est logée.

– Je vais adorer ça, grogne-t-il.

Ses yeux trouvent les miens rapidement et s'emmêlent à l'inquiétude qui les parasite. J'ai envie de tout ce qu'il m'a promis, je pourrais en pleurer s'il décidait même de tout arrêter tant j'ai mal de le vouloir à ce point. Pourtant, j'ai peur. Tout au fond de moi, tapie dans l'ombre de la femme avide, celle qui ne cesse de vivre des nouveautés avec lui appréhende l'abandon absolu…

– Est-ce que je suis le premier à descendre entre tes cuisses de cette façon ?

Je souris nerveusement, atterrée qu'il sache si bien traduire mes silences, puis opine. Son sourire à lui s'étire d'un bonheur indécent, pareil à la foudre qui terrasse ses prunelles. Il s'en réjouit, et quelque part, sa satisfaction tempère mes craintes. Deamon n'est en rien semblable à l'autre, celui qui a éventré ma féminité jusqu'à piétiner mon envie même de me redécouvrir avec un autre. Deamon ne me voit pas comme un objet. Pour lui, je me sens une pierre précieuse qu'il aspire à faire briller, et ça me plaît. Oui, je me sens briller comme une femme à travers ses yeux, une vraie femme, et c'est grisant.

– Tu m'arrêtes si…

– Promis, le coupé-je.

Deamon amorce sa chute entre mes jambes et tout autour de moi devient flou. Je ne vois plus clair, je n'entends qu'à peine, transportée dans une dimension où je ne suis plus capable de rien si ce n'est ressentir à outrance. Deamon n'envahit pas mon sexe avec virulence, il dépose sa marque par petites touches, il titille ma fente, s'insinue entre mes lèvres du bout de sa langue, et déjà une myriade de frissons s'étale sur cette zone. Je ne contrôle rien et geins lorsqu'il dépose l'arrière de mes genoux sur ses épaules pour récupérer ses mains qu'il oriente sous sa langue. Je ne sais pas dire s'il utilise un doigt ou deux pour cajoler mes parois trempées, mais chaque assaut me fait me cambrer un peu plus. Sa migration est lente, presque trop, pourtant, je me délecte. Je tremble en dedans et en dehors, bousculée par les ondes de plaisir que ses pénétrations et la dextérité de sa langue me procurent.

Mes mains plongent dans ses cheveux et les rudoient dès lors que son poing cogne en butée contre mon sexe. Mon Dieu, l'humidité de sa bouche est enivrante, le rythme de ses doigts est exquis, la rugosité de sa barbe naissante sur mes cuisses est un rappel à la réalité, et je me sens perdre la tête. J'imagine que Deamon capte l'accélération de mon souffle, car la cadence de ses va-et-vient s'anime. Sans plus une once de peur en moi, j'accueille la chaleur cuisante qui enrobe mes reins et se fracasse dans mes chairs. Je halète, en manque d'air, sonnée par les soubresauts d'un orgasme. Je m'envole, son prénom sur mes lèvres, les siennes proclamées reines de ma jouissance, et le monde s'assombrit.

L'intensité d'une onde de choc succulente m'emporte sans ménagement, plus rien ne compte à l'exception de cet homme et de l'explosion qui dévaste l'intégralité de mes zones sensibles. Cet homme… Le meilleur ami de mon frère. Deamon, appliqué à étirer cet apogée à son maximum…

Le temps s'allonge après ça, j'accuse le coup, en nage, le souffle erratique, le feu aux joues et au corps, incapable de réfléchir. Je sens Deamon déserter mes cuisses et s'affairer au loin tandis que je n'entrevois que la blancheur éblouissante du plafond, esclave de la descente lascive des spasmes qui viennent de me clouer sur place. Jusqu'à ce qu'il me surplombe, grimpé sur l'îlot, niché entre mes cuisses, et laisse son visage emplir mon champ de vision.

– Hey… s'amuse-t-il à fleur de mes lèvres inertes.

Les mots peinent à s'extraire de ma gorge, aussi je porte mes doigts dans ses cheveux et les câline. Comment ai-je fait pour ne pas m'autoriser un lâcher-prise avant lui ? Toutes ces sensations sont si riches, si profondes, que je me déteste une minute. Et puis, le manque se réveille, celui que j'apprends à décoder, celui que Deamon fait se concentrer dans mon ventre en taquinant ma bouche de la sienne et en caressant mes seins lourds avec ses pectoraux.

– Encore, Deamon, murmuré-je.

– Putain, oui…

Sa fin de phrase meurt sur ma langue. Son érection pousse sur mes barrières encore électrisées. Je hoquette, conquise, béate, et coordonne mes mouvements à l'impatience des siens. Je le veux avec fièvre, sans mesure et sans honte. Je voudrais même que cette osmose ne cesse jamais...

28

Nora Jean

Voilà trois jours que je séjourne à Binghamton sans parvenir à rencontrer ce fameux témoin. Il se cache, il trouve des excuses, il décommande, puis reprogramme… Il ou elle d'ailleurs ! Je n'ai réussi à recouper son numéro avec aucun de ceux que je possède dans ma base de contacts. Bien entendu, je m'impatiente, pour autant je ne peux m'empêcher d'imaginer que les informations qu'il ou elle me livrera seront à la hauteur des reports répétés. Pourquoi tant de précautions sinon ?

En attendant, je loge dans ce petit hôtel tranquille, situé en bordure du centre-ville. L'endroit est chouette, somme toute modeste, mais calme. Rien à voir avec la charmante auberge qui avait été ma bouffée d'air le mois dernier, mais je m'en contente. Je n'ai pas besoin de grand-chose en définitive : un lit, un bureau, un paquet de sucettes et une connexion Wi-Fi. Me faire planter trois jours de suite aura au moins un point positif : je peux me plonger corps et âme dans mon édito, sans distraction d'aucun ordre. L'écriture avance bien, quelques zones d'ombre persistent bien entendu, aussi il me tarde de récolter le témoignage qui m'a été promis. Revoir Dawn la semaine prochaine devrait également me permettre d'approfondir les circonstances du drame qui font d'elle, aujourd'hui, la personnalité publique la plus controversée du pays. Exit la toxicomanie de Cara Delevingne, le bad buzz de Will Smith et la condamnation pour viol de Danny Masterson. L'héritière Townstend leur a tragiquement volé la vedette à tous.

Dawn abusera probablement de chemins détournés pour éviter de répondre à mes prochaines questions, toutefois, il faudra bien qu'elle me livre sa vérité. D'autant que l'interview révélation est de son initiative. Tout a été orchestré par son avocat et ses agents de com en vue de redorer son image. Personne n'oubliera qu'elle a assassiné son père, le riche P.-D.G. de l'illustre marque *Town.S*, mais certains seront touchés par son histoire tandis que d'autres la détesteront un peu moins. Elle sera condamnée par le grand jury après son procès, elle le sait, tout le monde le sait. Mais communiquer sur les raisons de son geste attisera l'empathie, quoi qu'en pense le tribunal. Comme beaucoup de célébrités incarcérées, elle bénéficiera d'une remise de peine et devrait revoir le monde extérieur d'ici dix à quinze ans.

Elle disposera alors de toute la fortune de son père, de quoi la tenir à l'abri du besoin sur plusieurs générations. Peut-être qu'elle s'engagera dans des projets humanitaires, qu'elle écrira un livre, qu'elle s'imposera avec une nouvelle ligne de vêtements plus écolo, que sais-je ? Je ne m'inquiète pas pour elle, si tant est qu'elle s'astreigne à suivre une thérapie…

Binghamton est plongée dans l'obscurité lorsque je relève le nez de mon écran après une session de quatre heures sans pause. Mon estomac me confirme que l'heure du dîner approche en gargouillant doucement, aussi je récupère mon portable en vue de passer commande au vietnamien, deux rues plus loin. Or, une notification barre mon écran et m'annonce un message arrivé une heure plus tôt. Un message d'un numéro inconnu. Les sourcils froncés, j'ouvre la conversation vierge de tout échange antérieur et découvre trois mots :

Tu rentres quand ?

Il ne me faut qu'un battement de cils pour réaliser que Deamon en est l'expéditeur, puis un second pour sentir une douce chaleur enrober mon ventre. Ça ne peut être que lui. Les quelques autres susceptibles d'attendre mon retour à Manhattan sont enregistrés dans mon répertoire : Hannibal, Lewis et Herman. Bernice, à la rigueur…

Les pouces au-dessus du clavier tactile, j'abandonne le bureau sans lâcher des yeux son texto et me laisse tomber à la renverse sur le lit. J'hésite à lui répondre sans vraiment savoir quelles raisons m'y poussent, pourtant, c'est là, au fond de moi, à rugir sous mes côtes. Oui, j'en ai envie…

Je mentirais en disant que je n'ai pas pensé à lui ces derniers jours, pire encore si j'affirmais qu'il n'a pas peuplé mes rêves. Cela étant, nous n'avons jamais échangé de cette manière, comme des êtres humains plus ou moins normaux, et je dois avouer que cette éventualité brouille un peu plus les frontières de notre relation. Qui est-il pour moi finalement ? Le meilleur ami de mon frère ? Mon colocataire forcé ? L'objet de mon désir ? Mon ami ? Si je mélange le tout, est-ce que ça donne quelque chose de concret ? Je soupire en considérant un instant le plafond. Non, ça ne donne rien, ou alors un flou artistique colossal, qui, certes, sent le sexe et l'abandon, mais qui me laisse perplexe.

En réalité, j'ai la trouille. Encore une fois, Deamon me sort de ma zone de confort, même s'il n'en a pas conscience. Tout ça, lui, moi, notre nouvelle intimité, ça me fiche la frousse. Mais curieusement, mon pouls a beau s'envoler dès lors que je reviens sur notre conversation, mes empreintes tapent une réponse.

> Demain, j'espère, sinon samedi. Pourquoi ? As-tu mis le feu à l'appartement ? Dois-je m'inquiéter ?

Je scrute le bas de mon écran, ridiculement en apnée. J'attends de voir apparaître les petites ellipses et, bon sang, je me trouve pathétique… Mon indignation ne dure qu'une poignée de secondes, urgemment remplacée par une bouffée de panique. Il m'appelle ! Je me redresse sur-le-champ, recoiffe furtivement mes cheveux – ri-di-cule –, inspire une belle goulée d'air et décroche d'une main tremblotante.

– Dis-moi que tu n'as pas réduit mon appartement en cendres…

Son rire traverse le combiné et caresse mon tympan comme une mélodie apaisante. Je souris comme une idiote, bien plus charmée par ce son que je ne me le serais imaginé.

– T'inquiète, les pompiers sont arrivés à temps.

– Très drôle. Pourquoi tu m'appelles ?

Je fronce le nez aussitôt. Trop sec, trop brutal…

– Je vois que t'es ravie de me parler.

– Pardon, bredouillé-je en me levant pour arpenter la chambre. J'ai faim et le livreur n'arrive pas.

Joli mensonge, Nora Jean, mais tu t'es plutôt bien rattrapée !

– T'es partie pour le boulot ? poursuit-il après un court silence.

– Je dois interroger un témoin, oui, mais il me fait languir.

– Ah ouais, qui ?

– Aucune idée. Il devrait me révéler son identité demain. S'il ne me pose pas un autre lapin…

– La dure vie de journaliste, se moque-t-il.

– Exactement.

– Tu me préviens la prochaine fois ? J'étais pas loin de contacter la CIA.

Je me fige net près de la fenêtre en comprenant qu'à aucun moment je ne l'ai averti de mon départ.

– Je ne devais m'absenter qu'une journée en réalité, je suis désolée…

– Mais tu vas bien ?

– Oui, oui, très bien.

Plusieurs secondes s'écoulent dans un nouveau silence, lequel me met davantage mal à l'aise. J'ai la sensation de ne plus savoir échanger naturellement, et ça m'agace. Jusqu'ici, je ne m'en souciais pas, j'évitais même d'être confrontée à ce genre de situation, et très honnêtement ça m'allait. Mais depuis Deamon, ma vie, mes envies et mes certitudes sont bousculées. Pas étonnant que mon incapacité à dialoguer spontanément me soit renvoyée en pleine figure…

– T'es pas bien bavarde, se marre-t-il, las.

Cette fois, j'abdique dans un soupir et vais m'échouer sur le lit.

– C'est la première fois qu'on fait ça, toi et moi, c'est tout, avoué-je.

– Se parler au téléphone ?

– Oui.

– Rassure-moi, tu as déjà passé des coups de fil ?

Son éclat de rire m'ôte un poids certain et anime même mon sourire contrit.

– Bien sûr, mais ce n'est pas pareil.

– Ferme les yeux et imagine que je suis en face de toi, propose-t-il.

– C'est ce que tu fais, toi ?

Je n'attends pas sa réponse et clos les paupières. Deamon se dessine sans mal dans mon esprit. Un Deamon joueur, séducteur, tentateur…

– Absolument pas ! se marre-t-il. Chaque fois que je l'ai fait, tu finissais sans tes fringues, Lolli. J'ai dû arrêter, c'est hyper déconseillé pour ma tension.

Je bascule en arrière, à la fois amusée de l'imaginer frustré et en proie à une flambée de ma température corporelle.

– Bref, on va parler d'autre chose, hein ! Je suis crevé de sortir courir toutes les deux heures…

C'est à mon tour de glousser, ma main libre apposée dans mon cou pour tenter vainement de tempérer la moiteur subite qui le recouvre.

– OK, parle-moi de ton job, lui soumets-je.

– Ça se passe bien. Je leur ai déjà rendu deux textes, un article pour leur blog sur les avantages de l'agriculture urbaine et une fiche produit pour un potager vertical.

– Est-ce que ça te plaît ?

– Pas autant que plonger entre tes cuisses, convient-il avec nonchalance.

Un nouveau vent tropical me tombe dessus et me hérisse le poil. Bon sang, j'aime aussi tellement lorsqu'il s'y perd, c'est même tout ce à quoi je pense à cet instant : lui, profondément enfoncé entre mes jambes, à aller et venir avec fougue et précision, à m'emporter par vagues dans une dimension délicieuse…

– Tu dérives, Deamon… m'imposé-je de relever pour ne pas me mettre à détester les kilomètres entre nous.

– Putain, c'est clair, grince-t-il avant qu'un froissement se fasse entendre. Je dois aller faire un saut dans leurs locaux demain. Ils veulent me présenter à l'équipe autour d'un verre.

– C'est chouette.

– Tu veux venir ?

– J'ai aussi un job, tu sais, pouffé-je.

Le couinement reconnaissable de la baie vitrée qui donne sur le balcon de mon appartement ricoche dans le haut-parleur et fait s'agiter mes pensées. Je l'imagine, enveloppé par le crépuscule, magnifique dans son bas de survêtement noir.

Seulement vêtu de son bas de survêtement noir…

Il contemplerait la rue agitée en contrebas, un bras tendu contre le garde-corps, l'autre replié pour maintenir son portable en place. Chaque muscle de son buste serait contracté, superbement mis en exergue par cette peau dorée…

– T'es toujours là ?

Tirée de mon imagination impudique par son timbre grave, j'acquiesce alors même qu'il ne peut pas me voir, et déglutis de mon mieux.

– Oui, oui, je vérifiais l'appli de livraison, pardon. Et sinon, me hâté-je de changer de sujet, tout va bien à l'appartement ? Rien à signaler ?

Plus grotesque que ça serait impossible… Certes, mentir devant l'urgence d'une situation devient de plus en plus instinctif, mais je m'insupporte d'avoir posé une question aussi absurde. C'est d'un banal, bon sang ! Et assurément sans intérêt.

– Rien à signaler, se gausse-t-il. Ah, si ! Je t'ai racheté une plante !

– Ma mère va adorer, ironisé-je à mi-voix.

– Ta mère est une connasse.

– Rien d'autre ?

– À propos de ta mère ?

– À propos de l'appartement.

– J'ai aussi ajouté deux trois trucs de déco et j'ai déménagé tes fringues dans ma chambre.

– Tu n'as pas fait ça ? hoqueté-je, les yeux ronds.

– Lolli, c'est sinistre chez toi. Tu sais que la vie n'est pas qu'une déclinaison de blanc-beige et de bois ?

– Je me fiche que tu aies mis de la couleur dans l'appart ou que tu en aies fait une jardinerie, Deamon ! m'agacé-je. As-tu déplacé mes affaires ?

En alerte, je scrute le rideau qui orne la fenêtre de ma chambre sans vraiment le voir, les doigts douloureusement agrippés à mon téléphone. Je voudrais que mon passé ne revienne pas me hanter sans préavis, je voudrais être plus endurcie que ça, pourtant, l'emprise sournoise avec laquelle Maxwell avait cadenassé mon quotidien se rappelle à moi violemment. Ça avait commencé par une invasion subtile de mon intimité pour finir par un contrôle absolu. Il décidait de tout, de ce que je devais manger ou boire, jusqu'à l'heure à laquelle je pouvais prendre ma douche. Je refuse de revivre ça, hors de question.

– Hey, détends-toi, Lolli, je te fais marcher.

– Tu ne peux pas plaisanter avec ça, Deamon, c'est…

Deux doigts en étau sur mes tempes, je m'efforce de tranquilliser l'élan de mon souffle. Deamon est muet, réduit au silence par les secousses qui ont fait chanceler mes cordes vocales sur ce dernier mot. Je sais que tout est derrière moi, je me suis sortie de cet enfer, pourtant, certaines blessures perdurent et ressurgissent sans crier gare. Comme des cicatrices qui refuseraient de disparaître…

– Et puis, on n'en est pas là, toi et moi, si ? complète-t-il.

– Non. Je… je vais raccrocher.

– OK.

Je raccroche immédiatement, à présent emmurée dans un silence pesant. Un silence si lourd qu'un bourdonnement dissonant m'égratigne les tympans… Et je me recroqueville, assise sur ce lit qui n'est pas le mien, les bras enroulés autour de mes genoux remontés jusque sous mon menton. Les yeux perdus dans le vide. En sécurité derrière ces murs d'une teinte discutable. Vulnérable, molestée par un sentiment cuisant, lequel amalgame colère et culpabilité. J'inspire et expire longuement une quantité de fois, je tente de rationaliser, de revenir à l'essentiel, d'éloigner cette part d'ombre de ma vie.

Je pensais être guérie, je pensais même avoir réussi à tirer un trait sur tout ça. Force est de constater qu'il ne faut qu'un grain de sable pour enrayer la machine… Et je m'en veux, nom de Dieu ! Je suis forte. Je suis indépendante. Je suis droite et intègre. J'écarte habituellement tout ce qui pourrait me faire vaciller et j'y parvenais jusqu'à Deamon… Jusqu'à ce qu'il débarque et ébranle tout ce que j'ai construit…

Tu es forte. Indépendante. Droite. Intègre… Forte. Indépendante. Droite…

La courte vibration de mon portable, esseulé sur la couette, interrompt mon mantra mental. J'y jette un coup d'œil rapide et découvre le même numéro qu'un peu plus tôt, à la différence que je sais dorénavant à qui il appartient. Un message de Deamon… Je soupire, tiraillée, laisse une bonne minute s'écouler, puis récupère mon téléphone d'une poigne ferme.

Où est-ce que j'ai merdé ?

Je lève les yeux au plafond, consciente que Deamon ne connaît pas grand-chose de mon passage à l'âge adulte et tout ce qu'il a induit. J'imagine qu'il aurait été moins maladroit si ça avait été le cas. Lui retracer les grandes lignes de ma précédente relation à Montgomery, sous couvert d'analogies, m'était apparu suffisant, et jusqu'à maintenant je n'envisageais pas de m'étendre sur le sujet. Pour la simple et bonne raison que c'est mon histoire. Mes meurtrissures, mon problème.

Lolli...

Ma capitulation s'entend dans mon soupir sur ce deuxième message. Je dépose mes doigts sur les premières lettres tandis qu'une petite voix me souffle que ma prochaine confession n'a pas uniquement vocation à me protéger d'une nouvelle plaisanterie de sa part. Et elle a raison. Tout au fond de moi, je me sens légitime de lui confier comment tout a commencé. Je suppose que notre rapprochement charnel me conforte dans cette idée. Je n'en sais rien en vérité, c'est une sensation, un semblant de besoin. Oui, au bout du compte, j'aimerais qu'il comprenne qui je suis vraiment sous la carapace vernie qui ne me quitte que rarement.

Je venais d'avoir 19 ans lorsque j'ai rencontré Maxwell. Quatre mois plus tard, il profitait que je sois en cours pour déménager la totalité de mes effets personnels chez lui, avec l'aval de ma mère. L'engrenage s'était mis en marche. J'ai compris que tu plaisantais, pourtant, ça m'a ramenée six ans en arrière. J'ai détesté ça. Ne le refais plus jamais.

29

Nora Jean

Le ciel est d'un gris indécis, ce matin. Pourvu que ça n'annonce pas un quatrième rendez-vous manqué… En vérité, je suis lassée. Je veux ce témoignage, qu'importe ce qu'il contient ou qui me le livre, d'où ma surdose de patience jusqu'ici. Mais chaque rafale tend à faire vaciller ma ténacité. Au premier jour, je passais chaque visiteur au crible en espérant qu'un visage me révèle l'identité du témoin avant même qu'il ne se présente officiellement. Aujourd'hui, je n'ai d'yeux que pour les paons, majestueux et imposants. La pancarte près de l'enclos indique que ces créatures sont des symboles de beauté et de mystère, mais pour lors, ils représentent surtout l'attente et la déception.

Une petite voix me souffle qu'il est temps de rendre les armes et de rentrer à New York. Retrouver mon appartement, le journal, mon quotidien… Et quelque part, il se pourrait que je me languisse de le retrouver, lui. Deamon. L'homme grand, beau et exaspérant à qui j'ai montré l'origine de mes blessures, hier.

Le vent fort fait gémir les branches des arbres alentour et ajoute une touche de froideur à l'atmosphère déjà tendue. Je serre mon manteau un peu plus contre moi après avoir avisé ma montre, encore. Une heure… J'attends depuis une heure.

Il ou elle ne viendra pas…

Impossible de retenir mon rictus agacé. Ce jeu de cache-cache incessant est à la fois irritant et révélateur. Au vu du nombre de refus que j'ai essuyés avant d'obtenir cette proposition d'interview, je ne doute pas une seconde de l'énormité des secrets inavoués et inavouables des Townstend. La forteresse invisible que cette famille a érigée autour de son intimité les protège avec hargne, quand bien même tous ses membres ont déserté… Dwight, Diana, Marilyn, puis Karson, et enfin Dawn… Il n'en reste plus un seul.

– On marche ?

J'oblique d'un vif quart de tour vers ce timbre neutre, le pouls soudain rapide. Les reins calés contre la rambarde de sécurité, un jeune homme se tient nonchalamment près de moi, le regard vissé à un point au loin. Caucasien, à peine 20 ans. Une peau claire, des cheveux blonds qui débordent de sa casquette, un nez droit, des pommettes hautes…

Il est venu.

Dans une posture confiante, je rehausse mon port de tête et consens en amorçant un premier pas. Les siens se calent sur mon allure tranquille tandis que nous progressons sans destination dans l'allée principale du zoo. Je m'interdis d'analyser son profil au risque de le voir prendre peur. Je me dois d'être plus maligne que ça, plus subtile aussi. Et, bon sang, j'ai bien trop attendu ! Je ne me risquerai pas à mettre en péril cette entrevue imminente pour un jeu de regards. Je mérite ses révélations !

Ma lumière. Mon édito.

Les rires des enfants ne nous atteignent qu'à peine, de même que les pépiements des oiseaux ou les rugissements lointains des animaux. Une étrange atmosphère nous enveloppe, mètre après mètre ; une tension palpable, une lugubre symphonie de non-dits et d'incertitudes. C'est certainement ce qui creuse le fossé entre nous, et ce en dépit de notre proximité. Or, après une bonne grosse minute de marche silencieuse, mon âme de journaliste trépigne et j'ose :

– Puis-je savoir à qui ai-je l'honneur ?

– Payez-moi un café d'abord.

Son menton pointe un stand plusieurs mètres devant nous. Je me retiens de lui dire que sa demande est cavalière ou que ses bonnes manières devraient le conduire à m'offrir une boisson chaude et non l'inverse, mais… son attitude m'interpelle. Au-delà de sa surdose de prétention, il mordille continuellement l'intérieur de sa lèvre, il cligne des yeux plus que de raison, il déglutit nerveusement…

– Deux cafés longs, s'il vous plaît.

– Du sucre pour moi, intervient mon « invité » à l'attention de la brunette au tablier. Et mettez un paquet de chewing-gums.

– Autre chose ? ne puis-je m'empêcher de lui faire face en exagérant un sourire.

S'attend-il à ce que nous terminions au supermarché du coin pour un plein de courses ? À moins qu'il ne finisse par me demander de m'acquitter de ses factures d'électricité ? Sans gêne jusqu'au bout, le garçon… Et puis, un voile se lève, le voile d'agacement que cette semaine d'attente a fatalement coulé sur mes yeux. C'est à cet instant de notre confrontation visuelle que je comprends la nature de celui qui me fait face. Il n'est encore qu'un gamin. Un gamin mordu de trouille dans un costume de jeune adulte téméraire… Il fuit mon regard, gêné, avant de plonger ses deux poings dans les poches de son survêtement basique. Je parierais mon nom en bas de page qu'il n'a pas 18 ans !

Je choisis de changer mon fusil d'épaule en un battement de cils et lui offre un sourire de compassion en lui tendant son gobelet. Je dois le mettre en confiance, il doit voir l'alliée en moi et non l'ennemie.

– Tu veux continuer de marcher ? tenté-je.

– Qu'importe.

Ma familiarité ne paraît pas l'apaiser, ni mon ton de voix plus tranquille. Ses doigts s'agitent maintenant sur le carton chaud à mesure qu'il éparpille son champ d'observation tout autour de nous.

– La table, là-bas ?

Le temps de quelques respirations tendues, il considère l'endroit que je lui pointe, puis acquiesce en ouvrant la voie. Assis l'un en face de l'autre, nous laissons encore une poignée de secondes muettes filer, le temps pour lui de se ruer sur son café à plusieurs reprises. Son malaise est flagrant, j'ai presque mal au cœur pour lui.

– Tiens, soufflé-je en faisant glisser les deux exemplaires du contrat de confidentialité jusqu'à lui. Je te laisse les parcourir et compléter les encarts de texte vides.

– Mon nom ne doit jamais être cité, me met-il en garde, le nez sur la feuille.

– Dès que tu auras signé le contrat, je serai tenue d'en respecter les clauses. Juridiquement, tu auras les pleins pouvoirs. Crois-moi, je n'aurais aucun intérêt à te mentionner sans ton accord, je risquerais ma carrière et il en irait de la réputation du journal. Sois rassuré, ça n'arrivera pas.

– Je dois préserver ma famille…

Son murmure me serre l'estomac. Mon Dieu, de quoi peut-il avoir si peur ? Chaque fois que son stylo encre le papier, mon cerveau ébauche une nouvelle théorie. Et, sincèrement, j'ai autant hâte que peur de l'entendre se confesser. Armée d'un mince sourire, je récupère le contrat et découvre, enfin, le nom de mon témoin providentiel. En un temps record, les caisses mentales où est entassée l'histoire Townstend se vident jusqu'à ne laisser que ce nom de famille en première ligne. Hartfield. Comme Denise Hartfield, directrice de maison au domaine Townstend sous le règne de Karson… Voilà pourquoi je n'ai pu recouper son numéro de téléphone avec aucun de ceux que j'ai contactés. En revanche, sa mère en faisait partie.

– Bonjour, Ambrose.

Lèvres scellées, Ambrose encastre ses prunelles claires dans les miennes et pousse une longue expiration nasale.

– Est-ce que ta mère est au courant ?

– Non. Elle détesterait ça…

– Pour quelles raisons ?

Ambrose étire en coin un sourire cynique, à la limite d'être arrogant.

– Parce qu'à la seconde où l'un de nous choisit de vous parler, il se tire, au mieux, une balle dans le pied, au pire, une balle dans la tête.

– Je t'ai promis de ne pas divulguer ton nom, tu…

– Je crois que vous ne saisissez pas bien le dilemme : ça me sera fatal s'ils comprennent que j'ai bavé.

– De qui parles-tu ?

– De ceux qui se sont servis du manoir comme d'une abjecte cour de récréation…

Sur ces mots, Ambrose baisse la tête et attrape la visière de sa casquette qu'il comprime d'une force pleine de douleur. Je dois bien avouer que je peine à assembler les pièces du puzzle. À qui fait-il allusion ? Qui sont ces personnes ?

– Je ne vous donnerai pas leur nom, mais je vais vous raconter ce que j'ai vu.

– Très bien.

Dans un élan de témérité, il se redresse et enlise son regard assombri dans le mien.

– Ma mère avait un petit appart qu'elle partageait avec des employés de cuisine. C'était pas le luxe, mais c'était cool. J'étais à l'internat les premières années, je ne venais m'enterrer là-bas qu'une à deux fois par trimestre…

– Au domaine de Stratton ? Dans la dépendance des domestiques ?

– Ouais. Et puis, l'année dernière, j'ai pas eu d'autre choix que d'y rester. J'avais pas trouvé de stage et… Bref. En journée, j'étais libre d'errer dans le parc, de toute façon, personne n'était jamais là. Mais le soir, c'était différent… La consigne était de ne jamais foutre un pied dehors après vingt heures, soupire-t-il. J'ai tenu trois jours…

Je l'observe sans perdre une miette de l'altération de ses réactions. Une tension palpable envahit sa mâchoire, des rides profondes d'écœurement se creusent sur son front… Ce qu'il revit s'imprime sur son visage avec tant d'intensité que je peux presque sentir le dégoût nauséabond qui émane de lui, comme une tempête prête à éclater à tout moment dans un torrent d'émotions incontrôlables.

– Qu'as-tu vu ? soufflé-je en vue de le ramener à moi.

– Un paquet de trucs... Un défilé de bagnoles hors de prix. Des types aux costumes impeccables, des nanas sans trop de fringues escortées à l'intérieur du manoir, incapables de marcher sans se casser la gueule si ces enfoirés ne les soutenaient pas... Tous accueillis par Karson.

– Ce n'était peut-être rien d'autre qu'un soir un peu plus festif que les autres ?

– Non, ce n'était pas « juste » un soir où le champagne coule à flots. Pas de musique, à peine un filet de lumière.

– Tu ne peux pas...

– Si, me coupe-t-il. Je sais ce que j'ai vu.

– La dépendance est à plus de cinquante mètres du manoir, Ambrose.

– Je me suis faufilé par la porte de service, ce premier soir.

Son timbre a perdu une octave, si bien qu'il me fait l'effet d'un coup de poing sur la table. Ses yeux sont voilés de répulsion, comme s'ils étaient prisonniers de pensées répugnantes. Nom d'un chien, il dit vrai...

– Y a-t-il eu d'autres soirs ? hasardé-je en masquant l'émotion qui martèle ma poitrine.

– Tous les quinze jours. Parfois toutes les semaines. Toujours les mêmes bagnoles. Toujours les mêmes gars. Certains ont même déjà eu leur photo en une de votre magazine.

– Qui ?

Il secoue la tête, refusant de me donner ce que j'attends.

– Je ne veux pas crever d'une balle dans la tête, je vous l'ai dit.

– Au temps pour moi, soupiré-je. Raconte-moi la suite...

– Tout le manoir était plongé dans le noir, pour autant je n'ai pas eu de mal à m'orienter, j'ai juste eu à me laisser guider par leurs rires gras. Leurs grognements dégueulasses... Et la douleur dans les couinements des femmes...

Ses derniers mots ne sont qu'un murmure ulcéré. Sans que je ne l'aie prémédité, une succession d'images, calquées sur son récit, se matérialisent dans mes pensées et m'extirpent un soupir défait.

– Certaines pleuraient, j'en mettrais ma putain de main au feu...

– L'envers du décor malheureusement, m'entends-je prononcer.

– Bah, putain, c'est à vomir... Parce qu'ils n'étaient pas en pleine partie de poker là-dessous, ils étaient tous en train de baiser comme des porcs !

Une longue minute s'étire tandis que nos regards se perdent dans les stries de la table en bois. Je sais qu'un monde obscur existe une fois les projecteurs éteints, j'ai moi-même été spectatrice des vices de ces êtres qui se pensent supérieurs au reste de la planète. Toute cette élite n'est qu'une illusion soigneusement entretenue pour masquer les véritables visages de ceux qui se cachent derrière. Karson et ses « lubies nocturnes » ne sont que la pointe émergée de l'iceberg…

– Sais-tu si Dawn Townstend en faisait partie ? me reprends-je la première.

– Peut-être bien, maugrée-t-il. J'en sais trop rien…

– Est-ce que tu l'as aperçue ?

– Nan, mais…

– Mais ?

Ambrose grince des dents avant d'empoigner sa nuque.

– Peut-être que je l'ai entendue. Les voix étaient étouffées, je n'entendais pas tout ce qui se disait.

– Qu'aurait-elle dit ?

– Ça ressemblait à des insultes. Des trucs bien gore.

– Te semblait-elle… consentante ?

– Pas sûr.

– Dans son état normal ?

– Et c'est quoi son état normal ? se marre-t-il nerveusement. La meuf est sous produits H24, et franchement, ça se comprend ! Je ne la connais qu'en surface, je ne lui ai même parlé qu'une seule fois, mais je suis persuadé qu'elle ne participait pas à ces orgies de son plein gré.

Bon sang, Dawn… Je ferme les yeux sans me soucier de l'image trop peu professionnelle que je renvoie. La vérité est que je suis atterrée.

– Je vais devoir y aller, déclare Ambrose en se levant soudainement d'un bond.

– Attends, tu…

– La conclusion de cette histoire : Karson était un enfoiré de fils de pute en costard qui organisait des sessions « viol de groupe » avec droits d'entrée, dans le sous-sol de sa foutue baraque à dix millions de dollars. Écrivez ça dans votre article, racontez la vérité !

– Il me faut des noms, glapis-je alors qu'Ambrose s'éloigne déjà.

– Faites votre taf. Trouvez-les toute seule.

Debout, la tranche de la table en butée contre mes cuisses, je le regarde disparaître sans être capable d'organiser le chaos de mes pensées. Ce n'est qu'en sentant l'affront du vent chahuter mon équilibre que je m'assieds de nouveau et m'impose de faire le tri.

Ses paroles m'ont laissé une empreinte indélébile, j'ai ressenti sa colère, son aversion, son tiraillement… Pour autant, une vague de confusion m'envahit. Je… je n'ai pas suffisamment d'éléments. Les accusations d'Ambrose restent des allégations sans preuves tangibles, des fragments d'une version subjective de l'histoire.

Ce n'est pas suffisant, n'est-ce pas ?

J'exhale une épaisse bouffée d'air, mes poumons cherchant désespérément la lucidité que mon esprit refuse de trouver. Dans l'absolu, j'ai besoin de mûrir ces aveux. Oui, il me faut un peu de temps pour tenter d'extraire la vérité de ce témoignage. Je ne dois pas réagir à chaud alors que, justement, tout un tumulte cérébral et émotionnel m'assaille. J'ai besoin de digérer. Et de rentrer ! Sur cette conviction, je récupère mon portable en vue de commander mon Uber retour lorsqu'une notification capture toute mon attention.

Un message. Un numéro inconnu. Encore. Mais cette fois, Deamon n'en est pas à l'origine…

Seize heures à La Rose
Théière. Aujourd'hui.
J'apporte le dossier. Derek S

30

Deamon

Quelle belle journée de merde !

Je tangue sur Hamilton Terrace depuis que mon chauffeur m'a éjecté de la banquette arrière de son taxi il y a vingt bonnes minutes. Trente ? J'en sais rien, le temps qui passe est une donnée trop abstraite ce soir. Je suis complètement bourré, j'ai la gueule en sang et les poings défoncés, pourtant, je souris. Rien ne peut plus m'atteindre ; dans cette réalité alternative imbibée de tequila, mes foutus problèmes n'ont plus de prise sur moi. J'arrive même à éviter ces connards de réverbères alors qu'ils traversent le trottoir toutes les deux secondes ! Si ça, c'est pas la classe…

– Putain, les escaliers, m'esclaffé-je devant le million de marches que je m'apprête à gravir.

Quand faut y aller, hein ! Je manque de me casser la gueule un paquet de fois, l'effet de la gravité sûrement, mais j'atteins le quatrième étage sans m'être pété une côte. Je tente de bomber le torse comme un abruti, sauf qu'un jet de bile, parfumé des quarante degrés d'alcool qui tapissent mon estomac – et saturent mes veines –, me remonte dans la gorge. Une main en appui sur le mur du couloir, j'avance en retenant la nausée de mon mieux. Ça risque d'être tendu, franchement je ne miserais pas sur le fait d'atteindre les chiottes avant de dégueuler…

Arrivé sur le plus triste des paillassons de l'univers, je fouille laborieusement dans ma veste en quête de ma clé. Rien. Fait chier…

– Lolliiii, râlé-je en cognant deux fois sur la porte.

Le palier se met subitement à vaciller sous l'effet de la houle et, comme un type qui n'aurait absolument pas le pied marin, je me sens changer de couleur. Je crois que le message est clair, mon corps dit stop, il a trop bu, trop encaissé, vachement trop subi. Est-ce que je rejouerais la soirée autrement si je pouvais ? Tellement pas ! Il fallait que je me saoule, que j'oublie le carnage, que je dégage leurs visages de mon crâne, que je ne puisse plus rien ressentir… Alors, ouais, je recommencerais s'il le fallait.

Je puise dans mes dernières ressources et tape laborieusement du plat de la main contre le panneau sans m'arrêter. J'attends, le front écrasé contre ce seul foutu rempart. Je frappe et j'attends… Jusqu'à ce léger tour de clé. Un sourire soulagé bourgeonne sur mes lèvres alors que mes jambes sont sur le point de céder. Encore la gravité, à la différence qu'à présent, elle me fait plonger en avant.

– Deamon ? Mais… Oh, non… se met-elle à couiner dans une suite de notes toujours plus aiguës.

Je pensais m'éclater au sol, pourtant, un petit corps tout tendu m'en empêche. Une vague de bien-être se faufile sous ma peau et injecte un peu d'oxygène dans ma carcasse abîmée. C'est fugace, mais juste assez pour me laisser le temps de respirer son parfum. Putain, qu'est-ce qu'elle sent bon… Elle sent toujours bon de toute façon. Je m'accroche à ses épaules quand mes jambes se désarticulent sous mon poids, peinant à ouvrir les yeux.

– Combien de litres as-tu avalés ? grogne-t-elle d'effort après que la porte a claqué.

– Plein !

– Purement rhétorique, Deamon ! Tu empestes ! Allez, aide-moi, je…

Je n'entends pas le reste de sa phrase, je n'entends que le son de mon cœur qui tambourine comme un malade. Elle a condamné mon bras ballant sur ses épaules et maintient le sien dans mon dos pour me permettre de parcourir les quelques mètres qui me séparent du coin nuit sans avoir à embrasser le sol. En dépit de ma nuque chewing-gum, je réussis à contempler son profil un moment. Putain, qu'est-ce qu'elle est belle… Elle est toujours belle de toute façon. Même en pleine nuit, même réveillée en fanfare par son enfoiré de colocataire, menteur de surcroît.

– Qu'est-ce qui t'a pris de te mettre dans un état pareil ? maugrée-t-elle lorsque ma chambre est en approche.

Qu'est-ce qui m'a pris ? Lolli, il m'a pris que je t'ai vue, cet après-midi, avec ce type. Tu t'étais barrée toute la semaine, tu m'avais laissé seul avec ma putain de conscience et mes angoisses ! Et quand t'as enfin retrouvé le chemin de Manhattan, c'était pour le voir, lui, dans ce foutu salon de thé de Greenwich Village. Si encore tu ne lui avais pas souri… Si encore il n'avait pas eu envie de te bouffer plus que son muffin aux myrtilles… J'ai vrillé. Et ça, ce n'était que le début de ma descente aux enfers !

– Je… commencé-je après un haut-le-cœur. Je vais vomir…

– Nom de Dieu… Retiens-toi ! s'étrangle-t-elle.

Cinq secondes plus tard, je me détache de son corps délicat tout en tension, m'écroule de justesse au pied des chiottes. Tout devient noir, plongé dans des ténèbres vicieuses et asphyxiantes. Je me vide, sans être conscient du reste du monde, sans même savoir si Nora Jean observe la scène pitoyable depuis le seuil. Je ne pense plus, je ne ressens presque rien, ou simplement la douleur invasive des spasmes que mon estomac m'inflige…

Après avoir dégueulé pendant une éternité, je laisse ma joue s'affaler sur la cuvette. Je pourrais m'endormir ici, sur le sol, comme un putain de pantin à qui on aurait sectionné tous les liens. Ouais, je pourrais, une chape de sommeil me cloue déjà sur place. Mais c'est compter sans la ténacité de la nana qui m'a offert le gîte en plus de me donner sa virginité orgasmique.

– Essaie de te lever… Deamon, allez.

– Peux pas… parviens-je à articuler lorsque sa main s'enroule autour de mon biceps.

– Bien sûr que tu peux. Je ne vais pas te traîner jusqu'à ta chambre. Debout…

Sa voix est douce, bien trop douce pour le spectacle que je lui offre. Je rouvre péniblement les yeux sur elle. Nora Jean porte cette jolie moue concentrée en passant mon avant-bras derrière sa nuque. Puis elle force. Une fois. Deux fois…

– Lève-toi, Deamon Cosgrove, merde !

Ce coup-ci, mes paupières s'écarquillent presque. Est-ce qu'elle a juré ? Je veux dire, pour de vrai et pas seulement dans les limbes de mon imaginaire détraqué par l'ivresse ? L'irritation qui durcit ses traits à présent semble me faire recouvrer un soupçon d'énergie. Attention, pas trop non plus, mais suffisamment pour que mes muscles me tractent jusqu'à me dresser à peu près droit sur mes jambes engourdies.

Dans un silence religieux, je la laisse me conduire vers mon lit sous les lumières tamisées de l'appartement. Je la laisse faire quand elle m'assied sur la couette et entreprend de m'enlever mes fringues. Je la devine agacée, mais pas que… Si je n'étais pas complètement terrassé par une double, voire triple surdose d'alcool, je crois bien que je la trouverais inquiète.

– Tiens ça une seconde, m'ordonne-t-elle en déposant mon tee-shirt roulé en boule sur mon sourcil.

J'obéis tant bien que mal. Mon bras pèse une tonne cinquante et ma colonne vertébrale, elle, oscille comme un foutu *sky dancer*. Les pas de Nora Jean s'éloignent à peine dans le couloir que déjà, je tombe à la renverse et m'enfonce dans la couette épaisse. Je suis tellement bourré, sans déconner... Ça faisait un bail que ça ne m'était pas arrivé, en tout cas pas au point de vomir mes tripes et d'être incapable de tenir debout.

Le plafonnier m'aveugle, la pièce tourne comme une toupie lancée à pleine vitesse, et je ferme les yeux de défaite. Je voudrais rester conscient, pour elle, parce qu'un besoin primaire s'éveille sous mes pecs, sauf que je me sens sombrer, écrasé par tout ce qui a fait de ma journée une belle succession de merde. Et par la tequila !

– Bon sang... Qu'est-ce qui s'est passé ?

Sa voix n'est qu'un écho lointain maintenant qu'une sensation de froid s'éparpille sur mon visage engourdi. D'abord mon arcade, puis ma pommette, mon cou, mes doigts.

– Aïe... râlé-je, amorphe, quand un picotement se diffuse à présent sur ces zones.

– Je dois désinfecter, c'est...

Elle s'interrompt, soupire brièvement, puis s'attaque à mes phalanges. Je n'essaie pas de rouvrir les yeux, je grimace seulement, agacé de sentir ces minuscules aiguilles me perforer la peau alors qu'elle est déjà bien amochée. Et franchement, il pue son antiseptique...

– Tu veux bien me dire qui te déteste autant ? souffle-t-elle, lasse.

Mon cerveau commande à mes épaules d'esquisser un mouvement en guise de réponse évasive, mais l'information n'arrive pas jusqu'à mes muscles qui demeurent clouer au matelas.

– Un enfoiré, grommelé-je. Et ses potes... Dans un bar...

– Tes collègues ?

J'expire un truc qui, dans ma tête, est supposé s'apparenter à un rire moqueur, mais pas sûr que le résultat soit à la hauteur. Mes collègues sont tout sauf agressifs, des pacifistes à la recherche d'un monde idéal. Jamais ils n'auraient levé la main sur moi. En revanche, ce petit prétentieux de 20 piges qui s'est permis de traiter Dawn Townstend de pétasse meurtrière, avait de l'hostilité plein les yeux. Je crois qu'il m'a plu pour ça. Il était le candidat parfait, je n'ai eu qu'à lui lancer une ou deux saloperies pour qu'il me décoche la première droite. Le goût de sang sur ma langue a été le déclencheur, c'était aussi bon que la dose d'adrénaline qui pervertit mon âme lorsque le Fou entre en jeu. Mon sourire pervers a percé et je lui ai pété le nez. Par principe, et par besoin. À la base, Whitaker était ma cible. Le pub dans lequel j'ai vidé la bouteille de tequila est son fief d'après Morgan, mais ce fils de pute ne s'est pas pointé. Je devais trouver une alternative. Et après que le gamin a parlé de Dawn comme d'une salope d'héritière devant l'écran qui retransmettait sa photo, j'ai pris ça comme un signe.

– Comment es-tu rentré ? hasarde-t-elle d'un timbre préoccupé.

– À pied.

– Tu aurais dû m'appeler…

– T'avais sûrement mieux à faire, me marré-je d'amertume derrière le rideau de mes paupières.

– Ah oui ?

– Ouais… Aller boire des cafés avec des charognards… Et ouvrir les cuisses sans mon aide…

Je m'essouffle si vite sur ces derniers mots blindés d'aigreur qu'une nouvelle chape de plomb m'écrase un peu plus dans le lit. Je ne sais pas quelle expression se peint sur ses traits et très franchement, je m'en tape. Parce que après ça, coupure son généralisée. Je m'enlise dans une noirceur nécessaire. Fin de la discussion…

31

Nora Jean

Le ciel arbore un bleu pâle cet après-midi, légèrement voilé par de doux nuages blancs. L'hiver touche à sa fin. Les températures sont encore fraîches, pour autant je n'ai pas froid. J'ai l'esprit bien trop encombré pour même me soucier du léger vent qui souffle à travers les branches encore dénudées des arbres de Central Park.

Je ne viens que rarement me perdre dans cette oasis nichée en plein cœur de Manhattan. Un comble pour une native de cette ville… Je suppose que j'ai toujours mille raisons pour rester plongée dans le travail. En vérité, je m'enferme, du moins je me préserve et seulement parce que la toxicité de Maxwell, de Victoria probablement aussi, a abîmé ma vision de ce monde et de ses habitants. Je suis bien différente de la jeune adolescente bourgeoise qui, peu à peu, s'ouvrait à la complexité de ses pairs. J'ai appris à me contenter de celle que je suis et j'aime être libre de mes choix, sans comptes à rendre à personne. En théorie, c'est toujours le cas. En pratique, c'est devenu compliqué depuis… lui.

La poitrine chargée d'un soupir que j'essaie de contenir, je déambule entre les allées paisibles du parc depuis bientôt deux heures, mon appareil photo en bandoulière. J'ai pu capturer quelques instants de vie, quelques visages caressés par la lumière douce du soleil, mais je ne retrouve pas l'émulation délicieuse qui m'avait étreinte à Montgomery. En toute franchise, je me sens… perdue. L'aiguille de ma boussole intérieure s'évertue à tourner dans tous les sens, sans me laisser le temps de reposer mes pensées, et ça m'épuise.

Cette semaine, j'ai pourtant franchi une étape majeure dans mon travail. En d'autres occasions, je me serais contentée de cette avancée, voire elle m'aurait enveloppée d'euphorie. Et pour cause : mon édito s'est étoffé davantage depuis Binghamton, tant en matière de qualité que de quantité. Tous les astres s'étaient alignés pour l'écriture de mon édito, c'était plus que je n'avais osé espérer ces dernières semaines !

L'évolution de mon investigation a pris une tout autre dimension depuis les révélations d'Ambrose, et plus encore après mon entrevue officieuse à La Rose Théière. À mon arrivée, le brouillard qui m'avait accompagnée sur tout mon trajet retour s'était dissipé à l'instant où mes yeux accrochaient la grande enveloppe sur la table ronde. J'allais m'immerger dans le dossier criminel de Karson et Dawn !

Derek Sloane, l'agent de la Division des homicides en charge de l'affaire Townstend, patientait sur un des beaux fauteuils en cuir beige du salon de thé, un café noir entamé devant lui. Je pensais avoir à faire face à un faciès sévère au vu du caractère inhabituel de notre rencontre, or, il m'a surpris à sourire, à user de patience et de décontraction pendant que je consultais les nombreuses pages dactylographiées. Il a même conclu notre réunion officieuse en promettant de reprendre contact avec moi si de nouvelles informations venaient à lui être communiquées.

Que demander de mieux ? Peu à peu, mon esprit retrouvait ses automatismes, mes doigts fourmillaient de ne pas pouvoir retranscrire chaque détail sur mon clavier. Le vent tournait pour de bon et Dieu que c'était plaisant. J'ai repris le chemin de mon appartement en fin d'après-midi, bercée par une brise de satisfaction. Cette sensation ne m'a pas quittée lorsque j'ai découvert Plante n° 2 dans l'entrée de mon T3, un ficus tressé tout en hauteur. Je n'ai pas la main verte, pourtant, ça m'a plu, tout comme j'ai su apprécier les nouveaux coussins bleu canard qui ornaient mon canapé ou la toile d'un artiste inconnu que Deamon avait choisi d'accrocher dans la pièce de vie. Je suis restée à contempler le dessin un moment, me nourrissant des tracés de peinture qui mettaient en scène une femme brune, gorge déployée, dont chaque parcelle de peau était recouverte d'un coup de pinceau d'une couleur différente. Toute la beauté du *street art* était là, sous mes yeux, chez moi, s'alliant magnifiquement à la blancheur de mon intérieur et à l'essence de bois clair du mobilier.

Et pour couronner le tout, un bref coup de téléphone de ma mère pour m'annoncer qu'elle se voyait contrainte d'annuler notre déjeuner mensuel, lequel aurait dû avoir lieu ce midi. Je n'ai qu'à peine écouté ses explications – qui n'étaient en aucun cas des excuses d'ailleurs. Le simple fait de me savoir libérée de cette corvée a achevé de me détendre complètement. Tout était parfait… Tout, à l'exception d'une chose : Deamon. Sans vraiment comprendre pourquoi, il était celui avec qui je voulais partager mes succès du jour. Je pouvais appeler Clay ou Bernice, pourtant, j'ai tourné en rond un moment, sans chercher à contacter l'un ou l'autre. Et puis, peu après minuit, je me suis rendue à l'évidence.

Il ne m'honorerait pas de sa présence. Ça m'a… déstabilisée.

En vérité, quelque chose en moi a changé ces derniers jours. Quelque chose d'abstrait, mais d'indéniable. Je ne saurais pas l'expliquer, ou alors seulement en parlant d'une sensation singulière, un semblant de vague qui chahute mes organes et réchauffe mon ventre dès lors que je pense à lui. Je n'en sais trop rien finalement, et sincèrement ça me trouble. Depuis Deamon, je me retrouve à ne plus rien contrôler, du moins à devoir me battre pour y parvenir. Et ça vaut pour mes ressentis. C'est autant de stress et d'incertitude que de quiétude éphémère quand ses yeux se posent sur moi… Quant aux évènements de cette nuit, ils n'ont fait que renforcer mon instabilité émotionnelle face à notre situation.

Je porte l'objectif de mon appareil photo devant moi en apercevant un vieux monsieur, main dans la main avec un enfant, et tente de m'y raccrocher lorsque l'image de Deamon, saoul et balafré, revient s'imprimer dans mes pensées. J'ai détesté son irruption nocturne et éthylique, de la même façon que le découvrir tuméfié m'a serré le cœur. Je me suis sentie rongée de colère, mais plus contre lui. Tout mon être maudissait celui qui avait démoli cet homme jusqu'à en altérer sa beauté brute. Ma compassion s'en était mêlée jusqu'à jouer vicieusement avec mon pouls. J'ai pansé ses plaies de mon mieux, j'ai cherché à traduire ses derniers mots amers, sans succès. Évidemment, il était ivre. Rien de sensé ne sort d'une bouche noyée par des litres d'alcool, pourtant, ça sentait le reproche à plein nez.

J'ai fini par le laisser cuver, tenaillée par l'envie de le veiller et celle de lui arracher chaque pansement que j'avais pris soin de déposer sur ses blessures. Impossible de me rendormir après ça… Si encore j'étais de ces femmes qui collectionnent les hommes et en abusent, mais non ! Parce qu'il semble évident qu'évoquer l'ouverture de mes cuisses le sous-entendait. Bon sang, je ne les ai écartées que pour deux hommes de toute ma vie, lui et l'autre ! S'est-il dit que je m'étais absentée cette semaine pour des parties de jambes en l'air à répétition ? C'est absurde et ça me dépasse… Deamon me connaît, Deamon vit avec moi, Deamon sait que je ne respire que pour *US Today* et les Townstend. Possiblement pour nos rencontres charnelles ces derniers temps, mais c'est tout. Si je voulais être lucide, je dirais qu'il délirait et s'enlisait déjà dans un pseudo-coma, d'où l'incohérence de ses propos. Je préfère d'ailleurs cette option, elle me correspond, elle me soulage et tempère mon incompréhension. Alors, oui, je préfère cette idée rationnelle à celle qui me ferait injustement passer pour une mante religieuse !

Deamon dormait toujours lorsque je me suis exfiltrée de l'appartement après le déjeuner. Alors que ça ne m'arrive jamais, j'ai ressenti le profond besoin de sortir, de m'éloigner de ces murs qu'il a imprégnés de son odeur. Sans réfléchir, j'ai attrapé mon appareil photo et je suis partie. Vingt minutes plus tard, je foulais les sentiers de Central Park d'un pas lent. Ma vitesse n'a pas augmenté à présent que j'atteins l'autre flanc du poumon vert de New York, qui donne sur la Cinquième Avenue. Je pourrais rebrousser chemin et rester dans le parc, pourtant, je traverse la rue, sans but précis.

Je n'ai pas fait deux cents mètres que déjà un parfum sucré et familier m'arrive aux narines. Je n'en ai pas mangé depuis une éternité, mais je reconnaîtrais l'odeur des gaufres Des Délices de Lily entre mille. Dans un tourbillon de souvenirs, je nous revois avec Clay, il y a bien dix ans, arpenter la rue et courir jusqu'au stand ! Inévitablement, mon sourire attendri émerge et aussitôt je retrouve mes repères d'enfant. Le Café Madison, puis le magasin de disques, où Clay avait acheté son premier vinyle. Je progresse encore, chahutée par un brin de nostalgie. Le Starlight Theater n'a pas bougé, fièrement dressé entre deux boutiques. Ce vieux cinéma qui ne propose à l'affiche que des films étrangers et qui a vu naître l'amitié sincère entre Clay et Deamon. Tout juste à côté, The Book Nook, cette petite librairie au charme si atypique…

– Nora Jean ?

Je redresse l'échine par réflexe et oblique vers la voix féminine. Il ne me faut qu'une courte seconde pour identifier la toute jeune femme qui s'avance vers moi, armée de son sourire enthousiaste. Nous ne nous sommes vues qu'une seule fois, mais je me rappelle sans mal notre discussion littéraire dans le jardin voisin des Cosgrove. Ebony fait partie de ces êtres humains qui ne s'oublient pas, ceux qui irradient d'une aura colorée quand les autres battent le pavé dans un nuancier de gris.

– Quelle coïncidence, c'est fou de te trouver là ! s'exclame-t-elle en m'embrassant avec effervescence sur chaque joue. Je viens faire un saut tous les dimanches pourtant !

– C'est exceptionnel, d'ordinaire, je…

Je m'arrête net, soudain mal à l'aise. Elle a l'air si joyeuse de sa sortie littéraire que je me sens tout à coup bien piteuse de devoir admettre que je ne m'octroie jamais ce genre de plaisirs simples.

– Qu'importe, lui souris-je à mon tour. As-tu trouvé ton bonheur ?

Je l'écoute attentivement me présenter les trois romans qu'elle vient d'acquérir et m'en peindre un tableau délicieux.

– D'ailleurs, je te remercie de m'avoir recommandé Attica Locke, je me suis régalée avec *Black water rising* ! Si je n'étais pas prise par le temps, je te traînerais à l'intérieur pour que tu me concoctes la liste de mes futurs achats.

– Une prochaine fois.

– J'espère bien ! Ou sinon, on fait ça ce soir. Tu viens pour quelle heure ?

Son air résolu me fait froncer les sourcils. Sa question aussi, en définitive. Où suis-je supposée me rendre, ce soir ?

– Deamon a prévu d'y être pour seize heures, mais la majorité d'entre nous ira pour dix-huit heures.

– Pardon, je… j'ai peur de ne pas avoir été invitée.

J'esquisse un sourire penaud devant l'étonnement fugace d'Ebony.

– Ne dis pas n'importe quoi ! rit-elle à présent. Bien sûr que tu es invitée ! On organise une fête d'adieu dans le jardin des Cosgrove, les nouveaux propriétaires emménagent demain matin ! Chacun ramène un truc à boire ou à manger.

Je happe l'air pour répliquer que l'idée me semble bancale quand elle m'en empêche en décrochant vivement son téléphone.

– Tu ne peux pas te passer de moi, c'est dingue ! maugrée-t-elle. J'arrive, ronge ton frein encore une demi-heure… Oui, attends… Malik, ferme ta bouche !

Ebony décolle sensiblement son portable de son oreille et commence à reculer en me considérant avec fermeté :

– Dix-huit heures, je compte sur toi ! Je te dis à ce soir !

J'ai à peine le temps de lui offrir un sourire courtois qu'elle opère déjà un demi-tour et amplifie ses enjambées jusqu'à disparaître dans la foule éparpillée sur le trottoir. Je reste là, immobile au milieu des promeneurs et touristes, en proie à un dilemme de taille. Peut-être aussi vexée, quand bien même je n'ai aucune légitimité à l'être. Je ne sais pas si Deamon a volontairement choisi de m'exclure, ça ne devrait d'ailleurs pas me troubler outre mesure. Il est tout à fait libre d'inviter qui il souhaite, il ne me doit rien, aucune faveur, aucune politesse. Pourtant… Pourtant, un mélange de déception et de colère se met à fourmiller sous ma peau.

Au fond de moi, je suis blessée, j'imaginais avoir une petite place dans le chapitre de sa vie qu'il s'apprête à fermer. Du moins j'imaginais qu'il aimerait me savoir près de lui pour cette étape. Pourquoi ? Parce que je fais partie de son passé, de son présent aussi, parce que je suis la sœur de son meilleur ami, parce que je lui accorde ma précieuse confiance, parce que nous avons couché ensemble, parce que…

Traversée par un éclair de bon sens, je m'empare de mon téléphone et… Pas de message. Pas d'invitation tardive. Rien. Simplement l'horloge numérique qui m'apprend que le début des festivités commencera dans trois heures exactement. Je soupire, sous l'emprise d'une dualité, laquelle est récurrente lorsqu'il s'agit de Deamon. Les Délices de Lily ne sont qu'à quelques mètres devant moi, diffusant un parfum de sucre chaud tout autour. J'amorce un premier pas en direction des gaufres, finalement consciente que ma décision quant à cette soirée d'au revoir est déjà prise. Advienne que pourra…

32

Deamon

J'ai la tête en vrac, et pas seulement à cause de la gueule de bois... Pourtant, Nora Jean a limité la casse. Quand je me suis réveillé, une poche de gel liquide, perlée de gouttes d'eau, gisait près de mon visage sur une auréole humide. Je suppose qu'elle l'avait déposée sous mon œil droit avant de regagner sa chambre, parce que au vu de la taille de l'ecchymose et de sa couleur, je devrais souffrir vachement plus. Même mon arcade sourcilière est barrée d'un strap... Une vraie petite infirmière.

Prostré dans les petites chiottes du rez-de-chaussée, je m'attarde sur les contusions dans le reflet du miroir. J'ai merdé, j'aurais pu finir au poste, putain...

– T'as décidé de te faire une contre-soirée, l'ami ? beugle Jamal en s'activant sur la poignée.

– J'arrive !

Je lâche un épais soupir, fais craquer ma nuque, puis passe rapidement les mains sous l'eau avant de les remonter dans mes cheveux. Jamal m'attend dans le couloir, le dos calé contre le mur, un œil soucieux braqué sur moi.

– Tu pouvais aller pisser à l'étage, tu sais ! déclaré-je en forçant un sourire railleur.

– À l'étage ou dans le jardin !

– Par exemple.

– Heureusement que je n'ai pas besoin de pisser alors !

J'accueille son accolade amicale sans grimacer en dépit des zones endolories que son geste titille et me laisse guider dehors, où sont regroupés les trois quarts des voisins. Tous ont avalisé la proposition de Jamal, laquelle était de rendre un dernier hommage festif à ceux qui ont résidé dans cette modeste baraque. Mes parents, les seuls qui méritent ce titre dans le fond... Comment refuser ? Peut-être même que c'est le plus joli clap de fin que je pouvais espérer pour l'enterrement de ma vie d'avant. Dès demain, une nouvelle famille s'installera dans cette maison qui m'a vu grandir, qui m'a vu pleurer aussi, rire de temps en temps. Ils ont tellement intérêt d'en prendre soin…

Le notaire m'a relancé un paquet de fois ces deux dernières semaines pour s'assurer que les meubles seraient dégagés à temps. En clair, il m'a saoulé ! Autant je ne suis pas fan de me déposséder de mon seul véritable pied-à-terre ici, autant je sais que refuser la vente n'était pas une alternative. Je n'ai pas le choix. Si la vérité vient à être balancée en *breaking news*, j'aurai besoin de fric pour décamper. Pour disparaître et tout recommencer. Pourtant, j'ai horreur de ce que l'échéance arrivée à son terme remue en moi. Cet amalgame de nostalgie, de tristesse et d'amertume. J'ai l'impression d'abandonner l'autre partie de mon âme, celle qui n'a pas été noircie, et ça me fout franchement les boules.

– Une petite bière, D. ?

– Je passe mon tour.

– Des restes d'hier ?

– C'est ça. Et je vais m'en contenter.

Alors que Jamal s'échappe pour rejoindre le bar de fortune près de la haie mitoyenne, je me retiens d'enfouir les mains dans mes poches pour éviter de réveiller la douleur dans mes poings, et quadrille la pelouse fraîchement tondue. Tous sont rassemblés en bandes à discuter, boire, picorer et danser dans le jardin sommairement décoré pour l'occasion. Je ne suis pas responsable de cet embellissement éphémère, Jasmine ne m'a d'ailleurs pas demandé mon avis avant de suspendre quelques guirlandes lumineuses et autres lampions dans les arbres. Quand je suis arrivé plus tôt, tout était en place. Les invités n'avaient plus qu'à débarquer, déposer leurs plats ou bouteilles sur les tables et apprécier l'atmosphère qui se dégageait des dizaines de bougies disposées çà et là. Le rendu est hyper sympa, je suis sûr que ma mère aurait adoré…

Le jour décline doucement sous les notes de musique qui s'échappent de l'enceinte. Je ne cherche pas à investir un groupe plutôt qu'un autre. Je le devrais sûrement, par sympathie ou reconnaissance, sauf que je suis crevé et le mal de crâne latent sous mes tempes n'arrange rien. Je les laisse venir à moi, mater les lésions sur mon visage avec plus ou moins de discrétion et repartir à leur précédente conversation. Je sais tous qui ils sont, mais mon exil de plusieurs années a rompu quelques liens. Aucun comportement hostile, simplement de la pudeur, je dirais.

– Enfin ! brame Ebony, une dizaine de mètres devant moi. Tu en as mis du temps !

La tornade afro-américaine d'une petite cinquantaine de kilos traverse le jardin à grands pas en direction de la maison sans même s'arrêter sur moi. Son sourire est si sincère que j'imagine voir apparaître Malik dans mon dos, sauf qu'il est près de la bouffe, en pleine discussion avec Zayd, un des fils de Jamal et Jasmine, en perm' pour le week-end.

Ma curiosité me fait loucher par-dessus mon épaule et… tomber tout pile dans le regard polaire de Nora Jean. Une espèce de frisson incontrôlé se déclare dans ma nuque et rampe le long de mon échine, électrisant chaque zone sur son passage. Les mains pleines d'une large boîte en carton, elle ne me quitte des yeux qu'une seconde pour répondre un truc à Ebony, laquelle l'assomme de paroles. Je ne bouge pas un foutu muscle autre que ceux qui me permettent de suivre sa progression jusqu'au jardin. Elle a relevé ses cheveux en une haute queue de cheval. Chaque trait de son visage est mis en lumière, de la rondeur exquise de ses pommettes rosies au galbe de son cou. Et sa bouche… Elle scintille d'un baume que je m'imagine absorber dans un baiser furieux.

Une putain de bombe, cette nana, fait chier…

Je voudrais être capable de ne pas la mater comme un voyeur incurable, voire je préférerais être encore sous le coup de mon état de nerfs de la veille. Pourtant, la chaleur brute qui sillonne ma poitrine à mesure qu'elle salue Jamal, sa femme et leur progéniture, me rend complètement dépendant. J'épie chacun de ses gestes, chaque foutu mouvement de ses lèvres, chaque sourire qu'elle ébauche pour eux. Je détaille chaque pièce de tissu qui moule ses courbes divines et ma peau me brûle presque. Elle a enfilé un jean classique dont la taille haute est délimitée par une ceinture cannelle. Plus haut, un débardeur blanc, hyper classique, qui laisse deviner les prémices de son décolleté, le tout agrémenté d'un blazer beige… Elle dégage ce truc inné, cette grâce indiscutable et je jure que c'est… fascinant ! Et bandant… Sans déconner, c'est quand même dingue de surréagir à ce point ! Si encore je ne l'avais pas fait jouir, je pourrais comprendre que mon anatomie la réclame, mais là… je bous. C'est à se demander si je n'ai pas un putain de brasier dans le ventre tant je me sens monter en température !

Je ne sais pas dire combien de temps je reste statufié, hypnotisé, sur ce bout de terrasse, à regretter de l'avoir vue avec ce mec hier, à détester la distance qu'elle commence à mettre entre nous, à l'imaginer mienne, à l'entendre gémir mon prénom comme le plus galvanisant des refrains… En revanche, ce que je sais, ce qui est même incontestable, c'est qu'un obus menace de m'exploser le bide lorsque Zayd tente une approche auprès de Nora Jean et bombe le torse, un poil vaniteux, l'œil pétillant d'une convoitise à peine voilée. Je crois que je vrille à ce moment-là.

Non, impossible. Pas devant moi, pas comme ça, putain…

Sans transition, mon cerveau active la fonction « action – réaction ». Mon cerveau ou mon système sensoriel lapidé par la drague ouverte de Zayd ! J'amorce une enjambée vers leur duo improbable, puis fends la foule sans me détacher de l'expression affectueuse de Nora Jean. En dix secondes max, je m'impose dans leur cercle restreint. Rien à foutre de passer pour un briseur d'ambiance, qu'il se trouve une autre meuf, celle-là est à moi.

– Je peux te voir deux minutes ? grincé-je.

Nora Jean me coule un regard hautain si éloquent que je m'insulterais d'avoir été aussi direct. Et transparent !

– S'il te plaît, ajouté-je en exagérant une moue désolée.

Je m'enfonce, pire que dans des sables mouvants !

– C'est demandé si gentiment, raille-t-elle en relevant le menton. Tu m'excuses un instant, Zayd ?

Sa voix se fait tellement plus douce lorsqu'elle s'adresse à lui que je manque de l'attraper par le bras pour la faire voler loin de Zayd. Parce qu'elle le fait exprès, cette teigne ! Elle abuse d'exaspération avec moi alors qu'elle lui offre sa facette la plus douce, la plus chaleureuse. Connerie !

– Je te suis…

Elle n'a pas terminé sa phrase que je chope sa main, fais volte-face et précipite mes enjambées vers la maison. Je serre si fort ses doigts délicats que ma peau se craquelle aux endroits meurtris par les coups portés hier soir. Pourtant, je n'ai pas mal. La seule douleur qui me fait grincer des dents est celle qui soulève mes côtes d'une rage contenue.

– Je peux savoir ce qui te prend ? s'insurge-t-elle en récupérant vivement sa main une fois que je nous ai isolés dans la cuisine.

– Rien, c'est…

Conscient de l'excessivité de ma réaction, je ferme lourdement les yeux et porte pouce et index sur l'arête de mon nez. Je fais n'importe quoi, je le sais, mais c'est plus fort que moi. Je suis foutrement incapable de me gérer avec lucidité après qu'elle m'a obligé à regarder sa putain de scène de film romantique avec ce gamin ! Même ma respiration déconne, c'est dire si je ne contrôle rien…

– Pourquoi t'es venue ? marmonné-je.

– Parce que Ebony me l'a proposé.

Je voulais que Nora Jean soit là, ce soir, en tout cas c'est ce que je croyais avant de la pister jusqu'à son rencard hier. Depuis, je fonctionne n'importe comment, je m'énerve, je me saoule, et plus urticant encore, je me comporte comme un connard possessif…

– Si ça te dérange, Deamon, je m'en vais.

Le souffle de voix déçue qu'elle fait voleter entre nous me fait rouvrir les yeux et la considérer avec intensité. Ses prunelles tremblent presque quand son expression reste froide. Malgré ça, elle resplendit, baignée de la lumière chaude des spots au plafond.

– J'en sais trop rien.

– Quel est le problème exactement ? s'agace-t-elle soudain.

Muré dans le silence, je l'observe tandis qu'elle me sonde avec véhémence. Bien sûr que j'ai compris mon brusque changement d'humeur tout à l'heure, de la même façon que je sais pourquoi la tequila a été ma première échappatoire hier. Mais putain, c'est Nora Jean, la femme avec qui je couche et celle que je manipule. Celle qui me fait stresser autant qu'elle me fait bander ! Comment je fais pour allier tout ça sans me donner l'impression d'être le pire des enfoirés ?

– Deamon ! Qu'est-ce qu'il y a ? s'emporte-t-elle un peu plus. D'abord, tu uses de subterfuges pour m'assouplir et, du jour au lendemain, c'est toi qui t'endurcis. Explique-moi !

Toujours aucune réponse de ma part. J'avoue, je suis largué et bien trop captivé par le mouvement de ses lèvres, par la tension qui irradie de sa silhouette gainée. Par le rythme de sa respiration qui anime les va-et-vient de sa poitrine…

– Très bien, tranche-t-elle en fouillant énergiquement dans la minuscule pochette blanche qu'elle gardait en main. Quoi qu'ils en disent, Deamon Cosgrove, tu n'oseras pas me dire ce qui ne tourne pas rond entre nous !

Le Fou s'abat dans un bruit sec sur le plan de travail. Devant moi. À égale distance de nos deux corps. Le shoot d'adrénaline que me provoquent habituellement nos défis tarde à se concrétiser. Je sens la bombe de plaisir se former sous ma peau, sans qu'elle explose réellement. Et puis, Nora Jean insiste en poussant sur le Fou jusqu'à le rapprocher de moi, une lueur bravache dans le regard. Mon sourire en coin, teinté d'amertume, pointe. Dire qu'elle use de MA pièce d'échecs pour parvenir à SES fins…

– OK, lâché-je avec sarcasme. J'ai détesté te voir avec ton *date* hier, j'étais loin de penser que tu étais ce genre de nanas. Celles qui n'espèrent qu'un plan cul, je précise. Parce qu'il est clair que c'était ce que ce tocard voulait. Il te bouffait de long en large, limite il faisait pitié. Sans déconner, t'es beaucoup trop bien pour un crevard comme lui !

– Alors c'était ça… émet-elle dans un mini rire sidéré.

– Quoi ?

– Ton histoire de cuisses !

Mon incompréhension doit être frappante, parce que Nora Jean m'épingle d'un œil dédaigneux, puis avance d'un pas ferme.

– Cette nuit, après que je t'ai emmené jusqu'à ton lit, tu as mentionné le fait que j'ouvre les cuisses sans ton aide avec des « charognards ».

Putain, j'ai pas fait ça, si ? Je lutte de toutes mes forces pour masquer mon trouble face à sa révélation, mais franchement, c'est chaud. Je ne me rappelle qu'à peine de mon retour chez elle, et pire encore, je n'ai aucun souvenir d'avoir parlé de l'angle d'ouverture de ses cuisses ! Au final, ce n'est pas tant ce que j'ai pu lui raconter sur son rencard qui fait s'exciter mon instinct de survie, c'est ce que j'aurais pu dire d'autre ! Reste à espérer que l'héritière ne soit pas arrivée sur le tapis…

– Est-ce que tu m'as suivie ? s'assombrit-elle subitement.

– Pure coïncidence. C'était sur mon chemin pour rejoindre GreenGrouth Farming.

Je sais que je mens bien, mais là, j'avoue que je mets le paquet, contrairement au défi qu'elle m'a lancé. Rien à foutre que le Fou m'oblige à la vérité dans ce cas de figure, je suis celui qui a créé ce jeu, celui qui a fixé les règles de départ. Hors de question que ça finisse par me desservir.

– Et ce soir ?

– Quoi, ce soir ? réponds-je à brûle-pourpoint.

– Dois-je comprendre que tu détestes aussi me voir avec Zayd ? Suis-je également « beaucoup trop bien » pour lui ?

Elle me fusille, droite dans ses sneakers impeccables. Et moi ? Je serre les dents, saoulé qu'elle ait pigé si vite à quel point je suis pathétique et possessif.

– Alors dis-moi, Deamon, reprend-elle dans un calme déroutant, si aucun de ces deux hommes n'est assez bien pour moi, qui l'est ? Toi ?

33

Deamon

Nan, je suis putain de loin d'être assez bien pour elle, et ça me déchire l'âme. Je jure que ça me démonte… Quelque part, tout ce cirque de possessivité incontrôlée et ridicule n'est que le résultat de ce que j'aurais voulu vivre. Avec elle, je crois. Sans calcul ni mensonge. Sans rien de bordélique ou de condamnable. Parce que Nora Jean, c'est… c'est le genre de femme que tu ne peux pas ignorer. Je défie d'ailleurs n'importe quel mâle du continent de ne pas se laisser captiver par ce qu'elle dégage. Elle diffuse un parfum de mystère et de séduction subtile qui ne peut que capter l'attention.

Elle n'est pas seulement belle physiquement – et Dieu sait qu'elle est splendide avec ou sans ses fringues –, elle est forte, indépendante, un poil chiante, mais juste et loyale. Et puis, il y a cette part d'elle-même qu'elle réserve aux personnes qui ont la chance de la découvrir dans l'intimité, une part douce et vulnérable qu'elle protège avec soin.

Elle m'a ferré. Je n'ai rien vu venir. Ce n'est qu'en la projetant dans les draps d'un autre que je m'en suis vicieusement rendu compte.

– Alors ? Qui ? réitère-t-elle.

Nora Jean me tient en joue, imperturbable. Elle attend, tendue du bout de ses orteils jusqu'à la pointe de ses cheveux. Elle me défie d'oser.

– Je dis seulement que je ne t'imaginais pas comme ça.

– Tu sais parfaitement que je ne suis pas ce genre de femme, m'accuse-t-elle d'un ton glacial. L'homme avec qui j'ai partagé un café travaille à la Division criminelle, nous avions rendez-vous pour que je puisse accéder officieusement au dossier Townstend. Quant à Zayd, il a eu la politesse de m'accorder un peu d'attention quand l'hôte de la soirée n'a pas même daigné m'adresser la parole !

Nora Jean ponctue sa phrase d'un léger rictus de dégoût, et une haine que je me destine se dilue voracement dans mes veines. Je l'ai dénigrée sciemment, et seulement parce que mon ego a été piétiné. Putain, c'est foutrement plus facile de lui tirer dessus que de me laisser gangrener par la douleur. Cette douleur qui m'a empoisonné à l'instant où je l'ai vue avec ce mec. Elle m'avait manqué, c'était tellement évident ; six jours sans la voir, sans la faire gémir, sans entrevoir mon reflet dans ses yeux, sans être certain qu'elle n'avait pas découvert mon rôle dans le drame Townstend… Un calvaire inattendu ! Je voulais qu'elle revienne, je voulais que les bouffées d'angoisse s'arrêtent, je voulais qu'elle m'apaise. Mais non, dès qu'elle avait refoutu un pied à Manhattan, elle le choisissait, lui. J'ai perdu les pédales…

– Qu'est-ce que tu attends de moi, Deamon ? poursuit-elle d'un ton résolu. Je t'écoute, éclaire-moi !

Les notes de musique s'infiltrent dans la maison vide, pourtant, c'est à peine si je les perçois. Rien ne me raccroche au monde qui tourne toujours si ce n'est son regard à elle, inflexible, dans lequel scintille une timide flamme peinée. Chaque centimètre cube d'oxygène autour de nous est saturé de ce que je ne sais pas lui dire. Parce que, merde, c'est complètement dingue d'être à ce point dépendant !

– Restons-en là alors, se résigne-t-elle devant mon mutisme. Si tu me le permets, je regagne le jardin pour saluer Ebony, Jamal et Jasmine. Je m'en irai ensuite…

Nora Jean n'a pas amorcé son demi-tour qu'un arc électrique me traverse entièrement. Tous mes organes se contractent de concert jusqu'à faire bouillir mon sang. D'une impulsion, j'attrape son bras et la ramène brusquement à moi. Nos ventres se percutent sans délicatesse tandis que j'enroule une main derrière sa nuque, sous son regard estomaqué. Je colle mon front contre le sien, inspirant son odeur à pleins poumons, nourrissant mon corps en manque de ce contact si grisant… Je dois avoir l'air d'un junkie, pourtant, je suis incapable de faire autrement.

Sa respiration accélère, la mienne s'allonge d'un bien-être indécent. La sentir contre moi, c'est… c'est une évidence. C'est apprécier le souffle de vie qu'elle insuffle dans ma carcasse bousillée. C'est plus planant que n'importe quelle dose d'opioïde, plus réparateur que n'importe quel défi qu'elle me lancerait.

– Tu sais ce que je voudrais, Lolli ? grogné-je à fleur de ses lèvres. Je voudrais ne jamais avoir rencontré ton frère, parce que je n'aurais pas atterri dans ton appart. Je n'aurais pas envie de t'embrasser ou te faire jouir à longueur de temps. Tu fous en l'air tous mes plans, tu me hantes, tu me files le sourire, tu me manques, tu m'énerves…

Je marque une pause, le temps de fermer durement les yeux et de raffermir ma prise dans son cou. Nora Jean ne se détend pas contre moi, seuls ses doigts se meuvent pour emprisonner la manche de mon tee-shirt. Je n'ai aucune foutue idée de ce que je suis en train de faire, je suis en complète roue libre et c'est terrifiant.

– Je te jure que ça me rend dingue… conclus-je en rouvrant les yeux.

L'étincelle de désillusion qui se baladait dans ses prunelles noisette s'est atténuée, camouflée par une émotion que je ne sais pas définir. Tout ce que je sais, c'est qu'elle ne me repousse pas, que son rythme cardiaque pulse fort contre mes pecs, que son souffle caresse mes lèvres par à-coups…

– La réciproque est vraie, figure-toi !

Je me décolle sensiblement de son visage pour plonger à corps perdu dans ses iris châtains. Elle a eu beau prononcer cette phrase sur un ton de reproche, ses traits fins m'apparaissent moins colériques.

– La réciproque est vraie ? répété-je.

Elle opine avant de s'intéresser brièvement à ma bouche.

– Et ça m'exaspère autant que, toi, tu m'exaspères, souligne-t-elle.

J'écorche un rire.

– T'es tellement pas douée pour faire des compliments.

– Et toi, tu es jaloux, annonce-t-elle avec sérieux.

Alors qu'un sentiment lénifiant se diluait progressivement dans mon sang, son expression lassée rend l'instant dramatique. Je crois qu'elle s'inquiète des conséquences, ou quelque chose dans ce goût-là. Clairement, je n'aime pas ça.

– Alors qu'est-ce qu'on fait ? hasardé-je en cadenassant pourtant un bras dans son dos.

Je tente de faire fusionner nos abdomens, je réclame sa chaleur sans revendiquer sa bouche quand justement je voudrais déjà me perdre en elle. Je patiente, brutalisé par la triste solennité qui suinte de son regard.

– On ne se promet rien. On ne s'impose rien.

J'incline la tête en plissant les yeux, pas certain de saisir ce qu'elle sous-entend.

– Je ne veux pas d'une nouvelle paire de chaussures et tout ce que cela implique, poursuit-elle. Je veux simplement continuer de vibrer avec toi sans me sentir contrainte de…

– Je ne suis pas lui, la coupé-je alors que je sens la situation m'échapper complètement.

– J'en suis consciente.

– Alors quelle est ma marge de manœuvre, Lolli ?

Nora Jean éparpille son regard autour de moi, signe d'une réflexion intense, mais infructueuse. En réalité, je crois qu'elle n'est pas moins en roue libre que moi. Dans un sens, ça nous met sur un pied d'égalité, ce qui devrait me permettre de me sentir moins esclave de ce truc entre nous. N'empêche que je ne parviens pas à m'en réjouir.

Après son dernier message, vendredi, j'ai pris la mesure de l'empreinte que ce Whitaker avait laissée sur sa peau. Sa peau et son âme. Cet enfoiré l'a conditionnée à un assouvissement absolu pendant des années, normal qu'elle se soit reconstruite avec des mécanismes d'auto-préservation exacerbés. Sa confiance en l'autre, ses réserves, son indépendance émotionnelle et sociale, son implication professionnelle démesurée…

Whitaker l'a brisée en mille morceaux qu'elle a tenté de recoller, mais certaines pièces manquent toujours. Probablement perdues à tout jamais.

– D. ! Ah, te voilà !

Nora Jean se précipite hors de mes bras dès que l'enjouement d'Ebony nous parvient et, putain, j'ai envie de tout cramer ! Parce qu'en plus de laisser un vide en moi, Nora Jean renfile son masque courtois en considérant sa nouvelle amie. Elle se ferme alors même qu'elle s'évertue à faire croire le contraire. En clair : je la perds…

– On a distribué les lanternes à tout le monde, il ne manque plus que vous ! Tenez, prenez la vôtre, la petite bougie aussi, et ramenez-vous !

– Pourquoi des lanternes ? s'enquiert Nora Jean.

– C'est une idée de Jasmine. Une chouette idée d'ailleurs ! Nous allons les lâcher tous ensemble en l'honneur de Donald et Sophie. Ça promet d'être magique ! Allez, venez !

Je n'ai qu'à peine le temps d'entrevoir le regard confus de Nora Jean qu'Ebony l'entraîne à l'extérieur. Fait chier… D'un pas traînant, je rejoins le jardin tapissé de la pénombre crépusculaire, égayé par les modestes lumières des guirlandes d'ampoules blanches qui scintillent çà et là. L'atmosphère pourrait être plombée par cet hommage funeste en préparation, pourtant, les sourires virevoltent avec la brise et se mélangent aux flammes nues des bougies que tous allument une par une. Je m'arrête près de Jamal et Jasmine, lesquels me couvent d'une bienveillance affectueuse. Nora Jean n'est pas loin, concentrée à faire flamber la mèche de sa petite bougie.

– Tes parents étaient extra, D., me surprend Jamal en lâchant sa lanterne, un sourire aux lèvres. Il m'arrive de repenser à la fois où Sophie s'était mis en tête de te fabriquer ton déguisement d'Halloween, tu devais avoir 8 ans…

– Mon Dieu, c'était terrible, éclate de rire Jasmine.

– Ta mère était fin cordon-bleu, un prodige des échecs, mais qu'est-ce qu'elle était nulle en couture !

Je l'écoute me narrer l'anecdote de ce qui a dû être la pire récolte de bonbons de tous les temps, enveloppé de nostalgie. Pas une nostalgie qui rend morose. Au contraire, ce sentiment me fait curieusement l'effet d'un baume au cœur. Jasmine poursuit avec le bricolage de mon vélo de gosse que mon père avait foiré. Je valide d'un sourire. Pour le coup, je me souviens très nettement de la gamelle que ce rafistolage approximatif m'avait coûtée, soit les deux genoux défoncés. C'était si douloureux à l'époque qu'une nuée de picotements se matérialisent sur mes rotules. Ouais, je m'en souviens comme si c'était hier, pourtant, une vie tout entière s'est écoulée depuis.

Anecdote après anecdote, les lanternes s'élèvent vers le ciel dans une danse lente et désordonnée, emportées par les courants d'air nocturnes. Le silence règne à présent que des traînées lumineuses se dessinent au-dessus du Bronx. Tous admirent la beauté de ce spectacle atypique. C'est vrai, c'est beau, presque poétique, ça a même un petit quelque chose d'intemporel, comme s'il nous était permis d'arrêter les aiguilles du temps l'espace d'un instant. Pour cet hommage. Pour dire au revoir. Pour tourner la page…

Les conversations reprennent peu à peu, le volume de la musique augmente et, rapidement, l'ambiance se réchauffe. Instinctivement, je balaie le jardin des yeux jusqu'à trouver ma cible, la seule, postée près du bar éphémère en compagnie de Malik, Ebony et Zayd, un verre de punch à la main. Presque aussitôt, les vestiges de ma jalousie se réveillent, sauf que cette fois, je me retiens d'aller la déloger des griffes du fils de Jamal. Je déteste m'imaginer la scène où elle finirait sur sa queue, ça me laboure le bide si fort que je pourrais m'avaler une bouteille entière dans l'unique but d'anesthésier le mal.

Je suis jaloux, sans déconner… Un pauvre connard jaloux… Zayd est un type bien, je le sais, n'empêche qu'il ramassera mon poing s'il la touche, quand bien même Jamal saurait me faire avaler le sien dans la foulée. Maintenant qu'Ebony et Malik se détachent du quatuor pour investir le centre du jardin sur une partition langoureuse, une foutue lame de fond me torpille les organes. Parce que Zayd tend sa main à Nora Jean. Zayd consolide son approche de jeune dragueur. Zayd lui propose une danse…

Mon pouls est incapable de s'accorder au tempo lent des notes de musique tant il bat subitement comme un fou. Deux options vont s'offrir à moi d'ici une poignée de secondes, parce qu'elle acceptera l'invitation de Zayd par bienséance, c'est obligé. Soit j'arrache les yeux de ce petit con, soit je me saoule la gueule. Dans les deux cas, je risque de ne pas m'en sortir indemne.

J'attends, en tension, la mâchoire serrée à son maximum. J'attends… Jusqu'à ce bref coup d'œil dans ma direction. Nora Jean me jauge un court instant, répond un truc à Zayd, puis le contourne pour traverser le jardin. Son pas raffiné réduit doucement la distance entre nous et, déjà, une bombe de soulagement éclate dans ma poitrine. Putain, elle a décliné… Je m'accroche à son regard comme à ma propre vie, impossible de la lâcher maintenant qu'elle vient de désamorcer ma bombe. Cette femme, c'est… Ma parole, c'est mon foutu talon d'Achille, dans le bon comme dans le mauvais.

Sans un sourire, Nora Jean freine sa course face à moi avant de laisser échapper un mince soupir. Je ne la devine pas contrariée ou remontée contre moi, seulement paumée derrière son masque d'élégance.

– Veux-tu danser avec moi ?

Je voudrais réussir à rester de marbre, mais mon demi-sourire conquis me coupe l'herbe sous le pied. Dans une lenteur calculée, je récupère sa main et lui enjoins de reculer de quelques mètres. La musique nous entoure, pourtant, ce n'est pas la mélodie qui m'emporte. Je ne réponds qu'aux stimuli délicieux que Nora Jean génère en enroulant un bras derrière ma nuque. Je me gave de son parfum, je me délecte de l'intensité de son regard, je m'abreuve de la chaleur que son corps moulé au mien diffuse dans chaque cellule de mon corps.

Tout mon monde se noie dans sa beauté. Je suis revenu ici pour me sauver d'une condamnation, pourtant, à l'instant où nos bassins s'harmonisent dans des mouvements coordonnés, une vérité s'impose à moi : je ne veux pas me sauver d'elle, putain…

– Pas de promesse, murmuré-je à un doigt de ses lèvres. Pas de contrainte. À l'exception d'une seule.

– Laquelle ?

– Il n'y aura que moi. Juste moi. Sur ta bouche et entre tes jambes. Le temps que ça durera…

En apnée, je continue d'onduler avec elle sur le rythme lascif des accords, incapable de discerner quoi que ce soit dans ses jolis yeux. D'ordinaire, je suis plus perspicace que ça, mais la trouille qui me mord le bide devant son silence fout mon discernement en vrac. Elle pourrait rejeter ma clause et argumenter que me donner l'exclusivité est justement une contrainte dans le contrat. Dans un univers où je ne sentirais pas mon pouls s'emballer pour elle, le deal du « pas de promesse ni de contrainte » serait envisageable, mais dans cet univers-là, je refuse de la partager. C'est ça ou je termine derrière les barreaux avant l'heure…

Alors que je guette sa réponse comme un gosse en panique, un sourire éclair se faufile sur son visage magnifique. C'était si bref que j'aurais pu douter de l'avoir vu, mais ce qu'elle entreprend ensuite achève de me convaincre. Nora Jean réduit à néant l'espace entre nous et dépose ses lèvres souples sur les miennes. D'emblée, une rafale d'aise me percute. J'abandonne les armes à nos pieds. Ma prise dans son dos s'accentue, la sienne dans ma nuque s'approfondit, et j'assiège sa bouche en exhalant lourdement. Je ne la laisse pas mener ce baiser, ma délivrance est trop puissante, j'ai besoin de lâcher toute ma frustration sur sa langue au goût de fruit, d'aspirer son oxygène et de l'envahir sans mesure.

Je veux me perdre en elle. Oui, je le veux comme un fou, sans même nourrir l'espoir de retrouver mon chemin.

34

Nora Jean

Une main occupée par le double porte-gobelets, je passe rapidement l'autre dans mes cheveux pour y remettre de l'ordre dès lors que la porte m'apparaît au fond de ce sombre couloir. Aujourd'hui, le bruit des pas de l'agent ne résonne pas aussi fort que la dernière fois, le cliquetis de son trousseau non plus. L'endroit sent toujours la désolation et le métal froid, mais l'ensemble n'abîme plus mon souffle. Si je n'avais pas une heure de retard, je me serais payé le luxe d'analyser l'atténuation de mes ressentis, mais je suis en retard, donc…

– Merci, soufflé-je à mon guide en uniforme avant de cogner trois fois contre la lucarne.

Je n'ai pas plus le temps d'inspirer une pleine bouffée d'air que déjà le battant s'ouvre devant moi.

– Enfin ! braille Dawn avant d'étirer un sourire à la Harley Quinn.

– Bonjour, Maître. Bonjour, Dawn. Pardonnez mon retard…

Locke hoche simplement la tête et me pointe la chaise du menton. Je m'y installe sans traîner sous l'œil avide de l'héritière, puis ôte ma veste.

– Ils t'ont laissée ramener du café ?

– J'ai dû me montrer persuasive.

– Quelle femme !

Son ton se veut limite moqueur. Je ne relève pas, consciente de devoir être dans le contrôle pour cette session. L'échéance approche à grands pas, et jusqu'ici je n'ai pas réussi à lui extirper quoi que ce soit de pertinent. Alors que Dawn s'affale grossièrement contre le dossier de son assise, le gobelet de café porté en direction de ses lèvres peintes d'un violet aubergine, je me remémore les questions que j'ai prévu de lui poser. Si pour d'autres articles, les questions coulaient de source, l'interview de Dawn me demande plus de finesse et de réflexion.

– Comment allez-vous ? amorcé-je en lançant l'enregistrement.

– Toi d'abord !

Je m'y attendais...

– L'accident sur l'autoroute 684 m'a ralentie et, de ce fait, quelque peu agacée, mais je vais bien. Et vous ?

– Est-ce que je vais bien ? rit-elle avec aigreur. J'ai connu bien pire, donc oui, j'imagine que je vais « bien ».

Son exubérance crève le plafond, comme la dernière fois, pourtant... Oui, quelque chose sonne faux aujourd'hui. Elle porte toujours son masque volubile, sa nonchalance frôle l'insolence, mais la noirceur dans ses yeux semble s'être étalée davantage. Je me détache de son regard dans un sursaut de concentration ; chaque minute de cet entretien doit m'être favorable, aussi j'ouvre cette session interview d'une voix claire :

– J'aimerais que nous abordions nos vies sociales.

– Je t'écoute.

– Bien, amorcé-je. Ma vie sociale est plutôt restreinte, et ce depuis que je me suis libérée d'une relation toxique. Cet homme était le centre du monde dans lequel il me gardait asservie, aussi j'ai perdu le peu de relations amicales que mes études m'avaient permis de créer. Je n'en souffre pas, du moins je n'en souffre plus. J'ai appris à aimer la solitude et à m'auto-suffire.

Je ponctue ma tirade d'un léger mouvement de main, lequel lui indique que son tour est arrivé. Sans plus un sourire, Dawn me scrute avec profondeur, son menton reposant sur ses deux mains jointes.

– Je suis désolée pour le connard. Mais pas pour ceux que tu as perdus en chemin. La vie fait le tri ; crois-moi, s'ils étaient destinés à partager ta vie, ils seraient toujours à tes côtés aujourd'hui. Et ils se seraient battus pour toi...

Son timbre s'est esquinté sur ses derniers mots. Mon cerveau galope aussitôt, il cherche les connexions, il tente des parallèles grotesques, il veut comprendre, jusqu'à...

– Du plus loin que vont mes souvenirs, il y a toujours eu un paquet de gens à graviter autour de moi, raconte-t-elle en fixant à présent son gobelet. Des employés de maison, des relations d'affaires, des fils et filles de privilégiés, des acolytes de défonce. Pourtant, je crois que je me suis toujours sentie seule. Je n'ai jamais eu qu'une unique amie. Une vraie. Une pépite...

– Fait-elle toujours partie de votre vie ?

– Plus depuis un moment. Dans le fond, je crois que je ne la méritais pas... Ma Cassie.

Dawn expire longuement. L'espace de quelques battements de cils, mon cœur pompe plus vite face à la triste mélancolie qui se peint sur ses traits. Son soupir, lui, m'arrache un rictus désolé tant il suinte de regrets. Elle me touche, bon sang…

– T'es bien entourée au boulot ? Ils sont sympas avec toi ? se reprend-elle, sans exubérance cette fois.

– Je fais partie d'un quatuor. Ils sont chouettes, chacun à leur façon.

– C'est bien.

– Je mesure la chance que j'ai, c'est vrai. Ils ont appris à cerner mon tempérament introverti et ne m'imposent rien. Ils sont simplement là, à accompagner mes journées de bienveillance.

Dawn se noie dans mes prunelles un long moment après ça. Je ne saurais dire ce qu'elle y cherche, ni même si elle cherche véritablement quelque chose. Toujours est-il que je suis incapable de me détacher d'elle. Je le devrais sûrement, pourtant, le voile dans ses yeux me retient. Son âme est là, au creux de ses iris, lacérée de toute part, obscure comme une nuit sans étoiles…

Les confessions d'Ambrose me reviennent en mémoire sans prévenir et kidnappent mon oxygène une seconde. À cet instant, j'aimerais qu'il ait tout inventé et que Dawn n'ait pas été entraînée dans les jeux de pouvoir obscènes, voire répréhensibles, de son père. Pourtant, ça expliquerait beaucoup de choses. Ça expliquerait les blessures invisibles de cette femme, ça expliquerait le halo lugubre qui l'enveloppe par tous les temps. Ça expliquerait ses addictions et excès en tout genre.

Ça expliquerait son geste meurtrier…

J'aimerais me tromper, mais cette conviction ne me quitte plus. Heure après heure, Dawn me livre des bouts de son histoire et, pour la première fois, je la « vois » vraiment, sans feinte ni artifice. Elle, la jeune femme brisée que seule une poignée de personnes ont eu le privilège de connaître sincèrement. Je l'écoute souffrir dans un phrasé pourtant contrôlé, je l'entends hurler quand son ton se veut d'un calme simulé, je me révolte en silence quand elle aborde ses relations amoureuses désastreuses… Je touche au but, je le sens, pourtant, je ne sais pas m'en ravir. Quelque chose me retient.

Il est près de vingt heures lorsque je pénètre dans mon appartement, l'esprit encombré de mon après-midi à Bedford Hills. Je me repasse en boucle notre session depuis que j'ai quitté l'enceinte de la prison, et j'ai toujours cette sensation mitigée. Évoquer Karson et la nuit du drame reste un supplice pour Dawn. Je peine à la brusquer. Néanmoins, le temps file, je n'ai plus que six semaines pour poser le point final sur mon édito. Elle a promis à demi-mot que la prochaine fois serait la bonne. Ça me remue et dans un même temps, je voudrais déjà y être…

Le calme ambiant qui règne dans mon appartement ne retient mon attention qu'une fois que je me suis déchaussée dans l'entrée. Le parfum de Deamon flotte toujours entre mes murs, mais ce dernier ne m'attend pas comme ça a été le cas cette semaine. Chaque soir depuis lundi, il était là, installé dans le canapé, son ordinateur portable flambant neuf sur les genoux. Chaque soir, il m'a offert un sourire insolent avant de venir à ma rencontre, le regard mangé de fièvre. Chaque soir, il s'est appliqué à me faire jouir. Encore et encore…

Le simple fait d'y penser avive un chemin d'étincelles sur ma peau. Chaque zone qu'il a chérie de sa langue ou de son sexe me paralyse presque de frissonner si fort. Or, contrairement aux soirs précédents, un soupçon de frustration s'y mêle. J'imagine que mon corps s'attendait au même accueil, aussi il grogne. Je m'efforce d'inspirer profondément en vue de chasser cet inconfort et bifurque en cuisine. Le bloc-notes est posé en évidence sur l'îlot et noirci de quelques mots…

Je suis sorti acheter de quoi dîner.
Le frigo est en deuil. Je me dépêche !
Surtout ne t'endors pas.

Son attention – laquelle est de ne pas me laisser mourir de faim – et sa promesse charnelle font éclore un sourire sur mes lèvres. Un soupçon de sérénité tend à adoucir mes humeurs ces derniers jours. Rien d'explosif, disons que je me sens moins… moins tendue ! La surdose d'ocytocine accumulée en quatre-vingt-seize heures en est probablement la principale cause. Au journal, Hannibal m'a trouvée « différente » à la réunion hebdo quand Lewis, Herman et les autres n'ont rien soulevé. Sasha n'a pas non plus mentionné un quelconque changement bien que son clin d'œil complice, lundi matin, sous-entendait qu'elle m'avait percée à jour. Quoi qu'il en soit, j'ai choisi de ne pas débattre du sujet. En réalité, je ne saurais pas vraiment quoi en dire ; dès que mes pensées s'enlisent dans cette réflexion hasardeuse, un épais nuage sature mon crâne et m'empêche d'aboutir à une conclusion plausible.

Dans l'absolu, il n'existe aucune « bonne » réponse ni aucune catégorie dans laquelle entrerait la relation que j'entretiens avec Deamon. Nous sommes amis, amants, ennemis parfois, partenaires dans un sens, mais… pas davantage. Est-ce que cela me convient ? Je présume que oui, sans quoi je ne lui aurais pas proposé de continuer à me faire vibrer dimanche soir.

Je gagne le salon en me remémorant cette soirée, et aussitôt une brise timide chahute les battements de mon cœur. J'étais arrivée à Wakefield avec autant d'amertume que d'appréhension ; je me sentais en colère, illégitimement, et vexée, puis tout a fichu le camp après le Fou… Ses mots, sa jalousie, sa proximité, le lâcher de lanternes, la danse, tout m'avait poussée dans mes retranchements. J'ai cédé à ses promesses et au besoin impérieux de mon métabolisme tout entier, refusant de perdre les instants d'une quiétude fugace et enivrante qu'il m'apporte depuis des semaines. Pourtant, rien n'est jamais simple avec Deamon, je le sais. Il est l'impulsivité, l'imprévisible, l'originalité aussi, le tout saupoudré d'ambiguïté et de douleurs enfouies. Il est professionnellement instable, bagarreur, arrogant et, plus épineux encore, il reste le meilleur ami de Clay, « celui qui n'est pas mon genre »… Et c'est vrai. Sur le papier, il ne coche aucune des cases de ma liste en plus d'alimenter le sentiment de culpabilité qui sommeille en moi.

Je me laisse tomber dans le canapé en ébauchant un rictus contrarié. Clay… Je n'ai pas pris de ses nouvelles depuis qu'il a quitté New York il y a deux semaines, tandis qu'ils s'appellent presque tous les jours avec Deamon. D'ordinaire, je suis plus régulière.

D'ordinaire, je ne m'envoie pas en l'air avec son meilleur ami…

Je déteste mentir à mon frère, depuis toujours ! Néanmoins, je ne m'imagine pas une seconde lui dévoiler mon secret. Parce qu'il réprouverait. Parce que je n'aurais pas d'autre choix que de tout arrêter. Parce que mon souffle s'envenime dès lors que cette issue me traverse.

Je ne veux pas arrêter. Pas encore, pas maintenant.

Je veux pouvoir profiter de son corps, de ses mains, de sa langue experte, des flammes dans ses yeux. Je veux continuer de me sentir désirée. De me sentir femme. De me sentir reine. De me sentir sienne… *Le temps que ça durera.*

Comme chaque fois, j'enfouis mon mauvais choix dans un coffre-fort imaginaire, et m'attelle à plonger dans les pages de mon édito. Mon MacBook sur les cuisses, j'ouvre le fichier « interview », enfile mes écouteurs et lance l'enregistrement de cet après-midi. Je fronce le nez lorsque ma fréquence vocale titille mes tympans. J'avance de plusieurs minutes jusqu'à percevoir la détresse de Dawn alors que je venais d'évoquer le lien fort qui m'unit à Clay.

« Tu as de la chance… Un frère, ça protège, ça te soutient, ça te sauve. Ça t'aime malgré les traces immondes que la vie a laissées sur toi, ça ne les voit même pas… J'aurais adoré être une sœur. Juste une sœur… »

Ses mots résonnent en moi avec force. Clay a fait tout ça pour moi. Il a été ma boussole, mon indicateur, jamais je ne pourrai le remercier à hauteur de tout ce qu'il m'a apporté. Quant à Dawn, elle a manqué d'amour et de repères, c'est aussi flagrant que triste. Beaucoup lui enviaient sa place et son rang avant sa mise en détention, pourtant, ils n'avaient aucune idée de la fragilité de son équilibre familial et affectif.

Je m'apprête à coucher sur mon clavier ce passage lorsqu'une douce chaleur humide poinçonne ma nuque. D'une épaule à l'autre. Avec lenteur et savoir-faire. Sans avoir besoin de me retourner, je sais que la bouche qui tamponne mes trapèzes de baisers jusqu'à faire courir une chair de poule sur mon buste est celle de Deamon. Qui d'autre ? Personne. Personne ne s'autoriserait à me surprendre de cette façon. Personne n'a même accès à mon appartement. Et personne au monde jusqu'ici n'est parvenu à mettre tous mes sens au garde-à-vous avec autant de facilité. Personne, à l'exception de Deamon.

De la naissance de mes cheveux à mon nombril, je ne suis que frissons délicieux. Paupières closes, je tire sur mes écouteurs et déploie ma gorge pour lui donner un accès plus large qu'il s'empresse d'explorer. Posté derrière moi, le dossier du canapé pour seul obstacle, Deamon me respire voracement à mesure qu'il gagne du terrain et me marque de morsures indolores. Grand Dieu, que j'aime ses « Bonjour »…

Un gémissement d'aise m'échappe à présent que sa main s'engage dans le col de mon chemisier et s'étale sur ma peau avec plus d'enthousiasme. Il revendique mes seins, les déloge de leur dentelle, les masse avec besoin et, bon sang, je brûle déjà de désir.

– J'ai envie de toi, Lolli…

Ses lèvres sont à portée des miennes maintenant. Je plaque une paume demandeuse dans sa nuque et l'attire à moi. Son grognement presque animal rebondit sur ma langue que je plonge généreusement dans sa bouche. Une sorte d'impératif m'anime si bien que je ne me reconnais pas dans la subite rudesse de mes gestes. J'agrippe son col, manque de griffer l'orée de son cou, empoigne ses cheveux… Le sentir contre moi devient si urgent que j'en oublie mon ordinateur qui échoue sur le sol. Il pourrait garder des séquelles de sa chute, pourtant, ça ne m'impacte pas une seconde. Rien ne le pourrait lorsque Deamon enjambe le canapé, sans décoller de ma bouche, pour atterrir près de moi.

À cet instant, dans ces quelques mètres carrés saturés d'une électricité statique mordante, Deamon imprègne mon monde. Il est l'air que j'inhale, l'éruption dans mon bas-ventre, la ruée dans mes veines, la cadence folle de mon pouls… Il est tout, tout ce que je suis. Tout ce que je chéris et désire en même temps.

Sans pause, je bascule sur ses cuisses et me fonds à ce corps sculpté, tendu, contracté à son maximum. Je n'existe plus, ou à peine, égarée dans une dimension où la concupiscence est reine.

Où lui est mon roi…

Son bras droit kidnappe furieusement mon dos, l'autre cadenasse mes fesses et amplifie le mouvement de balancier que j'ai commencé. Et, mince, je voudrais être capable de faire disparaître ses vêtements en un claquement de doigts, parce qu'il serait déjà en moi, il m'envahirait sans mesure, il générerait ces milliers de détonations exquises, il…

– Déshabille-toi ou je te jure que j'arrache tout.

– C'est du Valentino, ahané-je.

– Je m'en tape tellement…

J'obéis dans un rire, puis retrouve ma place initiale sur le sofa. Je me dénude à la vitesse de l'éclair tandis qu'il abaisse juste son pantalon et s'applique à recouvrir sa verge dressée de latex. L'urgence nous tenaille tous les deux, je le vois à la façon dont les muscles de sa mâchoire se tendent et à la précision relative de ses gestes. C'est si excitant…

– Reviens là.

Mon cœur pulse avec fièvre lorsque je l'enjambe de nouveau, nue de la tête aux pieds, et me positionne au-dessus de son érection. Je ne suis qu'à un battement de cils de combler le vide en moi quand son regard me fauche. Et me tétanise… Son gland tressaute à l'entrée de mon intimité, pourtant, ce que j'entrevois me tourmente si brutalement que je freine la pénétration. L'obscurité qui contamine ses prunelles n'est pas seulement le fruit de son désir. La flamme est là, mais elle vacille, elle fluctue, elle…

– Est-ce que tout va bien ?

Deamon ne répond pas, il s'accroche à mon regard soucieux, puis resserre les poings sur mes hanches. Le temps se suspend, les rafales tropicales qui tournoyaient autour de nous aussi. C'est à ce même moment que je discerne l'émotion singulière qui marque les lignes viriles de son visage. De l'inquiétude ? Une peur contenue ? L'un et l'autre, je crois, du moins, ça y ressemble. Sans l'avoir réfléchi, j'égare une main douce sur sa joue, en caresse du pouce les contours, tente d'adoucir son expression indéchiffrable. Seules ses paupières s'alourdissent une seconde de bien-être, tout le reste n'est que tension brute.

– Veux-tu que nous…

– J'ai besoin de te faire l'amour… m'interrompt-il d'une voix ébréchée. S'il te plaît, Lolli…

J'essaie de voir par-delà la pénombre qui, ce soir, prédomine dans ses traits, sans succès. Deamon ne m'offre qu'une supplication silencieuse en malaxant mon bassin par à-coups. S'il ne paraissait pas en souffrance, j'aurais probablement refusé, préférant qu'il se livre sur ce qui le brutalise. Mais ce soir, alors que son souffle se saccade, j'ai peur de ne pas avoir mesuré l'importance de son fardeau ni même d'en connaître l'origine. Deamon et moi ne sommes pas de ceux qui étalent leur trauma sur la table ; en dépit de toutes nos différences, nous sommes au moins semblables sur ce point, et, tout à coup, ce constat me désole… Je n'ai pas les armes, et ça m'attriste plus que je ne l'aurais imaginé.

– D'accord, consens-je dans un doux murmure.

Je ne le lâche pas des yeux, enrobée de la tendresse que je lui voue, et lui ouvre les portes de mon intimité. Une dizaine de questions me parasitent, pourtant, je coulisse sur lui jusqu'à voir se dessiner un soupçon de béatitude sur ses traits. Ce soir, Deamon ne me guide pas, il n'impose aucun rythme, aucune directive, je suis seule maîtresse de notre rapport. Je monte et descends avec le peu d'audace dont je sais devoir faire preuve à cet instant. Il n'est plus question de sexe expéditif ou d'urgence charnelle comme les jours précédents. À présent que je multiplie les va-et-vient dans une langueur calculée, il ne s'agit que d'un baume sensuel, un traitement physique contre le mal.

Je suis le baume et ça m'est égal. Tout ce qui m'importe est de parvenir à atténuer la douleur, laquelle semble disparaître un peu plus à chaque allée et venue que j'exerce sur sa verge, chaque baiser docile que je dépose sur ses lèvres, chaque caresse que je trace sur sa peau… Deamon gonfle progressivement entre mes cuisses, sa langue part sillonner le galbe de mes seins jusqu'à en suçoter les tétons et, aspirée par un tourbillon exaltant, je choisis de lâcher prise lorsque de petites bombes explosent sous ma peau.

Souffle après souffle, j'oublie que je suis le pansement de son désarroi, je ne me focalise que sur nous, sur ce corps-à-corps alangui au goût d'inédit, sur l'ébauche de mon orgasme, sur les bras de Deamon cimentés autour de moi. Et j'exulte… Avec lui. Sur lui. Arrimée à son cou. Son prénom sur mes lèvres. Les siennes, humides et chaudes, enfouies entre mes seins.

– Merci… susurre-t-il alors que je me surprends à humer l'odeur de ses cheveux dans un sourire fragile.

35

Nora Jean

Je suis en pleine rédaction lorsqu'un capuchon de stylo fouette mon clavier. Je relève aussitôt les yeux sur Sasha qui me mime d'ôter mes écouteurs. Je m'exécute et, d'une détente, roule jusqu'à son bureau.

– Cassandra Langley, commence-t-elle en ouvrant plusieurs pages Web sur ses écrans. Fille unique de Doris Weatherford et, feu son conjoint, Grover Langley. C'est cette différence de patronyme qui fait qu'elle n'apparaissait pas dans la liste de témoins potentiels. Visiblement née en août, même année que Dawn. Elle aurait séjourné au domaine Townstend jusqu'au renvoi de sa mère qui pointait comme cuistot en chef sous le règne du grand-père. Pas d'adresse connue…

– Et pour Doris ?

– Non plus.

– Des réseaux sociaux ? m'enquiers-je.

– Rien, elles utilisent sûrement des pseudos. Pas de famille, ou décédées. J'ai juste trouvé une ancienne fiche de scolarité qui localisait Cassandra, il y a six ans, à Westshore, pas loin de Harrisburg, en Pennsylvanie.

– Il faudrait que je puisse la contacter avant…

– Je continue de fouiller, m'interrompt Sasha.

Sans attendre de remerciements, ma collègue se remet en quête d'une piste quelconque. Je reprends place à mon bureau et vais pour relire mon dernier paragraphe lorsqu'une notification agite mon portable.

Tu fais des heures sup' ?

Je ravale un sourire imprévu, puis avise l'heure. Bientôt vingt heures… Pas étonnant que l'open space soit quasi vide.

Je ne vais pas tarder.

Je suis en bas, je t'attends.

– Comment ça ? baragouiné-je devant son message.
– Comment ça, quoi ?
– Non, rien, c'est…
Sasha considère mon téléphone une seconde, puis ose :
– L'homme grand, beau et exaspérant ?
Je hoche la tête, les pouces suspendus au-dessus du clavier tactile.

En bas de l'appartement ?

En bas, genre neuf étages sous ton mignon petit cul. C'est vendredi, Lolli, éteins ton ordi et descends.

Immédiatement, mon pouls enregistre une envolée. Deamon est en bas et mon corps réagit déjà. Fichu magnétisme qui traverse les étages…

– Bon, tu files ?

Je sonde Sasha un instant, dubitative quant à la présence de Deamon sur le trottoir de Park Avenue. Il ne s'est rendu au journal qu'une seule fois depuis que nous cohabitons, et ça date de son passage éclair dans les rangs de *Postmates*. Peut-être que ça me déstabilise…

Pourquoi es-tu là ?

Je m'ennuie de toi.

Cette fois, mon sourire sincère pointe. Il est même probable que mes joues rosissent légèrement au vu de la timide chaleur qui se concentre dessous. Puis un soupir m'échappe. Un soupir d'une douce défaite. Je débranche mon MacBook, le glisse dans mon sac, récupère mon portable et contourne Sasha pour quitter le box.

– Bien le bonjour à Peanuts, lui lancé-je d'un timbre plus enjoué qu'à l'accoutumée.

– Je n'y manquerai pas, bon week-end !

Un signe de main plus tard, je m'engouffre dans l'ascenseur. Niveau après niveau, une sensation à la fois familière et inédite s'emmêle dans ma poitrine. Je sais distinguer l'impatience qui s'amalgame à l'excitation : c'est chaud, ça tire, ça coupe presque le souffle ; ça devient même récurrent lorsqu'il est question de Deamon. Mais ce soir, un soupçon d'appréhension s'y greffe. Or, je suis incapable d'en expliquer la raison. À moins que…

Je souffle discrètement en atteignant le rez-de-chaussée, puis redresse échine et menton à l'ouverture des portes. Sans préméditation, son air abattu, proche du désespoir, revient danser devant mes yeux et me serrer le ventre. Hier soir, Deamon s'est fissuré devant moi jusqu'à me laisser entrevoir l'amas de détresse qu'il cache derrière son sourire insolent. Après qu'il m'a remerciée d'avoir pansé ses plaies invisibles, Deamon s'est muré dans le silence. J'ai respecté son choix, pas certaine de savoir faire autrement. Nous avons lancé un film, dîné au salon, à l'endroit même où nous avions fait l'amour un peu plus tôt, puis il s'est endormi.

Alors que je progresse dans le hall en direction des portes tambour, sa silhouette m'apparaît et la vague d'inconfort me grignote sensiblement plus fort. En vérité, je crains de faire de nouveau face au trouble qui l'habitait. Pourtant, une fois mon pied sur le large pavé grisâtre, le poids qui lestait mon sourire s'envole. Le sien s'étire en coin, dénué de toute contrariété. Un sourire ravi, je dirais. Soulagé. Gourmand… Seule la flamme sombre qui ne le quitte plus oscille dans ses yeux. Rien que je ne connaisse pas déjà !

J'ai à peine ouvert la bouche pour le saluer que la teneur de ses intentions m'en soustrait. Deamon pulvérise la distance entre nous, enrobe ma nuque d'une paume habile et réclame mes lèvres. Décontenancée, je me raidis contre lui. Être au milieu d'une foule euphorique, en plein baiser, me paralyse sans préavis. Le timbre grinçant de Victoria Elinor De Grassi rebondit contre mes tempes…

« Un peu de dignité et de respect », « Seigneur, notre réputation », « Inacceptable ! »

Malgré cette rengaine dissonante, le monde continue de tourner autour de nous. Les piétons nous frôlent, les taxis klaxonnent, et puis… la langue de Deamon trouve la mienne. En un contact humide, l'interrupteur de mes pensées rigides s'abaisse et je m'affranchis d'un peu de mes chaînes. Les sons environnants s'étouffent jusqu'à ne laisser que les battements apaisés de mon cœur en mélodie de fond. Je me désagrège comme un carré de sucre arrosé d'un filet d'eau… Deamon m'embrasse avec volupté, il s'applique, il s'impose sans rudesse, mais avec une passion qui termine par me faire frissonner entièrement.

– Bonjour, articule-t-il maintenant, en conservant son front contre le mien.

Encore sous le coup de cette poignée de secondes délicieuses, je ne parviens qu'à laisser un sourire repu égayer mes lèvres. Son bras sanglé dans mon dos me maintient captive et j'ai peur de devoir admettre que cette place-là, celle qu'il m'offre en me moulant contre son corps divinement sculpté, est une de celles que je préfère.

– T'as faim ?

J'arque un sourcil vers lui, sceptique quant à un possible sous-entendu d'ordre sexuel. Il en serait bien capable ! Deamon opère un léger mouvement de recul devant ma moue un tantinet méfiante, puis éclate d'un rire bref.

– Est-ce que tu veux manger pour de vrai ? reformule-t-il avant de se mordre la lèvre d'une envie plus bestiale qu'alimentaire.

– Je n'ai pas d'avis, pourquoi ? Prévoyais-tu de dîner dehors ?

– C'était mon idée, oui, et...

Son regard s'échappe dans mon dos un instant et ce qu'il semble apercevoir enterre la fin de sa phrase. Instinctivement, je pivote d'un quart de tour. Sasha est en approche...

– C'est mon binôme au journal, chuchoté-je à Deamon derrière mon sourire poli.

– Il est donc là ! s'amuse cette dernière en s'arrêtant face à notre duo. Enchanté ! Sasha Clark !

Deamon ne récupère pas immédiatement la main que ma collègue lui tend, certainement perturbé par son arrivée inopinée.

– Plaisir partagé. Deamon, complète-t-il dans une franche poignée de main.

– Vous sortez ? Je peux m'incruster ?

Grand Dieu, qu'est-ce qu'elle me fait ? J'entrouvre les lèvres desquelles ne sort aucun mot, seulement un hoquet surpris.

– Je plaisante, enchaîne-t-elle dans un rire. Je ne suis pas fan de tenir la chandelle. Est-ce que tu veux que je remonte ton sac au bureau ? Je me dis que ça ne va pas être hyper pratique de te le trimballer toute la soirée.

Je considère mon cabas Versace une seconde, puis interroge Deamon du regard. Au-delà de son humour discutable, Sasha pourrait avoir visé juste.

– C'est mieux si tu le laisses, oui, répond Deamon sans trop de chaleur.

– Alors d'accord, conviens-je en ôtant l'anse de mon épaule.

Je vais pour confier mon précieux sac à Sasha quand une boule d'épines se forme dans mon estomac, symptôme d'une crainte manifeste. Le spectre de Gordon, le voleur d'articles, vient tournoyer autour de moi et je traîne, les doigts fermement enroulés autour de la lanière.

– Après, c'est comme tu préfères…

– Non, c'est bon, me forcé-je à capituler en sentant le bras de Deamon intensifier sa prise dans mon dos. Dépose-le sous mon bureau s'il te plaît, derrière ma corbeille, et pense à bien replacer mon fauteuil…

– Bureau, corbeille, fauteuil, c'est enregistré. Passez une bonne soirée, les tourtereaux !

Le souffle plus chaotique que je ne l'espérais, je la regarde reculer, m'envoyer un salut militaire et disparaître dans le bâtiment. Ce n'est qu'en sentant la bouche de Deamon peser sur ma tempe que je prends conscience d'être toujours en train de contempler la porte tambour à présent immobile.

– Allez, viens, on décolle.

J'exhale un long filet d'air, puis ébauche un sourire gêné.

– Tu as confiance en elle ? hasarde-t-il en nous entraînant vers la rue.

– Plutôt. Je pense qu'elle est fiable, oui. Du moins, elle ne m'a donné aucune raison d'en douter jusqu'ici.

Un taxi s'arrête rapidement à notre hauteur. Nous n'avons pas roulé sur plus de deux cents mètres que Deamon réquisitionne ma main et la porte à ses lèvres. Alors que je peinais à me décharger du tissu d'épines dans mon estomac, l'homme qui parsème mes phalanges de quelques doux baisers s'en charge à ma place. Malgré la pénombre de la nuit tombée, je devine qu'il compatit. Il sait pour Wallace, il sait pour Maxwell, il sait pour Victoria. Il sait dans les grandes lignes pour tous ceux qui m'ont abîmée et il comprend. Il finit même par m'enjoindre de soulager les restes de mon inquiétude dans un langoureux baiser. Je me sais courageuse, j'ai appris à gérer les aléas de ma nouvelle vie avec force et détermination, à rebondir de mon mieux, pourtant, le soutien de Deamon, qu'il soit muet ou physiquement délectable, semble me rendre la tâche moins rude.

– Quel est le programme ? me lancé-je maintenant que nous arrivons à destination.

– La séance est à vingt et une heures, on a juste le temps de grignoter un truc. Sucré ou salé ?

– Peu importe. La séance ?

– Un ciné.

Ma main emprisonnée dans la sienne, je me laisse guider le long de Central Park avant de saisir notre réelle localisation. Il y a cinq jours, j'empruntais cette même avenue, en plein jour, mon appareil photo en bandoulière et l'esprit submergé d'incompréhension. Je rencontrais Ebony à proximité des Délices de Lily, j'achetais une vingtaine de gaufres pour la soirée à Wakefield… Et je cédais, quelques heures plus tard, à l'appel du Fou, d'une danse, d'un homme. Cet homme qui, à présent que nous traversons la rue au pas de course pour rejoindre l'armée de passants de l'autre côté, me fait me sentir plus légère.

– As-tu déjà choisi le film ? me pressé-je d'approcher le programme affiché en devanture.

Mon index glisse doucement sur la liste des projections du jour et s'arrête sur celui dont l'horaire nous concerne. Avant même que mon rire amusé ne tinte, Deamon plaque son torse contre mon dos et referme ses bras sur mon ventre. Son souffle caresse mon oreille, donnant naissance à un bataillon de frissons sur cette zone.

– Dis que l'idée est bonne, murmure-t-il, ses dents taquinant mon lobe.

– L'idée est parfaite.

Je fais volte-face sans m'extraire de son étreinte, feins de vouloir l'embrasser, puis m'écarte.

– Nostalgique ? le charrié-je.

Son sourire s'éclipse une microseconde. Le mien n'a pas le temps de s'émousser que l'insolence revient retrousser la commissure de ses lèvres.

– Peut-être bien, concède-t-il. Je te paie une gaufre ?

J'opine seulement, dévorant des yeux la beauté brute de Deamon baignée par les différents halos lumineux des enseignes. Son bras repose sur mes épaules, la fine brise de ce début de soirée nous enveloppe et j'ai soudain l'impression qu'un vortex m'aspire loin de ma réalité quotidienne. Je me sais à New York, pourtant, je bascule doucement, je m'enivre de la présence envoûtante de Deamon, je m'émerveille d'une odeur de sucre. Même le brouhaha citadin me fait l'effet d'une jolie symphonie.

Trente minutes après que nous avons avalé une pâtisserie chacun, nous nous installons dans les fauteuils confortables du Starlight Theater. Pour je ne sais quelle raison obscure, Deamon a tenu à ce que nous investissions le dernier rang. Toujours est-il que notre position me donne tout le loisir de contempler la salle dans son ensemble, d'en redécouvrir les contrastes et les singularités qui me plaisaient tant lorsque nous y venions avec Clay. L'endroit semble être resté figé dans le temps. Les murs drapés de velours rouge, les rideaux sombres qui encadrent l'écran, les lustres en cristal suspendus au plafond, rien n'a bougé, rien n'a même été élimé par les années. C'est absolument parfait !

– Ce sourire, bordel…

J'oblique en direction du grognement sourd à ma gauche et me heurte, sans douleur aucune, à l'ardeur du regard de Deamon. L'intensité dans ses yeux posés sur moi pourrait être ce qui condamne l'oxygène dans mes poumons, pourtant, la vérité est tout autre. Le Fou qu'il fait rouler sous ses doigts en est la cause. La seule et unique cause.

– Deamon, pourquoi tu…

– Chut, siffle-t-il en déposant un doigt conspirateur sur mes lèvres. Le film commence, Lolli…

Il a raison, les lumières se tamisent, une mélodie s'échappe des enceintes murales et les chuchotis des quelques clients devant nous cessent. Je devrais me détourner pour découvrir la première scène de ce film français si cher à mon cœur, mais j'en suis incapable, terrassée par l'élancement brutal de mon pouls maintenant que Deamon réduit la distance entre nous. Rester de marbre devant son impertinence quasi érotique relève du miracle ; quand bien même je m'y emploie de toutes mes forces, pour je ne sais quelle fichue raison, un brasier s'attise dans mon ventre à l'instant où ses dents viennent attraper ma lèvre inférieure…

– Tu ne regardes pas ? s'amuse-t-il en glissant une main précise entre mes cuisses.

Je secoue la tête, aphone dès lors que ma température corporelle marque une envolée. Bon sang, je perds le contrôle. Encore…

Toujours avec lui…

Même mes jambes s'entrouvrent sans mon consentement !

– Tu aimes tellement ce film, c'est con.

Deamon joue avec mon nez, aguiche ma bouche, aspire les saccades de mon souffle sans soulager mes lèvres gonflées d'un besoin évident… Un battement de cils après l'autre, je me délite, contrainte d'admettre que j'aime autant que je déteste ce jeu malsain auquel il s'adonne depuis que je le connais.

– Nous n'allons pas faire l'amour, ici, refusé-je à mi-voix alors que ses doigts tracent habilement les coutures de mon jean plaquées contre mon sexe.

Son sourire s'élargit d'arrogance et, enfin, s'empare de ma bouche. Étourdie par sa hargne, je lui donne la réplique bien malgré moi. Et j'ai presque honte d'être si peu combative…

– Quel était l'intérêt ? parviens-je à maugréer en reprenant ma respiration, une paume fébrile sur son torse bandé en vaine tentative de le tenir à distance. Pourquoi m'avoir emmenée ici ?

L'appartement est notre terrain de jeu, pourquoi vouloir en changer les règles ? Je ne saisis pas, nous aurions pu faire tout ça chez moi, sans craindre d'être vus ou entendus ! En dépit de cette conviction, je ne demeure pas moins vulnérable, voire je manque de gémir en retour lorsque son râle rauque résonne jusque dans mes chairs. Dans une attitude de fauve, Deamon love sa joue contre la mienne, s'y fond presque en approchant de mon oreille pour souffler :

– J'y pense depuis des jours. Ça m'obsède presque… Tout ce que je veux, c'est te faire jouir là où tout a commencé…

Sa langue s'attaque maintenant à la peau fine de mon cou tandis que sa main exerce plusieurs pressions délicieuses à l'endroit où mon désir pulse sans mesure pour lui. Agitée par l'énergie du désespoir, je survole la salle d'un œil. Personne ne peut nous voir et Deamon l'a bien compris. J'irais même jusqu'à croire que nous installer au dernier rang faisait partie de son plan.

– Tu es démoniaque, m'essoufflé-je sous ses caresses rigoureuses.

Son rire étouffé s'étale sur mon épiderme réceptif et fait vibrer chaque cellule de mon anatomie. L'effet se démultiplie la seconde suivante, dès lors que le Fou s'engouffre dans mon décolleté et se terre entre mes seins.

– Quoi qu'ils en disent, Lolli, tu n'oseras pas jouir ici.

36

Nora Jean

À mesure que mon taxi réduit sa vitesse, une timide boule de nervosité se forme dans mon ventre. À travers la vitre, je contemple les rues bordées d'une collection de pavillons modestes, alignés le long de l'accotement. La ville de Westshore n'est pas aussi négligée que je me l'étais imaginé. L'effet des quelques rayons de soleil sûrement. La ville est plus ou moins propre, les jardins sont convenablement entretenus, les quelques auvents des magasins de quartier demeurent soignés, mais… je n'ai croisé qu'une poignée de promeneurs jusqu'ici, et bien moins encore de véhicules. Pas d'enfants sur les trottoirs, pas de rires, pas de bruits citadins d'aucune sorte… Une forme de sobriété enveloppe Westshore, figeant presque l'endroit et ses habitants dans le temps. Je ne saurais pas dire si cette atmosphère me conviendrait sur le long terme, pourtant, Montgomery m'avait fait un bien fou. Le calme, ici, est trop… trop calme, presque mélancolique.

Nous y sommes bientôt, cinq minutes si j'en crois l'affichage du GPS. Aussitôt, je récupère mon portable en vue de me plonger une énième fois dans mes notes, non pas que je ne les aie pas parcourues en long et en large durant mon heure et demie de trajet en train. J'ai besoin de connaître le profil de Cassandra sur le bout des doigts, du moins ce que j'en sais. Ce matin, l'agent de mairie m'a confirmé qu'elle résidait toujours ici. Je n'ai pas hésité plus d'une seconde.

Alors que mon chauffeur s'engage dans une rue plus étroite, mon téléphone fourmille au creux de ma main. Clay… Dans une grimace ennuyée, je serre et desserre mon poing libre par deux fois, puis décroche.

– Coucou, lancé-je en forçant un sourire.

– Hey, N.J. ! Comment tu vas ?

– Bien. Je suis en chemin pour interviewer un témoin, je risque de ne pas pouvoir te parler très longtemps…

– T'inquiète, je comprends, je te garde juste deux minutes. J'étais avec D. au téléphone. Alors comme ça, t'es retournée au Starlight Theater ? Raconte, ça a changé ?

Ma température corporelle dégringole d'un coup. Sa voix est bien trop joyeuse pour qu'il ait été prévenu du défi que Deamon m'a lancé dans ce cinéma vendredi dernier. Pourtant, je suis saisie d'une trouille incontrôlable.

– Absolument pas, tu aurais adoré.

– Je suis dégoûté, il faut qu'on se fasse une séance la prochaine fois que je reviens à New York ! Qu'est-ce que vous êtes allés voir ?

– *Jeux d'enfants*.

– Un de tes films préférés en plus. T'as dû prendre un pied monstrueux !

J'écrase ma paume sur mes yeux avec l'envie douloureuse de disparaître. Non, mieux, d'être aspirée loin de cette dimension surréaliste où mon frère, sans le savoir, s'amuse à titiller ma culpabilité. Une fois encore. La honte s'insinue dans chaque recoin de mon anatomie lorsque des images indécentes dansent sur le rideau de mes paupières closes.

– C'était grandiose…

– Je veux bien te croire. En tout cas, je suis content que tu t'autorises à lâcher prise. Je savais que Deamon réussirait à dompter ta solitude.

– Difficile de faire autrement, marmonné-je en retrouvant la route qui défile de l'autre côté de la fenêtre. Je vais devoir te laisser, Clay, j'arrive bientôt à destination.

– OK. Juste une dernière chose : comment ça s'est passé avec l'autre femme ?

– L'autre femme ?

– Oui, Deamon a parlé d'une nana qui l'avait empêché de suivre le film, se met-il à rire sincèrement. Il n'a pas pu développer à cause d'un double appel pro, mais je crève d'envie d'en savoir plus !

Je me ratatine dans mon siège, dépitée et franchement agacée. Alors, oui, Deamon n'a pas mentionné à Clay que la femme en question n'était autre que sa petite sœur, mais bon sang, il aurait pu le mettre sur la piste ! Mon frère n'est pas idiot, il aurait pu faire le rapprochement ! Je tiens d'ailleurs à rétablir la vérité : c'est lui qui m'a empêchée de suivre le film et non l'inverse…

– Probablement une des femmes devant nous. Il me semble qu'il y avait un groupe d'étudiantes étrangères, mens-je.

– T'as sûrement raison, je lui reposerai la question.

– Je suis arrivée, Clay, tu ne m'en veux pas si…

– Bien sûr que non, me coupe-t-il. On se rappelle vite.

– Promis.

J'ai à peine remisé mon portable dans mon Versace que déjà Clay et cette conversation déstabilisante s'évaporent de mon esprit. Les yeux rivés sur la maison devant moi, j'actionne l'ouverture d'une main sensiblement tremblante.

– Je laisse tourner le compteur, m'dame ?

– Oui, s'il vous plaît.

Je m'avance prudemment le long de Cedar Lane, mes pas résonnant sur le trottoir désert. Des façades des maisons délavées par les éléments, des volets ternis et écaillés, battus par les rafales du vent et les rayons ardents du soleil. Les trottoirs, jonchés de débris et de feuilles mortes, témoignent de l'indifférence qui règne dans cette rue oubliée, où même le printemps semble avoir du mal à insuffler la vie. Et ce silence… En dépit du sentiment d'isolement et d'abandon qui enveloppe la rue, je rehausse mon port de tête et dépasse la boîte aux lettres usée portant le numéro 88.

Je frappe trois fois, patiente une vingtaine de secondes, puis répète mon geste avant de percevoir le bruit d'ouverture d'une succession de verrous. Puis, un léger grincement. À travers la fente étroite, le visage d'une jeune femme se profile, éclairé par la faible lueur qui filtre de l'intérieur.

– Bonjour. Vous êtes Cassandra Langley ?

– Qui la demande ?

– Enchantée. Nora Jean De Grassi du magazine *US Today*, j'écris sur le drame Townstend…

Ma dernière syllabe meurt contre le battant que Cassandra referme sur-le-champ. Je soupire dans une grimace, mais ne me décourage pas et cogne une nouvelle fois sur le bois décrépit.

– Cassandra, je suis la journaliste que Dawn a choisie pour raconter sa version de l'histoire, annoncé-je en m'approchant de la porte. Je suis navrée d'être si cavalière, j'aurais préféré échanger avec vous au téléphone, mais vous avez tout verrouillé. Je ne vous demande qu'une dizaine de minutes, pas plus…

– Je n'ai rien à vous dire.

– Je pense au contraire que votre témoignage est capital. Dawn m'a parlé de vous, vous étiez sa seule amie, la seule qui a compté et comptera toujours… J'ai besoin de vous et de vos mots pour mettre en avant la plus belle part de lumière qui réside en elle. Le procès approche si vite. Elle a besoin de vous, elle… elle n'a plus personne, vous comprenez ?

Une paume à plat sur le panneau de bois, j'attends, le pouls et le souffle en pause. Je guette le moindre bruit en priant le ciel pour que mes arguments l'aient touchée. Pourtant, après une longue minute d'espoir, j'exhale lourdement, vaincue.

– Je vous laisse ma carte, la préviens-je en m'accroupissant pour la glisser sous la porte. Appelez-moi, à n'importe quelle heure du jour ou de la nuit…

Au moment où je me redresse, le grincement s'entend à nouveau et manque de m'arracher un sourire soulagé. Cassandra se tient en retrait, une main sur la poignée intérieure, le regard fuyant.

– Dix minutes, balbutie-t-elle.

– Je vous remercie, ce sera très bien.

D'un geste las, l'ancienne amie de Dawn m'invite à entrer. J'enjambe le seuil, puis scanne la pièce de vie tandis qu'elle se hâte de refermer chaque verrou un à un. Contrairement à l'extérieur en deuil, son logement sent le printemps. Quelques meubles basiques, mais modernes, occupent l'espace réduit. La décoration est succincte, mais jolie. Pas de poussière, pas de téléviseur non plus.

– Est-ce que je dois vous proposer quelque chose à boire ?

– Un verre d'eau, merci.

Cassandra s'éclipse dans ce que j'imagine être la cuisine. Naturellement, je choisis de progresser vers le salon où se trouvent un canapé deux places et un fauteuil assorti. Je m'installe près de l'accoudoir en discernant ses pas en approche et l'étudie discrètement lorsqu'elle réinvestit la pièce. Emmaillotée dans un gilet en laine *oversize*, Cassandra dépose un verre d'eau sur la table basse travaillée dans un bois magnifique et prend place dans le fauteuil. Elle transpire de malaise, et plus encore maintenant, elle fuit mon contact derrière ses cheveux longs, lesquels lui tombent sur les yeux. Comme un bouclier, comme une sécurité…

– Comment va-t-elle ? ose-t-elle d'un filet de voix.

– Elle vous répondrait qu'elle va bien, voire mieux que jamais, souris-je tristement.

– Elle a toujours été très douée pour masquer ses ténèbres…

– Elle s'y emploie encore. Sa détermination à camoufler ses failles force le respect.

Cassandra esquisse un mini sourire. Ses traits sont empreints de mélancolie alors qu'elle repart, j'en suis certaine, dans ses souvenirs d'enfance. Ce n'est qu'en rencontrant véritablement son regard que je comprends que les tourments l'habitent, elle aussi. Un chagrin latent la hante, incrusté au plus profond de son âme…

– Vous avez vécu combien d'années au domaine de Stratton ?

– Je suis presque née là-bas. Le décès du grand-père a précipité notre départ, j'avais 12 ans.

– Votre mère était en charge des cuisines, c'est cela ?

– Elle était gouvernante de cuisine, oui. Elle se plaisait vraiment, jusqu'au suicide de Marilyn, la mère de Dawn. Elles étaient très proches toutes les deux… Elle l'a soutenue dans les moments sombres de sa vie, et elle s'en est voulu. Elle répète, encore aujourd'hui, qu'elle aurait dû faire plus.

– Je suis navrée pour votre mère.

– C'est comme ça. On a tous une croix à porter…

Sa voix n'est plus qu'un murmure déconfit sur ses derniers mots. Mes antennes de journaliste s'affolent. Pourtant, la vague de compassion qui souffle dans ma poitrine me réduit au silence.

– Gardez-vous de bons souvenirs de votre long séjour à Stratton ?

Cassandra instaure une pause, le temps pour elle de se plonger dans l'obscurité de ses paupières. Puis, après une expiration saccadée, elle revient s'ancrer à mon regard impatient.

– Dawn est la seule bonne chose que je garde de ces années. Nous sommes de la même année, nous avons grandi ensemble, dans ce parc gigantesque, dans les bois alentour, dans ma chambre, parfois dans la sienne. Nous n'avions ni frère et sœur de sang, tout s'est fait très naturellement entre nous. Elle est devenue ma sœur de cœur… Et j'ai tellement mal pour elle…

Un sanglot lui explose dans la gorge sans prévenir, puis quelques larmes débordent sur ses joues qu'elle se dépêche d'essuyer.

– Je suis désolée…

– Ne le soyez pas, Cassandra, je comprends votre peine.

– Non, vous ne pouvez pas, énonce-t-elle en reniflant. Personne ne le peut s'il n'a pas vécu dans l'antre du diable…

Je pince les lèvres dans un rictus consterné, subitement percutée par l'horreur que ce manoir renfermait. Ambrose s'est chargé de me peindre un tableau partiel des agissements atroces qui s'y déroulaient dans l'ombre, et j'ai bien peur que les mots de Cassandra ne viennent confirmer ses dires.

– J'ai récolté un témoignage il y a peu, déclaré-je d'une voix lugubre. Mon informateur a évoqué les rassemblements d'hommes en costume, le sexe, les dérives au sous-sol…

Le menton de Cassandra se remet à trembler tandis que ses yeux clairs s'embuent de pleurs silencieux. Bon sang, tout était vrai…

– Ils appelaient ça des « réunions d'affaires ». Elles avaient lieu une fois par mois. Je le sais parce qu'on comptait, on comptait les jours. Le premier vendredi du mois… Plus la date approchait, plus la peur nous pourrissait le bide. Dawn en vomissait, et moi je ne dormais plus…

Mes doigts viennent trouver ma bouche. Je n'ai plus de rythme cardiaque, plus de souffle, je pense même que je m'éteins quelques secondes dès lors que sa confession amène des images d'une dureté impitoyable dans mon esprit.

– Ils nous violaient. Ou nous forçaient à les regarder violer des femmes… C'était en fonction de leur humeur…

Cette fois, un jet de bile empoisonne ma langue. De mes doigts transis de tremblements, je récupère mon verre pour en boire une gorgée qui peine à traverser la barrière serrée de ma trachée. Bon sang, elles n'étaient que des enfants… Comment est-ce même possible ?

– Vous comprenez ses ténèbres maintenant ?

J'acquiesce une unique fois, dans l'incapacité totale d'émettre un son tant je suis foudroyée par ses aveux. Quelle horreur…

– Avant ça, avant que ces réunions ne se mettent en place, Dawn était une boule de bonheur. Elle voulait tout, tout le temps. Elle chantait, elle dansait, elle plaisantait… Chaque minute devait être un amusement. Si elle tombait, elle se relevait aussi sec ; si sa blague ne faisait pas rire, elle en inventait une autre, dix autres jusqu'à me tirer un sourire ; si la pluie tombait, elle trouvait le jeu parfait… Elle était fabuleuse… Et je l'ai abandonnée, laisse-t-elle échapper d'un ton ravagé par les regrets. J'ai été sauvée à l'instant où ma mère s'est fait virer, mais elle… elle n'a pas pu fuir l'enfer.

Les pièces du puzzle Dawn Townstend s'assemblent à grande vitesse dans le fil de mes pensées. Tout prend forme, tout s'explique. Ses excès, ses sautes d'humeur, ses yeux troubles, noyés de tourments… Ce déguisement d'héritière extravagante n'est qu'un leurre, une parade pour dissimuler un passé marqué par des actes de violence, des agressions répétées et des manipulations sournoises… Tout cela orchestré sous la tutelle de son propre père.

– N'écrivez rien de tout ça dans votre article si Dawn ne vous donne pas son accord. Mais vous vouliez comprendre où se cachait son humanité, maintenant, vous savez. Elle est restée au sous-sol de ce manoir… Et on aura beau la chercher, j'ai peur qu'on ne la retrouve jamais.

37

Deamon

La nuque lourdement ployée vers la rue en contrebas, je m'arrime au garde-fou de son minuscule balcon et tente de tempérer l'espèce de tachycardie qui m'empoisonne depuis ce matin.

Putain de mission de sauvetage…

Je déguste, sans déconner ! La consigne de départ était d'une limpidité effarante : je revenais dans sa vie, je m'assurais qu'elle ne découvre rien du rôle que j'ai joué dans cette affaire sordide, je me façonnais un avenir pas trop dégueulasse et j'enterrais tout le reste dans le fond de mon âme déglinguée.

Putain de mission suicide, ouais…

L'étau se resserre comme le nœud coulant sur le cou d'un pendu. Et je suis le pendu. Chaque jour qui passe me rapproche du gong final. Nora Jean enrichit son article de semaine en semaine. La Division criminelle, les interviews de Dawn, les témoignages sortis de nulle part… Si encore je ne la savais pas déterminée à découvrir la vérité. Mais elle ira jusqu'au bout, pire qu'un agent spécial sous amphétamine. Elle déterrera jusqu'au dernier cadavre s'il le faut. Elle est comme ça, entière, honnête et consciencieuse. Et maintenant, cette Cassandra que je n'ai pas vue une seule fois au QG des Townstend au cours de mes deux ans de bons et presque loyaux services ! Quoique, ça devrait me rassurer. Cette nana n'a aucune idée de qui je suis, du job qui m'était confié, encore moins de mon implication. Pourtant, la crise d'angoisse me guette, et c'est comme ça chaque fois qu'elle pourrait choper de nouvelles infos…

Nora Jean la rencontrait aujourd'hui. Morgan me l'a confirmé ce matin… Depuis, j'ai un champ de ronces dans les veines. C'en est comique. J'ai 28 ans, pourtant, je flippe comme un gamin. Un gamin qui, depuis que sa mère adoptive est décédée brutalement, perd des bouts de ce qu'il est sur la route. Cet abruti a creusé pour exhumer la vérité pendant des années, mais en fin de compte, ses coups de pelle ne servaient qu'à forger sa propre tombe…

J'aurais dû foutre le camp. M'exiler hors des frontières américaines dès que la baraque de mon père a été vidée. C'était ce qu'il y avait de mieux à faire, de plus logique et de plus prudent… Sauf que la donne a changé. *Elle* a changé la donne… Nora Jean a redistribué les cartes sans le vouloir. Ou peut-être que c'est moi, finalement. Pourtant, c'est tellement plus facile de lui faire porter le chapeau. C'est sa faute si j'aime tant jouer avec elle. Sa faute si les gravats de mon passé pèsent miraculeusement moins lourd quand ma peau fusionne avec la sienne. Sa faute si elle m'obsède, si je suis jaloux, si elle m'excite, si je retrouve mon souffle dès que je l'aperçois, si…

Sans tout ce merdier Townstend, je pourrais me contenter du quotidien qu'elle m'offre depuis bientôt deux semaines. Des défis, du sexe, de la passion, des prises de bec contrôlées…

– Deamon ?

Une décharge délétère me traverse si fort en entendant son timbre au loin que mes poings se crispent sur la rambarde. Tétanisé, paupières lourdement closes, j'attends que le couperet tombe… Il y a encore trois semaines, j'imaginais qu'elle préviendrait les flics direct si elle venait à découvrir le pot aux roses. Aujourd'hui, je crois qu'elle prendrait le temps de m'achever d'abord en face.

– Sur le balcon !

– Je vois ça.

Le volume de sa voix m'indique clairement qu'elle se tient dans l'encadrement, à un bras tendu, pas plus, derrière moi. Sans avoir d'autre choix que celui d'assumer, j'inspire une grosse bouffée de courage, puis pivote d'un demi-tour jusqu'à plonger dans les deux plus jolis yeux de mon univers bancal.

– Tu n'as pas bonne mine, constate-t-elle sans laisser transparaître une once de compassion.

– Début de migraine.

Il y a un moment que j'ai arrêté de compter les mensonges que je lui ai servis jusqu'ici. Certains m'ont à peine coûté une aigreur d'estomac, d'autres ont gravement attaqué mon capital culpabilité. Plus ça va, pire c'est. Plus ça va, plus je me file la gerbe… Je m'attache à elle, qu'importe ce dont j'essaie de me convaincre, qu'importe qu'on ne se soit rien promis, qu'importe qu'elle me flingue en silence, bras croisés sous sa poitrine, épaule appuyée contre le chambranle. Qu'importe, je tiens à elle. Trop, sûrement. Ou pas assez. En définitive, j'en sais rien. Toujours est-il que je crève un peu plus chaque fois que je choisis de taire la vérité.

– As-tu pris de quoi te soulager ? se renseigne-t-elle, indéchiffrable.

– Paracétamol. Tu fais la gueule ?

– Je suis contrariée, oui.

Eh merde… Mon pouls se met à galoper comme un canasson paniqué. Elle sait ? Mais comment, putain ? J'ai lu son brouillon d'édito en long, en large et en travers, après que Morgan a piraté son ordi. Rien de ce qu'elle a écrit ne m'incrimine de près ou de loin. À aucun foutu moment, il n'est même question du staff de la sécurité !

– J'ai passé une journée pénible.

– Ah ouais ? grogné-je presque d'un malaise cuisant.

– Oui. J'ai également eu Clay au téléphone.

– Et ?

– Et tu lui aurais parlé d'une femme qui t'a empêché d'apprécier le film, au Starlight…

Je ne laisse transparaître aucune émotion, pourtant, c'est la guerre du Viêt Nam dans mon crâne. Est-ce que j'ai dit un truc de ce genre ? Je rembobine jusqu'à revenir à notre conversation avec mon pote. Je me rappelle effectivement qu'on a parlé de la séance de ciné et que des flashs de mes doigts en elle ont brouillé ma vue, et… Putain, on s'en fout en réalité ! Ce n'est pas comme si j'avais vendu la mèche. Clairement, il serait déjà là si j'avais lâché que je couche avec sa frangine.

– Désolé. Ça n'arrivera plus.

– Ce n'est pas tout. On ne va pas pouvoir continuer dans ces conditions-là, m'assène-t-elle en reculant d'un pas dans le salon.

– C'est-à-dire ? déglutis-je dans la pénombre du balcon.

– Les plantes, Deamon. C'est… de la non-assistance à végétaux en danger.

Englué dans un état de stress palpable, je mets bien dix grosses secondes avant d'intégrer son reproche et lui donner un sens. Les plantes ? Qu'est-ce qu'elle me parle des plantes, putain ? Alors qu'une bombe était sur le point de fracasser mon cœur, mon œil capte le sourire espiègle que Nora Jean s'efforce de retenir en pinçant les lèvres et… Elle se fout de moi ! La rafale de soulagement qui aère ma poitrine en deux-deux me file presque le vertige.

– Je suis désolée mais, regarde, la terre est toute sèche. Inadmissible, poursuit-elle dans son rôle de petite emmerdeuse.

Mon rire libérateur s'échappe dans la nuit. En deux enjambées, j'attrape son pull et la ramène contre moi. Pas de délicatesse, rien à secouer que ce soit du Vuitton ou du Gucci, j'ai besoin d'évacuer la pression nocive qui corrodait chaque recoin de mon organisme il n'y a pas trente secondes !

– Petite insolente, soufflé-je dans un sourire carnassier, ma bouche à un millimètre d'entrer en collision avec la sienne.

Sa fausse moue choquée m'arrache un nouveau rire. Cette nana, ma parole… Je condamne un bras dans son dos, consolide une paume vengeresse dans sa nuque et me nourris de la cascade de sa respiration. Sans surprise, sans forcer, comme ça, au simple contact de son corps divin, je deviens cet autre. Ce mec sans trop de bagages, celui qu'elle désire, celui qu'elle s'amuse à charrier, celui qui oublie d'arroser les plantes.

Celui qui vendrait chacun de ses organes dans le seul but de la voir sourire. Comme maintenant…

– Tu ne vas pas m'embrasser ? susurre-t-elle en considérant ma bouche à plusieurs reprises.

– J'hésite encore… J'ai plutôt envie de te punir.

– Tu verras, Cosgrove, un jour, tu trouveras ça drôle.

Je n'ai pas le temps de grogner devant sa délicieuse impertinence qu'elle fond sur mes lèvres pour prendre ce qui lui revient de droit. Je ne me bats même pas. Au contraire, je prends, je prends tout. Ses doigts fins qui serpentent sur mes épaules jusqu'à venir s'ensevelir dans mes cheveux, ses seins qu'elle plaque généreusement contre mes pecs, sa langue qu'elle emmêle avec ferveur à la mienne… Je sais que je suis un enfoiré de menteur, que le sang macule mes mains, pourtant, à cette seconde bien précise, je me sens comme un putain de type chanceux !

– Comment va ta migraine ? m'interroge-t-elle en arrêtant brutalement notre baiser.

– Évaporée…

Son clin d'œil un poil crâneur précède son évacuation d'entre mes bras. Nora Jean recule jusqu'à laisser un vide détestable se creuser en moi, puis m'achève :

– Je vais prendre une douche. Arrose les plantes !

Figé dans le salon, une érection en pleine montée entre les jambes, je regarde son cul disparaître dans le coin nuit. Merde, c'était intense… Et je déteste qu'elle se soit tirée ! Trois respirations plus tard, je me heurte au verrou de la porte de la salle de bains.

– Est-ce que tu viens vraiment de me laisser en plan ?

Le ruissellement de l'eau retentit de l'autre côté du battant. Son gloussement aussi.

– Laisse-moi entrer, Lolli, m'écrasé-je contre le panneau de bois comme un pauvre camé en manque.

Est-ce que je fais pitié ? Absolument. Ou pas encore assez si j'en juge par la porte condamnée d'un tour de clé. J'exhale un soupir de défaite. Écrasante, la défaite. Je crois que ça m'aurait carrément plu de finir dans la douche ce qu'elle a commencé plus tôt. Même ma queue palpite d'assentiment. C'est peut-être le seul endroit dans l'appartement d'ailleurs où je ne lui ai pas encore fait l'amour…

Vaincu, je bifurque dans le couloir jusqu'à sa chambre et y pénètre sans scrupule. Elle sera saoulée de m'y trouver, et c'est bien pour ça qu'un sourire vicieux pointe sur mes lèvres. Chaque fois que nous avons dormi ensemble, Nora Jean a préféré mon lit. Je ne sais pas trop pour quelles raisons au final, je suppose que ça lui permet de garder un tant soit peu le contrôle. Je sais qu'elle n'y cache rien de spécial si ce n'est des carnets d'écriture, lesquels sont remplis de bouts d'histoires inachevées. J'ai fouillé sa chambre un nombre incalculable de fois depuis qu'elle m'offre le gîte, et rien. Jamais rien.

Je m'affale sur son lit après m'être assuré que les deux capotes n'ont pas déserté la poche de mon fute. Sa piaule est probablement l'unique pièce de l'appartement qui porte un peu de couleur ; attention, rien de criard, tout est nuancé en subtilité dans de jolis tons pastel. Mais ça me plaît. Un gémissement d'aise manque de s'exfiltrer de ma gorge lorsque je teste ses oreillers. Une tuerie… Elle doit dormir comme un bébé sur cette literie.

Bercé par l'odeur de son parfum qui flotte un peu partout, je somnole presque une fois que le bruit du verrou résonne. Ma gaule a perdu en vigueur, pourtant, un courant chaud la réveille dès que Nora Jean passe le seuil, emmaillotée dans un drap de bain.

– Tu ne pouvais pas patienter dans le salon ? marmonne-t-elle après un temps d'arrêt à deux pas de son dressing.

– Tu ne pouvais pas m'ouvrir la porte ?

Son regard noir greffe un sourire provocateur sur mes lèvres. Un point partout.

– Tu veux me raconter ta journée ? T'as pu glaner des infos intéressantes ?

De dos, Nora Jean laisse échouer sa serviette au sol et enfile une culotte sous mes yeux gourmands. Je l'ai déjà vue nue mais, putain, chaque fois je me prends une petite claque. Elle est divine… Sans émettre un son, cette bombe au corps gracile, magnifiquement proportionné, récupère un tee-shirt et le passe avant de s'immobiliser quelques secondes face à son armoire.

Je comprends qu'elle hésite, c'est tellement clair, et quelque part ça n'a rien d'étonnant. Pourtant, mon bide se serre… En apnée, peut-être un peu stressé, j'observe le moindre de ses mouvements jusqu'à retrouver mon souffle une fois sa volte-face exécutée lentement. Elle se mordille l'intérieur de la lèvre, fuit mon regard, le réintègre pour me laisser voir l'éclat nouveau dans ses prunelles chocolat, puis me sèche en avançant d'un mince pas, les doigts entortillés au bas de son tee-shirt.

– J'aimerais t'en parler.

Putain… Je peine à y croire, toujours est-il qu'une vague de satisfaction m'envahit. Nora Jean me sonde avec insistance, elle plonge sans retenue en moi, elle cherche, elle espère, elle se bile…

– Mais ? osé-je.

– Il n'y a pas de « mais », Deamon, juste de l'appréhension.

– Je ne dirai rien.

– Une fois que je serai lancée, j'ai peur de ne pas savoir m'arrêter.

– Je m'en fous, Lolli, raconte-moi.

38

Nora Jean

– J'ai rencontré une ancienne amie de Dawn, aujourd'hui, commencé-je en m'imposant une respiration profonde. Cassandra Langley, qui a vécu une partie de son enfance avec les Townstend. J'ai mis plus d'une semaine avant de la localiser dans le fin fond de la Pennsylvanie. Elle n'était pas ravie de me trouver sur le pas de sa porte, mais elle m'a laissée entrer…

Immédiatement, le visage de Cassandra s'imprime devant moi. Je ne saurais dire si j'ai pris la complète mesure de ce qui allait m'être révélé. Pourtant, avec du recul, tout dans ses attitudes traduisait son trauma d'enfant. Les regards fuyants, les vêtements amples en guise de protection, ses pleurs soudain, la colère dans sa voix à certains moments…

– Elles étaient proches ?

– Très proches. Elles ont grandi ensemble, poursuis-je mollement. Sa mère était en charge des cuisines avant même que Dawn ne vienne au monde. Selon Cassandra, sa mère et Marilyn partageaient une certaine affinité, probablement du fait de leurs origines modestes. Je n'en ai pas su davantage. D'après mes recherches, la mère de Dawn est tombée dans les excès plusieurs fois : la drogue, les projecteurs, la noirceur édulcorée de ce nouveau monde… Elle a même disparu une dizaine de mois après son mariage. Et trois ans plus tard, elle se donnait la mort.

J'exhale un long soupir, consciente du carnage que cette vie de luxe et de pouvoir peut engendrer. Tout le monde ne peut pas faire front, tout le monde n'est pas façonné pour résister aux pressions diverses, aux substances, aux secrets de famille, quels qu'ils soient. À l'évidence, Marilyn Townstend portait une certaine fragilité en elle, et se marier à la frénésie, l'opulence, la violence et la puissance de cette dynastie l'a tuée.

Deamon me fixe sans remuer un cil. Sa paume chaude sur ma cuisse n'a pas bougé non plus. Il m'observe, attentif, intéressé je crois, mais pas impatient. Il me laisse aller à mon rythme alors que j'ose pour la première fois partager mes théories avec lui. Le spectre de Wallace « le traître » a disparu, je ne ressens ni peur ni culpabilité à livrer à Deamon ce que je pense être la vraie version de cette histoire effroyable. J'ai besoin de verbaliser tout ça, plus encore après ma rencontre avec Cassandra. J'aurais pu appeler Clay ou Bernice, déverser tout mon raisonnement dans un flot de mots incessants, mais je n'en ai rien fait. Je n'en ai même pas eu envie. Je voulais que ce soit Deamon. Je ne me l'explique pas, c'est ainsi. C'était lui. Lui et pas un autre...

– Et donc, cette Cassandra ?

– Après le décès du grand-père, la mère de Cassandra a été remerciée et elles ont quitté Stratton. Cassandra a vécu ce déménagement comme un soulagement, pourtant, elle ne s'est jamais pardonnée d'avoir abandonné Dawn. Elle n'a mentionné personne d'autre, juste Dawn. De la même façon que Dawn a évoqué Cassandra avec beaucoup de tendresse lors d'une de nos sessions.

Proches dans l'amitié comme dans l'horreur... Pauvres gamines. Quand l'une a pu s'éloigner dans l'espoir d'enterrer son passé de petite fille bafouée, l'autre se retrouve derrière des barreaux pour meurtre.

– Le jeune homme que j'ai rencontré à Binghamton m'a laissé entendre qu'un trafic sordide tenait place à la propriété des Townstend, une fois par semaine, dès la nuit tombée, poursuis-je, bousculée d'entamer la partie plus obscure de mes découvertes. Chaque fois, les domestiques étaient renvoyés chez eux avant l'arrivée des invités. Les caméras de surveillance étaient éteintes. Les agents de sécurité avaient pour ordre de se tenir à distance. Les portes du manoir étaient verrouillées pour le reste du monde. Cassandra a parlé de « réunions d'affaires »... Deamon, je... je crois qu'il s'adonnait à une sorte de commerce humain sur fond de débauche.

– Qui ?

– Karson Townstend. Cassandra m'a avoué avoir été la victime de certains des hommes conviés dans l'ombre. À maintes reprises. Elle... et Dawn.

Un frisson d'ignominie dégouline brutalement le long de ma colonne et me fait tressaillir sous l'œil assombri de Deamon. Je sais qu'il est question de viol sur enfants, pourtant, je suis incapable de le formuler à voix haute. D'ordinaire, je fais la part des choses, je mets de la distance, je rationalise, mais là, c'est de l'ordre de l'impossible. Comment ne pas être épouvantée en imaginant ces deux jeunes femmes, âgées de 10 à 12 ans à l'époque, en simples poupées de chiffon sous la domination immorale de prédateurs sexuels ? En bande organisée qui plus est...

– Je crains que Dawn n'ait pas eu le choix que de continuer à subir ces atrocités après le départ de Cassandra... Elles sont démolies toutes les deux, mais Dawn... soufflé-je, éprouvée par la détresse que j'ai si souvent aperçue dans le brun terne de ses yeux. Dawn a beau se cacher derrière ses airs d'héritière excentrique, elle s'est construite sur du viol, des agressions récurrentes, des machinations perverses... Tout ça, et peut-être davantage, sous l'égide de son propre père. Elle ne m'a encore rien dévoilé de cette pédo-prostitution de luxe, et en vérité, je ne suis pas certaine d'être prête à l'entendre. Pourtant, avec ces deux témoignages, il ne s'agit plus que d'une formalité, parce que tout fait sens : son intempérance surjouée, ses relations amoureuses chaotiques, ses frasques prévisibles, ses comportements destructeurs, sa rigidité exacerbée lorsque j'aborde Karson dans nos échanges... Et, à plus forte raison, le mobile du meurtre.

Cette fois, ma nuque ploie lourdement en avant. Dawn a tué son père pour se venger de toutes ces années d'une barbarie innommable, d'un asservissement turpide et révoltant. Elle ne s'est jamais cachée d'être l'auteure du coup de feu, j'irais même jusqu'à dire qu'elle revendique ce titre, mais elle n'en a jamais révélé les raisons... Pourquoi ? Pourquoi taire ce qui allégerait la peine de sa prochaine condamnation ? Est-ce une façon de se punir elle-même pour n'avoir pas réussi à stopper la barbarie ? Je ferme les yeux, en proie à de nouvelles questions. Je sais n'être qu'à un cheveu de résoudre le casse-tête Dawn Townstend, pourtant, les faits m'écœurent. Je suis bien loin de tous les articles que j'ai publiés jusqu'ici. Il n'est plus question de paillettes, de tapis rouges ou de glamour. Avec cet édito, je touche du doigt une réalité sous-jacente de la célébrité, laquelle me force à plonger dans l'abîme de la dépravation humaine.

Cette affaire me heurte plus que je ne l'imaginais... Et bien plus maintenant que je la décompose à l'oral.

– Je crois que j'aurais pu tuer, moi aussi... avoué-je dans un murmure honteux. Un tel climat de terreur et de cruauté ne peut que pousser à ces extrémités... Elle qui n'avait plus de mère, qui ne l'a pas même connue. Elle qui n'avait plus personne pour la protéger de tout ça... Elle a dû se sentir tellement seule...

Je souffre pour elle sur mes derniers mots. C'est à peu de chose semblable à un poing invisible qui s'emparerait de mes entrailles jusqu'à les réduire en bouillie. Quelle monstruosité… Ma douleur ne semble pas seulement interne car, à présent, je la sens irradier dans ma cuisse, directement sur ma peau nue. Dans un couinement contenu, j'entrouvre les yeux sur l'endroit où sévit le mal physique et trouve les doigts de Deamon rudement enfoncés dans mes chairs. Interdite, je remonte aussitôt jusqu'à son visage et le découvre les traits tendus, les paupières closes, un bras contracté en bandeau sur son front.

Qu'est-ce que…

Avant même que je ne l'interroge sur son changement d'humeur, Deamon me surprend à grincer :

– Et tu vas écrire tout ça dans ton article ?

– Je… je ne raconterai que la vérité, bafouillé-je, incertaine devant la dureté de son ton.

– Tu n'as aucune preuve de tout ce que tu avances.

Pardon ?

J'opère un mouvement de recul, à présent brutalisée par le regard qu'il braque sur moi. Beaucoup de colère s'en échappe, comme s'il me condamnait, moi, d'être le messager de cette histoire infâme ! Raide de la tête aux pieds, je me sens bouillir d'une tension nouvelle. Est-ce donc là toute l'estime qu'il porte à mon travail ? Son jugement m'ébranle, mais pas seulement. J'ai l'impression d'être renvoyée deux ans plus tôt alors qu'un lâche sans honneur me traitait de menteuse cupide devant la totalité du conseil d'administration. La blessure que je croyais cicatrisée se rouvre et m'inonde d'un sentiment amer. Deamon doute de moi, comme tous avaient douté de ma plaidoirie face à Wallace, moi la jeune bourgeoise « privilégiée » assurément prête à s'attribuer la création d'un autre par égocentrisme.

– Je n'ai pas d'enregistrements ni la liste des hommes qui constituaient ce réseau abject, si c'est ce que tu sous-entends, répliqué-je sans parvenir à réprimer l'éraillement dans mon timbre. Mais ce sont les faits ! Ceux-là mêmes qui m'ont été rapportés. Je ne les ai ni inventés ni extorqués de force. J'ai enquêté, j'ai su me montrer patiente, je me suis donné du mal, j'ai…

La fin de mon énumération meurt dans ma gorge serrée. Blessée dans mon amour-propre, je suis sur le point de débarrasser sa main de ma cuisse quand Deamon se redresse d'un bond et emprisonne mes bras de sa poigne pour parer ma fuite imminente.

– Attends… Ne te braque pas, s'il te plaît, attends…

J'émets une faible résistance, puis me fige net en discernant l'altération dans ses yeux. Une colère sourde y brûle toujours, mais l'éclat de panique qui s'y mélange me fauche. Quelque chose m'échappe, je le devine à la façon brutale dont mon pouls s'emballe face à son expression défaite. Bon sang, qu'est-ce que je ne comprends pas ?

– Je sais que tu es dans le vrai, soupire-t-il dans une brève grimace. Je… je ne cherchais pas à remettre ton boulot d'investigation en question, t'as été plus efficace qu'une brigade de fédéraux, mais… Merde, Lolli, c'est…

– C'est quoi ? m'agacé-je malgré ses pseudo-excuses.

– C'est dur, c'est tout.

Cette fois, sans réussir à contrecarrer l'agitation de mes cellules, je subis la puissance de son regard, lequel plonge dans le mien jusqu'à s'y ensevelir et atteindre une partie de moi que je ne sens vivre qu'avec lui. Sa prise sur mes avant-bras tend à s'assouplir, privée d'énergie maintenant que ses épaules chutent de quelques centimètres. Et les battements de mon cœur déraillent… Avant que je n'ose lui demander d'approfondir sa réponse, sa bouche trouve la mienne et y dépose un baiser empreint d'une triste tendresse. Si j'étais perdue face au contraste de sa réaction un peu plus tôt, je le suis bien davantage à cet instant…

– Il faut que tu saches, murmure-t-il en fusionnant nos fronts. Lolli, je n'ai pas été honnête avec toi.

Le souffle coupé d'un stress imprévu, je tente de m'écarter, mais sa paume m'y soustrait en enveloppant ma nuque.

– J'ai une sœur… lâche-t-il en fermant les yeux.

Un ange passe, à peine chahuté par la portée de ces quatre petits mots.

– Une petite sœur, poursuit-il. Aussi bousillée que celle de ton édito… Depuis tout à l'heure, je t'écoute raconter le supplice de cette famille, de cette femme et… Lolli, toute cette histoire m'arrache le cœur, tu comprends ? Je suis arrivé trop tard, je… Putain, je n'ai pas pu la sauver de ça et ça me dégomme…

Mutique, je bats des cils un nombre incalculable de fois, incapable d'intégrer sa confession sans qu'un poing plus féroce encore me laboure le ventre. Mon esprit, lui, reconstruit le puzzle de notre discussion. Il se repasse mes monologues, il cherche l'erreur, les possibles coïncidences ou les incohérences. Quand, soudain, je me remémore notre échange houleux après qu'il m'avait trouvée dans sa chambre, le nez dans ses affaires, quelques jours seulement après son arrivée à New York. Il disait n'avoir rien déterré de ses racines. Il… il mentait. Je devrais lui en vouloir de m'avoir dissimulé cette découverte – et probablement toutes les autres –, pourtant, je ne parviens qu'à ressentir un profond chagrin pour lui. Nous n'étions pas aussi proches à l'époque. Moi la première j'ai choisi de minimiser mes blessures avec lui. Comment pourrais-je le blâmer d'avoir usé de la même stratégie ?

Alors que je ne remuais pas un muscle, pantoise devant son aveu, je déplie précautionneusement mes jambes et les passe au-dessus des siennes jusqu'à reposer à califourchon sur ses cuisses. Je ne brusque aucun mouvement en dépit de l'emportement de mon rythme cardiaque. Je me veux délicate et douce, pour lui, pour qu'il comprenne que sa douleur résonne en moi, qu'elle me trouble plus que je n'aurais pu l'imaginer.

Une sœur… Une sœur qu'il n'a connue qu'après que le mal était fait…

Deamon exhale un épais souffle d'air maintenant que je m'autorise à croiser les bras dans son cou et me love contre son torse.

– Je suis désolée, murmuré-je à fleur de ses lèvres.

Deamon me sonde avec désespoir. Ses pupilles tremblent, martyrisées par la peine infinie qui les contamine. Sa vulnérabilité est palpable, si réelle qu'elle soulève un vent d'injustice en moi. Et, sans m'en rendre vraiment compte, j'égare une main dans ses cheveux. J'imagine que ce lien entre nous, peu importe sa nature ou sa définition, m'y pousse. En vérité, je ne me sens respirer que pour une seule chose à cette minute précise : atténuer sa culpabilité évidente et la détresse qui macule ses traits. Peu à peu, les caresses que je lui prodigue ne me suffisent plus, pourtant, elles paraissent lui apporter un soupçon de réconfort si j'en crois l'allongement de son souffle. Enveloppée par la puissance irrationnelle de mes sentiments, je rejoins sa bouche et y pose un baiser. Puis deux, trois…

Dans l'absolu, mes baisers sont les mots que je ne sais pas lui dire dans le cas présent. Que pourrais-je bien ajouter de toute façon ? Je navigue à vue, je ne sais pas ce que l'on peut éprouver lorsqu'on se découvre une sœur après des années d'errance identitaire, j'espère même ne jamais avoir à me sentir impuissante face à une vie bafouée. Alors, oui, mes baisers sont mon empathie, mon soutien, ma tristesse, ma bienveillance. Le tout enrobé de chaleur humaine et de douceur. Je n'ai pas d'autres armes, et dans l'immédiat, Deamon s'en contente. Il me rend la pareille en veillant à plaquer mon corps un peu plus fort contre lui chaque fois que mes lèvres quittent les siennes. Il me refuse la pause, comme s'il lui était vital de m'embrasser, de me sentir tout contre lui, de me toucher. Sa respiration s'amplifie peu à peu, puis le bout de sa langue me réclame davantage de profondeur. Une fois encore, je me sens devenir le pansement de son âme, le refuge dans lequel il se sait en sécurité… Et j'aime ça, j'aime tant ça que mes attentions envers lui se multiplient et s'intensifient.

Quelque part, au milieu de sa douleur et de mon besoin manifeste de l'en soulager, il y a ce pont entre nous. Cette connexion, ce fil invisible qui accorde nos pouls. Qui décode nos silences. Qui nous berce et nous rend vivants dans l'obscurité.

Une tension délicieuse nous étreint, comme l'éveil en douceur de chaque atome de nos êtres. Je me sens frissonner lorsque Deamon s'empare avec langueur de mon tee-shirt et me l'enlève. Je fonds progressivement dès que ses empreintes tracent un chemin balisé le long de mes flancs jusqu'à choyer le galbe de mes seins. Et je me perds, encore, sur sa bouche, contre la tiédeur de son épiderme, moulée aux courbes saillantes de sa musculature, cajolant d'une tendresse inédite chaque parcelle de sa peau, de son cou, de sa mâchoire…

Sans souffle. Aussi légère qu'une bulle de savon. À ma place…

39

Nora Jean

Postée devant mon lit, je contemple ma valise ouverte et pousse un soupir discret. Ma robe gît à côté, protégée par sa housse transparente. Je ne suis qu'à un ou deux accessoires d'être prête pour ce week-end de gala, pourtant, je recule mon départ depuis bientôt deux heures. Ce frein à mon enthousiasme s'explique en plusieurs points. Pour commencer, mon cocon new-yorkais risque de me manquer. Il y a un moment que je n'ai pas assisté à tout le folklore pailleté des galas mondains. Je n'ai jamais aimé ça, d'aussi loin que je m'en souvienne. Disons qu'y participer était devenu machinal, parader dans un sourire avenant était inscrit dans mon ADN depuis ma naissance. Dans un sens, je m'y consacre toujours, néanmoins, à moindre échelle. Et je ne parade plus !

Ensuite, je vais devoir retrouver Victoria. Ma mère dans toute sa vile splendeur. Car personne ne peut se vanter de connaître réellement Victoria Elinor De Grassi s'il n'a pas eu affaire à son état de nerfs constant en coulisses lors de ce type d'évènements dont elle est l'organisatrice. D'ordinaire, elle est déjà difficile à satisfaire, mais là… Il va me falloir redoubler d'efforts pour me montrer à la hauteur, ne surtout pas la décevoir, et ça m'épuise d'avance.

Clay a aussi été convié, ce qui devrait sonner comme la seule note positive de ce week-end. Mais chaque fois que j'y pense, chaque fois que je l'imagine me couver de son regard fraternel, mon estomac entame un tango chaotique. Feindre de manquer ses quelques coups de téléphone dernièrement m'a permis d'étouffer ma culpabilité, laquelle se réveille maintenant que je me sais proche de le revoir. Je n'ai jamais eu de secrets pour lui, à l'exception d'un seul…

– Tu t'en vas ?

Ce secret-là. Lui. Son meilleur ami.

J'opère un demi-tour en direction du couloir et découvre celui qui m'enivre jour après jour depuis que j'ai accepté le lâcher-prise.

Deamon, bras croisés dans l'encadrement de la porte, me décoche son sourire en coin, ô combien agaçant et séduisant. Bon sang, cet homme est… diablement attirant. Coiffé-décoiffé, un teint chaud, une barbe de quelques jours, des lèvres pleines, une silhouette sculptée à la perfection et un regard… sauvage. Voilé de mélancolie, mais envoûtant.

Alors que je me perds un instant dans le dessin de sa mâchoire anguleuse, mutique, Deamon hausse les sourcils pour m'enjoindre de répondre.

– Juste pour le week-end. Ton rendez-vous s'est bien passé ?

Aussitôt, je baisse les yeux et reviens faire face à mon bagage ouvert. Je me hâte de récupérer le pull en haut de ma pile de vêtements et simule de le replier. Grotesque, je le sais, mais m'occuper les mains est mon unique parade contre le vent de lassitude qui m'étreint et que je refuse de lui laisser voir. Le dernier point qui m'empêche de prendre la route sur-le-champ est là, dans mon dos, muet en dépit de ma question, à m'observer si intensément qu'un long frisson cascade le long de mon échine. Je déteste devoir m'éloigner de notre quotidien, je déteste ressentir le manque alors même que je suis toujours là, je déteste qu'il me trouble à ce point, parce qu'à présent la douleur en toile de fond dans ses yeux semble être devenue mienne. Depuis sa confession la semaine dernière, j'ai mal pour lui à chaque heure du jour, malgré nos nuits réparatrices.

Je laisse mon pull retrouver sa position dans ma valise lorsque deux paumes viriles accrochent mes hanches et exigent ma volte-face. Dans un hoquet de surprise, je me heurte à son torse bandé. D'un index ferme sous mon menton, Deamon m'impose de relever la tête et d'investir son regard sérieux. Pas de baiser en vue, pas d'autres contacts de sa part que sa poigne sur ma hanche, son doigt sous mon visage et nos poitrines collées. Il attend, scrutant l'émotion dans mes yeux avec une ferveur qui lui est propre. Il me domine tout en me donnant la sensation précieuse d'être la seule qui compte. Et j'aime ça, j'aime tant ça qu'un soupçon de bien-être se dilue dans mes veines. Aussi, j'ôte le masque et laisse échapper un mince soupir.

– Ma mère organise une soirée pour le lancement du salon à Hanover, marmonné-je. Je devrais déjà y être.

– C'est ce que ton frère m'a dit.

– Tu lui as parlé ?

– On a raccroché il y a cinq minutes.

Je grimace sensiblement, puis tente de me détourner sans y parvenir, maintenue par le doigt téméraire sous mon menton. Je n'ai rien dit à Deamon de ces trois jours de festivités, sans vraiment savoir pourquoi. Je suppose que ce combat, celui qui implique ma conscience et ma loyauté, est un combat que je sais devoir mener seule, d'où mon omission délibérée.

– N'y va pas.

– Tu sais que je ne peux pas faire ça…

– Tu peux. Mais tu ne veux pas.

– Je suis obligée, Deamon.

– Tu n'es obligée de rien, Lolli !

À l'instant où son souffle claque sur ma bouche, la sonnerie de mon téléphone retentit. Je sais que l'emprise de Victoria sur mon libre arbitre le met hors de lui. Tout comme mon besoin de briller dans les yeux de ma mère le rend dingue. D'une certaine façon, il a raison, je me sens piégée par cet amour qu'elle ne m'a jamais donné, pourtant, je refuse de penser que les dés sont déjà jetés. Ma mère est un dragon, mais je crois sincèrement qu'elle est en capacité de m'aimer et d'enfin me donner l'importance que je mérite. À la deuxième sonnerie, Deamon avise mon portable sur le lit derrière moi et fronce le nez.

– Ta mère, m'informe-t-il en s'écartant rapidement.

Je ne cherche pas à le garder près de moi, muée dans un état d'inconfort haïssable, et me dépêche de décrocher.

– Bonjour, Victoria, surjoué-je, l'estomac tordu par anticipation.

– Nora Jean, où es-tu ?

– Je finis ma valise et je prends la route.

– J'aurais dû m'en douter, lâche-t-elle dans un rire sarcastique. Tu vas manquer le dîner de répétition puisqu'il ne te faut pas moins de quatre heures de trajet avant d'arriver, et ça ne me plaît pas du tout. Tu n'es pas sans savoir que ta présence est nécessaire, je suis terriblement déçue…

J'arpente la chambre sans un mot, le téléphone collé à l'oreille, tandis qu'elle me dévalue phrase après phrase, dénonçant ma ponctualité défaillante, mon manque de considération pour ce projet qui lui est cher, mon égoïsme, et j'en passe. Je déglutis douloureusement en stoppant mon errance devant la petite fenêtre qui donne sur l'immeuble d'en face et retiens une lourde expiration. Mes espoirs d'être un jour source de bonheur pour elle s'essoufflent à mesure que les secondes défilent, ponctuées par son ton accusateur.

– Autant te dire qu'il n'est plus utile que tu te presses ! Je t'attends demain à Meadow Lane, à dix-huit heures. Sans retard !

Je n'ai pas le temps de confirmer quoi que ce soit qu'elle met fin à la communication. Un sourire triste se faufile sur mes lèvres à mesure que je laisse mon téléphone accompagner mon bras qui retombe, ballant, le long de mon corps. Je dénombre les briques rouges devant moi, torpide, consciente que Victoria De Grassi est mon épreuve de vie. Mon test de résistance, d'endurance et de patience. Une façon de me mettre face à ma ténacité, certes, en abîmant chaque fois un peu plus l'estime de ma propre personne, mais une manière de prouver à cette femme que je vaux la peine…

Sur cette pensée, je fais demi-tour pour rejoindre mon bagage en vue de le boucler pour de bon. Mon pas s'enraye dès lors que je découvre Deamon assis sur le lit, les coudes enracinés dans ses genoux, mains jointes devant lui. Il détaille mon expression d'un œil acéré, mué dans une colère qu'il destine à ma mère. Il enrage en silence en notant la lassitude qui baigne mes traits, serrant plus fort ses poings alors que je me poste devant ma valise.

– Elle ne te mérite pas, grogne-t-il.

J'ébauche un sourire attendri malgré la peine qui secoue mon cœur. Une partie de moi sait qu'il a raison, je lutte en vain contre l'évidence. L'amour d'une mère ne se construit pas, il se vit. Il ne s'explique pas, il est juste là. Il ne demande rien en retour, il n'exige rien, il prévaut sur tout, il pardonne, il…

– C'est possible, murmuré-je en tentant de détendre d'un doigt paresseux la dureté qui marque les lignes de son visage.

– Alors, putain, reste !

Je pourrais me hérisser après qu'il a laissé ces trois mots claquer comme une porte récalcitrante, pourtant, je ne m'en offusque pas. Au contraire, et pour cause : je me sens briller dans ses yeux. Je me sens… protégée.

– Ce n'est pas ce que je vais faire, Deamon.

– T'es tellement butée, sans déconner !

– J'ai été à bonne école.

Je ne suis pas certaine que cet argument soit en ma faveur, d'autant que l'école en question vient de me raccrocher au nez sans scrupule. Néanmoins, je lui dois de m'avoir au moins légué ça : ma détermination à atteindre mes buts. Deamon se lève d'un bond, les mains à présent furieusement enracinées dans ses cheveux. Je voudrais lui dire que Victoria n'a pas réussi à m'atteindre, simplement pour que la tension mordante qui le prend en otage s'estompe maintenant qu'il me crucifie d'un regard défait. Maintenant qu'il me supplie presque de renoncer. Or, j'en suis incapable…

Comme une vague qui déferle sa puissance sur une falaise abrupte, la détresse qui l'habitait lorsqu'il me révélait être un frère revient se placarder devant moi. Je regrette de ne pas avoir rouvert le dialogue à ce sujet après que nous avons fait l'amour ce soir-là, je regrette de n'en avoir rien fait non plus les soirs suivants. Je regrette de ne pas être aussi salvatrice pour lui qu'il ne l'est pour moi dans ce genre de moment pénible. Parce qu'il l'est. Pour moi, à cet instant, il est le remède au chagrin que ma mère a causé une fois de plus. Il est celui qui me donne envie d'oublier, d'être moi, d'être fière et de ne penser qu'au rythme apaisé de mon pouls.

Poussée par une force tranquille, je me dirige vers lui d'un pas lent. J'accuse le poids de son regard sombre sans en avoir peur. Je récupère précautionneusement ses poignets et les noue dans mon dos. Puis j'empaume ses joues et l'attire jusqu'à ma bouche. Sans empressement. Avec une délicatesse que je ne me connais qu'avec lui. J'exhale un soupir soulagé en sentant sa tiédeur humide communier avec la mienne. Je prends ce dont j'ai besoin et lui offre ce qui, jusqu'ici, lui permet d'amenuiser fugacement ses contrariétés.

– Maintenant, ferme les yeux, soufflé-je contre ses lèvres.

Sa respiration s'est adoucie, signe que ce baiser nous a été salutaire à l'un comme à l'autre. Je me sens moins oppressée, moins vaincue, et lui m'apparaît un brin moins tendu.

– Qu'est-ce que…

– Cosgrove, ferme les yeux.

M'entendre l'appeler par son patronyme manque de lui soutirer un sourire. Je m'extirpe de ses bras, recule jusqu'à ma commode qui jouxte le dressing et appuie mon ordre en haussant les sourcils.

– Bien, conclus-je à présent qu'il capitule en se plongeant dans le noir.

J'entrouvre tout juste le tiroir pour en extirper l'objet de ma demande singulière et reviens vers lui. À peine sent-il les contours du Fou dans sa paume qu'un voile traverse son visage. Derrière ses paupières closes, Deamon retrouve ses nuances, celles qui appellent la démesure, le défi et l'euphorie.

– Quoi qu'ils en disent, Deamon, tu n'oseras pas m'accompagner à ce gala.

Sans délai, ses incisives se plantent dans sa lèvre inférieure d'un bonheur pervers. Et lorsqu'il me laisse voir ses pupilles dilatées, mon cœur se met à pulser violemment dans ma poitrine. Bon sang, cet homme pourrait bien me faire perdre la tête… D'une détente, Deamon me capture contre lui et m'inonde de cette poussée d'adrénaline qui le rend si spécial. Si beau. Si… charismatique et fougueux.

– Défi accepté, De Grassi.

– Je n'en…

Deamon fond sur ma bouche et extermine la fin de ma phrase. Et qu'importe, car une armée de frissons tout entière court sur mon corps, chemine d'une parcelle de peau à une autre, sillonne chaque zone sensible de mon anatomie jusqu'à mettre tous mes sens au garde-à-vous.

– Ta mère va détester ça, sourit-il contre ma bouche entre deux assauts.

– Elle va voir rouge, c'est certain…

Ma respiration s'emballe délicieusement à mesure que Deamon nous entraîne jusqu'au lit où il nous allonge. Ma main serpente déjà sur les rondeurs de son fessier contracté quand la sienne s'attelle à glisser sous le volant de ma jupe plissée. Mon gémissement d'excitation résonne dans la chambre, généré par les doigts que Deamon s'applique à faire sinuer sous ma culotte. Le long de mes lèvres. À l'orée de mon intimité…

– Je n'ai pas de costume.

– L'hôtel dispose d'un service de prêt-à-porter… me dépêché-je de répondre.

– Et pour Clay ?

Ce coup-ci, sa question me fige une seconde. Deamon ne remue plus un muscle non plus, conscient d'avoir abordé un sujet qui m'est encore trop sensible. Je ne lui en veux pas, en vérité, je sais qu'il acceptera de jouer le jeu des colocataires forcés devant Clay, quand bien même il détestera ça…

– Un problème à la fois, d'accord ? osé-je, condamnée à l'immobilité dans l'attente de sa réaction.

Quelques secondes s'écoulent dans un silence assourdissant, si bien que mon ventre subit quelques spasmes d'appréhension. Il pourrait refuser. Cette possibilité me brutalise si durement que j'en viens à sentir la peur ruer sous mes côtes. S'il en parle, s'il nous dénonce, cette délicieuse symbiose entre nous devra cesser. Et ça me terrifie… Je ne veux pas que ça s'arrête. Par pitié, non, j'en aurais horreur…

Deamon me sonde, le souffle saccadé du désir que je sens palpiter entre ses jambes, tout contre ma cuisse. Et lorsqu'il revient posséder ma bouche en rétablissant ses caresses exquises sous le tissu doux de ma lingerie, je comprends qu'il consent à taire notre secret.

Dans une suite de mouvements rodés, nous finissons nus, l'un contre l'autre, sa verge couverte en butée contre les barrières humides de mon intimité. Alors que j'aspire à le sentir me combler, frémissante d'impatience, une jambe en équerre sur son bassin, Deamon me surprend à user de langueur en m'offrant un baiser profond. Il ne me pénètre pas, il n'ose pas même un coup de reins. Il m'embrasse, lascif, avide. Sa poigne sous mon genou se fait moins ferme lorsqu'il abandonne ma langue pour se concentrer sur mes yeux brillants de désir et d'un soupçon de perplexité. Son regard pétille d'un éclat incertain, comme tourmenté par une guerre interne qu'il endure, seul.

– Deamon ? bredouillé-je en m'interdisant d'onduler sous lui.

– Lolli…

Son filet de voix éraillé anime la cadence déjà rapide de ma respiration. Parce que, une fois encore aujourd'hui, j'ai peur… Peur de ne pas saisir ce qui est sur le point de se produire. Mes ongles s'enfoncent malgré moi dans ses épaules, quand soudain, ses mots me privent de mon oxygène :

– Je suis en train de tomber amoureux de toi. Et je ne sais pas comment m'arrêter.

40

Deamon

Nous ne sommes plus qu'à une trentaine de bornes de Hanover quand la radio locale met fin au fil info et bascule sur une playlist plutôt sympa. La départementale qui nous accueille est curieusement déserte, c'est à peine si nous avons croisé dix bagnoles l'heure passée. Nora Jean n'a pas bougé depuis que nous sommes remontés en voiture après une pause déj express. Elle reste silencieuse, les yeux rivés sur le paysage qui défile à travers sa vitre. Songeuse. Tourmentée.

Magnifique…

Plus je réduis la distance qui nous sépare de sa harpie de mère, plus elle s'assombrit. Franchement, je ne comprends pas qu'elle s'inflige ce bordel de cérémonial alors qu'elle n'a rien à y gagner. Et rien à prouver ! Victoria est une connasse ingrate, tout ce que Nora Jean va récolter est une énième déception. Et ça va me consumer…

– On aura assez de carburant ?

Surpris d'entendre son timbre voler dans l'habitacle, je considère rapidement la jolie brune, bien lasse, à mes côtés, avant de contrôler la jauge d'essence. Pourtant, je connais déjà la réponse, le plein était fait lorsque j'ai récupéré la caisse. J'acquiesce malgré tout avant de la voir se remettre face à la fenêtre.

– Comment ça va ? m'autorisé-je à demander.

Son soupir me tord le bide et fait enfler ma haine pour sa mère. Mais, contre toute attente, Nora Jean réintègre mon regard et dépose ses doigts fins sur le dos de ma main, laquelle repose sur le sélecteur de vitesses.

– Je vais on ne peut mieux, ment-elle en exagérant un sourire.

– Quelle comédienne.

Avant qu'elle n'entrouvre les lèvres pour me servir un autre mensonge, je porte sa main à ma bouche et y parsème quelques baisers. Un œil sur la route, je guette sa réaction. L'espace d'une poignée de secondes, Nora Jean ne laisse rien paraître, aucun soulagement, aucun malaise. Impassible, la tempe lovée contre l'appui-tête, elle observe le mouvement de mes lèvres sur sa peau douce. Et mon cœur pédale comme un malade… J'imagine que j'ai la trouille, comme un abruti d'équilibriste débutant soumis à la gravité.

Parce qu'elle n'a rien répondu.

Hier, alors que je me prenais l'intensité de mes sentiments en pleine face, elle n'a rien répondu. Elle n'a plus prononcé un mot. Mais elle m'a aimé, je crois. En silence. Sans débordement, avec volupté et sincérité. Sans effusion autre que celle de son orgasme. Nichée dans mon cou, la fièvre de son souffle haletant contre mon oreille, elle a laissé mon prénom voltiger dans la chambre jusqu'à m'emplir d'un putain de bonheur indécent, plus redoutable et terrifiant que tous les autres.

– C'est agréable, murmure-t-elle avec lenteur.

Cette fois, mon sourire pointe. Celui qu'elle adore détester, celui d'un type prétentieux, un poil arrogant. Celui qui fait s'esquisser le sien, aujourd'hui péniblement. Alors, c'est vrai, elle n'a rien dit, et dans l'absolu, je n'attendais pas qu'elle me rende la pareille. À vrai dire, je n'ai pas réfléchi, les mots sont sortis de ma bouche sans même attendre mon aval. Chaque jour qui passe, je tombe. Je tombe pour elle. Pour cette bouche sensuelle. Pour l'éclat authentique dans ses yeux. Pour cette dualité force-fragilité qui la définit. Pour ses craintes. Sa compassion. Ses blessures… C'est vertigineux, flippant, mais impossible à réfréner.

– Tu veux conduire ?

– Tu veux mourir ? réplique-t-elle dans un sourire.

– J'aimerais autant pas, m'esclaffé-je. Pourquoi ?

– M'as-tu déjà vue au volant d'un véhicule ?

J'éloigne sa main de ma bouche et la laisse reposer sur ma cuisse, les sourcils froncés à mesure que je recense tous nos déplacements jusqu'ici.

– Deamon, je n'ai jamais passé mon permis.

– Mais non !

– Je n'en ai pas eu besoin, se justifie-t-elle, un brin gênée. J'ai bénéficié de quelques leçons, c'est vrai, mais c'est tout. Et c'était il y a bientôt dix ans. J'habite New York, le fief des moyens de transport en tout genre, ça n'a pas d'intérêt.

Je contrôle mes rétros en trois secondes chrono, puis pile sèchement au milieu de la route inoccupée. Heurtée par l'arrêt brutal de notre berline de location, Nora Jean s'arrime à la sangle qui barre sa poitrine et me flingue d'un regard noir.

– Bon sang, Deamon ! s'étrangle-t-elle.

Mon sourire réapparaît à l'instant où je déboucle ma ceinture. Dix enjambées plus tard, j'ouvre sa portière, les pieds dans les herbes hautes du bas-côté, et lui mime de sortir.

– Tu plaisantes ? s'estomaque-t-elle en comprenant ma manœuvre.

– Lolli, sors et va t'asseoir derrière le volant.

– Hors de question.

– Y a pas plus facile qu'une boîte auto. Descends et va piloter !

– Non.

Réfractaire jusqu'au bout de ses ongles vernis qu'elle plante dans l'assise de son siège de part et d'autre de ses cuisses, ma brune préférée s'accroche aux bandes blanches qui s'étalent sur le macadam devant elle. Elle boude. Et je jubile d'avance en sentant le Fou m'appeler du fond de ma poche.

– Imagine, ta mère pète un câble et décapite tous les invités de son gala sauf toi. Tu dois fuir. Y a une centaine de caisses à proximité, sauf que t'es pas capable d'en conduire une…

– Eh bien, je cours !

– Pose ton joli petit cul dans le siège conducteur, Lolli.

– Mais enfin, non !

Cette fois, je me plie en deux jusqu'à passer ma tête dans l'habitacle, un sourire provocateur barrant mon visage. Je suis son seul champ de vision, j'absorbe même sa respiration hachée tant l'espace qui sépare nos bouches est ridicule. Et, bordel, j'ai envie de la dévorer, ici, sur ce siège passager, sans retenue, transcendé par la dose d'adrénaline que je sens voguer dans mes veines à quelques battements de sa capitulation.

– Quoi qu'ils en disent, Lolli, tu n'oseras pas conduire cette voiture.

J'enfouis le Fou entre ses jambes, à l'endroit même où mon début d'érection aimerait se perdre. L'étincelle de défi brûle dans ses yeux, impossible de ne pas la voir, pourtant, Nora Jean reste figée, son adorable moue colérique s'opposant à l'impertinence de la mienne.

– C'est dangereux, argue-t-elle.

– Tu rouleras doucement.

– Si on croise les forces de l'ordre…

– On est perdus au milieu de nulle part.

– Tu m'énerves !

J'écarte sa gentillesse d'un revers de main imaginaire et m'écrase sur sa bouche. Une fois encore, le temps se suspend, le monde s'efface et tout ce qui noircit mon âme s'édulcore. Une fois encore, un arc électrique ravage mes terminaisons nerveuses et piétine le peu de retenue que je m'imposais.

Une fois encore, un bien-être indécent jaillit dans ma poitrine jusqu'à faire frissonner mon cœur…

Ma langue sombre entre ses lèvres avec un fanatisme qui frôle l'obscénité. Et, putain, qu'est-ce que c'est bon… Quand je la sens sur le point de répondre à mon ardeur, je m'applique à reculer et la laisse essoufflée, étourdie, l'arrière du crâne enfoncé dans le dossier.

– Allez, en piste, De Grassi.

Un frisson plus tard, mon goût encore sur ses papilles, Nora Jean reprend le contrôle de son corps et lâche un lourd soupir en ôtant sa ceinture. Dans une attitude de grande dame, elle s'extirpe du véhicule, me foudroie au passage, menton haut, et contourne la voiture. Je la suis sans manquer de noter son hésitation au moment d'enjamber le châssis.

– Je te règle ton siège, l'informé-je en plongeant un bras entre ses genoux pour la rapprocher du volant.

– Tu te rends compte que c'est inconscient ? marmonne-t-elle, à présent bousculée par un soupçon de panique.

Je laisse sa question mourir dans l'air et viens prendre place côté passager. Sa ceinture est déjà bouclée quand je bloque la mienne.

– Réajuste les rétros, lui indiqué-je en pointant le quatuor de boutons sur sa portière. Pour les boîtes auto, tu n'as que deux pédales : le frein et l'accélérateur. N'utilise que ton pied droit, OK ?

– Tu es complètement siphonné, grommelle-t-elle.

– Appuie sur le frein, pédale de gauche, et démarre le moteur.

– Si on arrive en retard, Victoria va…

– On est large, détends-toi. Pousse ton levier sur R. Impec ! Maintenant, relâche le frein et enfonce tranquillement l'accélérateur, pédale de droite.

Cramponnée au volant comme à sa propre vie, Nora Jean exécute mes commandements dans une grimace inquiète. Exit son air de femme confiante, elle se révèle telle qu'elle est vraiment. Sans filtre, sans condescendance, fragile, mais combative.

Exactement comme je l'aime…

– Oh, mon Dieu… couine-t-elle de stress lorsque la berline se met à rouler.

Sur les premiers mètres, elle est tellement concentrée que notre vitesse n'excède pas les quinze kilomètres par heure. Et puis, son opiniâtreté prend la relève. Minute après minute, le compteur affiche des chiffres en constante augmentation. Si j'étais en alerte au début de ce défi, je me retrouve à apprécier le décor qui longe la route sans plus examiner sa conduite lorsque Nora Jean maintient notre allure sans dépasser la limite autorisée.

– Tu te débrouilles comme une cheffe, la gratifié-je en posant un pied paresseux sur le tableau de bord.

Nora Jean ne répond pas, et ça n'a pas d'importance. Parce qu'elle s'illumine doucement, certes, avec pudeur, mais fière d'être celle qui manœuvre la berline alors même qu'elle s'en pensait incapable. Sa respiration n'a plus rien d'angoissée, elle semble même moins raide dans son siège en cuir. L'itinéraire s'actualise sur le GPS qu'elle consulte régulièrement, et je me laisse bercer, la vitre entrouverte, par un parfum de sérénité. Le ronronnement du moteur, les touches fleuries de son odeur, le sentiment de liberté, les battements pacifiés de mon cœur…

Sans perdre sa nouvelle assurance, Nora Jean s'engage une demi-heure plus tard dans l'allée arborée du Prestige Hotel. En dépit de l'armure de complaisance qui lui retombe sur les épaules dès que nous arrivons à hauteur du voiturier, elle resplendit. Son œil pétille, à l'instar d'une gamine qui viendrait de rafler le gros lot de la tombola de l'école.

Une fois nos bagages déposés au pied du *king size* de notre chambre grand luxe, je raccompagne le bagagiste jusqu'à la sortie et le remercie d'un pourboire. Je n'ai pas fait demi-tour après avoir refermé la porte que Nora Jean me rejoint, la respiration rapide, ses deux mains occupées à déboutonner son chemisier d'un doigté fébrile.

– Je n'ai pas beaucoup de temps, précise-t-elle en approchant d'un pas lent, mais déterminé. Je dois me préparer, me maquiller, me coiffer…

Oh, putain… La femme qui laisse tomber sa fringue sur le sol sans soin et attrape le bas de mon tee-shirt pour m'en débarrasser me sèche sur place. Juste une seconde. Parce que aussitôt la surprise évaporée, une tension colossale prend d'assaut chaque recoin de mon organisme.

– Fais-moi l'amour maintenant, halète-t-elle en dégrafant son soutien-gorge. Vite. Vite et fort. Ça me fait presque mal, Deamon.

Un rire sidéré m'échappe. La chambre s'est gorgée d'une brume épaisse, et je jure que j'en ai presque la tête qui tourne quand Nora Jean fait céder les boutons de mon jean d'un geste franc. En une minute, mon fute gît sur mes genoux, ma queue est recouverte d'un préservatif, la femme sublime pour qui je pourrais crever de désir est nue, et je souris. Avec perversion et adoration. Électrisé par l'urgence qui écorche sa respiration. Flirtant avec l'aliénation tant mon crâne fume, dégommé par l'afflux de sang qui bande mon corps tout entier. Nora Jean sombre, à peu de chose méconnaissable maintenant qu'elle griffe presque ma nuque pour m'enjoindre d'assouvir son besoin fulgurant. Sans réfléchir, les veines saturées d'une ivresse érotique délectable, je chope son cul musclé et grimpe sa petite soixantaine de kilos sur mon bassin. Son dos percute la porte, accompagné du geignement d'excitation que Nora Jean vocalise. Oui, je vais la prendre ici, contre ce panneau de bois vernis et hors de prix. Elle l'a compris et la flamme dans ses pupilles s'embrase.

– Rappelle-moi de te laisser conduire au retour… grogné-je avant de m'enfoncer en elle.

Son hochement de tête frénétique consent, puis sa moue d'extase prend le relais. Les bras cadenassés à mon cou, Nora Jean encaisse un premier va-et-vient comme un shoot express d'héroïne. Le deuxième, plus profond, lui coupe le souffle. Quant aux autres, ils sont un mélange divin de gémissements sulfureux, de peaux moites qui claquent et d'une symbiose invraisemblable.

Un putain de paradis sur terre.

Mon paradis…

41

Deamon

Façade impeccable. Colonnes majestueuses. Jardin au carré. Fontaine en marbre… Clairement, la sorcière De Grassi a mis le paquet. La villa dans laquelle les festivités prennent place est une petite merveille architecturale enrobée d'un extérieur soigné. Un bien beau modèle d'opulence !

Ma mâchoire se serre un peu plus. Ce royaume de diamants et d'hypocrisie me file la nausée, pourtant, je suis là, à enfoncer les semelles de mes baskets immaculées dans le tapis de gravillons clairs, en direction des portes ouvertes. Quelques autres invités empruntent le même chemin, à la différence que leur présence a été souhaitée. La mienne, en revanche, risque de faire péter une durite à la reine de cette soirée. J'ai beau jubiler en imaginant sa réaction, je sais que je vais détester me retrouver noyé au milieu d'une foule parfumée au Chanel n° 5 et grisée par les bulles d'un champagne français outrageusement cher. Là où tout n'est que paraître et corruption.

Je l'ai vécu, sans en faire vraiment partie. En retrait, j'ai assisté aux faux-semblants, aux jeux de pouvoir, à la façon dont ces gens se complaisent dans leurs privilèges. C'est à gerber. Tout ce décorum n'est que superficialité. Derrière les sourires éclatants, les rires simulés et les tenues fastueuses, s'érige un univers de secrets, de rivalités et de déchéance. Mélangez tout ça et obtenez du viol, de la prostitution, du chantage, des arnaques à la pelle, de l'esclavagisme moderne et j'en passe.

L'argent tue, l'argent salit, pourtant, l'argent domine le monde.

J'inspire un bon coup après que deux hôtesses m'ont salué sur le perron, ôte ma paire de solaires, puis pénètre dans l'imposant hall d'entrée. Les sourires aimables d'une poignée de femmes embauchées pour l'occasion nous accueillent. Jolies, polies, strictes, mais classes. À l'image de Victoria De Grassi, sans le côté dragon. Je suis le cap qu'elles induisent en formant un arc de cercle humain orienté vers la salle de réception et bifurque à gauche comme tous les autres. Un brouhaha assourdit le fond musical qui émane de plusieurs enceintes, la pièce qui semble sans fin est déjà investie d'une cinquantaine d'invités. Le personnel s'active avec élégance, les rires snobs pleuvent et j'ai la soudaine impression que le col de ma chemise se resserre autour de mon cou. Putain de microcosme mondain. Je me dépêche de faire céder le premier bouton quand…

– Une coupe, monsieur ?

– Eh merde ! sursauté-je devant le plateau arrivé de nulle part qu'un serveur porte à bout de bras.

– Pardon, je…

Son air contrit, presque terrifié maintenant qu'il jette un coup d'œil par-dessus son épaule, me fait ravaler mon envie de lui dévisser la tête. Sa trajectoire visuelle conduit la mienne jusqu'à la maîtresse éphémère des lieux et, aussitôt, je regrette de ne pas avoir un peu d'essence et un chalumeau. Pas pour le serveur. Pour Victoria. Au centre de l'attention, elle charme son auditoire restreint comme un cobra aux aspirations létales. Alors c'est vrai, ce petit con penaud m'a foutu les boules, mais je m'en voudrais que son intrusion dans mon espace vital lui coûte sa place.

– C'est bon, file-moi une de tes coupes.

– Passez une bonne soirée, monsieur.

Le gamin s'enfuit aussi vite qu'il est arrivé et me laisse en tête-à-tête avec les fines bulles dans mon verre. J'en avale une gorgée et quadrille la salle en vue de repérer celle pour qui je m'inflige, moi aussi, tout ce bordel de futilités. Je sais sa robe noire, seul élément que j'ai pu noter au travers de la housse, aussi je me concentre en évoluant dans la pièce, passant au crible chaque femme habillée de cette couleur. Le truc, c'est qu'elles sont genre un million à porter du noir ! J'abdique sur mon verre, brutalisé par la sensation de manque qui s'étoffe dans mon bide. Alors que j'imagine sortir mon portable pour géolocaliser le sien, un homme entouré de son harem moderne me passe devant, sans me voir, et…

David Sullivan. Sénateur du New Hampshire. Frère de Peter Sullivan, Procureur général du Vermont. Bras droit de Karson Townstend, dans l'ombre d'une cave réaménagée. Tortionnaire dégueulasse. Pervers aux tendances pédophiles, et si j'en crois l'état d'inconscience de certaines femmes dont il a abusé au sous-sol, un poil nécrophile… Je reconnaîtrais sa face d'enflure n'importe où. La sienne et celle des autres qui constituaient le cercle très fermé de la guilde des prédateurs sexuels pétés de fric qui sévissait dans les bas-fonds du manoir de Stratton.

Un frisson urticant me dégouline dans le dos, paradoxalement glacial quand un feu d'aversion se déclare sous mes côtes. Je ne sais pas s'il a touché Dawn, mais je jure que s'il l'a même ne serait-ce qu'effleurée, je m'arrangerai pour qu'il finisse dans le même caveau que mon père.

– Cosgrove, quelle grande classe !

La nuque raide de haine, je lutte pour me détacher de Sullivan et greffe un semblant de sourire prétentieux sur mes lèvres. À présent devant moi, Clay exagère une révérence, puis se marre en approchant pour une accolade.

– Je me fonds presque dans la masse, hein ?

– Petit costume Armani, chemise même pas froissée, montre et bracelets assortis… Je valide, un vrai fils de riche !

Ses yeux scintillent d'espièglerie et ramènent un peu de vie dans ma carcasse bousillée. C'est bon de le revoir. J'ai beau avoir passé quelques jours avec lui après l'alerte à la bombe de Park Avenue, je dois bien admettre que mon acolyte me manque. De la même façon qu'il m'a manqué les huit années passées, mais ces derniers temps, une brune qui porte son nom neutralise cette sensation avec brio. Elle détourne tout ce qui pourrit en moi jusqu'à le rendre moins morbide. Elle étouffe tout. Tout, sauf ma culpabilité…

– Maude, je suppose ? m'adressé-je à la blonde vénitienne qui l'accompagne.

– Je suis ravie de te rencontrer enfin, me sourit-elle en retour.

– Plaisir partagé. Alors, raconte, c'est comment de vivre avec un geek ?

– Oh, tu sais, il n'est pas difficile à contenter tant qu'il y a du Wi-Fi…

Un petit rire m'échappe quand Clay laisse éclater le sien sans en avoir quoi que ce soit à foutre du regard critique qu'une dizaine de convives braquent sur lui. D'un bras leste, il réquisitionne le corps de Maude et lui vole un baiser. Ce mec me fascine. Il a tout : la liberté financière, un boulot qui le passionne, une femme dont il est fou amoureux, pas de passé trash, pas d'ADN foireux… Ouais, quand je serai grand, j'aimerais être un Clay.

Nous déambulons tous les trois, une coupe de champagne chacun, le long du mur que l'hôte de la soirée a décoré avec un paquet de clichés surdimensionnés. Tous mettent en scène sa réussite : ses salons de luxe sont immortalisés dans différents plans, dehors, dedans, en coulisses, dans une salle de soins ; sur d'autres, des employés faussement épanouis se prêtent au jeu, accessoires laqués d'or en main. Quelques célébrités posent même pour l'objectif… Si la « sainte » mère De Grassi n'était pas aussi méprisable, j'applaudirais ses exploits. Sauf que c'est une conne, donc…

– T'as vu N.J. ? m'interroge Clay à mi-chemin de cette expo.

– Pas encore.

Et ça me frustre à un point, mon pote…

Par réflexe, j'oblique vers la salle à présent bien remplie et la survole d'un œil acéré.

Robe noire, robe noire…

Je m'apprête à renoncer et suivre le mouvement de Clay et Maude qui progressent lentement jusqu'à la prochaine photo quand, enfin, une cambrure de reins fait s'emballer mon rythme cardiaque. Mains logées dans les poches de mon fute, je me sens enfler d'un besoin viscéral. Centimètre après centimètre. Inspiration après expiration…

De profil, Nora Jean échange avec trois couples, tous deux à trois fois plus âgés qu'elle. Ils puent le fric et la prospérité, pourtant, c'est elle qui en impose le plus. Perchée sur une paire d'escarpins dorés, Nora Jean a revêtu son armure de bourgeoise réservée, à la bienséance inégalée. Maquillée avec élégance, ses longs cheveux bruns tirés en une parfaite queue haute, elle sourit, elle donne la réplique, mains jointes devant elle, aussi droite que l'univers gravitationnel de sa mère le recommande. Ça me foutrait presque la rage, parce qu'elle doit détester ça, je le sais, je le sens malgré la quinzaine de pas qui nous éloignent. Et puis, mes yeux entament une exploration plus minutieuse, plus graveleuse aussi. Robe noire, col asymétrique qui laisse pudiquement apparaître une de ses épaules. Poitrine galbée. Pas de décolleté apparent. Manches longues sensiblement bouffantes, retenues aux poignets par des élastiques invisibles. Ceinture de tissu nouée autour de sa taille fine. Jambes à demi nues, satinée, hâlées, délicieuses…

Achevez-moi si cette femme ne finit pas dans mon lit cette nuit !

Je souris en coin sur cette pensée improbable. Bien sûr qu'elle va finir dans mon lit ! Et je vais savourer chaque seconde, chaque courbe de son corps magnifique. Autant j'ai obéi à son besoin de sexe express tout à l'heure, autant ce soir, je jure que je prendrai mon temps, je profiterai d'être le seul, d'avoir la chance inouïe d'être celui qui la fait jouir. Je laisserai traîner les préliminaires, je dégusterai chaque putain de parcelle de son entrecuisse…

– Le devoir m'appelle, on se retrouve après.

J'ai à peine le temps d'imprimer les mots de Clay qu'il me dépasse et fend la foule. D'une main délicate, mon pote conduit Nora Jean de l'autre côté de la pièce, tout juste en retrait près de la petite estrade où est montée leur sorcière de mère. Les projecteurs imaginaires sont braqués sur elle maintenant qu'elle réclame le silence d'un geste un poil théâtral.

– Quel personnage, me souffle Maude, elle aussi tournée vers le mince podium.

– Une vraie garce, ouais.

Plus je regarde la sorcière se pavaner, plus je la déteste, si tant est que ce soit possible. Mais je crois que mon sentiment empire dès lors que sa voix résonne sous le haut plafond…

– Bonsoir à tous ! Un immense merci d'être venus aussi nombreux. Ce nouveau chapitre dans notre histoire familiale représente bien plus qu'une simple boutique, relate Victoria. Il est le fruit de nombreuses années de travail acharné, de dévouement et de passion. Je tiens à remercier mes collaborateurs, mes amis et plus particulièrement ma famille pour leur soutien indéfectible. Ils sont une source d'inspiration inestimable pour moi.

Alors qu'elle coule sur ses deux enfants un regard admiratif, je me vomis presque dans la bouche. Quel talent écœurant, elle pourrait faire illusion… Comment une femme de cet acabit, hautaine, mauvaise et insipide, peut avoir enfanté deux perles ? Deux aussi belles âmes… Le frère et la sœur se tiennent de biais aux côtés de leur mère, dans une posture rigide qui ne semble pas leur coûter. Ils ont renfilé le costume qui leur a été taillé sur mesure toute leur enfance, et franchement ils font illusion. Clay joue son rôle magistralement, les bras croisés dans le dos, le menton haut, le regard vagabond, mais intelligent, sur l'assemblée. Quant à Nora Jean… Tous la pensent fière du parcours de sa mère tant son sourire respectueux paraît sincère. Connerie… Elle obéit seulement à des années de formatage et de bourrage de crâne. Elle simule, elle se bride. J'ai tellement envie de l'arracher à cette mascarade qu'un mal de bide me torpille.

– Je tiens à exprimer ma profonde gratitude envers la communauté de Hanover pour son accueil chaleureux et son enthousiasme. Grâce à vous, ce projet est devenu une réalité. Que cette soirée soit le début d'une nouvelle ère de succès, de créativité et de partage. Merci à tous de faire partie de cette belle aventure ! Trêve de bavardage à présent, place aux réjouissances ! entonne Victoria pour clore ce speech sans intérêt.

Le volume de la musique monte d'un cran et les serveurs reviennent slalomer entre les groupes. L'effervescence est de retour, mais rien ne parvient à me détacher du regard puissant qu'une brune hypnotisante arrime au mien quelques mètres plus loin. Alors que nous ne remuons pas un muscle, noyés dans la marée humaine de cette réception, un monde nous sépare. Un monde d'or, de glamour et de pognon. Un monde de dissimulation, de dédain et de sournoiseries. Pourtant, elle est là ma vérité. À mesure que la cadence de mon pouls s'avive, je comprends qu'elle est ce que j'ai désespérément cherché pendant huit ans, sans même en avoir conscience. Un essentiel, un repère, un point d'ancrage. La lumière de mon obscurité.

Je l'aime comme un fou, putain...

– C'est de nouveau tendu entre vous ? m'arrache Clay à l'intensité de notre échange. Tu m'avais dit que c'était mieux. Qu'est-ce qui a merdé ?

Je hausse les épaules en feignant de réfléchir, pas certain d'être capable de lui servir un mensonge crédible alors que je subis encore les pulsations effrénées de mon rythme cardiaque.

– Je l'ai défiée de conduire la caisse sur la route, débité-je, pressé par son œil insistant.

– Tu déconnes ?

– Nora Jean n'a pas le permis, si ? s'enquiert Maude.

– Deamon, sérieux... se marre Clay, une paume nerveuse sur la nuque.

– Tu voulais que je la sorte de sa zone de confort.

– Sans la mettre en danger, soupire-t-il cette fois. Ça aurait pu vous coûter plus cher qu'une prise de tête !

Je reste imperturbable devant ce pseudo-reproche motivé par son inquiétude. S'il savait ce que ça m'a coûté : du sexe sauvage, de la sueur et un orgasme dévastateur... Rien que pour cette issue érotique mémorable, je refilerais le volant à sa sœur !

– Monsieur De Grassi, annonce une voix masculine. Cet évènement est un succès, vous devez être si fier de l'ascension de votre divine mère !

Alors que des images sulfureuses dansaient devant mes yeux, l'irruption du sénateur dans notre cercle les pulvérise brutalement. Mon sang se met à bouillir, et j'opère un furtif mouvement de recul. Je voudrais faire autrement, mais chaque nanomètre de mon anatomie se hérisse d'une rage indicible.

Respire, Deamon. Pas de vagues. Pas de sang...

Si Maude sourit avec grâce devant cette personnalité publique influente, je suis un putain de bloc de glace, mâchoire contractée, muscles raides…

– Et vous êtes ? termine-t-il en m'offrant sa main.

– Deamon Cosgrove.

Serrer ses doigts me file la gerbe. Je jure que la bile n'est pas loin de corroder ma langue.

Respire…

– N'aurait-on pas eu le plaisir de se rencontrer par le passé ?

– Je ne crois pas.

– En êtes-vous certain ? enchaîne-t-il, l'air d'y réfléchir activement.

Espèce de connard détraqué… Bien sûr que tu m'as déjà vu, sauf que j'étais dans l'ombre de sa majesté Karson, un pion de son foutu service de sécurité, à veiller pour qu'aucun taré ne cherche à le voler ou n'attente à sa vie. C'est même pas étonnant que tu ne te souviennes que partiellement de ma gueule ! Pour toi, je n'étais rien, juste un détail insignifiant. Enflure…

Je voudrais lui cracher combien il me révulse, haut et fort dans cette villa où, j'en suis persuadé, l'acoustique est idéale pour propager l'immonde vérité à son sujet. Pourtant, je ne craque pas, j'enfonce rageusement mes ongles dans mes paumes et ferme ma foutue bouche. Si je le balance ici, si je me laisse même aller à lui faire manger mon poing, je ne me réveillerai pas demain, captif d'un sommeil sans fin après qu'un sniper m'aura logé une balle entre les deux yeux. Je sais de quoi ce sénateur est capable. Un seul coup de fil, et j'y passe.

Je ne veux pas mourir. Je veux seulement sortir de ce cauchemar…

42

Nora Jean

– Hanover est une ville de choix pour la conquête du New Hampshire, l'endroit parfait pour un nouvel établissement. Un salon LuxeLocks ne peut que correspondre à l'élégance de cette charmante ville qui mérite le meilleur, il est évident que…

J'acquiesce sans jamais cesser de sourire à Maître Reynolds, notaire surapprécié de Hanover, prétentieux et stratège de père en fils si j'en crois les quelques recherches que j'ai effectuées avant d'arriver à la villa. La liste des invités m'attendait sagement dans ma boîte mail, sans un mot d'explication, sans une politesse, sans même un objet. La lame du poignard plantée dans mon cœur depuis que je suis en âge de comprendre s'est enfoncée un peu plus ; malgré ça, j'ai fait exactement ce que Victoria attendait de moi. Je me suis renseignée, j'ai appris ma leçon, je me suis présentée à ses côtés sans trop briller, j'ai serré des mains, et à présent j'use subtilement de ma présence pour rallier différents investisseurs à sa cause. Je vante ses mérites, j'écoute les autres la couvrir d'éloges… Je m'épuise, inévitablement.

– Victoria a le goût du chic, on ne peut que la féliciter pour sa vision et son sens du style impeccable…

– Nora Jean ? me souffle Rodolphe, dans mon dos. Elle aimerait te dire un mot.

Si je ne redoutais pas le face-à-face que ma mère me réclame, et pour lequel elle a missionné son sous-ordre, je lui serais reconnaissante de m'autoriser une échappée. Je suis fatiguée d'entretenir la discussion, plus que jamais en vérité. Tout semble plus pénible, ce soir. Tout me coûte davantage d'énergie… Je suppose que fuir ces mondanités depuis bientôt trois ans a mis à mal mon endurance.

Mon masque courtois toujours en place, je m'excuse auprès de Maître Reynolds et son épouse, puis rebrousse chemin dans la direction que m'indique Rodolphe. Avant d'apercevoir ma mère, j'ose un regard panoramique sur la salle en m'arrêtant un court instant sur le seul groupe d'êtres humains avec qui je me languis de passer du temps. Clay, Maude et Deamon échangent avec le sénateur Sullivan, entourés de quelques curieux. Sans freiner mes enjambées, je me sens soudainement bousculée par l'air sombre de Deamon. Je sais cet homme tourmenté jour et nuit, pourtant, la nuance obscure de son regard braqué sur le politicien remue quelque chose en moi. Peu importe la distance, peu importe mon incapacité à entendre ce que se racontent Clay et David Sullivan, je sais que Deamon bout.

– Ma très chère fille, me ramène Victoria à mon rôle d'enfant modèle. Je vous prie de m'excuser, nous devons échanger avec Nora Jean, je vous reviens très vite.

Je salue poliment les parents et le fils Turner qui, jusqu'ici, jouissaient de la version la plus sucrée de ma mère, et la suis sur quelques pas à présent qu'elle nous éloigne de toute oreille indiscrète.

– Pourrais-tu, je t'en conjure, faire appel aux services d'un coiffeur professionnel la prochaine fois ? désapprouve-t-elle sans délai, un sourire de façade sur ses lèvres carmin. Je n'aime pas cette… mise en beauté approximative.

Immobilisée sous le chambranle de la double porte de la salle de réception, Victoria agite ses doigts à hauteur de mon visage. Elle méprise donc mon maquillage et ma coiffure… Est-ce étonnant ? Bien sûr que non… Néanmoins, j'opine, prête à encaisser un commentaire sur le choix de ma robe, quand elle me surprend à ne pas y faire mention.

– Je vois que tu t'es permis de convier le fils Cosgrove, autant te dire que je suis terriblement déçue. Il n'a rien à faire avec nous, ni même avec toi. De la vermine, c'est bien tout ce qu'il est.

Le contraste entre sa moue gracieuse et la dureté de ses mots n'est pas une nouveauté, pourtant, ce soir, sa fausseté me donne envie de vomir. Si encore elle disait vrai, si encore Deamon était tel qu'elle le décrit…

– Peu importe, les choses vont changer, poursuit-elle avec des éclats de perversion dans les yeux. Tu vas arrêter ton petit manège, l'indépendance ne t'a fait aucun bien. Dès lundi, tu quitteras le journal, si tant est qu'il mérite d'être nommé ainsi. Nora Jean, quelle satisfaction ou fierté penses-tu tirer de ces papiers que tu écris ?

Le voile qui m'empêchait de la détester vraiment se soulève et fait s'évanouir mon sourire. Sidérée, je ne parviens pas à répondre quoi que ce soit. L'amertume qui coule allègrement dans mes veines et fait s'animer mon pouls me muselle. Victoria Elinor est pareille à un virus mortel. Elle détruit tout, elle brise les gens qui l'entourent, elle terrifie, elle répugne, elle…

– Quoi qu'il en soit, un invité t'attend dans le vestibule. Je t'ordonne de lui présenter des excuses. Tu n'es pas sans savoir qu'il a récemment hérité de l'entreprise de son père dont le portefeuille d'actions s'élève à un demi-million de dollars. Et sa pérennité est avérée. Fais-moi donc le plaisir de te recentrer, comporte-toi comme je le ferais et ne me déçois pas !

Cette fois, un tourbillon de noirceur m'emporte. Aussi insensé que cela puisse paraître, je sais quel étau se resserre sur moi à cet instant précis. Parce qu'il a un goût de déjà-vu, parce que Victoria ne voit jamais que son propre intérêt.

Parce qu'elle ne m'a jamais aimée en définitive…

Alors que ma mère se place à mes côtés pour m'enjoindre de pivoter vers l'homme qui se tient fièrement dans l'immense hall, le sol se craquelle sous mes pieds. J'ai conscience que nous ne subissons aucun tremblement de terre, je suis la seule à avoir l'horrible sensation d'être martyrisée par un séisme d'amplitude maximale. Une peur panique inonde mes veines et je me sens étouffer, incapable de formuler à voix haute la réponse que ma mère mériterait à cet instant :

« je te déteste, je te déteste de me livrer en pâture, je te déteste de ne pas savoir m'aimer, de ne pas me protéger… »

Maxwell est là. Son aura machiavélique et perverse ne l'a pas quitté. Elle l'auréole même avec davantage d'intensité. Et je me délite, statufiée sur le carrelage raffiné, incapable d'aspirer une bouffée d'air ou d'émettre un son. Pétrifiée. Tout me revient en force : l'avilissement, les contraintes, les menaces, l'isolement, le contrôle… Jusqu'à me replonger dans un état de vulnérabilité insupportable. Je tremble lorsqu'il réduit la distance entre nous avec cet aplomb qui le caractérise, un sourire animal sur ses lèvres fines…

– De toute beauté, souffle-t-il en se figeant devant moi.

Je ne suis plus qu'une enveloppe charnelle sans vie, une gamine terrorisée, réduite au silence par son bourreau. Ma mère a déserté, je le sais, parce qu'à présent, une barricade invisible s'érige autour de nous. Une cage de verre hermétique à tout. Plus de brouhaha, plus de notes de musique, plus d'odeurs, plus de couleurs…

– Je suis très heureux que ta mère ait pris soin de m'appeler. Tu m'as manqué, amour… Je ne t'en veux pas d'avoir pris le large si c'est ce qui t'inquiète. Tu avais besoin de vivre tes propres expériences, certes, chaotiques, mais j'aime à penser qu'elles t'auront été profitables. Dorénavant, tu comprends que ta place est avec moi…

Tu es immonde, Maxwell… Un monstre sans vergogne… Je te déteste aussi tellement.

La nausée me monte si brusquement dans la gorge que je ne parviens pas à retenir un haut-le-cœur. Il n'a pas changé, il se positionne toujours en sauveur, pourtant, il est le fossoyeur, celui qui ruine et putréfie. Un immonde manipulateur. Ses griffes imaginaires se referment autour de mon cou, je les sens à chaque battement déchaîné de mon cœur et, bon sang, j'ai honte. Je ne suis qu'une statue de cire, je ne sais plus bouger ni parler. Le cri que je pousse en silence suinte d'horreur. D'impuissance. D'une angoisse si profonde qu'une larme de désespoir se suicide sur ma joue.

– Amour, ne pleure pas… feint-il de s'attendrir en portant une main à mon visage. Tu as toujours été tellement émotive, il va falloir corriger ça.

Mon instinct de survie me fait opérer un bref mouvement de recul, lequel anime une ombre délétère dans ses yeux clairs. Celle qui, autrefois, appelait la privation, les injures, les humiliations… Cette fois, un vertige me fauche. Je me sens perdre le combat, et d'une certaine manière, la sensation de tournis a un goût de délivrance. Elle me libère de cette réalité, elle me déleste d'un poids énorme. C'est comme glisser lentement vers une mort douce… Oui, je préférerais mourir que revivre une vie auprès de lui.

Et puis, sans vraiment intégrer l'accélération d'images qui se succèdent devant mes yeux hagards, je reprends vie. Étonnamment droite sur mes jambes, je m'efforce d'analyser la scène en dépit du brouillard qui peine à se dissiper dans mon esprit. Maxwell gît au sol, le nez ensanglanté, une douleur colossale saignant ses traits mesquins. Deamon est là, de dos face à mon mètre soixante-dix anémié, l'œil calibré sur l'homme de mon passé, les épaules soulevées au rythme d'une respiration erratique. Je devine sa colère alors qu'il serre et desserre les poings, je pressens sa rage, elle se dilue en moi de façon irrationnelle, mais finit par raviver pour de bon ma perception du monde extérieur.

Et tout fait subitement sens. Il l'a frappé. Deamon a frappé Maxwell. Il l'a cogné si férocement que mon ancien tortionnaire s'en est trouvé projeté à quelques mètres… Deamon a vu, peut-être même a-t-il senti la détresse dans laquelle je sombrais.

Je ne saurais dire si une armée d'invités assoiffés de potins est agglutinée derrière moi, et ça m'est égal. À vrai dire, non, j'espère qu'ils sont là à se réjouir du scandale dont Victoria est à l'origine. Ma mère est responsable de ce carnage, qu'importe ce qu'elle en dira, tout est sa faute ! Alors qu'une vague d'indignation se met à rugir dans mon ventre, Deamon m'étudie par-dessus son épaule. Il se dresse toujours en protecteur devant moi. Il attend, il me couve d'un regard inquiet, il espère une réaction de ma part, il… il me fait comprendre, sans un mot, qu'il est prêt à tout, qu'il est prêt au pire. Pour moi.

– Un type comme lui, Nora Jean ? Sérieusement ? s'esclaffe Maxwell, sarcastique, en se redressant sur un coude, une main fébrile essuyant vulgairement la coulée de sang sur sa bouche perfide. Tu es grotesque, une vraie petite traînée sans moi…

– Ferme ta gueule, putain !

D'une détente, Deamon rejoint Maxwell et lui agrippe le col d'une poigne ferme. Sans sursauter, dans un ralenti aussi délectable qu'antilogique, je regarde Deamon décimer mon ennemi d'une droite destructrice. Une seule.

Maxwell retombe sur les larges carreaux de carrelage dans un bruit sourd. Sans vie. Anéanti par la force de frappe de Deamon. Penché au-dessus de la dépouille de Maxwell, il semble retrouver une quiétude temporaire, du moins je le crois en notant la frénésie moindre de sa respiration. Si je ne me sentais pas moi-même libérée d'un poids devant l'état d'inconscience de Maxwell, je noterais l'attitude patibulaire de Deamon maintenant qu'il se relève et pivote dans ma direction.

Brisé. Inconstant. Prêt à tout pour moi.

Mon cœur jusqu'alors pacifié se remet à pulser, mais la peur n'en est plus la raison. Couvée de son regard sombre, je n'ai plus peur. Le brouhaha choqué derrière moi prend de l'ampleur, puis l'expression horrifiée des quelques membres du personnel présents dans le hall m'alerte.

– On s'en va, balbutié-je.

Avant même que des voix ne mugissent d'appeler les secours, Deamon et moi sommes sur le perron. Mutiques. Ses doigts refermés sur mon bras pour seul contact. Nous fuyons, sans accélérer nos pas, sans oser un regard en arrière, sans même honorer les convenances d'un départ précipité.

– Putain… crache-t-il à présent que nous arrivons à hauteur de la berline.

Alors qu'il fouille sa veste, puis les poches de son pantalon avec agitation, je comprends que la colère est revenue s'emparer de son âme. Un petit mètre nous sépare, pourtant, les rafales de sa tempête intérieure parasitent mon souffle.

– Si je l'ai tué… grince-t-il, noyé dans ses pensées révoltées. Sans déconner, si je l'ai tué, tout ça n'aura servi à rien ! Je suis qu'un connard ! Merde !

Sur ce cri contenu derrière ses dents serrées, Deamon explose son poing dans la portière jusqu'à en froisser la tôle. En dépit des gouttes de sang qui perlent sur les gravillons, Deamon tourne sur lui-même, cramponne ses cheveux, puis les relâche furieusement avant de me refaire face, un sourire presque fou sur les lèvres.

– Et le pire, c'est que je le referais ! Lolli, ce mec mérite d'en baver, il mérite une mort lente et atrocement douloureuse, mais…

Le voile d'agonie dans ses yeux me fait faire un premier pas en avant. Je ne sais pas faire autrement qu'essayer à cet instant. Mes cellules le vivent comme un impératif, comme la seule et unique chose à faire. J'ai le cœur qui bat à tout rompre, j'ai la trouille aussi, pourtant, j'approche de la bête féroce, paumes ouvertes face à lui. Face à sa perdition palpable.

– Il respirait encore, conviens-je d'une voix que je veux tranquille.

J'avance un argument absolument incertain, mais c'est ce qu'il a besoin d'entendre. Je le crois sincèrement. Encore en proie à sa détresse, Deamon ne lâche pas prise lorsque je dépose doucement le plat de ma main sur sa poitrine. Son rythme cardiaque est indécent, je le sens contre mes doigts. Il pulse avec tant de démesure que je choisis d'étrécir l'espace qui perdure entre nous. Avec une précaution extrême, je me love contre lui, enrobe sa joue de ma main libre et capture son regard sans lui laisser la possibilité de s'en départir.

– Il respirait encore, répété-je alors que ses prunelles tremblent toujours.

– Je vais finir en taule…

– Ça n'arrivera pas. J'irai porter plainte, j'expliquerai tout.

– Tu ne comprends pas.

Sa grimace douloureuse accompagne ses deux mains qu'il bloque de part et d'autre de mon visage. Puis son front choit sur le mien. Paupières closes, Deamon ne se défait pas de son expression coupable. Il souffre. C'est si éloquent qu'une pointe de flèche invisible me perfore le ventre. Le ventre et le cœur…

– Je vais t'embrasser, murmuré-je.

Deamon a à peine le temps d'ouvrir les yeux que ma bouche rejoint la sienne. Je ne le brusque pas, je choisis d'apaiser ses maux immédiats par la douceur. Je voudrais pouvoir affirmer que ma manœuvre est efficace, car le simple contact de nos lèvres pacifie mon pouls. Or, le sien peine encore. Aussi, je ne déserte pas, je patiente en me pressant un peu plus contre lui, espérant que sa tempête se dissipe enfin.

– Lolli, je…

Suspendue à ses deux mots, je me liquéfie soudain en percevant l'orage derrière nous.

– Espèce d'enfoiré !

Il ne s'agit pas d'un phénomène météorologique, mais d'un timbre masculin que je reconnaîtrais entre mille. Clay… Tractée en arrière, je n'ai qu'à peine le temps de plaquer une paume sur ma bouche. Les phalanges de Clay s'encastrent dans la pommette de Deamon et lui dévissent la nuque d'un quart de tour.

Mon Dieu…

La fureur dans les yeux de mon frère me cloue sur place et, fatalement, le sol se remet à tanguer. Il… Clay nous a vus. Clay est dans un état de nerfs excessif. Clay me déteste. Je le vois à la puissance de son regard planté sur moi maintenant qu'il se masse le poing, les traits façonnés d'une double douleur. Celle qui est physique et celle, plus virulente, qui entache son amour pour moi.

– Clay, putain ! enrage Deamon en retrouvant son équilibre.

– Ce n'est pas ce que tu crois, m'essoufflé-je avec l'énergie du désespoir.

– Rien à foutre, N.J. ! Il avait promis !

Je les considère tour à tour, chaque parcelle de mon être déchirée par ces secondes pesantes. Écœurée d'être à l'origine de ce désastre. Pulvérisée par une peur panique.

– Qu'est-ce que…

– Mais bordel, Clay ! dégoupille Deamon. On n'était que des gosses ! Ça n'avait aucune valeur !

– Ça te va bien de dire ça ! récidive Clay en agrippant cette fois la chemise de Deamon jusqu'à le plaquer bruyamment contre la carrosserie. Tu as fait venir les flics chez moi, pourtant, on n'était que des gamins ! C'était le « deal », tu te souviens ? Tes règles, bordel, ton Fou ! Et c'était du solide, tu me défiais, j'agissais, et la putain de réciproque était supposée être vraie ! Donc oui, enfoiré, ce que je t'ai demandé avait de la valeur !

Pantelante, j'observe mon frère et son meilleur ami se provoquer dans un silence assourdissant. Ils se toisent, narines dilatées d'une colère inédite. Ils se défient, poussant l'autre à relancer les dés d'un affrontement. Deamon le voudrait probablement plus loyal, d'égal à égal, quand Clay… Je n'ai vu Clay dans cet état qu'une fois de toute ma vie, et l'emprise de Maxwell en avait été le déclencheur. Si ce dernier avait été à son appartement le soir où Clay est venu m'en délivrer, il est certain que mon frère n'en aurait fait qu'une bouchée.

– « Quoi qu'ils en disent, Deamon, tu ne toucheras pas à ma sœur ! » vocifère Clay, à un cheveu d'exploser son crâne dans celui de Deamon. Ce n'est pas ce que je t'ai demandé, à ce putain de dîner de Thanksgiving ?

– Ça. N'avait. Pas. De. Valeur !

Alors qu'une tension à couper au couteau prend tout le domaine en otage, Clay relâche brutalement Deamon.

– Tout ce que tu devais faire, c'était lui changer les idées. Pas la sauter ! déverse Clay avec mépris. J'avais une confiance aveugle en toi, putain… Tu crois franchement qu'elle avait besoin d'un type instable comme toi après Maxwell ?

Son rire amer retentit si fort que j'en sursaute, une épaisse ligne humide s'agglutinant sur mes cils.

– Mais, merci d'avoir explosé sa gueule de fils de pute. Maintenant, tu dégages ! Retourne là où tu t'es planqué pendant huit ans, et surtout ne reviens pas !

– Clay, s'il te plaît… couiné-je.

Son regard assassin oblique vers moi et vide mes poumons du moindre atome d'oxygène en plus de laisser mes larmes s'échapper en pluie sur mes joues. Muet, mon frère amorce quelques pas à reculons, dans une moue indignée. Dégoûtée. Et je me brise en un million de morceaux… Les jambes flageolantes, je titube jusqu'au coffre et m'y appuie en sentant l'enfer m'aspirer. Ce que je redoutais vient de se produire à grand fracas, et je… je ne vais pas y survivre…

43

Nora Jean

À l'instant où les portes de l'ascenseur se referment sur le rez-de-chaussée, je m'adosse contre la cloison, la gorge nouée de larmes. Mon armure est difficile à porter. La migraine ne me quitte plus, tout comme mon estomac qui refuse de garder quoi que ce soit de solide. Ajouté à cela le fait qu'il m'a été impossible de fermer l'œil plus d'une heure consécutive depuis samedi soir, que je viens de passer une heure au poste pour déposer une plainte qui m'a littéralement assommée, et me voilà avec trente minutes de retard sur l'horaire que j'ai pour habitude de respecter chaque jour scrupuleusement. Oui, chaque jour, à l'exception de celui-là.

Je suis épuisée. Physiquement et moralement. Mais plus pénible encore, je suis dévastée… Chaque cellule de mon organisme est infestée d'une tristesse abyssale. Rien ne me soulage, rien n'apaise même un soupçon de la douleur cuisante qui torture mon cœur. Noyée au milieu de ce cataclysme éprouvant, une colère contenue. Un sentiment d'injustice aussi… Soit un carnage émotionnel sans précédent.

Pourtant, je suis là, dans cette cage d'acier qui me conduit à la rédaction. Je n'ai pas vraiment hésité lorsque mon réveil a sonné, c'était ça ou rester végéter chez moi alors que son parfum embaume les murs et les tissus… Ça ou pleurer sans m'arrêter en pensant au désastre qu'a été ce week-end. Je n'ai plus que le journal, tout le reste m'a été enlevé à la seconde où Rodolphe m'a demandé de rejoindre Victoria pour une conversation détestable.

Clay a déserté Hanover après qu'il a disparu du parking, samedi soir. Il m'a laissée dépérir de honte près de la berline, sans un souffle, terrassée par une souffrance intenable. Mes appels sont restés vains, mes messages aussi. Tourner le dos à notre mère était un choix des plus sensés, je le comprends à présent, mais voir Clay nourrir du dégoût pour moi est la pire des punitions. Et, bon sang, j'ai le cœur en miettes…

Au tintement d'arrivée à destination, je réajuste le port de mon masque dans l'étroit miroir, relève le menton, puis investis l'open space en direction de mon box. Le nez sur la moquette grisâtre, je me laisse une fois de plus envahir par le regard de Deamon et ravale un pleur. Le dernier regard, celui qui marquera mon âme à jamais. J'ai vu sa supplication muette, je l'ai ressentie au plus profond de mon ventre alors qu'il me hurlait en silence de ne pas renoncer à… nous. Et ça m'a fait mal. Terriblement mal. Mon frère venait de condamner cette relation secrète, il l'a reniée avec tant de virulence… Je me fiche que Deamon ait bafoué une promesse d'enfant, qu'importe les circonstances ou leur passé commun avec Clay, mais… je n'ai pas pu, aphone, en larmes, déchirée de l'intérieur. Et Deamon l'a compris sans que j'aie un mot à dire.

Il est parti. Les pneus de la berline ont crissé sur les gravillons et il s'est évanoui dans le récent crépuscule. Deamon s'est évaporé jusqu'à laisser un trou béant en moi, lequel m'a coupé les genoux sur-le-champ. Je voudrais dire que cette souffrance imprévue est secondaire, qu'elle n'est rien en comparaison de celle que la lourde déception de Clay a générée et génère encore. Pourtant, je me sens vide, privée de tout ce qui adoucissait mes jours et mes nuits, dépouillée de tout ce qui donnait un semblant de sens à mon quotidien douceâtre.

Dépossédée de tout ce qui me faisait vibrer de vie…

Et c'était lui, son aura magnétique, son insolence, ses regards parfois coquins, parfois tendres. Cet homme à qui je me suis confiée plus librement que je ne l'aurais fait avec quiconque, à qui j'ai cédé mon corps, mon intimité, mes fragilités. Bon sang, c'était lui…

– Bonjour, marmonné-je en gagnant mon poste de travail sans relever la tête.

Dans une suite de gestes mécaniques, j'allume mes écrans et connecte mon MacBook. Je n'ai pas la force de les affronter. Ils verraient les rougeurs dans mes yeux, les cernes que je n'ai pas réussi à camoufler en dépit du maquillage. Sasha comprendrait ma détresse, elle multiplierait les coups d'œil suspicieux. Herman s'inquiéterait, Lewis se désolerait… En vérité, j'aime autant ne pas me rajouter une empathie professionnelle déstabilisante, j'ai bien assez à gérer avec mes douleurs.

– Comment tu vas ? se renseigne ma collègue d'une voix hésitante.

– Bien.

Un long silence s'étend. Mais alors que mon humeur bancale ne devrait polluer que les quatre mètres carrés de notre box, une absence totale de bruit enveloppe l'étage entier. Déconcertée, j'ose un regard sur la rédaction et me prends de plein fouet l'ambiance morbide qui y règne. Certains de mes collègues, éparpillés au-delà de notre périmètre de travail, fuient précipitamment le contact visuel derrière leurs expressions navrées. Mais… nom d'un chien, qu'est-ce qui leur prend ?

Confuse, je considère Sasha, laquelle me scrute avec minutie, en quête d'une information que je n'ai pas moi-même. Peu à peu, l'irritation me gagne. Y a-t-il eu une mutinerie au gouvernement ? Un attentat ? Une fuite sur le Net concernant le fiasco du gala d'ouverture de Victoria De Grassi ? Quoi ?

– Qu'est-ce qui se passe ? m'agacé-je en constatant que Lewis et Herman m'observent aussi, la mine sombre.

– T'es pas au courant ?

– Ai-je l'air au courant ?

– J'en sais rien. Vu que tu n'as pas bonne mine, peut-être que…

– Sasha !

Ma main claque sur le bureau sans préméditation, ce qui ne manque pas de faire tressaillir ma collègue. J'en ai assez ! Qu'elle lâche sa bombe maintenant !

– Dawn Townstend est décédée cette nuit.

Dawn est… décédée ? Qu'est-ce que…

Le temps d'un ou deux battements, mon cerveau n'intègre pas ses mots. Je les ai entendus, je les connais, mais je ne suis pas capable de les comprendre. Figée sur mon siège, je me sens soudain envahie d'une tension inconfortable, laquelle contamine d'abord mon ventre, puis ma poitrine, et finit par martyriser ma gorge.

– Pardon, tu disais ?

– Dawn s'est pendue dans sa cellule, cette nuit…

À la manière d'une détonation d'arme à feu, sa révélation fait sens et me propulse dans mon assise. *Dawn s'est suicidée… Mon Dieu, Dawn…*

– *E!News* a balancé l'info il y a quinze minutes, poursuit-elle devant ma torpeur. C'est tout ce qu'on sait pour l'instant.

Mes pensées matérialisent sans délai le visage exubérant de Dawn lors de notre dernière entrevue. Certes, elle semblait plus tourmentée, mais… jamais je n'aurais pensé qu'elle puisse souffrir au point de préférer cette issue. Pourtant, elle portait la noirceur comme une seconde peau, elle irradiait d'un mal-être titanesque, elle… Savait-elle déjà qu'elle mettrait fin à ses jours avant le procès ? Était-ce prémédité ? Ou simplement le fruit d'un trop-plein d'horreur ? La douleur qui me traverse à cet instant vient s'additionner à celles qui m'oppressent depuis samedi et l'effet me coupe le souffle.

Bon sang, Dawn…

Persécutée par cette terrible nouvelle, je bondis sur mon clavier et cherche le flash info qui la concerne. L'article ne fait pas plus d'une dizaine de lignes, et sans tenir compte des circonstances, celui-ci révèle seulement que son corps a été retrouvé à l'aube. Sans vie. Suspendu au bout d'une ceinture.

Une main en étau sur mes tempes, je m'impose de fermer les yeux un moment. Je me dois de rester rationnelle, de me détacher de l'affect que j'ai fatalement injecté dans ce projet éditorial dont Dawn était le pilier. Je jure que j'essaie… Mais je ne parviens qu'à ressentir un tourbillon de tristesse.

– De Grassi ! Dans mon bureau !

La voix sévère d'Hannibal m'arrache à peine un sursaut. Je suis au bout de ce que je peux endurer aujourd'hui, je le sais. Si je m'écoutais, je me traînerais jusqu'aux ascenseurs pour retourner d'où je viens et m'éteindre sous ma couette. Pourtant, je me dresse sur mes jambes, expire lourdement, rehausse tant bien que mal mon port de tête et rejoins notre chef de la rédaction, le pas laborieux.

– J'étais au téléphone avec le grand patron, commence-t-il sans un bonjour, plus électrique que jamais. Où en est ton édito ?

– Il me reste…

Je marque une pause et m'assieds dans un des fauteuils qui encadrent son bureau. D'ordinaire, je me tiens debout face à lui, peu importe que nos mises au point durent des heures. Mais ce matin, j'ai la sensation que mes muscles sont faits de coton. Tant pis s'il ne m'a pas proposé de prendre place, une impolitesse vaut mieux que finir au sol.

Dans une posture que je voudrais moins lasse, j'avise Hannibal d'un regard éteint avant de reformuler :

– J'en suis à soixante-quinze pour cent. Peut-être quatre-vingts…

– Il va falloir combler les vingt pour cent restants dès que possible. Ils veulent sortir ton édito cette semaine. Samedi, dernier délai !

– OK.

– Remue ton réseau, contacte tous ceux qui pourront t'éclairer sur son geste, assure-toi de notre exclusivité et…

Mon rire fané le stoppe net. Que s'imagine-t-il ? Que Dawn traversera l'au-delà pour me chuchoter à l'oreille les raisons qui l'ont poussée à se suicider ? Quand bien même j'ai quelques théories, je ne pourrai pas les avancer comme étant des certitudes. C'est fichu, je ne suis plus en capacité de le faire, plus maintenant…

– Est-ce que tout va bien ?

Je suis un champ de ruines, monsieur, mais à part ça, tout va très bien.

– Très franchement, Nora Jean, enchaîne-t-il devant mon silence, ce n'est pas le moment pour une prise de conscience ou des symptômes de grippe. Réquisitionne qui tu veux et ponds la fin de cet édito pour jeudi soir !

– Est-ce que c'est tout ? soufflé-je en posant déjà les mains sur les accoudoirs, prête à me relever.

– Oui, c'est tout. Au boulot.

Alors que je réinvestis mon box, un poids d'une défaite écrasante me tombe sur les épaules. Sans Dawn, cet édito ne permettra pas de faire toute la lumière sur le meurtre de Karson. Sans Dawn, je ne pourrai qu'émettre des hypothèses… Sans Dawn, mon article perdra toute sa crédibilité.

Désabusée, j'erre sur le brouillon de ma dernière session d'écriture un long moment. Les mots dansent devant moi, pourtant, je ne les vois pas. Chacune de mes inspirations est connectée à une douleur que j'expulse sans pour autant réussir à m'en débarrasser. Bon sang, qu'est-ce que je suis fatiguée… Tout est trouble dans ma tête, comme enseveli sous l'amas de mes pensées tortueuses. Clay s'y emmêle, Dawn surgit de temps en temps et Deamon me hante…

– J'ai besoin de vous, murmuré-je soudain.

Je tourne sur ma chaise jusqu'à garder les trois journalistes de mon box dans ma visée. Tous m'observent avec sérieux, mais seuls Herman et Lewis me laissent voir leur étonnement. Ces mots ne sont jamais sortis de ma bouche, en tout cas plus depuis Wallace Gordon, aussi je comprends qu'ils soient surpris. Mais voilà, j'ai besoin qu'on me prenne la main, juste aujourd'hui, juste un peu. J'ai besoin de me raccrocher à quelque chose de tangible, à quelqu'un sur qui je pourrais enfin me sentir en droit de m'appuyer, et pour l'heure, ils sont de ceux-là.

– J'ai peur de ne pas y arriver sans votre aide…

Ma voix se brise sans que je l'aie vu venir. Je me retiens de pleurer, parce que je ne suis pas de celles qui se font foudroyer par l'émotion. Habituellement, je suis un roc, je ne me laisse pas envahir, je porte le masque et l'armure par tous les temps. Et constater que j'en suis incapable aujourd'hui me secoue tellement que mes yeux s'embuent de honte. Je baisse aussitôt la tête, par pudeur, par gêne aussi, quand…

– OK, par quoi on commence ? débute Lewis.

– Pas ici, intervient Herman en se levant déjà.

– Salle de réunion ?

– Je vais chercher des cafés, prévient Sasha.

– Est-ce que j'appelle Bernice ?

***

Une heure plus tard, Lewis achève la lecture à voix haute de mon ébauche d'édito. En dépit du temps qui nous est compté, chacun prend soin de ne pas me presser. J'apprécie leur gentillesse, tous ont compris que le décès de Dawn n'était pas la seule ombre à mon tableau, mais aucun ne s'est permis de poser ouvertement la question. Pas même Bernice. Ils restent professionnels, ils brainstorment, ils fouillent leur répertoire téléphonique, ils osent des avis contradictoires et, l'espace d'une journée, ils me guident dans l'épais brouillard qui envahit mon monde.

À la nuit tombée, nous sommes parvenus à me dégoter un entretien à Bedford Hills, avec le geôlier qui a découvert le corps de Dawn. Bernice a prévu de rencontrer Derek de la Division criminelle demain, dans le cas où il aurait eu vent d'informations qui nous seraient nécessaires. Herman a épluché tout son répertoire d'indic'. Lewis a comblé certaines de mes lacunes concernant la vie amoureuse de Dawn en multipliant les appels. Quant à Sasha, elle a su subvenir à nos besoins de caféine tout en passant au crible les chaînes info, traquant les *breaking news* qui parleraient de Dawn. Je promets de les remercier le temps venu, une fois que j'aurais remonté la pente abrupte que j'ai dévalée ces dernières quarante-huit heures.

Alors que nous prenons tous des directions différentes sur Park Avenue, la chape de chagrin revient m'écraser. Et celle-ci s'intensifie jusqu'à faire peser quelques larmes sur la lisière de mes cils lorsque je pénètre dans mon appartement. Je m'effondre, encore, emportée par une tornade de remords et de peine immense. Son odeur est toujours là, elle flotte dans l'air, mais ce soir, elle soulève un vent d'agonie sous mes côtes. Parce qu'elle remet tout en perspective, le gala, Victoria, Maxwell, Clay et lui…

Je sais qu'il n'est plus là, qu'il a respecté mon déni en se volatilisant comme il l'a déjà fait quelques fois jusqu'ici, pourtant, je me dirige lentement jusqu'à sa chambre. Je n'ai plus de masque, plus aucun filtre qui brouille mes réactions et, fatalement, je craque en poussant sur le panneau de bois.

Ses affaires ne sont plus là. Il a tout repris.

Ne reste plus que mon cœur ravagé.

44

Nora Jean

« Clay, c'est encore moi… J'ai… »

Un sanglot brise mes cordes vocales déjà abîmées par des jours d'agonie émotionnelle.

« J'ai besoin qu'on en parle… S'il te plaît, rappelle-moi. »

Je raccroche sans retenir la larme qui dévale ma joue. Je suis arrivée à un stade de déprime tel que mes barrières cèdent les unes après les autres. Toute une vie de conformité et de rigueur balayée d'un revers de main. Comme ça. Sans que je sois même capable de lutter contre. Je ne me reconnais plus.

Mon frère se mure dans le silence. Il me punit. Si encore je pouvais lui expliquer, rétablir la vérité, lui exposer les raisons qui m'ont conduite à ce naufrage… Maude a bien tenté de me rassurer par texto, en vain. Clay aurait besoin de temps pour avaler la pilule, pour reconsidérer la situation… J'aime beaucoup Maude, mais c'est mon frère que je veux entendre, c'est lui que j'appellerai chaque jour jusqu'à la fin, quitte à saturer sa messagerie.

Et puis, il y a Deamon. Son absence m'obsède… J'imagine qu'avoir vécu avec lui toutes ces semaines a bousculé quelque chose en moi, parce qu'il me manque. Je le sens dans mes veines, dans mes poumons, jusque dans mon ventre. Ça me ronge. Et je ne sais pas comment faire pour que ça s'arrête. Aussi invraisemblable que cela puisse paraître, je souffre de son absence à chaque geste que j'exécute, à chaque bouffée d'air que j'inhale, à chaque tour de clé dans la serrure de mon appartement vide. À l'instar de la cassure avec Clay, la rupture avec Deamon a été trop brutale, trop explosive aussi.

Comme tous les soirs depuis dimanche, mes doigts tremblent en approchant la serrure. Tout au fond de moi, je nourris le fragile espoir que Deamon pourrait être de retour. Il serait posé dans le fauteuil qui fait face au living, avec cet air sombre qui le définit. Il relèverait simplement les yeux sur moi, peut-être qu'il ébaucherait un semblant de sourire arrogant. Et j'apercevrais la flamme dans l'obscurité de ses prunelles, celle qui brûle d'avidité, celle qui ne mange son regard qu'en ma présence… Il deviendrait mon refuge, quand bien même il est l'objet du chaos. Il serait mon remède éphémère, mon placebo, mon traitement contre le tumulte…

Oui, j'aimerais qu'il ait reposé son bagage chez moi, qu'il ait décidé de se rebeller… Douloureuse illusion. J'ouvre la porte sur la pénombre qui réside dans l'appartement et soupire. Le pouls vacillant, j'allume la lumière et répète mécaniquement les étapes des soirs précédents : chaussures, veste, soupe, douche, puis canapé pour une révision de mon édito. Pourtant, j'ai besoin de dormir. D'anesthésier mon cerveau en roue libre, mes sentiments dévorants et mon âme en deuil. Demain, toute cette course folle sera terminée. Mon édito sera sur le site du journal et sur les planches d'imprimerie… Peut-être que je prendrai des vacances. Peut-être même que je choisirai de m'envoler vers la Silicon Valley pour tenter de guérir un bout de mon cœur…

Emmitouflée sous un plaid, mon ordinateur sur les genoux, je relis péniblement les derniers vingt pour cent de ce scandale qui a remué les États-Unis depuis des semaines. Ne me restera plus qu'à l'envoyer par mail à Hannibal…

« Dawn Townstend est une figure emblématique de la haute société new-yorkaise, mais pas seulement. Oui, Dawn est bien plus qu'une simple héritière. Issue de l'influente famille Townstend, elle a grandi dans l'abondance, entourée de toutes les commodités que l'argent peut offrir. Son enfance dorée dans les quartiers huppés de Manhattan et au domaine de Stratton était le reflet de la réussite et de la puissance de la dynastie Townstend.

Enfant unique, Dawn était choyée et gâtée par son grand-père, le très estimé Dwight, et son père, Karson, tous deux magnats de l'industrie du prêt-à-porter, forts de l'entreprise *Town.S*, qu'on ne présente plus. Elle bénéficiait de tous les privilèges que sa position sociale lui conférait. Bon nombre d'entre vous se rappellent le gala *Shining Star*, organisé par son père, où Dawn s'était présentée aux invités avec la grâce et l'élégance d'une grande dame. À l'aube de ses 8 ans, Dawn avait déjà compris l'importance de l'image et du paraître dans le monde exigeant de la haute société. Son comportement impeccable et son charme naturel avaient conquis tous ceux qui croisaient son chemin, laissant présager un avenir radieux pour cette enfant prodige.

Pourtant, derrière cette façade éclatante se cachait une noirceur que peu osaient soupçonner. Dawn n'a qu'un temps joué le rôle de l'héritière parfaite, polie et gracieuse en toutes circonstances. Au fil des années, elle a glissé dans une vie plus sombre, où les excès et les démons intérieurs prenaient le dessus. Le pouvoir et l'opulence, loin de la protéger, l'avaient peu à peu abîmée, laissant des cicatrices invisibles à l'œil nu, mais bien réelles dans son âme tourmentée... »

Je devrais me sentir fière, mon récit est bon, le sujet est prenant, choquant et majoritairement basé sur des faits. Pourtant, je n'en retire aucune satisfaction ou seulement celle d'être parvenue à poser le point final dans le temps qui m'était imparti.

Dawn a réussi à me surprendre une toute dernière fois, bien qu'elle ait déjà tapé fort en choisissant une funeste sortie de scène. Mardi matin, Maître Locke m'annonçait qu'un courrier m'attendait à son cabinet, signé de la main de sa cliente. Il lui avait été confié par Dawn, avec deux autres enveloppes, la veille de son passage à l'acte. Cela répondait au moins à une question : Dawn avait prémédité son suicide.

Chère Nora Jean de mon cœur,

Tu te dis sûrement que je fous en l'air la fin de ton article en claquant la porte comme ça, mais tu te trompes, ton papier va faire un tabac après ça ! De l'or en barre, promis. Regarde : Amy Winehouse, Prince, Michael Jackson... ils ont tous explosé les scores après leur disparition. La mort fait vendre, c'est prouvé !

Quoi qu'il en soit, il fallait que ça se termine de cette façon. Parce que, pour une fois, je choisis d'écrire mon histoire. Cette vie dégueulasse m'a été imposée trop longtemps. J'étais piégée, Nora Jean, dans un putain de cauchemar sans fin, écrasée par les souvenirs tous plus immondes les uns que les autres. Je suis fatiguée, tu comprends ? Alors dis-leur, raconte-le comme tu veux, écris ça en gros et en gras, mais dévoile ma vérité comme tu as promis de le faire. Elle ne me fait plus peur. Le monde entier a le droit de savoir, personne ne doit plus jamais fermer les yeux sur les horreurs qui se planquent derrière les murs de la richesse et du pouvoir.

J'ai été abusée des années, par tout un tas d'hommes puissants. J'ai sombré à cause d'eux. Je me suis droguée pour tenter de les oublier. J'ai détesté la vie par leur faute. Alors, franchement, qu'ils brûlent tous en enfer. Oui, toi, enfoiré de pédophile, violeur de femmes, si tu me lis, si tu te reconnais, va cramer dans les flammes de l'enfer ! Tu ne mérites pas moins.

Quant à toi, Nora Jean De Grassi, ma journaliste préférée dans tout l'univers, pluie d'amour sur toi. Je te souhaite de trouver la paix dans ce monde de fous. Merci d'avoir rendu mes derniers moments ici vachement moins chiants !

Avec toute ma gratitude,

Dawn

Derrière cette expansivité déguisée, plusieurs petits cercles d'humidité séchée parsemaient sa feuille. Dawn m'avait écrit avec des larmes plein les yeux, j'en ai eu le ventre serré. Cette femme était bousillée, probablement dépressive, psychologiquement bancale, il n'empêche que j'ai eu mal pour elle. Notre profession de journaliste veut que nous restions spectateur impassible, et jusqu'ici j'y parvenais, mais depuis Dawn… Comment ne pas être affectée ? Comment laisser de côté ma part d'humanité ? Elle a vécu tant d'horreurs…

Je pousse un soupir en y repensant, puis replonge dans le paragraphe qui relate son suicide.

« Vendredi 3 mai, dans une tragique tournure d'événements, Dawn Townstend a été retrouvée sans vie dans sa cellule. À exactement trois heures quarante-six, elle a été découverte par les gardiens lors de leur ronde régulière de nuit. Les premières indications suggèrent un suicide. D'après nos sources, Dawn Townstend se serait pendue aux barreaux de sa minuscule lucarne, à l'aide d'une ceinture de pantalon. L'enquête en cours suscite bon nombre de questions et de spéculations quant à la sécurité et à la supervision au sein de l'établissement pénitentiaire de Bedford Hills.

L'utilisation d'un accessoire interdit aux détenus, pour cet acte funeste, ne peut que mettre en lumière des failles potentielles dans les mesures de sécurité de la prison, ainsi que la possibilité d'une complicité tacite ou d'une négligence de la part des agents pénitentiaires.

Comment une détenue, aussi médiatisée que Dawn Townstend, a pu obtenir les moyens nécessaires pour commettre un tel acte au sein d'une installation censée être surveillée en permanence ? Il semble indispensable de lancer une enquête approfondie sur les circonstances de sa mort, afin de déterminer s'il s'agit d'un cas de suicide facilité par des lacunes institutionnelles ou d'une tragédie évitable qui aurait dû être prévenue par un suivi plus attentif… »

Il y a des gens qu'on ne peut pas sauver, pourtant, ce drame aurait pu être évité… Quand bien même ma vocation n'était pas de guérir Dawn, j'espérais, je crois, que raconter la vraie version de son histoire rendrait son futur plus paisible, et son passé moins difficile à supporter. Dawn m'a touchée malgré les couches de maquillage. Malgré ses excès et son besoin de contrôle. J'imagine que j'ai su voir par-delà le costume, forcée et contrainte de reconnaître que nous n'étions pas si différentes en fin de compte. Livrées à nous-mêmes, élevées par un parent malveillant, dénaturées par l'argent. Je ne cherche pas à comparer ce qui n'est pas comparable ; la personnalité narcissique de Victoria a fait bien moins de dégâts que la perversité de son père. Aussi, s'il ne devait y avoir qu'un vainqueur, Dawn gagnerait haut la main. Et la fin de ce jeu abusif aura coûté la vie aux deux protagonistes, le père et la fille…

Il ne me reste qu'un millier de mots à lire lorsque mon portable se met à vibrer près de moi. Le cœur soudain en cascade, j'attrape mon téléphone esseulé sur l'accoudoir. Numéro inconnu. Un frisson de déception saccade mon souffle. Ce n'est pas Clay… Ni Deamon. Pourquoi ce dernier m'appellerait-il de toute façon ? Je n'ai pas cherché à reprendre contact avec lui en dépit du manque. En dépit de cette partie de moi déchirée par son absence…

Mais si c'était lui ? Nora Jean, s'il avait perdu son mobile ? S'il cherchait à te joindre en urgence ?

– Allô ?

– Bonsoir, je… Pardonnez-moi, il est tard, mais…

La femme marque une pause, le temps pour moi d'essayer de faire concorder ce filet de voix avec tous ceux que j'ai déjà entendus. Je connais ce timbre doux, cette fluctuation…

– À qui ai-je l'honneur ?

– Cassandra. Cassandra Langley… On s'est parlé il y a trois semaines, vous… vous m'aviez laissé votre carte.

– La fille de Doris Weatherford, bien sûr que je me souviens. Bonsoir, Cassandra.

Un autre silence s'étire. Son hésitation est palpable, la mienne aussi, et ce malgré les deux États qui nous séparent. J'ai reçu une lettre de Dawn.

Cassandra fait donc partie des deux autres personnes pour qui Dawn avait rédigé un mot avant de fuir ce monde… Hier encore, je me serais empressée de lui demander ce que cette lettre contient. Or, mon édito est bouclé, il est même à quelques minutes d'être parachuté dans la boîte mail de mon patron. Et, très honnêtement, je suis épuisée, je ne me sens absolument pas la force de revenir sur ma rédaction…

– Elle m'en a adressé une également, lui avoué-je en massant mes paupières closes. Je vous prie d'accepter mes condoléances, Cassandra, je sais que vous teniez beaucoup à elle.

– Elle ne l'a pas tué. Elle… elle n'a pas tué le monstre.

Cette fois, une décharge sillonne mon échine si vite que j'en oublie de respirer. Les yeux grands ouverts, je fixe un point flou au mur tandis que mon esprit s'abreuve de sa révélation. Dawn n'aurait pas assassiné Karson ? Mais qu'est-ce que…

– Pardon ? parviens-je seulement à articuler.

– L'accusez-vous du meurtre dans votre article ?

Son ton se veut vindicatif, évinçant toute nuance de timidité ou de gêne. J'accuse le coup, muette et incertaine quant à ce revirement. Est-elle en train de me blâmer pour un fait que la principale concernée n'a jamais nié ?

– Dawn n'a pas démenti, répliqué-je mollement. Alors oui, c'est en ce sens que mon article s'est construit.

– Vous ne pouvez pas publier ça.

– Cassandra, ce n'est plus de mon ressort…

– *« Cassandra, Cassie de mon cœur, mon amie, ma vaillante… Après tout ce temps, je n'ai pas mieux à t'offrir que ces lignes…*

Ma main tremble sensiblement alors que je la porte à mes lèvres. C'est bien la voix de Cassandra qui résonne dans le combiné, mais ce n'est pas son visage qui danse devant moi. Je ne vois que Dawn, je matérialise son regard sombre et triste, le semblant de sourire sous son rouge à lèvres criard, son air résolu, mais marqué par la douleur… Et mon cœur se tord.

Les secondes défilent, les lignes que Cassandra me livre aussi. Une nausée me pourrit l'estomac à l'instant où Dawn révèle son plus lourd secret et tout s'emboîte avec une telle aisance dans mon esprit que je me déteste d'être passée à côté. Le point de départ de son mal-être insondable n'était pas ce réseau de pédo-prostitution… Il n'a fait qu'envenimer sa descente aux enfers. Son calvaire avait commencé bien avant tout ça. Avec lui. Karson. Ce P.-D.G. fortuné et père incestueux… Avant de diriger un business ignoble et illégal où de riches agresseurs sexuels se réunissaient dans l'ombre d'une cave de luxe, Karson était le bourreau d'une petite fille orpheline de mère. Sa fille…

– *« Je pensais que le voir mort m'enlèverait cette espèce de couche dégueulasse qui me brûle la peau depuis gamine, mais non, c'est presque pire. Je pleurais, Cassie. T'y crois, toi ? Après qu'il m'a prise pour sa putain de poupée pendant quinze ans, j'ai pleuré ce sale enfoiré quand il s'est effondré sur le sol.* »

Syndrome de Stockholm. Manipulation, conditionnement. Bon sang, quelle atrocité… Le pouls au galop, je sens de nouvelles larmes pointer, pas les premières aujourd'hui, mais des larmes qui sont entièrement dédiées à cette jeune femme détruite. Dawn…

– « *Je regrette de ne pas lui avoir collé une balle moi-même. C'est ce qu'on s'était promis pourtant : une balle pour chaque viol. Pour chaque menace. Chaque chantage humiliant. Cassie, tu dois réussir là où j'ai échoué ! En quittant Stratton, tu t'es sauvée de corps, mais pas d'esprit, alors bourre ton chargeur et vise bien. Achève-les tous, un par un.* »

Cassandra chevrote sur cet encouragement posthume, lequel n'est qu'une métaphore pour pousser son amie à dénoncer publiquement les détracteurs. Fatalement, mon souffle se saccade de compassion. Jamais personne ne devrait souffrir de ce genre d'abus, quel qu'il soit. Aucun enfant, aucun adulte. Personne…

– Je vous aiderai, Cassandra, m'entends-je bredouiller alors que seule sa respiration mouvementée cogne mon tympan depuis plus d'une minute.

– Je sais, et Dawn le savait aussi. « *Quand tu seras prête à affronter tout ça, va voir cette journaliste de US Today, Nora Jean De Grassi. Elle t'aidera.* »

Un rire flétri m'échappe sans prévenir et un soupçon de reconnaissance enrobe mon âme de journaliste. Pourtant, mon cœur ne s'arrête pas de pleurer. Au-delà de tout ce que j'ai pu penser de Dawn, elle a toujours été lucide sur la situation, sur notre relation et sur l'issue de son histoire. Désabusée, je secoue la tête en y pensant… Si seulement elle m'avait tout dit, je l'aurais aidée elle aussi, je me serais battue pour elle, j'aurais crié sa vérité à m'en briser la voix.

– Dévoile-t-elle l'identité du tireur ? hasardé-je.

– Pas clairement, non. Elle évoque un homme… Un grand frère. Le premier né Townstend. Marilyn lui a donné naissance dans le plus grand secret, il y a vingt-huit ans. Ma mère m'a parlé de cette grossesse, mais elle ignorait qu'elle était arrivée à son terme. Officiellement, Marilyn était en désintox, même la famille Townstend le croyait. Officieusement, elle se terrait dans une abbaye au Canada, et elle aurait laissé ce petit garçon, que Dawn n'a pas connu, à l'adoption. Du moins, qu'elle n'a rencontré que plus tard…

– Sait-on qui il est ?

Je n'ai pas terminé ma question qu'une boule épaisse prend forme dans ma gorge. Pourtant, je ne suis pas certaine de comprendre son origine. Les rouages de mon cerveau se mettent à rétropédaler et une chaleur désagréable me poinçonne le ventre, comme un tapis de clous qui viendrait de s'aplatir contre mon abdomen.

– Elle dit seulement qu'il a grandi dans le Bronx, qu'au bout du compte, ils auraient pu se croiser sans le savoir. Et elle mentionne une lettre : D.

Ses mots sont un coup de tonnerre. L'impact me terrasse, la décharge électrique qui dévore chaque centimètre carré de ma peau m'écrase totalement. C'est si douloureux que j'exhale un couinement sans réussir à le contrôler. S'ensuit un vertige, un haut-le-cœur, tous deux alimentés par ce sentiment détestable d'évidence.

Le Canada. L'abbaye. Le petit garçon adopté. Le Bronx. La lettre D…

La sœur qu'il n'a pas pu sauver…

45

Deamon

Il faut qu'on parle. Deamon, s'il te plaît ! Rejoins-moi à l'appartement. Tout de suite.

Douze appels en absence. Trois textos. Un cœur en semi-réanimation jusqu'à :

Je sais pour Dawn.

Un coup de massue. Une bouffée de panique interminable. Une envie féroce de crever…

Voilà comment je bascule définitivement en enfer, et tout ça en moins de trois minutes chrono. Rien d'étonnant finalement. De toute façon, je me vide de mon sang depuis samedi soir… Ça ne pouvait que se terminer dans une souffrance absolue. D'abord, Nora Jean et son regard bouffé d'une humiliation infondée… Et puis, Dawn. Son suicide. Son renoncement, son trop-plein macabre…

Cinq jours à tenter de retrouver un souffle de vie, putain… Dire que je croyais être au max de la douleur. J'avais tellement tort. Parce que c'est là, maintenant, que je déguste comme jamais.

Je peux encore faire demi-tour. Mon sac est prêt, les faux papiers aussi, tout est dans le coffre de la caisse garée au pied de son immeuble ; la nuit est tombée depuis un moment. Aucun doute que la circulation sera fluide. Je pourrais espérer passer la frontière d'ici cinq heures, quatre si je me fous des limites autorisées. Alors oui, je peux encore dégager et m'assurer une issue favorable. Pas une issue heureuse, mais une issue où ma liberté ne serait pas abolie. Je devrais déjà être loin… Ça fait quatre mois que je devrais déjà être hors du sol américain d'ailleurs. Pourtant, je suis là, dans ce foutu couloir, au quatrième étage, les bras tendus sur le chambranle, la tête lourdement ployée vers ce paillasson banal, à attendre que mon rythme cardiaque s'assouplisse… À attendre que les démangeaisons cessent, celles qui me bouffent la peau comme un eczéma purulent depuis bientôt une heure.

Je suis sur le point de la voir pour la dernière fois et ça me démonte. Je ne pourrai ni l'embrasser, ni la toucher… Tout juste respirer son parfum. Et ça, c'est seulement si elle me laisse approcher assez près. Putain, je ne demande pas grand-chose, juste une minute d'accalmie, quelques secondes de pause. Un moment. Je veux juste un moment avec elle, sans toute cette merde Townstend, comme avant, comme quand elle parvenait à atténuer le bordel dans mon crâne et dissoudre les barbelés dans mes veines.

C'est tout ce que je veux. Un moment de nous.

Parce que je n'y croyais plus. Parce qu'elle avait renoncé. Elle ne s'était même pas battue une putain de seconde. Je la revois, sidérée, contre la tôle de la caisse, détruite, à me hurler en silence qu'elle ne pouvait pas. À me faire comprendre qu'elle le choisissait, lui, après qu'il m'avait cloué au pilori. Depuis ce soir infect, j'essaie de me répéter que c'est mieux comme ça, que cette fin d'histoire misérable reste la meilleure alternative parmi tous les scénarios que j'avais envisagés. Que je ne la mérite pas, elle. Et que je ne mérite pas l'amitié surcotée de son frère non plus…

Alors qu'un nouveau spasme me torture le bide, mon téléphone vibre deux courtes fois. Je n'ai pas besoin de contrôler l'écran pour deviner que Nora Jean en est l'expéditrice. Je le sais, c'est tout. Elle s'impatiente de l'autre côté de la porte sans savoir que je suis déjà là, à deux battements d'être fauché par une crise de panique.

Je voudrais que ce cauchemar soit derrière moi. Très loin derrière moi. Quoi qu'il arrive, elle me détestera, je ne fais que repousser l'inévitable… Les muscles raides, je me résigne, encaisse la brûlure corrosive qui s'attise davantage dans ma poitrine, et cogne trois coups lents. Une dizaine de secondes s'écoulent avant que le cliquetis de la clé dans le barillet intérieur ne se fasse entendre. Et le temps s'arrête. Mon cœur aussi. Mes poumons. La cavalcade de mon sang… Je ne cligne même pas des yeux, toujours appuyé contre le montant en bois brut. J'attends. J'attends…

La porte s'entrouvre et… rien. Nora Jean n'apparaît pas. Seul le bruit de ses pas qui s'éloignent résonne. Sa fuite me dépite un peu plus, pourtant, je pousse sur le panneau et passe le seuil d'un pas branlant. Je redresse l'échine, en mode survie, et tente de coller à l'image d'un gars fier qui n'a rien à se reprocher.

Un gars qui ne sombre pas depuis des jours...

En façade, je tiens le coup, mais sous l'armure, je me délite à l'instant où je l'aperçois, retranchée dans le salon. Elle a choisi de mettre de la distance entre nous et ça me flingue. Sans avoir à me le demander, elle m'interdit d'approcher. Et ça me tue, putain... Parce que c'est partout en moi, je la sens, je la vois, je la veux...

Le silence s'étend maintenant que nous nous scrutons avec véhémence. Elle, la mine usée, les yeux rouges, le teint terne. Moi, robuste en dehors, mais dégommé en dedans, le cœur fracassé, le bide atomisé.

– Tu avais oublié ça, finit-elle par déglutir en pointant fébrilement l'îlot sur ma gauche.

J'oblique sans en avoir envie et tombe sur le Fou. Mon Fou...

– Quoi qu'ils en disent, Deamon, tu n'oseras pas me dire toute la vérité.

Je secoue la tête dans un semblant de rire amer.

– Suffisait de poser tes questions, Lolli, grincé-je.

La tension qui sature la pièce de vie est si dense que les murs pourraient exploser. Sans remuer un muscle, Nora Jean me braque, fragile tout en étant déterminée, fatiguée, mais à deux doigts de vriller. Tellement loin de ce à quoi elle m'a habitué. J'ai aimé tous les regards qu'elle a posés sur moi, qu'elle me désire, qu'elle me toise, qu'elle me supplie ou me snobe. Mais celui-là poignarde mon cœur à mesure qu'il s'assombrit.

– Es-tu son frère ?

Percuté par la rapidité avec laquelle elle a lâché ces quatre mots, je ferme les yeux et m'emploie à déraidir ma nuque. Le compte à rebours est terminé, pourtant, je n'arrive pas à acquiescer. Ma réponse va signer un point de non-retour que je vais regretter toute ma chienne de vie...

– Deamon, es-tu né Townstend ? chevrote-t-elle de ce que je crois être de la colère.

Cette fois, je reviens vers elle et me prends une gifle imaginaire proportionnelle à l'émotion qui déborde de ses yeux. Ce n'est pas de la colère, en réalité, elle panique, elle... elle a peur. Une chape de culpabilité m'assiège cruellement, et je me débecte. Elle sait. Je ne sais pas comment, mais elle sait. Alors pourquoi pose-t-elle la question, bordel ?!

– Réponds, bon sang ! cingle-t-elle soudain.

– Oui, putain !

Sur ma réponse incisive, les épaules de Nora Jean s'affaissent d'une poignée de centimètres, appesanties par la portée de mes mots. Mon bide grogne, martyrisé par la nausée qui le pourrit. Elle se décompose sous mes yeux, traversée par un millier de sentiments contraires, et je comprends que je la perds… Je la perds pour toujours maintenant que sa tête bascule lourdement en arrière, son visage tout entier tordu d'une douleur redoutable.

– Le savais-tu avant de revenir à New York ?

Son timbre est d'une neutralité déroutante quand ses respirations battent un tragique record de vitesse. Je me brise un peu plus, frappé par un vertige, contraint de venir caler mes reins contre l'îlot pour ne pas finir au sol.

– Oui.

– Comment l'as-tu découvert ?

– Le Canada, avoué-je. J'ai retrouvé l'abbaye et le registre des naissances de l'époque. Mon prénom était dedans…

– Ça ne suffit pas.

– Pourtant, je suis là.

– Est-ce génétiquement avéré ?

Je me mords l'intérieur des joues. Nora Jean a beau être férocement bousculée par le tissu de vérités que je lui livre, elle conserve sa vivacité d'esprit et d'analyse.

– Ça l'est.

– Comment ?

– Un cheveu de Karson et un test ADN.

L'espace d'un instant, ses lèvres bombées restent closes. Les miennes aussi. Nora Jean m'étudie avec une intensité polaire. Elle fouille, elle passe mes traits au peigne fin, elle cherche l'erreur sans la trouver. Jusqu'à cette étincelle sombre. Celle qui signifie qu'elle voit enfin ce que personne d'autre n'a vu avant elle : l'air de famille… J'ai les yeux de Marilyn quand Dawn avait ceux de notre géniteur. Mes lèvres pleines me viennent aussi de ma mère. La structure de mon nez, par contre, c'est un legs du monstre… À présent, elle ne verra plus que ça, elle les verra en moi, pour toujours.

– Est-ce que… est-ce que mon édito a quelque chose à voir avec ton irruption chez moi ?

– Lolli…

Ma voix n'est plus qu'une fréquence vocale à peine audible. On arrive au moment de cette discussion où sa déception atteindra son paroxysme. Son sentiment de trahison aussi… Et elle me détestera.

Elle me détestera plus qu'elle déteste sa mère, son enfoiré d'ex ou son ancien collègue voleur d'articles. Plus que tout dans ce monde de merde…

– Est-ce que notre colocation était intéressée ?

– Oui…

Les éclairs qui zèbrent ses prunelles me sèchent, à moins que ce ne soit le voile humide qui s'y est installé. Ça y est, elle me déteste… La lame invisible logée dans mon muscle vital progresse encore, elle décapite la part de moi encore viable, elle me vole les restes de mon humanité, et mon armure de mec orgueilleux s'effrite. En dépit de son mutisme terrifiant, je m'accroche à ses yeux comme à un foutu radeau de survie. J'essaie de voir par-delà la tempête qui s'y déchaîne, mais rien. Aucune pitié, aucune indulgence, aucune prière silencieuse. Dans une grimace de douleur, je rends les armes et lui laisse voir le gars démoli. Je savais que ça me foutrait en l'air, je m'étais représenté le mal que sa réaction générerait un paquet de fois, mais… l'intensité du carnage émotionnel et physique est telle que je pourrais en crever.

Et je crois que c'est ce qu'elle préférerait aussi. Me voir crever…

Une boule d'épines m'arrache la gorge, pourtant, ce n'est pas ce qui m'empêche maintenant de respirer. Nora Jean fonce vers moi, irradiant d'une fureur glaciale. Je ne cherche pas à contrer ce que je sais sur le point d'arriver, j'attends, je relève même un peu le visage pour lui donner un accès plus large et… ma tête se dévisse d'un quart de tour sous l'impact de sa paume vengeresse.

– Tu me dégoûtes, s'étrangle-t-elle dans un sanglot de rage.

Amorphe, paupières semi-closes, je fixe le mur sans ressentir la meurtrissure sur ma joue. Peut-être que je suis déjà mort finalement…

– Et quelle était la finalité de tout ça ? tonne-t-elle. Qu'espérais-tu, nom de Dieu ?

– Je devais suivre l'évolution de ton article et m'assurer que mon nom ne sortirait pas… soufflé-je en revenant passivement à sa hauteur. J'ai eu envie de t'en parler un million de fois, mais tu aurais tout balancé. T'es comme ça, Lolli, trop honnête, trop intègre…

– Tu n'en sais rien, putain !

– Bien sûr que si ! grogné-je devant sa mauvaise foi. Tu voulais ta revanche, ton foutu moment de gloire. Oui, tu m'aurais balancé. Ose me dire qu'une fois que je passerai la porte, tu n'ajouteras pas un paragraphe sur le frère caché ? Je ne peux même pas t'en vouloir, j'ai compris tes motivations. Mais merde, Lolli, mets-toi à ma place deux secondes ! T'as suffisamment creusé pour savoir à quel point cette famille est à gerber, je ne pouvais pas être associé à ça...

– Tu m'as menti, tu t'es servi de moi ! Je te faisais confiance et...

– Mais, bordel, je n'ai pas eu le choix ! la coupé-je avec une hargne de désespoir. Les fédéraux n'avaient rien, tous s'en tenaient à la version qui leur avait été livrée sur un plateau, il ne restait plus que toi et ton exclusivité avec Dawn !

Le souffle en vrac, Nora Jean ne rétorque rien cette fois. Choquée. Pétrifiée de réaliser le degré de perversité qui m'habitait avant que la donne ne change.

Avant que je ne tombe fou amoureux d'elle...

Le regard écœuré, Nora Jean recule jusqu'au salon. Je l'ai perdue, pourtant, à cet instant, je ne peux pas m'empêcher de nourrir du ressentiment pour elle. Est-ce qu'elle ne peut pas se foutre dans mes pompes une minute ?

Je ne prends conscience d'être arrivé au canapé qu'en sentant la sphère de chagrin enfler encore dans ma gorge. Cette sphère d'aiguilles pareille à celle qui m'a asphyxié lorsque Morgan m'a annoncé le suicide de Dawn... Celle qui n'est qu'un mélange virulent de colère, de tristesse et d'impuissance. Elle était ma sœur, un bout de cette histoire que j'ai cherché à découvrir, et je l'ai perdue, elle aussi. Accroché au dossier matelassé que j'écrase sous mes doigts, j'émets un rire défait. Qui je suis maintenant ? Plus personne, ou juste un nom et un passé. Je n'ai plus d'âme, plus de racines, plus de perspectives d'un avenir stable... Pourtant, j'avais commencé à me dessiner un futur dans les bras d'une brune sublime. J'avais beau feindre que cette projection était utopique, je rêvais de ce futur. Un futur sans emmerdes, dans lequel elle m'aurait laissé l'aimer. Sans contrepartie. Sans jugement. Sans regrets...

L'air crépite toujours d'une tension acérée autour de nous. J'espère seulement qu'elle entend mon cœur bousillé, j'espère qu'elle comprend que je suis désolé...

– Est-ce que tout était orchestré entre nous ? hasarde-t-elle, la voix brisée. T'es-tu rapproché de moi pour...

Nora Jean baisse le regard, ses lèvres tremblent et, putain, un ouragan soulève mes côtes.

– Tout était vrai, Lolli. Je n'avais rien prévu, le sexe, les sentiments... N'empêche que c'est arrivé. Reproche-moi d'être un connard, de t'avoir trahie, d'avoir cherché à nuire à ta carrière, d'avoir essayé de te manipuler... Accuse-moi de tout ce que tu veux, mais ne doute pas de ça. J'étais juste moi, la meilleure version si tu veux mon avis. Avec toi...

Une larme dévale sa pommette qu'elle s'empresse de chasser du dos de la main. Puis une autre… Et je me consume, la poitrine ravagée d'une colère barbare. Mon corps m'insulte de rester planté là, chacune de ses cellules pleure et fulmine de concert. Jamais je n'ai autant eu envie – et besoin – de la prendre dans mes bras. Je voudrais pouvoir éradiquer la peine immense qui macule ses prunelles, quand bien même j'en suis à l'origine. Malgré ça, malgré le tsunami qui dégomme mon système nerveux, je ne bouge pas d'un iota. Je continue de la braquer tandis qu'elle se dirige vers la fenêtre d'un pas lent. Elle empoigne ses cheveux, couvre sa nuque de ses mains tremblotantes, souffle par saccades…

– Est-ce que c'est toi ? se retourne-t-elle soudain.

– Moi, quoi ? soupiré-je, abruti par les gravats de mon cœur qui s'entrechoquent à chaque battement.

– As-tu tué Karson ?

Sans que j'aie le temps de parer quoi que ce soit, ma respiration se précipite. Arrimé à ses yeux bardés d'incertitudes, je me sens partir. Mon pouls déconne, mes muscles s'ankylosent un à un, et bientôt la pièce se rétrécit. La crise de panique est là, elle me bouffe voracement, elle se délecte d'avoir le contrôle maintenant que la silhouette de Nora Jean perd la netteté de ses contours.

Je ne peux pas répondre à sa question ni même acquiescer. Parce que je suis de retour là-bas, ce soir-là, au milieu de la pénombre de ce vaste corridor tapissé d'un rouge carmin.

***

Je me guide à l'aide de mon téléphone, Morgan sur mes talons pour couvrir mes arrières. J'ai le bide en vrac, pourtant, tous ces enfoirés de pervers sont partis. Plus une voiture ne patiente dans la cour, pas un membre du personnel ne rôde… Seuls Dawn et Karson sont là.

Et elle m'attend dans la grande salle. Je suis son frère, je l'ai mise au courant après qu'on l'a ramenée d'une soirée underground. Elle avait bu, pourtant, elle a écouté sans ciller, elle n'a pas même eu besoin des résultats génétiques pour me croire. Elle l'a vu, comme je ne peux plus nier l'évidence. Peut-être même qu'elle l'a ressenti au fond de ses entrailles bousillées. Cette évidence, ce lien fraternel imperceptible, mais réel, entre nous. Chacune de mes inspirations est laborieuse dans le présent, mais ce jour-là, je respire seulement un peu plus vite. Sur le qui-vive, je me rapproche de mon objectif, veillant à ne pas déborder du long tapis qui feutre le bruit de mes pas. Je connais ce manoir et ses recoins de jour, mais la nuit, c'est autrement glauque…

Ce n'est qu'à une dizaine de mètres de la dernière porte qu'un brin de voix m'impose un brusque arrêt. Sans un mot, j'avise Morgan. Pas de réaction. C'est mon combat, pas le sien, j'ai donc le choix : rebrousser chemin ou avancer encore. J'ai mis des années avant de déterrer mes racines et de réaliser qu'elles n'étaient qu'avarie et putréfaction, j'imagine que je ne suis plus à un jour, une semaine, voire un mois près. Pourtant, je fais signe à Morgan de continuer et progresse avec précaution jusqu'à distinguer le timbre rauque de mon géniteur de l'autre côté de la porte. Celui que je refuse d'appeler mon père. Ce sale porc, ce machiniste obscène, ce proxénète de luxe… Le simple fait de l'entendre objecter parfume ma langue d'un jet de bile.

Je ne sais pas ce que j'attends de Dawn, toutefois, je refuse que Karson Townstend fasse partie de ma vie. Et dès lors que je perçois le flot d'insultes derrière le battant, une coulée de lave me brûle la poitrine.

– Tu ne le feras pas, brame Dawn, un rire névrosé trébuchant dans sa gorge nouée. Tu ne te priverais pas de ton jouet préféré, si? Mais je t'en prie, abrège mon putain de supplice, et vise bien… Juste là, papa, entre les deux yeux…

Une force invisible aspire illico tout l'oxygène de mes poumons. Après ça, tout n'est plus qu'urgence vitale. Je me vois ouvrir la porte, repérer Dawn acculée contre un mur, face à ce monstre. Ceinture ballante, braguette ouverte, il nargue sa propre fille d'un beretta tout en avalant une belle gorgée de son élixir préféré. Un single malt irlandais…

D'aussi loin que vont mes souvenirs, j'ai toujours eu l'esprit vif, et à ce moment précis de ma vie, je ne déroge pas. J'ai même la sensation qu'un rideau se lève jusqu'à me révéler l'innommable. Mon géniteur n'est pas qu'un vicieux détraqué et pathologique avec son harem, il l'est aussi avec… Dawn. J'imagine que le grognement d'horreur qui déchire mes tympans est le mien, parce qu'à peine ai-je délogé mon arme de service que Karson Townstend opère une volte-face vers moi.

Je n'hésite pas même une microseconde et tire le premier, sous les yeux exorbités d'horreur de ma sœur. Les oreilles cisaillées par l'écho de la détonation qui rebondit sous le haut plafond. Sa vie ou la nôtre, putain… J'ai choisi de me sauver, moi, et de la sauver, elle. Qu'importe qu'un sanglot d'outre-tombe s'extraie de sa gorge maintenant que l'enfoiré s'écroule au sol, je sais que j'ai agi en pleine conscience. Pourtant, c'est à mon tour de trembler, persécuté par une réaction physique inédite. Sidéré. Pétrifié.

J'ai tué un homme. Je l'ai tué, lui…

– Laisse-moi ton arme, m'ordonne Dawn entre deux pleurs sinistres.

Recroquevillée au sol, ma sœur tend une main bancale vers moi.

– Deamon, donne-moi ton putain de flingue ! vocifère-t-elle comme une aliénée. C'était à moi de le descendre, pas à toi…

Dans un état second, je ne saurais dire combien de temps je reste enlisé dans son regard nécrosé d'abomination et de reproches. Je me rappelle seulement que mon arme m'échappe. Morgan me l'a arrachée des doigts et trottine jusqu'à Dawn pour la lui remettre avant de reculer vivement.

– Foutez le camp, renifle ma sœur, en s'emparant de mon glock de service, les yeux sur la dépouille de notre géniteur. J'ai tiré… C'est moi qui ai pulvérisé ce fils de chien. Maintenant : DÉGAGEZ, PUTAIN !

Je sais qu'elle a hurlé, que les murs de ce foutu manoir en ont frémi d'effroi, pourtant, je n'ai pas sursauté. J'étais là, mais déjà loin… Quant à la suite, elle n'est qu'une succession d'images floues et de sons cacophoniques. J'ai couru, je crois, traîné de force par Morgan. Et puis, plus rien pendant près de trois jours. Un putain de zombie flirtant avec l'inconscience, incapable de se nourrir, incapable de marcher ou de parler. Un corps et un esprit éteints…

D'après Morgan, les autorités n'ont pas traîné pour arriver sur les lieux. Pas d'interrogatoire, pas même un soupçon quant à notre implication. Morgan nous avait façonné des alibis en béton. De toute façon, on avait déjà pris le large. J'émergeais doucement, ballotté d'un état de sidération à un état coupable, tenaillé par une déferlante de souffrance. Jusqu'à cette *breaking news* qui annonçait au monde que l'héritière incarcérée avait choisi une journaliste pour relater le drame. Une journaliste d'un périodique de renom, une certaine De Grassi…

***

C'était il y a six mois, et aujourd'hui je me retrouve dans son appart, à lutter contre mes souvenirs et m'efforcer d'encaisser la descente éprouvante d'une crise de panique. Assis sur l'accoudoir de son canapé. Les bras tendus sur mes cuisses. Le cœur au galop et la sensation de retrouver un peu d'air…

Quand je rouvre les yeux, je comprends qu'un laps de temps indéfini s'est écoulé. Nora Jean n'est plus près de la fenêtre, mais recroquevillée dans le fauteuil qui fait dos au coin nuit. Elle m'observe, inerte, genoux repliés sous son menton. Elle a eu sa réponse, pourtant, je suis certain de ne pas l'avoir verbalisée. Elle a juste eu à m'observer pendant que le passé m'aspirait sous ses yeux et elle a pigé. L'atmosphère chargée de tension négative s'est dissipée. Ne reste plus qu'un lourd silence entre nous. Un lourd et lugubre silence.

– Je… je suis désolé, parviens-je à marmonner malgré mes maxillaires contractés.

Nora Jean grimace durement, infestée d'une douleur vive.

– Tu n'aurais pas dû revenir. Ça n'a aucun sens. Je… je ne te comprends pas…

– Et qu'est-ce que tu voulais que je fasse ?

– Partir loin.

– Et partir pour quoi ? grincé-je en sentant mes tempes battre la mesure de mon pouls encore rapide. Pour vivre comme un fugitif le reste de ma vie ?

Bien sûr que cette option était la seule option sensée, mais après avoir envisagé cette possibilité et toutes les autres avec Morgan, on s'était dit qu'être au cœur de l'action nous serait fatalement profitable. Je connaissais la journaliste ET la vérité, ça me faisait deux bons coups d'avance sur le reste du monde. Je devais seulement m'assurer que tout allait dans le bon sens. Quelle belle connerie !

– C'était le prix à payer, Deamon.

– Tu voudrais être en cavale, toi ? Tu crois que ça me botte d'avoir à dégager ? De perdre tout ce qui me raccroche à ma vie, ici ? De devenir quelqu'un d'autre sous prétexte que j'ai préféré sauver ma sœur de son pervers de père ?

– En la laissant porter le fardeau de ce drame qui potentiellement l'a conduite à se donner la mort ? réplique-t-elle, sardonique.

– Ça, c'est moche. Dawn avait le choix…

Ma voix sonne comme le glas d'une vieille église, égratignée à l'excès par cette phrase absolument infecte. Putain, je suis un connard, ravagé et d'une mauvaise foi aberrante. Sauver Dawn de son bourreau pour finir par la laisser crever en prison, du grand art !

L'électricité est revenue grésiller autour de nous. D'une résignation évidente, Nora Jean se laisse contaminer par un agacement presque agressif, je le devine à la tension brute qui pique ses traits maintenant qu'elle relâche ses jambes et redresse l'échine dans le fauteuil.

– Je suis navrée que tu aies eu à endurer ça, Deamon, m'attaque-t-elle, à la fois sincère et sarcastique. Tu as raison, cette famille est synonyme de déchéance, de toxicité et, crois-moi, je suis horrifiée de savoir ce par quoi Dawn est passée. Mais, oui, tu aurais dû opter pour la cavale !

– C'est tellement pratique pour toi de dire ça, raillé-je dans un sourire amer. Tu as ta petite vie bien rangée, zéro emmerde, pas de…

– Va te faire voir ! s'insurge-t-elle en se hissant d'un bond sur ses jambes. Avant toi, ma vie était tranquille et regarde où j'en suis ! Je suis impliquée dans cette affaire criminelle par ta faute maintenant ! Tu sais ce que j'encours si je ne te dénonce pas ?

Dégommé par sa question, je ferme les yeux, deux doigts en étau sur mes sinus. Je sais ce qu'elle risque : complicité, faux témoignage, obstruction… Soit, dans l'État de New York, entre dix et quinze ans de réclusion.

– Je pourrais tout perdre ! Ma carte de presse, ma réputation, ma liberté !

– C'est toi qui as demandé ! Tu voulais des réponses, oui ou merde ?

– Il fallait me mentir ! Tu as su si bien le faire jusqu'à maintenant, ça ne t'aurait pas coûté beaucoup plus, nom de Dieu ! Je n'ai pas demandé à faire partie de tout ça, tu m'y as entraînée, toi tout seul, Deamon ! Et qu'est-ce que je te déteste pour ça…

Son timbre se brise sur cette fin de phrase. Je m'étais préparé à sa haine, mais entendre la douleur et la tristesse corroder ses cordes vocales me plonge dans un enfer de remords épouvantable. Mon cœur se nécrose un peu plus, chaque parcelle de mon organisme en subit les attaques et, bordel, ça fait tellement mal…

– Tu vas me balancer, alors stresse pas, m'entends-je lui souffler avec une fausse suffisance.

– Mais qu'est-ce que tu crois ? se rebelle-t-elle, la gorge lacérée de larmes. Que je me sentirai soulagée en te livrant aux autorités ? Que mes réveils après ça seront des plus paisibles ? Pauvre con ! Tout a déjà changé, tout est déjà fichu ! Je dois rendre mon édito ce soir, bon sang ! Si je raconte la vérité, je sombre, tu comprends ? Te dénoncer va me tuer, Deamon… J'aurai l'impression de m'amputer d'un bout de mon cœur, de…

Nora Jean se remet à arpenter le salon, les mains fourrageant dans sa tignasse brune déjà en vrac. Elle s'affole dans des pleurs silencieux, prise en otage par le cataclysme de ses réflexions, et ça me déchire. Pourtant, je ne sais pas quoi faire. Je ne sais pas comment arrêter tout ça, bordel ! Sans l'avoir anticipé, je me lève et accroche son bras pour stopper sa course. Nora Jean résiste une seconde. Pas davantage… Son regard trempé s'emboîte dans le mien et balafre un peu plus mon cœur. Elle est épuisée, esclave de son cerveau en surchauffe, complètement perdue… Et, putain, je vendrais mon âme au diable pour que sa douleur cuisante se désintègre…

– Je ne voulais pas de toi, pleure-t-elle sans se contenir. Je ne voulais pas de cette colocation. Je ne voulais pas de ton fichu Fou. Je… je ne voulais pas t'aimer…

Elle m'aime…

Sa révélation devrait me transcender d'un bonheur dingue, n'empêche qu'elle me fout en l'air. Elle m'aime, mais elle en souffre… Sa détresse me lamine avec une telle violence que des larmes d'acide dévalent l'intérieur de ma poitrine. J'attrape précipitamment son visage et ferme les yeux en fusionnant nos fronts. La sentir se blottir presque naturellement contre moi me tourne la tête d'un soupçon d'aise et, l'espace de quelques secondes, je choisis de ne garder que cette sensation lénifiante. Je choisis de faire d'elle l'œil de mon cyclone et m'applique à être le sien en refermant un bras dans son dos. Demain, tout sera terminé, piétiné… Il ne restera plus rien à sauver.

– Pardonne-moi…

46

Nora Jean

J'ouvre les yeux en reprenant une bouffée d'air, avec la sensation de me réveiller du pire des cauchemars. Et puis mes pensées projettent sur le plafond, baigné de la lumière du jour, les images de mes dernières heures de conscience.

Deamon. Deamon est né Townstend. Deamon a assassiné Karson…

Mon cœur se remet à cavaler alors que je grelotte soudainement de froid, seule, sur mon canapé. Ses bras ne me maintiennent plus solidement contre lui. Les particules de son parfum n'embaument plus mon oxygène. Il est… parti. Je le sais, je le sens au fond de mes entrailles. Une douleur redoutable laboure mon cœur et tout m'apparaît subitement sombre et miteux. Alors qu'un sanglot dévore ma gorge, je bascule sur le côté et découvre l'ultime vestige de son passage. Rien qu'un morceau de papier. Un Post-it collé sur l'écran en veille de mon ordinateur. Deux mots qu'il n'a cessé de répéter cette nuit.

Pardonne-moi

Je ne pensais pas pouvoir pleurer davantage, pourtant, mes yeux me détrompent et déversent des rivières de larmes sur mes joues. À cet instant, je ne saurais dire pour quelle raison je m'effondre. Est-ce parce qu'il est parti ? Parce qu'il m'a trahie ? Parce qu'il est le meurtrier de son père biologique ? Parce qu'il n'a cessé de me mentir ?

Je reste prostrée un moment, refusant d'affronter la réalité de mon quotidien alors que tout a basculé dans le chaos hier soir. Toute ma vie n'est plus qu'une vulgaire feuille de papier raturée et chiffonnée par sa faute. Je le déteste pour ça ! Jusqu'à cette notification. Jusqu'à ce son qui fatalement fait rugir un vent d'espoir dans ma poitrine. D'un bras urgent, j'attrape mon portable et soupire d'un pleur réprimé en découvrant un texto d'Hannibal.

Félicitations pour ton édito !
Merci d'avoir tenu le timing
serré. On en reparle à la rédac' !

Qu'est-ce que…

Je lis et relis le message une bonne minute, sans en comprendre réellement la teneur. Je n'ai pas envoyé mon édito à Hannibal. Comment aurais-je pu ? Le brouillard que cette tempête de révélations a fait germer en moi ne me le permettait pas. Et cette dualité cœur-conscience… J'ai été incapable de m'y résoudre. J'ai besoin d'un temps de répit pour faire taire le tumulte de mes émotions… J'ai besoin de recul, d'une potion antalgique, d'une bombonne à oxygène, peut-être même d'une analyse psychologique… De tout sauf de devoir me replonger dans les lignes de cette histoire. Pourtant, Hannibal me félicite et…

Dans un élan de désarroi, je m'empare de mon ordinateur. Dix secondes plus tard, le souffle fragilisé par une force invisible, j'accède à ma messagerie. Mon doigt convulse lorsque j'ouvre le dossier des mails envoyés.

Un mail a été envoyé à Hannibal cette nuit. Un mail sans objet. Un mail avec une pièce jointe… Je clique, en apnée. Pas de corps de texte, juste… un fichier. Mon fichier. Mon édito. Je crois que mon cœur n'a jamais battu si fort de toute ma vie. Parce que j'ai peur d'avoir compris avant même de parcourir le texte en diagonale.

– Non… geins-je d'une défaite terrassante.

« Page 23. Témoignage de Deamon Cosgrove.

Je ne sais pas vraiment comment commencer. Par le début, j'imagine.

Je suis Deamon Cosgrove, né Townstend il y a vingt-huit ans. Mon histoire commence dans l'ombre des mensonges et des silences d'une famille puissante et influente, aujourd'hui décimée. Ce témoignage est un acte de libération autant que de confession et je suis prêt à affronter les conséquences des révélations qui vont suivre.

Tout a commencé lorsque j'ai quitté le Bronx pour tenter de retrouver mes racines. Ça m'aura pris presque huit ans, mais seulement deux m'ont suffi pour recouper les indices entre eux et encaisser l'évidence. Ma mère biologique, Marilyn Townstend, m'a donné naissance, en secret, à l'abbaye Sainte-Anne-de-l'Aurore, près de Bancroft au Canada. Trois ans après, elle se foutait en l'air. J'aurais pu me satisfaire de cette information et retourner aux États-Unis, pourtant, j'ai continué à creuser. Ce n'était finalement qu'un nom sur un registre poussiéreux.

J'ai décortiqué leur vie. Il fallait que j'approche les deux autres membres de cette lignée. Je me suis fait embaucher par le service de garde rapprochée l'année suivante. J'étais là sans être visible, à l'affût du plus petit détail. Jusqu'à ce soir de février, il y a douze mois maintenant. Je n'ai eu besoin que de deux minutes pour récupérer quelques cheveux sur la veste de Karson. Trois semaines plus tard, les marqueurs génétiques avaient parlé. Probabilité de parenté extrêmement élevée, avec un pourcentage d'ADN en commun de plus de 99,9 %. C'était acté: Karson Townstend était mon père biologique… Si certains gamins se seraient sentis transcendés de bonheur après avoir déterré les racines de leur généalogie, je l'ai vécu comme une perforation violente de mon âme.

J'ai vu beaucoup de choses dans l'ombre de Karson. Son manoir accueillait régulièrement un regroupement d'hommes dont je révélerai les noms à qui veut les entendre. Ces hommes payaient un montant de cinquante mille dollars à leur hôte pour avoir accès au sous-sol. Ce droit d'entrée leur permettait d'abuser à l'excès de jeunes femmes droguées à leur insu. Certaines étaient relâchées dans la nature au petit matin, d'autres disparaissaient. Les sauver toutes était impossible et, finalement, je n'ai pu en sauver qu'une seule: ma sœur, Dawn Townstend.

Dawn subissait des viols au même titre que les autres, mais une fois les portes du manoir fermées à ce public dégueulasse, elle devenait l'unique proie de son père. Dawn n'a pas tué Karson en dépit de tout ça. Je l'ai fait, avec mon glock de service, immatriculé GLK123456. Mon geste n'était pas prémédité, j'ai agi rapidement alors que Karson menaçait Dawn d'une arme chargée. Ma sœur n'est plus là pour confirmer mon témoignage, mais c'est moi qui ai abattu notre géniteur de sang-froid, pas elle.

Dawn ne mérite pas de porter le poids d'une fausse accusation, même dans la mort.

J'ai été lâche de me taire jusqu'ici, prenez donc ma déclaration comme un aveu de culpabilité. »

Il a avoué. Tout avoué. De son profil génétique au réseau de prostitution. De l'inceste au meurtre. Absolument tout. Et je me noie dans un océan de sentiments contraires. Déni, mortification, angoisse, dévotion, amertume, affliction… Plus puissant que tout le reste: la colère brute qui voyage dans mes veines.

Il a choisi pour moi. Deamon a choisi de livrer la vérité sur le drame au lieu de me laisser trancher.

Je ne pleure pas en dépit des fracas de mon cœur brisé. Lui qui n'a fait que mentir sur son absence, lui qui s'est appliqué à passer sous silence ses réelles motivations dans le seul but de se sauver d'une condamnation… Je ne le comprends pas, je suis même à mille lieues de le comprendre.

Il aurait dû me laisser choisir…

Portée par l'énergie du désespoir, j'avise l'heure et me lève d'un bond. Depuis, je cours à en perdre haleine, un œil paniqué sur mon téléphone. Si d'ordinaire les conventions sociales gouvernent ma vie, à cet instant, je me fous de tout. Je n'ai même pas pris le soin de m'habiller décemment. Je veux croire que j'arriverai à temps. Bon sang, je dois arriver avant la mise en ligne ! Seconde après seconde, le monde s'obscurcit, vaporisant une brume de plus en plus dense autour de moi. Cette brume que je suis la seule à voir, la seule à subir.

Deamon m'a mise face à un dilemme insupportable. Qu'importe la décision que me dictent mes valeurs, qu'importe celle que me hurle mon âme, je suis vouée à le perdre. Et à me perdre, moi, dans un abîme émotionnel plus tenace et obscur qu'aucun autre. Le mal est fait, l'amour est là. Cet amour qui m'a explosé au visage, hier, alors même qu'il régissait ma vie depuis des semaines sans que je puisse mettre des mots dessus. C'était là, sous mes yeux, dans mes sourires, dans mes rêves et mes réalités près de lui. Dans ses défis, dans son indécence, dans ses airs coupables… J'aime cet homme. Je l'aime avec passion, avec tendresse et probablement avec folie. Il ne coche aucune de mes cases, il ne coche pas même celles qu'il m'a conduite à ajouter sur cette fameuse liste au cours des derniers mois. Je pensais attendre d'un homme qu'il soit stable, honnête, raisonnable, peut-être même poète. Pourtant, je l'aime, lui… Je l'aime comme je n'ai jamais aimé avant nous.

Depuis le point final de son témoignage, je cours, transcendée par un impératif vital, portée par cette publication qui sera effective dans… six minutes exactement. Je peux arrêter l'engrenage, je peux plaider le vice de procédure ou tout autre argument valable auprès d'Hannibal. Je sais que je peux y arriver ! Je grimpe les neuf étages sans me sentir essoufflée ou entravée par la raideur de mes muscles. L'ascenseur m'aurait retardée, de la même façon que j'ai sauté du taxi à deux blocs de Park Avenue pour terminer ce sprint insensé à pied.

Trois minutes.

Je pousse la lourde porte d'accès et pénètre dans la rédaction sans quitter mon point de chute des yeux. Certains de mes collègues s'effacent pour me laisser le champ libre, motivés par la détermination de mon pas. Je ne doute pas une seconde qu'ils arborent tous une mine interloquée devant la scène que j'improvise sous leurs yeux. En jogging-baskets, sans maquillage, les cheveux relevés en un chignon brouillon, les sclères rougis des pleurs que j'ai versés… Qu'ils bavent derrière mon dos, ça m'est égal. Tout m'est égal !

J'atteins la porte vitrée du patron sans prêter attention à Herman et Lewis qui m'offrent un bonjour chaleureux, puis entre sans frapper.

– Nora Jean ! s'enthousiasme Hannibal en me voyant investir son bureau. Ton édito est incroya…

– Qui l'a lu ?

– Moi et, nom de Dieu, c'est…

– Qui d'autre ? le coupé-je sans détour, mains à plat sur la table.

Je ne m'encombre pas de son temps de pause, lequel traduit sa perplexité quant à ma véhémence, et hausse exagérément les sourcils pour le presser.

– J'ai fait l'impasse sur la correction, m'annonce-t-il, les yeux soudain plissés de méfiance. Ton édito est entre les mains du gestionnaire de contenu depuis bientôt une heure. Et chez l'imprimeur…

– Demandez qu'il soit détruit.

– Pardon ?

– Hannibal, rappelez le fichier !

– C'est impossible et tu le sais.

Un vertige me saisit avec tant de puissance que je me sens vaciller. Je ne sais pas dire si je chancelle vraiment sur cette conclusion détestable, toujours est-il que je m'écroule sur une des chaises qui encadrent son bureau et retiens de toutes mes forces le haut-le-cœur qui torture mon diaphragme.

– Détends-toi, ton travail surpasse tout ce qu'on avait espéré. Les fédéraux vont en tomber sur le cul. Ce Cosgrove nous offre un buzz énorme. Comment as-tu réussi ce coup de maître ?

Sans daigner lui répondre, j'avise l'horloge numérique de mon portable et…

Deux minutes.

– Hannibal, je n'ai aucune autorisation pour ce témoignage, tenté-je d'une voix déterminée. Aucun accord écrit. Légalement, nous courons au désastre.

Sa grimace d'incompréhension perdure trois belles secondes. Les plus longues de toute mon existence… Quand, enfin, il récupère son portable et pianote dessus, je peux presque sentir la bouffée de soulagement apaiser chaque cellule de mon corps à présent délesté d'un poids monstrueux. Et puis, sa voix solennelle ramène le brouillard autour de moi lorsqu'il me montre l'article d'un de nos concurrents sur son écran :

– Cosgrove s'est rendu aux forces de police à l'aube. Tout se goupille parfaitement, Nora Jean, le département juridique s'occupera du reste…

Je me disloque, une fois encore, atterrée devant l'article qui mange l'intégralité de son écran. Je ne suis pas capable de lire les lignes de texte et, dans l'absolu, je n'en ai pas besoin. Le cliché qui illustre le gros titre suffit à me démolir pour de bon. Deamon en est l'acteur principal. Menottes aux poignets, il se dirige vers un fourgon de police, escorté par deux agents imperturbables. Il porte les mêmes vêtements qu'hier, sa stature reste droite, son port de tête est résolu…

Une minute.

Sans réfléchir, je récupère le portable d'Hannibal et m'attelle à zoomer sur la photo. J'imagine que mon esprit refuse ce qui est d'une limpidité désastreuse, car il m'impose de disséquer la photo. Encore et encore. C'est bien lui, son aura, ses yeux sombres, son nom en capitales… Des pleurs d'impuissance gonflent sous mes paupières. Peut-on détester quelqu'un autant qu'on l'aime ? J'en ai bien l'impression… Accepter l'évidence me fait un mal de chien, ça me transperce de toute part, ça m'empêche de respirer, ça… ça me tue vicieusement. En plus de délivrer sa vérité dans mon édito, Deamon a choisi d'assumer et je lui en veux à m'en arracher le cœur.

– Est-ce que tout va bien ? hasarde Hannibal.

J'entends son inquiétude véritable au moment où une première larme se suicide sur ma joue, mais mon corps refuse de me laisser émettre un son. Encore faudrait-il qu'il passe la barrière de ma gorge lacérée… Je parviens tout juste à lui rendre son téléphone, couvée par son regard soucieux.

J'aurais pu sauver son honneur, son nom, mais il a tout fichu par terre…

Sans force, je me redresse péniblement sur mes jambes cotonneuses et encaisse la fragilité de mon organisme tout entier maintenant que le compteur affiche zéro.

– Tu as besoin que j'appelle quelqu'un ?

Qui ? se gausse la peste ironique dans ma tête brumeuse. Je balaie l'air de la main pour toute réponse et m'applique à rejoindre la porte.

Je sais la rédaction tapageuse, pourtant, aucun bruit ne traverse le bourdonnement qui s'étale sur mes tympans lorsque je m'exfiltre du bureau. Le fauteuil de Sasha est vide, les lèvres d'Herman et Lewis remuent, mais toujours ce grésillement sourd qui rend le reste du monde inaudible. Ça n'a pas d'importance… Rien n'a plus d'importance. Je suis emmurée dans un état de conscience pareil à un patient bourré de psychotropes, et ça me va. Plus de masque mondain, plus d'armure conciliante, plus de port de tête élégant.

Plus un morceau de mon cœur en état de marche.

C'est presque trop facile…

J'ai la sensation d'être anesthésiée de tout, de ne faire qu'effleurer le sol à mesure que je me dirige jusqu'aux ascenseurs. Et lorsque les portes se referment sur l'étage jusqu'à effacer les regards médusés de mes confrères, un carrousel d'images se met à défiler devant mes yeux. Des fragments de Deamon, de nos moments de complicité. Certains sentent son odeur, d'autres ont un goût de trahison. Une douleur lancinante tente d'émerger, mais mon apathie la freine sur-le-champ, agissant comme un bouclier émotionnel.

Presque trop facile…

Tout est devenu flou, les rues, les promeneurs, le chauffeur du taxi qui me ramène à mon point de départ. Ce constat devrait m'affoler. Force est de constater que je n'ai plus aucun contrôle sur quoi que ce soit, moi qui n'ai été que rigueur et maîtrise toute ma vie. Pourtant, j'admets cet état de fait sans sourciller. Mon corps s'est éteint, mon esprit est en phase d'endormissement, et mon cœur… Je crois qu'il peine à battre, écorché et à vif.

Je pénètre chez moi sans savoir si j'en suis partie une heure ou trois heures plus tôt. La temporalité n'est plus qu'une donnée abstraite et sans intérêt. Je reproduis mécaniquement les mêmes gestes. Le soleil printanier est pourtant haut dans le ciel, mais qu'importe. Tout devient automatique, tout me coule sur la peau sans y adhérer. Si mon cerveau n'était pas saturé du spectre d'un homme au sourire espiègle, je pourrais penser que je meurs lentement.

47

Nora Jean

Certains choisissent de partir en vacances pour explorer des contrées inconnues. D'autres optent pour des séjours plus cosy où chaque seconde est rythmée par un souffle de tranquillité. Je ne suis pas de ceux-là. Résolument pas.

Je suis officiellement en congé depuis cinq jours, officieusement incapable de retrouver ma vie d'avant, et je n'ai pas bougé de mon appartement après que j'y suis revenue me terrer vendredi dernier. Un mail à Hannibal a suffi à excuser mon absence pour deux semaines. Il y a encore six mois, j'aurais préféré perdre mes jours d'indispo plutôt que déserter le journal. Aujourd'hui, tout est différent. Tout a changé…

Depuis la publication de mon édito, j'erre dans les quatre-vingts mètres carrés de mon appartement, marquant quelques pauses introspectives çà et là. Tantôt emmitouflée dans un plaid sur mon canapé, tantôt devant la fenêtre, un mug de chocolat chaud en main. J'évolue sans urgence, contrainte de laisser la douleur me parasiter dès lors que le bouclier autour de mes émotions a sauté. C'était dimanche… Et je n'ai cessé de pleurer qu'hier, épuisée, asséchée de larmes. Il aurait été tellement facile de croire que ce changement signerait le début d'un nouvel élan, pourtant, je ne me sens pas plus apaisée.

En réalité, je navigue à vue, sans savoir comment me sortir de cet état calamiteux. Même Maxwell ne m'avait pas plongée dans une détresse de cette envergure. Je soupire sur cette pensée, le regard perdu derrière la vitre, la rue en contrebas et un frisson désagréable cheminant sur ma peau. J'ai constamment l'impression d'être transie de froid alors que je ne suis pas malade. L'altération de mes ressentis n'est que le résultat du manque, de la colère et d'une lassitude quasi pathologique. Je sais que le monde continue de tourner dehors. Je le vois, je l'entends lorsque je m'oblige à allumer la télé quelques minutes ou que je déverrouille l'écran de veille de mon portable, mais je ne parviens pas à me raccrocher à quoi que ce soit de tangible.

Conclusion : je suis malheureuse. Dépitée. Et furieuse.

Je me suis laissé dépasser par tout ça… Force est de constater qu'il y a eu un avant Deamon et qu'il y aura un après. Je l'ai compris, je tente de travailler dessus, sauf que cet « après » est à l'image d'une mise au point d'appareil photo pour laquelle je ne saurais pas régler la netteté. J'ai beau jouer avec la bague, encore et encore, tout m'apparaît vaporeux. Et ça me fait peur.

J'ai perdu un bout de moi avec lui. J'ai perdu ce supplément d'âme qu'il avait apporté à ma vie, cette dimension charnelle et émotionnelle qu'il avait inventée pour nous. Le simple fait d'y penser me déchire le cœur… Mais en parallèle, ressasser les raisons de son incarcération me plonge chaque fois dans une irritation palpable, même mes doigts se referment avec vigueur autour de ma tasse quand le reste de mon corps souffre d'un engourdissement généralisé. Bon sang, Deamon est le fils de Karson et Marilyn Townstend, le frère de Dawn. Il est le seul héritier de cette dynastie et… l'assassin de son propre père.

Professionnellement, ce revirement est du pain béni. Un bon article se doit d'être pertinent, rédigé avec élégance et finesse, mais un article exceptionnel doit être surprenant. Original. Sidérant… Sans avoir lu un seul retour sur mon édito, je sais qu'il est sur toutes les lèvres, qu'il se raconte à la pause déj ou dans les vestiaires, entre deux séances de fitness. Je ne doute pas une seconde qu'il ait captivé le pays et le captive encore. Un gamin du Bronx qui se trouve être parent avec l'opulente famille Townstend et, dans un même temps, qui se révèle être le responsable du meurtre… Une aubaine pour la journaliste que j'aspirais à devenir, mais une croix épouvantable pour la femme que je suis.

Je déteste qu'il m'ait menti, qu'il ait manœuvré dans mon dos jusqu'à la fin. Je déteste qu'il ait fait irruption dans ma vie pour de sombres raisons. Mais il y a plus pénible encore, quand bien même cette vérité défie tout entendement : je déteste qu'il m'ait été arraché. Cette nuit, j'ai rêvé de ma dernière soirée dans ses bras, celle qui embaumait le pardon, la défaite et l'amour triste. Je le maintenais si fort contre moi qu'il lui était impossible de quitter le canapé. Dans ce fantasme onirique, il souriait. Il restait. Il me choisissait. Il n'était plus question d'un temps limité ou d'une fuite hors du pays. Non, ce rêve avait une saveur d'éternité. Ce rêve était parfait…

Je trempe précipitamment mes lèvres dans le lait chocolaté en vue d'annihiler la pression qui s'enroule autour de mon cœur, mais manque d'avaler de travers en entendant une série de coups sur la porte. Sans me détourner de la rue, j'attends dans le nouveau silence qui emplit l'appartement. Depuis ma désertion du journal, tous ont respecté mon besoin de solitude, du moins ils se sont cantonnés à des appels sans réponse.

Une autre série de coups retentit.

J'en suis à attendre une troisième succession de coups lorsque le bruit de la clé derrière le mur abroge ma réflexion. Il existe trois clés pour cette serrure : la mienne, celle que Deamon a abandonnée dans la boîte aux lettres à son retour d'Hanover et une dernière. Celle-là même que j'ai confiée à Clay il y a deux ans.

Le rythme cardiaque subitement à la hausse, j'opère un demi-tour pour faire face à la porte. Je me bats de mon mieux pour ne pas me fissurer une fois de plus, pourtant, un flot de larmes menace de m'échapper alors que je suis à un battement de cils de le revoir. J'aime mon frère, je l'aime tant qu'une part de moi lui pardonnerait un génocide s'il en était à l'origine. Mais aujourd'hui, l'autre moitié de mon cœur lui en veut. Et cette sensation me dévore à l'instant où l'entrebâillement me le laisse voir. Je l'ai déçu, j'ai abîmé l'estime qu'il nourrissait pour moi, j'ai fauté, j'entends tout ça, mais il n'aurait pas dû réagir avec autant d'intransigeance. Il aurait dû m'aimer avant de réprouver mes actes. Il aurait dû chercher à comprendre !

– Salut, ose-t-il en m'apercevant près de la fenêtre. Je suis passé au journal, ils m'ont dit que tu avais posé des vacances. J'espérais te trouver ici.

Immobile et mutique, je m'efforce de rester solide tandis qu'il avance de quelques pas hésitants dans la pièce de vie. Je ne suis pourtant qu'à un cube vacillant de faire s'effondrer la tour de mes émotions. Parce qu'en dépit de son froncement de sourcils froissé, il me couve d'un regard tracassé, inspectant mon état à la va-vite, de mes pieds nus à ma tignasse relevée en vrac en passant par le plaid qui me sert de gilet. Il reste en lui des vestiges de notre dernière fois, malgré ça il s'inquiète, je le vois.

– Comment tu vas ?

– Je vais bien, mens-je.

– À d'autres, N.J.

Je soupire discrètement, mais campe devant la baie vitrée. Plus il progresse, plus mon organisme subit un soulèvement paradoxal. D'un côté, l'armée aimante et désolée, celle qui aimerait se disloquer dans ses bras. Celle qui voudrait laisser ce frère être le refuge de sa défaite cuisante. De l'autre, la milice amère, en colère, saccagée par une douleur qu'il a générée ce soir-là, sur le parking à Hanover…

– Pourquoi es-tu venu ?

Ma pointe de sarcasme lui tire un rictus furtif.

– Tu ne répondais pas.

– Toi non plus, répliqué-je.

Clay souffle à son tour avant de se poser sur l'accoudoir, le regard fuyant.

– Il fallait que je digère.

– Dois-je comprendre que c'est fait ?

– Pas encore.

– Alors pourquoi ? lancé-je, la gorge serrée.

– Pour ça !

Sa voix tonne et accompagne le mouvement vague qu'il opère de haut en bas devant moi.

– N.J., c'est sur toutes les chaînes ! Et tu ne décroches pas ton foutu téléphone, putain ! Je tourne en rond depuis des jours, à me demander comment t'encaisses le truc ! Ils sont tous là à parler de toi, de lui, de ton coup de poker et de son procès ! Comment tu veux que je ne m'inquiète pas ? C'était mon meilleur pote et ton…

Clay marque une pause dans une grimace pleine de dégoût.

– Qu'importe, il t'a menée en bateau ! Alors, c'est vrai, il m'a berné moi aussi, mais merde, je suis saoulé que tu te sois laissé vampiriser par D. après cet enfoiré de Whitaker ! Est-ce que t'en avais pas assez chié, sans déconner ?

Mon frère expire bruyamment en se massant les paupières avant de reprendre, moins tranchant :

– Mais, voilà, t'es ma petite sœur, N.J., je devais venir. Jamais je te laisse te casser la gueule toute seule…

– Eh bien, c'est trop tard ! le coupé-je dans un sanglot de colère. Comme tu me vois, là, je suis déjà au sol, à me vider de mon sang ! Il n'y a rien à faire, seulement attendre et espérer que ça passe. Je ne peux même pas te dire combien de temps ça durera, alors n'hésite pas à reprendre l'avion si ton planning est trop chargé !

Si je n'étais pas piquée par une détresse folle, je déplorerais mon acidité. Parce que c'est Clay, ma constante depuis toujours. Or, il y a peu, un autre homme est venu bouleverser mes repères jusqu'à en redessiner les contours. Et les choix de cet homme-là m'ont brisée si fort que je ne me reconnais plus… Clay semble ne plus me reconnaître non plus, muré dans un silence vexé, un regard atterré braqué sur mon cadavre.

– Est-ce que tu me vires ?

– Fais bien comme tu veux, Clay. Tu as toujours fait ce que tu voulais de toute façon, ça ne changera pas grand-chose.

– T'es sérieuse ? se redresse-t-il dans un hoquet choqué.

– Oui ! ris-je d'amertume alors qu'une larme dévale ma joue fumante. Tu es Clay, le chouchou, tu ne prends que de sages décisions, tu es la fierté de ta mère, l'idole de ta sœur, le mari parfait, l'entrepreneur irréprochable. Si notre père était toujours de ce monde, tu serais son plus beau cadeau !

Devant sa bouche bée de sidération, je pleure sans même essayer de retenir quoi que ce soit. Pourtant, je sais que je l'aime, je sais que je regretterai chacun de mes mots tôt ou tard, mais je suis incapable de m'arrêter. Peut-être qu'il est ma cible à défaut d'en avoir une autre, peut-être que je fais de lui le réceptacle de mon désarroi, lequel me détruit depuis des jours. Tant pis. Il faut que j'évacue, c'est irrépressible.

– Nous faisons tous de mauvais choix ! l'accusé-je. Toi aussi, quoi que tu en penses ! Tu as vu Victoria me rabaisser toutes ces années sans même intervenir. Je ne t'en ai jamais tenu rigueur, parce qu'à côté de ça, tu étais la lumière de ma vie. Et il y a eu Maxwell. Tu savais qu'il me réduisait en cendres, mais tu n'as agi que lorsque j'ai demandé ton aide. Ça a duré quatre ans, Clay ! Encore une fois, je ne t'en ai jamais voulu ! C'était mon combat, pas le tien.

S'il me restait une once de lucidité, je m'arrêterais de parler dans la seconde et prierais tous les saints pour que cette dernière minute s'efface de notre réalité. Mais je ne suis plus que larmes, jalousie et furie devant lui.

– Tu as mis Deamon sur mon chemin, tu…

– Mais je ne savais pas qui il était vraiment, putain ! s'insurge-t-il.

– Je le sais, bon sang ! tempêté-je à mon tour. Il nous a menti à tous les deux ! En revanche, tu savais qu'il était instable. Tu as grandi avec lui. Tu as dérogé aux règles pour lui. Tu as même fait de la garde à vue à cause de lui. Pourtant, tu l'as conduit chez moi !

– J'avais confiance en lui… grogne-t-il en se rasseyant sur l'accoudoir.

– Et tu sais quoi ? Je ne t'en veux pas non plus de l'avoir remis dans ma vie ! Il y serait parvenu sans ton aide si tu avais refusé. La seule à blâmer pour ce désastre, c'est moi ! Et pourtant…

Cette fois, je me brise littéralement, les joues fendues de larmes, les épaules lestées d'une douleur aussi fracassante que celle qui s'abat sur mon cœur.

– Je ne regrette rien… Clay, je l'ai vu, lui. Je l'ai ressenti, je l'ai écouté, j'ai eu mal pour lui à m'en déchirer le ventre. Je l'ai découvert autrement, je l'ai compris, je… je l'ai aimé, follement, avec et sans son Fou… Je me serais bafouée pour lui, j'aurais tout tenté pour le sauver, lui… Malgré ça, je me sens en colère, parce qu'il m'a trahie, parce qu'il a choisi cette issue et ça me démolit… Je l'ai perdu, tu comprends ?

Un vertige me torpille sur cette suite de vérités. Je chancelle d'un pas en arrière jusqu'à sentir mon dos s'aplatir contre la fenêtre fraîche. Dans une descente inévitable, je glisse jusqu'au sol et laisse enfin jaillir ma peine indescriptible. Celle que je me sens en droit d'exprimer après l'avoir prononcée à voix haute pour la première fois.

J'ai perdu. Échec et mat.

Noyée dans le chaos de mes larmes, je n'entends pas mon frère approcher de ma dépouille après plusieurs minutes d'un silence religieux. Je ne prends conscience qu'il s'est assis à côté de moi qu'en sentant son bras s'enrouler autour de ma nuque pour m'attirer contre lui. Je ne résiste pas ; quand bien même je le voudrais, je ne le pourrais pas. Je ne suis plus qu'une poupée de chiffon ravagée par une réalité impitoyable.

– Je suis désolé… murmure Clay en raffermissant sa prise.

Ses soupirs impuissants s'emmêlent à mes spasmes de sanglots à mesure que je prends en plein cœur la force de mon amour pour celui qu'il appelait son meilleur ami. Nous restons ainsi un temps indéfini, sans parler, sans bouger, à nous demander pardon en silence, à espérer que la douleur s'apaise. Quand enfin, mes larmes se tarissent, l'horloge m'apprend que Clay est arrivé il y a bientôt deux heures, ce qui explique l'inconfort qui rudoie mes muscles. À l'avenir, je veillerai à m'écrouler sur une surface matelassée, comme un canapé, c'est mieux…

Je relève lentement le nez vers mon frère dans un souffle saccadé. L'arrière du crâne calé contre la vitre, Clay me contemple avec une douceur triste, et mon cœur se serre. J'imite sa posture et force un sourire navré. Dans l'absolu, je n'ai que cette arme pour tenter d'excuser la virulence de mes propos un peu plus tôt, et Clay semble s'en contenter puisqu'un sourire malheureux vient étirer ses lèvres. En dépit de mes reproches, il m'aime toujours…

– T'as toujours préféré les mauvais garçons…

Sa remarque, ponctuée d'un clin d'œil express, m'arrache un gloussement imprévu. Je crois que ça me soulage qu'il trouve à plaisanter après tout ça. Oui, malgré mes accusations, mon frère m'aime toujours.

48

Deamon

Un gardien m'ouvre la voie, un second ferme la marche. Mon œil s'éparpille discrètement alors que j'essaie de me repérer dans ce foutu labyrinthe de murs froids et de lumières blafardes. Je manque de pratique en vérité, ça ne fait qu'une semaine que je suis là et, si j'en crois ce que m'a confié mon avocate hier, Rikers ne sera qu'un foyer transitoire, du moins le temps du procès. Dès que la sentence tombe, je change d'adresse. Non pas que ça ait de l'importance. Ici ou ailleurs, c'est pareil…

Une porte en métal ajourée d'un rectangle vitré s'ouvre devant moi et affûte illico ma méfiance. Personne ne m'a rien dit en me délogeant de ma cellule. On m'a demandé de sortir, je suis sorti. C'est pas comme si j'avais le choix. Ils portent les flingues et moi la combi de détenu, donc j'obéis. Ils se foutent bien que je me sois livré, pour eux, je suis un locataire comme les autres.

Un assassin comme les autres…

Qu'ils se rassurent, je n'ai pas prévu de m'évader ou de leur donner du fil à retordre. J'assumerai, je plierai.

Poussé sans douceur par l'agent dans mon dos, je pénètre dans la salle et comprends dans la seconde ce qui m'attend. Mon rythme cardiaque s'élance en accord avec l'angoisse qui me pulvérise le bide. Je suis au parloir… Le mur transparent court sur toute la largeur de la pièce, deux box l'un en face de l'autre se font face et, putain, ma nuque se raidit.

– Est-ce que je peux refuser ? grommelé-je lorsqu'un des gardiens m'impose de foutre mon cul sur la chaise.

Les deux geôliers me scrutent d'un œil perplexe. Puis condescendant.

– Quelqu'un veut te voir, alors tu restes assis et tu attends.

Eux, les flingues. Moi, la combi…

Les maxillaires encastrés l'un dans l'autre, j'accuse le coup de cette sommation et m'accoude à l'étroite tablette. Deux mains ensevelies dans mes cheveux, je ne suis pas loin d'opter pour me fracasser le crâne contre la mince console. Un nez pété me vaudra un aller-retour à l'infirmerie misérable de cette prison miteuse, je crois que je préférerais ça. Tout serait moins douloureux que me retrouver face à elle. Parce que c'est Nora Jean, ma main au feu que c'est elle… Et ça me dégomme. Soutenir son regard enragé, ne faire qu'imaginer son odeur… Elle me donnera envie de dégager d'ici, de la kidnapper et de fuir là où personne ne pourra jamais nous retrouver. Elle me fera regretter chaque aveu, chaque vérité et chaque seconde de ma rédemption.

Je me revois ce soir-là, allongé sur ce canapé, la femme que j'aime contre moi, à m'écœurer de la douleur que j'avais déclenchée, à espérer que le monde se mette sur pause pour l'éternité, et tout m'est apparu d'une limpidité effrayante. Toutes les décisions que j'ai prises à compter de cette dernière nuit de liberté, je les ai pensées pour elle. Ouvrir son ordi, ajouter mon témoignage entre les lignes de son édito, partir sans la réveiller et me rendre aux autorités. Nora Jean était devenue ma boussole morale. Mon amour pour elle avait agi comme une lumière dans l'obscurité de mes pensées. J'avais merdé sur toute la longueur, depuis ce foutu point de départ il y a neuf ans jusqu'à cet ultime moment d'abandon. Je devais la préserver et essayer de réparer ce que j'avais brisé. Je devais… dire la vérité. Pour elle. Pour moi aussi. Pour nous ? Pas sûr… De toute façon, notre histoire est morte à l'instant où elle a tout découvert.

Jusqu'ici en pleine communion avec la surface élimée du ridicule plan en Inox, je jette un regard devant moi en entendant le son mat d'une porte en acier. Et mon palpitant accélère… Sans souffle, je crible l'encadrement vide jusqu'à voir se dessiner la silhouette d'un gars que j'ai bien connu. D'un gars qui, j'en suis persuadé, voudra défoncer le Plexiglas pour me décapiter dès qu'il m'apercevra. Il n'aura aucune pitié, à l'image de son déchaînement de fureur après le gala.

Clay est là, moulé dans un Chino crème et une chemise blanche, les manches retroussées jusqu'aux coudes, les poings logés dans les poches. Il transpire de son élégance naturelle en avançant vers le box que lui indique un agent, mais son expression dénote avec toutes celles que je lui connais. Lui n'est pas assigné à résidence, il doit même dormir dans un lit hyper confortable. Pourtant, il a l'air sacrément secoué de fatigue. Ses traits tendus sont un bon indicateur, ses cernes aussi, et l'espace d'un court instant, mon cerveau envisage un scénario préoccupant. Un scénario dont sa sœur serait l'actrice principale avec un dénouement presque macabre qui pourrait me faire crever…

Les murs d'un gris atrocement terne me narguent ; dans un monde où ils seraient en mesure de causer, je suis sûr qu'ils se paieraient ma tête, contents de me voir à ce point tétanisé de peur. Je ne lâche plus Clay des yeux, même s'il me fusille maintenant qu'il investit la chaise de l'autre côté. Je ne respire plus non plus. Je cherche, j'essaie de noter un chagrin que seul un frère pourrait porter, mais je n'entrevois qu'une sourde colère, et sur le moment ça tend à ramener un peu d'air dans mes poumons. Je crois qu'elle va bien… Je crois qu'elle tient le coup.

– Attrape ton téléphone, articule-t-il sèchement en s'emparant du sien.

Je déglutis pour me donner du courage, puis m'exécute d'une main tremblante. Il a l'air tellement furax… À juste titre, je le sais, mais ça n'empêche que je me sens pitoyable. Plus coupable à ses yeux que je ne le suis pour les chefs d'inculpation qui m'ont amené ici.

Résonne autour de nous une symphonie discordante de métal et de voix étouffées, pourtant, c'est à peine si elle nous parasite. Nous sommes en position, le combiné collé à l'oreille, mais le silence entre nous traîne. Seuls nos souffles traversent les ondes. Le sien est percutant, autant que les éclairs qui zèbrent ses prunelles semblables à celles de la femme que j'aime, quand le mien s'excuse presque d'exister. Une tension ténue vient envelopper chaque particule d'air autour de nous, comme un écho à la rage qui sature son âme.

Je déteste ça. Je déteste qu'on en soit arrivés là… J'espérais que cette rencontre n'arrive jamais, j'espérais qu'il me raye tout simplement de sa vie, qu'il n'assiste pas à ma chute, voire qu'il n'en ait pas connaissance. Ça m'aurait évité un nouveau poids de culpabilité… Pourtant, si je dois être complètement honnête, à sa place, j'aurais aussi initié le face-à-face. S'il avait bousillé ma sœur, s'il m'avait trahi, je l'aurais mis au pied du mur. Rien ne m'aurait arrêté.

– Comment tu vas ?

Sa question me prend au dépourvu une nanoseconde. Je plisse les yeux en vue de le sonder, puis me rappelle qu'il n'est question que de politesse. C'est juste Clay, un type capable de se tenir dans toute situation. Pas de débordement, ou seulement quand la coupe est pleine. Il se fout de savoir comment je vais, il est seulement bien éduqué et accessoirement la vitre de Plexi l'empêche de me sauter à la gorge.

– J'ai connu des jours meilleurs, finis-je par lâcher.

– Ravi que tu galères.

Je grimace, conscient de mériter son sadisme, puis me mords l'intérieur de la joue en vue de contrer son uppercut invisible quand il enchaîne d'une voix grinçante :

– Est-ce que tu regrettes ?

Cette fois, un rire m'échappe. Un rire jaune, teinté d'ironie. Qu'est-ce qu'il croit, sans déconner ? Que je vis ma plus belle vie, ici, enfermé pour un crime que j'ai commis dans le seul but d'épargner celle qui était ma sœur ?

– Va falloir être plus précis, mon pote, réponds-je avec une grosse dose de sarcasme.

– Est-ce que tu regrettes de nous avoir menti ? grogne-t-il en s'appuyant d'un coude sur la tablette.

– Pour ce que ça change…

– Deamon ! Est-ce que tu regrettes d'avoir cherché à lui nuire, de t'être foutu de moi, d'avoir été un connard de calculateur ?

– Oui ! m'emporté-je. Je regrette, je regrette tout ce qui s'est passé ces neuf dernières années. Je regrette même jusqu'à ma naissance si tu veux savoir ! Je suis une merde, une erreur de la nature, le pire des amis, ça te va ?

Ma réponse atténue sensiblement le pli sévère entre ses yeux, mais n'assouplit pas la dureté de son regard. Bien sûr que je ne voulais rien de tout ça, bien sûr que j'aurais fait les choses autrement si j'avais eu une alternative décente ! Je suis né d'un père psychologiquement déglingué que j'ai tué pour sauver ma sœur abusée et j'ai pensé que ma rédemption tenait entre les lignes d'un article de presse. Est-ce que c'était absurde ? Oui. Est-ce que je recommencerais ? Non. Est-ce que je m'en veux ? Putain, tous les jours !

– Est-ce que t'as couché avec ma sœur pour mieux la manipuler ?

Sa voix électrique annihile toute la colère qui bullait sur ma peau comme une réaction chimique. Je déteste qu'il puisse se poser la question, pourtant, l'idée de la faire jouir pour servir mes propres intérêts m'a effleuré plus d'une fois. Je baisse les yeux une poignée de secondes, remontant à vive allure le film de notre histoire. J'y ai pensé, c'est vrai, mais dès lors que je me retrouvais sur sa bouche, entre ses cuisses, enveloppé de la tension charnelle qu'elle générait sans même s'en rendre compte, tout ce qui faisait de moi un meurtrier et un « fils de » disparaissait. Elle était tout ce qui comptait. Elle est tout ce qui compte toujours…

Convaincu, je reviens m'enfoncer dans les iris de Clay et n'en bouge plus avant de secouer la tête de gauche à droite.

– Est-ce que tu regrettes d'avoir couché avec elle ?

Je secoue la tête une nouvelle fois. Non, je ne peux pas regretter d'avoir cédé à la tentation de la faire mienne. Jamais je ne regretterai ce foutu bonheur qu'elle m'a permis de ressentir dans le cataclysme qu'était ma vie. Clay me scrute avec une violence que je lui découvre, une hargne passive-agressive qui dévoile combien il pourrait tuer pour elle, pour son honneur et son salut. Je sais qu'il aime Nora Jean, je n'en ai pas douté un instant en douze ans d'amitié, mais la rage fraternelle qui déforme ses traits me prouve que j'en avais sous-estimé l'intensité.

– Est-ce que tu es amoureux d'elle ?

Est-ce que...

Putain, mon pote, si tu savais...

J'imagine que la douleur qui torsade de barbelés mon cœur se reflète sur mon visage, car l'animosité qui maculait son expression s'estompe un peu. Il a compris. De toute façon, je ne cherche pas à refouler quoi que ce soit. Je l'ai dans la peau, dans le crâne à longueur de temps, je l'ai jusque dans les veines...

– J'en suis dingue, Clay, soupiré-je en hochant la tête.

Notre duel visuel s'étend dans un silence arrogant. Je devrais me faire tout petit, m'excuser d'avoir abîmé sa sœur et d'être qui je suis, pourtant, je refuse de détourner le regard. Ce serait accorder bien trop de crédit à son scepticisme. Il préférerait que je réfute, je le sais, n'empêche que je redresse lentement l'échine et m'impose avec plus de conviction. S'il ne devait retenir qu'une seule chose de notre tête-à-tête carcéral, je voudrais que ce soit ça : ma sincérité quant aux sentiments que j'éprouve pour sa sœur.

Enfin, mon meilleur ami – si tant est qu'il se considère toujours ainsi – rompt le contact, puis chope ses tempes entre ses doigts et ferme les yeux avec défaitisme.

Je sais, Clay, ça fait suer, mais c'est arrivé et je ne peux plus lutter contre ça.

Je ne saurais même pas dire quand tout a commencé. Est-ce que mon cœur s'est mis à bondir pour elle lors de notre premier baiser ? Est-ce que c'était plutôt le soir où elle s'est montrée troublée par l'annonce du décès de mon père ? Au premier défi qu'elle m'a lancé ? Au lâcher de lanternes ? Dans le fond de cette salle de cinéma ? J'en sais rien, et dans l'absolu, je m'en tape...

Adossé contre la chaise, le combiné fusionné à l'oreille, j'attends que Clay se remette de mon aveu. J'ai le temps en définitive, je suis même totalement dispo. Pas sûr qu'on puisse passer la nuit ici par contre... Comme s'il m'avait entendu penser, l'aîné De Grassi relève un regard usé vers moi et marmonne :

– Qu'est-ce qu'en dit ton avocat ? Tu risques d'en prendre pour combien ? Dix ? Vingt ?

– Elle ne se prononce pas, mais elle a l'air compétente.

– Son nom ?

– Rosalind Porter-Banks.

– Je vais me rapprocher d'elle.

– Pour ?

Il se fige, médusé. À croire qu'il vient d'entendre la plus grosse absurdité de toute sa vie.

– Pour voir comment on peut te sortir de cette merde, abruti ! lâche-t-il soudain.

C'est à mon tour d'être pétrifié par ses mots. Et peut-être aussi par le ton acerbe qu'il a employé. Clairement, les deux ne vont pas ensemble ! Alors, soit cet endroit lugubre a tué quelques-uns de mes neurones, soit il se fout de ma gueule, et dans un cas comme dans l'autre, ça saoule !

– Je ne comprends pas, marmotté-je.

Clay pousse un nouveau soupir exaspéré.

– Je ne sais pas si je te pardonnerai un jour d'avoir manœuvré comme un enfoiré dans mon dos, D. Je ne sais même pas si je te pardonnerai d'avoir impliqué Nora Jean dans tout ça…

Ses lèvres se fendent d'une furtive grimace de dégoût avant de reprendre, moins tendues :

– Mais je pense qu'avec une bonne défense, on pourrait limiter la casse. Tu t'es livré aux flics tout seul, tu dénonces tout un réseau dans l'édito, il y aura fatalement un max de circonstances atténuantes. On devrait pouvoir négocier avec le procureur…

À mesure qu'il me déroule le plan qu'il envisage pour la suite de ma condamnation, une espèce de vague chaude se met à rouler dans ma poitrine. Je le regarde, je l'écoute, et quelque chose fond en moi. Ou se fissure. J'en sais rien. Peut-être que c'est ce « on » qu'il utilise, ce « on » qui sous-entend qu'il reste, même s'il me déteste. Et je crois que je pourrais en chialer…

– Tu n'as fait que la défendre d'un père armé et incestueux, je suis sûr que ça va peser dans la balance.

Un sourire triste s'imprime sur ma bouche et traverse le Plexi jusqu'à l'atteindre. Le temps se suspend après ça. Un temps où je le retrouve, lui, mon meilleur ami, à la différence qu'on a vieilli et que lui est libre comme l'air. Clay ne me fuit pas, il encaisse lui aussi notre nouvelle réalité sans plus être bousculé par une colère venimeuse.

Il s'affale contre le dossier de sa chaise, secoue la tête plusieurs fois quand, j'en suis persuadé, les vestiges de notre amitié remuent en lui.

– Comment elle va ? finis-je par demander.

Clay oblique vers la paroi défraîchie qui le sépare de son voisin, simplement pour ne pas me laisser voir son désarroi. Ce n'est qu'en retrouvant ses yeux bruns que je comprends que sa réponse risque de me mettre à terre…

– Elle ne sort pas de chez elle, elle mange à peine, elle ressasse, elle t'en veut, elle t'aime, elle te maudit, elle pleure… Elle est larguée. T'as foutu un sacré bordel dans sa vie, D., et ça fait chier. Mais elle va se relever, elle a seulement besoin d'un peu de temps.

Chaque battement de mon cœur pisse le sang à cet instant. Il crève. Encore. Il crève d'amour et de chagrin. Pour elle. Pour toujours…

49

Nora Jean
Six semaines plus tard

La barricade grillagée me semble si haute qu'un vertige me saisit. J'ai beau la fixer depuis trente minutes, à bonne distance sur cette allée bétonnée, je subis l'austérité du lieu sans parvenir à m'en départir. Je connais l'univers carcéral pour y être allée lors de mes entrevues avec Dawn, mais une sensation impitoyable de nouveauté me tenaille. Les murs en briques de la prison s'élèvent avec sévérité tandis que les barbelés créent une frontière nette entre le monde extérieur et l'enceinte close de la détention. Je n'avais pas ressenti ça à Bedford Hills, je ne m'étais pas sentie aussi diminuée qu'ici, à Green Haven…

Au loin, le grondement de l'Hudson, qui n'a de cesse de me rappeler la vie qui suit son cours. Malgré ça, le temps semble s'être figé derrière ces remparts. Pas un mouvement, pas un bruit. Tout autour de moi, une tristesse vagabonde imprègne l'air et je crois qu'elle me pétrifie autant que ce pour quoi je suis ici.

Des visiteurs vont et viennent, je sens le poids de leurs regards, ceux des passants également. Ils me jugent, ils s'interrogent, ils compatissent. Et il y a ces autres, les résidents locaux qui circulent sans plus prêter attention à la présence omniprésente de l'établissement pénitentiaire. Ils vivent avec jour après jour quand je me retrouve incapable de remuer un orteil en lui faisant face, le cœur au galop. Je suppose que savoir Deamon de l'autre côté de ces murs bouscule tout, de mon rythme cardiaque à ma volonté de le retrouver. Je ne l'ai pas revu depuis ce dernier soir. J'aurais pu. Clay s'est rendu à Rikers presque tous les jours, Hannibal m'a tannée pour que j'organise une interview exclusive, le pays tout entier m'a poussée à transgresser mes états d'âme… Mais je n'en ai rien fait. Je n'ai pas même assisté au procès.

La juge Wilkinson a prononcé son verdict, il y a trois jours. Coupable. Aucune surprise, aucun retournement de situation. Ce procès sommaire n'était qu'une formalité. Il y avait des aveux, des preuves ADN, la lettre de Dawn que Cassandra avait versée au dossier. Quand bien même ça n'aurait pas été suffisant, mon édito aurait achevé de le condamner. Tout était déjà acté à la mise en ligne de toute façon… Toujours est-il que j'ai le sentiment détestable que tout est allé trop vite. Depuis, j'ai l'impression de ne plus savoir réfléchir. Son spectre est constamment là, il m'obsède, il me tourmente, il me met à l'épreuve jusqu'à me rendre émotionnellement instable. Je ne sais plus ce que je dois faire, comment je dois le faire, ce que je dois croire, accepter ou désapprouver…

Je suis paumée. En manque de lui, à fleur de peau, en colère, fatiguée…

J'exhale un long soupir en accueillant une brise tiède, laquelle annonce un été précoce. Nous entamons la seconde quinzaine de juin. Déjà… Je me force à penser aux doux parfums estivaux qui, bientôt, embaumeront les rues de New York lorsqu'une silhouette s'échappe des grilles en direction du parking et attire mon attention. Une femme. Une femme qui transpire d'assurance et d'une arrogance presque déstabilisante… Saisie d'une sensation étrange de déjà-vu, j'affûte mon observation, mais la femme qui se matérialise dans mes pensées ne ressemble en rien à celle qui ôte à présent sa paire de solaires pour la nicher sur le haut de sa tête. Pourtant, les similitudes physiques se font de plus en plus évidentes. Elle qui ne portait que des vêtements amples se trouve moulée dans un *skinny* sombre, un débardeur blanc, le tout rehaussé d'une veste en cuir. Sa chevelure blonde est tirée en une haute queue de cheval quand elle m'avait habituée à laisser ses longues ondulations se balancer dans son dos… Et que dire de cette prestance déroutante ? Elle est la même tout en étant férocement différente !

C'est Sasha. Je secoue la tête une seconde, refusant d'y croire. Pourtant, c'est bien elle. Oui, Sasha est celle qui s'avance vers un SUV flambant neuf. Cette Sasha qui a démissionné du jour au lendemain, sans un mot d'au revoir…

Un frisson désagréable se met à brutaliser mon épiderme dès lors qu'une connexion suffocante se tisse dans mon esprit. Malgré le brouillard qui s'est établi dans mon crâne ces dernières semaines, les pièces d'un puzzle que je n'imaginais pas avoir à reconstituer se mettent en place et… le sang déserte mon visage. Elle est ici, à une heure de route de Manhattan, elle sort de cette prison, et pas n'importe quelle prison, celle qui retient captif Deamon, elle…

Bon sang, faites qu'il ne s'agisse que d'une coïncidence. Une énorme coïncidence !

Au terme de ma prière silencieuse, ses yeux s'égarent machinalement sur le chemin et s'arrêtent sur moi. Son corps se fige lui aussi et mes maigres espoirs s'envolent. Aucune coïncidence, je le devine dans son regard clair... Une gifle imaginaire me coupe le souffle tandis que nous nous sondons l'une l'autre, Sasha avec une dureté que je ne lui savais pas, moi avec autant d'effarement que de tristesse. Mes genoux peinent à me porter lorsque Sasha pousse un léger soupir, puis amorce une enjambée vers moi. Deux, trois... jusqu'à une douzaine qui la mènent à s'immobiliser devant moi.

Les cordes vocales réduites au silence, je détaille son visage. Je la contemple, la mort dans l'âme, je fouille dans ses traits le je-ne-sais-quoi qui réfutera mon hypothèse improbable. Mais rien. Rien... C'est elle. Elle et personne d'autre...

– Salut, N.J., souffle-t-elle.

– Sasha, tu...

La furtive grimace qui tord un coin de sa bouche me muselle sur-le-champ.

– Je m'appelle Morgan, annonce-t-elle, ses iris à présent nuancés d'un soupçon de regret. Je ne suis pas journaliste, je n'ai pas de chat et je déteste le prénom Sasha.

Un cyclone de souvenirs s'abat entre mes tempes. Les quelques mois que nous avons passés côte à côte me reviennent par rafales et la Terre se met subitement à tourner plus vite que de raison. Elle était... Sasha était de mèche. Non, Morgan était...

– Il faut que je m'assoie, couiné-je en bifurquant de quelques pas bancals jusqu'au trottoir.

Sans me freiner, je me laisse tomber sur le rebord de cet accotement miteux. Bras tendus, je me maintiens de part et d'autre de mes cuisses, à même la poussière et les germes divers qui recouvrent les bordures de béton gris. J'inspire, j'expire, trop vite sûrement, mais je ne sais pas quoi faire d'autre pour tenter de contrer le malaise qui me guette.

C'est à peine si je vois Sash... Morgan m'imiter. Je la sens à ma hauteur, elle aussi assise sur la rangée de blocs grisâtres. Je ne suis pas capable de quitter des yeux le point vague qui me sert de bouée.

– Je suis désolée, marmonne-t-elle. Je me doute que ça fait beaucoup...

Un rire d'outre-tombe s'extrait de ma gorge. Ça fait beaucoup ? Nom de Dieu, elle n'a pas idée ! Morgan ne s'embarrasse pas de mon cynisme dépité et poursuit :

– C'est moi qui l'ai recruté pour le poste d'agent de sécu, au domaine de Stratton. On était ensemble H24, même ce soir-là. Il fallait que je lui donne un coup de main, lui l'aurait fait pour moi… Et c'est tombé sur toi.

– Tu n'es pas journaliste ? Alors comment… ? m'essoufflé-je, le regard toujours perdu droit devant moi.

– Je suis pleine de ressources et j'ai gardé pas mal de contacts de mon ancien job à la CIA.

Cette fois, je trouve la force d'obliquer vers elle. Comment ai-je fait pour ne pas voir ? Nous avons travaillé ensemble durant des semaines, nous avons dévalé neuf étages main dans la main, terrorisées, je lui faisais confiance… Pourtant, je suis passée à côté.

– Pourquoi me dis-tu tout ça maintenant ?

Je la sais concernée par l'enclume de vérité qui m'écrase presque au sol, ses yeux la trahissent. Il n'empêche qu'elle dégage un parfum d'impertinence en s'écartant sensiblement pour me jauger avec un mini sourire en coin.

– Trois raisons : ton édito est imprimé, tu ne peux plus me balancer.

– Je peux écrire un…

– Tu n'en feras rien. Deuxième point : Le procès est passé, aucune chance que je sois inquiétée. Et enfin : je me casse dans dix minutes pour une destination inconnue. Je devrais d'ailleurs être au volant de ma caisse à l'heure où je te parle. Je suis juste venue lui dire au revoir.

– Est-ce qu'il l'a tué ? m'étranglé-je.

Je suppose que son humanité la pousse à ravaler sa suffisance, car Morgan enterre son sourire pour me montrer une moue compatissante.

– Tout ce qu'il a écrit dans son témoignage est vrai. Je sais que c'est dur à croire après qu'il t'a menti autant, mais j'étais là, N.J. Il a tiré avant de sombrer dans un coma éveillé… Il en a chié, tu sais. Je défie quiconque de tenir la route après tout ce qu'il a vu et appris en deux ans de temps. Bref, c'est moi qui ai filé son flingue à Dawn et on s'est cassé.

– Qu'as-tu fait d'autre ?

– C'est-à-dire ?

– Pour lui ? Contre moi… parviens-je à articuler en dépit du spasme d'angoisse qui martyrise mon estomac.

Morgan hésite un instant, probablement par peur de dévoiler des informations qui pourraient l'incriminer d'une quelconque manière.

– J'estime avoir le droit de savoir, exhalé-je avec peine.

– J'en sais rien, N.J., t'es déjà à terre…

Un sanglot se manifeste dans ma gorge à ce moment précis. Je vis sa crainte de me parler avec sincérité comme une annonce délétère.

Elle a raison, je suis déjà à terre, au sens propre comme au figuré, alors franchement, pourrais-je tomber plus bas ?

– OK, abdique-t-elle en se détournant pour fixer la rangée de voitures en face de nous. Mais je persiste : ça ne va pas t'aider à remonter la pente…

– J'encaisserai, mens-je.

– C'est toi qui vois… L'alerte à la bombe, c'est moi ; un face-à-face imposé nous semblait idéal pour que tu lui lâches des infos sur ton article. J'ai payé certains témoins de ta liste pour qu'ils la ferment ; Ambrose m'a d'ailleurs coûté un rein avant de me la faire à l'envers, et tous vos déplacements en voiture de loc' aussi ! J'ai fourni le traceur, j'ai piraté ton ordi, j'ai soumis l'idée d'une publication anticipée au grand patron…

Une larme dévale ma joue à l'instant où mon cœur se brise. Encore. Dans un boucan retentissant. Ça suffit… Je porte péniblement la main entre nous pour la faire taire. Morgan s'exécute et, contre toute attente, respecte une minute de silence avant de se manifester à nouveau. Si je n'étais pas en ruine sur ce trottoir, je verrais certainement la pitié s'envoler de ses prunelles, mais en l'état actuel des choses, c'est à peine si je me sens en vie, donc bon…

– Tu sais, reprend-elle en se relevant, ça aurait pu fonctionner. Il aurait pu se sortir de cette merde sans passer par la case prison. On avait un plan bien huilé, à un paramètre près. Une broutille, un truc qu'on était à des kilomètres de prévoir, ni lui ni moi…

Les yeux pleins de larmes, je redresse tout juste le nez pour la regarder tandis qu'elle recule lentement.

– Toi. À partir du moment où il est tombé amoureux de la journaliste qu'il tentait de manipuler, amie d'enfance de surcroît, la mission est sortie des rails. J'aurais pu tout dire, tout faire, il n'aurait pas renoncé à ce qu'il vivait avec toi. S'il se retrouve enfermé aujourd'hui, c'est pour te protéger, pour t'éviter d'avoir à te compromettre. Entends-le comme tu veux, crois-le ou pas, moi, ce que j'en dis, c'est que l'amour exige des sacrifices, et qu'en l'occurrence, lui s'est sacrifié pour toi.

Je ferme les yeux pour ne pas laisser un torrent de pleurs m'échapper, en vain. Je ne suis plus que sillons de chagrin et de désillusion. Je m'effondre, sans bruit, sans plus une goutte de dignité, à quelques mètres d'un mur de grillage et de barbelés, accablée sur un trottoir douteux. Et je n'ai même pas honte, je me fous pas mal que quelqu'un me voie en pleine descente aux enfers.

– Courage, N.J.

Ses derniers mots précèdent le ronronnement d'un moteur. Sans avoir à rouvrir les yeux, je sais que mon ancienne collègue a disparu, qu'elle a pris la fuite pour ne jamais revenir. Sur l'instant, je n'éprouve aucune colère pour elle, elle n'existe déjà plus, elle n'est qu'un souvenir lointain, tout au plus un écho qui virevolte dans le vent. Ne reste plus que moi et mon cœur en lambeaux, une fois encore malmené à l'excès. Une fois de trop ?

50

Nora Jean
Quatre mois plus tard

– Passe une belle soirée, me souffle Herman avec un tendre clin d'œil.

Je lui réponds d'un sourire en enfilant ma parka d'automne et attrape mon sac.

– Tu as prévu des trucs ? lance Lewis après un demi-tour express sur son fauteuil.

– Rien de spécial. J'irai probablement me perdre à Central Park, demain matin…

– Avec ton appareil ? me taquine-t-il.

Je façonne une moue affectueuse à son attention. Il a visé juste et il le sait, d'où son expression un brin mutine. J'agite les doigts en guise d'au revoir, puis rejoins les escaliers. Aussitôt la porte d'accès refermée dans mon dos, mon expression attendrie s'évanouit.

Il est des combats plus difficiles à mener que d'autres. J'aime à croire que celui auquel je suis confrontée depuis bientôt cinq mois sera le plus rude de tous. Sans quoi, la vie ne vaut peut-être pas la peine d'être envisagée avec enthousiasme. Je m'applique à nager la tête hors de l'eau, je jure que je fais de mon mieux en dépit du nuancier de gris qui cendre ma vie, mais Dieu que je trime. Tout me coûte, tout semble avoir perdu de sa saveur, tout est devenu insipide… Les seuls moments où mon monde retrouve un tant soit peu de pigments sont ceux que je passe derrière l'objectif de mon appareil photo. Capturer la vie devient une sorte d'échappatoire, laquelle me permet de m'immerger dans l'instant présent, quand bien même le poids d'un passé encore trop proche m'écrase. Chaque cliché me rappelle que la Terre continue de tourner. Les déclinaisons de couleur, les jeux de lumière, les sourires de mes modèles ou bien leur grimace, tout tend à adoucir l'obscurité qui me hante. À travers la lentille, je redécouvre la poésie dans des moments simples, jusqu'à oublier brièvement la douleur tenace qui m'empoisonne.

Après avoir sombré sur le parking de Green Haven en juin dernier, je me suis essayée à bousculer mes habitudes. La photo en fait partie, demander à mon taxi de m'arrêter à deux blocs de Hamilton Terrace pour continuer à pied aussi et quitter le journal à dix-sept heures chaque vendredi. Mon prochain défi sera de me rendre à la librairie de la Cinquième Avenue. J'imagine qu'une fois par mois sera un bon début. Je m'y suis refusée jusqu'ici du fait de sa localisation, laquelle est à deux pas de la porte d'un vieux cinéma… J'ai le temps en définitive. Je prendrai le temps…

Je ne suis pas guérie. La douleur est encore vive dès lors que je pense à lui. Vive et confuse. Le manque me corrode toujours, la déception également. À mesure que les jours s'enchaînent, ces sentiments s'amalgament pour ne former qu'une unique boule de chagrin. J'apprends à vivre avec, j'apprends à me réveiller, à manger, à me coucher avec, mais j'ai la sensation de m'épuiser à force de la traîner partout avec moi. Au journal, dans le parc, dans chaque pièce de mon appartement…

Dorénavant, les murs ne sentent plus son odeur, les tissus non plus, comme un déchirant rappel quotidien à la réalité. Ne reste de lui que deux plantes, des coussins, quelques babioles décoratives et une toile polychrome. Certains diraient qu'il est temps de m'en débarrasser, pourtant, je suis incapable de m'y résoudre. Je présume qu'il est trop tôt…

J'achève ma demi-heure de marche retour et inspire une bouffée de motivation en opérant le tour de clé dans la serrure. J'aimais la solitude, j'avais appris à la choyer après Maxwell, et quelque part je l'apprécie toujours, mais réinvestir cet appartement chaque soir depuis Deamon rouvre une blessure à peine pansée. Alors, mécaniquement, je répète les mêmes gestes que les jours précédents en espérant qu'ils finissent par me demander moins d'effort avec le temps.

Délestée de ma parka, je lance une chaîne info et reprends le fil de ma routine imposée. Je débarrasse la vaisselle propre de l'égouttoir, passe un chiffon sec sur les surfaces, regonfle les coussins du canapé, puis m'isole dans la salle de bains pour une douche chaude. Je m'efforce de ne penser à rien, de barricader le visage flou de Deamon qui danse sempiternellement derrière mes paupières closes. Je voudrais dire que j'y parviens sans difficulté, mais ce n'est pas le cas. Je suis marquée, dans mon âme et dans mon cœur. Je ne me pardonne pas de l'être, de même que je suis constamment pleine de reproches pour lui. De regrets aussi…

Cent soixante-douze jours à ressasser. Cent soixante-douze jours à l'aimer dans la souffrance. Cent soixante-douze jours à évoluer dans une vie que je ne reconnais plus.

Vêtue de mon ensemble de jogging taupe, je rassemble mes cheveux en un chignon strict et vais pour sortir de la salle de bains lorsqu'une force invisible m'y soustrait. Une force qui m'astreint à faire face à mon reflet terne. En dépit de ma volonté à relever la tête, le miroir ne ment pas. Aujourd'hui, une forme de tristesse habille mon regard ; je n'étais pas un rayon de soleil permanent avant ça, malgré tout, mes yeux pétillaient. Mes traits m'apparaissent émaciés, la faute à mon estomac capricieux. Quant à mon teint sans fard, sa pâleur révèle une détresse intérieure impossible à nier. Je ne me ressemble plus, pourtant, je suis toujours moi. Oui, je suis moi, mais une variante éteinte, celle qui déborde de mélancolie et de lassitude. Je vaux mieux que ça, je le sais, j'en suis même convaincue, pourtant, je n'arrive pas à refaire surface. Les semaines s'additionnent, mais je n'émerge pas de l'obscurité…

Sur ce piteux constat, j'opère brusquement une volte-face et ouvre la porte, l'œil humide. Alors que les voix sérieuses et rythmées des présentateurs de la chaîne info devraient être le seul fond sonore dans l'appartement, d'autres tonalités s'y emmêlent. L'une d'elles m'est si chère que j'en oublie ma stupeur et multiplie mes enjambées en direction de la pièce de vie.

Clay et Maude sont chez moi, s'attelant l'un et l'autre à différentes tâches. Émue, je dépose une épaule contre le chambranle et les observe tendrement. En cuisine, mon frère a le nez dans deux cabas qu'il vide de leur contenu ; du pain, des gâteaux salés, des bouteilles de vin… Un bouquet de fleurs gît à côté, ainsi qu'un petit paquet emballé de papier kraft. Un sourire fragile s'épanouit sur mes lèvres lorsque Clay rit à une plaisanterie de ma belle-sœur, laquelle se tient, debout, en équilibre sur l'accoudoir du canapé. D'une main, elle tente d'accrocher au mur une banderole de plusieurs lettres, teintée d'un joli rose doré. Des accessoires festifs sont rassemblés sur la table basse, prêts à être mis en scène. Des flûtes de champagne trônent au milieu et…

Cette fois, ma joue accueille une larme, mais celle-ci n'est pas glacée de tristesse comme toutes les autres que j'ai versées jusqu'ici. Elle est d'une tiédeur réconfortante.

– Hey, voici la star du jour !

Clay contourne l'îlot aussitôt, les bras grands ouverts. Je feins de le gronder du regard, ce à quoi il roule des yeux, un sourire éclatant sur les lèvres. Je n'attends pas qu'il me justifie sa présence imprévue et me réfugie dans ses bras. Son étreinte se fait plus affectueuse que jamais, comme s'il cherchait à me dire, sans prononcer un seul mot, combien je lui suis précieuse. Clay ne m'a plus lâchée depuis qu'il a débarqué en juin. Il aurait pu, après toutes les vérités maladroites que je lui ai jetées au visage. Pourtant, il est resté plus de quinze jours à veiller sur moi, et ce en dépit de ses obligations professionnelles. Il m'a accompagnée, il a cuisiné pour moi, il m'a écoutée refaire l'histoire, il m'a regardée pleurer. Il est revenu pour le procès, il m'a ramassée après mon entrevue avec Morgan, il m'a soutenue sans vraiment savoir quoi dire. À compter de ce sombre revirement, il ne se passe pas une journée sans qu'il m'appelle ou m'envoie un message.

– Bon anniversaire, N.J., me souffle-t-il à l'oreille avant de déposer un doux baiser sur mes cheveux.

– Merci…

– À mon tour, simule de s'impatienter Maude.

Je l'enlace sans essuyer les traînées humides que l'émotion a libérées sur mes joues. J'aime beaucoup Maude, tout d'abord parce qu'elle a eu le bon goût de tomber amoureuse de mon frère. De plus, elle est la gentillesse incarnée tout en étant pleine d'un humour adorable. Je n'aurais pas pu souhaiter meilleure compagne pour Clay. Et je dois bien avouer lui envier son sens aigu des couleurs et du style. Tout ce dont regorge ma table basse est harmonieux en plus d'être de toute beauté.

– Donne-moi cinq minutes pour décorer le salon, et on sera prêts ! promet-elle en avisant les accessoires.

– Ce n'est pas nécessaire, votre compagnie me suffit amplement…

– Ah, si, j'y tiens ! Et ton frère aussi.

Bercée par une brise d'accalmie, je l'abandonne pour rejoindre Clay en cuisine, lequel s'affaire en sortant assiettes et plats des placards. Il évolue dans l'espace ouvert avec tant d'aisance qu'un inconnu pourrait s'imaginer qu'il en est lui aussi locataire. Autant j'adore qu'il se sente ici chez lui, autant je me sens tout à coup submergée par des images d'un autre homme qui, avant Clay, avait pris ses marques dans cette cuisine. Sans surprise, l'étincelle de vie qui étirait mon sourire s'étiole. Les mains à plat sur la surface en marbre, je baisse les yeux en forçant sur mes expirations et tente de chasser la douleur sournoise qui sévit un peu partout autour de mon cœur.

– Reste avec moi, murmure Clay en s'accoudant pour capturer mon regard. Ici, dans le présent…

Je hoche la tête. Je me suis promis d'aller de l'avant, et je le lui ai promis aussi, aussi je déglutis par réflexe et imite le sourire que Clay ébauche à mon attention. Un sourire sincère, aimant et bourré d'empathie.

– Aurais-tu prévu de nourrir tout l'immeuble ? me forcé-je à rire en considérant la tonne de nourriture éparpillée sur le plan de travail. Il y a de quoi sustenter le Vatican !

– Alors, même si j'adorerais que tu te remplumes, j'ai privilégié la quantité pour tes invités.

Son clin d'œil canaille, voire un poil prétentieux, me fait ravaler mon amusement simulé sur-le-champ.

– Mes invités ? Je n'ai convié personne. Toi et Maude n'étaient pas même supposés être là.

– Donc tu comptais fêter tes 26 ans toute seule ?

– C'était le plan, oui.

– Pardon, mais ce plan était nul.

– Qui as-tu invité ?

Une peur panique s'installe dans ma poitrine, la même qui s'imprime sur mes traits et fait se hâter mon frère.

– Je ne l'ai pas invitée, elle, pas de stress.

Je soupire de soulagement. S'il avait invité Victoria, je lui en aurais voulu très fort. Depuis Hanover, ma chère mère n'a tenté de me contacter qu'une unique fois. Je n'ai pas décroché. J'ai bien assez de mes pensées tortueuses pour envisager de la gérer, elle ; je refuse catégoriquement de me rajouter sa méchanceté. Si encore elle cherchait à s'excuser pour toutes ses années de malveillance qu'elle a conclues par un affront odieux, mais non, elle n'admettra jamais, elle ne reconnaîtra aucune de ses erreurs, bien qu'il y en ait un paquet !

– Alors qui ?

– Rassure-toi, s'adoucit-il, je n'ai envoyé une invitation qu'aux personnes qui te veulent du bien.

Donc on aura bien de quoi nourrir le fief du pape…

Ma remarque cynique résonne encore dans mon crâne lorsqu'une série de coups retentit. J'avise rapidement ma tenue, hésite à repartir à la salle de bains, puis capitule. Qu'importe. Je me suis cachée toute ma vie derrière une apparence tirée à quatre épingles, avec la sensation de n'avoir jamais été authentique. Je ne dis pas qu'être en survêtement Lagerfeld me correspond davantage, j'aime les belles tenues, les jolies chaussures, les sacs de grandes enseignes, j'aime me sentir élégante, avoir une mise en beauté délicate et un parfait lissage de cheveux, pourtant, j'aime aussi cette déclinaison plus simpliste de ma personnalité. Alors, advienne que pourra.

J'oblique vers la porte qu'entrouvre Maude, sachant plus ou moins qui apparaîtra d'une seconde à l'autre. Ils ne sont pas nombreux à aimer celle que je suis sans jugement ou a priori. Bernice est la première à me couvrir d'un sourire bienveillant. Herman la suit de près, et enfin Lewis. Je récupère la bise de chacun d'entre eux et ne peux me retenir de rire sincèrement lorsque mon collègue trentenaire joue des sourcils.

– Et tu es fier de toi ? le taquiné-je.

– Carrément ! Tu n'y as vu que du feu.

C'est vrai, j'ai passé la journée à partager leur box, leurs pauses-café et leurs jacasseries, pourtant, ni l'un ni l'autre ne m'a laissé penser qu'ils se retrouveraient le soir même dans mon appartement. Alors que Clay guide mes trois collègues jusqu'au salon, les bras chargés de cadeaux, un vent léger tournoie autour de moi. Comme une timide brise qui apporterait un apaisement inopiné. Ils sont là, à plaisanter, à débriefer le vol interminable de Clay et Maude, à s'émerveiller de la toile au mur, à chiper une mignardise sur la table basse… Et un calme paradoxal m'étreint.

Je me suis souvent qualifiée de « socialement solitaire », pourtant, ces cinq personnes me prouvent le contraire. J'imagine que je ne voulais pas voir, peut-être même que je ne leur ai jamais donné la possibilité de transpercer ma bulle de solitude. Toujours est-il que je me sens chanceuse sur l'instant, d'autant plus lorsque Clay me hèle de les rejoindre.

– À ta jeunesse, jolie plante !

Bernice initie le toast en mon honneur, duquel s'ensuit le claquement de nos six verres. Un fond musical s'échappe d'un téléphone et se mélange aux bavardages diffus. Bernice me gâte de ses traits d'esprit incisifs, Herman manque de s'étrangler de rire, Lewis se régale des petits fours, Maude s'émerveille du sourire de son homme quand ce dernier rit à gorge déployée. Le mélange de tous ces univers est détonant, beau mais improbable. Une retraitée bavarde, un père de substitution, un trentenaire en quête de voyages, un geek généreux, une décoratrice au savoir-faire indiscutable, et moi. Moi, la journaliste aujourd'hui reconnue par ses pairs, mais dont le cœur est en ruine…

– On ouvre les cadeaux ? entonne Bernice en claquant gentiment sa paume sur ma cuisse.

– Toi, tu n'ouvres rien, vieille bique, lui lance Herman, je te rappelle que tes 26 printemps sont révolus depuis un siècle au moins !

– Tu veux que je te dise ? le pointe-t-elle d'un doigt sévère. Tu ne m'as absolument pas manqué !

– Bien sûr que si, s'amuse son adversaire, les yeux pleins de malice.

– Qu'on me refile la gale si je mens !

– Temps mort, les amoureux ! Tiens, N.J., intervient Lewis en me récupérant un des paquets réunis sur la table.

J'ai été habituée à être exhibée toute ma vie, que ce soit dans le sillage de Victoria ou au bras de Maxwell, pourtant, l'intimité inédite de ce moment me fait subitement monter le rouge aux joues. Être dans la lumière, ce soir, me gênerait presque. Aussi je m'empresse de déchirer le papier cadeau. Si le malaise m'étreignait, il se dissipe dès lors que je découvre un superbe stylo estampillé de mon nom de plume.

– C'est magnifique, j'adore, soufflé-je.

– À moi !

– On a dit pas de cadeau pour toi…

– Oh, boucle-la, tu veux ! Tiens, jolie plante.

Ma tendre amie m'a offert le dernier best-seller de Rebecca Yarros, ainsi qu'un bloc de coupons « À utiliser pour éloigner les cons ». Un rire collégial emplit le salon à mesure que je lis à voix haute quelques propositions somme toute originales. Herman, lui, m'a acheté un lot de bougies gourmandes. Quant à Clay et Maude, ils me gâtent avec une séance de massage.

– Merci, je suis très heureuse, c'est parfait.

– Attends, il en reste un ! clame Bernice en s'emparant d'un dernier paquet.

Je considère Clay qui se dépêche d'avaler sa gorgée de champagne avant de secouer la tête.

– Ah, non, celui-là était dans ta boîte aux lettres.

– Pardon, c'est ma faute, enchaîne Maude, penaude. J'ai pensé que l'un de vous l'avait oublié sur l'îlot…

– Un admirateur secret ? s'enthousiasme Bernice. Murphy serait-il revenu à la charge ?

Je crois qu'Herman lui répond quelque chose, mais c'est à peine si j'entends sa voix. Un tremblement imprévu ravage mes doigts à l'instant où mes yeux parcourent l'adresse de l'expéditeur.

Établissement pénitentiaire de Green Haven
594 NY-216, Stormville
NY 12582, États-Unis

– N.J. ?

Je lance un regard éclair à Clay, lequel ne peut que traduire l'état dans lequel je m'enlise. J'ai mal, atrocement mal de constater qu'il y a pensé. Mal d'avoir le cœur brisé. Mal d'imaginer que ses empreintes résident peut-être encore sur le papier. À l'endroit même où sont figées les miennes…

Depuis mon tête-à-tête avec Morgan, sa complice, Deamon n'a cessé d'essayer de m'appeler. D'abord, tous les jours, à la même heure. Puis deux à trois fois par semaine et enfin une fois par mois. Je sais qu'il s'est découragé ; je n'ai accepté aucun des appels de la prison, le message était clair… Pourtant, je l'aime. Je l'aime à m'en écorcher la peau certaines fois, mais l'entendre m'aurait mise K.-O., plus encore que je ne le suis déjà. Il espérait probablement aborder le sujet « Morgan ». Je ne doute pas une seconde qu'elle l'ait mis au courant de notre échange, sinon pourquoi se serait-il acharné à ce point ?

Je n'ai pas pu. Je le voulais avec douleur, pourtant, je n'ai jamais accepté ses fichus appels. À côté de ça, je souffre dès que je l'imagine entre ces murs souillés, enfermé pour un crime légitime. Et maintenant, ce colis de la taille d'une demi-brique…

Je dépose une paume fébrile sur mon front, sans qu'elle ait de vertu sédative sur les pulsations migraineuses qui attaquent mon crâne. En ce qui concerne mon rythme cardiaque en roue libre, je sais que rien n'en viendra à bout si ce n'est l'expéditeur de ce cadeau… Oui, dans un monde idéal, il serait encore mon refuge, le pansement de mes blessures. Et je serais le sien…

Je ne devrais pas ouvrir. Je devrais rester sur ma décision de ne pas renouer le contact, quel qu'en soit le biais. Oui, je le devrais, or, mes doigts s'appliquent déjà à décoller les bouts de Scotch. Je suis terrorisée en ôtant le kraft tout autour, si bien que mes membres grelottent comme en plein hiver dans les vingt-deux degrés ambiants. Le silence est d'or à présent. Si je n'étais pas happée par cette boîte noire vierge d'inscription, je les verrais tous certainement retenir leur respiration. Ils attendent, ils s'inquiètent, se jettent peut-être des regards affolés, pourtant, je ne leur prête aucune attention. Ils ne pénètrent pas ma sphère de chagrin, ils ne le pourraient même pas. Je suis seule dans cet appartement, la peur au ventre et le cœur au bord des lèvres.

Le couvercle se soulève doucement sous l'action de mes doigts et… je bloque un hoquet de sanglot en découvrant un bout de papier déchiré sur lequel Deamon a griffonné quelques mots :

Bon anniversaire, Lolli.
Quoi qu'ils en disent, la Reine a conquis le cœur du Fou.
Merci pour cette partie. Prends soin de toi. D.
P.-S. Je suis désolé pour tout ça. Putain, tellement désolé…

Sous la note, mon cadeau est enveloppé d'un papier de soie froissé. Je crois qu'une larme m'échappe dès lors que je déroule l'emballage. Puis une deuxième en découvrant ce que Deamon a pris soin de m'offrir du fond de sa cellule.

Une Reine. Sculptée dans un bois assurément noble dont la couleur rappelle le plus immaculé des ivoires. Une pièce magnifique, d'une pureté souveraine, à l'exact opposé de la noirceur de son Fou.

Je suis la Reine quand il est le Fou… Le Fou aime sa Reine. Et la Reine meurt doucement d'être privée de son Fou…

Je m'écroule à l'instant où les courbes gracieuses de la pièce épousent ma paume tremblotante. Bon sang, je déteste ce cadeau autant que je le vénère… Mais je l'aime, lui, sans mesure. Que l'on me vienne en aide…

51

Deamon

Allongé sur mon lit misérable, un bouquin ouvert sur le torse, je contemple la photo coincée entre les lattes du lit supérieur. Un bout de journal dont les couleurs commencent à passer. Un visage. Un masque d'élégance. Des traits magnifiques, mais un regard sans profondeur. Ce cliché date d'avant mon arrivée à New York. C'est probablement le seul qu'ils ont trouvé pour égayer leur article sur la prouesse éditoriale de cette journaliste enfin sortie de l'ombre. Dans l'absolu, je m'en tape, car je n'ai qu'à fermer les yeux pour la revoir telle que je l'ai aimée. Telle qu'elle s'est dévoilée…

– Cosgrove ! Ton avocate est là, bouge-toi.

La douce voix de Callahan précède le claquement métallique de sa matraque sur les barreaux. Je n'attends pas une seconde sommation et récupère rapidement la photo pour la glisser dans mon bouquin. Trois secondes plus tard, mes mains s'engouffrent dans le hublot de sécurité. Les mâchoires dentelées s'abattent avec un claquement sec sur ma peau. Je ne frissonne plus désormais lorsque l'acier froid des menottes mord mes chairs. En revanche, j'encaisse chaque fois la fulgurance d'un frisson glacial le long de mon échine et je crois que ça ne s'atténuera pas avec le temps…

Dès que je quitte ma cellule, je m'attelle à ne pas dévier de la ligne imaginaire qui m'est imposée ; j'avance, tête haute, regard fixe. Je ne sors pas du cadre, jamais. Enfin, si, je l'ai fait, une fois, trois semaines après mon arrivée à Green Haven. Un des gangs s'était donné pour mission de me recruter et ma réponse ne leur avait visiblement pas plu. Je ne pouvais pas être le premier à cogner, pourtant, certains méritaient une bonne droite. J'ai seulement répliqué après que ma pommette s'est craquelée sous l'effet d'un poing tatoué. Ça m'a valu une belle contusion, mais aucun blâme dans mon dossier puisque je n'avais fait que me défendre.

Je veux juste rester en dehors de cette guerre interne et me sortir de ce microcosme carcéral le plus vite possible. Trois ans, j'ai pris trois ans symboliques. Un moindre mal, pourtant, le temps s'étire à l'infini ici, les secondes sont aussi longues que des minutes, et les heures… interminables.

J'en suis à cent quatre-vingt-seize jours. Soit six mois et douze jours de détention. Pas même un cinquième de ma peine. Je contiens un soupir sur cette pensée et redresse un peu plus le menton. Je dois assumer. Je n'ai pas le choix que de faire face, qu'importe la lassitude, l'ennui, les barreaux et les odeurs dégueulasses. C'était ce qu'il fallait faire.

– Bonjour, Deamon.

Je hoche la tête à l'attention de Rosalind, laquelle se tient droite devant la table en métal qui soutient mon dossier de la taille d'un parpaing. Sans un mot, je me laisse entraîner jusqu'à la chaise par le gardien et masse mes poignets dès lors que l'acier des menottes s'éloigne.

– Pas de vagues, Cosgrove, me gronde Callahan d'un œil sévère avant d'aviser mon avocate. Je reste derrière la porte, Maître.

– Je vous en remercie.

En dépit de sa politesse, Rosalind raccompagne le gardien et referme derrière lui. Elle n'attend pas le cliquetis sourd du verrou extérieur avant de revenir vers moi et s'asseoir à son tour.

– Un verre d'eau ? me propose-t-elle en s'emparant déjà de la bouteille et du gobelet en plastique.

– Merci.

– Comment allez-vous, Deamon ?

– Au poil, souris-je avec cynisme en portant le verre à mes lèvres.

– Pas d'altercation ? De contrebande ? D'insubordination ?

Je secoue la tête pour la forme. Rosalind Porter-Banks est une avocate brillante, plutôt sûre d'elle du haut de ses 30 ans, et absolument lucide quant à ma volonté de rester dans le droit chemin. Elle ne pose la question que par éthique. Et curieusement, elle n'a pas peur de moi malgré le chef d'inculpation qui m'a conduit ici. Elle fait son taf avec une once d'humanité, et ça me va.

– Qu'est-ce qui me vaut le plaisir ? lancé-je alors qu'elle a le nez dans l'amas de feuilles devant elle.

– Deux choses. J'ai commencé à réfléchir à la motion de libération conditionnelle. Nous allons avoir besoin de lettres de recommandation…

– Est-ce qu'on ne doit pas attendre dix-huit mois de détention avant d'envoyer la demande ?

– Tout à fait. Nous avons donc un an pour monter le dossier.

Je l'écoute attentivement me dresser la liste de ce qui me permettra d'écourter ma peine. Au bout d'une dizaine de minutes, la flamme de vie qui s'était éteinte dans ma poitrine se remet à vaciller. Tout ce que j'ai à faire pour appuyer la motion se tient en trois points : briller d'un comportement irréprochable, participer à des programmes de réhabilitation et récolter des lettres de recommandation.

– De quelle réduction de peine parle-t-on ? la sondé-je.

– Au vu de votre dossier, et si vous ne sortez pas du rang, j'aime à penser que nous pourrons obtenir une année.

Un sourire flétri titille la commissure de mes lèvres. Cette nouvelle devrait me remettre d'aplomb, pourtant, une sorte de brouillard mental m'empêche de me réjouir. Je veux me tirer de là, c'est une certitude, mais je galère à imaginer la suite. Je suppose que je vais avoir le temps d'y penser et de m'inventer une seconde chance…

Trois coups frappés à la porte m'arrachent à ma réflexion stérile. Je considère Rosalind avant de la voir refermer mon dossier. Je ne peux pas nier être saoulé que notre entrevue touche déjà à sa fin, d'ordinaire mon avocate me sort de mon quotidien insipide une bonne heure. Force est de constater que quinze minutes auront suffi aujourd'hui. Accoudé au métal froid de la table, je plonge les mains dans mes cheveux et ferme les yeux. Je suis crevé, crevé à rien foutre. Je ne bouge pas d'un millimètre, contraint de rester à mon poste jusqu'à l'arrivée des menottes. Le grincement lourd de la porte se fait entendre, et j'attends, sombrant doucement dans une torpeur inhérente aux murs de cette prison. De toute façon, Callahan sera bien assez tôt à ma hauteur à exiger mes poignets.

– Bonjour, Maître.

Mon cerveau tressaute sur ces deux mots, comme un interrupteur qui viendrait de se lever. Cette fréquence vocale, c'est… c'est un torrent de réconfort et d'angoisse mêlés, lequel distille en un rien de temps un frisson chaud dans chaque recoin de ma poitrine. D'une détente, je relève la tête et… mon pouls se met à déconner illico.

– Deamon, je ne vous présente pas Nora Jean De Grassi, annonce mon avocate en accompagnant cette dernière jusqu'à la chaise qu'elle occupait tout à l'heure. Elle a accepté notre demande d'interview en vue de…

Mon avocate remue toujours les lèvres, mais plus aucun son ne me parvient. Je ne suis focalisé que sur la journaliste devant moi. Le reste de la pièce s'assombrit à mesure qu'elle s'installe sans jamais chercher à accrocher mon regard. Et mon souffle déraille.

Elle est là, elle… Putain, je ne rêve pas, elle est vraiment là, à un mètre maximum de mon foutu cœur en manque. Depuis juin, je n'ai pas arrêté de solliciter *US Today* dans le but de leur offrir une exclusivité sur ma rédemption. Je n'avais plus que cette alternative. C'était boiteux, je le sais, mais j'avais besoin de ça. De la voir une dernière fois, de lui redemander pardon, de lui dire que je l'aime… Morgan avait tout balancé et, merde, c'était devenu insupportable à encaisser.

Alors je l'ai appelée tous les jours, encore et encore. Elle n'a jamais répondu, aussi j'ai fini par contacter sa rédaction en septembre. Toutes mes invitations à une entrevue exclusive ont essuyé un refus. Ils m'ont évidemment proposé tout leur arsenal de journalistes, mais je n'en voulais qu'une seule. Celle-là même qui s'impose, un port de tête franc en étalant un bloc et des stylos sur la table. Celle qui, maintenant que ses iris fusionnent avec les miens, me donne envie de chialer. Elle… elle me hurle sa colère, sa tristesse, sa trouille, pourtant, elle ne prononce pas un mot. Tout se passe dans ses yeux, tout est trouble et palpable en même temps.

– Pouvons-nous commencer ? entame-t-elle d'une voix blanche.

Défait de lire entre les lignes de son joli visage combien les mois passés ont été éprouvants, j'acquiesce dans un soupir. Elle a toujours su magnifier sa beauté naturelle avec du maquillage, mais impossible de ne pas noter les ombres sous ses yeux. Ses joues sont plus creusées, signe qu'elle a perdu du poids, et, putain, je me déteste…

– Comment se déroule votre détention ?

Je passe une paume sur mon front avant de l'ensevelir sous mes cheveux. L'idée était mauvaise, c'est tellement évident, parce qu'à ce moment précis, j'ai envie de crever, de la prendre dans mes bras, de creuser un tunnel dans le mur derrière moi, de me foutre à genoux devant elle. J'ai envie de tout sauf d'une discussion impersonnelle.

– Deamon ? s'inquiète Rosalind.

– Mon incarcération se passe… bien, tranché-je à défaut de mieux.

– Pouvez-vous me décrire une journée type ?

Nora Jean reste dans son rôle, et je jure que ça me flingue… Elle ne déborde pas, elle consolide une distance entre nous, elle conserve un ton professionnel et griffonne sur son bloc. C'est pas nous, ça ! Et c'est pas elle !

– Je me lève, commencé-je, je me douche, je mange, je lis, je sors, je mange encore, je fais du sport, je lis, j'attends, je réfléchis, je regrette, je dîne, je me couche, je lis, je ressasse, je dors en pointillé et je recommence le lendemain.

– Que lisez-vous ?

– Le dernier en date : *La Haine qu'on donne* d'Angie Thomas.

– Très bon choix.

Nora Jean se fige dès lors qu'elle prend conscience de la spontanéité de sa réponse et redouble de froideur. Le dos droit, elle revient se perdre dans mon regard, déterminée à ne pas flancher quand je sais que toute notre histoire lui revient par rafales. Comme c'est le cas pour moi.

– Pratiquez-vous d'autres activités ?

– Il m'arrive de partager un échiquier avec ceux que ça intéresse.

Nora Jean marque une courte pause, et l'espace d'une seconde, j'ai la sensation de la retrouver. Je refais face à ce bout de femme revancharde, celle qui s'accrochait à ses principes jusqu'à se laisser glisser doucement vers une voie que je façonnais pour elle. Une voie de défis, une voie hors de sa zone de confort… Une voie où elle était la Reine et moi le Fou…

– Vous n'avez choisi de vous rendre aux autorités qu'après plusieurs mois. Le regrettez-vous ?

Cette fois, toute la douleur que referment ses prunelles châtains me projette contre le dossier de ma chaise. Je pourrais lui mentir et tenter de me faire passer pour un gars honteux d'avoir traîné à avouer la vérité, et quelque part c'est le cas, mais ce que j'ai vécu avec elle valait tous ces mois de silence.

– Non, déclaré-je en revenant m'accouder sur la table.

– Non ?

– Non. J'ai un paquet de regrets, mais pas celui d'avoir passé cinq mois dans ta vie à oublier ma culpabilité dans tes bras.

Ma révélation laboure ses traits d'une vive inquiétude, laquelle se confirme lorsqu'elle oblique rapidement vers Rosalind. Mon avocate n'est pas en reste. Elle nous jauge tour à tour, sidérée derrière sa paire de lunettes élégante.

– Elle ne dira rien, préviens-je.

– Secret professionnel, valide Rosalind d'une voix moins solide que d'ordinaire.

Sur cette confirmation, Nora Jean revient planter ses billes brunes dans les miennes et relâche un peu la tension qui raidissait ses épaules. S'ensuit un soupir silencieux, tandis qu'elle fouille au plus profond de mon être pour en extraire la vérité.

– Quels sont tes regrets ? ose-t-elle.

– La liste est trop longue… Mais le seul qui me foudroie le bide à longueur de temps est là, dans tes yeux. L'imaginer était déjà pénible, mais le voir, c'est… Lolli, je tuerais encore si ça pouvait effacer tout le mal que je t'ai fait.

Sur cette réalité, Nora Jean s'adosse contre son siège et ferme les yeux dans un rictus défait. Emmurés entre ces murs glauques, éclairés par un unique plafonnier jaunâtre, nous laissons filer les secondes, les minutes, dans un silence mordant. Sa déception sillonne la pièce, mes mauvais choix aussi, jusqu'à laisser résonner le poids de nos cœurs abîmés par ma faute. Je ne cherche pas à rouvrir le dialogue. À dire vrai, j'en suis à enregistrer chaque courbe de son visage, à essayer de capturer les effluves de son parfum, à imprimer le bien-être fugace que sa présence dilue en moi.

Je voudrais qu'elle s'apaise, qu'elle oublie, qu'elle tourne la page. En dépit de ce que je ressens pour elle, en dépit de chaque bout de moi qui hurle son prénom, j'aimerais qu'elle rature tout et passe à autre chose. Tout ce que je veux, c'est qu'elle soit heureuse…

– Je t'aurais laissé partir… murmure-t-elle en rouvrant les yeux. Ça aurait été inconsidéré et tellement loin de mes principes, pourtant, je t'aurais laissé t'enfuir. Je te déteste d'avoir choisi pour moi…

Ma bouche se tord de douleur, comme mon cœur.

– J'ai retrouvé le traceur dans le fond de mon sac, poursuit-elle. J'ai appris pour l'alerte à la bombe, j'ai compris pour la séance de cinéma, Sasha – Morgan – n'était là que pour récupérer mon ordinateur, craquer le code et accéder à mes données. Tout était effroyablement orchestré, Deamon…

– Ça m'a rendu malade.

– Ah, mais tant mieux ! s'emporte-t-elle. Tant mieux si ça t'a fait mal ! C'était répugnant et malhonnête !

Ma nuque ploie vers l'avant, alourdie par la culpabilité féroce qui m'accable. Elle ne m'apprend rien. C'était déloyal, immoral… Et je l'ai perdue à cause de ça, à cause de tout ça.

– Pourtant, je suis là, devant toi, à deux doigts de me fissurer, sanglote-t-elle d'une colère enrobée de tristesse. Deamon, j'ai repoussé ce moment où je me confronterais à notre histoire à travers tes yeux, j'ai prié de toutes mes forces pour que ta trahison suffise à nourrir ma haine. Bon sang, c'était peine perdue, j'ai eu tort d'oser espérer le contraire. Et tu sais pourquoi ? Parce qu'en six mois de temps, c'est la première fois, aujourd'hui, que je sens mon cœur battre sans trop de peine.

Incertain, je remonte lentement jusqu'à elle et me fais faucher par la traînée humide sur sa joue. L'émotion me gagne à une rapidité folle, je la sens poindre sous mes paupières, mais à cet instant, elle ne me plonge pas dans une souffrance indicible. Curieusement, elle me réchauffe le ventre, elle dynamise de nouveau mes muscles et anime la cadence de mon souffle. Parce qu'un sourire fané flotte sur ses lèvres…

– Qu'est-ce que je dois comprendre ? balbutié-je.

– Seulement que j'ai peur…

– De quoi ?

– De t'aimer si fort, imbécile. Et de ne pas savoir faire autrement.

Comment… comment est-ce possible ? Après tout ce que je lui ai fait traverser ? J'essaie de lire derrière le voile de larmes qui sature ses prunelles, je m'y ensevelis, je cherche ce que j'adorais voir s'illuminer dans ses yeux quand tout était moins dramatique. Je ne voulais pas croire que c'était possible, pourtant, j'entrevois la tendresse, les étincelles de soulagement, l'éclair de bonheur…

Je me tourne aussitôt vers Rosalind, laquelle n'en a pas perdu une miette dans le coin de la pièce. Atterrée, elle ne réagit pas, un œil braqué sur Nora Jean.

– Maître, j'aimerais me lever.

– Ah, euh, oui, bien sûr, allez-y.

Sur ce timbre troublé, elle opère un demi-tour en vue de me laisser le champ libre. Sans plus une seconde d'hésitation, je m'extrais de ma chaise. Putain, j'ai le cœur qui pulse comme un forcené, mais aucune douleur ne me martyrise maintenant que je contourne la table. Fatalement plus pudique que moi, Nora Jean se lève sans pour autant venir à ma rencontre. Je m'en fous, je fais le chemin pour nous. Je ferais même le tour du monde pour elle s'il le fallait.

Mes paumes se précipitent sur son visage et, à l'impact, un shoot d'endorphine se dilue dans mes veines. Cette peau, cette douceur, cette électricité sous mes doigts… C'est bon, sans déconner… C'est comme rentrer à la maison. Oui, ma maison, c'est elle, je suis exactement là où tout fait sens. J'exhale par saccades en sentant mon rythme cardiaque s'élancer d'un bien-être dévorant. C'est si puissant que c'en est presque étouffant, et tout autour de nous disparaît dans un fondu au noir. Tout s'évapore. Le béton armé, le climat hostile, le métal froid, la tenue qui me recouvre… Le poids dans mon bide, la tonne de remords dans ma poitrine…

– Je peux t'embrasser ? soufflé-je, mon front collé contre le sien.

Nora Jean ne m'offre aucune réponse. En revanche, sa bouche parcourt la faible distance qui la sépare de la mienne et… je me sens planer d'une extase inespérée. Ses bras s'enroulent peu à peu autour de mon cou et achèvent de pulvériser les vestiges de ma souffrance. Pourtant, elle pleure, mais je comprends qu'il n'est plus question de chagrin ou de rage. Elle pleure du même bonheur que celui qui se répand dans chaque cellule de mon corps.

– Putain, je t'aime tellement, Lolli, lâché-je en m'écartant à peine de ses lèvres.

Son emprise dans ma nuque se raffermit et la Nora Jean passionnée refait surface. Cette fois, sa hargne a un goût de désespoir. De survie. Dans une quasi-apnée, elle reprend par dix fois ce dont je l'ai privée pendant des mois, peut-être même que sa véhémence traduit son envie de punir mes mauvaises décisions, et qu'est-ce que je m'en tape ! Je prends, putain, je prends tout ! Elle égare ses mains dans ma nuque, sur mes bras, puis les remonte sur mes joues rugueuses avant de les orienter dans mon dos qu'elle griffe. Pas de tension sexuelle, simplement un besoin redoutable de connecter nos âmes par le toucher.

– Combien de fois ? Combien de fois as-tu rêvé de nous ? hasardé-je alors qu'elle reprend son souffle tout contre moi.

– Bien trop…

– S'il te plaît, n'arrête jamais.

Son rire sincère enveloppe mon cœur jusqu'à faire bourgeonner un sourire réjoui sur mon visage. Le temps s'étire maintenant que j'enfouis mon nez dans son cou et hume son odeur à m'en faire exploser les poumons. J'ai conscience de l'endroit dans lequel nous sommes, du chemin qu'il nous reste à parcourir, pourtant, je n'ai plus aucune crainte, plus aucun doute. Je l'ai, elle. Ma ligne d'arrivée, c'est elle.

En dépit de la brume exquise qui nous étreint, le toussotement forcé de Rosalind me parvient. Je me décolle de Nora Jean sans la lâcher et oblique vers mon avocate. La femme qui vient de désenchaîner mon cœur en fait autant et lance :

– Peut-on envisager une libération conditionnelle ?

– Nous en parlions avant votre arrivée justement. C'est prévu, je me charge de monter le dossier. Néanmoins, un article sur la rédemption de Deamon ne pourra que nous aider.

– Je m'en occupe. Transmettez-moi les documents, je veux pouvoir revenir dès la semaine prochaine.

– Vous recevrez mon mail à mon retour au cabinet.

Je les écoute et mon sourire ne déserte plus. Je respire son parfum, je m'enivre des petites décharges qui tapissent ma peau, je promène mes doigts sur ses reins et un feu éteint depuis six moins se ravive en moi. Cette délivrance est telle que la vie revient prendre possession de mon être. C'est juste grisant !

– Je me retourne une petite minute, ensuite nous partirons, me ramène Rosalind à la réalité de cette salle d'entretien.

À peine mon avocate a-t-elle le dos tourné que Nora Jean retrouve sa place contre mon corps revitalisé. Mes bras la kidnappent sans effort, presque aussi naturellement qu'elle s'accroche à mon cou. Mais avant qu'elle ne revienne aromatiser ma langue de son goût délicieux, Nora Jean enracine son regard solennel au mien et stipule avec gravité :

– Ne me mens plus jamais.

– Plus jamais.

– Ne t'avise plus de me manipuler.

– Je te le promets, putain…

– Ne me cache rien.

– Un livre ouvert…

Cette brune, la boussole de ma vie, l'émulation de mes sens, s'enfonce plus loin dans mon regard avant d'ordonner, les yeux rougis par ses précédents pleurs :

– Mérite-moi, Deamon.

– Chaque jour.

Je vais pour retrouver ses lèvres dans le but de sceller ma promesse par un baiser impatient lorsqu'elle s'écarte d'une poignée de centimètres. Je la vois hésiter une seconde, puis scintiller d'une lueur savoureuse avant d'oser :

– Quoi qu'ils en disent, Deamon, tu n'oseras pas m'aimer sans conditions.

Mon sourire s'élargit d'un coup. Un sourire franc, amoureux et teinté de défi.

– Jamais sans le Fou, lui rappelé-je en approchant de sa bouche comme un prédateur.

– N'oublie pas que je possède une Reine maintenant. Mes règles du jeu, mes…

J'anéantis la fin de sa phrase dans ma bouche, électrisé par une dose d'adrénaline qu'elle seule fait jaillir dans mes veines. Elle m'imposera toutes les règles qu'elle voudra, elle pourra en inventer de nouvelles, annuler les miennes, je m'en fous.

Tout ce que je veux, c'est elle. À perpétuité…

ÉPILOGUE

Deamon
Cinq cent quarante-sept jours plus tard

– Hey ! Concentre-toi !

Jusqu'ici happé par la double porte ajourée d'une ridicule lucarne, je reviens faire face à l'air hautain de Blackwell. Aujourd'hui ne fait pas exception, elle me met les nerfs. Pourtant, je ne bronche pas, je n'esquisse pas même une foutue grimace et me cheville à son regard noir, surplombé d'un monosourcil sévère. Hors de question de lui donner ce qu'elle attend ! Cette meuf n'a pas arrêté de me chercher, c'est à se demander si, chaque matin, son objectif n'était pas de me faire craquer. Le comble, c'est qu'elle n'y est jamais arrivée ; ça doit sacrément la saouler, d'où son besoin évident d'asseoir son ascendant sur moi encore maintenant, alors que je suis à dix minutes max de respirer hors de ces murs.

– C'est bon ? J'ai ton attention ? grogne-t-elle comme un pitbull affamé.

– Vous l'avez, madame.

– Je te remets tes effets personnels, déclare-t-elle en poussant une enveloppe marron vers moi. Tu signes ici… Très bien. Je vais à présent te lire les recommandations d'usage.

Blackwell chausse ses lunettes à double foyer.

– La présente lettre atteste de la libération conditionnelle de M. Cosgrove Deamon. Au cours de son incarcération, il a démontré un comportement exemplaire et a activement participé aux programmes de réhabilitation. Nous soulignons son obligation de respecter toutes les conditions de sa libération conditionnelle, y compris le suivi régulier avec son agent de probation, Cillian Havisham, et la participation aux programmes recommandés. Un suivi médical et psychologique est de surcroît fortement recommandé…

Je n'écoute qu'à peine la fin de son laïus et décachette grossièrement l'enveloppe kraft. Le Fou roule dans ma paume et, immédiatement, un sourire en coin étire ma joue. J'en ai tâté des pièces d'échecs à Green Haven, mais aucun n'avait le quart du dixième de sa symbolique.

– Date et signature !

De ma main libre, j'attrape le stylo enchaîné au comptoir et émarge les deux exemplaires que Blackwell vient d'abattre devant moi.

– Est-ce qu'on a fini ? soupiré-je en archivant ma copie contresignée dans la poche de mon vieux jean.

– On a fini. Tire-toi vite avant que je ne change d'avis.

Sur sa dernière syllabe, un vent d'euphorie se met à enfler dans mon ventre. Et c'est là, seulement là, que j'ose le plus hypocrite des sourires. Celui qui, fatalement, la fait bouillir tant il sonne faux. Elle ne peut rien contre la décision du comité et encore moins contre la validation du juge. Elle et son sadisme avéré adoreraient me remettre en cellule et m'aboyer dessus. Son expression frustrée est on ne peut plus révélatrice. Pourtant, je recule déjà en direction du sas en mimant un salut militaire. Que ce soit clair : cette conne ne va pas me manquer !

Un gardien anonyme active l'ouverture de la première porte dès ma volte-face exécutée. L'appel d'air m'aspire jusqu'aux derniers remparts blindés et le second grésillement mécanique retentit. Une moiteur d'excitation me tapisse la colonne dans un frisson délectable. Ma parole, j'y suis… Sept cent quarante-trois jours, bordel ! Le battant s'écarte dans une lenteur urticante et, enfin, le monde se dévoile.

Accueilli par les rayons du soleil printaniers, j'enjambe le seuil et expulse un rire soulagé. Deux ans et douze jours de galère… Cent six semaines d'enfermement, putain… Le visage aimanté au ciel, je me laisse envahir par une vague de bien-être, par les odeurs florales, par le bruit lointain de l'Hudson. Je ne bouge pas, galvanisé jusqu'au bout des ongles.

– Allez, avance.

La tape sur l'épaule – absolument pas amicale – du gardien m'intime de me rapprocher de l'enceinte grillagée. Tant pis pour la minute de sérénité, je me casse ! D'un pas dynamique, je le rejoins et trépigne en silence dans son dos lorsque ses clés débloquent un à un les verrous. Même s'il m'était donné d'accélérer le temps, ça n'irait pas encore assez vite. Je veux tout, tout de suite, sans limite, sans chaîne ! Quand enfin je pose un talon à l'extérieur, mes sens s'exaltent de concert. J'ai faim, j'ai chaud, ma peau s'électrise, mon ouïe s'affûte et ma vision s'élargit jusqu'à dénombrer chaque nuance de couleur qui parsème les environs. Tout semble plus vif, plus beau, plus authentique… Tout est putain de délicieux !

Et tout le sera encore plus quand je l'apercevrai, elle. La Reine de mon monde de fous...

Alors que je recense rapidement les quelques caisses stationnées en bataille sur le parking, un type surgit de nulle part et manque de faire s'actionner mon crochet du droit.

– Bonjour à toi, cher ami.

Je rattrape mon souffle à la volée tandis que le sosie de Jésus, planté face à moi, joint ses mains sous son menton en souriant comme un sociopathe défoncé aux thèmes astraux.

– Salut... marmonné-je avec méfiance.

– Je me présente, Ilyes, de l'association « La voie du renouveau ». Je me tiens devant toi, en tant que ton égal, avec bénévolence et philanthropie, pour te signifier combien nous sommes heureux de te voir arpenter l'audacieux chemin du changement. Nous te félicitons pour cet accomplissement et...

OK, pause. Je le regarde et je suis partagé... Me gifler pour me sortir de ce qui semble être un rêve chelou ou appeler l'asile le plus proche. Quelque part, ce gars est flippant, et justement parce qu'il paraît habité par une puissance divine pacifique. Il bavasse d'une voix alanguie, sans s'arrêter, mais une joie singulière flotte sur son visage.

Bref, je ne suis pas hyper à l'aise.

– Aussi, en guise de bienvenue, acceptes-tu l'accolade du cœur ?

Pas sûr, mon pote...

Devant mon froncement de sourcils réticent, cet Ilyes-fumeur-de-chanvre s'amuse de ma réaction en secouant lentement la tête. Par précaution, j'avise furtivement le parking désert, avant de réintégrer son regard lymphatique.

– Nous ne sommes pas tous adeptes du contact physique, je le conçois, mon ami, aussi je te propose une généreuse poignée de main. N'aie crainte, je te laisserai ensuite voguer à ton aise sur la mer de toutes les possibilités.

Cette fois, je retiens un rire. Sans blague, ce mec est perché... Et franchement, j'en viens même à espérer qu'une des caméras de surveillance enregistre ce moment complètement surréaliste.

– Veux-tu ? insiste-t-il dans un soupir nonchalant.

– Allez, va pour la poignée de main, mais...

Je n'ai pas le temps de terminer ma phrase que maître Yoda récupère mes mains. Une paume dessus, une paume dessous, et... ma parole, c'est épique. Quelques secousses plus tard, après une communion visuelle malaisante, Ilyes referme mon poing et s'écarte.

– Une belle journée, l'ami !

Le picotement dans ma main me fait tiquer et rouvrir les doigts alors qu'il détale déjà... Non, mais, qu'est-ce que... Oh, putain !

– Attends ! Tu reprends ça, espèce d'enf...

– Cosgrove ! Donc tu pars sans dire au revoir ?

Un frisson gelé dévale illico ma colonne et givre chacune de mes vertèbres dans un temps record. C'est Callahan...

Fait chier !

Animés par l'affolement soudain de mon pouls, mes neurones se mettent à cavaler dans tous les sens. Les semelles du surveillant pénitentiaire claquent sur les gravillons et mon cerveau fume.

Ça ne peut pas être vraiment en train d'arriver, si ?

En mode survie, je calcule, j'envisage, j'évalue les risques et... je fulmine, mutique, tendu des pieds à la tête ! Si je le jette, il captera. Ou alors, je le laisse tomber par terre et le planque sous ma pompe... Il va me griller, il est trop près.

Bordel !

Un dernier coup d'œil au parking, déserté du pire prophète au monde, et j'abandonne toute tentative en scellant le poing.

– Qui était-ce ? se marre-t-il devant mon teint probablement livide maintenant que j'opère un demi-tour.

– Un sale con.

– De retour parmi les dingues, t'es content ?

Callahan se fout de moi sans méchanceté. C'était d'ailleurs le seul dans cette prison à porter l'uniforme sans être rigidifié par l'intitulé sur son C.V. Je le sais intègre, mais contrairement aux autres, dès qu'il a compris mes motivations, il s'est positionné en véritable catalyseur. C'est vrai, je l'aime bien, pourtant, je voudrais qu'il ne soit jamais sorti de cette enceinte de briques mornes. Je voudrais que le plastique bombé dans ma paume ne me brûle pas autant. Je voudrais revenir en arrière et dégager le prêcheur idéaliste à coups de pied dans le cul, putain !

– Est-ce que ça va ? se rembrunit-il en louchant sur mon poing serré.

– Callahan, je...

– Qu'est-ce que c'est ? Cosgrove, dans ta main, qu'est-ce que c'est ?

Saisi d'un soubresaut de survie, je jette un dernier coup d'œil au parking, puis fais craquer ma nuque en revenant faire face à Callahan. Je suis mort...

– Je te jure que c'est pas à moi, débité-je. Ce connard se pointe, une asso de dégénérés. Il... il l'a foutu dans ma main, j'ai rien demandé, je ne fume même pas et tu le sais !

– Montre !

Son ordre me coupe la respiration, peut-être les jambes aussi, parce qu'il résonne comme la détonation d'un boulet de canon. Je résiste encore une nanoseconde, transi d'une peur panique, quand mon gardien référent réquisitionne mon bras pour forcer l'ouverture de mes doigts.

– Tu sais que je n'ai pas le choix, gronde-t-il en découvrant ce que je cache. C'est une violation de ta conditionnelle, Deamon.

– Mais c'est l'autre…

– Mains dans le dos. Immédiatement !

– Callahan, ne fais pas ça…

Un nuage noir recouvre le ciel à une vitesse fulgurante. Un nuage que je suis le seul à voir à présent que je sombre dans un défaitisme léthargique. C'est un putain de cauchemar… Je sens la poigne de Callahan se resserrer dans mon dos sans l'avoir vu me contourner avant ça. Il me pousse jusqu'au mur de grillage, me mettant face à cette bâtisse que j'exècre plus encore que le petit enfoiré qui m'a laissé un sachet de beuh. Je ne veux pas y retourner, je refuse d'y refoutre un orteil ! Impossible !

– Callahan, arrête tes conneries, grincé-je après que le bip de son talkie m'arrache le tympan.

– Agent n° 12 à la grille. Je ramène Cosgrove que je viens de choper avec de l'herbe. Une centaine de grammes.

– Je te dis que c'est pas à moi ! tonné-je en tentant une volte-face vaine et désespérée.

– À qui, alors ?

– Mais j'en sais rien ! Un illuminé ! Et ce connard m'a piégé.

– Parce que t'as déjà fait ça, toi ? Piéger quelqu'un pour fausse détention de stupéfiants ?

– Bien sûr que…

Le « non » reste bloqué dans ma gorge. Il se fige, comme chaque cellule de mon corps en guerre. En vérité, je l'ai déjà fait, j'ai déjà monté un plan comme celui-là et…

– Quoi qu'ils en disent, mon amour, la Reine triomphera toujours.

C'est à mon cœur de freiner sa course d'un coup sec. Ce n'était pas la voix de Callahan, mais celle, tout juste murmurée à mon oreille, d'une femme pervertie par l'insolence de mon Fou. Une femme dont le parfum sucré et fleuri m'arrive aux narines. Une femme amoureuse. Une femme fougueuse. La mienne… La pression dans mon dos se relâche doucement et une ondée d'adrénaline ruisselle dans mes veines jusqu'à désagréger le tison d'angoisse qui les saturait.

Je récupère mes mains, saisi d'un vertige, quand un scénario se tisse entre mes tempes. Un scénario que j'avais pris un foutu plaisir à écrire sur le pouce dans ce hall d'aéroport il y a deux ans et demi... Le rythme cardiaque encore en cascade, j'opère une volte-face et découvre Nora Jean, rayonnante, un pas en arrière de mon mètre quatre-vingts bandé. Le menton fier, elle pince ses lèvres pour dissimuler un sourire victorieux et me braque de ses iris chocolat qui pétillent d'une espièglerie savoureuse.

Ses longs cheveux bruns ondulent gracieusement autour de son visage, accentuant son côté sauvage. Et que ce soit clair : c'est définitivement comme ça que je la préfère... Quant à ce chemisier vert émeraude, signé *Bergdorf Goodman*, qui sublime ses courbes et dont les premiers boutons sont ouverts pour laisser apparaître la naissance de son décolleté... une tuerie ! Au-delà d'être un rappel flagrant de ce jour où ma folie l'avait contrainte au vol, ce chemisier est un appel au crime ! Je sais qu'elle ne porte rien dessous, je le devine aux mouvements du tissu qui épouse sa poitrine par endroits grâce au vent, jusqu'à faire ressortir la pointe de ses seins avec sensualité...

Je vais la bouffer. Tout. Entière ! Mais pour l'heure...

– Est-ce que tu m'as piégé, De Grassi ?

– Tu verras, Cosgrove, un jour tu trouveras ça drôle.

Mon sourire intérieur est démesuré quand mes lèvres restent immobiles. Je ne peux pas la laisser gagner tout de suite, bien qu'en définitive elle ait déjà tout remporté il y a plus de deux ans. Je pourrais mourir pour elle, je serais prêt à ramper à ses pieds si elle me le demandait, et elle le sait, mais ça me plaît assez de lui tenir tête. Par principe, parce que, merde, j'ai failli crever de stress à cause de son canular !

Je considère rapidement Callahan près de la grille d'entrée, lequel me décoche un clin d'œil de sale gosse. Elle l'avait mis dans la combine... Cette nana, ma parole ! Et lorsque je le quitte pour revenir sur cette brune rebelle, un type à l'autre bout du parking me déjoue de mon objectif. Un illuminé vachement moins perché qu'un peu plus tôt si j'en crois son changement de look. Man bun, casquette à la ceinture, skate sous le pied, il se marre en exagérant un signe de prière avant de fendre l'asphalte et disparaître...

Cette fois, je réintègre les prunelles indociles de la sœur de mon meilleur ami et enterre un soupir admiratif. Une stratège. Magnifique. Tenace. Effrontée. Et un chouia vindicative... J'adore, putain !

– Qu'est-ce que j'ai fait de toi, Lolli ? me désolé-je dans un sourire.

Nora Jean sourit largement cette fois. Un sourire à la fois ravi et candide. Après ça, je pulvérise la distance entre nous et l'attire rudement contre moi. Tant pis pour mon ego de mâle alpha, il s'en remettra. Un bras cadenassé dans son dos, j'empoigne sa nuque jusqu'à lui enjoindre de plonger dans mon regard fasciné. Le feu qui danse dans ses iris contraste avec l'immobilité de ses bras qu'elle maintient le long de son corps ; elle conserve une expression ferme et taquine, refusant de plier trop vite, même si sa peau se pare déjà d'une fine chair de poule. Et ses tétons se dressent sous le satin de son chemisier…

Après deux mois d'abstinence totale, je la retrouve enfin et je refuse de perdre une seconde de plus. Ma bouche vient épouser voracement la sienne, laquelle m'offre sa langue acidulée sur-le-champ. Nora Jean abdique dans un souffle d'aise et s'abandonne, en s'agrippant fermement à ma nuque.

Je le répète, je pourrais tuer pour elle, pourtant, le bonheur indécent qui contamine chaque parcelle de ma peau à cet instant me fait dire que je n'aurais jamais à le faire. Elle ne le permettra pas. Nora Jean ne laissera plus jamais personne nous foutre à terre. Ces dix-huit derniers mois, elle s'est dévoilée autrement, elle est devenue plus impulsive, plus persévérante encore, tout en aiguisant son esprit cartésien et pragmatique. Elle a collaboré activement avec mon avocate, elle a publié un article coup-de-poing sur les raisons de mon incarcération. Elle s'est battue pour moi, avec moi. Elle a rendu cette lutte pour ma liberté tellement moins pénible, pourtant, je lui en avais fait baver… Mais elle a été là, chaque fois qu'elle le pouvait, chaque fois que je souffrais de la détention, chaque fois que j'avais besoin d'elle, à l'exception des huit semaines passées. Assurément les plus longues de toute mon existence bancale… Et clairement mon système sensoriel au garde-à-vous est en phase avec ça !

– Tu m'as manqué, grogné-je contre sa bouche, veillant à ne laisser aucun souffle d'air passer entre nos deux corps.

– Combien de fois t'ai-je manqué ?

– Chaque seconde, de chaque minute…

Je me réapproprie ses lèvres sauvagement, puis m'écarte pour compléter :

– De chaque heure, de chaque putain de journée.

Alors que ses yeux bruns me hurlent qu'il en a été de même pour elle, un bruit de caillasse, puis de métal, résonne derrière nous.

– Foutez le camp, nous somme Callahan en exerçant les tours

de clé nécessaires de l'autre côté du grillage. Et surtout, que je ne te revoie pas ici !

– C'est absolument pas dans mes projets ! réponds-je sans quitter la lueur divine qui brille dans le regard de Nora Jean.

– Je t'emmène ? susurre-t-elle.

Sans parvenir à m'en empêcher, je reviens me nourrir de sa bouche tandis qu'elle amorce notre fuite de quelques pas en arrière.

– Où tu veux tant que c'est avec toi.

***

Nora Jean

Nous roulons depuis bientôt deux heures trente. Le temps est idéal, le soleil brille sans m'éblouir, la circulation est fluide, le panorama verdoyant ajoute à la sérénité qui ne désemplit pas l'habitacle. Néanmoins, je mentirais en prétextant que mon bonheur réside dans ces choses simples telles que la météo ou la beauté de la nature environnante. En vérité, je ne dois ma douce euphorie qu'à l'homme qui s'est assoupi il y a une heure sur le siège passager et dort encore. Je ne cesse de le caresser des yeux, comme s'il me fallait une énième preuve. J'ai la sensation de rêver, de ne faire que survoler le cuir de l'assise quand je me sais pourtant confortablement installée derrière le volant. Et je souris, sans m'en rendre compte, sans même essayer de me retenir.

Il est des certitudes dans la vie, des évidences indiscutables. Les saisons qui se succèdent, la contagion d'un rire sincère ou encore l'apparition des étoiles à la nuit tombée. Ma certitude à moi, celle qui supplante toutes les autres, les tangibles comme les spirituelles, c'est lui. Deamon. Il est devenu ma certitude, l'assurance pleine et entière qu'il est possible d'être aimé avec déraison, et d'aimer malgré les épreuves, ou grâce à elles. Je ne me pose plus de questions, j'ai cessé de lutter contre les idées reçues et l'image que je renvoyais au monde en étant éprise d'un repris de justice. J'ai arrêté de me torturer pour enfin accepter le fait qu'il est la voie que je veux emprunter, la seule que je visualise sans brume diaphane.

Je sais que nous avons tout à construire, et ça ne me fait pas peur. J'ai confiance en la vie, mais, plus véridique encore, j'ai confiance en nous. J'ai essayé de vivre sans l'aimer, je me suis efforcée très fort de le faire, sans y parvenir. Lui pardonner a été plus facile que je n'osais l'imaginer. Je n'avais eu qu'à le retrouver dans cette salle d'entretien après six mois d'errance pour que tout se remette en place. Mes idées, mes envies, mes combats.

Depuis plus d'un an, je me sens renaître, si tant est que ce soit possible. Je n'ai pas eu à forcer les choses, les astres se sont curieusement alignés et celle que j'étais s'est transformée en celle que j'aspirais à être. Dorénavant, je ne m'applique plus à rentrer dans des cases, j'avance à l'intuition et j'ose.

J'ai osé me confronter à ma mère l'année dernière. Alors que je n'avais plus aucun contact avec elle depuis le désastre du gala, Victoria Elinor De Grassi s'était présentée à la cérémonie *George Polk*. Je recevais le prix du meilleur reportage d'investigation quand elle se pavanait au milieu d'une foule de personnalités émérites et prospères. Une dose de culot dans chaque poche, elle se vantait d'être celle qui avait mis au monde la jeune journaliste récompensée par ses pairs. J'en ai eu la nausée. Mon trophée en main, je me suis sentie portée jusqu'à elle par une rage écœurante. Je revois encore l'humiliation germer dans ses yeux à mesure que j'exigeais son départ immédiat d'une voix glaciale.

C'en était fini, je signais le point de non-retour de notre relation mère-fille à la seconde où je refusais de lui accorder la faveur d'une explication en privé. Elle ne la méritait pas. Elle ne m'a même jamais méritée et cette conviction s'est vérifiée dès lors qu'elle avait tourné les talons, nimbée de sa dignité polaire. Parce qu'une volute de soulagement m'a traversée, laquelle s'était étoffée quelques jours plus tard, dans le cabinet de Rosalind. J'ai renoncé à toute prétention future sur l'héritage de ma mère, quel qu'il soit. Dorénavant, je suis moi, sans Victoria, sans sa bassesse, sans son égocentrisme. Juste une De Grassi de nom, en hommage à mon père, rien d'autre.

Après cette remise de prix salutaire, les propositions professionnelles ont afflué. Le *Time*, le *New Yorker*, le *Rolling Stone*… J'avais l'embarras du choix et, ainsi, la promesse d'une carrière florissante sous chacun de ces grands noms de la presse écrite. Pourtant, j'arpente toujours l'étage de *US Today*, incapable d'abandonner les murs qui m'ont permis de me révéler. J'ai longtemps cherché à briller pour de mauvaises raisons, biaisée par une dépendance affective destructrice et une éducation autoritaire ; aujourd'hui, je choisis d'aider les autres à sortir de l'ombre. Cassandra Langley a été la première que j'ai mise en lumière. Grâce à ses révélations, mon nouveau projet journalistique prenait vie et, dans un même temps, il nourrissait un besoin de plus en plus viscéral en moi : celui de raconter ma vérité.

C'était un soir de septembre, l'année dernière. Après une journée harassante, je me suis installée sur mon canapé, la chaîne info en fond sonore. Je me rappelle avoir ouvert mon ordi, puis un fichier vierge, et m'être mise à écrire. Encore et encore. Sans m'arrêter, jusqu'à voir le jour se lever. Un mois plus tard, je posais le point final d'un récit autobiographique de plus de cent trente mille mots. Un poids que je ne pensais plus porter s'est envolé à l'instant où je signais, sans honte, mon nom de plume en pied de page. Je choisissais de ne plus me cacher et de me positionner en victime conquérante.

Deamon a été le premier à me lire. Trois jours lui ont suffi. Certains passages ont macéré en lui un moment après ça, je le devinais dans ses yeux chaque fois que je le retrouvais dans l'enceinte surprotégée de Green Haven. Il enflait d'un sentiment d'injustice, il brûlait de ne pas pouvoir agir, puis, à force de discussions et de passion, il a compris. Il n'avait pas à agir pour moi. Je l'avais fait, seule, en écrivant cette ode à la renaissance, en brisant le silence, en m'émancipant de tous mes secrets. Et quelque part, ses sentiments pour moi ont évolué après ça. Il m'a aimée encore plus.

Sur les conseils de Clay, j'ai soumis mon manuscrit à plusieurs maisons d'édition et tout s'est enchaîné. Le contrat, les corrections éditoriales, la conception graphique, l'élaboration du plan marketing, la publication et, enfin, la tournée de promotion. J'ai voyagé à travers le pays ces deux derniers mois, j'ai enchaîné les conférences, les salons, les séances de dédicaces, je me suis laissé porter par une équipe extraordinaire. Je n'avais qu'une seule exigence : être exemptée de toute obligation à compter d'aujourd'hui.

Je devais être là à sa sortie et libre de rester près de lui pour un temps indéfini. Je souris dans un soupir d'aise en obliquant rapidement vers Deamon. En dépit de son aura magnétique qui rebondit dans l'habitacle, il me faut le voir, lui, pour le croire vraiment. Il n'a pas bougé d'un centimètre, de biais sur son siège, le dos calé de moitié contre la portière. Il dort toujours, probablement apaisé par le ronronnement du moteur. Son Fou enroulé dans sa paume…

Deux mois sans le sentir, sans le toucher ou le dévorer des yeux… Et c'est fini. Toute cette histoire est derrière nous. La prison est loin dans mon rétroviseur, le spectre de Karson bien plus encore. Ne reste peut-être en lui que l'image floue de Dawn, cette sœur qu'il n'a pas pu sauver. Lire la lettre qu'elle avait écrite pour son frère a été une épreuve pour lui ; Deamon ne la connaissait qu'au travers du prisme de la déchéance, il ne lui a même parlé que trois fois lors de son activité au domaine de Stratton. Pourtant, son cœur s'est abîmé un peu plus ce jour-là.

La troisième missive de Dawn ne contenait que quelques lignes, mais ça a suffi à plonger Deamon dans une spirale de chagrin que je n'ai pas su tempérer. En tout cas pas tout de suite. À présent, j'ai compris, il avait seulement besoin de faire son deuil. Aucun mot ne pouvait alléger son mal-être et ce sentiment écrasant d'abandon. Lui qui appartenait à deux familles diamétralement opposées s'est retrouvé sans attache, sans plus un repère familial auquel se raccrocher. Je suis restée à ses côtés autant que possible, malheureusement contrainte de le quitter en dehors des heures de visite autorisées. Et je l'ai aimé. De toute mon âme. En silence, avec douceur et débordante de compassion.

Aussi, en septembre dernier, Deamon a choisi de renoncer à l'héritage Townstend qui lui revenait de droit. Sa filiation avait été prouvée, il était donc le dernier de cette famille à pouvoir prétendre à ce résidu successoral. Il n'a pas hésité un instant. Accepter cet héritage revenait à avaliser les horreurs que Karson avait semées tout au long de son existence. Il a été catégorique : il ne voulait rien, ni le nom, ni la fortune, absolument rien.

– T'es sublime…

Sa voix éraillée provoque mon sourire naturel, celui qui transpire de bonheur. Je n'ai qu'à peine le temps de me détourner de la route que sa bouche s'échoue dans mon cou et me déclenche une chair de poule redoutable. Son nez me hume avec force tandis qu'il promène ses lèvres et me goûte dans une lenteur exquise.

– Deamon, je conduis…

Son grognement s'étale sur ma peau à l'instant où ses doigts atteignent mon ventre. Il agrippe mon chemisier avec hargne, distillant tout un tas de minuscules décharges sur mes chairs. Bon sang, je suis passée de zéro à cent en une seconde, réceptive jusqu'au bout de mes orteils, traversée par un courant électrique qu'il a toujours été le seul à générer en moi. La faute à ces deux mois d'absence probablement. La faute à cette alchimie entre nous, sans hésitation… Deamon se retient de jurer lorsque j'expulse un geignement d'une excitation en pleine montée. J'aimerais être capable de me contenir, mais je ne peux pas garder le contrôle du véhicule et de mon corps en même temps, c'est l'un ou l'autre. Et je choisis de nous garder en vie !

– J'ai faim, maugrée-t-il sous mon oreille.

– De moi ?

– Tellement… Mais je ne dirais pas non à un bon gros burger avant !

J'enterre un rire en simulant d'être vexée et le repousse sur son siège. Son éclat de rire à lui résonne si fort qu'un nouveau bataillon de frissons vient envelopper mon cœur.

– Tu vas encore conduire longtemps ?

– On arrive dans cinq minutes à peine, déclaré-je en pointant un panneau au loin.

– Montgomery…

Son soupir serein précède sa paume qui se cale à l'intérieur de ma cuisse et fait fourmiller l'épiderme dessous. Je sais qu'il a compris. Bien sûr qu'il n'a pas oublié… Nous empruntons le chemin gravillonné exactement quatre minutes après ça. Dès lors que j'enclenche le frein à main, mes yeux se fixent sur lui et ne s'en détachent plus. J'aime tant voir l'apaisement lisser ses traits quand, justement, ils étaient figés de tension au centre de détention. Ces deux années ont été si rudes pour lui, pourtant, il n'en garde que peu de stigmates physiques. Ses cicatrices sont invisibles pour la plupart et je fais le serment de l'aider à les panser.

– Tu ne pouvais pas mieux choisir, souffle-t-il après qu'il m'a attrapée par le cou pour me lover contre son flanc.

Les prunelles aimantées à l'auberge, Deamon nous conduit sur la petite allée qui mène à l'entrée sans jamais réduire l'intensité de sa prise autour de moi. Dire que j'aime ça serait un euphémisme, c'est plus que ça. Sentir sa chaleur me contaminer, son bras me maintenir tout contre lui, alors que nous ne sommes plus dans l'obscurité d'une prison haute sécurité, c'est succulent, à un cheveu d'être jouissif…

– Est-ce que tu as réservé ?

– Évidemment.

– Tu as tout prévu ? s'amuse-t-il en attrapant mon menton pour m'amener à ses lèvres.

– Presque…

Mes paupières s'affaissent d'un bien-être insolent lorsque sa bouche me récompense d'un baiser express, mais gourmand. Sans le voir, je sais qu'il se réjouit de constater mon absence totale de résistance face à ses attentions. Très honnêtement, je me délite sur son sourire et ça dure depuis plus de deux ans, malgré ses apparitions moins fréquentes…

– Madame, monsieur, ravie de vous revoir. Je vous en prie, suivez-moi.

Contrainte et forcée, je quitte l'expression comblée de Deamon et reconnais la jeune hôtesse qui nous avait accueillis à notre premier séjour. La garce qui sommeille en moi se pâme et m'impose de me blottir davantage contre Deamon. Elowen le voulait, c'était si évident, pourtant, il est à moi ! Et je jure que je sors les griffes si elle ose le regarder autrement qu'en professionnelle.

– Tout ce que vous avez demandé est ici, nous informe-t-elle en se dirigeant vers le convertible.

Je recense rapidement les quelques effets disposés sur le sofa et acquiesce d'approbation.

– Tu m'as pris des fringues ?

– Seulement quelques-unes, tu n'auras pas besoin de plus ici.

Mon sous-entendu lui arrache un rire sonore qu'il fait mourir dans mes cheveux.

– Je vous apporte le reste dans un instant, le temps de rassembler le tout.

– Très bien.

Elowen nous adresse un hochement de tête entendu et s'efface sans un regard déplacé sur l'homme près de moi. Quand bien même elle l'aurait fait et serait toujours indemne après ça, Deamon n'en aurait rien vu. Ses yeux parcourent généreusement la chambre et terminent leur course sur moi.

– Le reste, c'est quand ?

– D'une minute à l'autre, j'imagine.

– Je suis persuadé que ça peut suffire…

Je n'ai pas le temps de l'interroger que déjà ses mains s'emparent de mes fesses et me soulèvent avec exigence. Dans une suite de mouvements brefs, Deamon m'allonge sur l'immense lit et se loge entre mes cuisses ouvertes. Le feu qui consume son regard produit un effet tel sur mes zones érogènes que j'en ai immédiatement le souffle coupé. Et c'est compter sans le début d'érection qu'il plaque contre mon sexe en oscillant de besoin.

– Je doute que ça suffise, Deamon.

– Je peux être hyper rapide, grogne-t-il à fleur de mes lèvres.

– Je sais, émets-je dans un rire fébrile.

Faire l'amour à Green Haven nous a demandé beaucoup d'ingéniosité, et nous n'avons pu nous délivrer de notre frustration qu'à de faibles reprises. La table en métal froid de la salle d'entretien a supporté notre première fois, les chaises ont joué un rôle également, mais jamais nous n'avons eu accès à la cellule de vie familiale. Pourtant, un lit aurait été parfait ! Un lit et plus de dix minutes consécutives…

Bien que l'équipe de l'auberge soit probablement sur le retour, je ne résiste pas à la langue demandeuse de Deamon, laquelle investit ma bouche ardemment. Mon geignement rebondit dans sa gorge dès lors que sa main se fraie un chemin sous mon chemisier jusqu'à freiner son élan sur ma poitrine. Sans surprise, ses caresses creusent mon ventre et animent le balancier que j'exerce contre lui. Bon sang, j'ai férocement envie de lui… Mais les coups pleuvent déjà contre la porte.

– Est-ce qu'il faut vraiment qu'ils entrent ?

Sa supplique de désespoir manque de me faire capituler, pourtant, je parviens à me ressaisir par je ne sais quel miracle.

– Tu me remercieras plus tard, promets-je avant de déposer un doux baiser sur ses lèvres gonflées.

Deamon ne me libère pas, de l'arrogance plein les yeux.

– Allez, bouge, Cosgrove.

– Je vais tellement te faire jouir que tu…

– Stop ! le coupé-je d'un doigt sur sa bouche.

Cette fois, il exsude d'insolence et, comme un rappel de nos mois de colocation, un vent d'agacement se met à chahuter mon système nerveux. Cet homme est pénible. Magnifique, égratigné, charismatique, mais pénible ! Et je dois bien avouer que j'adore ça… Toute cette tension entre nous, qu'elle soit électrique, colérique ou érotique, me rend vivante comme jamais. Et fière, résolue… Amoureuse.

Je force sur son torse à la deuxième salve de coups et abandonne son sourire de sale gosse pour aller ouvrir. La seconde qui suit, l'air s'imprègne d'une fragrance mêlant arômes fumés de viande grillée, de pain croustillant et de fromage fondu. Avant même que deux hommes en tablier dépose les plateaux sur la desserte, j'exagère un haussement de sourcil triomphant à l'attention de Deamon. Parce qu'à l'instant où il a découvert les assiettes de burger-frites, son estomac s'est mis à gronder. Si cette scène était un cartoon, je suis convaincue que Deamon baverait d'envie !

– N'hésitez pas si vous avez besoin d'autre chose, campe Elowen sur le seuil, maintenant que Deamon déporte les plateaux à même le lit.

– Oui, oui, on le fera.

Je referme urgemment et m'adosse contre la porte sans retenir mon sourire contenté. Deamon a déjà un burger dans les mains et mord dedans en roulant des yeux d'extase. Et lorsqu'il se laisse tomber à la renverse, un deuxième et énorme morceau de sandwich en bouche, je m'attendris de le voir en pleine transe alimentaire. Sans bruit, j'avance jusqu'à mon bagage et en extirpe mon appareil photo. La seconde qui suit, j'immortalise ce moment, l'homme et la tache de sauce sur son torse, sans m'arrêter de sourire.

– Essaie de ne pas t'étouffer, tu veux, soufflé-je en contournant le lit pour capter un meilleur éclairage.

– J'ai envie d'une pizza !

– Quoi d'autre ?

Émerveillée par mon sujet, attentive au galop de mon cœur, je m'accroupis pour capturer son profil alors qu'il contemple le plafond d'un œil hagard.

– Un plateau de fromages… annonce-t-il, les joues pleines de burger. Une tonne de viennoiseries… Et un litre de sorbet mangue !

Je grimace pour la forme, parce que, en l'occurrence, je ne suis absolument pas fan de ce fruit exotique. Mais ça n'a pas d'importance, qu'importe que nos goûts divergent ; nous sommes différents en de nombreux points, pour ne pas dire sur tous les points. Certains déploreraient un manque d'harmonie quand d'autres argueraient que les opposés s'attirent. Je suis définitivement de ceux-là aujourd'hui, et j'ajouterais que nos contrastes sont fascinants.

Dans un soupir détendu, je repars à la chasse aux clichés et… que Dieu m'en soit témoin : cet homme est beau ! Je zoome sur son visage en sentant une douce euphorie se diluer dans mes veines. Des traits anguleux, dessinant une mâchoire décidée et des pommettes saillantes, agrémentés d'une barbe naissante. Des yeux perçants, encadrés par des sourcils nets. Des lèvres bien définies… captivantes…

Une œuvre d'art.

– Qu'est-ce que tu fais ?

– Je commence l'album de notre nouvelle vie.

C'est là, maintenant, que je prends l'intensité de mon amour pour lui en pleine figure. Parce qu'il m'offre son plus beau sourire, celui qui rayonne d'un bonheur authentique. Celui qu'il n'a jamais façonné qu'avec moi. Pour moi.

– Donne, lance-t-il en dépliant un bras paresseux vers moi.

– Mon appareil ?

– Je veux que tu y sois aussi.

– Et tu penses que je vais te laisser y toucher avec tes doigts couverts de graisse ? éclaté-je de rire.

Son rire est moins sonore que le mien, étouffé par les quelques frites qu'il fourre dans sa bouche en jouant des sourcils comme un ado fier de sa bêtise. Je secoue la tête, feignant d'être blasée par son impertinence, puis opère une volte-face lorsqu'un bruit attire mon attention derrière la baie vitrée. J'en cherche l'origine, mais rien ne brise l'atmosphère paisible qui enveloppe le jardin qui est désert. Sans préméditation, je me laisse absorber par ce cadre idyllique. Tout ici respire la simplicité et la beauté rustique. Des parterres soigneusement entretenus, des arbustes élégants, des bancs en bois… Deamon avait raison, je ne pouvais pas mieux choisir. J'ajuste l'angle de mon objectif et fige en toile de fond la magnificence de cet écrin de verdure.

– Je n'ai plus faim…

Son souffle chaud caresse la peau fine sous mon oreille et accompagne sa carrure délicieuse qu'il moule contre mon dos. Chaque parcelle de mon anatomie se met à frissonner à son contact. Comme c'était le cas au début, comme ça l'a été ensuite, chaque fois. Comme ça le sera toujours… À mesure que sa bouche se promène dans mon cou pour y baliser un chemin de baisers, je bascule sensiblement la tête en arrière d'un bien-être grisant.

– Tu veux prendre une douche ? marmonné-je, en proie à l'agitation de mes sens.

Sa main s'attelle à passer sous mon chemisier maintenant, puis dessine un itinéraire savoureux le long de mon ventre.

– Est-ce que je veux te prendre dans la douche ? Absolument…

– Quelle poésie, m'amusé-je, une main enfouie dans ses cheveux.

– Embrasse-moi…

Son timbre rauque m'impose un demi-tour que je ne refuse pas. Deamon éveille tant de sensations en moi que je ne saurais plus refuser. Je me suis bien trop retenue par le passé. Aujourd'hui, tout est inné dans ma façon de le ressentir, de vibrer pour lui. Tout est nécessaire… Une fois lovée contre son torse, kidnappée par ses bras musclés, j'exhale de délivrance. Nos regards sont verrouillés l'un à l'autre, mais alors que je vais pour redécouvrir ses lèvres, la lueur dans ses yeux me retient. Une lueur obscure, teintée d'un soupçon de fragilité qui fatalement me trouble.

– Est-ce que tout va bien ? hasardé-je.

– Je t'aime comme un fou…

Mon pouls s'active et un sourire charmé pointe sur mes lèvres.

– Et ça t'inquiète ?

– Peut-être.

– Mais… pourquoi ?

Mon sourire s'est envolé aussi vite que mon rythme cardiaque. Peut-être ? Qu'entend-il avec ce « peut-être » ? S'il m'aime aussi fort qu'il le prétend, en quoi serait-ce alarmant ? Bon sang, mon cœur entreprend quelques loopings maintenant. Je ne suis plus du tout sereine, sans même être à même de dire pourquoi ! Et je n'aime pas ça…

– C'est la première fois, annonce-t-il.

Je secoue la tête, traduisant mon incompréhension la plus totale. Et certainement mon angoisse imprévue.

– C'est la première fois que tout va bien dans ma vie, sourit-il fébrilement. Et je ne veux pas que ça s'arrête…

À la manière d'un jeu de construction qui prendrait forme, sa révélation fait subitement sens entre mes tempes. Il a peur… Peur que le schéma se répète. Je précipite ma main libre sur sa joue en expulsant une respiration soulagée. Jusqu'ici, Deamon n'a jamais pu se projeter sans que la douleur de son passé ne biaise ses perspectives. Je fais partie de ses projections, aujourd'hui je suis celle qu'il dessine dans le paysage de son avenir et je devine que me perdre, comme il a perdu chaque membre de sa famille, l'oppresse. Pourtant, je n'ai aucun doute quant à notre longévité. Tout ce que nous avons traversé accentue même ce sentiment. Notre histoire est belle, elle ne souffre d'aucune perfection, d'aucune conformité. Et c'est ce qui la rend si précieuse à mes yeux.

– Je crois que j'ai envie de plus, me surprend-il à ajouter.

– De plus de burgers ?

– De plus de toi.

Ses paumes s'étalent avec davantage d'amplitude dans mon dos, jusqu'à me conforter dans l'idée que nous irons bien. Oui, imparfaitement bien.

– Tant mieux, parce que j'ai prévu de tout te donner.

– Lolli ?

– Deamon ?

De longues secondes s'étirent sans qu'il ne bouge ni ne produise un son. Seul son regard me parle, il me hurle combien son détenteur m'aime, combien il se sent chanceux, et mon pouls bat un doux record de vitesse.

– Quoi qu'ils en disent, tu n'oseras pas te marier avec moi, ici, demain.

J'imagine que mes yeux s'arrondissent d'effarement, car l'emprise de Deamon se raffermit aussitôt autour de moi. Mon énergie musculaire vient de s'envoler, elle erre dans la chambre, en binôme avec ma repartie. J'en suis encore à chercher comment nous sommes passés d'une conversation « burger » à une pseudo-demande d'union éternelle quand une question s'impose dans mon esprit en surchauffe. Est-ce que je veux me marier avec lui ? Puis une seconde : est-ce que je veux me marier tout court ? Je l'aime, oui, aussi certainement que je me vois passer le reste de mon existence à ses côtés, mais…

– Tu ne peux pas refuser, se hâte-t-il, transi d'une angoisse palpable.

– Oui, je peux, m'étranglé-je.

– Tu vas refuser ?

J'ancre un peu plus mon regard déboussolé à la panique qui mange le sien quand une évidence me donne presque le tournis. Il est l'unique, je le sais, peut-être même que je l'ai toujours su. Il est celui qui m'a permis de découvrir qui je suis, d'apprendre le plaisir, de m'émanciper de mes principes induits par mon éducation rigide. Il m'a montré que la richesse ne réside pas dans le matériel, qu'un sourire peut être spontané, qu'une colère peut s'adoucir et qu'un sacrifice peut être le synonyme d'un amour inconditionnel.

Il est celui qui m'a appris à aimer férocement. À pardonner. À vivre pour de vrai. À accepter qu'une famille n'est pas celle qui nous a fait naître, mais celle que l'on choisit. Je suis sa famille à présent et il est définitivement la mienne. Pourquoi aller à l'encontre de cette certitude ? Pourquoi refuser de lui offrir ce refuge qu'il a si longtemps cherché ?

– Redemande-le-moi sans le Fou…

Son sourire bourgeonne cette fois. Il a compris en dépit de mon silence traînant.

– Est-ce que tu acceptes de devenir ma femme ?

Mon cœur va exploser, pourtant, je ne souffre pas, je ne ressens qu'un puissant sentiment de bonheur.

– Oui…

PLAYLIST

1. « High Hopes » – Gabriela Bee
2. « Crazy Over Here » – Grace
3. « God's Gonna Cut You Down » – John Grant
4. « Kindly Calm Me Down » – Meghan Trainor
5. « Monster » – Shawn Mendes & Justin Bieber

6 et 7. « Issue » – Julia Michaels

8. « Coming Undone » – Eric Zayne
9. « Breathe » – Anna Nalick
10. « Glowing in the Dark » – Emily Rowed
11. « Monster » – Willyecho
12. « Change in Me » – Izzy Warner
13. « Lean on Me » – Bill Withers
14. « La Fama » – Rosalía feat. The Weeknd
15. « Bang Bang » – Ania
16. « Empty » – Letdown
17. « Upside of Down » – SVRCINA
18. « A Little More » – G-Eazy
19. « Don't Hurt Like it Used To » – Grace Carter
20. « Take Your Time » – Marian Hill
21. « Hunger » – The Score
22. « Be a Little Bad » – Robbie Nevil
23. « How Far Does the Dark Go? » – Anya Marina
24. « Lay My Body Down » – Rag'n'Bone Man
25. « Easy » – Zola Simone
26. « She's a Fire » – Jeremy Renner
27. « HELP » – Morgan Saint
28. « Just a Girl » – KIDDO
29. « Secrets and Lies » – Ruelle
30. « Creepin' » (Metro boomin remix) – The Weeknd feat. Diddy & 21 Savage
31. « Cut Me Loose » – Katie Hargrove
32. « One Good Reason » – Justin Jesso

33. « No Promises » (acoustic) – Cheat Codes feat. Demi Lovato
34. « My World » – Asiahn
35. « Taste » – Betty Who
36. « Girls Like Us » – Zoe Wees
37. « In My Blood » (acoustic) – Shawn Mendes
38. « Save Your Soul » – Lexxi Saal
39. « Thrills » – Donna Missal
40. « Belong » – X Ambassadors
41. « It's Going Down Undefeated » – Devin Hoffman
42. « Vampire » – Olivia Rodrigo
43. « We Never Said Goodbye » – Kimberose
44. « Hell to the Liars » – London Grammar
45. « Losing Hold » – Esterly
46. « Close My Eyes » – Unions
47. « Eye of the Needle » – Sia
48. « Paralyzed » – NF
49. « In the Air Tonight » – Judith Hill
50. « Fingers Crossed » – Lauren Spencer Smith
51. « You Were Good to Me » – Chelsea Cutler feat. Jeremy Zucker

Épilogue. « At My Worst » – Pink Sweat$ feat. Kehlani

REMERCIEMENTS

À toi, chère lectrice, cher lecteur de mon cœur. Merci mille fois de t'être plongé dans ce roman. Merci pour ton soutien et ta fidélité. C'est grâce à toi que cette histoire prend vie, alors merci d'avoir fait vivre Deamon et Nora Jean, j'espère qu'ils ne t'auront pas trop malmené. #EskAddict

Aux incroyables chroniqueuses et chroniqueurs, un immense merci pour votre travail acharné et votre passion pour la lecture. Vos retours et votre bienveillance me sont précieux.

À mon équipe d'Alpha lectrices, Aurélia, Cécilia, Vanessa et Magali. Merci à l'infini pour votre temps, vos commentaires, votre soutien, votre engouement et vos émojis ! Merci d'avoir cru en ce projet dès ses débuts alors que j'en étais moi-même incapable. Je me sens chanceuse de vous avoir toutes les quatre près de moi.

À mon éditrice et à ma maison d'édition, merci ! Vous faites de cette aventure un voyage tout doux, même lorsque vous me donnez des dates butoirs qui me font faire des cauchemars. 😊 Maud, je crois que je ne saurai plus écrire un manuscrit sans votre gentillesse et vos conseils précieux. Pluie de love sur vous !

À toi, Aurélia, ma craquotte ! Je n'ai pas besoin de te répéter combien je suis heureuse de faire partie de ta vie, dans les bons comme dans les mauvais moments. Tu es d'une patience extraordinaire et d'une bienveillance inégalée. Je te garde, pour toujours. Merci pour ton amitié indéfectible.

À toi, ma Léa, mon âme sœur que j'aime follement depuis le tout premier jour. Merci d'être si fabuleuse, de m'ouvrir les yeux sur la vie, d'adoucir mes pensées parfois tristes, d'être là, juste là, pour moi, quand ça va et quand ça ne va pas. ♥

À mes enfants, mes trois merveilles. Vous êtes ma plus grande motivation, ma raison de rêver et de persévérer. Votre amour inconditionnel et votre fierté sont mes plus belles récompenses. Merci de me laisser le temps de communier avec mon ordinateur, merci de comprendre, merci de m'aimer malgré ça (et parce que je suis quand même une super maman 😉).

Je vous embrasse ! J'espère vous retrouver bientôt.

Sonia

Autrice : Sonia Eska

Edisource – Éditions Addictives
1 bis, avenue de la République – 75011 Paris
Imprimé par FINIDR – Lipova cp. 1965 – 737 01 Cesky Tesin, République tchèque
Dépôt légal : novembre 2024 – Achevé d'imprimer : octobre 2024
ISBN : 978-2-37126-686-5

Réf. contrat : ZEAN_001